《血沃巴山》编委会

血沃巴山

XUE WO BA SHAN

中共达州市委党史研究室组织编写

唐敦教·著

四川大学出版社

责任编辑:梁　平
责任校对:沈茂华
封面设计:璞信文化
责任印制:王　炜

图书在版编目(CIP)数据

血沃巴山 / 唐敦教著. —成都: 四川大学出版社, 2015.11
ISBN 978-7-5614-9111-9

Ⅰ.①血…　Ⅱ.①唐…　Ⅲ.①纪实文学-中国-当代　Ⅳ.①I25

中国版本图书馆 CIP 数据核字 (2015) 第 265915 号

书名　血沃巴山

著　者	唐敦教
出　版	四川大学出版社
地　址	成都市一环路南一段 24 号 (610065)
发　行	四川大学出版社
书　号	ISBN 978-7-5614-9111-9
印　刷	四川盛图彩色印刷有限公司
成品尺寸	170 mm×240 mm
印　张	31
字　数	571 千字
版　次	2016 年 1 月第 1 版
印　次	2016 年 1 月第 1 次印刷
定　价	78.00 元

◆读者邮购本书,请与本社发行科联系。
电话:(028)85408408/(028)85401670/
(028)85408023　邮政编码:610065
◆本社图书如有印装质量问题,请
寄回出版社调换。
◆网址:http://www.scup.cn

目　录

第一章

寻真理大洲出川　遵党命庆庄返乡

黄泥脚杆受欺凌，妻啼子哭恸地哀。干人齐心除军阀，血沃巴山传惊雷!

大巴山高耸入云，挺拔险峻，绵亘千里。大巴山南麓，千沟万壑，涓涓细流，汇成滔滔潜水河。大巴山险峻的高山孕育出人们粗犷与忠厚的豪情，潜水河甜甜的水流培育了人们温柔与多情的性格。大巴山下，潜水河畔，有一座千年古城，叫永定城。永定城街道纵横，低矮的茅草房和高大的瓦房交相杂处，使上千家民众有了创业歇息之地。城中凤凰头乃永定县府大衙。大衙之侧是永定府衙。古老的城中，不宽的街道两旁，店铺鳞次栉比；店铺两边，摆满了小贩的小摊；凹凸不平的街道上往来着赤脚巴山背哥，身穿长袍、手拄文明棍的绅士，衣衫褴褛的妇女和瘦骨嶙峋的老人和小孩……人们为生计劳碌奔波。小贩的叫卖声，形成城市的喧嚣，震得县城嗡嗡作响，显示着县城的繁华与生气。

二十世纪初年爆发的辛亥革命，唤醒了大巴山下永定县、宜兰县、巴山县、夤河县等县沉睡的人们。一些有识之士，遵循民主革命伟大先行者孙中山“驱逐鞑虏，恢复中华，建立民国，平均地权”的号召，组织革命军推翻了清王朝的反动统治，推举新人掌握了政权，满以为从此以后可以过上幸福安康的生活。可是，时隔不久，袁世凯复辟帝制，接踵而来的军阀混战，造成土匪猖獗，地主豪绅对贫苦农民进行了更加残酷的剥削和压迫。种种残酷现实打破了人们期待幸福安康生活的美梦。在帝国主义加紧侵略，国家主权不断丧失的情况下，革命志士向中华民族发出了“亡国灭种”的警告，呼吁广大民众奋起救国救种，振兴中华。在此感召下，大巴山下的先进青年及有识之士，纷纷出外到重庆、成都、上海、北京、日本、英国、法国等城市和国家寻求解救人民脱离苦难的革命真理。在寻求革命真理的人流中，有一个人特别显目，他就是张大洲。张大洲为何特别显目？一是因为他是带领辛亥革命同志军拿下宜兰县城和永定县城，立下赫赫战功的勇士；二是因为他是在有望升为旅长高位之时，而毅然舍弃团长之职，放弃豪华舒适，甘心过着颠沛流离的生活，寻求革命真理的。张大洲去职寻真理，还得从一次军阀混战说起。

战火飞扬，杀声震天。炮弹在古老的永定城头炸响。陕西军阀陈宗光部向被炸塌的一个缺口处发起疯狂攻击："冲啊，攻进城里自由三天，陈司令还另有重赏！"众军士疯狂地冲向永定城墙缺口。

城头上，张大洲指挥川军进行坚决还击："机枪排长唐志学用机枪封锁缺口！"唐志学朗声应道："是！"他立即用机枪封住了被陕军炸塌的缺口。机枪怒吼，将在缺口外的陕军打得抬不起头。张大洲指挥军队将冲进缺口的陕军枪击刀劈，完全歼灭。

张大洲："二连连长罗翥鹏，带领百姓用圆木土石堵塞缺口！"罗翥鹏带领一群军民，抬着圆木土石，冒着枪林弹雨，奋不顾身地堵塞缺口。张大洲见军民迅速堵住了缺口，这才松了口气。何忠辰拿衣襟为张大洲擦拭脸上的鲜血："团长，你也受伤了，马上找军医包扎一下？"

张大洲摆了一下手："不用管我，传令一营，做好出城反击准备！"何忠辰："是！"

永定县城古老的城墙上，川军旗帜已被战火撕裂，随微风飘扬，但一个大大的"川"字却赫然在目。旗帜下，站着高大威武、脸上流着鲜血的张大洲。他仔细观察着战场形势，发现陕军攻势大减，立刻果断地下令："出城反击！"一营营长黄志尚气喘吁吁地跑到张大洲跟前说："团长，古人说，穷寇莫追……"

张大洲果断地说："陕军在我地奸掳烧杀，无恶不作，百姓深恶痛绝。对此穷寇，此时不追何时追？"黄志尚转身跑下城墙："打开城门，反击陕军！"

城门大开，黄志尚率部杀出城门。川陕两军展开鏖战。城头上的川军用炮火猛烈地轰击陕军。一股陕军向永定城疯狂反扑。一营被压了回来。张大洲见状，立即下令："二营随我来！"张大洲带领二营出城向陕军侧面发起猛烈攻击。黄志尚高喊："弟兄们，团长出城支援我们了，冲啊！"一营军士又勇猛地杀向陕军。

陕军受到夹击，伤亡大增，纷纷后退。陈宗光挥舞着手枪："陕军弟兄听着，跟老子冲，杀进城中自由三天，老子还另有重赏！"众军士："旅长，川军攻势太猛，我们顶不住了！”陈宗光看着军士一片片倒下：“撤！”陕军慌忙撤退，又死伤不少。

张大洲、黄志尚带着川军乘胜追击，直到不见陕军踪影才下令：“停止追击，回营！”

永定县城锣鼓喧天，鞭炮炸响，彩旗飘扬，掌声不断。高大的石雕“德政碑”落成典礼正式开始。人们簇拥着三十多岁年纪，身材高大，面容憨厚，身穿靖国军军衣，胸戴大红花的张大洲走到“德政碑”前。他揭开覆盖“德政碑”的红绫，现出苍劲有力、镌刻精致的“兆民赖之”四个大字。张大洲面对那一张张笑脸，一双双充满信赖的目光，高声讲道：“父老乡亲们，我们军民联防，又一次打败了陕军的进攻，保住了永定城不受陕军蹂躏！”

头戴瓜皮帽，身穿长袍，一身学究气派的龙耀先高声讲道：“张团长护民之功将永载史册！”众：“张团长功高日月！万民称颂！”

一个少年走近张大洲：“团长，请您批准我到您部队里当兵。”张大洲摸着少年的头：“你是哪里人？叫什么名字？多大年纪了？”少年回答：“我是永定县立中学学生，叫刘庆庄，十六岁了。”张大洲：“为什么不在学校念书，要跑来当兵？”刘庆庄：“我当兵是为了制止军阀混战。”张大洲：“嗬，好大的口气！小小年纪很有志向，令人钦佩！你为什么要制止军阀混战？”刘庆庄：“军阀给百姓造成了无穷的灾难！”

龙耀先走上前来：“团长，别看这孩子人小，他志气可不小。前不久，他写了一首诗：‘魑魅魍魉也操竿，无辜百姓受摧残。民膏民脂全刮尽，草木难得半日安！’这首诗深刻地揭露了军阀混战给百姓带来的灾难！这首诗代表了永定县广大饱受军阀混战痛苦的民众的心声，一写出来即被广为传颂！”

张大洲：“小小年纪就这么疾恶如仇，同情天下百姓，佩服佩服！”刘庆庄：“团长，这么说来，您同意我到您的部队当兵了？”张大洲拍拍刘庆庄的肩膀：“不，你认为当了兵就能制止军阀混战吗？”刘庆庄眨了眨眼睛：“我认为军阀混战只能用军队才能制止。”

张大洲：“军队能制止军阀混战？你的想法太天真！我是个军人，现在还没有找到制止军阀混战的办法。你年纪还小，要好好读书，增长知识和本领，长大了，才能找到制止军阀混战的办法，才能为天下百姓做更多更有益的事情！”刘庆庄：“听从团长的教导，我回学校一定好好读书。长大后再到您的部队当兵。”

急促的马蹄声由远而近。马背上跳下一个汗流浃背的军人，向张大洲敬礼："团长，这是师长给你的火急命令。"张大洲接过命令，耳边响起师长的声音："兹令三团团长张大洲在五日内筹款十万元，筹粮千担，按时完成任务，擢升你为二旅旅长。筹款筹粮不得有误，否则军法从事！"张大洲指着断壁残垣，问传令兵："永定县屡遭战火蹂躏，师长知道永定县百姓现在是既无粮又无钱的困境吗?"传令兵："团长，我只负责送达电令，其余情况一概不知。请你签字吧。我好立即回去复命。"张大洲用颤抖的手签下了自己的名字。传令兵飞马而去。张大洲叹道："永定县的父老乡亲们又要遭殃了！"

突然，一个瘦骨嶙峋的老头跑到张大洲面前跪下，悲伤万分地哭着说："团长，你要为小民做主啊！"张大洲急忙将他扶起："老人家有什么冤屈，我张大洲为你做主！"老人："你的军队打败陕军是好事，千不该万不该兵匪一家，抢我的粮食，糟蹋我的姑娘……"

张大洲怒气冲天："是谁干的？有种的给老子站出来！"队列中走出何忠辰："表叔，团长，我错了……"张大洲气愤地甩了何忠辰几耳光："你干的好事！给老子跪下！"

何忠辰跪着哀求："表叔，团长，从辛亥革命起，我就跟随你南征北战。在巴山城边，你身负重伤，陕军挥刀砍向你的千钧一发之际，我冒死将你救下……请念在我出生入死，跟随你多年的情分上，饶我不死吧！叔，我是你的血亲表侄儿啊。"

张大洲回想起巴山城边，自己身负重伤，陕军冲来要取自己人头之时，何忠辰冒死背着自己脱离险境之事："你是我血表姐的儿子，有恩于我，我永远不会忘记。但是，你凭着有恩于我这点功劳，就可以胡作非为、欺压百姓吗？你有恩于我，我就可以用手中掌握的权力，包庇、纵容你欺压老百姓吗？你是我的血亲侄儿，我就该包庇、纵容你欺压老百姓吗？拉出去给老子毙了！"何忠辰："团长，陕军打了胜仗可以自由三天，任意奸掳烧杀。我一向遵纪守法，没有做过违禁之事。那天我在打扫战场时，见那个妹子太可爱了……"

张大洲："老子说可以自由三天，可没说可以任意奸掳烧杀！你看上了那个姑娘，就该给老子报告，老子给你明媒正娶，为何糟蹋良家女子?"何忠辰："我想造成既成事实，娶她为妻……所以才犯下了这次大错……团长，我只犯了这么一次错……团长，留下我，我会拼命为你杀敌……"

黄志尚上前求情："团长，何忠辰每次打仗总是冲在前头，是个勇猛的士兵……念在他救过你一次性命的份上，饶了他这一次吧?"众人一齐求情：

“团长，饶了他这一次吧？”

张大洲眼睛发红：“我张大洲今天饶了你何忠辰，明天，天下老百姓就一定饶不了我张大洲！拉下去！”何忠辰：“团长，念在我救过你一次命的情分上，饶了我吧。我一定为你拼命杀敌……”

张大洲：“你救过我一次命，我永远记得。但是，你绝不能因为救过我的命就胡作非为，欺压百姓！拉下去枪毙！快去！”众人不动。张大洲怒吼：“黄志尚拿刀来！”黄志尚递上一把大刀。张大洲将大刀抛给何忠辰：“何忠辰，我今天放了你，就是放虎归山，就是纵容你危害百姓。老子下不了手杀你，这把刀你拿去自裁吧！”

何忠辰接过刀，放在地上，请求道：“团长，我何忠辰犯了事，理当受戮，我不怨你。我只请求你赏我一颗子弹！来个痛快！”张大洲挥泪：“自辛亥革命以来，我为保护百姓做出了很大努力，曾制定了几条纪律，并公开发出告示：抢民一物胜过抢我的财物，奸民一女就是奸了我妹，奸民一妇就是奸了我母！老子张大洲是条血性的汉子，与奸人势不两立，与奸人不共戴天！绝大多数有血性的人听从我的号令，严守军纪，为我们团赢得了护民的好名声！可是，有的人就是不信邪，就是喜欢奸掳烧杀！我以前就曾杀过几个公然违纪之人，力图收到杀鸡儆猴的作用。可是，我的法令只能管住那些懂是非、明大理、有良心的人！管不了吃人的野兽！想不到，今天仍然出现了何忠辰这样的败类！天地良心，法不留情！何忠辰，你如果还有丝毫的人性，你下辈子要堂堂正正做人！来人，将他拉出去毙了！”黄志尚上前抓住何忠辰：“走！”

何忠辰被押到场外，黄志尚拔出手枪，对准何忠辰的脑袋：“兄弟，你我这辈子的友谊到此终结。你可不要怨我手下无情！”何忠辰：“兄弟，你若能放我一马，我将永世不忘你的恩情！”黄志尚一声枪响。何忠辰摸摸自己脑袋：“兄弟你打偏了！”黄志尚：“我现在放了你，不要忘了你许下的诺言！”何忠辰：“我将永世不忘你的恩情！”

张大洲听到枪毙何忠辰的枪声响过之后，泪流满面地面对大家，十分内疚地说道：“乡亲们，我张大洲有负你们的厚望……”龙耀先：“张团长，你执法如山，公正廉明，老百姓永远感谢你的大恩大德！”众：“我们永远不忘张团长的大恩大德！”

副官刘大疆带着一个人走上前来：“团长，这是黄吉城的参谋长刘积良，他要见你。”张大洲：“参谋长见我何事？”刘积良双手送上一封信：“这是我们川陕护卫军司令黄吉城给团长的亲笔信。”张大洲：“黄吉城不是流落到陕南去了吗?”刘积良:“团长有所不知，前不久，北京段祺瑞政府已任命黄吉城为川陕边区绥靖督办和川陕护卫军总司令了。现在，黄督办正带着数千兵士和文臣武将，向永定县城而来。我奉命前来传达他的书信，请张团长投其麾下，黄督办会立即升你为旅长。”张大洲:“我要是不投他呢?”刘积良:“黄督办说，不愿投到他的麾下，就准备开战，一决高下。”张大洲知道，黄吉城横征暴敛最为残酷，自己决不能做他欺压百姓的鹰犬;同他开战，自己人少枪劣，没有胜算。刘积良见张大洲犹豫不决，奸笑着对张大洲说:“团长何去何从?请在三天之内作出决定!”张大洲挥手:“你回营静候我的回音!”刘积良:“团长是个铮铮铁汉，谅不会失言!”张大洲:“快滚!”刘积良狼狈而去。行至山林小道，何忠辰在林中双手举枪，高声叫道:“参谋长!请绑着我去见黄督办。”刘积良:“你是什么人?”何忠辰:“我是什么人不重要，你如果想得到永定城就带我去见黄督办。”刘积良:“好，随我来!”

突然，雷鸣电闪，暴风雨从天而降，冲刷着“德政碑”上醒目的几个大字。张大洲高声喊道:“乡亲们，赶快回家!”人们不得不躲避这场暴风雨，慌乱四散而去。副官刘大疆撑起雨伞，试图为张大洲遮风挡雨，可两人都成了落汤鸡……

夜晚。永定城西山寺。几个军人提着酒和下酒菜，拥进了靖国军三团团部，逐个排开:“团座，祝贺你又得了一块德政碑，我们特备酒菜来祝贺祝贺!”

张大洲苦笑了一下:“有什么好祝贺的?”刘大疆:“团座已将何忠辰这个败类除掉了，你平时爱兵如子，待我们如亲兄弟，敬百姓如父母，受到万民拥戴，自然应当好好祝贺!”黄志尚:“团座，很多人出大价钱，想买一座德政碑都买不到，百姓自觉捐钱为你树德政碑，你应当感到高兴，感到满足才是!”

众人将酒杯斟满，一齐举起酒杯敬张大洲:“祝团座禄位高升，永做护民福星!”

张大洲苦笑一下:“兄弟们，百姓越给我树德政碑，我身上的负罪感越沉重!‘兆民赖之’!我是兆民所能依赖的人吗?辛亥革命推翻了清王朝的残暴统治，袁世凯搞复辟帝制，在万民痛骂声中死去后，国家陷入了军阀混战，百姓惨遭杀戮;官场腐败，以大欺小，尔虞我诈;土匪猖獗，民不聊生的痛苦深渊。我作为一个团长不得不参加军阀混战，每次战斗结束，其他部队都照例自由三天，奸掳烧杀，无所不为!我虽然力禁我所管辖的军队奸掳烧杀，危害百姓，但是仍然不时出现何忠辰这样的败类。每当听到百姓凄惨的哭叫声，我的心就感到撕裂般的疼痛！”

副官刘大疆：“团座，你无须自责，你不是严厉禁止这种野蛮行径，将奸掳烧杀之人处决了吗？你为我们团赢得了爱民的好名声。”

张大洲正色道：“兄弟们，我们秉承孙中山先生‘驱逐鞑虏，恢复中华，建立民国，平均地权’的革命旨意，推翻了清王朝的腐败统治，给老百姓带来了多少好处？快十年了，军阀混战，民不聊生，社会更加动荡，老百姓的日子越来越苦！辛亥革命除了推翻清朝算是成功的外，其余几条都成了泡影。社会上恶人横行，我恨不得手持三尺剑，杀尽天下的恶人！我以前就曾杀过几个公然违纪之人，可是，我只能管住很少一部分人！想不到仍然出现了何忠辰一样的败类！我一个小小的团长，在军阀林立的夹缝中苦苦挣扎，成得了什么气候？能为兆民所赖，阻止军阀混战，改变民不聊生的状况，让百姓过上幸福安康的生活吗？看着在战火中死去的无数无辜百姓，听着妇女儿童撕肝裂肺的号哭，我深感自己无力阻止这一切的无能！我是一个无能之人！无能！我是一个不能保护老百姓的无能之人！但是，我相信，一定有人有办法改变这个污浊的社会！我必须尽快摆脱这个污秽的官场，为社会寻找一条更新之路，让百姓解脱苦难！”

众：“团座，你的爱民之心胜过古代贤人，你好好带领我们力尽保护老百姓之责吧！”

张大洲：“你们不知道我们目前面临的更大危险：师长要我在五日之内筹款十万，筹粮千担。永定县民自身难保，哪来这些钱粮？黄吉城率领三千人马，拿着装有毒弹的意国枪，向永定县杀奔而来。他给我两种选择：一是投靠他，可以升为旅长；二是开战，一决高下。我不愿做他的鹰犬，又不愿让百姓重受战火之苦，让兄弟们白白失去生命。因此只好打算离开这污浊之地，到外面去寻求救国救民之法！”

刘大疆：“团座，你不要离开我们。我们一定听你的话，遵守你制定的制度，不危害百姓。你就在这里带领我们保护老百姓！”黄志尚：“团长，当兵吃粮，在这兵荒马乱的年月，大家都希望在你这里有口饱饭吃。”刘大疆：“对，我们大家都盼望在你的带领下有个好的晋升。现在黄吉城愿意将你升为旅长，我们大家上升都有望了。你不要放着这样的好事不做！带领我们大家过几天快乐日子吧。”

张大洲：“兄弟们，我有负众望了。我走之后，你们怎么办，可以自己决定。我唯一的希望就是你们不管做什么，都不要欺压老百姓！”刘大疆：“我保证做到不欺负老百姓！”众：“请团座放心，我们会尽力而为保护老百姓!”张大洲:“你们都回房休息去吧。”众:“团长,我们想多陪陪你喝喝酒,尽尽兴。”

张大洲一改往日和蔼可亲的常态,对着刘大疆、黄志尚及身边所有的人厉声喝道:“不!你们全都马上离开,让我好好地想一想、静一静!”

众人离开后,张大洲关上房门。黯淡的灯光,照着一张旧床、一个旧衣柜。张大洲一拍桌子:“走,马上走!”他脱下身上的军装,穿上长衫,然后摘下军帽,戴上博士帽,接着打开衣柜,拿出一口皮箱,装进几件长衫,最后提着皮箱,像躲避瘟疫似地悄悄打开房门,毅然决然地走出团司令部。路过凤凰头时,一道闪电照亮了永定县百姓送给他的“德政碑”。张大洲在碑前伫立了一会。脑海中光复宜兰县,光复永定县,征南战北,除恶除霸,为民申冤的往事一晃而过;眼前浮现出衣不蔽体、食不果腹、骨瘦如柴的百姓和被枪击的死尸,被焚毁的断壁残垣;耳边响起百姓啼饥号寒的痛苦呻吟。他苦笑了一下:“我赢得了百姓的‘德政碑’,可又真正能为百姓解除多少苦难呢?啊,我决心已下,必须尽快为父老乡亲寻找一条解除苦难之路!”

张大洲头也不回地消失在电闪雷鸣之中……

张大洲离开永定县城后,军阀黄吉城在何忠辰的带领下没费多大工夫便占据了永定县、宜兰县、巴山县、夤河县等县。永定府衙上空飘扬起了川陕护卫军的旗帜;府衙大门门柱上,挂上了川陕边区绥靖督办公署又长又大的吊牌。府衙成了巴山王黄吉城的川陕边区绥靖督办公署官衙。官衙大门前,两个大兵荷枪而立,使官衙显得更加威严神秘。一些趋炎附势的政客,一些寻求生计之人,纷纷麇集到了黄吉城的麾下。黄吉城对何忠辰说:“本督迅速占领四县,队伍扩大两倍,你功劳不小,现在命你做三团团长!”何忠辰:“下属永远不忘督办大人知遇之恩,虽肝脑涂地也在所不辞!”

张大洲的部属纷纷各走门路,黄志尚投靠黄吉城,在军中做了团长。刘大疆投奔刘湘部做了手枪营长。黄吉城控制了大巴山下这块地方后,在府衙门前公告牌上,不断地变换着各种捐款、税款的名称和数额,强征暴敛,日甚一日。骨瘦如柴、衣不蔽体、赤脚行走的百姓见了公告牌,哀叹不止:“黄吉城来了,一年几次预征的捐税,把我们的骨髓都榨取干净了,我们还有什么活路啊!”

在张大洲去职寻求救民真理的前后,大巴山下同张大洲有着同样抱负的一批年轻人和有识之士,从苦闷彷徨中走向成都、重庆、武汉、北京、广州以至日本、西欧……寻求强国富民之道……

刘庆庄遵从张大洲的教导，回校努力读书。初中毕业后，考入四川公立法政学堂，想用法律保护老百姓。假期中，乡邻万达家人求他帮写了一张诉状，控告地主吴登杰逼租逼死人命。他为万达之死打抱不平，奔走于法庭和乡间，搜集了大量的人证物证，全力为被逼债而死的万达申冤，满以为“人命关天”，可以稳操胜券打赢官司。可是，法院却给了万达一个“无赖抗租，自杀身亡，与田主无干。着仍照章交租，毋得再生事端!”的判决书。一心想当法官帮老百姓申冤的刘庆庄被当头泼了一盆冷水。他激愤地说：“贪官污吏当权，学法何用?”他认识到，要帮老百姓申冤，只有改造社会，铲除贪官污吏才行，要努力做改造社会的事业!

龙耀先家。刘庆庄拿着黄埔军校招生简章说：“成娟妹妹，告诉你一个好消息，我报考黄埔军校了。张大洲劝我好好读书，我听从他的教导，读完了初级中学，考进了四川公立法政专门学校，想用法律救助穷苦百姓。但我打了几场官司，看到了‘衙门大大开，有理无钱莫进来’的社会丑恶，看来这条路也走不通。现在我决定投笔从戎，投考黄埔军校。等我有了出息，再回来和你成亲，好不好?”龙成娟：“庆庄哥，你是一个有志青年，我支持你报考黄埔军校。但是，你不要一个人去，把我也带起一起去考黄埔军校。”刘庆庄：“妹妹，你是老师的独女，你离开了他们，两位老人怎么办?再说，这期黄埔军校不收女学生。等黄埔军校招收女学生了，我再回来接你去报考好不好?”

龙耀先慢慢说道：“庆庄，你与成娟青梅竹马，又定了亲，现在你们都长大成人，到了该成家的时候，你却要远走高飞了。我不阻拦你，你一定要珍惜你们兄妹间的这份真情。”成娟娘：“庆庄，我们不能为了女儿耽误你的前程。你远走高飞之后，可不能丢了成娟!”刘庆庄：“请老师、师娘、成娟妹妹放心。我无论走到哪里，今生今世心中都只有成娟妹妹一个人!等我有了出息，就马上回来同成娟妹妹成亲!”龙成娟递给刘庆庄一双布鞋：“庆庄哥，这是我连夜为你赶做的一双布鞋，希望你不论走到天涯海角都把它带在身边!”

刘庆庄：“我一定把妹妹这份真情珍藏在心里!”

晨曦中，潜水河边。龙耀先一家人将刘庆庄送上一只小船。刘庆庄站在船头挥手告别：“再见!”龙成娟：“庆庄哥哥，不论等到何年何月，我永远等你不变心!”刘庆庄：“妹妹，我决不辜负你对我的期望!”

刘庆庄考入了黄埔军校，如饥似渴地学习军事技能，渴望尽快实现自己制止军阀混战，解救老百姓出苦难的理想。

与此同时，大巴山下，潜水河边，一大批追求光明的青年，各自寻找着实现救国救民理想的道路。其中，一心想通过追求无政府主义，推翻军阀政府的唐作俊，同他的好友魏正铭一起考入同济医学院，希望通过医疗技术尽快解救百姓脱离苦难……

正当一批革命志士为解救人民出苦海而奔走呼号之时，一股政治上的狂风暴雨，将他们的美梦摧毁殆尽……1927 年 4 月 12 日，蒋介石公开叛变革命的枪声在上海打响，无数共产党人和工人倒在了血泊之中……

黄埔军校内，身着军装，中等身材，目光炯炯中透着文气，浓眉大眼显示着刚强的刘庆庄快步走进周恩来说："周主任，蒋介石在上海血腥屠杀革命人士和工人以来，在黄埔军校内也公开清党，大肆抓捕共产党人。国民党右派更加猖獗起来。我们几个党员在私下议论，打算除掉几个最猖狂的右派头儿，解除国民党右派对我们的威胁。大家派我向您汇报，请您指示。"周恩来："你们想清楚除掉国民党右派的办法了吗?"刘庆庄："邀他们去游泳，将他们淹死；或者乘夜暗，用匕首将他们杀死。"周恩来："这种办法可以除掉几个国民党右派，但是不能从根本上解决国民党右派的猖獗，也解除不了我们党受到的威胁。我们对国民党右派的斗争，不能用简单的暗杀办法，而是要用揭露国民党右派本质的办法开展政治斗争。这样才能唤醒民众，让民众看清国民党右派的本质，共同起来反对国民党右派。"刘庆庄："我们也知道，暗杀不能从根本上解决国民党右派的猖獗，只是想以此震慑一下国民党右派。我的党员身份目前虽然还没有完全暴露，但是，我早已被国民党右派视为眼中钉了，是否需要马上离开黄埔军校?"

周恩来："虽然你共产党员的身份还没有完全暴露，但是你是反对蒋介石违背孙中山'联俄、联共、扶助农工三大政策'的活跃分子，因而，你被国民党右派列为重点清理对象是无疑的。你应当不等敌人对你动手就离开这里。"刘庆庄："您是我的入党介绍人，我到什么地方去好啊?"周恩来："带上我的一封信到中央军事政治学校武汉分校去找陈仲宏同志吧。"

刘庆庄带着周恩来的信，登上了北去武汉的火车。刘庆庄到达武汉分校，找到陈仲宏后，被安排到步兵队继续学习。当时的武汉是全国大革命的中心。共产党人领导人民群众开展反帝反封建斗争如火如荼。刘庆庄和同学们一道到街头讲演、游行示威，革命意志更加坚定，革命目标更加明确，为人民翻身解放的心情更加迫切了。他多次请缨参加北伐战争。此时，夏斗寅在蒋介石的挑唆下，叛变革命，率部进攻武汉。北伐军主力远在河南，武汉告急！武汉分校配合从河南星夜赶回的叶挺独立师和武汉工人、农民、纠察队、童子团等保卫武汉。初上战场，听到枪声，一些同学难免有些害怕。刘庆庄鼓励大家说："同学们，现在是我们为革命建功立业的时候了！为了工农的解放，冲啊！"他带头冲向敌人，同学们一齐跟上。叛军被学生们的勇气所震慑，纷纷向后溃退。学生军乘势追击，迅速地将敌人击溃。在返校途中，刘庆庄同同学一道了解农民疾苦，发动农民建立农民协会，开展打土豪分田地斗争，增长了群众工作的知识和本领。

中央农民运动讲习所大门前，人们熙熙攘攘地拥进礼堂。刘庆庄走进去寻座位，一个中年人拍了他一下："小兄弟，就在这里坐吧。"刘庆庄十分惊讶而又高兴地："张团长，你怎么也在这里？"张大洲惊讶地问："你怎么认识我？"刘庆庄："七年前我曾请求到你部队当兵。"张大洲："啊，想起来了，你就是那个写反对军阀混战诗的中学生刘庆庄！你很有抱负，怎么也在这里？"刘庆庄："老前辈，我听从你的教诲回校读书，不久考进了四川公立法政学堂，想用法律为老百姓申冤解困。可是，在军阀统治下，想用法律保护老百姓，根本不可能办到。后来，我考进了黄埔军校。蒋介石发动'四一二'政变后，在黄埔军校清党，我便转到武汉中央军事政治学校读书。"

张大洲："这么说来，你也是个'异党分子'啰。"刘庆庄："这样看来，你也是'异党分子'啰。"张大洲："彼此彼此。我们是殊途同归，他乡遇故知，是人生的一大快事。听完课后，我请你喝酒！"刘庆庄："多谢了。"

张大洲浓眉大眼，方脸阔耳，憨厚中蕴含着睿智，和蔼中透着果敢。刘庆庄从与张大洲的亲切交谈中得知张大洲比自己年长十多岁。早在辛亥革命时，张大洲即带领义军光复宜兰县城，成了川东赫赫有名的辛亥革命元勋。此后东征西讨，当了靖国军何德基部三团团长。正当他有望升任旅长时，军阀混战屠戮百姓引起的妇啼子嚎的悲惨情景，深深地刺痛了他善良的心。新文化运动高潮时期，他毅然弃职，到上海寻求救国救民真理。在一次飞行集会上，碰巧，他遇见了两个外国驻在上海的共产党人，得知了共产主义的主张。张大洲经二人介绍，参加了共产主义组织，并被派到莫斯科学习。在莫斯科，他亲耳聆听了伟大的无产阶级革命导师列宁关于无产阶级革命和变帝国主义战争为国内革命战争的亲切教诲。回国后，在北京同吴玉章一起组织"赤心社""俄灾救济会"，带领进步青年学生，宣传马克思列宁主义，募捐支援俄国革命。后到上海等地开展革命宣传。为了将革命火种带回巴山，他回到家乡宜兰县，创办"新时代女子高级小学校"；接任宜兴学校校长后，将两校合并，将校房改建成"工"字形建筑，寓意受工人阶级领导，面向工农办学，并接纳思想活跃的进步知识青年黎崇新、陶大海、张伯雄、吴辉光、何同和等为教师，大量订阅《新青年》《向导》《创造》等进步书刊，传播革命理论。张大洲得知中国共产党举行第三次全国代表大会，决定与孙中山领导的国民党实行合作，共同进行国民革命这一重大战略方针后，非常振奋，立即召集张伯雄、陶大海、唐志书、黎崇新、何雨生、唐志轩、黄仁夏、张明广等秘密聚会于靖阳场凤阳山，建立共产主义理论学习小组，开始有组织、有领导地宣传共产主义，办农民夜校，组建农民协会等活动。1926年，张大洲到武汉，参加中国共产党举办的农民运动讲习所学习，聆听了毛泽东等人讲课，明白了中国革命的首要问题是农民革命问题等革命道理。

刘庆庄高兴地说："张团长，你是老革命了。我虽然年纪比你小，但是，对军阀统治的残暴、贫苦农民的痛苦也了解不少。所以，在很早的时候就立下了改造社会的雄心壮志。"张大洲："只要有一颗同情劳苦大众的心，就一定能在改造社会的事业上有所作为。俗话说，有志不在年高。你学识比我丰富，思维敏捷，堪称我的先生，我应当称你为老师。"二人哈哈大笑。刘庆庄："晚生实不敢当。张老革命，你阅历多，经验丰富，尊称你为老革命，一点不为过。今后还望你多加指点才是。"张大洲、刘庆庄二人志同道合，相见恨晚，成了无话不谈的忘年交。

汪精卫公开投向蒋介石后，武汉分校被改编为张发奎任军长的第四军军官教导团。左右派急剧分化。右派十分猖獗，左派奋起反抗，两派斗争十分激烈。刘庆庄旗帜鲜明地同右派斗争。他说，天空中出现乌云是暂时的，工农革命潮流势不可挡。蒋介石、汪精卫叛变革命只能猖獗一时。他精辟的分析鼓舞了同学们。他的周围团结起一批革命志士。7月底，武汉分校接到中共中央军委密令东进"反蒋"。刘庆庄立刻去找张大洲，未能找到，便立即回校准备行装。武汉分校经过简单动员和准备，于8月2日，师生们分乘数十只船，浩浩荡荡沿长江东下。4日，船队行至九江，被第四军军长张发奎堵于江心，强行缴械。张发奎命军校学生上岸后，大声向军校师生宣布说："现在国共分家了，国民党站右边，共产党站左边。"学生们一个不动。张发奎说："都愿意跟我干？那好，你们今晚宿营九江医院广场，明日向南昌进发。"学生们被安置下来，周围布置了岗哨。当晚，军校党委书记陈仲宏召集刘庆庄等骨干研究对策。最后决定：暴露了身份的共产党员可以回家乡搞农民运动，或到南昌与叶挺、贺龙、朱德领导的起义部队会合；没有暴露身份的共产党员继续留在部队掌握武装。刘庆庄决定同陈仲宏等一起奔赴南昌，投奔起义部队。

刘庆庄随陈仲宏一行人向南昌奔去。沿途，所见老百姓都十分恐慌，家家关门闭户不敢留宿外人。农民协会的牌子也被砸了，土豪劣绅又作威作福起来。地主武装团练在路上设哨盘查，大抓形迹可疑之人。刘庆庄、陈仲宏等人换上老百姓的衣服，巧妙地回答团练的盘查，顺利地通过了一道道关卡。走到姑塘，连夜乘船漂过鄱阳湖。登岸后，得知南昌起义军已南下，张发奎占据了南昌，开始公开抓捕、枪杀共产党员了。陈仲宏对刘庆庄说："你带两个同志到上海向党中央汇报军校的情况，我带领大家南下追赶起义部队怎么样?"刘庆庄说："好，服从组织安排。"

刘庆庄同陈仲宏等挥手告别，经杭州、镇江到上海，找到了党中央，被安排在"新德里"机关招待所，作特科工作。刘庆庄同战友一道出没街头巷尾，打击国民党极右分子，受到了周恩来的表扬："刘庆庄同志，你机智勇敢，是国民党极右分子的克星，是革命同志的好伙伴!"

上海。七香大旅舍。刘庆庄戴着墨镜，身穿西装，脚穿皮鞋，手提一口大皮箱，登楼过巷，匆匆走进一间里屋："报告周主任，学生刘庆庄到。"周恩来起身握手相迎："刘庆庄同志，你刚进特科就迅速除掉了三个国民党极右分子和特务，为党中央机关解除了一个重大威胁，感谢你!"刘庆庄："这是我应当做的。您是我的入党介绍人，我应当感谢您的培养教育。"

周恩来："刘庆庄同志，你在特科是把好手，但是，考虑到你四川口音太重，容易暴露身份，不适宜长期在特科工作。党的八七会议决定了武装反抗国民党反动统治的方针，要求凡是能回家乡发动武装斗争的同志，都尽量回家乡开展武装斗争。你的党性和独立工作能力都很强，希望你能回家乡发动群众开展武装斗争，打烂军阀统治的坛坛罐罐，开辟一块革命的新天地，让国民党反动派知道，共产党是杀不完的，革命洪流是不可阻挡的！好不好?"刘庆庄十分坚定地回答："从入党的那一时刻起，我就决定将我的一切都交给党安排。没有什么说的，坚决服从组织决定!"

周恩来："现在，全国革命形势处于低潮，你们四川军阀多，派系林立，情况特别复杂，军阀统治十分残酷，工作难度更大。你要认真做好革命的思想准备。"刘庆庄："请组织放心，我刘庆庄决不会当孬种。回到家乡后如何开展革命工作，还请领导多作具体指示。"周恩来："你回到家乡，先联络回乡的党员建立党的组织，发展党员，建立夜校和农会，建立革命武装。这一条最重要。前段时间，我们的各项工作虽然开展得轰轰烈烈，但是，我们党没有认识到自己直接掌握革命武装的重要性，所以，蒋介石、汪精卫一叛变革命，我们无数优秀的同志遭到杀害，革命就迅速转入低潮，这是极其深刻的血的教训。”刘庆庄：“我也认识到了革命不能没有武装这一点。”

周恩来：“认识到这一点非常重要。相信你回到家乡一定会有一番很好的作为。你马上带上中央的几份文件到重庆，交给四川省临委傅烈书记。你以后就在他的具体领导下开展工作。为了你在家乡能随时了解全国革命形势和党的斗争策略，不迷失革命的大方向，请你留下通讯地址，我们随时给你寄去《红旗》等中央机关刊物，让你知道中央的指示精神，这样也不至于闭目塞听，迷失方向。”刘庆庄：“感谢领导的关心。”

周恩来看了看手表，指着桌子上的一张船票：“这是从上海到重庆的船票，你现在出发，还来得及。”刘庆庄匆匆告别。周恩来又将他喊回去：“还有这张特别通行证你把它带上。”

刘庆庄一看是国民党上海市党部特别通行证，略微迟疑了一下才接证。周恩来：“有了这个，国民党右派在船上便不敢为难你了。”刘庆庄深为领导考虑周全而感动：“谢谢您了。”

周恩来：“时间不多了，快去！”

刘庆庄敬了个礼，飞快地跑到江边，登上轮船，正好鸣笛起航。刘庆庄放下行李，傍着舷窗，眺望远景，鳞次栉比的街道房屋慢慢向后退去，心中暗暗说道：“别了，上海！”

突然走进来几个警察：“查证件！”刘庆庄不慌不忙地拿出特别通行证。警察翻来覆去地看着：“到什么地方去？”刘庆庄：“到重庆。”几个警察悻悻离去。

南京。总司令部办公室。胡嫦杰一声报告，走到蒋介石身边：“校长，学生胡嫦杰前来报到！”蒋介石点点头：“好。现在全国各地都已开始清党。可是，四川几个军阀却不听我的命令，在那里混战。特别是川陕边区绥靖督办黄吉城，还在那里打五色旗，不接受我给他的军长之职。现在派你去，配合四川省党部，对黄吉城进行规劝，叫他听从我的号令，大张旗鼓地清党。他如果仍然执迷不悟，我将派大军前去灭了他！”胡嫦杰回道：“学生听从校长旨令！”

蒋介石：“我给你一百万大洋、两千支枪、十万发子弹的支配权。如果黄吉城就任军长职，你可叫他派人前去重庆国民党分部领取！”胡嫦杰：“是。”

胡嫦杰脱下军装，一派西装革履打扮，快步登上轮船，走进船舱，边放下行李，边向刘庆庄打招呼：“先生你好！到什么地方去呀？”刘庆庄勉强应酬："到重庆。你呢?"胡嫦杰热情地说："正好，我可找到同伴了。"胡嫦杰坐下后向刘庆庄套近乎："这天气热，路程远，没有同伴怪难受的。"刘庆庄勉强应酬道："是啊，找个同伴聊聊天，正好排解寂寞。先生口音像是四川人?"胡嫦杰递上名片，自我介绍道："我是宕水县银鼓石人。"刘庆庄边看边说："啊，是老乡，胡嫦杰先生，还是黄埔五期高材生呀。"胡嫦杰："不敢当。敢问先生名片?"

刘庆庄："我是同济大学一介穷学生，哪能印名片。"胡嫦杰："先生尊姓大名?"刘庆庄："贱姓刘，名庆庄，永定县人。"胡嫦杰："美不美家乡水，亲不亲故乡人。我们永定县、宕水县有潜水河相连，相隔不远，是真正的故乡人。"胡嫦杰暗想："自己深负校长反共密令任务，何不查查这个人的来历？他如果是共党，我不是即可立功受赏？他如果不是共党，看他伶牙俐齿，正好将他作为自己的手下，日后定能派上用场。"刘庆庄心想："黄埔五期学生中，有不少反共之人，我可得对他多加提防。"

胡嫦杰："暑假放了好久了，很快就开学了，你怎么这个时候才回家?"刘庆庄："邮政耽误了，昨天才收到家里邮来的路费。"胡嫦杰："全国到处闹农暴，你们家受到农暴影响，没钱给你寄吗?"刘庆庄："家书没有提到农暴的事。你的家乡有农暴吗?"胡嫦杰："我们家乡农暴可凶了。"刘庆庄："你还回家乡去做什么?"

胡嫦杰："我不是回家乡，是去找黄吉城。"刘庆庄："找黄吉城?"胡嫦杰："就是坐镇永定县、宜兰县、夤河县、巴山县城四县的那个川陕边区绥靖督办，他死死抱住北洋军阀大腿不放，是个死顽固，一点不听蒋总司令和汪主席的指令。"

刘庆庄："你找他干啥?"胡嫦杰："中央要他清共，他总是说他那里没有共产党可清。我受委派，这次去主要是看看他那里到底是没有共产党，还是他不愿意清共。"

刘庆庄："黄吉城为什么不愿意清共?"胡嫦杰："其实，没有哪一个军阀会不愿意清共。共产党反对军阀，军阀绝不可能愚蠢到把反对自己的共产党当朋友。听说他以土匪名义就杀了不少共产党。"

刘庆庄："他既然是反共的，你用不着去了解黄吉城了。"胡嫦杰："我去还是要去的。不去耳闻目睹，怎么知道他的真实想法？服务生！给我们送两人的饭菜来！另加一壶酒!"

服务生送来酒菜饭。胡嫦杰斟上酒："刘先生，为我们今后的合作干杯!"刘庆庄："我一介书生，怎能与你合作?"胡嫦杰："我有预感，我们一定能在反共的大业上合作得很好！干!”

轮船在重庆朝天门码头靠岸，胡嫦杰与刘庆庄登岸后互相告别。胡嫦杰说：“我在重庆还有事情要办，我们后会有期。”

刘庆庄看着胡嫦杰的背影，心中想道：“对此人今后还得多留点心。”

第二章

遇危险喜识金安　见吉城婉拒诱惑

刘庆庄离船上岸，在城中找到了中共四川临时省委机关，向书记傅烈递交了中央文件。傅烈看后，紧握刘庆庄的手说：“你完成了中央交办的一项大任务。欢迎你回到家乡发动农民开展武装斗争工作。省委还将委托你把一批文件及武器弹药顺便运回永定县。目前，回到永定县、玉林县、宜兰县等地的党员已有好几个：永定县魏正铭，玉林县刘大德，宜兰县张大洲、牟永国等。你要和各地返乡的共产党员，特别是张大洲同志尽快取得联系，同他们密切配合，开展工作。你们要积极发展党的组织，条件成熟了就建立川东特委，你主要做党的工作，张大洲同志主要做军事工作。张大洲同志在川东军界熟人多，开展武装斗争有较好的基础。你们要充分利用这个条件开展工作，定能收到事半功倍的效果。”刘庆庄说：“服从领导安排，我们一定努力工作，不辜负领导的期望。”傅烈：“你沿途遇到了什么危险?”刘庆庄摸出特别通行证：“周恩来同志给了这个，没有遇到大的危险。”傅烈：“这个在重庆还有点用处，在永定县可就是个麻烦了。”刘庆庄：“为什么?”傅烈：“黄吉城既反对共产党，又反对国民党。”刘庆庄：“这张特别通行证就留给您了。”

傅烈派人将文件及武器送上一只小船，刘庆庄登船挥手告别向上游驶去。

电闪雷鸣，暴雨如注。川陕边区绥靖督办公署大衙一角。小巧的瓦房院中，少女黄忠英被惊雷震醒。她推开窗户，只见屋檐水如瀑狂泻，院坝中积水上涨，心中叹道：“这讨厌的天气!”她关上窗户，拉开书案抽屉，拿出一个信封，抽出信笺，耳边响起大表哥刘庆庄亲切的声音：“英妹，我定于 8 月 25 日回到永定城。你若有时间，请到南门口码头一见好吗?”

黄忠英盼望已久的 8 月 25 日就在明天。可这讨厌的雷雨，会阻拦大表哥的归期吗？黄忠英点起一炷香，默默地跪在观音菩萨面前祷告："大慈大悲的观音菩萨，保佑我大表哥平安到永定县吧。"

黄忠英眼前浮现起刘庆庄中等身材、英俊潇洒、风流倜傥、文雅中带着豪气的身影，他是黄忠英崇拜的偶像。她想起儿时同小伙伴一起捉迷藏，大表哥总是护着她的情景。黄忠英听娘说，外婆家并不富裕，大表哥生长在这个家庭，从小发奋读书，是个品学兼优的学生。大表哥爱帮助同学，关注民生，对影响民生的军阀混战特别反感，曾奋笔写道："英雄应当拯时艰，百姓不可任摧残。愿化棉粮济苍生，秣马厉兵斩魔顽！"这首诗深刻揭露和控诉了军阀为了抢夺民脂民膏，肆意发动战争，残杀生灵的罪行，反映了广大人民群众的呼声，流传甚广，不少人能随口背出。黄忠英将它工整地抄写在自己的学习笔记本上。

黄忠英听娘说，大表哥对贫苦百姓十分同情，常常对受官府和恶霸欺压的人流下同情的眼泪。他立志为受欺压的人打抱不平，让他们的苦有地方诉，冤有地方伸，毅然决定考政法学堂。为这事他同父母闹了很大一阵子矛盾。后来，他不仅说服了父母和亲朋好友，还真的考上了四川省立法政专门学校。他如饥似渴地学法律，背条文，每次考试都是全班第一。暑假，他回到家乡，恰遇一家农民因地主催租逼死了两条人命。刘庆庄路见不平，拔刀相助，自己掏钱，没日没夜地帮助这家搜集证据，书写状子，以为一定可以打赢这场官司。谁知劳碌奔波几十天，法院却仍然给受害人家下了个"无赖抗租，自杀身亡，与东家无干。着申诉家仍照章按约交租，毋得再生事端"的判决。刘庆庄气得将牙齿咬得咯咯响："这样的社会，哪里有什么法律？学法律有什么用？"

刘庆庄不再相信法学可以救治社会，决心另寻门路。他如饥似渴地阅读《新青年》《每周评论》《湘江评论》，以及成都高师办的《星期日》等传播新文化、新思想的书刊，眼界大开。他逐步看清了社会黑暗的根源，对军阀禁闭人民革命思想十分反感。他愤怒地写道："锦官城，紧关城，锦官城外柏森森，紧关城内血淋淋，拼将热血破围城，扫尽妖魔见光明……"刘庆庄决心"努力做改造社会的事业"。他认识到，社会中一切不合理的事情，都来源于不合理的社会制度，要改变社会中一切不合理的事情，只有从改革社会制度做起。刘庆庄认识到，个人的喜怒哀乐与社会制度是密不可分的。他得知同学黎崇新因对包办婚姻不满，意志消沉之事以后，立即写信帮助黎崇新，指出黎崇新"满篇哀鸣凄恻的音"是不对的，他希望黎崇新把个人的忧愁同社会的弊端统一起来，看清问题的本质，找到解决问题的根本途径。他给黎崇新写道："不满意包办婚姻，实在是教你改造社会的良师！不然，你若从头就得个贤妻夫唱妇随，又哪里知道现行制度的苦恼？同理，你若从头就对现实社会处处满意，又哪里知道现行制度的罪恶？所以，我说那个伊，实在是教你做改造社会的良师！你应当爱怜她，常是记得她。你是个厚道的人，我知道你，定是怨她。但是，你哓哓哀鸣，实在是自苦了。我劝你的，即是望你不要自苦吧！另外告诉你：同学何正昌为了出外求学，卖掉了自己的家产。他破产留学，这种志向，我很佩服！但是，他卖掉家产所得，计算起来还不够一年的费用，我很想和你代他向各处朋友联络款资，按时周济他。或由你我同行，或你我分途进行，亲向各处相好的说。"

黎崇新受到教育，丢下个人的悲哀，募集款资支持何正昌完成了学业，走上了革命的道路。黎崇新投身于人民革命的洪流，成了一名激进的民主革命勇士。

刘庆庄得知黄埔军校第六期招生的消息以后，立刻赶到重庆十八梯，参加了笔试面试，最终被录取。军事训练既苦且累，有些同学感到吃不消，常有怨言。刘庆庄不仅自己认真按军事教官的要求学习军事技能，还劝慰同学说："古人说：'天将降大任于斯人也，必先苦其心志，劳其筋骨，饿其体肤，空乏其身，行拂乱其所为。'这点苦都不能吃，何谈担当改革天下大任！"

同学受到启发，不再埋怨军事教官要求太严了。刘庆庄如饥似渴地阅读马列主义原著，认真听周恩来、陈延年等报告，积极发表对中国革命问题的看法，受到中国共产党组织的关注，入校不久，经周恩来、陈延年介绍，加入了中国共产党。刘庆庄十分感慨地说："我这才真正找到了改造社会的道路！"

刘庆庄在启程回乡之前给小表妹黄忠英写了一封即将回乡的信，希望能从姑妈、表妹那里多知道一些黄吉城新近的情况。他知道，姑妈刘学兰是黄吉城的二姨太，生活并不幸福。表妹是黄吉城的掌上明珠，在家中却常受大母及几个哥姐的欺侮，生活也不愉快。黄吉城看中表妹乖巧美丽，一心想将女儿培养成个女杰，以后好攀上个皇亲国戚，永葆荣华富贵。刘庆庄知道，回家乡搞武装斗争，迈不过军阀黄吉城这个坎，必须先对黄吉城做个详细的了解。

黄忠英家院。刘学兰见女儿房中仍亮着灯，便轻轻推开房门："英儿，这么晚了，怎么还不睡？"黄忠英说："娘，明天大表哥就该回来了，这狂风暴雨会不会影响他的行程?”

刘学兰:“你大表哥是最诚实守信的人,暴风雨应当不会影响他的行程。你放心睡吧。”黄忠英:“我盼着大表哥给我带好书回来看。”刘学兰:“他一定会给你带回来的。不用担心。不过,这老天下这么大的暴雨,他就是晚回来一两天也不用担心。”

黄忠英:“下暴雨,耽误行程,我倒不担心。担心的是这兵荒马乱的年头,庄哥要是遇到了劫匪……”刘学兰急忙阻止:“英儿,别净说些不吉利的话。这几年你爹爹命令川陕护卫军天天剿土匪,这潜水河已清静多了,不会遇上土匪的。放心睡吧。”

刘学兰将女儿扶上床,盖好被:“离天亮还早,快睡,睡好了,明天上午到南门码头接大表哥才有精神。”黄忠英:“娘,明天早点喊我哟。”刘学兰:“娘知道,快睡。”

东方刚发白,黄忠英突然醒来。暴雨仍然不停。她胡乱地吃了几口早点,便腰挎一支小手枪,匆匆地打着雨伞,去到南门口码头。只见河水暴涨,浊水卷起旋涡,不时发出哗哗的声响。江面上没有行船,连爱趁浑水捞鱼的弄潮儿也没了身影。岸边棚户人家匆忙地搬运家中物件,向城墙和高地运去,以免洪水冲走了自己家中的财物。一些闲散观看洪水上涨情况的人三五成群,议论道:“这场洪水来势凶猛,不知要涨多高!”“沿河两岸的人家又遭大殃了。”

一人指着河中漂浮物说:“河里漂着那么多人、牛、猪的死尸,还有那么多的树木。”“你看,连整座房屋都冲下来了。”

黄忠英看着,听着,心中不停地念着:“庄哥走到哪里了?这么大的洪水,晚点回来没啥,一定要平安归来啊。”

突然,几个士兵追着一个没命地向前飞奔的年轻人:“站住,再不站住,老子开枪了!”

黄忠英惊奇地看着,听人们议论着:“这年轻人可能是土匪!”“不一定是土匪,也可能是共产党!”“共产党在北京、上海闹事,被杀得很惨!”“我们这山沟里还没听说过有共产党!”

几个士兵抓住了年轻人:“狗日的共产党想往哪里逃?”年轻人分辩道:“我不是共产党……”兵士:“王班长,抓住这个人怎么办?”王班长:“将他押到柴市街第二收容所关押审查!”几个兵士将年轻人押走了。河边码头又恢复了平静。黄忠英却默默地念着:“共产党这么可怕吗?大表哥,你是不是共产党啊?”

临江码头。刘庆庄带着几个人将行李抬上船。船老板仔细观察着行李。刘庆庄："敢问老板尊姓大名？"船老板："贱姓陈，名大河，大家叫我陈大河。"

刘庆庄见陈大河盯着自己的行李，笑着说："船老板，我不会少给你运费的。"陈大河说："先生，运费给多给少无所谓，现在路上不安全，贵重物品怕土匪抢劫，枪支弹药怕官兵检查。弄得不好都容易丢性命，我是提醒先生要当心。"

刘庆庄："感谢你的提醒。哪些地方土匪多？哪些地方官兵检查多？"陈大河叹了口气："这年月，什么地方都容易遇到强盗土匪，什么地方都容易遇到官兵检查，没个定准。兵荒马乱的，不成世道啊。"刘庆庄："遇到紧急情况，你要好好灵机应对。"

陈大河："这我知道。你的这口大木箱是傅老板派人送上船来的，他叫我要特别留心，我不能出大的差错的。"刘庆庄："谢谢你。你在大潜江上跑了不少时间吧？"陈大河："我祖祖辈辈以船为家。我是船上生，船上长，风里来，雨里去，快满五十年了。"

刘庆庄："这么说来，你对这条水道挺熟悉的了？"陈大河："跑的次数多了，哪里水深水浅，哪里有暗礁漩涡是知道的。"刘庆庄："你这船，上走到哪里？下只走到重庆？"

陈大河："上走巴山下前河、中河、后河，只要船能走，客官要我去我都去。下，也曾去过武昌。长江浪大，下去过三峡，不熟悉水道很危险。回来太费力。所以只走过一次就再没去过。水生，快给客官拿条凳子坐。"陈水生摆上小凳："客官请坐。"

刘庆庄坐下："水生多大年纪了？"陈水生："痴长一十八。"刘庆庄："是个大小伙子了，接婆娘了吗？"陈大河："我们家穷，还没姑娘愿意嫁过来。"

刘庆庄："老板娘为何不在船上？"陈大河："她犯心痛病，到她妹妹家治病去了。"

客人陆续登船。陈大河："人到货齐，请大家坐稳，现在开船了。"陈大河边划船边哼着川江号子："春有百花秋有月，夏有凉风冬有雪。若是心中无烦恼，便是幸福好时节！"

陈大河一手掌舵一手撑篙，水生等三个人拉着纤，小船吃力地向上游驶去。乘客们有的看书，有的品茶聊天。刘庆庄观看着两岸的庄稼，想着即将开始的战斗生活，浮想联翩。木船行至宕水县银鼓石镇，靠码头停下。陈大河："各位客官，我要带小儿子登岸到龙王庙烧香、办事，然后寻个酒馆喝点酒。大家观山玩水，投亲访友皆可。吃过午饭开船，请大家不要误了时间!"客人散去。

刘庆庄站在船头仔细观看这个以"小重庆"著称的水陆码头。潜水河、大巴河交汇后形成大潜江，此地三江相汇，人称银鼓石。银鼓石北岸有一平坝，物产丰富；东岸陡峭；西岸有一大石坝，石坝后面有一平缓台阶，台阶后是陡峻的山梁。人们在台阶上叠石造房，形成场镇，聚居着数百户人家。这里是方圆百里的物资集散地。人们将桐油、生猪、牛、羊及土特产拿到此处售卖，买回从上海、武汉、重庆运来的布匹及其他生活必需品。银鼓石镇是川东北有名的重镇，虽称"小重庆"，然而房屋低矮破旧；往来行人穿草鞋者甚少，打赤脚者居多。一些大腹便便的人，身穿华丽服装，脚穿皮鞋，在洋伞的遮护下，指挥劳工不停地劳作。岸边搬运工人，只穿一条短裤衩，赤身顶着烈日劳作不停。刘庆庄叹道："这些乡亲拼命劳作尚不能求得一日温饱，血汗钱净被土豪劣绅抢夺去了，这个吃人的社会不改造是不得了!"

刘庆庄正看着银鼓石镇浮想联翩，突然跑来几个大兵，登上船头向船老板收费。一个头戴大圆帽，身穿黑军衣，肩挂盒子炮的领头人，带着两个兵登上船吼道："快交治安费!"刘庆庄："船老板上岸去了。"兵士："王班长，船老板不在，怎么办?"王班长走到刘庆庄身边："你先垫上!"刘庆庄："等会吧，船老板很快就会回来的。"

王班长仔细观察刘庆庄，中等身材，二十出头年纪，短发中分，明眸皓齿，身穿中山装，脚穿皮鞋，显得时髦而威武。领头人觉得这个人身上可能有些油水，于是生硬地呵斥道："叫你垫上你就垫上！老子莫得时间等他!"

刘庆庄不软不硬地答道："船上这么多客人哪个该垫?"王班长武断地说："老子就要你垫!"

刘庆庄："少来吃诈!"王班长摸枪："老子今天就要吃你的诈!"刘庆庄也不示弱："光天化日之下，还有没有王法!"

两人相持不下之时，一个戴着礼帽和眼镜、满脸胡须、身穿长衫的中年人走上前来说："老总，治安费该由老板交，没有要客人垫交的道理。"

陈大河匆匆走上船头向领头人又是作揖又是打躬："王班长息怒！王班长息怒!"王班长放下手枪："你回来了就好。"

陈大河："王班长不认识刘先生。刘先生是黄督办的亲戚。不要大水冲了龙王庙，自家人不识自家人!"王班长连忙向刘庆庄赔礼："刘先生大人大量，大人不记小人过!”刘庆庄：“没事，没事!”王班长悻悻地走了。

陈大河：“这些人平时作威作福，一听说有权有势之人便蔫了，真可恶!”刘庆庄：“对这些势利小人不必计较。”

乘客吵着要船老板开船。陈大河红着眼睛说：“开什么船？这么大的洪水，不要说是推上水，就是下水也不敢!”有人说：“多找几个人拉嘛。”陈大河：“说得轻巧提根灯草。多找人拉哪个给钱?”

刚才那个戴着礼帽和眼镜、身穿长衫的中年人说：“多出点钱就多出点钱嘛，大家都急着回去办事。在这个地方干等多着急啊。”

刘庆庄仔细观察着水情，只见河水不断猛涨，心想，文件和武器在路上多耽搁一时就多一份危险，要尽量早点到永定城为好，于是说：“老板，你要大家多出多少钱?”船老板：“每人再增加一个袁大头!”中年人：“怎么要那么多？比我三个月薪金还多!”

刘庆庄：“请问先生在什么地方发财?”中年人：“我是一个穷教书匠，发什么财啊？能有个温饱就万幸了。”刘庆庄：“请问先生尊姓大名？在哪里高就?”中年人摘下眼镜：“不敢言尊，贱姓金，名安，在永定县吴家场观音庵小学任教。敢问先生尊姓大名?”刘庆庄拱手施礼：“啊，是金先生，久仰久仰！在下姓刘，名庆庄，永定县唐笃乡走马转角楼人。”

金安：“啊，久闻刘先生大名，你不是在黄埔军校深造吗?”刘庆庄：“我们这期学生被解散了。”金安：“先生回乡，将作何打算？如不再外出，请到贱校屈就如何?”刘庆庄：“先生是校长?”金安：“暂兼此职。”刘庆庄：“另有高就?”金安：“县教育局督学。”刘庆庄：“承蒙相邀，理当应允。只是需回家料理一下再定。”金安递上名片：“先生可随时来找我。”

此时，陈大河已找来三人，大家奋力划过江心，套上纤绳，吃力地向上游蹭行。河水在船底咆哮，陈大河奋力撑篙。刘庆庄问：“老板，能不能将船靠岸?”陈大河：“你要干什么?”

刘庆庄：“我想帮纤夫搭点力。”陈大河：“你是出了钱的客人，不用上岸拉船。”刘庆庄：“我不会少给你的船钱。”金安：“刘先生提议很好，年轻人上岸既可减轻船体重量，还可增加前进拉力。”

船靠岸，跳下四个年轻人，大家搭力，小船行进加速。转过山弯，几个穿黄军衣的大兵挡住了刘庆庄等人的去路：“靠岸检查!”金安：“太平时期，做什么检查?”大兵指着木牌上的通令：“太什么平？昨天，川陕护卫军司令部发下督办署通令，近来已发现有赤匪窜入本境，督办署已枪决数人。现在督办署命令，凡过往人员，需检查后才能放行。一旦发现赤匪，就地枪决!”

金安："蒋总司令在上海不是已经将赤匪杀光了吗？我们这山旮旯里哪来赤匪？"大兵："赤匪凶得很，蒋总司令哪能杀光？黄督办说，保境安民是我们军人的天职！发现赤匪，格杀勿论！"

刘庆庄："你们怎么辨认谁是赤匪？"金安："可不要滥杀无辜啊！"大兵："什么滥杀无辜？汪精卫主席说，对共产党，宁可错杀三千，不可漏走一个！管他是不是赤匪，看着不顺眼的，杀了报功请赏就是！"刘庆庄："乱杀无辜，就不怕遭到报应？"大兵举起枪指着刘庆庄："你说这话就有赤匪之嫌！走！到连部去讲清楚！"

金安递上香烟："老总别动怒。这位先生是黄督办的亲戚。你不要吃不了兜着走！"一个士兵走到金安面前："金校长！"

金安："赵大力，你怎么在这里？"赵大力："金校长，你还没有忘记我是你的学生？"

金安："你不读书就当兵来了？"赵大力："家里穷，只好放弃读书来当兵。这是我们的黄排长。"排长："他真是你的老师？"赵大力："真是我的老师。"

金安："这是我的好朋友刘庆庄先生。黄排长，都是自己人，请把枪放下。"黄排长放下枪，连忙赔不是："请先生不记小人过。"陈大河高喊："开船啰！"

刘庆庄、金安帮纤夫拉着船来到了永定城南门口码头。刘庆庄远远地看到了站在码头一块大石头上的黄忠英。飘动的旗袍，齐肩的短发，漂亮的洋伞格外引人注目。刘庆庄手提皮箱走进了人群，突然，几个大兵开始拦住行人："检查！"

兵士在一个瘦高个身上摸索，摸出了一把匕首，突然一声大叫："抓起来！"几个兵士将他捆了起来。瘦高个子边挣扎边分辩道："我是好人，凭什么抓我？"兵士："胡连长，监狱装不下了，把他押到哪里去？"头戴大圆帽，中等身材，腰别手枪的胡连长一挥手："将他押到柴市街第二收容所审问！"两个兵将捆绑住双臂的瘦高个子强行押走。

刘庆庄、金安随行人走近了检查兵士。兵士拦住了他们的去路："检查！"刘庆庄不得不放下皮箱。兵士大声命令："开箱检查！"

刘庆庄："清平世界，检查个啥？"兵士："清平世界个屁！长官命令查共产党，查土匪！"

刘庆庄打开皮箱，只有几件衣服。兵士伸手准备掀开衣服检查："有没有夹层？还有没有东西在船上？"刘庆庄递上香烟，拦住兵士："老总，看清了是几件衣服，就不要翻了！"

兵士："不行！这是例行公事！"

黄忠英远远地看到了刘庆庄，分头短发，目光炯炯，身穿长袍，一幅学生装束。黄忠英急忙边跑边脆声喊道："庆庄哥。"黄忠英飞快地跑到刘庆庄身边："庆庄哥，我很远就把你看到了。"刘庆庄："英妹，你等了很久吧？"

黄忠英："我一大早就到这里来等你了。这么大的洪水，我担心你不能按时回来了。"

刘庆庄指着金安说："为了能准时回来，我、金校长和几个年轻客人都当纤夫了。"

黄忠英拉着刘庆庄的手："大表哥，走吧。"兵士拦住刘庆庄："你的箱子还没有完全打开检查！"刘庆庄："你不是检查完了吗？"

黄忠英怒目而视："检查什么？你想找打？"兵士："这是长官的命令！"

胡连长连忙走上前来，赔着笑说："啊，二小姐好？这位先生是你的客人？不用再检查了，不用再检查了。"兵士："胡连长，这可是你叫不检查的啊。"

胡连长双眼一瞪，右手一摆，给了兵士一个响亮的耳光："出了什么岔子，老子胡九丙负责！二小姐请！"

兵士还想说什么，胡九丙低声地说："这是督办大人的二千金，你长了几个脑壳想惹她发怒？你还要命不要命？"兵士吓得伸舌头，不敢再说什么。

刘庆庄指着黄忠英说："金校长，这是我的表妹黄忠英小姐，黄督办的二千金。"

金安说："黄小姐好。你好像还是我的学生，几年不见，长成大姑娘，我差点认不出来了。"黄忠英说："金校长好。我只顾跟大表哥说话，也没认出是金校长。金校长，原谅啊。"

金安："哪里哪里。你还是那么大胆泼辣。"

金安脑海中浮现起明达公学闹学潮的情景：明达公学操场，主席台上一个大大的"悼"字，旁边一长挽联："反满清去专制建共和解民饥困利在当代，新三民联俄国合工农振兴中华功在千秋！"

全校师生集会沉痛悼念孙中山先生逝世。金安慷慨激昂地讲道："孙中山先生振臂一呼，应者云集，推翻了两千多年的封建帝制，建立中华民国，开历史先河，功高日月！又提出'联俄联共，扶助农工'三大政策，为民族振兴指明了方向……我们隆重悼念孙先生，就是为解救百姓脱离苦难，振兴中华！游行开始！”

学校师生上街游行，振臂高呼：“继承孙中山先生遗志，实行‘三民主义’，振兴中华！”

一群军警拦住了游行队伍的去路：“不准上街游行！”

金安上前说理：“我们悼念国父孙中山先生有何过错？为什么不准我们游行？”

营长兼城防司令毛仲秋横蛮地说：“你们悼念孙中山先生可以，但是，不准你们宣传‘三民主义’！”

一个女学生上前质问毛仲秋：“你们口头上说准许悼念国父孙中山先生，又不准宣传孙中山先生的‘三民主义’，为什么把孙中山先生和他主张的‘三民主义’分开？”金安：“反对‘三民主义’就是反对孙中山先生！”

毛仲秋挥舞手枪：“把这些扰乱社会治安的激进分子给我抓起来！”师生高呼：“不准抓人！”

一阵混乱，军警抓捕了金安和大声质问毛仲秋的那个女学生在内的二十几位师生。毛仲秋大声宣布：“现在对你们进行审查，教师要交代参加游行的政治企图，学生要交代受谁指使！”

金安：“我的政治企图是为了振兴中华！”女学生：“纪念孙中山先生还需要有人指使？”

毛仲秋无言回应金安，便指着女学生：“小小年纪就学了这么多歪理论，长大了一定会成精！”

金安严厉斥责毛仲秋：“不准侮辱学生！”众：“不准侮辱学生！”

毛仲秋见无法审问下去，便高声宣布：“教师可以取保，学生由家长来领！”

刘学兰快步走上前来：“毛司令，我来领我的女儿。”毛仲秋：“二姨太驾到，下官失迎，请恕罪。哪个是您的千金？”女学生走到刘学兰身边：“就是本姑娘，就是你说的长大要成精的人！”

毛仲秋自打耳光：“罪过，罪过！下官给小姐赔罪了！”黄忠英怒指毛仲秋：“大司令，你的威风到哪儿去了？”刘学兰：“女儿，不要为难毛司令！”黄忠英：“谩骂本小姐是小事，对国父孙中山先生不尊敬是大事，本小姐饶不了你！”

毛仲秋把脸凑近黄忠英：“下官错了，甘愿受二小姐处罚！请打我的耳光！”黄忠英：“师生悼念孙中山先生的游行不准阻挡！”毛仲秋：“这个——”黄忠英：“什么这个？”毛仲秋：“是，是！军警整队回营！”

金安看着军警撤走："大家继续游行!"黄忠英走入游行队伍，振臂高呼："继承孙中山先生遗志，实行'三民主义'，振兴中华!"

金安看着黄忠英："光阴荏苒，几年不见，黄小姐就长成了大人。失礼失礼!"黄忠英："请金校长和大表哥一起到家里坐坐。"金安："谢谢黄小姐美意。我得马上回校。改日再到府上拜见小姐和督办大人。就此告辞。"

刘庆庄："金先生，后会有期。"金安挥手："后会有期。"

黄忠英带着刘庆庄走进督办署后院。刘庆庄给刘学兰施礼："姑妈在上，小侄有礼了。"

刘学兰伸手接皮箱："快放下。"刘庆庄："我自己来。"刘学兰："怎么这么沉?"刘庆庄："我带了很多的书。"刘学兰："你妹妹早就盼你给她多带些书，这下可好了。"刘庆庄："也不全是给她的书。"

刘学兰："侄儿一路辛苦，快坐下歇歇。你表妹天刚亮就到码头接你去了。昨天的狂风暴雨真令我们不安。你平安回来了就好。"刘庆庄："姑妈和表妹费心了。"刘学兰："侄儿，你是我娘家出类拔萃的人物，几房人中就出了你这个洋学生。当姑妈的怎么能不为你担心?"

刘学兰拿出一条毛巾递向刘庆庄："侄儿，一路风尘仆仆，去洗把脸吧。"刘庆庄伸手去接："谢谢姑妈。"黄忠英一把将洗脸帕夺过去："我去给表哥舀水。"

黄忠英端水过来，盆中放着的却是黄忠英自己的洗脸帕。刘学兰一怔，心想："小丫头，平时连我都不准动你的洗脸帕，你就不怕大表哥汗多吗?"

刘庆庄洗完脸，打开皮箱，拿出一本《中国青年》："表妹，这是我给你带回来的书。"黄忠英接过书："大表哥，你给我寄来的《向导》《妇女周刊》《觉悟》《前锋》等刊物，我都认真地阅读了，那些道理讲得真好。我读得如痴如醉，有许多时候，读着读着一抬头，天都大亮了。"

刘庆庄："你真能理解文章中讲的道理?"黄忠英："也不全懂。但是，阅读了这些文章，我初步认识了灾难深重的中国的现状。"

刘庆庄："我们国家外受帝国主义侵略，内受军阀、地主、豪绅压迫剥削，老百姓太苦了。"黄忠英："大表哥，不仅老百姓苦，就是我母亲也有许多难言的苦恼……"

刘庆庄故作惊奇地问："姑妈有什么不愉快?"黄忠英："我大母太欺侮人了。她仗着大娘子的地位，颐指气使地把我娘当奴婢使唤。"刘学兰："英儿，你先让大表哥歇口气好不好？不要一见面就要大表哥为我们操心。"刘庆庄：“姑妈，我不累。有话你就早说，坐会儿我就回家看父母。”刘学兰：“清官难断家常事，还是以后再说吧。你还有行李没有？”

刘庆庄：“还有一个大木箱在船上。”刘学兰：“英儿，你叫钟诚厚副官带几个人，到船上去把大表哥的行李抬回来！”

黄忠英带着刘庆庄走进军务处办公室：“钟副官，请你带几个人到河边船上帮我大哥搬件行李。”钟诚厚满脸堆笑：“能为二小姐效劳是在下的荣幸。这位是？”黄忠英：“我的大表哥刘庆庄。”刘庆庄伸出右手：“有幸认识钟副官。”钟诚厚紧握刘庆庄的手：“有幸认识刘先生。”

钟诚厚招呼几个兵士，随同黄忠英一行数人走到码头，只见陈大河正在与兵士争吵：“老总，这是客官的东西，主人不在，你们开箱检查，掉了东西，我咋个说得清楚？”

执行检查任务的兵士：“箱里一定有违禁物品，你才不敢让我们开箱检查！不行！非检查不可！”胡连长在船舱内大声命令：“强行阻拦检查，将他押到柴市街第二收容所审查！”几个兵士便抓住陈大河往岸上拖。陈大河紧紧抱住船柱不松手。兵士便用手扳陈大河的手。胡连长在船舱内大声命令：“给老子用枪托砸！”

兵士举起枪托正要砸下，刘庆庄一手擎住枪托：“老总慢来！”兵士大怒：“你是什么人？竟敢阻拦老子执行公务！”一个兵士上前挥拳要打刘庆庄：“刚才老子为你挨了打，你现在来还想给老子惹麻烦！”

钟诚厚伸手挡住兵士拳头：“慢来！怎么随便打人？”兵士正想发威，船内走出胡连长：“不得无礼！钟副官驾到，有何要事？”钟诚厚：“啊，是胡九丙老弟在执勤。我来为刘先生提取行李。”

胡九丙笑着说：“钟副官打个招呼，我派几个弟兄送去就行了，何必劳动你的大驾。是哪一件？”钟诚厚问道：“刘先生，是哪一件？”

陈大河挣脱兵士的手：“刘先生，你再不来取行李，我可就进班房了。”

刘庆庄：“对不起，老板。就是这个木箱！胡连长，还开不开箱检查？”胡九丙满脸堆笑：“不用检查，不用检查！”

钟诚厚：“兄弟们搭个手，搬上去我请你们喝酒！”

几个兵士抬着箱子走进后院，刚刚搁进刘学兰房中，门外传来黄吉城的声音：“侄儿回来了？”刘庆庄转身相迎：“姑父大人，小侄有礼了。”

黄吉城四十多岁，个头不高，肥胖有余，穿着民国上将军装，束着武装带，胸前挂着几枚闪闪发光的勋章，显得英武干练。他挺着硕大的肚子，踏进房门，握住刘庆庄的手：“侄儿回来得太是时候了。眼下我正缺人手。你这个黄埔军校的高材生，正好助我保境安民，能派上大用场。”

刘庆庄：“姑父高看小侄了。小侄并非人才，更不是您所需要的大人才。我多年在外，对父母少有孝敬，我得回家孝敬父母。”

黄吉城：“哈哈，孝敬父母，有孝心就好。看望了父母，就马上到我这里来，营长、团长之职由你选，住城里城外由你挑。哈哈！”他拍了拍身上的上将军装：“不然，你到我的川陕护卫军司令部任个上校参谋，日后建功立业再上升。你这个黄埔军校高材生，在我川陕护卫军中不愁没有你的用武之地。哈哈哈！”

刘庆庄：“我已厌倦了军旅生活。”

黄吉城：“别说没志气的话！在这兵荒马乱年月，有枪就是草头王！不到军队任职，不掌握一定的军队就成不了大气候！我知道，你很有文采，你写的什么‘魑魅魍魉也操竿，无辜百姓受摧残。只缘一点膏脂在，草木何曾半日安’我看过，很有文采。只是意境还需提升。你想从文，这里也有你用武之地。你先到督办公署作文案，熟悉一下官场办事程序，以后出去任个区长、县长，也是前途无量。”

刘庆庄：“谢谢姑父高看小侄，为小侄勾画了一幅美好的升官蓝图。只是侄儿对做官也没有什么兴趣。”

黄吉城：“这就奇怪了。你对从文从武都没有兴趣，到底对什么感兴趣？古人说，天生我材必有用。我劝你不要埋没了自己这个人才。对了，你在外面闯荡多年，见多识广，本不该由我当面指点你。当今中国，什么主义什么派别，真把人搞得眼花缭乱，你可别上了当。我特别要提醒你的是，共产党在中国搞什么工农革命，那绝对是没有前途的。泥腿子造反，成不了气候！蒋总司令、汪主席把共产党抓的抓，杀的杀，撵得鸡飞狗跳。不少共产党人纷纷改弦易张，回归正道。共产党销声匿迹已成必然之势。你如果没有中共产党的邪就好，如果中了共产党的邪，现在立即迷途知返也为时不晚，本姑父可以保你无事。我们大巴山区，共产党的手还伸不进来。要是伸进来了，我会毫不犹豫地将它消灭干净！我愿遵守汪主席‘宁可错杀三千，绝不放走一个’的指示，确保大巴山平安！”

何金章一声报告，走了进来：“督办大人，胡大嫂叫你马上到她那里去一下。”黄吉城不耐烦地说：“她怎么知道我在这里？准是你多嘴多事。”何金章：“小弟不敢多事，是胡大嫂亲眼看到你到二嫂这里来了。”

黄吉城无可奈何地说：“她把我盯得这么紧，有什么办法？侄儿，回去仔细想想刚才我给你说的话，跟着姑父干，不会吃亏，前途无量！你想好了就马上来找我。姑父决不会亏待你的！"

黄吉城说完，挺着肚子走出门去。胡嫦娥扭动身躯迎了上来："督座。"黄吉城不耐烦地问："什么事？"胡嫦娥："不得了了。陈宗光打进巴山县城了。"黄吉城："什么？陈宗光敢抢老子的地盘？马上召开军事会议！"

会议室内，刘积良指着地图："陈宗光从陕南打来，王陵基从万州打来，我们永定县危急啊。"黄吉城："陈宗光想抢老子的地盘，一路打来，奸掳烧杀，老百姓深恶痛绝。黄志尚听令：速带你团人马，赶赴巴山县城，联合当地团防，将陈宗光赶回陕南去。"黄志尚："遵令！"

黄吉城："符冠文师长听令：速带你师到天师观布阵，务必阻止王陵基部进入我防区！"符冠文："遵令！"

黄吉城："积良参谋长，立即给田崇尧军长发电，请他牵制杨森，以免我三方受敌！"刘积良："是。督座制定了应对三方之策，对内还需制定长治久安之策，才能确保我们防区无虞啊。"

黄吉城："是的。当今多事之秋，内忧外患，咄咄逼人，没有远虑，必有近忧！我知道，陈宗光、王陵基、杨森等外患，不过是肘腋之患，与我抢地盘，容易对付。"

刘积良："督座认为什么是心腹之患呢？"黄吉城："共产党才是心腹大患。"刘积良："督座，据报载，共产党在上海、武汉已被蒋介石、汪精卫斩尽杀绝了。"黄吉城："别听报上的胡吹！你看到湖南、广东、广西、江西、福建等地的消息了吗？那里的共产党领着泥腿子又闹得天翻地覆了。"众："督座大人见微知著，看得深远。"

黄吉城洋洋得意地说："有备才能无患，防范共产党是我们当务之急！本督认为，乡间是最难于控制的，保甲制度是控制乡村最好的方法，是我们控制乡村的根基，一定要让可靠的地主豪绅担任保甲长这个重任。同时要加强团防建设，一是充实人员；二是对区、乡团总进行一次认真的清理，把那些不忠诚可靠的人，立即撤下来，让团枪掌握在可靠的人手中，以防共产党人钻空子，控制了我们的团防；三是要加强邮政检查，对可疑信件要顺藤摸瓜，及时抓捕可疑之人；四是在交通要道设立检查站，盘查过往行人，对可疑之人要关押审问；五是要对外地回乡人员进行监控，发现可疑之人立即抓捕……"众："督座英明！"

黄吉城："你们马上分头行动！"众："是！"

第三章

掌团防惩治兵痞　办夜校开启民智

胡嫦杰昂首挺胸迈步走进督办办公室，向黄吉城敬礼之后，双手递上一封信："督办大人，这是您派驻南京办事处吴主任给您的信。"

黄吉城边看信边问："你是黄埔五期生？毕业后在哪里就职？"胡嫦杰："我毕业后被派到法国学政治，回国后参加组织蓝衣社。"黄吉城："蓝衣社？"胡嫦杰："是专门反对共产党的一个组织。"

黄吉城："为什么到大巴山？"胡嫦杰："我是受吴主任的邀请来为督办大人效力的。请问督办大人，这大巴山，也就是您的防区，共产党活动厉害吗？"黄吉城："明显的共产党不敢在我的防区里活动。黄泥巴脚杆不懂什么共产主义。乡间打富济贫的土匪倒是不少。"胡嫦杰："黄泥巴脚杆对共产主义理论不一定懂，但是对共产党那一套做法却深信不疑，不得不防啊。"

黄吉城心想："我正在为组建一个反共别动队缺人手发愁。这小伙子与南京方面有联系，用得着。"于是点点头，对胡嫦杰说："好好好。我任命你为川陕边区绥靖督办公署中校参议兼反共别动队队长。你负责组建反共别动队。"胡嫦杰："谢督办大人栽培。我一定尽心尽力完成任务。"

黄吉城突然觉得自己对胡嫦杰尚不够了解，便委以重任有些不妥。胡嫦杰见胡嫦娥走了进来，转身敬礼："督办夫人，在下有礼了。"胡嫦娥："这位是？"黄吉城介绍说："他是我刚刚任命的反共别动队队长胡嫦杰。"胡嫦娥夸奖道："看队长一表人才，督座又增加了干才，值得庆贺。"胡嫦杰："督办夫人过奖了。以后还请多多栽培。在下就此告辞。"

黄吉城看着胡嫦杰远去的身影："太太，这小子精明能干，怎样才能将他控制住呢？"胡嫦娥："你不是将他任命为反共别动队队长了吗？"黄吉城："他是蒋介石派来控制我的。我想用官位控制住他。但又觉得只控制得住他的身，控制不了他的心。你说怎么办好？"胡嫦娥："派你的心腹作他的随护，不是就控制住他了吗?”

黄吉城：“那样也只能控制住他的身。你另外想想办法。对了，你与他同姓同辈，可认作同宗姐弟，去问问他是否已有家室。如果他还未成婚，就给他介绍一个可靠姑娘控制他。”

别动队训练场。胡嫦杰正带领一些人进行军事训练。胡嫦娥走近胡嫦杰：“队长，我有话给你说。”胡嫦杰带着胡嫦娥走进别动队办公室：“督办夫人请坐。”

胡嫦娥：“队长与我同姓同辈，这样说来我们就是同宗姐弟了。”胡嫦杰受宠若惊地说：“在下高攀了。以后还望同宗姐姐多多照看。”胡嫦娥：“既是同宗姐弟，照看自不必说。弟弟队长年轻才俊，可有家室?”

胡嫦杰回想起南京的女朋友庞永菊，正当准备结婚时，他突然接到上峰命令远赴大巴山，只好放弃了结婚计划。胡嫦杰知道，胡嫦娥问自己婚姻情况，一定是想给自己做媒。自己的女朋友庞永菊虽然聪明美丽，但是，她的父亲只是一个毫无社会地位的邮递员，对自己的前途毫无帮助。现在靠上督办大人这棵大树，今后前程不可限量。于是笑着对胡嫦娥说：“感谢督办夫人关怀，在下还未找到可意之人。”胡嫦娥一听，十分高兴地说：“先生如此才俊，不难找个绝代佳人。我给你物色一个包你满意。”胡嫦杰：“谢督办夫人美意。”

胡嫦娥心中有两个人选：一个是自己的偏房女儿黄忠英，一个是自己名义上的干女儿肖晓娥。想到这两个年轻貌美的女人，她心中就十分生气。黄忠英是二姨太生的，犯不着为她的前途考虑。将黄忠英嫁给胡嫦杰，既可利用她控制胡嫦杰，还可出出心中的一股恶气，真可谓是一箭双雕。她走进督办办公室对黄吉城说：“督座，将你的宝贝女儿忠英嫁给胡嫦杰如何?”黄吉城：“这倒是好事。可是，忠英是个犟性子，你要好好给她说说去，别把事情办砸了。”胡嫦娥：“你这个当老汉的给她说。自古婚姻大事是父母之命，媒妁之言，你做个主就行了。”黄吉城：“你说的那个年代已经过去了。不过，我可以先了解一下她的想法。”胡嫦娥：“快去快去。”

黄吉城走进黄忠英的小屋，见黄忠英正在读书，便夸奖地说：“女儿读书很用功啊。”黄忠英合上书本，怒气冲冲：“你又要来烧我的书吗?”黄吉城笑着拍拍女儿的肩膀说：“你别将老父当仇人。我不是来烧你的书的。女儿，你也十八岁了，耍了男朋友没有?”黄忠英：“你讨厌女儿，早想撵走女儿，现在假装关心女儿的婚事。我看你干脆直接把我撵走算了。”

黄吉城强压心中怒火，亲切地说：“你是为父的心肝宝贝，老父怎么舍得撵你走？不过，男大当婚，女大当嫁，自古如此。女儿有了男朋友，说出来，也让老父高兴高兴。”黄忠英：“女儿没有男朋友，女儿不嫁。”黄吉城耐心地：“女儿没有男朋友，为父给你选一个。”黄忠英：“不劳父亲费心，女儿自己能找就找，找不到就到尼姑庵去当尼姑。”

黄吉城：“我督办女儿还愁嫁不出去？要到尼姑庵里去当尼姑？岂不是天大的笑话！这样吧，为父专门为你举行一次游猎活动，你看看能不能挑选一个中意的人。”黄忠英：“我不去！”黄吉城：“宝贝女儿，你一定要去。”

翠屏山。山道弯弯，绿树堆翠；山溪清澈，翔鱼遨游；山花烂漫，百鸟争鸣，好一派人间仙境！黄吉城带着胡嫦娥、黄忠英、胡嫦杰及十来个年轻官员，浩浩荡荡骑马上山打猎。年轻官员个个向黄忠英献殷勤，黄忠英不理不睬。突然，黄忠英披肩被山风吹落崖边，胡嫦杰急忙冒险将披肩捡起，双手捧献给黄忠英。黄忠英一手接过，便头也不回地向前跑去，对胡嫦杰看也不看一眼。胡嫦娥看在眼里，急忙喊住黄忠英：“二女子，怎么连声谢也没有？”

黄忠英不屑一顾地说：“这么点小事也值得谢吗？”胡嫦杰大度地回应道：“不用谢，不用谢。”

大家都在追逐一只麂子。黄吉城连开几枪都未击中，黄忠英开了一枪也未击中。胡嫦杰紧接着一枪击中后，故意夸奖地说：“二小姐枪法真准！”黄忠英鄙夷地说：“明明是你打中的，少向我献假殷勤。”

胡嫦娥见黄忠英对胡嫦杰毫无好感，对他所献殷勤也坚决拒绝，便知道此事绝难成功，这又想起了肖晓娥。

肖晓娥是永定县县长肖正福的女儿。肖正福为了巴结黄吉城，将自己的女儿肖晓娥拜寄给黄吉城作干女儿。肖晓娥十八岁，高挑身材，面如桃花，聪明伶俐，逗人喜欢。她拜黄吉城为干爹以后，出入督办公署就十分方便。她经常在黄吉城面前谄媚撒娇，把黄吉城乐得心花怒放。黄吉城是个假道学的伪君子，不久就将肖晓娥这个干女儿揽入怀抱，使干女儿怀了孕。后来，肖晓娥吃药堕胎，差点丢了性命。《新蜀报》对此作了披露。黄吉城看了，又羞又气，立即要刘积良到法院起诉，状告该文作者华书娟毁坏他的名誉。刘积良到重庆奔走一阵之后，回到督办公署告诉黄吉城，华书娟并不是一个人的真实姓名。这篇报道，人们只不过是作为茶余饭后的笑料而已，不会把它当作正事，看了也就丢了。如果状告华书娟，反而会引起社会轰动，会更加引起人们的注意。再说，《新蜀报》属刘湘管辖，也是不会卖黄吉城的帐的，不如让它自行淡化算了。黄吉城气急败坏地说：“此事就这样算了？”刘积良献计说：“督座别急，卑职倒有一个主意：反正华书娟是化名。不如花一笔钱，就以华书娟的名义在重庆另一家报纸上刊登一篇文章，声明并无此事。这样就可以消除一定的社会影响。”黄吉城：“同意你的办法。你带上一百两黄金全权办理此事，务必办好。”刘积良高兴地说：“是。”

在刘积良的操办下，《新新新报》刊登了华书娟的一篇文章，说自己道听途说，著文有失严谨，表示向当事人和广大读者道歉。此文刊出以后，这场风波就这样无声无息地过去了。

但是不久，黄吉军与肖晓娥上床的事又在永定县城闹得沸沸扬扬。黄吉军是谁？黄吉军是黄吉城的亲弟弟。原来，黄吉城将自己的亲弟弟黄吉军送到保定军校混了个毕业证以后，黄吉军便到北京城过起花花公子的生活。黄吉城派了几批人到北京城好劝歹劝，才将黄吉军从北京召回来，委为第一师师长，目的是为了加强自己对军队的控制，以增强自己的统治力量。黄吉军名为一师师长，但并不认真履行职责。他整天与从北京带回来的金宝、银宝两个如花似玉的妓女轻歌曼舞吃喝玩乐，全然不把军务放在心上。黄吉城责问他，黄吉军便提出与金宝、银宝结婚后才理军务。胡嫦娥得知金宝、银宝两个人的身世后坚决反对这门亲事，结婚之事只好搁置下来。黄吉军在黄吉城的催逼下，逐渐插手军务，倒也相安无事。可是，日久天长，黄吉军这个花花公子，与金宝、银宝玩久了，便腻了，便想找个新鲜的来玩玩。黄吉军见肖晓娥年轻貌美，便把心思转到了肖晓娥身上。不久，便与肖晓娥上了床。金宝、银宝知道了，虽然心中十分不快，但因自己与黄吉军没有正式的夫妻名分，也管不着黄吉军与肖晓娥之间的事。金宝、银宝被冷落，自己无聊了，便也想找个地方鬼混。一天，银宝实在耐不住寂寞了，便到永定县知事衙门找胡扬坤玩。胡扬坤是黄吉军军校时的同学，又是相当好的朋友，更是一起逛窑子的“窑友”。银宝是胡扬坤最先嫖宿过的妓女，后来被黄吉军抢了过去。现在，胡扬坤在永定县知事衙门任刑事案件的审判长，是个单身汉，住在县衙门后花厅一间最清静的小房里。银宝找胡扬坤玩，两人自然旧情萌发。从此以后，银宝便三天两头就去找胡扬坤鬼混。不久，金宝也一同来鬼混。时间久了，引起了县衙内人们的怀疑。黄吉军因与肖知县的女儿肖晓娥打得火热，准备择时结婚了，因此，对金宝、银宝之事全然不知。

胡嫦娥得知此事后，心中十分恼怒。她原来根本瞧不起金宝、银宝，她坚持要为弟弟黄吉军娶一个门当户对的妻子。她听说黄吉军准备与永定县知县女儿结婚的事后，心中更是十分着急。因为肖知县的女儿肖晓娥与黄吉城的丑事闹得沸沸扬扬，好不容易才平息下来。现在，如黄吉军与黄吉城的干女儿、旧情妇结婚，肖晓娥正式进入黄家，难免引起黄吉城的旧情复燃。同时，黄吉城的干女儿与黄吉城的亲弟弟黄吉军结婚，辈分上也说不过去。因此，胡嫦娥认为，黄吉军与肖晓娥结婚，必定会引起轩然大波。胡嫦娥决定利用金宝、银宝来扼杀这件婚事。

一天，永定县属江陵溪团总被杀，黄吉城派肖知县亲自带一个连去查处这个案件。肖知县离家的当天晚上，黄吉军带了两个弁兵去到肖知县家。黄吉军叫两个弁兵到刑警队去打麻将，自己则到肖晓娥房里开心取乐。三更时分，突然有人敲肖小姐的房门。黄吉军提着手枪开了门。一看是金宝、银宝，后面还有两个女人。正要喝问干什么，说时迟，那时快，金宝、银宝两个女人一下就扑到肖小姐床上掀被子，将肖晓娥赤裸裸地扯下床来。黄吉军怒不可遏，挥拳就打。金宝、银宝一面死死扭住肖晓娥不放，一面又哭又骂，闹成一团。这时，黄吉城夫人胡嫦娥也带着几个女人匆匆走进房间，喝住黄吉军和金宝、银宝："你们都别闹了，都跟我一起回府去!"

黄吉军等只好乖乖地跟着胡嫦娥离开县衙。三个当事人走了，闹得天翻地覆的肖知县家才渐渐平息下来。

胡嫦娥将黄吉军三人带出县衙，嘱咐他们不准再闹，明日上午到督办公署听候处理。第二天上午，黄吉军带着金宝、银宝去见嫂夫人。胡嫦娥拿着嫂嫂的架子，对黄吉军责备了一番。黄吉军自知理亏，也不多辩。胡嫦娥说，黄吉军今后不许再和肖晓娥来往，更不许与之谈婚论嫁。胡嫦娥冷笑着说："肖晓娥是我们川陕护卫军的一股祸水，我一定把这股祸水除掉，使她不能够再来祸害我们!"

胡嫦娥制止住黄吉军与肖晓娥的婚事后，立即命胡扬坤向胡嫦杰同肖晓娥提亲。

胡嫦杰："听说肖晓娥与黄吉军有许多风流韵事。"胡扬坤："胡队长，肖晓娥不仅是肖县长的女儿，还是黄督办的干女儿，这样高贵的女人，世上很难找啊。"

胡嫦杰在心中反复权衡：现在的女朋友虽然有个好名声，但是她的父亲仅是邮政局的普通投递员，靠着她，对自己今后的前程没有什么指望；肖晓娥虽然名声不大好，但是她的父亲是县长，干爹是督办。投递员比起县长以至督办不啻相差十万八千里，今后将可以顺着县知事、督办这条线不断往上爬，真是前途无量。见着这种喜事送上门，胡嫦杰高兴万分地立即应允："谢谢胡法官为我成全了一件大好事。"

黄吉城得知此事以后，也极表赞成。没过多久，胡嫦杰就成了肖知县的乘龙快婿。举行婚礼这天，黄吉城置办厚礼，带着诸多文武官员前往祝贺，把婚礼办得十分气派。

督办办公室。黄吉城：“胡嫦杰，你要好好训练别动队，使之成为保境安民最强力的生力军。”

胡嫦杰：“督座，不，义父，从我与肖晓娥结婚之时起，您就是我的岳父大人了。我一定听从您的教诲，把别动队办成最忠于您的队伍。今后不管遇到多么危险的事情，当干儿的一定赴汤蹈火，在所不辞！”

黄吉城：“最近城中也发现了不少赤匪标语，你要抓紧严查！”胡嫦杰：“是。”

督办公署后院。刘学兰问刘庆庄：“侄儿，你愿意跟姑父干吗？”黄忠英：“大表哥，刚才父亲说了，他不会亏待你的。就留在这里干吧，我也好经常向你请教。”

刘庆庄严肃地说：“姑妈，表妹，我这次回来，不是在外面混不下去了才回来投靠姑父想升官发财的。对了，表妹，我给你带回了几本书，你要仔细看。”刘庆庄从皮箱中拿出几本书，特别挑出一本小册子《请看今日之蒋介石》，递给黄忠英：“表妹，这本书你更要仔细看。”

黄忠英接过书：“大表哥，一看书名就知道是反对蒋介石的。蒋介石是新军阀，我父亲是老军阀，都要被打倒吗？”刘庆庄：“不论新旧军阀，只要是军阀，都要打倒！我们国家现在正处在大革命时期，只有跟上时代潮流，才有前途。孙中山先生说，世界潮流，浩浩荡荡，顺之者昌，逆之者亡。希望妹妹劝姑父不要逆革命潮流而动，不要反对革命。我知道，他早年是孙中山的虔诚追随者，是云南辛亥革命的元勋，是护国讨袁的得力干将……随着时代的发展变化，他将掌握的军队和土地变为私人财产，成了一名忘记革命、追名逐利、逆历史潮流而动的军阀。你要劝他，保持革命的朝气，不要逆历史潮流而动……”黄忠英点头：“不能逆历史潮流而动！”

刘学兰拿出几本黄吉城的日记：“你姑父虽然是军阀，但他以前是非常革命的。他十分看重他的革命历史，你看了这些日记，对他的革命经历就会有个详细的了解。”刘庆庄接过日记：“好，我仔细看看。”

刘庆庄仔细地看起来：黄吉城生于 1880 年，1903 年考入四川武备学堂，翌年，被选送日本成诚陆军士官学校第六期步兵科学军事。期间，接受孙中山革命思想，参加孙中山组建的同盟会。1909 年，回国后，到云南讲武学堂任教。1911 年 10 月 30 日，在蔡锷的领导下，参加辛亥革命，任军政参谋部部长。1912 年春，回四川任第四镇统制，成了革命人士特别是青年学生心目中的革命英雄。黄吉城做四镇统制时经常到成都的学校演讲自己的革命经历。

刘庆庄边看黄吉城的日记本，边问："姑妈，你是怎么认识姑父的?"刘学兰："那是辛亥革命后的第二年，黄吉城回成都不久的事情。"刘学兰慢慢地讲述起她与黄吉城相识、相交、成家的经历。

成都国立女校。青年学生在校门前排列整齐，迎接骑着高头大马、威风凛凛的黄吉城到学校作演讲。十个女学生站在最前面，一齐向黄吉城敬献鲜花。黄吉城看到刘学兰时眼前一亮，便一直盯着她看。刘学兰献花后迅速归队。黄吉城走进大礼堂，登上讲演台，高声讲道："同学们，辛亥革命取得胜利来之不易。清王朝腐败透顶，对洋人卑躬屈膝，割地赔款，对老百姓却敲骨吸髓，残暴杀戮。伟大的革命先行者孙中山先生，联络有识之士，在东京组建同盟会，决心推翻清王朝的残暴统治。我有幸参加了同盟会，参加了推翻清王朝的革命活动。孙中山先生多次发动武装起义，多次被清王朝残酷镇压。革命同志不怕流血，不怕牺牲，屡次失败，又屡次再起，终于在辛亥年十月武昌发动起义，震动了全国。我回国后在云南讲武学堂任教官，不久到新军任管带。武昌首义后，我与蔡锷将军及唐继尧诸君冒着杀头的风险，发动云南起义，在蔡锷将军率领下，攻占总督府，既支援了武昌起义，又光复了云南，人心大快。云南组织军政府，蔡锷将军任都督，在下被任命为参谋部长。不久，在下奉援川之责，回川任四镇镇长，与家乡父老乡亲一起共同建设新四川……"

学生们睁大眼睛，望着黄吉城风度翩翩地站在台上，细听他讲述辛亥革命历史，对他油然起敬。刘学兰做着笔记，娟秀的字体映入了黄吉城的眼帘……

黄吉城演讲结束。掌声惊醒了挥笔疾书的刘学兰。黄吉城和学生们照相留念，特地把刘学兰和献花的学生拉到自己身边……

四镇府衙。参谋田崇尧快步走进办公室，将一沓照片送到黄吉城办公桌上："镇座，你在成都国立女校的演讲非常成功，照片也照得非常好。"

黄吉城一张一张地仔细观看，边看边不住地点头说："嗯，很好，很好。"田崇尧指着一张照片说："镇座，你看你身边那个姑娘笑得多么天真无邪，她是学生中最漂亮的，是学校的校花!"

黄吉城点头："嗯，称校花一点也不过分。"田崇尧献媚地建议道："督座，你的夫人病了，何不将她选做姨太太?"

黄吉城故作姿态："民国初建，孙大总统反对纳妾，我身为同盟会员，将这个女学生选作姨太太有些不妥吧？"田崇尧献策道："孙大总统退位了。袁世凯大总统继位了，孙大总统的规定无效了。你知道袁大总统有多少个妻妾？据下官所知，最少不下十个！镇座，您身为高级将领，娶上个三妻四妾也不为过，有什么不妥？"

黄吉城不无担心地说："你说的虽然在理，但是，人家是出类拔萃的学生，会不会不愿意给我做妾？"田崇尧信心十足地说："镇座放心，一切由我来安排。"黄吉城点点头："你可想仔细了，不可贸然行事，把事情搞砸了。"田崇尧："镇座请放心！"说完飞马而去。黄吉城站在台阶上，目送着田崇尧远去。

田崇尧走进成都国立女校校长办公室："校长，督座那天演讲，有不少学生做了笔记。请校长将那些笔记本收集起来，督座想看看哪些学生的笔记做得好。"校长："难得镇座如此关心敝校学生学习情况，深为感谢！请田参谋稍等一下，我马上去收来。"

不一会儿，校长抱回一大摞笔记本："田参谋请看。"

田崇尧拿出照片："校长，你一一指认一下，哪本笔记本是哪个学生做的？"校长一一指认，当指认到刘学兰的笔记本时，田崇尧："这个学生字写得很娟秀，人也长得很漂亮，镇座很想见她一见。"校长心领神会地说："好，我领她来。"

刘学兰坐上马车，随田崇尧走进四镇公署黄吉城办公室。黄吉城起身相迎："请坐，请坐。"

刘学兰："镇座召见学生何事？"黄吉城："革命事情太多，需要处理的文件堆积如山；夫人回家养病去了，家中一塌糊涂……我想请你帮助我整理文件，协助我革命……"

刘学兰："我学业未成，不懂你那些公事，怎能帮助你整理文件？"黄吉城："这不碍事。你想继续在校读书，我天天派人送你上学；你就在四镇公署边整理文件边读书也可以，不懂的地方，就叫你的老师到四镇公署来给你讲讲也可以。整理文件么，能整理多少算多少，也能减轻我一些压力……"

刘学兰："此事还需征询一下我大哥的意见……"黄吉城："你大哥远在千里之外，什么时候有个回音？我知道他是个开明之人，一定会同意你支持我革命的……"刘学兰："学生告辞！"

刘庆庄听到这里，问道："当时你回绝了他？"刘学兰："我当时回绝了他。我回学校后，他不断地派人到学校找校长对我软硬兼施……"

此时，门外走进一个方脸阔面、浓眉虎眼、膀大腰粗、脚穿水巴龙草鞋的壮实青年："大公子，老太爷叫我来接你来了。"

刘庆庄："你叫什么名字?"青年回答："我叫唐毛子，是你家的长工。老太爷叫我专门进城来接你回家。"刘庆庄："好，我们马上动身。"

黄忠英："大表哥，你什么时候再来?"刘庆庄："我会很快再来看望姑妈和表妹的。"

黄忠英递给刘庆庄一张绣有"杜鹃迎春"的手绢："大表哥，我想将我绣的这张手绢送给你，只是我针线不熟，手工欠佳，绣得不好。"刘庆庄双手接过，赞美道："绣得太好了。"

黄忠英："大表哥，你每次来都使我增长了不少见识，懂得了不少革命道理，我盼着你早点再到我家来啊。"刘庆庄会意地点点头："我会很快来看望你和姑妈的。"

唐毛子挑着行礼，随刘庆庄在狭小的街道上走着。刘庆庄边走边看街道上被人们踩踏得高低不平的石板，路旁瓦房、茅草房间杂的店铺，看起来破旧而寒酸。街道上面黄肌瘦、衣衫褴褛、赤脚走路的男女，更让人感到心酸。刘庆庄十分感慨地叹道："这就是我可爱的家乡!"

走出永定城，路上，不时遇见被捆绑的人被押着前行。刘庆庄问："唐毛子，你知道那些被押着的是些什么人吗?他们会被押到什么地方去?"唐毛子："那些被捆绑押送的人，绝大多数穿着破衣服，肯定是交不起田赋和捐款的农民。他们是被押送到乡公所吊打催款。"

刘庆庄："他们为什么要被押到乡公所吊打后才交款?"唐毛子："他们无钱交款啊。被押到乡政府吊打催逼，他们受到残酷刑罚，痛苦不堪，不得不借债交款。还不清债，只好卖田卖房还债。无田地房屋可卖的，只好卖儿卖女!把款交清了，乡公所才肯放人。过不了多久，下一笔款又催起来了。唉，可怜啊，穷人这个命造孽啊。"

刘庆庄："那些人都交些什么款?"唐毛子："名字多得来数都数不清。有些款名怪得好笑。比如煮饭要交'搭钩捐'，烤火要交'火笼捐'，讨口要交'叫花捐'，挂蚊帐要交'帐钩捐'，结婚要交'择配捐'，等等，说都说不清，真是天天都有税，天天都有捐。乡政府的差狗儿一天到晚都忙着抓人，关人，吊打人。更奇怪的是，那些被吊打的人还要交吊打费。老百姓十分痛恨地骂道：'自古未闻粪有税，而今只有屁无捐了。'"

刘庆庄："这么多的捐税，老百姓咋个交得清啊!"唐毛子："走投无路之下，有的出去讨口要饭，有的沦为强盗拦路抢劫。”

刘庆庄：“你家情况怎样？”唐毛子：“我家惨啊。我的父母被逼债，上吊死了。姐姐被卖出去后不知下落。大哥去投了罗向宗，不知现在还有命没命。”

刘庆庄：“罗向宗是什么人？”唐毛子：“据说是大巴山上的一个土匪头子，官府多次派大军围剿他。有些人说他是穷人的救命恩人，据说他只抢富豪，不仅不抢穷人，还把从富豪那里抢来的东西分给穷人。所以，很多走投无路的人都去投奔他。”

刘庆庄称赞道：“好，这些人活得很有志气！”

正行走间，突然枪声大作，两军呐喊声惊天动地。老人、妇女和儿童惊慌奔跑，哭声不绝。唐毛子连忙将刘庆庄带进树林。刘庆庄问：“这是怎么一回事？”唐毛子：“陕西军阀陈宗光又向川陕护卫军开战了。上个月陕军打败了川陕护卫军，宣布自由三天，烧杀奸掳无所不为。没过几天，川陕护卫军把陈宗光的陕军打跑了，也自由几天，也奸掳烧杀，无恶不作。这几天陕军又打来了。两军为争地盘，杀来杀去，把老百姓害苦了。”

刘庆庄：“只有陕西军阀在这里打仗吗？”唐毛子：“在这里打仗的军阀多得很：四川的刘湘、杨森、罗泽洲……好多军阀都在这里打仗。老百姓被打死打伤不少。哪个军阀打赢了，就派县长、区长、乡长征收粮款，搜刮民财。因此，一年当中，老百姓就得交无数次的捐税。”

刘庆庄：“老百姓怎么活啊？”唐毛子：“青壮年被拉去当兵，老人小孩和妇女死的死，逃的逃，许多土地抛了荒，无人耕种。”刘庆庄：“这样的社会不改变怎么得了？”

几个扶老携幼的人气喘吁吁地跑进树林。唐毛子上前问道：“外面的情况怎么样？”老人说：“两军在雷音崖开战，打死了不少人。”

枪声、呐喊声渐渐远去，逐渐没了声音。路上陆续有了行人。唐毛子：“少东家，看来这里没事了，我们赶快回家吧。”

刘庆庄和唐毛子正匆匆向前赶路，一乘滑竿在两个背梆梆枪的人护卫下迎面而来，走到刘庆庄面前停下。滑竿里走出一位秃头长须的肥胖老人，凑近刘庆庄说道：“这不是大侄子刘庆庄吗？”刘庆庄连忙应道：“啊，幺老爷，您这是要到哪里去？”幺老爷热情地问道：“你在黄埔军校读书吗？毕业了吗？”刘庆庄：“毕业了。”幺老爷：“毕业了就好。愿意服务桑梓吗？”刘庆庄：“怎么回事？”

幺老爷：“我们家乡原称富庶之乡。这些年，税、匪、兵、灾不断，乡民受苦啊。破产农民身强力壮者，进城当苦力；没有劳力的讨口要饭；有的人当土匪拦路抢劫或‘捉肥猪’。兵匪相互勾结，骚扰不已，百姓不得安生啊。许多地方办团练自保。我们区公所也接到上峰命令可以自办团练保卫桑梓。我正为找不到团练的教练和领头人发愁呢。原本打算到城里去找，你回来得正是时候，不用到城里去请人来当团练的教练了。”刘庆庄正在考虑自己是否应当答应幺老爷的邀请，幺老爷见刘庆庄还在犹豫，急忙说道：“这样吧：由你直接当团总怎么样？不会嫌官位太小了吧？”

刘庆庄回答道：“服务桑梓是我应尽之责，义不容辞，不存在官大官小的问题。不过，既然要我主持办团练，就必须要按我的办法来办。”幺老爷：“我是区长，我刘大震做得了主。你要按你的办法办团练，这好说。你说说你对办团练的想法。”刘庆庄：“成立团练之前必须准备好办团练宣言，公开宣布办团练的宗旨是保卫乡梓，规定任何军队不得在本团练防区内作战，不得在本团练防区内有超过二十四小时的逗留，不得抓丁拉夫拉马，不得征派税款，违反本宣言者，本团将以武力进行驱逐！这样才能尽到保卫桑梓之责！”刘大震连连点头：“这一件件都是对地方上很有好处的事情。但是，上峰发下了办团练命令，驱赶土匪才是团练的主要职责，这驱逐军阀军队之事恐怕难于办到。”刘庆庄：“现在兵匪是一家，军队对老百姓的危害更大！不驱逐军阀军队，能驱赶土匪吗？”刘大震：“对对对，要得要得！你要将团丁进行认真训练，实现你的宣言！”刘庆庄：“当然要将团丁训练成拉得出，上得去，打得赢的队伍，才能保护百姓不受滋扰！”刘大震：“好，你放心去招募团丁训练团丁吧。”

刘庆庄随刘大震走进团防局，拿起笔，迅速起草办团宣言。唐毛子等拿起宣言和糨糊，走出团练局大门，在团练局门前，农家小院墙壁、门板上，迅速张贴起《团练宣言》。

团防局操场。刘庆庄带领团丁进行认真操练，纠正动作，瞄准射击。有的团丁说：“团总，这样训练，我们太苦太累了。”刘庆庄：“大家知不知道我们团练的责任？”团丁：“不就是防土匪吗？”刘庆庄：“你说得不全面。团防的责任是保境安民。什么叫保境？就是我们的土地不让别人侵犯。什么叫安民？就是让老百姓过得平平安安。老百姓受到的危害有很多方面，要做到保境安民，不仅是防土匪，还要防军阀军队敲诈勒索，防军阀军队在我们这里杀戮老百姓……”团丁：“我们团防担当得起这些任务吗？”刘庆庄：“团练不能担当保护老百姓的任务，老百姓出钱办团练干什么？所以我们要加强训练，增强保境安民的本领，才能尽到保境安民的责任！”

唐毛子气喘吁吁地跑进训练场向刘庆庄报告：“团总，川陕护卫军又到张家坝催款抢粮打伤人了，怎么办?”刘庆庄：“兄弟们，大家带好武器和宣言，马上到张家坝去驱逐川陕护卫军!”刘庆庄带着一大群团丁直奔张家坝。

川陕护卫军一伙人挨户催收税款，将捆绑的几个人押着，走到一破茅屋前，高声叫道：“张老汉，你所欠税款到底交不交?”张老汉连忙迎了上来：“老总，我今年已经交了五次税款了，家中现在的确是无钱无粮交税款了。行行好……”川陕护卫军兵士用枪比着张老汉：“交不交？不交，老子们进屋去搜!”张老汉哀求：“老总行行好。我的确是无钱无粮交啊。”几个军士强行进屋，提出一袋米，捉住一只鸡，提着鼎罐走了出来。张老太婆追了出来，上前去夺：“老总行行好，这是我家仅有的一点救命粮啊！你们抢走了，我们还怎么活人啊?”

川陕护卫军士兵一脚将张老太婆踢倒：“敢惹老子发怒，老子现在就叫你不活人!”张老汉上前去夺鼎罐：“老总不能活抢人啊!”一个军士抡起枪托向老人头上砸去，老人头上顿时冒出鲜血：“敢跟老子们斗!”张老太婆高声叫喊：“打死人了！救命啊!”

刘庆庄带着一大群团丁围了上去，用枪口对着行凶的川陕护卫军：“把枪放下!”刘庆庄见军士有些犹豫：“你胆敢不放下枪，老子就一枪崩了你!”兵士嗫嚅着问：“你们是什么人？想干什么?”刘庆庄：“少啰唆，赶快把枪放下!”军士见自己被团团包围，边放下枪边问：“你们为什么缴我的枪?”

刘庆庄：“你们哪个是领头的?”兵士：“黄排长是我们的领头人。”刘庆庄指着墙壁上张贴的《团防宣言》：“我们民团宣言早有规定，你们为何还在这里欺负百姓，抢劫老百姓的财物?”

黄排长拔出手枪，指着刘庆庄：“老子奉命催款，怎么是抢劫老百姓的财物？你们是什么人？竟敢阻拦老子们执行公务!”刘庆庄一把夺过黄排长手枪：“别用这个吓唬人，老子也有！告诉你，老子是本区团总，这些兄弟是本区团丁！你们休想在此欺侮百姓!”民团将另外几个兵士的枪也夺了，将捆绑的人也放了。黄排长见民团人多，且枪已被缴，只好放下身段：“原来是自家兄弟，有话好说，有话好说!”

刘庆庄：“你们川陕护卫军是干什么吃的?”黄排长：“负责保境安民。”刘庆庄：“你们是怎么保境安民的？抢夺老百姓的粮食、财物，与土匪有什么区别?”黄排长：“兄弟有些失礼，愿意赔礼道歉!”

刘庆庄上前扶住头被砸伤的张老汉：“赔礼道歉就算了？你们打伤了人怎么说?”黄排长掏出一块银圆：“兄弟愿意赔偿医药费。”刘庆庄：“把你们身上的钱通通掏出来!”几个军士被迫掏出了银圆。刘庆庄指着黄排长:“还有你没有掏完!”黄排长不得不将兜里的钱全部掏来。刘庆庄把收到的银圆全部递到张老汉手中:“老人家，赶快去治伤!”张老汉无限感动地说:“我活了六十多年，还从来没有听说过军队赔礼道歉，还从来没有遇见过你这样的好人!”

刘庆庄:“将这几个丘八押送县团防局依法治罪!”黄排长求饶:“团总行行好，千万别把我们押送县团防局。”刘庆庄指着黄排长一行人:“不押送县团防局也可以，要是以后再见到你们欺侮老百姓，小心要了你的狗头!”黄排长和所带军士:“再不敢了!”刘庆庄:“还不快滚!”黄排长请求:“团总，请把我们的枪还给我们吧?你们缴了我们的枪，我们回去怎样向上司交代啊?”刘庆庄:“你回去给你的上司说，你们违犯了民团宣言，打伤了百姓，这枪，被民团缴了!”黄排长:“这怎么行?求求你，把枪还给我们。”刘庆庄:“不行?是不是想吃了枪子再走?”黄排长带着几个军士垂头丧气地走了。围观的老乡齐声高呼:“好了，我们再也不怕军阀军队来欺侮我们了。”

刘庆庄看着几个远去的军士，走到张老汉身旁:“老人家，今天的事还没有完，但是，也不要害怕!那些披黄皮皮的丘八，平时欺侮老百姓欺侮惯了，是因为老百姓怕他。我们老百姓团结起来，就不怕那些丘八了!”众:“我们要团结起来同丘八斗!”附近的老百姓听说刘庆庄带领团丁缴了川陕护卫军的枪，都一齐聚集到张家院子，一迭连声地称赞:“团防为我们出了口恶气了!”“川陕护卫军也有今日!”“感谢刘庆庄团总!”“感谢团防兄弟!”

刘庆庄大声问道:“乡亲们!过去我们为什么怕川陕护卫军?”众:“因为他们有枪。”刘庆庄:“今天川陕护卫军为什么下耙蛋了?”众:“你们团防人多又有枪。”刘庆庄:“我们老百姓人多不多?”众:“多是多，但是是一盘散沙，又没有枪。”刘庆庄:“对，一盘散沙，没有枪就没有力量。现在，湖南、广东，好多地方的农民都成立农民协会了。那些穿黄皮皮的丘八，那些地主豪绅就不敢欺侮农民了。我们大家也组织农民协会，团结起来共同对付那些欺侮我们的丘八好不好?”众:“好!”

刘庆庄:“建农会之前，还要学习革命的理论，把大家的思想统一起来，才能推选出好的领头人。有了好的领头人，我们才更有力量!才能打倒土豪劣绅!对不对?”众:“你领着我们干吧?”刘庆庄:“好!我们大家齐心协力干!”

黄排长带着几个丘八走进区公所向区长刘大震哭诉:“刘区长，我奉命到你们区催粮催款，粮款没催着，反倒被你们区团防缴了械。你手下的团总好凶哟，不但收走了我们身上的银圆，还把我们的枪都给缴了！我们怎样回去向上司交差啊?”刘大震大惊：“走，跟我来!”

刘大震气急败坏地走进团练局，质问刘庆庄说：“庆庄，你们团防为什么缴了黄排长几个人的枪?”

刘庆庄：“他们欺压百姓，抢走张老汉家仅有的一点粮食，还打伤了人。他们不仅应当付医药费，而且还应当押送县团局，受到法律的惩罚!”刘大震：“黄排长他们有保境安民之责，催粮催款是执行上峰命令，把枪还给他们!”刘庆庄：“我们团练局的宣言，就是为的保境安民，不准任何军队欺负老百姓！这枪不能还给他们!”刘大震：“黄排长催粮催款是执行公务。你不能听信刁民一面之词，不能助长刁民抗粮抗款。张老汉这样的无赖之徒抗粮抗款不交，理当受到严厉惩罚!”

刘庆庄：“张老汉是一个连拇指伸到口里，都不晓得咬的老实农民，怎么会是无赖之徒？怎么会是刁民？他今年已经交了五次粮款，仅有的一小袋救命粮也被抢走，想把这点救命粮要回来，怎么是无赖之举？他的头被砸得鲜血直流，怎么是无赖之举?”刘大震：“你这完全是助长刁民的一派胡言。看来，你一定是受了湖南、广东农民协会打土豪劣绅的影响，帮着刁民说话。”刘庆庄：“湖南、广东农民建农民协会有什么错？农民起来争生存，造地主豪绅的反有什么错？怎么就成了刁民?”

刘大震愤怒地指着刘庆庄的鼻子：“你父亲有上百亩田产，你幺老爷我是本区区长，我成全你现在当了团总，你不但不为你自己的家，更不为我着想，却煽动泥腿子造反，要打倒我们这些土豪劣绅，这不是要连你父亲，连我——你的幺老爷，还有你自己都要一起打倒吗?”刘庆庄怒视眼前这个周身肥得流油的族长和区长，义正辞严地回敬道：“时代变了，穷苦农民应当翻身了！如果我的父亲，还有你这个幺老爷还是像以前一样逼租、放债，为富不仁，我就坚决同你们一刀两断，绝不留情，照样打倒!”刘大震捶胸顿足地连声叫道：“反了，反了！我们刘家出了你这个逆子，我们刘家完了，全完了!”刘庆庄：“孙中山先生说，世界潮流，浩浩荡荡，顺之则昌，逆之则亡！真正要完蛋的是你们这些吸血鬼、害人虫！穷苦老百姓是不会完蛋的!”刘大震气急败坏地骂道：“这个团总你别当了，去领着泥腿子造反吧!”

刘庆庄摘下手枪，“哨”的一声甩到桌上：“我绝不会做你们这些土豪劣绅的保镖！想要我做保护你们官位、家财的团总，办不到!”刘庆庄昂首走出团总办公室，向自己老家走马转角楼走去。团丁顿时散去。团练队长宋举上前阻拦离去的团丁："你们不要走，都给我回去！"团丁们不理他，他便跑到刘大震面前报告："区长大人，刘庆庄一走，团丁们大都跟着散去了。这团练还怎么办？"刘大震："这穷小子走了好，老子重新招听话的人！"

走马转角楼修在一座大山石崖边，以高大雄伟闻名远近。走马转角楼是刘庆庄的父亲刘继邦修的。刘庆庄回到了走马转角楼，与家人团聚。刘庆庄见父亲年迈，耳不聪目不明，对父亲说话得大声说两三遍，老人才听得明白，心中内疚："我对父亲伺候照看得太少了。"再看母亲，粗布大褂，粗手粗脚，干活风风火火，一副憨厚可掬的家庭妇女派头。不过，头发花白了，走路也没有以前利索了。刘庆庄想："母亲年纪也大了。我这个当大儿的，对母亲也孝敬得太少了。"

刘庆庄再看二弟刘庆熙和他的妻子，也都显得有些疲惫。刘庆庄略带歉意地说："二弟，二弟妹子，这些年我常年在外，家中全靠你们孝敬父母，辛苦你们了。"刘庆熙和妻子憨厚一笑："孝敬父母这是我们应当做的。"刘庆庄称赞道："多么纯朴善良、勤劳忠厚的一对夫妻啊！"

天色渐渐暗下来。一身西装打扮的五弟刘庆金向刘庆庄走了过来："大哥回来了，我上完课就赶紧回来见你，你带回了什么好消息？"刘庆庄："我离家时你还是个很小的娃娃，五弟，你现在在学堂当教师有出息了。大哥在外面没混出什么名堂，两手空空回家，没带回什么好消息。坏的消息倒是不少，就是大革命失败，蒋介石、汪精卫正在屠杀共产党人……"

几个长工牵着牛，扛着犁，走进了院坝："大东家回来了？"刘庆庄上前递香烟："回来了。你们辛苦了，快歇歇，抽支烟。"唐达雷、唐毛子等长工不好意思接烟："大东家，我们抽不来洋烟。""洋烟没得土烟有劲。"

刘庆金大声呵斥："谁叫你们这么早就回来了？那十五挑田不犁完不准收工！"唐毛子解释道："五东家，天快下雨了。人不怕雨牛怕雨啊！"刘庆金走上前去就给唐毛子一巴掌："你们是山羊变的淋不得雨？马上给我回去把田犁完才收工！"

刘庆庄走上前去拉开刘庆金："五弟，你不能这样对待长工。"刘庆金："这几个家伙偷懒耍滑惯了，今天非得收拾他们一下不可！"唐毛子："我们干活从来不偷懒耍滑，五东家冤枉我们了……"

刘庆庄："五弟，天已这么晚了，不要强迫他们再去干活了，让他们歇口气，明天再去干不迟。伙计们，快进屋歇息去。"唐达雷、唐毛子："谢过大东家。"

第四章

建组织汇集精英　为革命推辞婚事

大地静悄悄，月上树梢头。长工房内。昏暗的桐油灯光下。长工们睁大眼睛，看着刘庆庄，听着他讲话。刘庆庄低声而有力地讲道："穷人为什么穷？"唐毛子："我们命孬呗。"

唐达雷吧嗒几口旱烟："是啊，我们穷人生来就穷，都命孬。"

刘庆庄："你们所有的穷人都是命孬吗？生来就穷吗？你们看关帝庙、三圣宫里天天有人烧香拜佛，有几个人烧香拜佛以后就走了好运了呢？不少人相信命运，以为多烧香、拜佛、求神就能改变自己不好的命运。他们烧了那么多的香，改变了自己的命运没有？到底起到了什么作用，谁能说得清楚？这难道不是自己在欺骗自己吗？"

李春林："大东家说得很有道理。的确，穷人也不是生来就穷。我家原来就有二十多挑田地，父母生病后敬神、吃药花了不少钱，神、药两不解，背了债，不几年，田地全被债主乐剥皮收本收息利滚利算了去，我家才成了穷光蛋，我才不得不给人家当了长工。"

刘庆庄："这就是了。穷人怎么会个个都命孬？人一生下来都同样是头顶着天，脚踩着地，所有人的命在生下来的时候都是一样的。穷人的苦命是统治者和地主豪绅造成的。说穷人生下来就命孬，那是发财人欺骗穷人编造的鬼话！人生下来命是一样的，不分好孬。为什么有的穷，有的富？原因虽然有很多，但是，最重要的一条就是发财人利用手中掌握的田地钱财剥削穷人，所以富的越富，穷的越穷。李春林家的遭遇就是一个典型例子。李春林家如果不受高利贷盘剥怎么会变得那么穷？乐剥皮正是利用高利贷占去了李春林这样遇到困难的家庭的田地，才越来越富。"唐达雷叹了口气："我们穷人的命是已经注定了的，有啥办法改变？我们穷人只好认这个穷命。"

刘庆庄拨亮桐油灯："以前，我也认为穷人穷的命运，是已经注定了的，没有办法改变。到武汉、上海以后，见的世面多了，读的书多了，听到的道理多了，才明白，改变穷人的命运，有办法。”唐毛子瞪大惊奇的眼睛：“有什么办法？”刘庆庄：“在我们西北方向很远很远的地方有一个国家叫俄国。俄国发生十月革命，工人农民在共产党的领导下团结起来，推翻沙皇统治，建立了自己的政府，现在叫苏联。苏联的工人农民掌握了政权，过上了有吃有穿的生活，一下子就改变了贫苦人民的命运。”唐毛子一下泄了气：“苏联离我们太远了。”刘庆庄：“路程虽远，道理是一样的。我们贫苦农民团结起来进行斗争，推翻了地主豪绅的统治，建立起自己的政权，工人农民不同样可以有吃有穿，改变贫困的命运吗？”

唐达雷：“地主豪绅有官府有军队护着，怎么推得翻？”刘庆庄：“穷人多还是地主豪绅多？对，当然是穷人多！俗话说，人心齐，泰山移！只要穷人齐心，泰山都是能够移动的。推翻了支持地主豪绅的官府，穷人贫困的命运同样可以改变！”唐达雷：“穷人整天为自己的生存劳碌奔波，一盘散沙，哪能齐心？”刘庆庄：“让大家明白了必须一起改变自己贫困命运的道理就能够齐心了。”唐达雷：“我们没读过书，能明白什么道理？”

刘庆庄：“对，读书就能明理。我教你们读书识字好不好？”唐达雷：“我们哪来时间读书？再说，老来缠脚，读书有啥用？”刘庆庄：“用处大得很。识了字就能看懂别人写的书，就能懂得道理，开阔眼界，增长知识，知道天下大势。有了知识就有了本事，就不会永远受穷，受人欺侮，给财主当牛做马了。你们白天要做工，没时间读书，我晚上来教你们识字好不好？”李春林：“好是好，大东家，你要收我们多少学费？我们可没钱交学费。再说，也没钱买纸笔墨砚。”刘庆庄：“不收你们一文钱学费。我给你们买书，买纸、笔、墨。砚台你们各自去找个烂碗，烂碗的底盘就可当砚台用。”李春林：“太好了。真没想到，我这个大老粗也可以知书识礼了。”

刘庆庄：“光你们三个还不行，你们把附近的长工、穷人多找几个来，大家一起学才有劲。”

唐毛子：“好，我们分头去找。”唐达雷：“李春林，把你的婆娘毛大嫂也喊来一起读书识字嘛。”李春林：“她一个婆婆客，喊她来做啥？”刘庆庄：“别看不起婆婆客，妇女也是人口中的一半嘛。没有妇女的解放，我们男人也说不上真正的解放。”

夜。十来个长工聚集在长工房里。桐油灯把人们的眼睛照亮。刘庆庄将书、纸、笔、墨分给大家。毛大嫂走了进来：“唐毛子兄弟叫我这个老妈子也来读书识字，听说是大少爷给我们上课，我也来听听，看看认几个字到底有没有用处?”刘庆庄连忙给她安个座位:“嫂子这么年轻,怎么就说是老妈了?”毛大嫂:“别看我样子年轻,我都是两个孩子的老妈了。”

李春林:“别乱说话,快坐下听老师上课。”

刘庆庄指着第一个字:“一字像扁担,只有劳动人民才用扁担。劳动人民深受剥削压迫,只有团结一心反抗剥削压迫,才是唯一出路。”唐达雷:“这根扁担把我的腰杆压弯了,我们只有团结一心才能推翻剥削压迫我们的地主豪绅!”

刘庆庄:“唐达雷明白这个道理了,以后就认得这个字了。‘一’的上面加一横认‘二’。我们说话做事只能一心一意,不能三心二意,才能把事情做好。”唐毛子:“昨天割谷子,我一会儿又想去掰苞谷,分了心,把手割伤了。”大家笑起来:“这就是你娃儿不专心受到的处罚!”

刘庆庄:“‘二’字中间加一竖认‘工’,工人的工。这个字可有意思了:上横代表天,下横代表地,中间一竖代表我们工人农民。我们工人农民是顶天立地的人!是社会一切财富的创造者。”李春林:“对!地主豪绅不做工不种地,还穿绫罗绸缎,吃山珍海味,太不公平了!”毛大嫂:“男人还估倒女人。”大家笑了:“李春林,以后再也不要欺负婆娘了。”

刘庆庄:“‘工’字中间加一横认‘王’。地主豪绅在工人农民中间横杀一杠,称王称霸,欺压工人农民。所以,我们工人农民受苦受难!”唐达雷:“中间这一横应当去掉!只有穷人团结起来才能把这一横去掉!”刘庆庄:“对!只有穷人团结起来才能把这一横去掉!这王字两边各加一竖认‘田’。田是我们农民种的,可是,绝大部分粮食都被地主豪绅收走了。农民一年四季脸朝黄土背朝天,却没吃没穿。地主豪绅不种田却天天像过年,太不合理了。这‘田’字中间一竖上出头认‘由’,理由的由。我们要弄清穷人受苦受难的缘由,要懂得解决痛苦的理由。我们要争取平等和自由。”毛大嫂:“对,我们必须弄懂这不合理的理由!才好向地主豪绅讨还公道!”她一笔一画地写,总是歪歪扭扭。她生气地说:“这个‘由’真不容易写。要懂得革命的理由也不是件容易的事。”

众:“大东家,你教的字我们认识了,你讲的革命道理我们也懂了,现在请你说说,我们怎样做才能争取到平等和自由?”刘庆庄:“‘由’字中竖下出头认‘申’。穷人的苦要诉,冤要申,到什么地方去诉去申?不能到保护地主豪绅的官府去诉去申,只能到为我们贫苦农民说话办事的农民协会去诉去申。我们要建立农民协会,广东、湖南的农民协会声势可大了,在乡间,一切事情是农民协会说了算,农民可扬眉吐气了。他们团结起来,打倒地主土豪，说减租就减租，说收回土地就收回土地，真正过上了自由幸福的生活。”李春林：“对！我们也要像广东、湖南那样建农民协会。”

唐达雷：“大东家，你带领我们建立农民协会吧?”刘庆庄：“建农民协会要靠大家共同努力！共同来建！社会变革，工农翻身，是世界潮流，顺之者昌，逆之者亡！地主豪绅想永远骑在劳动人民头上过日子，劳动人民不会答应！农友们，团结起来，为自己的翻身解放而共同奋斗，胜利一定是属于我们的!”唐达雷和众人一齐攥紧拳头说：“我们大家共同奋斗！早点把农会建立好，带领我们贫苦农民闹翻身，求解放!”大家精神振奋，心里感到特别的亮堂。老家人走进房中，低声对刘庆庄说：“大东家，有个洲先生拜访你来了。”

刘庆庄立刻走出长工房。月光下，只见洲先生头戴草帽，身穿长褂，脚穿草鞋，上前拱手道：“刘先生，武汉一别数月，今日又相会了。”刘庆庄还礼：“武汉仓促，不辞而别。今日大驾光临，蓬荜生辉！书房请坐。”

二人携手走进书房坐下。张大洲：“我刚从愿庵大哥处得知你已回到家乡，所以没日没夜赶来，同你商量发展组织、筹建川东特委事宜。”刘庆庄紧握洲先生的手，激动地说：“你是老革命，难为你为了百姓弃官弃职，放弃荣华富贵生活，劳碌奔波，追求革命真理，可钦可敬!”张大洲急切地说：“赞扬的话就不要说了，快介绍一下你我分别以后这段时间的情况。”

刘庆庄说：“我们学生军参加平叛夏斗寅的战斗后，奉命参加南昌起义，途经九江被张发奎缴械。后来，我受陈仲弘委派到上海向中央汇报军校情况。周恩来同志安排我在特科工作。党的八七会议过后不久，周恩来对我说：‘刘庆庄同志，你的四川口音太重了，不利隐蔽，不利于开展工作。刘庆庄同志，最近党中央召开八七会议，确定了武装反抗国民党反动统治的方针，决定凡是可以回家乡开展工作的同志都回家乡去开展革命工作，以革命武装反抗国民党的白色恐怖。你回四川去开展工作吧，在四川你是可以大有作为的。’周恩来给我几份中央文件、几本中央机关刊物《红旗》及其他书籍，要我送一部分给中共四川临时省委书记傅烈同志。我将文件交给傅烈同志以后，傅烈同志告诉我，川东片区党的基础工作比较薄弱，要求我回到家乡积极发展党的组织，联络回乡党员开展工作，创造条件，尽快建立川东特委。”

张大洲接过刘庆庄递给的《红旗》，翻看了几页，十分高兴地说：“太好了。要能经常看到这些书籍，随时聆听党中央的声音就好了。”刘庆庄：“周恩来同志记下了我的通讯地址，他说以后会给我陆续寄来。”张大洲收起

《红旗》:“随时能听到党中央的声音,我们才不会迷失方向。党的八七会议确定了武装反抗国民党反动统治的方针,我们如何按照这个方针开展工作,需要认真研究研究。”

刘庆庄:“对,需要认真研究。我认为,按照周恩来同志的指示,首先应当寻找外地归来的党员同志,把大家组织起来一起开展工作,才能形成强大的力量。”张大洲:“对,你和我想到一起了。我们分个工:我去宜兰县、涪流县;你负责去永定县、玉林县、连山县联络党员同志,同时积极慎重地物色发展对象。”刘庆庄:“好,我们约定下次碰头时间和地点,风雨无阻,才好交换情况,研究下一步工作。”张大洲:“对。就这么办。小伙子,成家没有?”刘庆庄:“我正为此事有些犯愁。”张大洲:“怎么回事?”

龙耀先家。龙成娟拉着刘庆庄的手,高兴地说:“庆庄哥,你可回来了。”刘庆庄:“成娟妹妹,我回来了。”成娟娘:“回来了好。你们两个都成大人了,该办喜事了。”刘庆庄:“师娘,我们事业未成……”成娟娘:“成娟都当老师了,怎么还说事业未成?”刘庆庄:“我还没有职业,我的事业未成。”龙耀先:“古人说成家立业。你们可以先成家后立业嘛。成娟当教师了,完全可以说是立了业了。你们现在可以办喜事了。”

刘庆庄:“老师,我还没有一个正当的职业,我的事业未成,我不想拖累妹妹。”龙成娟:“爹爹,娘,你们不要为难庆庄哥哥,庆庄哥哥准是在外面有了心上人了!”刘庆庄:“妹妹别瞎猜疑,我刘庆庄今生今世心中只有妹妹一个人!等我事业有成,就八抬大轿,吹吹打打迎你进门!”龙耀先:“你是个有志气的小伙子,我相信你!”龙成娟:“我相信庄哥的真诚。”刘庆庄:“谢谢妹妹。”

张大洲:“找个时间把家成了吧?革命工作与成家不矛盾。”刘庆庄说:“这我知道,还是等革命工作有了头绪再说吧。目前,我们应当抓紧对神兵情况的了解。”张大洲:“对,神兵有反军阀、反地主豪绅的积极作用。但是,也有把群众引入歧途的一面。”刘庆庄:“我们要认真地进行研究。”

川陕边区绥靖督办公署办公室。刘积良:“督座,巴山县城、宜兰县、永定县等地‘圣母团’现在闹得十分猖獗。我们如果不及时加强打击,任其发展壮大,越往后将越难惩治。”

黄吉城:“什么‘圣母团’?”刘积良:“‘圣母团’就是大家所说的‘神兵’。”黄吉城:“神兵有多少人?主要在哪些地方活动?”刘积良:“神兵有很多股,主要在离县城较远的地方活动。他们以不交款、不交捐蛊惑民众抗粮抗捐，迅速蔓延开去。县府派兵催收，他们就念咒语：‘打不钻，杀不进，王母娘娘来保命！’拿起刀矛抗击官兵，已进行了多次战斗。”黄吉城：“胜负如何？”

刘积良：“神兵脸涂红、黑、绿三色，面目狰狞，披头散发，身穿红色或黑色衣裳，令人恐惧。他们冲锋陷阵太厉害了，每次打仗都是口念咒语，拼命冲杀，使官兵见了都害怕。几次交锋都是神兵取胜。现在官兵听见神兵二字都感到害怕。”黄吉城：“神兵真的是打不钻杀不进吗？”刘积良：“看到神兵的样子，士兵们都吓得乱跑，不敢放枪，也不晓得到底是不是打不钻杀不进。”

黄吉城：“马上派‘毛牛’毛仲秋司令率大军到犀牛山一带神兵经常出没的地方去进剿，看看神兵到底是不是打不钻杀不进，再制定全面剿除方略。”刘积良：“好！”

毛仲秋是有名的“毛牛”，做事以蛮干著称。毛仲秋带领一个营走到犀牛山神兵经常出没的地方，掏出手枪下死命令：“大家听到！看到了神兵，你们就不要管他妈的是不是神兵还是鬼兵，都要给老子顶倒！哪个敢后退半步，老子就崩了他！”

突然，山林中冲出一队脸涂红、黑、绿三颜色，面目狰狞，披头散发，身穿红色或黑色衣裳的神兵，口念咒语，舞着大刀迎面扑来。一些士兵见了感到十分害怕，纷纷后退。毛仲秋命令督战队当场击毙数人：“哪个再后退，老子马上枪毙他！”

士兵们胆战心惊地举着枪，将密集的子弹射向神兵。神兵也的确勇猛，不管前面倒下了多少人，后面的人都毫无畏惧地高声念着咒语，勇往直前地向前冲杀。眼看神兵快冲到毛仲秋身边了，毛仲秋命机枪手开火。密集的子弹挡住了神兵的攻势。神兵一声呼哨退了回去。毛仲秋胆子大了起来：“老子说的神兵并不可怕，你们不信。什么打不钻杀不进？老子机关枪一响，他们还是死了这么多人！现在神兵已败，跟老子追！”

神兵退进树林。大师兄向申必胜说道：“师傅，今天法事不灵了，我们赶快退走吧？”

申必胜：“老子重做法事，有了佛祖护身，就真的是打不钻杀不进了！大家赶快拿起大刀，等黄毛兵来到，一齐向前冲杀！哪个后退，老子就消了他的神符！”众：“听从师父之命！勇敢杀敌，绝不后退！”

毛仲秋指挥敢死队冲向树林。申必胜挥动神器做完法事，大喝一声“杀”！带领神兵队高声喊叫着向敢死队杀了过来。短兵相接，神兵队的大刀占了优势，将毛仲秋带领的黄毛兵砍杀不少，迫使毛仲秋带领的黄毛兵退出树林。申必胜号令神兵杀出树林，毛仲秋急令机枪开火。神兵又倒下一大片，再次退回林中。大师兄跑到申必胜面前说："师傅，法事真的不灵了，我们不能再打了，赶快退走吧！"众神兵："师傅，留得青山在，不怕报不了仇，我们撤走吧。"申必胜还在犹豫，大师兄派几个弟兄搀扶着申必胜："快扶好师傅走！"

申必胜在挟持下无可奈何地下令："撤！"

毛仲秋见神兵远去，洋洋得意地说："不用再追了。老子今天算是打破了神兵'打不钻杀不进'这个神话了。走，到督办大人那里领赏去！"

毛仲秋大大咧咧地走进督办办公室："督办大人，我毛牛向您报功请赏来了。"黄吉城："快说说你们与神兵交战的情况。"毛仲秋："督座，我毛牛借着您督办大人的神威，与神兵大战了一场。击毙神兵二百多人，伤者无数……"刘积良："我军死伤了多少人?"

毛仲秋："我军死伤了一百八十多人。"刘积良："看来这神兵确实厉害！"毛仲秋："厉害个屁！老子机关枪一响，一下子就破了他'打不钻杀不进'的神话！"

黄吉城："毛牛有功，现在就升任副团长，带着你的人，继续攻打神兵！"毛仲秋："感谢督座嘉奖！不过我营缺员太多，现在大家都疲惫不堪……"黄吉城："马上给你补充人员。你要知道，兵贵神速。你们疲惫不堪，神兵更应该疲惫不堪！你不抓紧机会大量歼灭神兵，让他喘过气来，后患无穷！"毛仲秋无可奈何地："属下遵令！"黄吉城转向刘积良："命令全军仿照毛牛剿神兵的办法，全力剿灭神兵！"刘积良："是。"

督办公署后院。黄忠英书房。黄吉城翻看黄忠英的书籍和作业本，对刘学兰问道："这是女儿的国文、数学、自然、地理……作业本，你仔细检查了吗？字倒写得工整，但作业做得不认真。书柜里还有些什么书?"刘学兰劝阻道："不要去动她喜欢的书，免得惹她生气。"黄吉城打开书柜："她喜欢些什么书？怎么有《向导》《中国青年》《妇女周刊》《觉悟》这些坏书?是从哪里来的?"刘学兰不便说是刘庆庄拿给黄忠英的，只好说："不知道。"

黄吉城气愤地翻箱倒柜将书刊全部搜出来，扔到院子里，一把火烧了起来，然后气愤地匆匆离去。黄忠英从外面回家，看到被烧毁的书籍，便不顾一切地冲向火堆抢救。她的双手被烫起了泡，但也只抢出了一些未燃尽的纸片。黄忠英气极了，跑进督办办公室，指着黄吉城质问："你为什么烧我的书?”黄吉城蛮横地说：“那些书都是禁书、坏书！外面的人看这些书是要杀头的!”黄忠英扑向黄吉城：“你也把我杀了好了!”

刘积良急忙拦住：“二小姐，你爹也是为你好……”黄忠英：“他自己不读书，还反对我读书，就是为我好？必须赔我的书!”

黄吉城：“你是我最喜欢的女儿，又是最不听话的女儿。看了这些禁书，老子不处罚你就算了，还赔你?”黄忠英：“那些书讲的都很有道理，你却把它当禁书，真是个反动军阀!”

黄吉城气急败坏地吼道：“你这个逆女竟敢骂起老子来了!”

刘学兰跑进办公室拉黄忠英：“女儿，怎么能这样对你老子说话？快回家……”刘积良劝道：“侄女儿，书烧了就算了，快回家去吧。”

黄忠英被刘学兰连拖带劝地拉出了办公室。回到家里，她关上房门，愤怒地拿起笔写道：“一切追求革命思想的同志们，请看我这个封建军阀父亲有多霸道！他的心地有多么黑暗！我从小生长在这个黑暗家庭中，十多年来，从没见过丝毫的阳光！阎王般的父亲死死地把我关在铜墙铁壁般的家中，受那不堪忍受的黑暗之苦……我有幸读到了《向导》《中国青年》《妇女周刊》《觉悟》，懂得了一些革命的道理，他却把这些书说成是坏书！他觉得我们女子受专制礼教的压迫，做私有财产社会的奴隶是理所当然的！我是多么渴望改变这种黑暗状况啊！一切追求革命思想的同志们，请帮我设法脱离这个地狱似的家庭，实现完全的独立……以前，父亲规定我‘事事不能过问’，我今后‘非事事过问不可’!”黄忠英越写越振奋，越写越激动，晶莹的泪珠滴落在纸上……

刘学兰走进办公室。黄吉城：“女儿呢?”刘学兰：“回房间里去了。”黄吉城：“女儿越来越不听话，赶紧找个婆家嫁出去算了。”刘学兰：“她的犟脾气你不是不知道，哪有她满意的人家?”黄吉城：“再不嫁出去，惹出大事就麻烦了。回去叫她随我上山打猎去!”

刘学兰回到家里：“女儿，你爹叫你陪他上山打猎去!”黄忠英：“我不去!”刘学兰：“别任性，你爹没有过多指责你就算了，快走!”

山林。黄忠英随手一枪打下一只野鸡。黄吉城夸奖道：“女儿枪法长进了。”黄吉城看见一只野山羊，连开三枪未能打中：“女儿快开枪!”黄忠英随手一枪打中了那只野山羊。黄吉城叹道：“老子老了不中用了，还是女儿能干啊!”

黄忠英想到表哥要自己劝说父亲，乘机发表自己的意见：“爹爹当年参加辛亥革命是何等的英雄气概！爹爹应当永远保持当年辛亥革命、反袁世凯称帝的革命英雄气概！不该当拥枪自重、割据一方的军阀！”黄吉城自我安慰地说：“你爹现在何尝不是在革命？”黄忠英反问道：“你现在养那么多军队割据一方，一年数征欺压百姓也叫革命？”

黄吉城解释道：“女儿太年轻，不懂！老子不养军能保境安民吗？老子割据一方是为了保境安民，一年数征也同样是为了保境安民。”黄忠英进一步问道：“老百姓把种下的粮食全都交赋税了，没吃没穿能安身吗？”

黄吉城恼怒起来：“你教训起老子来了！我看你是中那些禁书的毒太深了！如不及早回头，法理难逃，天理难容！”黄忠英也厉声回敬道：“你不及早回头，才真正是天理难容！”

黄吉城更加震怒：“反了，反了！自己的女儿也中了革命的邪了，革命革到老子革命元勋家里来了！”

黄忠英昂首挺胸，振振有词地说道：“世界潮流，谁能阻挡？正如洪水淹来，哪能留下阴暗角落！”

黄吉城气得昏倒在地上。刘学兰急忙上前将黄吉城扶起，对黄忠英骂道：“你个鬼女子，少给你老子说两句行不行？把你老子气倒了有啥好处？”黄忠英：“我怎么是气他？我也是为他好！”

东方刚放鱼肚白，张大洲起身告别，刘庆庄起身相送。刘庆庄同张大洲边走边研究工作，走了一程又一程，不觉走到了魏家大院前。刘庆庄：“啊，我们一起去见魏正铭如何？”张大洲：“好。”

魏家大院门柱上“魏正铭医生”的招牌若明若暗。一阵急促的狗吠声惊醒了正在药房内奋笔疾书的魏正铭。他急忙收拾起刚写好的几张信笺纸，迅速揣入怀中，走出房门，与刘庆庄、张大洲撞个正着。六只手紧紧相握：“我们有幸又相会了。”

大家坐下后，魏正铭从怀中拿出信笺：“我回家以后开了个诊所，一边治病，一边联络同志。现在已与七八个同志取得了联系。我正在给省委傅烈同志写信，汇报我回来这段时间的工作情况。你们来得正是时候，好，先给你们作个汇报。”

刘庆庄接过信笺，轻声念道：“我返乡后，经过日夜访寻，目前，我已联系到了周正实、冉中芳、张明广、吴家辉、罗陶秀等同志，他们都在家乡积极为党做组织发展工作，有的已初见成效。”张大洲称赞地说：“魏正铭同志，工作很有成效嘛。”

魏正铭：“我们准备建立支部，也在向傅烈同志请示。”刘庆庄：“建特别支部为好。发展党员，成熟一个可直接审批一个，不需报傅烈同志批准后才能成为党员。建立支部，没有批准新同志入党的权利。报批所需时间长，对发展组织不利。同时，万一资料被敌人查获，对组织极为不利。”魏正铭说：“对呀，还是刘庆庄同志考虑得比较周到。”刘庆庄：“不是我考虑得比较周到，刚才忘了说，是傅烈同志给我这样布置的。不过，特支批准新同志入党后，仍然必须及时向省委报送有关资料，省上存档备查。”魏正铭：“好，我们就按临时省委布置的办。不过，建立特别支部我们都没有经验，吸收新同志的标准也怕掌握不准。”张大洲：“这不奇怪，革命嘛，谁敢说生来就有经验？总是从没经验到有经验，从经验少到经验丰富嘛。”魏正铭扶了扶眼镜：“以后要请两位同志多多指教啊。”刘庆庄：“互相学习，不敢说指教。还有新的情况吗？”

魏正铭：“我有几个同学在永定县中学教书，他们极富正义感，对时局都很不满，是否将他们吸收入党？”张大洲：“发展党员要严格按党章规定办。积极发展党的组织是好事，但是一定要慎重。这里是军阀黄吉城的防区，黄吉城在是否听从蒋介石号令方面还心存疑虑，因此，目前这里白色恐怖还不太严重，但是白色恐怖的风浪一定很快就会传到这里来的。我们不能存在任何的侥幸心理，对敌人放松警惕。我们要提前做好思想和组织准备。对有一定革命要求的同志，要多作培养教育工作，谨慎发展，成熟一个发展一个为好。”

魏正铭：“好。我多给他们读一些进步书籍，讲革命道理，等思想成熟了再发展。我想再请教一个问题，特别支部建立后，怎样开展工作？”张大洲：“不知临时省委最近有什么新的安排没有？在没有新的安排之前，可以通过办农民政治夜校、工人讲习班、妇女姊妹会、学生读书会等传播革命思想。”魏正铭：“一些同志向我提出，打算在街上显眼的地方张贴打倒蒋介石、汪精卫的标语，号召民众共同反对国民党右派的猖狂进攻。”张大洲：“不要急于张贴那样的革命标语，至于什么时候贴，看看情况再说。目前最重要的是先做扎实工作，不要轻易在公开场合暴露身份。”

魏正铭：“好。还有一个情况向你们请教。”刘庆庄：“什么情况快说。”魏正铭：“我拿不准，不知是否可以将我的同学唐作俊介绍入党。”

张大洲：“唐作俊？是不是那个肩披长发，无政府主义思想很浓的那人？”刘庆庄：“无政府主义的一些主张，有一些貌似我们党的主张。但是，无政府主义反对一切权力，只讲破坏，否定一切国家政权，反对无产阶级有组织有领导的阶级斗争和工农革命。他们宣称一切权力是‘屠杀人类智慧与心灵’的罪恶，国家是产生一切罪恶的根源。认为社会最高理想就在于无秩序与无政府的结合。他们是改头换面的资产阶级极端个人主义，极端个人主义是无政府主义整个世界观的基础。因此，他们反对一切制度和纪律，同我们党的宗旨、严密的组织和铁的纪律是水火不相容、格格不入的。因此，我们党不准吸收无政府主义分子入党。”

魏正铭：“唐作俊的情况比较特殊。他和我以前都曾经狂热地追求过无政府主义思想。我在进入同济大学医学院以后，放弃了无政府主义，转为信仰共产主义，成了一名共产党员。他同我一同考入同济大学医学院以后，为了追求无政府主义，不惜放弃学籍。他到北京、济南等地寻找无政府主义组织和知名人士，处处碰壁，经历的现实社会完全摧毁了他对无政府主义的信仰。他现在已经完全摒弃了无政府主义思想。”

刘庆庄：“既然是这样，你可以详细地介绍一下他的思想转变过程。”

魏正铭顿了顿，继续说道：“唐作俊是巴山县福源坝唐家坪乡人，生于1903年，从小热爱读书。在永定县初级中学读书时，唐作俊因带头反对学校不公布伙食账目，受到开除学籍处分。唐作俊转入永定高级联合中学读书后，看到《新青年》《星期日》《川东学生周刊》等多种进步书刊，受到新文化、新思想熏陶，于是邀约几个同学创办了一份《呐喊报》。”

刘庆庄：“《呐喊报》这个刊物我看过，发刊词说，鉴于军匪横行，官吏肆虐，土豪捣乱，巴山县城在永定读书的近百名学生，愿牺牲自己的时间与金钱，创办《呐喊报》。公开宣布办刊目的是主持正义，反对强权，给教育提建议，筹商实业，改良风俗，为桑梓谋幸福。其为民思想倒是挺鲜明、挺不错的。”

魏正铭：“第一期刊发了声讨军阀残暴统治，痛斥社会黑暗腐败，呼唤革命，争取民主自由，开展反帝反封建斗争等战斗檄文，在社会上产生了巨大影响。反动当局查获这份刊物后，立即将刊物查封，并勒令唐作俊退学。”

张大洲：“这个情况我也听说过。反动当局容不得有反对自己的声音。”

魏正铭：“唐作俊告别同学们，背着一大摞书籍和简单的行李，回到家中，在父亲的叮嘱和支持下，一边复习功课，一边参加劳动。我们当时都信奉无政府主义，反对封建思想对人的束缚。唐作俊认为缠脚是对妇女的束缚，便在家乡开展反对缠脚的宣传，在家中支持大姐、二姐读书，在当地产生了良好影响。唐作俊看到山村缺医少药，疾病困扰着贫苦百姓，决心学医救助贫困民众。1922年夏，唐作俊邀约我到上海学习医术。在父母的支持下，唐作俊和我一道到上海考进了同济大学的同济医学院。我们兴奋不已，决定遵循校训‘救死扶伤，活人济世’，学好医术，救助穷苦百姓，以医救国。”

刘庆庄：“这是当时许多有救国救民思想的人的共同想法和做法。”

魏正铭：“我们学习之暇，常一起到著名的外滩公园游玩，欣赏祖国的美景和新式建筑。有一次，我们愉快地在鲜艳的花卉和喷泉边穿行，谈论着时局和国家的前景。我们看见前面不远处有一座豪华别致的憩园，便信步走去，想到里面歇息一下。突然，几个穿着西装的高鼻子洋人，追打着一个中国人，向我们迎面跑来。被打的中国人高声喊道：‘同胞们，洋人太猖狂了，公然欺侮我们中国人！’我们急忙上前挡住洋人：‘不准欺侮中国人！’几个洋人叽里呱啦地对我们吼叫一通，并指着一块牌子让我们看。我和唐作俊仔细一看，牌子上骇然写着‘华人与狗不得入内’！我们顿时勃然大怒，唐作俊更是攥紧拳头与高鼻子、蓝眼睛、黄头发的洋人辩论：‘这是我们中国的地方，为什么不准我们进去？我们中国人是人，为什么同狗一样不准进去？’几个洋崽根本不同我们讲理，拿起警棍向我们扑来，劈头盖脸一阵毒打。唐作俊头上顿时流出了鲜血。我也身遭几棒，疼痛难忍。一些游客见我们遭到毒打，却冷眼旁观，无动于衷。我见寡不敌众，决定好汉不吃眼前亏，急忙上前将唐作俊强行拉走。唐作俊愤愤不平地说：‘洋人在中国人的地盘上欺侮中国人，太令人气愤了！我原来以为给贫困的人治好了病，国家就可以富强了。今天的遭遇，洋人的强悍和国人的冷漠使我懂得了，中国贫穷落后，受人欺侮，一个重要的原因是政府腐败，国人缺乏自立精神，缺乏团结互助精神！由此可见，只医治国人的伤痛解决不了国家富强问题。只有找到医治官员腐败、民众麻木不仁的良方，才能解决国家富强问题。’”

刘庆庄：“这样说来，唐作俊已经逐步看到了帝国主义的强悍，国人缺乏奋起斗争精神是国家贫穷落后的根源，表明他是一个心系国家和人民的热血青年。”

魏正铭：“我们边向学校走去，边讨论什么才是医治国家的良方？怎么样才能使国人产生自立精神呢？我们苦苦思索着、辩论着，却毫无结果。我们决定在书中去寻找答案。我们分头寻找书籍。唐作俊在图书室兴奋地向我推荐《极乐地》《改造社会》《无政府主义同志社宣言》等书刊，他念着‘无强权、无国家、无政府、无法律、无武器、无私产、无宗教、自由生产、智能均等’‘平等、博爱、自由社会’等句子，称赞那样的社会无比美好！他的思想完全被无政府主义理论所吸引。他如饥似渴地读着，思考着解救贫穷百姓的道路。他更加相信，没有军阀政府的统治，百姓便不会再有痛苦。”

张大洲："唐作俊对无政府主义深信不疑了。"

魏正铭："对头。唐作俊对无政府主义深信不疑。他觉得要实现无政府主义理想社会，只靠个人的力量是不行的。他动员我同他一起离开学校去寻找无政府主义伙伴，为实现无政府主义共同奋斗；共同唤醒沉睡中的民众，合力赶走帝国主义，让国家健康了再实现民众健康。我当时劝唐作俊完成学业后再去寻找无政府主义伙伴。唐作俊认为完成学业意义不大，对我的苦苦劝说置之不理，并毅然离开学校到北京、山东、安徽、河南等地寻找无政府主义的伙伴。他离开学校以后，颠沛流离的无规律生活和苦苦思索，却使他得了要命的肺结核。医学常识告诉他，这种病必须静养才有康复的可能。他只好暂时放弃寻找无政府主义伙伴的行动，极不情愿地回到家里治病。经过一段时间调养，身体才逐渐康复起来。"

刘庆庄："这么说来，唐作俊一心想把无政府主义思想变为现实的行动，由于受到疾病的折磨而不得不暂时停止了。"

魏正铭："唐作俊想把无政府主义思想变为现实的行动虽然受挫，但是，他并没有放弃自己改造社会的理想和行动。他受到张大洲先生办育才小学，进行革命宣传，培养革命人才，受到社会好评的启发，认识到唤醒民众需要人才，而人才靠培养，学校是培养人才最好的地方。他认定，千里之行始于足下，改造社会不如从改变家乡教育面貌做起。他星夜专程拜访张大洲先生，学习办学方式方法。"

张大洲："是的，他凌晨来到学校拜访我，询问办学问题。那时，他肩披长发，身材瘦削，说话慷慨激昂，带有许多无政府主义的词语，很多话有点不着边际。当时，他给我的印象不是很好。"

魏正铭："对，那时他的无政府主义思想正浓厚。唐作俊学习你的办学经验以后，立刻风急火燎地在家乡福源坝文昌宫办起了福源小学。我和王仁庆等应邀前去竭诚相助。无校舍，唐作俊带头捣毁文昌宫中的神像，将庙宇变为课堂，给学生创造了一个较好的学习环境。学生很快发展到八十多人。唐作俊边对旧的教育进行改革，边总结教学经验，写成了《小学教育的失败与成功》，送《呐喊报》刊发。唐作俊在文章中猛烈抨击封建教育制度的危害，力主办新学、女子入学和学以致用，将学生培养成对社会有用的人。这在巴山县教育界产生了很大影响。"

刘庆庄："一个人只要有事业心，有一股子热情，办什么事情都有可能取得成就。"

魏正铭："但是，县府划拨给学校的教育经费少得可怜，而且常常被军阀克扣或挪用。唐作俊著文《我县各界应力争肉厘解决教育经费不足问题》在《呐喊报》发表，指出：‘根据省府通令收回肉厘，用作全县教育经费’，‘关系我县教育前途’。唐作俊带领同仁志士一起奔走呼号。1925 年，巴山县在外求学的数十名学生因学费无着，求告县教育局，久久得不到解决。唐作俊带领学生们走进教育局，见局长正在烧大烟，便走上前去质问道：‘你们说学校没钱办学，逼迫学生贷款交学费，你却烧大烟，敢问，你吸大烟是从哪来的钱？’局长被问得哑口无言。唐作俊一手拉着局长，一手端起烟盘：‘走！我们一起去见知事大人！’走进县衙，不见一人，唐作俊气愤地将知事办公桌掀了个四脚朝天！面对成百上千围观群众，唐作俊大喊：‘何思孝，何知事！你知的什么事？你站出来讲理！’县长何思孝躲着不敢见唐作俊。唐作俊只好离开县府。大家散去后，何思孝立即派公差以‘大闹公堂’罪名将唐作俊逮捕下狱。唐作俊一面申诉自己无罪，一面回顾学医不能救民，办教育同样不能救民的经历，壮志难抒，彷徨苦闷，他在狱室墙上奋笔写下：‘身似虎，气如虹，那堪囚蛰在笼中！安邦志，济民衷，潜伏爪牙，怒气吞声，任彼小丑且横行！他日身返潭穴后，再作霖雨济群生！’表明他绝不放弃改变社会、救民出火海的雄心壮志！唐作俊被关入狱后，经家人、社会多方救援，终于在 1926 年春获释出狱。”

张大洲：“残酷的现实对他一定触动很大。”

魏正铭：“唐作俊重获自由后，到重庆、成都考察，得知国共合作，推动全国以‘打倒列强，铲除军阀’为宗旨的革命洪流滚滚向前。唐作俊兴奋不已。特别是在永定县聆听了共产党人陈仲宏《革命文艺之使命》报告之后，他向陈仲宏问道：‘中国怎样才能走出困境？’陈仲宏说，以俄国为师，建立劳农政权是唯一正确之路！陈仲宏说话的声音虽然不大，却使唐作俊的心灵受到极大的震撼！完全破除了他对无政府主义的向往。他紧握陈仲宏的手激动地说：‘我曾经对无政府主义入迷，运用它指导行动却处处碰壁。听了您的报告，我懂得了孙中山的新三民主义才是解救中国的有用理论！’陈仲宏说：‘解决中国革命问题，还要读马克思、列宁的著作，学俄国革命的经验……更重要的是从中国的国情出发，在学中干，在干中学！’唐作俊连连点头。回到学校，他兴奋地向我讲述他的感受，眼里放射出孩提时得到至爱宝物一样的天真光芒。”

刘庆庄：“这么说来，和陈仲宏的谈话让唐作俊醍醐灌顶。”

魏正铭：“当时，正是国共合作高潮时期，唐作俊赶到重庆加入国民党，被国民党四川省党部委任为巴山县城县国民党组织员。唐作俊立即回县建立县党部。1927年春，唐作俊召集三区乡绅开会，责令区长杨翟辉交代贪污教育款之事。杨翟辉蛮横不讲理，拒不承认有贪污教育款行为。唐作俊排除干扰，不惧杨翟辉有县知事和三团团长黄志尚撑腰，决定将杨翟辉关押审问。杨翟辉家人给县知事贿赂重金后，县知事立即传讯唐作俊。唐作俊知道，与杨翟辉沆瀣一气的县知事以传问为名，实际是想加害自己，于是隐藏起来，不与县知事相见。”

魏正铭将唐作俊求学、相信无政府主义、砸县衙门、加入国民党、查处杨翟辉等事如数家珍一样说了一遍，刘庆庄：“你现在能找到唐作俊吗?”

魏正铭：“能马上找到他。”

刘庆庄：“我们同他作一次深入谈话，他如果有入党愿望，我们可以马上吸收他入党。”

张大洲连连点头：“唐作俊是一个有志向、爱百姓的青年。残酷的现实使他同无政府主义思想彻底决裂。你赶快去喊他，我们对他的思想深入了解后，欢迎他加入中国共产党，同我们一起干革命!”

魏正铭：“好，我马上去喊他来!”

第五章

明是非作俊入党　搞武装明确方向

魏正铭立刻动身向唐作俊隐藏的地方奔去，见到唐作俊后，高兴地说："我可找到你了。"唐作俊问魏正铭："老同学，你这么风疾火燎地赶来找我，有什么要事?"魏正铭："天大的好事，你赶快跟我走。"唐作俊："什么好事，你能不能先告诉我?"魏正铭拉着唐作俊走出房门："先不要急于问结论，我带你去见两位先生，什么事到时候自然明白!"

唐作俊同魏正铭赶了一天一夜，走了一百五十余里山路，到达梨树场。走进金安卧室，魏正铭介绍道："唐作俊到!"

刘庆庄见唐作俊肩披长发，浓眉大眼，风流倜傥："久闻大名，果然不凡!"张大洲起身相迎："唐作俊同志，我们是第二次见面，你辛苦了。"唐作俊握住二人的手："刘先生，张老革命，你们久等了。"

几句寒暄之后，刘庆庄单刀直入地问："唐作俊同志，你苦苦追求社会革命的经历，我们已大体知道。现在请你谈谈你对无政府主义是否可以救中国的认识。"

唐作俊面带幡然醒悟之色："说到我对无政府主义的信仰，那真可说是做了一场噩梦。在刚刚进入医学院读书的时候，我对无政府主义自由社会的学说曾经达到痴迷甚至疯狂的程度。无政府主义的书籍我抓住一本就如获至宝，边看边记，很快就堆了一大堆笔记本。无政府主义的报告会我每场必去，专心聆听，边听边记，随时想对无政府主义的真谛作进一步的了解，以致不惜荒废自己的学业。"

魏正铭："他常常用抄写我的课堂笔记的办法去弥补他自己落下的课程。"

唐作俊："有一次，中国无政府主义'泰斗'刘师复的一个高才弟子到学校作报告，我听完报告后，走上前去诚恳地请教他：'无政府主义要反对哪些强权?’他说：‘我们不是反对哪几种强权，而是反对一切强权!’我拿出一本刊物，给他指着说：‘我看到有一篇文章写道：无政府党派诸君听着……乱叫废除一切强权，废除一切政治，自鸣得意，自夸理想高尚，你们要知道有产阶级正在那里暗笑你们，暗骂你们是蠢子呢? ……共产党的主张是实实在在从实践中提出来的理论，并不是空想，也不是满足少数人的政治欲望的。不如此，有产阶级就不能根本推翻，还谈得上什么建设理想的社会呢!’那个刘师复的高才弟子不等我再说下去，立即将我手中的刊物夺过去，扔在地上，还踩了几脚，脸红脖子粗地对我怒斥道：‘你是无政府主义的叛徒，竟然去看共产党人的书刊!’我被他的疯狂行动和声色俱厉的喝斥声震惊了。我拣起被他扔到地上的刊物，轻轻拂去被他踏上的尘土，默默地回到寝室，不断地反问自己：是自己没有弄懂无政府主义的理论，还是无政府主义理论本身就有问题?”

魏正铭：“难怪有段时间你情绪十分低沉。”

唐作俊：“我百思不得其解，便决定放弃学业，离开学校，寻找无政府主义同伴，弄懂无政府主义的理论，共同研究用无政府主义理论救中国的问题。我走了很多地方，没有找到一个正确的答案，也没有找到一个可信的同伴。我在彷徨苦闷中开始怀疑无政府主义究竟能否救中国。为了解决这个疑问，我找了《共产党》《新青年》《先驱》《觉悟》等许多刊物看，越看越觉得无政府主义的理论不合情理，越看越觉得共产党劳农专政的主张才能够救中国。”

刘庆庄点头：“从一个观念转变到另一个观念，有一个量变到质变的过程；而一个正确观念的形成更是一个艰苦的过程。你看了共产党的许多刊物，形成了自己新的观念，那么，你找没找过共产党呢?”

唐作俊：“找了。到北京、上海、重庆、成都很多地方都找了，但是都没有找到。”

刘庆庄：“你知道是什么原因吗?”唐作俊诚恳地说：“可能是我所找的人，都知道我是相信无政府主义的人，不敢给我说共产党的事情；也可能是我所找的人确实不知道共产党，所以没有找着。”

刘庆庄：“你找共产党打算干什么?”唐作俊诚恳地说：“我想弄懂共产党的主张。如果共产党真的就像书刊上说的那样，我就加入共产党。”

刘庆庄：“你不是在重庆已经加入国民党了吗?”唐作俊：“我已经不同我所加入的国民党组织再联系了。”刘庆庄：“为什么?”唐作俊：“那个国民党组织里面贪官污吏太多。他们口头上虽然也说几句国民革命的话，可骨子里想的，都是如何利用这个组织谋取自己的私利，如何让自己升官发财！相互间因而钩心斗角不断。俗话说，道不同不可与谋，我同这样的人相处不下去。”

刘庆庄：“你可知道蒋介石、汪精卫现在正在大杀共产党人吗?”唐作俊：“知道。我相信共产党的主张符合民心，代表绝大多数人的愿望。共产党一定会胜利！共产党人是杀不完的！我要是找到了共产党就马上要求加入共产党!”

张大洲站起身来，激动地紧握唐作俊的双手：“唐作俊同志，你为国为民的赤胆忠心令人钦佩！我们热烈欢迎你加入中国共产党!”

刘庆庄拍拍唐作俊的肩膀：“唐作俊同志，我也真诚欢迎你加入中国共产党！请按规定写好入党申请书!”

魏正铭拿来纸笔，唐作俊虔诚地写下：“我自愿申请加入中国共产党，遵守党的章程，服从党的决议……为救国救民，为实现共产主义，粉身碎骨，在所不辞!”

刘庆庄：“唐作俊同志，你的申请书，我们将尽快报川东特委研究审批。希望你一如既往地为追求改造社会的伟大目标奋勇直前!”张大洲：“你的入党申请得到批准后，我们将为你举行隆重的宣誓仪式。”唐作俊：“谢谢两位老同志的关心，我绝不辜负你们对我的期望。”

没多久，刘庆庄、张大洲为唐作俊举行了隆重的入党宣誓仪式。从此，唐作俊即以共产党员身份开始物色组织发展对象。很快，一批怀着强烈正义感的青年聚集到了他的周围。

刘庆庄：“经过反复了解和考察，我认为金安的入党问题应当解决了。”张大洲：“再做些深入了解再解决。”刘庆庄走进观音庵小学校大门，迎头碰上腋着教材，准备给学生讲课的金安：“金校长好。”金安连忙喊住张庭：“张先生，你这节有课没有?”张庭：“我这节没课。”金安：“那好。来客人了，请你帮我去上这节国文课。”张庭接过教材：“好。”应声而去。

金安将刘庆庄引进自己寝室兼办公室小房内：“请坐。学校简陋，这既是寝室又是办公室。”刘庆庄：“刘禹锡《陋室铭》说得好，山不在高，有仙则名。水不在深，有龙则灵。何陋之有？只不过是有点委屈你这个北京大学的高材生了。”金安：“可惜，我只不过是北京大学一个除了名的学生。”刘庆庄：“你被除名不是耻辱，而是光荣！你参加五四爱国运动，火烧赵家楼，何罪之有？可惜朝政被一批卖国贼把持，爱国变成有罪，卖国反而有功，真是是非颠倒，令人发指!”金安：“生在这污秽的年代……”

刘庆庄：“你回到家乡办学堂，捣毁神像，宣传新文化，虽然受到一些守旧绅士的反对，但你办新学受到大多数人的欢迎，他们也拿你莫办法。”金安：“那都是过去的事了，不值得一提。回乡以后，耳也闭了，眼也不明了。这穷乡僻壤，对国家大事知之甚少了。”

刘庆庄：“的确，近些年来，国家发生了很大变化。革命形势发展很快。工农革命风起云涌，北伐战争取得了节节胜利。帝国主义和封建主义加紧勾结，收买了以蒋介石、汪精卫为代表的一帮军阀、地主和资产阶级代理人。他们丢弃孙中山先生的新三民主义，发动反革命政变，大杀革命仁人志十，使共产党不得不由公开转入地下。”金安：“我相信共产党是中国的希望，转入地下只不过是暂时的。”

刘庆庄：“难得校长有此远见卓识。”金安：“共产党的主张我知道一些，符合工农的愿望，代表中国的前途。我早想找共产党，只是在这穷乡僻壤不知谁是共产党……我也曾到上海去找过……我的几个要好的同学笃信教育救国、科技救国，对政治不再感兴趣……他们不知道共产党在哪里……刘先生从上海回来，是否知道共产党在哪里?”

刘庆庄：“革命是很危险的。特别是在眼前，蒋介石、汪精卫之流大杀共产党人……”

金安：“立志革命，何惜身家性命!”刘庆庄：“难得先生有如此胆识!校长以前的经历我多少有些了解。听了你一席话，对你愿意献身革命之心有了更进一步的了解。实话告诉先生，我是共产党组织派回家乡发动革命的。先生真正愿意加入中国共产党，请认真写一份申请书，如实写一份履历，交我向组织报告，审查批准后，再宣誓，就成为正式党员了。”

金安立刻拿出一张纸，写下简历和申请书，最后写道：“立志革命，愿献终身！若违此心，天人共殛!”

刘庆庄收下申请书和履历，紧握金安的双手：“组织是会相信你的。你可将进步教师组织起来学习《红旗》《共产党人》等革命书籍，研究革命理论。现在要特别注意保密，避免不必要的牺牲。”

金安：“我们学校进步教师不少，张庭、牟永、江安、龙成娟等都对军阀统治和教育制度十分不满。学校里只有庶务郑太是县长肖正福派来的。此人经常以长者姿态教训人，要大家安分守已，不要违犯国法。”

刘庆庄：“此人值得警惕。你组织进步教师到附近农村开办农民夜校，教长工和贫苦农民识字，让他们懂得革命道理。他们是最可靠的革命力量。

注意物色和培养积极分子，条件成熟就建立农民协会，发动他们自己解放自己。”

金安：“我以前也曾试图办农民夜校，苦于没有教材，所以没办多久就停止了。”刘庆庄：“不需要现成的教材，你可以发动进步教师从最简单的字编起，比如一二三、人口手等，通过认字，深入浅出地讲解革命道理。农民听得懂，有了兴趣，自然会热心参加学习。”金安：“这的确是个好办法。”

这时响起了敲门声，金安：“请进。”张明广走了进来，递上假条：“金校长，我母亲病了，需请假三天。”金安：“好。你认识一下，这是刘庆庄先生。”张明广：“久仰久仰!”金安：“你不会认识他吧?”张明广：“人是第一次相见，他写的诗和文章我早已拜读了。”刘庆庄：“请斧正。”张明广：“晚辈拜读都来不及，岂敢斧正?”金安：“张明广是一个勤勉好学的青年，原来在张大洲先生的红光校教书，刚来学校不久，上课认真，很受学生欢迎。”

一座小茅屋。蒋中麟家。刘庆庄与张大洲见面后，拿出金安的申请书：“我的意见是批准金安入党。”

张大洲看过申请书：“金安是五四运动的积极参与者，回到家乡后，又传播新文化。现在是革命低潮时期，又主动申请入党。我完全同意批准他入党。走！我们去为他举行入党宣誓仪式。”

刘庆庄边走边问：“张明广原来在红光校教书，怎么转到金安的明志学校了?”

张大洲：“张明广也是我刚发展的党员。我们派他到金安学校开展党的工作。”

明志学校设在观音庵里。夜深人静，教师们都已入睡，只有金安的窗户仍然灯光明亮。刘庆庄、张大洲来到金安门前敲门。金安将他们迎进房内。张大洲从怀中掏出一本书，翻开镰刀斧头旗，竖于书案上：“金安同志，你的入党申请上级组织已经批准。现在举行宣誓仪式。我做监誓人，刘庆庄同志做领誓人。仪式开始。”

三人站在党旗前，刘庆庄、金安举起右手。刘庆庄：“我自愿加入中国共产党，承认党的纲领和章程……”

金安跟着刘庆庄说：“我自愿加入中国共产党，承认党的纲领和章程，服从党的决议，执行党的政策，遵守党的纪律，永不叛党……宣誓人金安。”

庄严肃穆的宣誓仪式结束。刘庆庄紧握金安的手：“祝贺你成为一名光荣的无产阶级革命战士。”金安：“我早就盼望着这一庄严时刻……”张大洲严肃地说：“金安同志，自愿入党，就是自愿将自己的一切交给党安排，自愿为共产主义事业奋斗终生！”金安郑重地说：“请党组织相信和考验我，我一定做一个合格的共产党员！”

张大洲：“好。办农民夜校，要从人、口、手等简单的字教起。通过人、口、手几个字，讲解深刻的人人平等，人人有饭吃有衣穿，有手就该劳动，反对剥削压迫的革命道理。现在还应当提出雇工按时收工钱，不向军阀交苛捐杂税，更不交预征钱粮，取消高利贷，打倒贪官污吏，打倒土豪劣绅，建立农民协会等口号，才能吸引更多的群众参加农民协会的斗争。”

刘庆庄：“对，要从浅显的道理讲起，破除宿命论思想。讲明我们劳动人民之所以受剥削、受压迫，不是因为命不好，而是因为无权，刀把子在地主豪绅手里。我们要翻身就必须建立自己的政权，拿起刀把子。党中央对农民运动作了许多指示，湖南、湖北、广东、广西等地农民运动开展得轰轰烈烈，要给地主戴高帽子就戴高帽子，要牵土豪游乡就游乡。地契、债券烧了，土地房屋分给了贫苦农民。开天辟地第一遭，黄泥巴脚杆坐天下了。你看那里的农民多神气，你们希望有这一天吗？湖南、广东等地农民运动积累了许多好的经验，也有许多教训。我们运用这些经验，汲取教训，可以免走许多弯路。”

金安：“农民喜欢唱山歌，比如《农民苦得这样子》唱道：‘农民苦得啥样子？听我给你唱几句：正月扭篾搓索子，二月耖田又拖泥，三月红苕殡下地，四月麦黄忙得急，五月收水栽秧子，六月抢种田栽齐，七月立秋打谷子，八月中秋田中立，九月重阳种秋粮，十月霜降苕挖毕，冬腊砍柴捡狗屎，喂牛积肥铲草皮，不怕山高会摔死，不怕水深会淹死！脸上晒得像锅底，周身糊的是黄泥；歇气从不坐板凳，颗颗汗珠不停息；一年虽有点收成，地主收租全刮去；谁知农民这样苦？一年到头没穿吃！’这样的歌表达了农民对地主剥削的不满，很能激发农民对自己所受痛苦的认识。”

刘庆庄：“对，开办农民夜校，要采用农民喜闻乐见的形式，才能吸引更多的群众参与。”金安：“我打算组织教师学生排演文明戏。”张大洲：“对头。要多排练反映农民疾苦的文明戏，排练好了就给农民演出。通过演文明戏启发农民的阶级觉悟。”

十月的夜晚已稍稍有点凉意。群众的热情却将山村的夜晚闹得热气腾腾。农家大院中，临时搭了个剧台，十多盏土灯将剧台照亮。锣鼓敲响，男女老少纷纷拥向大院，把院坝每个角落都填得满满的。第一个演出的节目是《放脚》。女儿撕肝裂肺的嚎叫，父母严厉的呵斥，引来无数中老年妇女同情的眼泪。突然，一人振臂高呼："我们要放脚！"赢得了一阵高呼声："我们要放脚！"

金安走到前台："乡亲们，缠脚是束缚妇女的封建枷锁！上海、北京等大城市早已放脚，可是，我们这偏僻乡村却仍然有不少人坚持缠脚！"刘庆庄大声说："乡亲们，缠脚是封建主义摧残妇女的手段！妇女要翻身解放，就要打倒封建主义，废除缠脚！"张大洲高呼："打倒封建主义！"全场激愤，高呼："打倒封建主义！"

接着演出《小女婿大婆娘》。一个二十来岁的大姑娘被强迫嫁给一个八岁的男孩。新婚之夜，孩子尿了床，新娘被婆婆打骂，责问她为什么不抱着丈夫撒尿。新娘痛哭流涕地哭诉了包办婚姻的罪恶，最后上吊而亡。刘庆庄走到前台，大声讲道："乡亲们！包办婚姻不知害死了多少人！我的同学黎崇新受到包办婚姻的迫害，也打算以寻短见的方式进行反抗！我告诉他，包办婚姻是封建制度造成的恶劣习惯，不要悲伤，更不要上吊！要同封建主义作坚决的斗争，通过改革社会，努力改变这种不良的社会风气！我们这一代人要努力做改造社会的事业，应当脱去现在社会的一切羁绊，实现我们的理想社会！我们不能把个人的忧愁同社会的弊端分离开来，而应当统一起来。只有统一起来，才能看清本质，才能找到解决的根本途径！"众人振臂高呼："打倒包办婚姻！""解放妇女！""婚姻自主！"

接着演出的是《交租谷》。稻谷金黄，农民顶着烈日收割水稻。地主豪绅带着狗腿子，扛着大秤到田边收租。农民所收稻谷全被挑走。农民唱道："顶烈日，冒风霜，披星星，戴月亮，迎来稻谷香。地主收租一杆秤，满田稻谷全收光。佃户一年白辛苦，全家欢喜得把糠！"一人高喊："打倒地租剥削！"众人齐声响应："打倒地租剥削！"

永定县县府。郑太："县长大人，近来乡村很多地方都办起了夜校，还时常演文明戏，把农民都闹腾起来了。"肖正福："难怪抗捐抗粮之事不断发生。你要好好监视你们学校教师和附近农民的行动。"

郑太："我早就注意了。我们学校的青年教师在校长金安带领下，天天晚上到附近农村教农民识字，通过教农民识字，给农民讲闹翻身、讲抗捐抗粮的道理。"肖正福："他们什么时候演文明戏，你及时报告，我派兵来抓捕领头之人！"郑太："是！"

农家大院。文明戏正在演出。老人、妇女、儿童看得津津有味。突然，一群大兵包围了剧场。王班长大步走到台上："停止演出！"

观众发出了刺耳的尖叫声。金安从台后走出来："老总，什么事?"王班长："奉何县长之令，禁止你们演文明戏!"金安："凭什么禁止我们演文明戏?"王班长："县长命令禁止就禁止，还需要凭什么？走!"金安："到哪里去?"王班长："到肖县长那里去!"

几个观众拥上来："我们要看戏！你到台下去!"王班长："你们想干什么?"

老大爷走上前指着王班长说："我们白天风里来雨里去，劳累不已，晚上看看文明戏关你啥事?"王班长："他们假借演戏，宣传赤化，怎么不该取缔?"老大爷："什么赤化？你们吃老百姓的穿老百姓的，狐假虎威就只知道欺侮老百姓!"

王班长伸手要抓老大爷："你敢阻拦我执行公务?"众人上前拦住："不准欺侮老百姓!"

王班长气急败坏地骂道："我把你们全都抓起来!"众："你再欺侮老百姓！我们要你今天走不了路!"

王班长以进为退："好！我看你们能嚣张到什么时候！咱们走着瞧！走，兄弟们，回去向肖县长报告去!"

金安见王班长带着几个丘八走了，便问道："乡亲们，这伙丘八为什么没有抓人就走了?"众："他们没占理!""他们见我们人多势众!"

刘庆庄："对！他们不占理又见我们人多势众，就灰溜溜地走了。但是，这个事情本身没完。他们肯定回去会叫更多的人来镇压我们，我们怎么办?"众："团结起来同他们斗争!"

刘庆庄："对！团结起来同他们作斗争!"

一人走到刘庆庄身边，低声地说："刘先生，有人找你!"刘庆庄走出人群……走到张大洲身边："啊，是洲先生。"张大洲："我刚接到通知，省委要我和你马上一起到省委听取中央指示。"刘庆庄："好。"

刘庆庄与张大洲连夜赶往重庆省委机关，受到了热情接待。傅烈："最近中央要求我们认真总结我们开展武装斗争的经验与教训。之前省临委遵照党的八七会议精神，决定坚决执行党的关于'没收地主阶级的土地交给农民'，'领导他们从抗税抗捐抗租抗粮的斗争，一直发展到暴动夺取武装，夺取政权'的决定，广泛开展农民运动、军事运动、团阀运动、土匪运动，提出了'打响就是胜利'的战斗口号。不久，又提出建立苏维埃的口号。涪陵、梁山、玉林县等地很快行动起来。1927 年 7 月底，共产党员刘大德、李子锋、宋永豪等先后回到玉林县，积极联络何孝先、唐传泰等，成立了中国共产党玉林县特别支部，书记是刘大德。特支成立后，一面及时上报四川临时省委，一面清理、整顿、发展党员，开展各种活动，积极筹备武装斗争。”

张大洲：“刘大德懂军事，开展武装斗争有较好的条件。”

刘愿庵：“省临委派我到玉林县传达省临委指示，将玉林县特支改为玉林县委。我按照省委关于利用军阀战争，组织民众建立工农武装，发展土地革命的斗争策略，决定利用玉林县军团冲突，开展武装斗争。”

刘庆庄：“什么叫军团冲突？”刘愿庵：“军团冲突就是驻军与地主武装团阀之间为争夺利益而发生的冲突。玉林县是军阀杨森的防区，他派驻玉林县的黄隆驹师不但催款拉夫，敲诈盘剥，而且与土匪勾结，劫掠人民。豪绅也不堪其扰，这就引起了驻军与团阀间的矛盾，并逐步发展到军事冲突。老百姓在军团冲突中深受其害。但是，军团冲突也给我们发动群众形成了一个极好的机会。”

傅烈：“针对这个情况，省军委制定了玉林县武装暴动计划。刘大德同志按照上级指示精神，打入县团练局，取得县团练局长何载荣的信任，被委任为壮丁联合会总指挥。刘大德利用合法身份，鼓动军团冲突，开展革命活动，使军团矛盾不断加剧。”

刘愿庵：“党组织派开明绅士曾代青代表玉林县人民到万县向驻军的上司杨森请愿，要求调走驻军黄隆驹师。同时，鼓动时任杨森部师长的玉林县人樊绍强支援团阀对驻军作战。在樊绍强暗地支持下，几次战斗，黄隆驹师都未占到便宜。”

傅烈：“在郑子青等人的强烈要求下，杨森不得不将黄隆驹师调走，另派一支军阀军队进驻玉林县。但是，党组织和革命武装都还非常弱小，所以，中共四川省军委制定的玉林县武装暴动计划未能实现。”

刘愿庵：“党组织决定利用刘大德任玉林县团务委员兼五区区长的合法身份，秘密组建革命武装，张通、高桥、乌树、永兴等地筹集了部分枪弹，永兴乡打出了镰刀斧头旗，积极进行创建张通苏维埃政权的准备工作。为了筹集资金买枪，刘大德在张通乡发行公债券。不久，县委的文件不幸被敌人查获，张通乡发行公债券一事被告发，刘大德集中全县团练暗地组织军事训练也被敌人察觉，玉林县县长曾石渠下令逮捕刘大德和一批共产党人。情急之下，刘大德等党员同志不得不撤离玉林县。历时一年创建张通苏维埃的工作功败垂成。”

傅烈："玉林县军团冲突为我们积累了很多好的经验，同时，也积累了深刻的教训。我们在军团冲突中之所以未能取得成功，最根本的一条就是党的力量太弱，未能建立自己的武装。刘大德虽然控制了一部分团阀军队，但是，未能冲破团阀的控制。这是我们今后开展武装斗争必须汲取的深刻教训。刘庆庄、张大洲同志，请谈谈你们那里的工作情况。"

刘庆庄："请老革命先谈。"张大洲："请刘庆庄同志谈。党的工作，刘庆庄同志做得很具体、很扎实。"

刘庆庄："我和张大洲同志按照省临委的指示，积极联络各县回乡共产党员，协助建立了玉林县特支、宜兰县特支，发展了一部分同志入党，特别是吸收了原来是无政府主义激进分子的唐作俊入党。这个唐作俊原来信仰无政府主义，可以说到了痴狂的程度。他放弃大学学业，到北京等地寻找同道中人。他在处处碰壁的情况下，认识到了无政府主义行不通及其严重的危害，迫切要加入中国共产党。我们考察合格吸收他入党以后，他工作十分积极，在巴山县城按照党章，选拔优秀分子入党，组织得到迅速发展。省临委于 1927 年九十月间，批准成立巴山县特支，书记唐作俊。我们按照省临委'打响就是胜利'的方针和毛泽东提出的'枪杆子里面出政权'的著名论断，在开展农民运动、团阀运动的同时，逐步将党的工作中心转入了军事斗争。"

傅烈："你们的工作做得很扎实。按照玉林县军团冲突的经验与教训，你们应当建立党直接领导的军队。军阀的军队可以利用，条件成熟就应当加入党直接领导的军队。选一个好的军队领导人极为重要。你们两个都是很好的人选，有什么考虑?"

刘庆庄："张大洲同志有丰富的军事经验，是最好的人选。"张大洲："我在川东军界有许多朋友与熟人，为了更好地利用这种社会关系，现在不适宜直接做党组建军队的领导人。"

傅烈点头："张大洲同志考虑得很周到。刘庆庄同志呢?"张大洲："刘庆庄同志做党代表最好。"

傅烈："你们考虑谁做军事领导人?"刘庆庄："唐作俊同志。"傅烈："唐作俊同志有军事斗争经验吗?"刘庆庄："他以前没有这方面的经验，不过，可以边干边学。"傅烈："好。你们要做好唐作俊同志的工作。"

禹王宫。刘庆庄、张大洲、唐作俊三人在一起举行秘密会议。刘庆庄："省委关于发动武装起义的指示精神就是这些。请张大洲同志传达省委关于组建党直接领导军队方面的指示。”

张大洲：“省委同意组建川东游击队，党代表刘庆庄，总指挥唐作俊。”

唐作俊：“党代表由刘庆庄同志担任，我举双手赞成。但是我是学生出身，没学过军事，莫说带兵打仗，连火药烟子味都没闻过，怎样当总指挥领导武装斗争？”

张大洲：“没学过军事可以边干边学。干革命，不是先学好了什么再干什么。现在，敌人拿起刀枪杀我们来了，我们怎么办？也只有拿起刀枪同敌人斗！”

刘庆庄说：“毛泽东说枪杆子里面出政权！中国自古以来打天下，没有刀枪是不行的。我们分头发动群众准备刀枪！在战争中学习战争，在战争中积累经验！”

唐作俊：“开展武装斗争，武器装备很重要。刀矛倒有一点，关键是我们没钱买快枪。光靠刀矛棍棒战胜不了手拿钢枪的敌人！”

刘庆庄：“现在我们买不起快枪，有什么就用什么。在战斗中可以夺取敌人的枪支武装自己。贺龙半把菜刀就闹起了革命，他现在已经建立起一支很大的革命武装了。我们山区不少人有打猎的火药枪，比起贺龙的半把菜刀可强多了。”

唐作俊高兴地说：“对！用枪杆子打天下，我当先锋！我们把力量集聚起来，马上去攻打巴山县城吧！”

张大洲：“巴山城里驻扎着黄志尚的一个正规团，还有几百团丁，加上各乡的团丁，人枪有好几千，又全是硬火。我们一点鸟枪和刀矛怎能同这样的敌人对敌？”

唐作俊有些失望：“这么说来还是不能干？”

刘庆庄：“怎么不能干？我们要学毛泽东的办法占山为王，积聚革命力量，条件成熟再进攻巴山县城，打永定城，占重庆、成都！”

张大洲：“对！我们先当山大王！”唐作俊：“当土匪？那我可坚决不干！”刘庆庄：“我们不是当打家劫舍的土匪，是当革命的山大王。”唐作俊：“革命的山大王？”刘庆庄：“就是不抢老百姓的山大王。还要组织发动贫苦农民打土豪分田地，做保护老百姓的山大王。”唐作俊：“这样的山大王我愿意当！”

张大洲：“我正在思考，占哪座山头当山大王为好呢？我们大巴山区有的是山，深山老林太脱离群众，产生不了多大作用；离城镇较近的浅山，战争打响，没有多少回旋余地，容易被敌人消灭。我们要选一个敌人统治相对薄弱，进可攻，退可守，有较大回旋余地的地方。”

刘庆庄：“老革命分析得很正确。我认为，还是要学毛泽东。他选择的是江西与湖南交界的井冈山。我们最好也选在四川、陕西、湖北交界的地方。”

张大洲高兴地拍了拍刘庆庄的肩膀：“还是秀才脑袋聪明！一下子就明确了大的方位。可是，还得有一定的群众基础才行。”刘庆庄：“群众基础可以通过做工作建立嘛。”

唐作俊：“两位老领导把路子越指越明了。我仔细考虑了一下，我的家乡福源坝最适合。”唐作俊拿出笔和纸，激动地画着草图：“这是四川，北边是陕西，东边是湖北。福源坝距巴山城100里，距宜兰县城150里，距夤河县城300里。福源坝辖关帝庙、福源坝、唐家坝、胡家坝、黄铁矿等五个场镇，纵横150余里，山高坡陡，山深林密，沟壑纵横，地势险要，进可攻，退可守，历来为军事要地。黄吉城对这个地方控制力相对较弱。”

张大洲：“嗯，是个占山为王的好地方。”刘庆庄：“地理条件不错。群众基础怎么样呢?”

唐作俊：“群众基础也比较扎实。我们在很多地方办起了夜校，农民革命积极性很高，有的已建立了农民协会。更为可喜的是，具有浓厚革命思想的吴贵锋、唐志学、刘大疆等人分别在福源坝、唐家坝、胡家坝等地掌握了一批团练，有利于起义队伍的集结和发展。”

刘庆庄：“你介绍一下刘大疆、唐志学、吴贵锋的情况。”

唐作俊喝了口水，说道：“他们与我都有很好的关系。刘大疆和唐志学是患难与共的好朋友。刘大疆是朱德在万县开办的二十军政治军官学校的学生，毕业后到玉林县孟青云部当军需官，秘密开展革命活动。孟青云的亲信克扣士兵军饷，刘大疆按管理条例，将其罚打二十军棍。孟青云认为刘大疆是明打周仓，暗羞关羽，矛头指向了自己，于是横蛮地将刘大疆关进监牢，准备治罪。正义感极强的唐志学时任孟青云部手枪营营长，受刘大疆革命宣传，听到这个情况后出于义愤，学窃符救赵办法，冒险拿着孟青云名片，亲到监狱救出刘大疆，两人离开孟青云，一同回到家乡。”刘庆庄：“他们都是敢作敢当的男子汉。”

唐作俊：“吴贵锋是黄埔军校四期学生，参加过北伐战争，对蒋介石叛变革命极为反感。回乡后，担任关帝庙团防大队长，掌握了百余人枪。吴贵锋聘唐志学做军训教官，以训练民团为掩护，积极组织和训练革命队伍。吴贵锋、唐志学以合法身份安排了不少贫苦农民青壮年到团防队当团丁，团聚了不少有识之士，形成了一定的力量。”

张大洲：“这个民团可做朋友，但要成为革命军队还要做大量艰苦细致的工作。”

唐作俊：“他们几个人都是正义感强、敢作敢为的人。”

黄桷垭。山势陡峭，山路弯曲。半山腰有一座煤矿。刘大疆沿山路走到煤矿前，见一群没精打采的青年坐在熊家煤坝边唉声叹气，便问道：“小伙子，你们不赶快去干生活，坐在这里叹什么气?”青年答道：“我们是来背煤挣生活的，胡久域不来开门，我们背不了煤，这一天的生活费眼看又要打水漂了，怎么能不唉声叹气?”刘大疆：“你们自己把门打开，背起走嘛!”青年们说：“那怎么行?”

刘大疆见青年们不敢动手，便找来一块石头，三下两下砸烂煤坝铁锁：“你们背起走，出了什么事情，我负责!”

青年们高高兴兴地背起煤走了。胡久域去到煤坝，只见门锁砸了，煤也被背走了许多，大声吼道：“是哪个干的?”推煤出窑的掘匠说：“老板，是刘大疆砸了锁。”胡久域：“哎呀，怎么碰到了那么个丧门星！老子现在不空理他，等以后空了再好好收拾他!”

刘庆庄：“刘大疆为背煤兄弟做了件好事，但是靠个人的力量反抗胡久域，效果还是有限的。”唐作俊：“刘大疆也认识到了这一点。”

刘大疆再次路过胡家煤窑，见青年们仍在背煤，便问道：“兄弟们，你们只有背煤炭才能过日子吗?”青年们回答：“这世道，除了背煤还有什么别的办法?”刘大疆：“办法是有的，就是看大家想不想干，敢不敢干!”青年们问：“请大队长讲讲还有什么办法?”

刘大疆：“同唐作俊一起闹革命!”青年们高兴地说：“听刘大队长的话没错，走，跟唐作俊一起闹革命去!”唐作俊：“这一大批革命青年来到我的身边，强烈要求革命，态度十分坚决，令我非常感动。”刘庆庄：“这些革命青年就是我们革命的中坚力量。”

唐作俊：“按照省委‘打响就是胜利’的指示精神，我认为现在我们完全可以宣布起义了。”

刘庆庄：“福源坝作革命根据地真有天时地利人和的优势，万事俱备，只欠东风。什么是东风？就是声势浩大的革命队伍。我认为，仅靠你们本地人还是不够的。目前，宜兰县、永定县、涪流县、玉林县等地也正在组织革命队伍。这就是革命的东风！等各地骨干队伍到福源坝集中起来后，再打旗号，宣布起义。”

张大洲：“我同意刘庆庄同志的意见，还要积极创造起义的条件。刚才唐作俊同志提到‘打响就是胜利’的指示，那是省临委以前的指示。这个指示作为反抗蒋介石血腥镇压革命的时候是对的，可以起到鼓舞人心、激励革命人民斗志的作用。实践证明，它的危害性也是极大的，助长了盲目的复仇和蛮干情绪，使我党牺牲了不少优秀的好同志。党中央和省委已发出指示进行纠正。我们再不能那样盲目蛮干了。现在，起义前的准备工作还有很多，主要是广泛发动群众，宣传群众的工作还要加强。”

刘庆庄从怀中拿出一沓草稿：“我草拟了申讨军阀黄吉城的檄文，请大家审查修改。”张大洲：“你念给大家听听。”刘庆庄铿锵有力地念道：“巴山穷人，联合起来，一起反抗，打倒军阀！黄逆吉城，天心不顺，盘踞巴山，年年天干。一年只有两份收成，军饷税捐，一年数征。一起未清，二起又来。地主豪绅，催收租谷，不让分文，手毒心狠！没钱给的，捆绑送县，抢走被盖，夺走大罐。要想活命，实在太难！只有一条路，跟着共产党，提起锄头、铁耙、镰刀、斧头与军阀、地主豪绅拼命！”

张大洲、唐作俊高兴地说：“好，太好了！”刘庆庄：“看看还有什么需要修改的。”张大洲：“我看可以了。”唐作俊：“我看有一个地方改一下为好。”刘庆庄：“哪个地方？”唐作俊：“夺走大罐，改为夺走锅罐更通俗易懂！”刘庆庄立即下笔：“好。越通俗易懂越好。还有哪些地方需要修改？”张大洲：“我看完全可以了。想办法石印或手抄，广泛张贴。”

城乡墙壁、大道旁树干上……到处都张贴着“讨黄檄文”。人们争相观看，啧啧称赞：“写得真好，说出了我们老百姓的心里话！”

川陕边区绥靖督办公署。黄吉城办公桌上，摆放着十几张“讨黄檄文”。黄吉城气急败坏地指着刘积良、符冠文等人的鼻子骂道：“我为保境安民操碎了心，却落得如此骂名！你们白吃军饷，享我厚禄却毫无建树，任凭泥腿子胡闹，你们一个个都罪不可赦！必须立即派出大队人马，清查檄文源头，捉拿起草檄文之人！一定要将他碎尸万段！令各地清除檄文，一个字也不能留！”符冠文、刘积良等人：“是！”

黄吉城气犹未消：“想当年，本督任四川都督，叱咤风云，何等威风！后来流落陕南，何等窘迫。幸得曹锟大总统、吴佩孚大帅的关怀与支持，拨来三千意国造洋枪和数十万军饷，授予本督川陕边区绥靖督办和四川陆军检阅使要职，组军回川，一举占领永定县、宜兰县、夤河城、巴山县城，虽然地盘不小，南北长七八百里，东西宽六七百里，但属大巴山区及南麓，山高土薄，地旷人稀，十分贫穷。但是，四川肥沃之地被刘湘、杨森、刘文辉诸人占领。本督原来的下属刘文侯、田崇尧也早已自立门户，不再认我的账了。这又有什么办法？也罢，好在本督已有了枪和钱，这就是“翻梢”（四川方言）的本钱！这就是在军阀林立之中占一席之地的本钱！何况有了四县之地，这就是扩充军队、购置良好武器弹药的本钱！当然，这点钱远远不够，不够的费用从什么地方去找？当然只有找老百姓要。为了养活庞大的军队，保障跟随我的人能过上豪华奢侈的生活，本督挖空心思，巧立名目，强行征收各种捐税。本督在防区内所收捐税不过70余种，比起刘湘、杨森也不算多；就是田赋预征，一年收取三年、五年的捐税，也不比刘湘、刘文辉、杨森多了多少。有人就用对联对老子进行讽刺：‘自古未闻粪有税，而今只有屁无捐！’更有人编了一首民谣唱道：‘军阀梳子梳，豪绅篦子篦，团甲犹如刀刀剃，收款委员来剥皮！’把老子骂透顶了！叫你们四处去查，这么久了，也查不出个所以然来！只知吃老子的薪饷，办不了事！”

第六章

耀先著诗讽时政　大洲反黄聚友好

夜。龙耀先向城墙上张贴《感时杂咏》："昨夜狗吠急，来了催粮兵。敲骨又吸髓，旷古闻未闻！"不少人围观并低声吟诵。几个巡逻的川陕护卫军士兵上前抓住了他："你在干什么？"龙耀先："老百姓实在活不下去了。黄吉城为了占据巴山称王，对老百姓敲骨吸髓地进行勒索。富裕的人穷了，穷人被逼死了。秦始皇的时候，还有人躲进了桃花源留得性命，现在根本没有藏身之地了。荒年本该减免捐税，黄吉城反而加收十倍以上的粮款。老百姓把草根树皮都吃尽了，黄吉城和他豢养的走狗却长得体肥肚圆。无辜百姓一个个饿死，稍有良心的人，哪个见了不心伤？"听众："说到我们心坎上了！""黄吉城把老百姓整得太惨了！"

士兵撕下《感时杂咏》，向督办公署飞奔而去。

黄吉城看了《感时杂咏》，气急败坏地吼道："参谋长，派弁兵队把龙耀先抓起来！"

黄吉城："这首诗句句戳到老子肋巴，把本督骂得狗血淋头！传之于世，叫本督有何脸面见人？罢了，量小非君子，无毒不丈夫！将龙耀先与政治犯一同关入死牢，以恶毒攻击政府时政之罪严加惩处！"

刘积良："督座，百姓不了解内情，多将横征暴敛的罪名横加在督座身上。据我所知，百姓负担的远远不止于督座所收的数字。因为这个数字并不包括县、区、乡、保、甲的层层加码。民众的负担，至少在这个统计数字的三倍甚至五倍之上。我听说还有一个叫黄拔贡的乡长，完不成催收粮款任务自杀了，自杀前，他写了一首诗：'风雨凄凄暗自伤，难筹军饷与军粮。一场大梦我去也，看向伊谁发催章！'他催不到粮，只好自杀，真是愚蠢至极！"黄吉城："他乡长不当去自杀，活该！"

刘积良："督座，《永定县志》那几个编纂者更为可恶！骂督座'征敛之苛虐，则父死子押，兄死弟囚，人民不堪其苦。有抛弃产业密逃异县者，有捐田归公苛征不免者，有背负红契饿死他乡者。永定县素有富庶之名，至此亦无力撑持，思乱者众矣。’这县志是要传诸后代的，叫后人看了怎么评价督座！”

黄吉城：“本想将这几个臭文人杀了，又怕后人骂我杀史官，留下更大的罪名！本想关闭志馆，又毁了我‘盛世修志’的美名！难啊！话又说转来，虽说他们说得有点过头，但也基本是事实。本督别无他法，不通过捐税搜刮民脂民膏，还真想不出其他名目搜刮民脂民膏。当然，本督也还动了点歪脑子，除国家、省里规定的捐税之外，还自立名目，强行征收各种捐税。这些捐税的名称主要有临时军费、预收粮税、三升捐、烟亩捐、红灯捐、烟秤捐、特税、烟酒税、护商税、邮包税、印花税、花赌捐、门户捐、矿区产捐、粮税附加、肉税附加、契税附加、各场军实粮款自由附加等，每户平均二十余元，人均三元。这是国、省捐税之外的地方捐税。这些名目，多亏几个烂笔师爷挖空脑袋想了出来！”

刘积良：“除此之外，督座还每年发‘天榜’一次，即由知县与团练局给富裕户划定应交数目，张榜公布，限期交纳。如不交纳，即锁押催收。一些臭文人便帮到下边吼，说不少家庭被搞得倾家荡产、家破人亡。此后督座又将发天榜改为军食费，随田赋附加一齐征收，大大超过正赋。永定县臭文人张厚山便在圣墙上贴出一副对联：‘孔衍墙头财源滚滚，封神榜上杀气腾腾。’横联是‘留毒其极’。‘留毒其极’，极者吉也，明眼人一看就知道，指的是督座。一则是督座曾任过四川都督，流落陕南后被人们称之为‘流督’，现在任川陕边区绥靖督办，仍然有个‘督’字。这里的‘毒’是取‘督’之谐音；‘吉’是督座名字中有一‘吉’字，一些人便以‘吉’作督座代称，称督座为‘吉’公者不少。”

黄吉城：“这副对联直斥本督狂征暴敛，是想对本督发‘天榜’进行无情的揭露和辛辣的讽刺。在本督辖区内，竟有人胆敢侮辱本督，真是反了他了！本督下令将他下狱，责问他受谁指使，这老儿口硬，一字不吐，把行刑之人也搞得汗流浃背、无可奈何。但是，他的口硬还是没有我的刑具硬，不几天，他就一命呜呼了。活该！尽管名目多，所收钱款仍然是入不敷出。好在本督的下属还真能想办法，他们又为本督设计了一年两征或数征，美其名曰‘预征’的办法，为本督解燃眉之急。”

刘积良：“大家还帮助督座大搞清理‘历欠’，把督座驻永定县、宜兰县、夤河城、巴山县城四县之前的历年欠款也进行追收，现在已追欠到了辛亥革命那一年。”

黄吉城：“本督虽然下令追欠，却没有下边的人高明。各县将无人上交欠款的人家，包给粮差催收。粮差到了各乡、村，就大肆清查欠粮欠款人名，甚至到坟地从坟牌上或到家中从神龛上抄查欠粮人名单，没收他们的遗产作为追收的欠款。老百姓骂天骂地，风吹过也就算了，永定县臭文人龙耀先却舞文弄墨，写下《感时杂咏》六首，恶毒谩骂本督，并将他的臭诗张贴于城墙，引起围观，影响极为恶劣。毛牛听令：马上去把龙耀先抓起来关进死牢！”毛牛：“是！”

黄吉城：“这些臭文人有烂笔头，老子有硬子弹！将他们统统地杀了，看他还写些什么？”刘积良：“督座，这些臭文人该杀，但是，杀得再多也还是增加不了税收。”黄吉城：“你有什么好办法？”

刘积良：“督座，我们挖空心思巧立名目强行征收各种捐税费用，根本满足不了我们各种开支的需要，依我之见，不如仍然采取在陕南的老办法，强迫老百姓广种鸦片烟，以收取高税高捐。大巴山区有的是土地，又是适宜种植鸦片烟的好地方，要是再多种一些鸦片烟，何愁款项不够花销？”

黄吉城：“你说的倒也是个办法，当年在陕南就用过，很有成效。不过，现在四川各个防区都在禁烟，我却令百姓广种鸦片烟，容易遭受各方责难。”刘积良：“各方责难？他刘湘、刘文辉、杨森哪个防区没有种鸦片烟？哪个不是在发鸦片烟财？”黄吉城：“这倒也是。”

刘积良：“督座，宜兰县芙蓉场所产的‘烟土’驰名西南，被取名‘蓉土’，号称‘美芙蓉’。因此，川东北各县所产烟土都运到这里来加工，以备销售。河南南阳，湖北襄樊、汉口，甚至上海、南京等地都有大商人在芙蓉场镇上设庄号。有一句俗话‘金万县，银宜兰县’，就是称赞宜兰县的富有。我们可不能捧着金饭碗却当叫花子！”

黄吉城：“你这几句倒真正提醒了本督。”

刘积良：“督座，在鸦片烟身上可以抽取六种捐税，即烟苗捐、烟土捐、烟称捐、瘾民捐、红灯捐。对种烟吸烟的收以上五种烟捐，对不种烟的则可以收取懒捐。也就是说，不管你种不种，吸不吸，都逃避不了鸦片烟捐税之苦。别看芙蓉场禁烟查缉局长是个打不上等级的芝麻绿豆官，却是个人人羡慕的美差。”

黄吉城：“难怪不少人宁愿高官不做却争着要去当禁烟查缉局长，以后可不能随便委派这种职务了。”

刘积良：“督座，不过鸦片烟泛滥，却也有值得担忧的地方。”黄吉城：

“既然有那么高的利润，担什么忧？”刘积良：“据我所知，永定县、宜兰县、龚河县、巴山县城四县同四川各地一样，烟馆遍布城乡，不少人甚至一些女人、小孩都参加了吸食行列。据估计，吸食鸦片烟的人占总人口的百分之二十以上，个别地方如永定县甚至达百分之五十以上。农民一旦吸食成瘾，面黄肌瘦，身疲骨软，完全丧失劳动能力。因男子吸食鸦片成瘾者多，所以田间生产多由妇女承担，耕作力弱，造成农业不断减产，粮食产量普遍下降。所以，军粮不容易收起来。同时，军队护送烟帮，收取‘护商费’，芙蓉场的驻军十分富有。军官和士兵普遍吸食鸦片烟，成了有名的‘双枪将’，战斗力大为堪忧啊！”

黄吉城：“军队中有多少人吸食鸦片烟？”刘积良：“有的连队占二成，有的连队大约占一半。”黄吉城：“好在还有一万多人不吸食鸦片烟。”

刘积良：“现在还有一事堪忧。”黄吉城：“什么事？”刘积良：“官场腐败严重。”黄吉城：“官场腐败自古亦然，有什么值得大惊小怪的？”刘积良：“现在情况太严重了：县长、区长、乡长、保长以至牌头，买官卖官成风。早先还遮遮掩掩，怕人知道后告发。现在逐步发展到明码实价了。据我所知，一任区长即要五万大洋，他在三年任期当中如果捞不回五万大洋就蚀本了。所以，县长、区长、乡长、保长、牌头一上台就拼命捞钱。他们如狼似虎，对百姓敲骨吸髓无所不用其极。有的农民交不出捐税而被吊打催逼时，还需交吊打费，其勒索手段之毒狠，真是旷古奇闻。”

黄吉城：“古人说法不治众，官场腐败一旦形成风气，瓜蔓相连，便无法纠正了。”

刘积良：“对，法难治众嘛。这些官员真会想法整钱：农民交捐税，粮贱时必须交银圆；而粮贵时，又必须交粮食。无形之中又从农民手中多夺走一些粮食。不少农民因而倾家荡产，卖儿鬻女，但也很难交清捐税。不少人被迫背井离乡，四处逃亡。因此到处都出现房屋无人住、田地无人耕的凄凉景象。《永定县县志》说你治理永定县‘无善政可言，搜刮款项最为厉害。追索苛捐杂税是父死子继，兄逃弟续，一有欠债，无不穷追’。这些言辞的斥责力度都大大超过了历代！”

黄吉城：“我刚才说了，他们要写，没有什么办法不让他们写。我们也要组织人写出歌颂本督政绩的文章和诗文刊行发送，让数量和声势大大压过他们！最近，我写了首《元宵》，其中说‘月满春城人尽醉，花看锦地客无愁。六街灯火辉莲炬，几处笙歌响玉楼。传语风光尽流赏，金吾夜不禁佳游’；还有一首《李家坝村景》，其中说‘画桥流水数家分，风过池萍起绥纹。陌树扶苏嘉禾秀，环山深锁绿溪云’。这些佳句华章描述的人间仙境，何曾有什么饿殍褴褛？将此等佳作刊印后广为散发，完全可以抵消那些臭文人对我的攻击！后人看了，更会把本督治理期间，想象成与贞观之治一样的盛世！”刘积良：“对！以武对武，以文对文，督座英明！”

黄吉城：“仅我一人毕竟力量有限，你们都拿起笔来，多写些歌舞升平的文章和诗歌，安抚民心！”刘积良：“对！在座诸君都拿起笔来，不信战不过那些臭文人！”

黄吉城：“文人吵吵嚷嚷，有如蚊子夜叫。古人说：‘秀才造反，三年不成！’我看文人吵吵嚷嚷成不了什么大气候！当今世界，还是枪杆子才说得起硬话！有了枪，老子想崩哪个崩哪个！就说何之青吧，他只不过是灌县的一个大袍哥会首，本督将他招来，封为川陕护卫军第一混成旅旅长，驻防潜水河。何之青为了壮大实力，大量招收社会各种人员。何之青规定，凡带六七十人投奔他的，即可任连长。有了两三个连即可任营长。何之青在川西迅速招收了十五六个连到永定县。何之青到永定县拜见本督后，穿着长袍大褂，头戴呢子博士帽，脚穿靴子，就到陈家滩举行就职典礼。”

刘积良：“当时我苦劝他举行就职典礼必须穿军装。一向自以为是又丝毫不懂军事的何之青被劝了很长时间，才勉强答应穿黄呢子军官装，戴少将肩章，外挂一把长指挥刀，在陈家滩河坝，举行第一混成旅成立典礼。他歪戴帽子斜穿衣，走起路来左拐右拐的，闹了不少笑话。军士们一个个偷着笑。可是，他喊立正稍息，哪个敢在他面前说个不是？他还不是照样称王称霸，作威作福，为所欲为，老百姓哪个敢招惹他？”

黄吉城：“所以，本督决定，凡写诗著文颂扬本督善政功绩者，给予重奖！这是文的一手；同时大量扩军，大量增加团练数量，这是武的一手。文武并进，用我们的正气压倒那些歪风邪气！”众：“督座英明！”

黄吉城：“立即召开县区长会议，研究保境安民办法。”

川陕边区绥靖督办公署会议厅。县、区长和督办公署官员汇聚一堂。黄吉城：“今天把大家找来开会，一是了解社情民意，二是制定应对策略。目前，境内出现了共党分子。他们人数虽少，能量却很大，大家必须高度重视。”

肖正福：“督座，共产党在上海、北京、武汉等地被斩尽杀绝了。他们成得了什么气候？督座不用过分担心。”

黄吉城：“不，共产党虽然在大城市遭到了惨败，但是并没有被杀绝。他们中的许多人到了乡间，发动泥腿子建农会，搞什么‘打土豪分田地’，很有号召力。毛泽东、朱德在井冈山闹得江西、湖南等地的官府和士绅坐卧不安，蒋介石派大军围剿也无济于事。所以，各县、区、乡要及时掌握外地回乡人员情况，发现共产党员要及时抓捕！对他们绝不能掉以轻心！”

肖正福：“外地回乡人员，多数是学业有成的人员，回到桑梓，对地方建设有相当好处。比如可以推动教育的发展，可以推动农业和栽桑养蚕、缫丝织布的发展。再说，回乡的人头上没有刻字，怎么知道哪个是共产党员？”

黄吉城：“糊涂！共产党员虽然头上没刻字，但他们一举一动都离不开泥腿子。只要是为泥腿子说话做事的人都是共产党员，你们去把他抓起来，都没有错！”

众：“这样的人很多，都把他们抓起来？抓错了咋个办？”

黄吉城：“都抓起来！抓错了咋个办？汪精卫主席说得好：宁可错杀三千，绝不放走一个！怕什么？有值得怀疑的人都给我抓起来！”

刘大震：“督座，我们区上只有十多个背梆梆枪的人，哪里抓得了那么多？”

黄吉城：“我知道你们要说人手不够的话，我已决定扩大团防局：大乡可以召团丁一百人，大区可以召团丁二百至三百人，县可以召一千至三千人。”众：“这要多少费用开支？”

刘积良：“这不用你们担心，不会叫你们掏腰包。督座决定再征收团防捐。”

众：“新招的团丁连枪都不会开，怎能担负起保境安民的责任啊？”

黄吉城：“新招的团丁要加紧训练！你们不用担心团防力量不足，川陕护卫军才是保境安民的主力。”

刘积良：“督座已命令各地驻军配合你们的行动。你们回去以后，立即同驻军一起召开团防会议，列出抓捕人员名单，赶快行动！”

巴山县城。团防局会议正在进行。黄志尚：“刚才县长传达了黄督办的指示，要求列出共党嫌疑名单。我看不必一个一个去列名单，把事情搞得那么复杂。”

唐志学：“你有什么好办法？”黄志尚：“把从外地回来的人一个个抓起来审问就是！”唐志学：“团座，那样不是会树敌过多，令所有从外面回来的人都感到恐惧了吗？”

黄志尚：“汪主席说宁可错杀三千，绝不放走一个，是多还是少？”唐志学：“看来，团座倒是把汪主席的话记得老熟。不知记不记得孟子‘民为贵，社稷次之，君为轻’这句圣典?”

黄志尚：“孟子？孟子是谁？把他押来跟老子讲讲理!”唐志学：“黄团座真想见孟老先生?”黄志尚：“把他押来见我!”唐志学：“孟老先生走不动了，只有你去见他!”黄志尚：“我堂堂团长，岂有屈尊去见他之理?”唐志学：“连皇帝都要去拜见他老人家，你把你这个团长看得也太粗太大了。”

黄志尚：“他到底是什么人?”唐志学：“他是两千多年前的一个圣人。”黄志尚：“你原来说的是个死人！他的啥子民贵君轻理论在今天有屁用！老子只晓得军人必须服从黄督办的命令！对那些抗捐抗粮不交的，想造反的泥腿子，只有一个字：抓！不，还有一个字就是杀!”

城镇和乡村，鸡飞狗跳，川陕护卫军四处捉人。

福源坝区公所大院。欠赋税的农民不断地被关进房中吊打。万达：“区长大人，现在正是收小麦栽秧子的大忙季节，你把我们关在这里，麦子无人收，天一下雨就糟蹋了；秧子不能按时栽，就误了季节，我们还怎么活人啊?”

刘大震：“你们这些刁民，不关起来受点皮肉之苦不晓得厉害。你们什么时候交清了赋税就放你们回家。”

万达：“区长大人，我们现在的确是没有钱粮交赋税。你让大家种好田，挣了钱，才有钱交赋税。”

刘大震：“黄督办大人有令，务必在十天内收齐赋税。你叫我放人，我怎么向黄大人交差？大家听着：要想回去，赶快叫家里人送来税款!”众：“区长大人，我们的确是无钱粮可交啊!”刘大震：“那你们就等着挨打吧！告诉你们，挨了打不仅税款一个不少，还得交吊打钱!”

夜。刘大疆将唐志学和吴贵锋找到一起：“目前正是收麦栽秧大忙季节，刘大震却将青壮年农民关起来吊打催粮催款，我们怎么办?”唐志学：“今天晚上就放走那些农民。”

夜。刘大疆、唐志学、吴贵锋一起摸进团防局，将被关押的农民放出。刘大疆：“乡亲们，你们回家去吧。”万达：“胡队长，你们现在把我们放了，明天刘大震又会派人把我抓回来。我们不能回家。你们还是给我们另想办法吧。”

唐作俊大步走来：“乡亲们，党领导的福源坝起义马上就要打响了，大家一起去参加福源坝起义好不好?”刘大疆：“大家不用担心回家后又被抓回来了。”众：“好，我们一起参加起义去!”

唐作俊："刘大队长，你们还是回团练去掌握团枪，等起义打响后再带团练一起参加起义好不好？"刘大疆等："好，服从组织安排。"

川陕边区绥靖督办公署。刘积良："督座，最近，我们侦察到陕军旅长陈宗光同刘湘勾结，即将联合进攻永定城。刘湘已发兵至雷音铺，很快就会攻进永定城了。"

黄吉城："刘湘部是临时拼凑起来的乌合之众，立即命令符冠文师长、张盛荣团长分头进行抵抗即可！"

刘积良："督座分析正确。只不过陈宗光旅值得特别注意。"黄吉城："为什么？"刘积良："陈宗光是陕西人，迟早要回陕西去。他在四川根本不顾百姓的反对，破坏性极大。"

黄吉城："你说的是过去。最近，一个二十多岁的小伙子，叫什么来着？"钟副官："据说叫罗翥鹏。"黄吉城："罗翥鹏。这小子是共产党，对陈宗光进行共产革命宣传。陈宗光当然不会搞共产革命，但是，对侵扰百姓之事有所收敛。这次陈、刘联手攻我，听说就是这小子挑唆起来的。我们对这小子不可不防。"

雷音铺下，刘湘部与符冠文师互相攻杀正急。符冠文凭着优势火力猛打猛冲，不到一个时辰即将刘湘部打败。

陈宗光旅部。副旅长朱林木："旅座，刘湘部已兵至雷音铺，我们是否立即出兵袭击黄吉城的后背，使黄吉城首尾难顾！"

陈宗光老谋深算地说："别忙，待他们两败俱伤之后再出兵不迟！"

罗翥鹏："黄吉城只动用了符冠文的部分军队，永定城方面的军队一点也没有动。刘湘力量不足以动摇黄吉城的根基。我们分头进击，才可对黄吉城构成大的威胁。旅长应该现在就发兵！"陈宗光："好，立即进兵永定城！"

部队刚出发，侦察兵飞速来报："报告旅长，刘湘已大败而逃。"

陈宗光："停止前进！我与刘湘合力攻黄吉城尚只有一线希望。今刘湘已败，我必败无疑，这可怎么办？朱副旅长帮我拿个主意！"

朱林木："我们反黄吉城的风声已传出，骗不了黄吉城这个奸雄之人。卑职认为，我们立即回陕西另谋出路为好！罗先生再出点主意好不好？"

陈宗光："请罗先生再出点主意！"

罗翥鹏："为今之计以保存实力为上策。请旅座留心，不管是在四川还是在陕西，都不要侵害老百姓的利益……"

陈宗光不耐烦地说："不侵害老百姓利益，老子这些军人喝西北风？现在是千钧一发的时刻，少浪费时间，传我命令，回师陕南!”

罗翥鹏对朱林木说：“此人不知大政，必遭恶报!”朱林木：“谢罗先生指点，后会有期!”

陈宗光部进至巴山县城，被黄志尚阻击，死伤数百人。一些散兵飘散为匪。

罗翥鹏找到刘庆庄、唐作俊：“我这次争取陈宗光部起义失败，请组织给予处分。”刘庆庄：“翥鹏同志，你为革命已尽心尽力了。当然，失败了，应当认真地总结经验教训!”唐作俊：“我赞成庆庄同志的意见。你在争取陈宗光部的工作中有许多成功的经验，可供今后运用。现在，陈宗光的散兵留在巴山县山中危害百姓，你能不能利用已有的工作基础，将他们招抚起来参加革命?”

刘庆庄：“招抚陈宗光部散兵有很大的危险性……”罗翥鹏：“不管有多大的危险，我都要去试一试。请组织交给我这个任务吧。”刘庆庄：“好，祝你马到功成!”

巴山县山中。罗翥鹏找到了陈宗光部连长王永喜：“连长，在这里要‘打富济贫’，不能骚扰贫苦老百姓。大家才有前途!”

王三儿一把抓住罗翥鹏的衣领：“什么前途?我们在石河场生活得好好的，你来东鼓吹西鼓吹，把老子们弄到这山上来受罪！老子正想找你算账!”王永喜拉开王三儿：“别胡来!”

罗翥鹏：“自古以来，凡是欺压贫穷百姓的人都没有好下场！现在，工农革命在全国风起云涌，贫苦百姓闹翻身势不可挡！大家都是出身贫苦的农民，我们不能欺负和我们一样的贫苦农民!”

王永喜：“我们在山中绕来绕去没有前途。罗先生，请你给我们指条出路。”罗翥鹏：“共产党正在这里组织游击队。游击队正式组建起来以后，大家去参加游击队才是一条最好的出路!”王永喜：“好，游击队组建起来以后，你来带领我们去参加游击队好不好?”罗翥鹏：“好，到时候我来迎接你们。”

玉皇庙密室。唐作俊：“刘庆庄同志，离我们这里不远的虎儿堡山上有一支土匪队伍，他们不在本地打家劫舍，在远处也主要是抢富豪之家，可不可以将他们改造过来参加游击队?”

刘庆庄：“这支土匪队伍是怎么发展起来的?”唐作俊：“这支土匪队伍是刘大荣拉起来的。辛亥革命时，一个清军哨官领着五六十人奉命救援巴山县城。走到虎儿堡山下时，听说巴山县城已被革命军占领，便不知所措。正在进退两难之时，当地袍哥头子刘大荣走上前去对哨官说：‘这里的袍哥大爷是我，团总也是我，你的部队怎么办，可同我一起到东岳庙商谈。’哨官见刘大荣是徒手，喜出望外，便挎上战刀，放下长枪，挽着刘大荣的手到东岳庙内去商谈。刚进庙门，刘大荣突然夺取哨官的战刀，将其砍死。士兵们突然失去头目，慌乱无主，各自散逃。附近群众持马刀、长矛、锄头围追，终于将这支队伍全部缴械。刘大荣便聚集起五六十人枪，干起抢劫事情。”

刘庆庄：“地方官府没有清剿他们?”唐作俊：“当地官府和驻军对他们进行清剿，他们便占山为王，进行抵抗。虎儿堡山势险峻，易守难攻，官兵几次清剿都损失很大，没占到便宜。刘大荣将抢劫的钱送一部分给地方政府和驻军，地方政府便对他们睁只眼闭只眼了。有时上边催急了，也派军队假意‘清剿’一下。刘大荣被逼急了，便接受‘招安’，当上了团练大队长，反倒名正言顺地当起军官来了。他们白天是‘剿匪’的团练，晚上就到外乡去拉‘肥猪’。”

刘庆庄：“他们为什么不抢本乡人?”唐作俊：“他们说‘岩鹰不打窝下食’。所以，本乡老百姓对他们不是十分反感。反倒是驻军偶尔以‘清剿’为名，到这个乡‘打起发’，把许多善良的人诬为土匪、通匪而任意逮捕、抄家罚款。刘大荣的五姨太使双枪，很会打仗，多次打败驻军。刘大荣也比较注重争取自己势力范围内的民心，喊出‘打富济贫，有饭大家吃，有钱大家用，抢富不抢贫，抢远不抢近，饿死的老虎不吃子，兔子不吃窝边草’的口号，打出‘奉天命打团防打滥军’旗号，反倒受到当地百姓拥护。”

刘庆庄：“这支土匪队伍有一定的群众基础，如果能够改造过来为革命所用，当然是好事。但是，土匪是流氓无产者，驾驭不好，破坏性也极大，要特别注意做土匪队伍的下层工作。”

唐作俊：“如果组织同意，我可以同他们谈谈。”刘庆庄：“要是你认识他们内部的人可以先同他们谈谈。”唐作俊：“好。”

刘庆庄喊住急着前去做工作的唐作俊：“你不要急于求成，不要让他们参加起义誓师大会。起义之初，也不要让他们参加过多的活动，以免影响游击队的政治声誉。”唐作俊：“这个办法好。”

虎儿堡下，一家农家小院。唐作俊同闫队长正在交谈：“闫队长，你们虎头大王称霸一方也算是个人才，但是，长期做绿林好汉终究不是个办法。你能不能劝说他参加农民协会，为老百姓真正造点福?”闫队长：“唐先生说得好，绿林好汉只可快活一时，不可快活一世。这是一个为子孙招祸，受百姓诟骂的行当。我也曾多次劝刘大王反正归本。刘大王说，不遇明君，他绝不放弃眼前的行当。”唐作俊：“等我们游击队成立起来以后，你就动员刘大荣参加游击队好不好？”闫队长：“好。”

虎儿堡山寨。刘大荣：“大家听着，近来山寨空虚，粮食短缺，这次下山，不一定硬要找大户，遇到有粮食、猪、牛、羊、鸡、鸭、鹅……一切有用的东西都跟老子抢上山来！”

众：“听从大王号令，到手就是货！”

闫队长：“大家慢行！大王，你怎么改了山寨过去的宗旨？”刘大荣：“山寨近来物资匮乏，我们不能墨守成规……”

闫队长：“大王，我们山寨遭受官军无数次围剿为什么能取胜？”刘大荣：“还不是老子带领大家打退的！”

闫队长：“只凭我们山寨这点人能打败装备优良的官军吗？”刘大荣：“也靠附近众多百姓为我们通风报信。”

闫队长：“所以我建议三不抢……”刘大荣：“哪三不抢？”闫队长：“贫穷百姓不抢！”

刘大荣：“贫穷百姓有什么东西可抢？这不需你说！”闫队长：“方圆五十里内不抢！”刘大荣：“这更不需你说！”闫队长：“五十里外也只准抢豪绅大户！”刘大荣：“五十里外老子就管不了那么多了！”闫队长：“大王，五十里外的穷人是不是穷人？”刘大荣：“穷人？当然是穷人！”闫队长：“都是穷人就不该抢！”刘大荣：“那样出去有什么捞捞？”

闫队长：“古人说，‘盗亦有道’。抢了一个穷人，传了出去就坏了山寨名声，没有捞捞总比坏了山寨名声好！”刘大荣：“这倒是。好，大家给老子听倒：依闫队长的，不管什么地方，只要是穷人就不抢！”众：“是！”

川陕边区绥靖督办公署办公室。“叮铃铃……”刘积良拿起听筒：“谁呀？啊，吴大帅！您好！”

他将听筒递给黄吉城：“督座，吴大帅找你。”黄吉城接过听筒：“吴大帅您好！”听筒里传出吴佩孚的声音：“黄督办，你是不是把心思放在接受蒋介石的换帜命令上了？”黄吉城：“我现在的一切都是恩公给的，我一生忠于恩公之心永远不变！我不会接受蒋介石的任命。属下有什么过错，请恩公明示。”吴佩孚：“好，好，我相信你对本帅的忠心，不会接受蒋介石的委任状。你应当加强对防区的治理，不要辜负了本帅对你的期望！”黄吉城：“大帅，下属有什么过失，请明示。”听筒里传出吴佩孚暴躁的声音：“永定城治安是怎么搞起的？我的侄儿吴松竟然遭绑架了！”黄吉城顿时浑身发起抖来：“大帅请息怒！我立刻派人四方寻找，一定尽快将吴二公子找回来！”

黄吉城搁下电话，命令刘积良：“下令全军戒严，警察局和团练局全体出动，挨家挨户搜寻，一定要尽快找回吴大帅的侄儿吴松！”黄吉城派出的军警和团练经过几天紧张搜寻，终于弄清了绑架案的经过：

一个秋高气爽的晚上，凉风习习，十分宜人。永定城西门外半山上的西山寺，川陕护卫军军官教室里煤气灯明亮的灯光透过窗户，照在寺外的树上，闪着柔和的白光，把西山寺映得更加静谧冷清。一个年轻军官带着两个弁兵从文家梁走进西山寺里，径直向教官钟诚厚的寝室走去。钟诚厚笑着对年轻军官说道：“什么风把胡九丙老弟给吹来了？”胡九丙眨了眨眼睛，神秘地笑笑说：“有桩大买卖来了。如果做成了这桩事。我们哥们兄弟就不愁没钱活动，买个大点的官来当当了。”钟诚厚急切地问：“胡九丙老弟，别卖关子，有哪桩好事到了嘛！”

胡九丙说：“听我慢慢道来。事情还得从吴佩孚说起。吴佩孚现在住在鹅石坝，他的元帅行辕就安在鹅石坝场上陈家大院子。吴佩孚的文武官员、警卫侍卫加起来就有一千多人。他一来，满街的茶房酒楼，就都坐满了上、中、少将及部长之类的人物。”钟诚厚笑着说：“你是不是想带你那一连人去劫吴佩孚的行辕呢？”胡九丙急忙回应道：“钟大队长别开玩笑了，我那一连人别说去劫吴大帅的行辕大营，就是白送给吴大帅吃，也不够他卡牙缝儿。”钟诚厚着急地说：“那你快说你打算怎么办。别绕得太远，总卖关子。”

胡九丙说：“吴佩孚有个侄儿叫吴松，是著名的财神菩萨。吴松在北洋政府的财政部里当过重要官职，管过银库，盗窃了不少金银财宝。他随吴佩孚进川，一路上，在吴佩孚实在窘迫时，还不时拿出一些银子救急，所以很受吴大帅的喜欢。他们在鹅石坝住下来以后，吴松仗着吴佩孚的权势，又仗着自己有钱，估吃霸赊，强奸民女，无恶不作。他很快便在鹅石坝街上勾引了一个姚姓的寡妇，毫无忌讳地成双成对出入大街小巷，俨然成了一对正式夫妻。当地老百姓对其恨之入骨，但谁也奈何他不得。我们惩治这个坏蛋，既可以为鹅石坝的老百姓出口恶气，还可以在他身上捞到大钱。在当今这个世界，有了钱就可以买枪，有了枪就可以拉军队，有了军队还愁不能升官发财？”

胡九丙一口气将计划说完，钟诚厚笑着说：“你也想学万大璧，搞大钱，拉大军，投靠黄吉城当大官？”胡九丙说：“我胡几丙向来是有福同享，有难同当，绝不是吃独食之人。兄弟得了好处，还忘得了二位仁兄？”钟诚厚、荣福川与他是拜把弟兄，听了胡九丙的计划，钟诚厚叫来荣福川，三人研究了详细的行动计划，作了分工，然后分头行动。

永定城到鹅石堡仅三四十里。胡九丙认为事不宜迟，时间长了就容易走漏风声，于是决定立即派两名得力士兵前往鹅石堡姚寡妇家捉拿吴松。两名士兵化装后于当夜赶到姚寡妇家，从后院越墙而入。他们从姚寡妇的床上把吴松赤条条地抓了出来，用棉花塞住嘴巴，捆绑起来，人不知鬼不觉地押出鹅石坝。趁夜深，将其押送到铁山下交给宜兰县派来的人看守。后来，再押送到永定县、宜兰县交界的深山里关押。

吴佩孚得知此事以后，立即电告黄吉城，并派人到永定城向黄吉城报告，要黄吉城立即破案，将他的侄儿找回。黄吉城闻讯大惊，一面下令全军戒严，到处搜寻吴松，一面发出悬赏通告，并广为张贴：凡交出吴松奖现洋五万元，凡提供可靠线索者奖现洋一百元。

督办公署办公室。刘积良："督座，这是重庆寄来的一封信，索要十万大洋，并指定要我前去交涉换回人质事宜。"黄吉城："马上派人把这封信送到吴大帅手中。"

吴佩孚："我现在手头正紧，去哪里找这十万大洋呢?"吴佩孚正为筹款而一筹莫展之时，侍卫来报："二公子回来了。"吴佩孚惊喜万分："快快叫他来见我。"

吴松奔入吴佩孚的书房，跪在地上磕了三个响头："托大爷的洪福，孩儿不死，特来叩谢。"

吴佩孚："快快起来，你快说说，你是怎么回来的?"吴松："我将身上所带银圆全数交给了看守人员，并承诺再给一百大洋，看守人员将我送进永定城。在城中，我碰到了抓捕我的凶手，及时报警，将他们抓捕关押在监狱里了。"吴佩孚："给黄督办打电话，要他严加审问，一定要抓出幕后凶手!"吴松："是。"

督办公署办公室。钟诚厚走近黄吉城："督座，这是军官教导团学校清查共产党的情况报告，请您阅示。"黄吉城正在仔细审阅，刘积良："督座，吴松刚才又来电话催问审问情况，传吴大帅旨意，要求一定要尽快抓出绑架吴松的幕后凶手。"黄吉城："监狱审讯情况怎样?"刘积良："据绑架吴松的凶手交代，他们的幕后凶手是胡九丙。"黄吉城："派毛牛立刻捉拿胡九丙!"

副官钟诚厚大惊，心想："如果胡九丙被抓，肯定会牵连到荣福川和自己。"黄吉城："此文件我还要仔细审阅，你再到学校里去好好审查吧。"

钟诚厚走出督办公署，立即把胡、荣找到一起密商对策。胡九丙说：“事已至此，我只有把我的独立连拖出去，以免牵连到你们。以后等时机再打回来！”荣福川建议说：“现在福源坝红军游击队已形成规模，黄吉城鞭长莫及，你们连拖到那里去可以把小股跳滩土匪队伍收编起来，就可以大有作为。以后，只要永定县有事，你们就可以打回来。而且你这个连大部分人是灌县、汶川山上的绿林英雄，在山上自由惯了的，大家不会不答应。”

胡九丙回连紧急招来几个排长：“兄弟们，我本想绑架吴松给你们挣一笔钱，不料案子已破，黄吉城马上会派军队来抓捕我。现在大家有两种选择：一是将我绑到黄吉城那里去领赏，二是大家一起拖出去另找门路。大家说怎么办?”一排长：“当他黄吉城什么鸟兵，老子们还是回灌县、汶川大山上快活去！”二排长：“对！我们兄弟生死不离不弃！”胡九丙：“兄弟们如此仗义，我感激万分！好，马上行动，撤离永定城，进入大巴山以玉皇宫为扎营之地。”众：“好，听从胡连长的安排！”

毛牛跑进督办公署办公室：“报告督座，属下率部到达胡九丙营房时，胡九丙已向大巴山方向逃走多时，请督座治属下无能之罪。请督座允许我去追击他，将他捉拿归案。”

黄吉城：“算了。胡九丙本为土匪，现在逃进荒僻之地，不必为他兴师动众。传令黄志尚、张盛荣，加强戒备，防止他四处骚扰就行了。”

黄昏。玉皇宫。悟丰长老做完法事，起身回禅房，突然跑进一个三十来岁的男子，晕倒地上。悟丰长老双手合十：“阿弥陀佛，快将施主救醒。”小和尚端来凉水给男子喂下。男子醒来，扑通跪下：“大师父，可怜可怜我，救我一命吧。”悟丰长老问道：“施主有何难事?”

男子声泪俱下讲述：“我叫罗金林，在草莓场边开了一个小店，不幸突发大火，妻儿三人全被烧死。我在河边打鱼，侥幸逃命，但是生不如死。几次寻短路，都被人救活。众人劝我一定要活下去。我思考再三，别无走投之路，决定削发为僧，为妻儿超度亡灵。”

悟丰长老再三劝慰：“施主遭受不幸，殊堪怜悯。但是，你人还年轻，还可重振家业……”

罗金林说：“大师父不肯收留，我只有死在庙里。”悟丰长老只好为他剃度：“阿弥陀佛，我只好给你剃度了。你先到厨房煮饭，法号实真。”罗金林说：“多谢师父搭救！”

胡九丙带着队伍走进玉皇宫：“拜见悟丰长老！请将寺院侧房作我连安

身之地吧。”悟丰长老：“阿弥陀佛，本宫乃佛门净地，容纳不了你这么多人，请到茅台坝安身去吧。”胡九丙：“悟丰长老不给我等安身之地，激怒了我的属下，将会有什么后果，请认真思考!”悟丰长老：“神灵不可忤！你们要是得罪了神灵，将会受到什么报应，也请你认真思考!”胡九丙见庙内众僧磨刀霍霍，只好呼哨一声离去。

深夜，一个黑影矫捷地蹿进钟楼底层，四下窥测一番后，径直走到吊钟的下面蹲下。突然一声巨响，吊钟从天而降，将黑影严严实实地罩在里面。巨钟与地面密无缝隙，钟内挣扎声十分微弱：“救命啊!”悟丰长老率数名巡僧掌灯急速进入钟楼，将巨钟吊起寸余，一声大喝：“罗金林，快快从实招来，你到底是什么人?”钟内传出求饶声：“长老饶命！我是吴登杰区长的大管家，奉命前来侦查唐作俊在庙中藏枪的情况，请长老饶我性命!”

吴登杰，方头大耳，胖得像肥猪一样，凭着祖传家业，在吴家湾呼风唤雨，横行霸道，奸淫抢劫，无恶不作，有“吴天王”之称。罗金林拿着一封信双手递给吴登杰：“区长大人，这是黄志尚团长给你的一封信!”吴登杰看完信：“黄团长来信说，团防可扩充到二百至三百人。罗金林，你认为扩充到二百人好呢？还是扩充到三百人好?”罗金林：“这当然由您区长大人来定。在下认为，现在是多事之秋，团防人数当然是越多越好。”吴登杰：“你在我身边时间不短了，很懂得我的心意。”罗金林：“老爷，自从你买得区长职位之后，哪个不称赞您刚刚三十出头，就登上了区长宝座，正应了自古英雄出少年的古话，今后飞黄腾达的机会甚多，前途无限啊。”

吴登杰：“黄志尚团长也对我称兄道弟，不敢小看我。他命我扩大区团防，我何不趁此机会，招兵买马，将团防，实际上是我私家军队扩充至三百人呢。”罗金林：“区长大人高见。据说，关帝庙区的唐作俊正在领着一帮泥腿子闹什么革命，可得要提防点。”

吴登杰：“老子听见革命二字就生气！黄泥巴脚杆造反是自找死路！谁敢在我治下造反，我要杀他个人毛不留！听说唐作俊在玉皇宫藏了几十支枪，罗金林，你到庙中查清楚后，我要给他来个一锅端!”罗金林：“区长大人，派军队直接去收缴就是嘛。”

吴登杰：“你娃儿说得轻巧，你知道那是什么地方？佛门圣地可以直接去搜？要是搜不到我怎么向世人交代？你知道唐作俊好惹吗?”罗金林：“我去问，和尚能给我说真话吗?”吴登杰：“附耳过来。你去庙里如此这般，定能探听清楚!”罗金林连连点头：“妙，妙!”

罗金林进到庙里边煮饭边留心观察，只见和尚们对大钟周围都十分戒备，不准靠近，泥土也有翻动形迹。一天深夜，罗金林听见钟楼下有挖土声，想前去看看。刚出房门，一个和尚走上前来挡住去路："师兄哪里去?"罗金林："我想出恭。"和尚用手一指："茅房在那边，怎么往这边走?"罗金林："对不起，我深夜找不到方向。"罗金林回到屋里，咬牙切齿："这秃驴坏了老子好事！待查清真相，老子非宰了他不可！"

深夜。罗金林悄悄地摸到钟楼大钟下面想探个究竟，不想却被罩在钟里。悟丰长老："将罗金林押送唐作俊处置！"罗金林跪下叩头如捣蒜："长老，送到唐作俊那里，我就肯定没命了。长老饶我一命！"悟丰长老："押进密室关押！"

唐作俊要造反的风声越传越远。吴登杰如坐针毡，派人到玉皇宫中却不见罗金林身影。

唐作俊在夜校给农民讲课说："军阀和地主豪绅把我们蚊帐钩上的几个麻钱和刮痧钱都搜刮干净了。我们咋个有法活命？我们只有团结起来，拿起镰刀、斧头、锄头、铁耙，打倒军阀豪绅，才有出路！"农民："你给领个头，说咋干咱就咋干！"

涪流县。陡梯子。王家大院。张大洲召集旧部唐志学、刘大疆、罗翥鹏、胡大銮、张诚之、侯占魁等举行会议："各位兄弟，一别数年，久违了。"唐志学："团长出外寻找救民真理，一定大有收获吧?"众："请团长介绍寻找救民真理的情况。"

张大洲："这几年，我去了上海，到过莫斯科，听了伟大的无产阶级革命导师列宁的教导，加入了中国共产党，的确是找到了救国救民的真理。"胡大銮："现在蒋介石、汪精卫不是在大杀共产党人吗？共产党人自身难保，还能救国救民?"张大洲："别看蒋介石、汪精卫猖狂一时，中国的未来一定是共产党的天下！"胡大辉："老团长，你说我们怎么办?"

张大洲："别看反动派势力强大，我们只要发扬蚂蚁啃骨头的精神，就一定能推翻国民党反动统治！陡梯子是军阀刘湘和黄吉城两个防区的接合部，也就是他们统治力量相对薄弱的地方。我们可以在这里积聚力量，进行打倒军阀的活动！"刘大疆、罗翥鹏等："好，我们听老团长的！"

第七章

毁家纾难闹革命　英雄聚义潜水河

唐志学："老团长这个构思很好。你的旧部何忠辰、黄志尚都做了黄吉城的团长，掌握了一定的兵权，也可以去联络他们。"张大洲："他们要联络，但是，他们眼中看中的是个人权力与得失。不像在座诸位都怀有一颗忧国忧民之心……"刘大疆："团长，你说说，我们具体怎么办。"

张大洲："我们在陡梯子建立打黄吉城联合指挥部，筹集枪支子弹和物资，建立武装，积蓄力量……"胡大銮："打黄吉城，还是打刘湘？是两个一齐打？还是先打一个？"张大洲："请大家各自发表自己的意见。"有的主张两个一齐打，有的主张先只打一个。张大洲："请大家静一静，我来谈谈我的看法：两个一齐打是我们的总体目标。但是，饭要一口一口地吃，路也只能一步一步地走。我们现在只能先打一个，就是黄吉城。"唐志学："吃柿子拣软的捏。黄吉城力量较弱，先打黄吉城！"张大洲："我也是这个意思，先集中力量打黄吉城。时机成熟了再打刘湘！对不对？"众："对！"

张大洲："大家有力出力，有钱出钱。同时动员自己的亲戚朋友和其他一切可以动员的力量，积极参加打黄吉城的斗争！"众："响应老团长号召，积极参加打黄吉城的斗争！"

张大洲组成反黄吉城的"打黄吉城联合指挥部"，积极筹集枪支弹药。张大洲派人以挑货担、抬滑竿、抬棺材等方式作掩护，向福源坝运送枪支弹药；派有军事知识的唐志书、唐志学、刘大疆等分别对新参加的人员进行军事训练。

张大洲："刘庆庄同志，我从上海联系到一批枪支弹药，将于本月28日运到万县码头。请你与唐作俊、唐志书等人去运回福源坝。路途遥远，如何避开敌人盘查，保证将武器运回，要动点脑筋。"刘庆庄："保证完成任务。"

万县码头。一位少年，头包白孝帕，手拿一根长长的引魂幡，上面写着

“南无阿弥陀佛，西方接引佛”字样，后面跟着十多个披麻戴孝的壮年男子，走到岸边停下。远处驶来一艘轮船，刚靠码头，船上一人高声喊道：“唐志书来了没有？你父亲的‘匣子’运到了！”岸边一人高声答道：“来了，我们马上来接！”

唐志书边哭边说：“父亲啊，你奔波在外，全家人盼你挣些钱来养家糊口，哪晓得你竟然命丧大江，弄得个人财两空！父亲啊，你命苦啊，我们这个家今后的日子怎么过啊！”唐志书哭得伤心至极，一些在旁观看的老太太也为他陪上了泪水。披麻戴孝的人一拥上船，抬着一副棺材，在引魂幡和孝子的导引下，直向检查站而来。检查人员高喊：“停下开棺检查！”

一个披麻戴孝之人上前给检查站每个人递上一块银圆：“老总，这死人已淌尸水了，不开棺都臭气难闻，开了棺，要臭倒多少人？”一老太婆：“不要作践死人了。你看，一路都流出了尸水，还去开棺做啥？”

检查官掂了掂手中的银圆，看着棺材滴下的臭尸水，捂着鼻子挥了挥手：“去吧。”唐志书作揖：“谢老总开恩！”检查官：“快走！”一行人顺利通过检查站后，转过几座山，行至僻静处，刘庆庄命人劈开棺材，取出长枪二十五支，短枪六十支，子弹五万发，分给大家背着，向福源坝急速走去。

关口垭高耸入云。刘庆庄带着十多个游击队员，挑着担子顺着石梯爬上垭口，放下担子歇气。刘庆庄远看高山夹峙中一条河水奔流，两岸有冲积小平地，高兴地说：“我们闯过了榨糖坝检查站，这下可能安全了。”唐志书说：“大家还得小心，山顶还有一个检查站。”唐作俊：“这是得小心。”刘庆庄：“不用害怕，走上山去大家看我眼色行事！”

大家正吃力地向山顶走去，检查站一人高喊：“停下检查。”刘庆庄：“老总，我们这些人都是给一个老板下力，大家一齐上到平地搁下担子再检查吧。”

大家放下担子后，刘庆庄拿出路条和购糖票据递给检查员：“老总请检查。”检查员翻来覆去看了一阵：“排长，请你看看。”排长接过去看了一下：“不行。”刘庆庄：“为什么不行？”

排长：“还要收款委员的收税证明，看你们偷税漏税没有。”

刘庆庄见游击队员已分别靠近检查站的人，从腰里掏出手枪：“这就是收款委员的证明！”

唐志书等分别掏出手枪对准检查人员：“不许动！”

排长：“别误会，你们是哪个老板的挑儿？”刘庆庄一把下了排长的枪：“我们的大老板叫共产党！”排长跪下求饶：“我们有眼不识泰山，请长官饶命！”检查站的十多个人一齐跪下求饶：“请长官饶命！”刘庆庄：“你们愿意参加革命，我们欢迎；要回家的，发两元大洋作路费。”

有三个人愿意参加革命，其余的人领了路费迅速向山下走去。刘庆庄：“排长，你去向黄吉城报告，说川东游击队缴了你们的械。”排长：“小人不敢！”刘庆庄：“叫你去报告你就去报告！”排长：“是！”

刘庆庄见排长已走远，带着游击队员迅速向福源坝走去。

玉皇庙地下室。刘庆庄举着火把，一一向张大洲指点：“老革命，这批枪支弹药是你从上海运到万县码头，唐志书同志当孝子接回来的。”张大洲：“难为唐志书同志了。”

唐志书：“老革命，你只要能搞到枪，我再当十回百回孝子都愿意！”

唐作俊急忙说：“你别老抢功，下次我来！”

刘庆庄指着钱柜对张大洲说：“老革命，这是唐作俊毁家的钱买的，这是唐志学、刘大疆同志捐的……”张大洲连连点头：“好，好，众人拾柴火焰高！革命之火一定会越烧越旺！”

刘庆庄：“走，我们上去开会。”刘庆庄带着大家走进一间密室。张大洲、唐作俊、刘庆庄、唐志书等人立即坐下研究工作。刘庆庄：“在同志们的共同努力下，前期准备工作很有成效。请老革命对当前工作作指示。”

张大洲：“同志们辛苦了。在大家的共同努力下，各项准备工作都很有成效：我们直接组织的农民协会已建立了五十多个，遍及川东七八个县。在巴山县福源坝筹集粮食五十多石，大刀长矛准备了两百多把，长短硬火准备了一百多支，还有几十支火药猎枪，我看可以集中骨干，正式打出旗号起义了。”

刘庆庄：“准备工作是差不多了，但是，我认为，还需向四川省委和川东特委请示汇报，得到批准后再行动为好！”唐作俊：“对！谁去请示汇报为好？”张大洲：“你和刘庆庄一同去请示汇报最好。”唐作俊：“还有许多准备工作急需要做，我离不开身。我建议请刘庆庄同志一人去汇报。”

刘庆庄：“大家研究一下需要汇报些什么内容？”唐志书：“就汇报刚才老革命总结的人员、粮食、枪支呗。”刘庆庄：“仅仅这几样，写封信报告一下就行了。”张大洲：“是啊。”

刘庆庄：“起义的核心问题是举什么样的旗，由哪些人来举旗，也就是领导班子是怎样组成的，起义后军队怎么行动，根据地怎么建设，地方怎么管理，老百姓的疾苦怎么解决……这一件件都需要得到上级的明确指示。我们不能违背党制定的方针政策，盲目瞎干!”

张大洲连连点头：“刘庆庄同志考虑得很周到，既抓住了起义的核心问题，又想到了起义后的许多政策问题和实际问题。解决的方法既要符合党的原则，又要符合我们本地的实际情况，这些不是一份请示报告和一份批复就可以解决的，需要认真深入地讨论。大家还有什么想法，请畅所欲言。”

唐作俊：“我认为可以学井冈山举工农革命大旗。领导班子当然是老革命领头。”张大洲：“举工农革命大旗这个不错。领导班子由刘庆庄同志领头为好。”

刘庆庄：“老革命，你可以带头嘛。你在辛亥革命中影响很大，亲耳聆听过伟大的无产阶级革命导师列宁的教导……”

张大洲：“辛亥革命本身并不错，但是，袁世凯一搅乱，既夺民国总统大位，又搞复辟帝制，造成军阀混战，闹得民不聊生……正因为我在辛亥革命中影响比较大，我出面领头容易使人认为还是搞辛亥革命那一套，造成误会，不利于执行党的革命路线、方针和政策，易于产生负面影响。我不在起义区内，更好联络我的旧部和朋友支持你们。我的意见是唐作俊同志做总指挥，刘庆庄同志做党代表，唐志书同志做副总指挥……”

唐作俊：“党组织交给我的任务，有天大的困难，我都不会推辞。但是，我也说一下我的实际情况，最近，我虽然抓紧时间学习军事，但是现在还是不怎么懂军事……”张大洲：“不懂可以在斗争中学。刘庆庄、唐志书都懂军事。正因为这样，所以我们才让刘庆庄指导你，唐志书辅佐你。”

刘庆庄：“我向川东特委就这样作汇报。”张大洲：“好。别忘了汇报我们在黄吉城及陈宗光部做兵运工作的情况、争取和改造土匪的情况。”

刘庆庄：“对，这些都是政策性很强的事情，弄得不好容易犯错误。”张大洲：“自己犯错误受处分事小，影响了党的工作就大了。”刘庆庄：“这我知道。”

早春二月，乍暖还寒。刘庆庄风尘仆仆去到重庆十八梯“泰和旅店”住下。不久，刘庆庄与川东特委书记李鸣珂约好到枇杷山公园相见。清晨，枇杷山公园内跑步、打太极拳的人不少。刘庆庄拿着一份报纸走到一张靠椅前刚坐下，李鸣珂便如约而至。二人对好暗号，找到一个僻静处坐下。刘庆庄便迫不及待地将起义筹备情况进行了详细汇报：“我们筹备工作的大体情况就汇报到这里，是否立即集中人员打土豪分田，期待着省委和川东特委的明确指示。”

李鸣珂推了推眼镜，严肃地说道：“刘庆庄同志，你们筹备工作做得很扎实，省委和川东特委都很满意，并且同意你们学习井冈山建立革命根据地的办法，建立福源坝革命根据地。你们要公开打出共产党和土地革命的旗帜，建立党直接领导的军队，现在就叫川东游击队，以后规模扩大，人数增多，条件成熟再改称川东红军游击纵队，或者直接叫川东红军。”刘庆庄兴奋地说：“好，现在就叫川东游击队。”

李鸣珂：“省委同意你们建立领导班子的意见。你做党代表，要担负起贯彻党的原则的重任。唐作俊同志军事知识不多，你要帮助他在干中学，要帮助他建立信心。革命的事，我们大家以前从来都没有干过，都是在干中摸索，干中学习。”刘庆庄：“现在，唐作俊同志信心很足了。”

李鸣珂：“近期工作，你回去后可立即发动春荒暴动。贫苦农民最担心的是‘上有正二三月，下有五黄六月’，这是他们最缺粮的时期，也是最容易发动的时期。你们带领贫苦农民破仓分粮，解决他们的燃眉之急，让他们感受到革命带来的实惠，激发他们的革命积极性。”刘庆庄：“选取革命时间点，我们有很多方案。经省委这么一提醒，我们更明确了。”

李鸣珂：“党领导的土地革命政策性很强，不严格执行党的政策，就容易走上偏路。保证党的正确政策和路线不出偏差，是你做党代表的责任。”刘庆庄：“我深感肩上的担子沉重，希望能随时得到中央和省委的指示，才不至于迷失方向。”

李鸣珂：“我们要随时保持联系。你们可以通过水路，在大潜江水路建立几个联络点；旱路也要按照水路建立联络点的办法，建立交通线与我们保持联系，才能保证中央、省委的指示及时让你们知道。省委还将不定期派巡视员代表省委前来指导工作，保持上下联通。”刘庆庄：“好，我回去后立即着手建立交通线的工作。”

李鸣珂：“你们起义之后，省委和川东特委将尽可能地给予你们人力、财力、枪支、弹药等多方面的支持，等着你们胜利的消息！”刘庆庄激动地说：“谢谢上级组织对我们信任与支持！”

李鸣珂：“中央、省委的指示是大原则，你们要根据当地实际情况，灵活变通。中央、省委希望在不违背大原则的前提下，创造性地工作。希望你们根据地能为后来人留下很好的经验。”

刘庆庄：“我们一定努力工作，不辜负中央和省委对我们的期望。”

玉皇庙里一间密室。灯光闪烁。七八个大汉围坐在一起，认真地听取刘庆庄的汇报。刘庆庄：“省委、川东特委对我们的起义方案进行了认真研究，表示坚决支持。省委要求我们一定要把步骤想得越细越好，切不可事到临头才想方案，搞得手忙脚乱。”

刘大疆：“我建议先打关帝庙区公所，干掉区长和团防局的顽固分子，再上潜水河进行军事政治训练。”唐志学：“现在我们正在做福源坝区公所刘大震区长的争取工作，目前，他态度不够明朗；团防局我已基本控制，只有几个人还在犹豫。因此，我建议暂时不把福源坝区公所作为我们起义的第一个攻击目标。”吴贵锋：“我赞成志学的意见。我建议乘黄志尚对我尚不防备之时，一举夺下巴山县城，这才能真正起到鼓舞士气、震慑敌人的目的!”

张大洲：“大家说的都很有道理。唐作俊同志有什么想法?”唐作俊：“我同意吴贵锋同志的意见，要干干大的。集中力量攻打巴山城。”张大洲：“刘庆庄同志的意见呢?”

刘庆庄：“看来多数同志主张干大事，拿巴山县城开刀。这个想法本身没有错。人往高处走，水往低处流嘛。但是，主观想法还要符合客观实际。毛泽东、朱德为什么在打不下湘潭、长沙后及时调整战略部署而上井冈山呢？他们力量不足啊。我们现在打巴山县城，力量也很不足啊。至于暂时不打福源坝区公所，我赞成志学的分析。暂时不打，留着它对我们有好处，我们就暂时不打。如果它妨碍我们革命，我们就马上消灭它!”

张大洲：“老刘讲得很全面，我不重复。我同意将起义骨干先集中二三百人到潜水河进行军事政治训练，提高整体素质后，再根据情况确定攻打哪个城镇为好。还要说明一点的是，武装起义打响以后，我在外面开展支援工作，能不到根据地来就尽量不来，请大家谅解。”

刘庆庄：“你可不要放松对根据地的帮助与指导啊。”张大洲：“那是当然的。”刘庆庄：“会议结束后，请大家立即分头行动。”

起义风声传到唐作俊父亲唐修身的耳朵里，他焦躁不安地找到唐作俊：“儿子，你真的要造反吗?”唐作俊说：“父亲，这日子老百姓没法活了。您看您是不是带着全家到姚家山外婆家去躲一躲?”唐修身：“我辛辛苦苦积攒起来的家财怎么办?”

唐作俊：“我知道爹爹创业难！我们这份家业来之不易，您不愿眼睁睁地看着自己艰难创下的家业毁于一旦。您以前不是经常教导我们天下兴亡，匹夫有责吗？我们国家现在是个什么状况？外受帝国主义欺凌，国内老百姓民不聊生。这个状况不马上改变，我们就有亡国灭种的危险！我们那点家财算什么？爹爹应当明白，我们现在这样做是在为国家谋生路，为天下老百姓谋生路！我们是在干翻天覆地的大事业！”

唐修身点点头：“儿子，我并不是不理解你们干的事业。我年轻时和你一样也有以天下为己任的豪情壮志！现在年纪大了，跑不动了，一家大小拖累了，考虑事情的方法就不一样了。”唐作俊激动地说：“老爹，儿子不需要你再做什么事情，只希望你理解儿子的所作所为。”

唐修身：“好，家里的人我可以带走，家财你可以按你的想法处置！”唐作俊：“我的好父亲，您真是深明大义的好父亲！”

唐作俊看着父亲带着一家人远去的背影，对大家说：“走！开仓分粮去！”人们跟着他打开粮仓，贫苦农民喜笑颜开地背走粮食。一群人围着唐作俊连声感谢，贫农蒲老汉上前拉着唐作俊的手说：“唐先生，你仗义疏财，把家都毁了。我们怎么感谢你呀！”唐作俊大声说道：“乡亲们，不用客气！毁了我这个家，为的是让大家不受饥寒，大家不受饥寒就是我所追求的目标！从现在起，我家的田地，无田无地的人可以就近耕种，自种自收，不用交租。今后，我们要建立的新中国，就是要让贫苦农民都有田地种，大家都过上有吃有穿的好日子。”众：“太好了，我们盼望新中国早日建成，这样的好日子早日实现！”唐作俊：“乡亲们，只要我们共同奋斗，新中国一定能早日建成，这一天一定能很快实现！”

唐作俊冒着风雨走进一家人搬进的新住所：“父亲、母亲，我专门抽出时间来看望你们，你们在这里习惯吗?”唐修身：“我们为了支持你闹革命，习不习惯无所谓。儿子，你要以革命为重，不必专门抽出时间来看望我们。”唐作俊：“感谢父亲、母亲的理解与支持。我看到一家大小在这里平平安安，心里感到特别的幸福！”母亲：“儿子，不知什么时候能再看到你。”唐作俊：“父亲、母亲不要担心，儿子时时刻刻挂念着你们，只要有时间就会来看望你们。父亲、母亲，儿子把家毁了，粮食、家财、土地分给贫苦百姓了。你们没有亲眼看见，他们对你们那份感激之情是多么的热烈！父亲、母亲，只要我们人还在，家毁了可以重新兴起来，钱撒出去了可以重新挣回来，房子毁了可以重新修起来。”父亲、母亲：“儿子，我们相信你，你好好干革命去吧。”

唐作俊走到兄弟姊妹身边：“兄弟姊妹们，你们也要体谅当大哥的一心干革命的心情。当大哥的毁掉的家财当中，也有你们的一份。你们不要为失去了自己那一份财产感到痛心！你们还很年轻，不要躺在父亲、母亲创下的安乐窝里享现成福。你们有时间，也有能力用自己的双手创造自己的幸福！”兄弟、姊妹：“感谢哥哥的教诲，我们不怨恨大哥，请大哥放心地去干革命!”

儿子跑到唐作俊面前:“爹,抱抱我!”唐作俊抱起儿子亲了亲脸蛋:“儿子,老爹不能天天守在你的身边呵护你成长,老爹要为贫苦百姓打天下!你长大了,要跟老爹一样,一心为贫苦百姓谋幸福,不能只顾自己活得幸福,去伤害百姓。你懂吗?”儿子点点头:“儿子听老爹的话,长大了照老爹说的那样去为老百姓打天下。”

唐作俊默默地流下了眼泪,告别一家人,消失在风雨黑夜中……

唐志书带着四十余人走上了金莲山。张明广:“唐志书同志,我走得太匆忙,没有把党员名单收藏好就走了。现在才想起来,我回去收藏好后,马上来追赶你们好不好?”唐志书:“你是特支书记,做事怎么这么马虎?”张明广:“我正在批改学生作业,得到通知就马上出发。”唐志书:“你回去收藏好党员名单和党的文件后,立即赶到潜水河来!”张明广:“好。”

张明广赶回家中,连忙收藏党员名单和党的文件。区长刘大震领着一帮人冲进屋子,捉住了张明广,搜出了党的文件和党员名单。刘大震将张明广押送到宜兰县城。在刑罚面前,张明广自首变节,交代了许多党员的名单和住地。师长符冠文给张明广安排了一个公路局委员的职务,让他继续寻找地下党员。张明广的自首变节使宜兰县的许多党员遭到杀害。

唐志书带领四十余人穿过山深林密的潜水河,与刘大疆领导的农民武装会合。

收款委员陆德超带着两个背长枪的税警走进黄泥坝,对一群衣衫褴褛的农民大声吼道:“大家赶快来交款!如果哪个胆敢抗税不交,本委员将严惩不贷,绝不宽恕!”众人愁苦不已。陆德超:“你们不愿意交是不是?不愿意交老子就挨家挨户去搜!”陆德超带着税警走进万达家:“万达,把税款交出来!”

万达上前道:“陆委员,我家穷得都揭不开锅了,哪有钱来交款啊?请宽限我们几天吧?”陆德超大怒:“宽限几天?我看你是抗款不交,来人,将这个老家伙吊起来!”

两个税警将万达吊了起来。万顺跑到陆德超面前跪下:“大人行行好,放了我爹吧。”

陆德超一脚将万顺踢开:“拿钱来老子就放了你爹!”万顺还想上前求情,李胜将万顺拉开:“娃儿不要在这里耽误时间了,快去给你爹找钱去!”

李胜将万顺拉到一边,低声说:“快去向唐志书报告,请他马上来救人!”

刘大疆家中。唐志书听完万顺的哭述，一拍桌子：“我立即带人去除掉陆德超这个坏蛋!”刘大疆：“我们还是等刘庆庄和唐作俊到了一起研究后再行动吧。”唐志书：“万达被吊打，等不及了！同志们，操起武器跟我走!”刘大疆极力阻止：“不能盲目行动!”

众：“唐志书队长，救人要紧，这个事你完全可以做主!”唐志书：“不怕死的跟我来!”

唐志书带着一群游击队员来到万达家，一哄而上，捉住了陆德超和两个税警，将万达解了下来。陆德超大声呵斥：“你们是什么人？竟敢围攻收款委员，就不怕犯了满门遭杀的大罪吗?”唐志书怒斥道：“你欺压百姓欺压惯了，死到临头还敢对老子们作威作福！老子告诉你，老子是农会会员!”陆德超连忙下跪：“农会大人饶命，我有眼不识泰山，请大人饶命，请大人饶命!”唐志书拿起杀猪刀，向陆德超捅去：“你欺压百姓罪孽深重，老子饶得了你，这刀子可饶不了你!”

唐志书握刀的手被一只强有刀的手攥住了。唐志书正要发作，转身一看，原来是唐作俊拉住了自己的手：“大哥，你放开，让我来处理这个喝人血的豺狼!”唐作俊夺过唐志书手中的刀：“现在不是杀他的时候。”

唐作俊将刀子交给刘大疆后，转身问陆德超：“你还敢再欺压百姓吗?”陆德超：“小人只不过是奉命行事，以后再不敢欺压百姓了。”唐作俊：“把搜刮老百姓的钱全部交出来!”陆德超捂住钱袋子：“这是皇粮国税，自古以来，谁动了都是杀头的死罪啊!”唐作俊：“你是要脑袋还是要钱?”陆德超：“我要脑袋，我要脑袋!”唐作俊：“将他们捆起来关进柴房!”

夜。陆德超和两个税警偷偷地逃到黄志尚团部：“报告团长大人，我在黄泥坝收款被劫了。”黄志尚：“什么人竟敢在我的驻防区内如此大胆妄为?”陆德超：“农会。”黄志尚：“立即报告督办大人。”参谋：“报告团座，我已将收款委员被劫一事报告督办大人。督办大人决定立即派一连人前往清剿!”

黄志尚：“传何连长!”何群：“报告团座，何群到!”黄志尚：“督办大人命我团立刻前往福源坝清剿农会。我现在命令你连作先锋，立即开赴福源坝!!”何群：“遵命!”

刘庆庄回到老家告诉唐达雷等人：“唐达雷、唐毛子、李春林，你们回家把家安排好，我们一起到福源坝参加暴动。”唐达雷、唐毛子、李春林迅速回家包装好刀矛，拿着简单行李，随同刘庆庄向巴山县城方向走去。毛大嫂追了上来："等等我。你们要到哪里去？为什么不告诉我？"李春林："我昨天晚上不是告诉你了吗？"

刘庆庄："毛大嫂，我们上巴山县福源坝去参加暴动。"毛大嫂："你们去闹革命，为什么不带我去？"刘庆庄："李春林哥走了，你在家里带孩子吧。"毛大嫂说："自从在夜校听到你讲农民翻身解放的革命道理以后，我无时无刻不在想参加革命。现在有了这个机会，我怎么能待在家里？"

刘庆庄："你这两个孩子还小，怎么办？"毛大嫂："我不会把孩子带上山。我已经想好了安排孩子的办法。你们等等我。"刘庆庄："好，我们等你。"

当晚，毛大嫂将两个小孩带回娘家，请求奶奶代为照料。老奶奶年近七旬，身板硬朗，是一位深明大义的老人。老人家含着眼泪对孙女说："你放心去干革命吧，只要我还有口气，就不会让两个孩子饿倒冻倒！"

毛大嫂站在床边，看着两个熟睡的孩子，一股浓烈的依依不舍之情油然而生，一滴滴热泪扑簌簌地掉下，她的心潮起伏不定：孩子啊，妈妈此去凶多吉少，还能活着回来见到你们吗？不是妈妈对你们没有母爱，妈妈是为了让更多的孩子获得母爱和幸福，才不得不离开你们……

老奶奶见孙女舍不得孩子，拍拍毛大嫂的肩膀："孙女，你舍不得孩子就将孩子带走吧？"

毛大嫂："奶奶，我不能带走孩子，我会抽时间回来看望您和孩子的。"毛大嫂擦干眼泪，一扭头，大步离开了奶奶家。

刘庆庄带领唐达雷、唐毛子、李春林、毛大嫂等四十余人经官渡、钱家岭到唐家坝与吴贵锋、唐志学所领导的农民武装会合。上百名青壮年农民走到一起，十分高兴。一些人也感到担忧："我们这些刀刀矛矛，能打得过手拿钢枪的敌人吗？"

刘庆庄大声说："弟兄们，有一些兄弟担忧我们这些刀刀矛矛能不能打得过手拿钢枪的敌人，我要告诉大家，一定能！现在我们手中钢枪的确不多，但在不久的将来，一定会多起来！"有人问："钢枪在哪里？"刘庆庄："钢枪在敌人的手里。我们要从敌人的手中去夺，去抢！"有人说："我们从来没有摸过钢枪，抢来了也不会用啊！"刘庆庄："我知道我们多数兄弟没有摸过枪，这没有关系。我现在就教大家如何用枪，如何瞄准射击，如何利用地形地物，如何运用匍匐和跃进相结合的冲击方法。"

刘庆庄边教边示范，告诉大家："在战场上要勇敢，你越勇敢，敌人的子弹就越不会往你身上钻。但是，不懂得战术的勇敢只能称作蛮干。要想不受伤，窍门只有一个，就是训练训练再训练，练出一身灵活、过硬的战术动作。”

大家边听边学，学得津津有味。刘庆庄教大家练刺杀：“请大家拿起刀矛来。”有人突然说：“刀和矛我一样都没有啊，怎么办?”刘庆庄：“我们就地取材做‘竹矛’。”

清晨，刘庆庄带领大家迎着朝霞上山，砍来斑竹，把削尖的竹子，放在桐油锅里炸一阵，使尖头变得坚硬锋利起来。刘庆庄拿起一根“竹矛”向一根竹子戳去，顿时竹子被戳破了：“大家请看，这根‘竹矛’是不是可以当矛使用了?”众：“好，这下子我们不愁没有矛用了。”

督办公署办公室。胡嫦杰打开两件邮包：“督座请看，这是我们别动队刚刚在邮局查获的两件邮包：这一件是中共四川省委致川东特委函，命加紧军队工作，积极做好武装斗争准备。第二件是从永定县寄福源坝唐三儿的信，说永定县已筹集到手枪两百四十支，联络到三百余人，现在已训练成功，随时可上战场。”

黄吉城看了两件邮包：“别动队工作得不错，本督要大大地嘉奖你们。参谋长传我命令，全城马上戒严，立即抓捕可疑之人!”刘积良：“是!”黄吉城：“不得放走一个可疑之人!”刘积良：“是!”黄吉城：“命黄志尚团特别做好对福源坝的防范!”刘积良：“是!”

顿时，永定县全城军警戒严，对稍有可疑之人即行抓捕，闹得满城人心惶惶，鸡飞狗跳。

巴山县城。黄志尚团团部。黄志尚：“督座有令，各营、连加紧训练，随时准备歼灭暴乱分子!”众：“是!”

春天的大巴山，百花争艳，万紫千红。唐作俊骑着高头大马，飞奔到黄桷垭徐家大院门前，跳下马高声叫道：“营长在家吗?”

院门开启，走出一个精神抖擞，身穿军装，脚穿长靴的年轻人，抱拳施礼：“原来是唐先生驾到，请!”唐作俊抱拳：“请!”二人进屋坐下。唐作俊：“营长回家半年，悠闲着啦?”

唐志学淡淡苦笑：“悠闲个屁！心里闷得慌啊。”唐作俊：“营长有何心事?”唐志学：“我正想找你谈谈。”唐作俊：“请讲。”

唐志学：“我有幸参加二十军政治学校学习，更有幸在学校结识了朱德先生。他的教诲使我懂得了许多革命道理，认清了中国国情。在朱德同志的引荐下我荣幸地加入了中国共产党。辛亥革命后，袁世凯称帝，导致军阀混战，把穷苦老百姓推进了痛苦的深渊。杨森倒戈，大抓共产党人和正直人士，迫使朱德同志离开了二十军。我也受到了怀疑和通缉。我原以为在杨森军中可以干一些有益于社会和人民的事情，无情的现实粉碎了我的幻想，使我深刻地认清了杨森口头革命的本质，认识到跟着军阀杨森没有前途，只能是毁了自己!”

唐作俊：“营长说得对，跟军阀干，没有前途！我们要为实现自己的理想而奋斗！你打算怎么办?”

唐志学：“朱德同志离开后，我远离党的组织，深感彷徨和苦闷。幸好有你和吴贵锋等几个朋友互相鼓励和帮助，在精神上得到了很大慰藉。但是，我觉得只靠几个朋友成不了气候，我准备到上海或到井冈山去找党组织。”

唐作俊：“不需走那么远，我们本地就有党的组织。”唐志学：“太好了，你快介绍我去与组织接头。”唐作俊：“你已与组织接上头了。”唐志学：“怎么？你是——”唐作俊：“巴山县特支书记。”

唐志学紧握唐作俊的双手：“太好了，我可找到组织了。特支书记同志，请组织给我下达任务吧。”唐作俊：“前不久，省委给我们传达了党的第六次全国代表大会精神，要求我们尽快发动群众组织暴动。现在我们已有了相当的基础，暴动很快就可以发动了。不过，还需要发动更多的人，才有取得成功的希望。”唐志学：“对，我们一起去找吴贵锋同志。”

唐家坝团局门前操场上，吴贵锋正在训练团丁：“大家要记住动作要领认真训练!”众：“是!”唐作俊跳下马背：“吴队长辛苦了!”吴贵锋：“两位大驾光临未曾远迎，失敬失敬!”

他转身面对团丁：“大家要认真训练!”众：“是!”

吴贵锋将唐作俊、唐志学引入团局办公室：“你们来得正好，我与县团防局第一大队长徐平约好，今日在潜水河滩举行赛马。你们也好一试身手。”

潜水河边。人喊马嘶。徐平带着二十来个膀大腰圆的骑手飞奔而来。唐作俊见唐志学的马比不上徐平的马雄壮，把唐志学拉到一边：“营长，我和你换换!”唐志学：“不能换！你怕我输了是不是？别看徐平趾高气扬，我的马一定能胜过他!”唐作俊：“你有胜利的把握?”唐志学：“当然有。”唐作俊：“好！一定要胜过他!”

徐平对自己带来参赛的团防队员大声地说：“兄弟们，拿出过硬本事，让黄埔的高材生唐志学和唐作俊先生知道我们团防队的本事!”众人一声吆喝："好！请队长看我们的！"

十四马一字排开。枪声响后，十四马四蹄腾飞你追我赶，一溜烟向前冲去。观看的人们喝彩的喝彩，加油的加油，声浪一阵高过一阵。吴贵锋、唐志学、徐平依次到达终点。徐平臭骂团丁："老子给你们显能的机会，你们却给老子丢丑！"团丁："大队长，别生气，你看谁在耍尾巴龙？"

徐平向后看去，只见唐作俊骑着马不快不慢地向终点跑来，便哈哈大笑："唐先生他日落魄，今日落伍了！"唐作俊也哈哈一笑："动武，你们个个是高手，我唐某甘拜下风！"徐平："唐先生，还是回去好好地耍你那三钱羊毫吧。哈哈哈！"众人欢笑而散。

黄吉城派出的催粮催款兵丁四处抓人，正在田里栽秧、割麦的青壮年农民被抓走不少。刘大疆找来吴贵锋："兄弟，目前正是栽秧、收麦季节，黄吉城却大肆催粮抓人，如何应对？"吴贵锋："马上去找唐志学。"

一阵敲门声。唐志学打开房门："兄弟，你来得正好，快请坐。"大家刚坐下，又是一阵紧急的敲门声。唐志学打开房门，只见唐作俊满头大汗地闯了进来。唐志学连忙让座递水。

唐作俊接过碗咕噜噜地喝了下去："我正想找你们，告诉你们一个好消息：省委已批准我们福源坝起义方案，命令我们立即组建川东游击队。各地起义军正在向我们福源坝集结，起义的枪声马上就要打响了。"众："太好了。"刘大疆急切地问："需要我们做什么？"

唐作俊："一是安排好外地前来参加起义人员的吃住，二是监视刘大震，不准他向黄吉城秘报我们起义的行动。"

唐志学："我们的团防队立刻同起义军住在一起吧？"唐作俊："不，你们还有更重要的任务。"吴贵锋："请讲具体点。"唐作俊："起义枪声打响后，黄吉城肯定会派大军前来镇压。你们消灭前来镇压的敌军后再与起义军汇合，那样起的作用会更大。"唐志学："听从起义指挥部的安排。"四人一起叠手："听从组织安排！保证完成任务！"

起义队伍陆续向福源坝潜水河集中。1929 年 4 月 27 日，是大巴山人民永远铭记的一个日子。天格外蓝，山格外青，水格外绿，大家都格外有精神。潜水河畔。三百余人的队伍排列整齐，席地而坐。篝火熊熊，映照着一张张兴奋而又略带紧张的笑脸。临时搭建的主席台上，一面鲜红的镰刀斧头旗十分耀眼，将主席台映衬得更加庄严肃穆。唐作俊、刘庆庄、唐志书健步走上主席台。礼炮鸣响，夜空中升起三颗红色信号弹。人们欢呼起来。唐作俊走到台前，用双手压了压，人们立刻静了下来。唐作俊高声讲道："贫苦农民弟兄们，福源坝起义誓师大会现在开始了！首先，请党代表刘庆庄同志给我们讲话！”

刘庆庄穿着军装，精神抖擞地走到台前向大家敬了一个军礼：“同志们，今天我们黄泥巴脚杆拿起枪杆子了。我们拿枪干什么？干革命！我们为什么要干革命？因为帝国主义侵略，因为地主豪绅压迫，把我们贫苦农民逼到绝路上了。我们不革命就没有活路可走了！”唐志学领头高呼：“打倒帝国主义！打倒军阀统治！打倒地主豪绅！革命万岁！”众人跟着举拳高呼：“革命万岁！”

刘庆庄：“干任何事情都要有个领头人，没有坚强的领头人不可能取得胜利！一百多年前，我们这里也曾爆发过轰轰烈烈的白莲教大起义，杀了不少清王朝的贪官污吏，占领了不少州县。可是，他们没有统一的领导，各自为政，没有结成强大的力量，小股队伍打不垮清王朝，却被清王朝各个击破。这种教训是极其深刻的。我们现在干革命，有一个统一的、坚强的领头人，就是中国共产党！我们这支队伍是中国共产党领导的人民军队。我们这支队伍来自老百姓，目的就是为老百姓打江山！我们的口号是打倒国民党反动派和地主豪绅，扛枪保护老百姓！”众：“打倒国民党反动派，扛枪保护老百姓！”

刘庆庄：“现在我宣布：川东游击队成立了！总指挥唐作俊，副总指挥唐志书，党代表刘庆庄，参谋长唐志学。”众：“川东游击队成立了！我们有自己的队伍了！”

刘庆庄：“现在请总指挥唐作俊同志讲话！”唐作俊向大家鞠了一躬：“同志们！我们盼望已久的川东游击队成立了，这是我们穷人闹翻身的铁拳头！从前，我们穷人受地主豪绅压迫剥削，只能痛哭流涕，流干了眼泪也起不到任何作用！现在，谁敢欺侮穷人，我们就用自己的铁拳头砸烂他的狗头！”众：“打倒地主豪绅！”

唐作俊：“我宣布军队纪律：一、不拿穷人一针一线；二、不准欺侮穷人；三、一切缴获要归公！谁要违犯，坚决惩处，绝不留情！大家做不做得到？”众：“做得到！”

唐作俊：“从明天起，部队要加强军事训练，分批到附近农村、场镇打土豪，发动农民建农民协会，分地主豪绅的田地给贫苦农民。”

打靶场。清脆的枪声打破了山野的寂静，野兔、山鸡惊得狂飞乱窜。山沟里不时传出暴风雨般的掌声和欢呼声。突然，从槐树岭上跑来一位姑娘，身后飘着辫子，头上冒着热汗，口中喘着粗气，脚步像密集的鼓点似地奔向靶场。担任警戒的唐毛子急忙上前将她拦住："前边正在进行打靶比赛，你不能再往前去！"姑娘推开了唐毛子："我是游击队员，我要参加打靶比赛！"唐毛子一个箭步冲到姑娘前面，挡住了去路："这次是干部打靶，你不能去！"一个嚷着要去，一个喊着不能去，声音越来越大……刘庆庄走到姑娘身边，亲切地问："姑娘，你是哪里人？"姑娘回答："我是关帝庙区农会的。"刘庆庄："叫什么名字？"姑娘："我叫张月兰。"刘庆庄："你打过枪吗？"张月兰："我经常随父亲上山打猎，天上飞的，地上跑的，我打了无数。农会成立后，我还当过军训教员，被选为农会妇女委员。"

刘庆庄从身边一位干部手中接过一支步枪："好，我今天就来考考你这个军训教员！"全场的人立即看着这个姑娘。张月兰不慌不忙地走到打靶位置，举枪瞄准，一连三声枪响。报靶员大声报告："总共打了三十环，枪枪命中靶心！"顿时，全场掌声、喝彩声雷鸣般地响起。刘庆庄赞扬地说："你的枪法很好，你是我们游击队的神枪姑娘，这支枪就奖给你！"张月兰："谢谢党代表！"

唐毛子："党代表，龙背场土豪养有一百名护院家丁，有快枪六十支，是一支不可小视的反革命力量。我们侦察得知，那里山峦起伏，悬崖峭壁，土豪在唯一的一条上山小路路口筑有寨墙，并派有重兵把守。如果强攻，很难上山，伤亡太大。我们想选小路上到龙背场打土豪，可是现在还没有找到可靠的向导。"张月兰："我是本地人，从小跟父亲上山打猎，放牛割草，哪里有坡有坎，可行不可行，都了如指掌。这条路由我来带吧。"

刘庆庄端详着张月兰高挑的个儿、明亮的眼睛、结实的身材和一双自然脚，笑了笑说："这打土豪，虎口拔牙，可不是打飞鸟、打走兽那么轻松啊！"张月兰："党代表，别看我是个年纪轻轻的女娃子，我已经打过几次土豪了。这个任务我能够完成。"刘庆庄："好，这个任务就交给你来完成！唐毛子，你带领一个小分队，今晚在张委员的带领下攀上龙背场，消灭土豪的护院家丁，带领群众破仓分粮！"唐毛子："一个小女娃子，行吗？"张月兰将头一扬："别瞧不起人，行军打仗，咱们比比试试！"

明月东升。张月兰趁着朦胧月色，带着游击队直奔龙背场山脚。唐毛子面对高高绝壁："这怎么上？"张月兰："跟我来！"张月兰带着大家向前走了一阵，见壁岩凹处有些藤蔓，轻声说道："我先从这里上！"

张月兰腰缠粗麻绳，双手抓住一根牛马藤，轻快地攀上山崖，固定好麻绳后，将一端抛下岩。唐毛子带着游击队员抓住麻绳上了山梁。龙背场上万籁俱静。张月兰带着游击队借着茂草密林的掩护，潜行到土豪大院附近，只见门窗上透出昏黄的点点灯光，屋内传出一阵阵此起彼伏的吆喝声。一个更夫敲着竹梆，边走边喊："小心火烛，防匪防盗！"

唐毛子等待其走近，一下子扑了上去，用手枪顶住他的胸膛："不准说话，我们是游击队！现在要委屈你一下！"

∽ 第八章 ∽

除大震敲山震虎　袭龙庙旗开得胜

唐毛子边说边用毛巾堵住更夫的嘴，由两个游击队员将他押进树林深处。游击队另一名队员穿上更夫的号衣，继续敲着、喊着向土豪大院侧门走去。唐毛子带着游击队员紧随其后，进了土豪大院。一名出来小便的护院家丁向更夫迎面而来。待其走近，更夫突然用短刀逼近他的胸膛："不准出声，我是游击队！"

唐毛子将他拉到院外低声审问："护院家丁住在哪里，一共有多少人？枪在哪里？"护院家丁："护院家丁住在左厢房，一共五十人，枪就在屋内。"唐毛子："土豪住在哪里？他身边有几支枪？"护院家丁："土豪住在正房里屋，他身边有三支枪。他五个姨太太一人一支枪。"

唐毛子："现在这样分工：我带三人攻正房，其余的同志进左厢房拿枪。不到万不得已不准开枪！"众："是！"

张月兰指着唐毛子："我和你一起攻正房。"唐毛子："好。"

唐毛子推开正房大门，分配队员控制姨太太后，直扑土豪卧室，用手电光照住土豪："不许动！"

土豪摸枪反抗，唐毛子一枪击中了他的脑袋。几个姨太太摸枪反抗，也被缴了械。冲进护院家丁住房的游击队员控制了枪支后，高喊："我们是游击队！你们不要再为土豪卖命了！谁敢反抗，马上杀死他！"护院家丁："我们是被迫给土豪看家护院的，我们不反抗！"

一轮红日从东方冉冉升起。唐毛子将护院家丁集合起来，高声宣布："请张委员给大家讲话！"张月兰："护院家丁都是受苦人。现在，游击队消灭了土豪，大家赶快回去喊贫苦农民破仓分粮！"不一会，贫苦农民拥进了土豪家中，更夫高声喊道："乡亲们，游击队是我们穷人的救命恩人！大家赶快去分粮食，分财物！"人们挑出了粮食，拿出了衣服、棉被，喜笑颜开地回家去。

唐毛子："张月兰同志，我们在你的帮助下，顺利地完成了打土豪的任务，现在马上归队了，谢谢你啊!"张月兰："队长同志，请你答应我参加你们游击队。"唐毛子："我十分欢迎你参加游击队。但是，必须得到党代表和总指挥的批准。"张月兰："你带我去见你们党代表和总指挥好不好?"唐毛子："好。"

总指挥部。唐毛子："党代表，张委员要求参加游击队，请你批准好吗?"

刘庆庄："张委员要求参加游击队本该欢迎。但是，她是区农会妇女委员，必须先征得区农会同意。"张月兰："党代表，你就批准我参加游击队吧？区农会有的是人……"唐毛子："党代表，批准她吧。"唐作俊："好吧，让张月兰同志到妇女队去吧。"张月兰："总指挥，妇女队参加打仗吗?"唐作俊："妇女队主要做后勤工作。"张月兰："我请求参加打仗。"唐作俊："妇女队做后勤工作同样也是革命嘛。"张月兰："我们参加妇女队同样可以上战场杀敌人吗?"唐毛子："这次上龙背场打土豪，她就在关键时刻开枪打死了两个敌人，完全可以上战场杀敌人。"唐作俊："好，我们可以组织妇女队上战场杀敌人!"张月兰高兴得跳起来："好了，我们妇女队也可以上战场杀敌人了!"

刘庆庄："同志们，到黄石岭打土豪去!"他带着游击队员向黄石岭走去，天快黑时才碰到一个背着柴火的小伙子。询问后得知，他原来是地主刘代文家的长工，抽空为自己家里弄点柴火。刘庆庄随小伙子走进一座茅草房。一进门，小伙子指着床上呻吟的老人说："这是我的父亲。"

老人吃惊地挣扎着要坐起来。刘庆庄立即上前扶住老人："老人家，我们是穷人的队伍，是来帮助穷人建农会，打土豪分田地，闹翻身的。"小伙子听得入神，马上说："地主刘代文有一百亩田地，雇了十多个长工……"

老人干咳几声，小伙子急忙停止讲话："爹，哪里不舒服?"老人沉吟一会，向刘庆庄问道："你们是要造反吗?"刘庆庄："对，我们就是要造反，就是要打倒军阀和地主豪绅的统治，让人民起来当家做主!"老人："就这几个人吗?"

刘庆庄："不，我们游击队的人多，有千千万万的穷人和我们站在一起，也包括你和你的儿子。我们穷人团结起来，就不怕军阀和地主豪绅!"

唐达雷、唐毛子等人带着一些群众走进院子。刘庆庄："乡亲们，军阀、地主、豪绅把我们穷人逼得没有活路了。我们只有团结起来，推翻军阀统治，打倒地主豪绅才有活路！”一张张瘦骨嶙峋的脸兴奋起来：“我们穷人有救了！好，请游击队领着我们干！”刘庆庄：“请你们带路，挨家挨户把穷人串联起来，一起去打富济贫。”众人欢呼起来：“走，一起去打富济贫！”

刘庆庄等人度过了一个令人振奋的不眠夜晚。天刚亮，刘庆庄带着上百穷人去到刘代文家，开仓分粮。人们笑呵呵地将粮食背回家。刘庆庄又带领游击队员给暂时不敢分粮的群众送去粮食，大家感动得热泪盈眶。

游击队战士们回到营房，议论纷纷：“我们穷人也有自己的军队了！”“地主豪绅这下完蛋了！”

王二狗拿着枪擦了又擦。刘大疆走进营房：“熄灯睡觉了。”众：“大队长，睡不着啊。”刘大疆：“睡不着也要睡！同志们，革命才刚刚开始，今后的路还很长，高兴的事还多着呢。”刘庆庄踏进营房：“对，今后革命将取得一个又一个胜利，能不高兴吗？”

唐毛子：“党代表，我们革命胜利后是个什么样子？”刘庆庄：“革命胜利后，政权是人民的，地主豪绅没有了，贫农都有了土地，再不愁吃愁穿了。唐毛子同志，到那个时候你想干什么？”唐毛子：“到那时，我回家修间瓦房，接个婆娘，生儿育女嘛。”唐达雷：“我是木匠，会修房造屋，我要为所有的穷人造瓦房。党代表，到那时，你要干什么？”

刘庆庄：“我想当个教员，教孩子们读书识字，让大家都聪明起来。不过，革命胜利后，党和国家需要做的事情一定很多，到时候必须服从党和国家的需要，党和国家需要我做什么就去做什么吧。”唐毛子：“党代表就是比我们看得远，想得宽。”

川陕边区绥靖督办公署。黄吉城的办公室里，检查站班长跪伏在地：“督座大人！刘庆庄带着十多个川东游击队的人下了我们检查站所有人的枪，他们真的要造反了！”

黄吉城气急败坏地说：“传刘积良！”刘积良匆匆跑来敬礼：“督座传卑职？”黄吉城将一叠卷宗抛向刘积良：“你仔细看看！我们治下的巴山县城马上要造反了！”刘积良连忙翻看卷宗：“唐作俊在福源坝散财聚众，罗金林玉皇庙失踪，刘大疆等人大肆操练人马！”黄吉城：“岂止这些！刘庆庄公然在关口垭缴了我们检查站的枪。”刘积良：“真的？”班长：“此事千真万确！”

黄吉城：“传我命令，立刻令黄志尚团长派军队前去福源坝查缉清乡，捉拿唐作俊、刘庆庄一干人犯!”刘积良双脚一碰敬个军礼:“是!”

黄志尚团部。黄志尚:“奉督座之令,我团立刻派何连前往关帝庙查缉清剿。对可疑之人立即抓捕;对拒捕之人可立刻枪毙,不需立案审判!张盛荣连长,你立刻带领全连前去福源坝区署所在地关帝庙驻扎,然后下乡查缉清乡。发现游击队立即清剿!我大军视情况随后就到!”

张盛荣立正敬礼:“报告团长,卑职立刻带领我连全体人员前去清剿。可是,杀人得有个说法,也就是必须有理由,才能服众!滥杀无辜,要遭报应,要下地狱!”

黄志尚:“当兵吃粮就是军人,军人以服从为天职!命令你做什么你就做什么!命令你去杀人,你还怕遭报应?”

关帝庙区区公所。刘大震:“来人,传关帝庙乡团练副大队长朱举。”朱举匆匆跑来:“区长有何吩咐?”刘大震:“朱举,你还记得是怎么当上团练副大队长的吗?”朱举:“是区长大人你一手栽培的。”刘大震:“记得就好。饮水思源,做人不要忘了根本,不要忘了报恩。”

朱举:“是,是。卑职不会忘恩。区长大人有什么事需卑职去办,卑职即使是肝脑涂地也在所不辞!”

刘大震:“附耳过来。有人检举团练大队长刘大疆是共产党,你可知道?”朱举:“区长大人,刘大疆是你举荐,县团防局任命的。对他的情况我一点都不知道。”刘大震:“你说的不错。刘大疆刚回来时,我举荐了他。最近别动队侦察到,他与唐作俊、唐志学等人密谋暴动。你知道一些情况吗?”朱举:“卑职一点不知。”

刘大震:“现在交给你一个任务,监视刘大疆,发现情况及时向我报告。必要时就采取断然措施!”朱举:“是。”

朱举走进刘大疆大院:“刘大疆同志,刘大震说,别动队已侦察到我们即将发起暴动的情况了。刘大震命令我监视你,怎么办?”刘大疆:“朱举同志,你反映的情况十分重要。你虽然刚入党,组织对你是十分信任的。你要好好为党工作。刘大震现在怀疑你了吗?”朱举:“看来现在对我还没有产生怀疑。”刘大疆:“好,你稳住他。发现新情况及时告诉我。”

朱举:“好。”

朱举走进区公所,听见刘大震正在打电话:“是刘团长吗?最近,我们发现关帝庙乡团练大队长刘大疆与共党嫌疑分子唐作俊、唐志学等人秘密准备暴动。请明天派军队来抓捕刘大疆。对，对，明天是当场天，刘大疆不会离开关帝庙。我将他喊出团防局到茶馆喝茶，才好动手。是，就在明天!”朱举听完，转身退出区公所。

刘庆庄带着游击队到斑鸠山打完土豪返回时，突然发现队伍后面跟着一个个子不高、身材瘦削、衣服宽大的小伙子：“小伙子，你是哪里人？跟着我们想干什么?”小伙子：“我是斑鸠山的人，想参加你们游击队，跟你们一起破仓分粮打土豪。”刘庆庄：“你还小，你的父母不知道你到哪里去了，会担心的。快回去。”小伙子：“我的父母亲被地主豪绅逼债跳崖死了，家里就剩下我一个人。”

唐达雷：“党代表，收下他吧。”刘庆庄：“就到你们警卫排吧。”小伙子：“长官，我不跟大男人住在一起。”刘庆庄：“为什么?”小伙子：“我是个女子。”

刘庆庄：“毛大嫂，这个姑娘到你们女子队去，你要把她带好。”毛大嫂：“他是个男娃子到我们女子队来干什么?”刘庆庄：“你到底是个男娃子还是女娃子？你要说真话!”小伙子：“我说真话，我是个女娃子。”刘庆庄：“叫什么名字?”小伙子：“我叫贺六妹。”刘庆庄：“为什么穿着男子的装束?”贺六妹：“我没有自己的衣服。现在穿的是我父亲的衣服。”刘庆庄：“多大年纪了?”贺六妹：“刚满十六。”刘庆庄：“毛大嫂，你要像带自己亲妹妹一样好好地带着她。”毛大嫂：“好。”

川陕边区绥靖督办公署办公室。黄排长：“督办大人，刘大震区长的团练不仅不配合我执行公务，催收赋税，还支使团练缴了我们的枪，还险些要了属下的性命。督办大人如不对刘大震严加惩处，恐怕以后再也没有人敢到他那里收取赋税了。”黄吉城：“把刘大震拘押来审问清楚再作处理!”黄排长：“是!”

黄排长带着几个兵士走进区公所：“刘区长，督办大人请你到他那里走一趟。”刘大震：“黄排长，你的枪支弹药已如数归还，你们的钱财也已如数交清，督办大人为什么还要召见我?”黄排长：“督办大人为什么要召见你，在下不知道原因，你去走一趟就知道了。”

刘大震随黄排长走进督办办公室：“督办大人，下属三区区长刘大震到。”

黄吉城正在书写一个斗大的“魁”字，凝神运气，笔走龙蛇，将一竖拉成后停下大笔："你就是三区区长刘大震？"刘大震："属下就是刘大震。"黄吉城："你的团练有多少人？"

刘大震："按照督办公署的规定，招募了一百五十人。"黄吉城："你训练团练的目的是什么？"

刘大震："遵照督办公署指示，保境安民。"黄吉城："你真的在保境安民吗？"刘大震："督办大人，黄排长被缴枪，完全是误会。"黄吉城："误会？我看你是想把你的区搞成一个独立王国！"刘大震："小人不敢！"

黄吉城："你公然搜缴黄排长的枪，还说不敢！我看你完全是个阳奉阴违的伪君子！表面恭顺，心藏大奸！"刘大震："督办大人，我刘大震对您的忠心苍天可鉴！发生收缴黄排长枪支事件以后，我已立刻将刘庆庄免去了团总职务……"黄吉城："你为什么用刘庆庄作团总？"刘大震："我看刘庆庄是个人才……"

黄吉城："你拉帮结派，想把团练办成你的私家军队，用心何其毒也！"刘大震："督办大人明鉴，小人绝无任何私心。"

黄吉城："事实证明你是早有野心！来人，将刘大震拉出去斩首示众！"刘大震："督办大人，小人冤枉啊！"

黄吉城："在我的手下，谁要是胆敢结党营私，定叫他家破人亡！"刘大震："小人冤枉啊！"黄吉城："将他关进大牢！"黄排长上前将刘大震押走。黄吉成："转来！"刘大震被押到黄吉城身边："督座我冤啊。"黄吉城提起大笔，写了一个"雄"字："卧榻之侧，岂容他人酣睡！刘大震，你想不想戴罪立功？"刘大震："谢督座给我再生机会。"黄吉城："你速回三区捉拿刘庆庄！"刘大震："是！"

大巴山所产山茶远近闻名，吸引了众多客商贩茶牟利。三四月间，春茶上市，五月正是最旺季节。人们肩挑背背着新茶到街上卖钱，各大小场镇狭窄的街道上，人群熙熙攘攘，各种叫卖声、吆喝声，热闹非凡。关帝庙不宽的街道上，挤满了熙来攘往的人们。

映山红茶庄门前。唐老汉正与茶庄老板铁算盘讲生意。铁算盘："唐老汉，你今年的新茶成色太差。"唐老汉："怎么差？"铁算盘："摘老了点，又炒过了头。"唐老汉："我摘、炒了几十年茶，今天才第一次听到有人说我的茶成色差。你看，我的茶是鸦雀刚开口，怎么老了？炒得正是火候，怎么是炒过了头？你不买算了，何必这么踏俗我的茶。"铁算盘："五毛钱一斤卖不卖？"唐老汉："少了一元一斤不卖。"铁算盘拉住背篼："就五毛钱一斤。"

孙女唐菊花："老板，给不起价就放人走嘛，把背篼扯到做啥?"铁算盘："你这茶只能值这个价，你个黄毛丫头还想要卖高价吗?"唐菊花："我们叫的是价，你还的是钱。买卖公平，怎么是卖高价？老板不该欺侮种茶人!"铁算盘："你说我欺侮人，老子今天就欺侮你，你又敢把老子怎么样?"他边说边扬起手来就要打唐菊花。然而刚伸出的手就被人抓住了，耳边响起了笑声："老板，和气能生财嘛，这是要做啥?"铁算盘转身一看是唐作俊，连忙堆起笑脸："唐先生驾到，请到屋里品茶。"唐作俊对唐老汉说："你们爷孙俩卖茶去吧。"唐老汉："谢唐先生。"

唐作俊随铁算盘一起走进茶庄，同几个茶客一起品起茶来。

关帝庙区长刘大震带着四个保镖，走进映山红茶庄。老板将四个保镖安排在前屋打牌："四位兄弟正好一桌。区长里屋请。"刘大震："好。"

老板将刘大震迎进里间："区长大人受惊了，是先过瘾还是先喝茶?"刘大震："受小人诬告，虚惊一场。先过瘾。"

老板急忙为他摆上烟具："这是昨天刚从宜兰县芙蓉场买回来的'川东美芙蓉'，味道好极了。"刘大震大大地吸了一口："嗯，不错!"老板："您常说大烟是仙药，果真是那样吗?"

刘大震："一点不假。大烟这东西，一口两口，精神抖擞；三口四口，云飞雾走；五口六口，神仙才有！像腾云驾雾那样的舒服！你也尝尝!"老板："小人哪有您老人家的福分啊?"

刘大震将手枪放在枕边，斜靠在床上吸大烟。老板退了出去。刘大疆走了进来："区长请我喝茶？真是难得。"刘大震摆摆手，做出毫不在意的样子："请坐。"刘大疆："感谢区长大人对我的信任，今天的钱我出。"刘大震："我请客，哪能要你破费？请坐。"刘大疆故意露出十分神秘的样子，俯身靠近刘大震，低声地问道："区长，是朱举向刘团长告发我们图谋不轨吗?"刘大震随口答道："就是那个龟儿子去报的。"

刘大疆知道，朱举是刚加入党组织的秘密党员，是团练副大队长。刘大疆故意说朱举密告自己，是想探听一下刘大震对朱举是否怀疑。刘大震想开脱自己，同时离间刘大疆与朱举的关系，所以故意说朱举告了刘大疆的密，同时想借刘大疆之手捉刘庆庄："督座给了我们一个机会……"门"吱"的一声又开了，闯进来游击队员唐达雷。刘大震见是生面孔，大声呵斥道："什么人？你来干什么?"

刘大震话音未落，刘大疆一手急速地抓住他的手枪，一手拔出腰间的二十响，厉声喝道："向刘团长密报的就是你龟儿子，今天老子就是来找你算账的！"

刘大震很有操练，一个鲤鱼打挺，跃身而起，向刘大疆猛扑过去，两只手抓住刘大疆的枪筒，发出猪一般的嚎叫声。四只手握住两支枪，两人扭成一团。刘大疆无法开枪，便高声喊唐达雷："唐达雷，你给我打！给我打！"

唐达雷怕误伤了刘大疆，转来转去始终无法开枪。刘大震瞅准机会，拼全力掀翻刘大疆，转身向街上窜。说时迟，那时快，等候在门外的李春林一枪击中了刘大震的脚杆。刘大震"啊"的一声扑倒地上。唐达雷从屋内冲出，又补一枪，把刘大震脑袋打开了花。刘大震这个血债累累的恶霸，终于受到了应有的处罚。几个保镖听到枪声，急忙拿着手枪向刘大震房间冲来。刘大疆、唐达雷、李春林和几个游击队员将刘大震的保镖当场击毙，迅速撤离现场。街道恢复了平静。

区团防局。一人高声喊道："唐局长，出大事了，刘区长被人杀死了。"唐志学带着团防队员来到刘大震被杀现场，向围观的群众问道："你们看见凶手了吗？"众："没有看见。"

唐志学："快去喊刘区长家里人来安排后事。"有人说："团防队赶快去追捕凶手啊！"唐志学："凶手往哪个方向跑了？我们往哪个方向追？"有人说："凶手向东方跑了。"唐志学："大家快往东方追！"

家人将刘大震抬回装殓，刘大震突然呻吟了一声，刘大震的妻子急令家人请来医生救治。

街道。人们听到枪声，四处乱跑。一人高声叫道："土匪劫场子了。"有人说："自从唐大队长训练民团以后，土匪再不敢来劫场了。今天怎么又有劫场的土匪了？"有人说："不是土匪劫场。来杀刘大震的人杀了刘大震就走了，没有拿走任何东西。如果是土匪劫场，不知要抢走好多人的东西。可能是刘大震结了私仇。"有人问："你说的有道理。哪个唐大队长这么能干？"有人答："杨森军长的手枪营长呗，听说是黄埔军校的高材生。"突然有人喊道："土匪劫场来了！"

人们惊恐地四散奔逃。茶馆老板对正在品茶饮酒的几位客商说："先生们，有人喊土匪劫场来了，很可能真有土匪劫场，大家快下乡去躲一躲吧！"唐作俊捋了捋胡须："不用害怕！哪来土匪劫场？清平世界，哪有什么土匪来劫场？"

茶馆老板说："前不久收款委员邹大全被劫，那不是土匪干的是哪个干的?"唐作俊说："邹大全平时敲诈勒索老百姓作恶多端，可能是遇到了结怨的死对头。"

几个陪唐作俊品茶喝酒的茶叶商人说："唐先生说得对，邹大全敲诈勒索把大家整苦了，哪个不恨他？他的被劫，是报应。不用害怕。"

唐作俊指着墙上的红绿告示说："打倒军阀！打倒团阀！打倒帝国主义！这是真正在为老百姓、为国家前途命运着想的人干的！说不定邹大全就是遇到了这些人。"

街道上。突然，有人边跑边说："川陕护卫军开起大队人马来了，大家快跑!"

唐作俊一拍桌子："这才是真正的土匪！他们白天为兵，夜晚为匪，兵匪不分，抓丁派款比土匪还凶残！现在他们到这里来到底想干什么?"来人说："他们说是来查缉清乡打土匪。"唐作俊："他们走到哪里就哪里遭殃，大家才真应该躲一躲。"茶馆老板："唐先生，你也躲一躲吧?"唐作俊笑了笑："好，我也去躲一躲。"

顿时，赶场人纷纷散去，店铺关门，客栈上锁，街道上行人东张西望匆匆而行。一队荷枪实弹、身穿黄军衣的军队走进了关帝庙街道。一人拿着洋铁皮喇叭，边走边声嘶力竭地吼道："近来赤匪在这一带闹事，公开张贴红绿告示。前天，在高坎子又抢劫了收款委员邹大全身上的五百多元税款，闹得人心惶惶。现在，张盛荣连长奉川陕边区绥靖督办黄吉城督办命令前来查缉清乡。大家举报土匪有奖：凡举报一名土匪者给大洋一元，捉住一名土匪者给大洋十元！有军队为你们撑腰，大家不用害怕!"

街道上突然走来两个年老背驼、衣衫褴褛的叫花子。他们沿街乞讨，边走边唱着偈语："炒玉米花火候到了要爆！爆竹捻子点燃了要爆！善有善报，恶有恶报。老天爷看得分明，因果报应不差分毫!"

张盛荣骑马走到队伍中间，高声宣布："一排在关帝庙库房看守关押的农会会员，二排住关帝庙正殿，三排住厢房。每天依次轮换，听到没有?"众："听到了。"张盛荣："这关帝庙在福源场场头，前面是开阔地，要设双岗加强戒备！以防歹人偷袭!"众："是!"司务长："报告连长，我们的粮食还未运到，怎么办?"张盛荣："令附近老百姓捐粮!"于是几个军士跑到老百姓家里抢粮，引起哭声一片。

张盛荣面对围观的几个老人小孩，高声讲道："乡亲们，不用害怕，明天我们就开始查缉清乡，不出三天，我们就一定能把赤匪清剿干净，让你们过上太平日子!”

装扮成叫花子的唐作俊和刘庆庄一前一后走向军队:“军爷行行好,打发点吧?”一老太婆对叫花子说道:“这兵荒马乱的,哪里讨得到吃的,各自找个遮雨的地方躲起,免得遭冷炮!”唐作俊说:“怕啥子?讨不到饭是饿死,遭冷炮也是个死!早晚都是个死,不用害怕!”

张盛荣转身对着叫花子大声吼道:“讨什么讨?你这个叫花子不要装胆子大,谨防老子的枪子没有长眼!”唐作俊笑着说:“枪子本来就莫得眼睛嘛。”张盛荣拔出手枪:“狗日的叫花子还会说点阴阳话,信不信老子一枪崩了你!”刘庆庄急忙拉唐作俊:“长官不必跟我们叫花子生气。讨口子,活起也比死了强,快走,莫要惹老总生气!把小命丢在这里不划算!”

刘庆庄、唐作俊看清了敌人的住宿情况,互相搀扶着走了。

唐作俊、刘庆庄将川陕护卫军扎营情况摸清以后,迅速回到潜水河营地研究打击敌人的方案。刘庆庄、唐志书、唐志学、刘大疆等人围在一起,兴奋地听着唐作俊介绍情况。唐作俊拿起一块石头在地上画了一幅草图,然后指着地图说:“福源场街在一座半山坡上。川陕护卫军九十多人住在场头关帝庙内。楼上住一个排,楼下两间厢房住着两个排。一个排看守着我们被捕的农会兄弟。连长打过仗,有作战经验。场中驻有团防一个中队,唐志学同志负责稳住这个中队:枪声响起,团防队不出营房;我们撤出战斗后,只对空放枪追击一阵就算完成任务。唐志学同志,有困难吗?”唐志学:“没有困难,保证完成任务!”

唐作俊:“好。我们游击队负责解决川陕护卫军这个连。同志们,这是我们川东游击队成立以来的第一仗,打好了这一仗将大大鼓舞士气和增强革命群众的信心,要是打孬了,就会影响我们今后的发展。所以,我决定亲自带队去打这第一仗。”

唐志书:“总指挥,你别去打这第一仗,这第一仗由我去!”唐作俊:“你别争,你虽然当过兵,但也没打过实仗。”唐志书:“总指挥,你别忘了你也没有上过战场。”刘庆庄:“你们都别争。要说这一仗的意义,刚才唐作俊总指挥说得很清楚,关系到川东游击队的士气和今后的发展。要说打实仗,你们两个都没有上过战场。你们都别争,这第一仗由我去打。”刘大疆:“党代表,要说打仗,我比你上的战场多。这第一仗由我去打。”唐志学:“你们都别争,我去打才最合适。”

唐作俊:“都别争了,我们都去打关帝庙。部队分成三个部分。党代表和刘大疆带第一队负责攻正门。我带第二部分，负责攻后门。唐副总指挥带一队做预备队，主要负责阻击从巴山县城方向前来增援的敌人。现在立刻分别带队出发，两点钟准时发起攻击！”

刘庆庄：“绝大多数同志第一次上战场，难免有些紧张。战场上容易出现两种情况：一种情况是害怕，听到敌人的枪声，不敢向敌人发起进攻；另一种情况是盲目冲锋，初生牛犊不怕虎，不知道什么时候该冲锋，什么时候不能冲锋，不知道利用地形、地物保护自己和同志，造成不必要的牺牲。要防止这两种倾向，我们上过战场的同志要带好头做好示范。新参战的同志一定要听从指挥，不准擅自行动！一定要注意保护我们的阶级弟兄，同时一定看清我们队伍的标志，防止自己人误伤自己人。”唐作俊：“这点特别重要，不要自己人伤了自己人。”

神兵队营房。申必胜：“大家马上净身，做好上阵准备！”众：“是！”

刘庆庄走进技术队营房：“同志们！大家再擦一次枪，检查一下是否还有问题。”唐达雷：“党代表，我们往天擦五趟，今天都擦六趟了，还要擦？”刘庆庄：“同志们！再擦一次！今天晚上是我们游击队成立以来的第一仗。我们一定要做好充分准备！做到万无一失！”

唐作俊走进普通队营房，只见大家磨刀的磨刀，整理梭镖的整理梭镖，忙个不停，十分高兴地说：“同志们！我们盼望杀敌的一天终于来到了，大家一定要做好充分准备！”众：“请总指挥放心，我们已经做好准备了！”

唐作俊走进妇女队。任蒲秀：“总指挥同志，攻打关帝庙，为啥不要我们妇女队参加？”

唐作俊：“妇女队在后方作后勤工作也一样嘛。你们运送弹药也十分重要！”毛大嫂：“我们妇女队拿刀拿枪一样能杀敌！我们运送弹药要不了那么多人！”众：“对！我们妇女队也要上前线杀敌！”唐作俊：“好，你们分一半随副总指挥去吧！”众欢呼雀跃：“好了，我们也能上前线杀敌了！”唐志书：“妇女队的同志们随我一起走！”妇女队高高兴兴地随唐志书一道跑向潜水河边。

通讯兵：“各队注意，马上到潜水河边集合！”

潜水河边平地，一队队游击队战士排列整齐。刘庆庄：“同志们，大家盼望已久消灭白狗子的时刻来到了！大家有信心消灭敌人吗？”众：“有！”刘庆庄：“大家的刀矛磨锋利了吗？”众：“磨锋利了！”

刘庆庄：“大家互相检查一下左臂上系的白布条捆牢没有？”有个战士扑

哧笑了："张毛儿把标志系到右臂上了。"刘庆庄："大家别笑。这标志是分清敌我的标志，搞错了就可能把自己人当成敌人，一定要绑牢绑好，还要记住一切行动听指挥！大家听清楚没有?"众："听清楚了。"刘庆庄一挥手："出发!"

刘庆庄、刘大疆、唐作俊、唐志书分别带着队伍翻过山梁涉过小溪，攀藤附葛，乘暗夜飞速向关帝庙扑来。接近关帝庙时，刘庆庄命部队停下，自己带着唐达雷和唐毛子两名战士快速向关帝庙摸去。

夜。天空像浸透了墨汁一样漆黑。关帝庙内的大兵们早已昏昏入睡。关帝庙前，两个哨兵像幽灵似地逛来荡去。夜深了，四周寂静无声。经过一天山路行军的哨兵，打了几个呵欠，坐在庙前石梯上打起盹来。

刘庆庄看清两个哨兵所处位置以后，向战士做了一个合围动作，然后分别向敌哨兵扑去。敌哨兵听到了脚步声，惊恐地喝问："谁？口令!"可是为时已晚，刘庆庄的手枪抵住了他的脊梁："不许动!"

唐达雷和唐毛子十分利索地缴了他们的械。刘庆庄一招手，刘大疆、申必胜立即带领大家向关帝庙冲去。突然，一道手电筒的光柱从庙内射出。刘庆庄一挥手，战士们迅速分散隐蔽。敌人营房中大摇大摆地走出一个士兵："小三，换哨了。"不见回答，他埋怨道："龟儿子小三躲到哪里打瞌睡去了?"敌人摇晃着电筒走下石梯。刘庆庄从石狮后面一个箭步扑了上去，但未扑住敌人。那家伙丢下手电筒，扭头就跑，狂叫起来："有人！有人!"

刘庆庄手起枪响，将其击毙，大喊："同志们冲啊!"游击队员们在刘庆庄的带领下，勇猛地冲进庙内。唐达雷摸出一枚手榴弹，从窗口塞了进去。"轰"的一声爆炸，炸得敌人喊爹叫娘。从睡梦中惊醒的敌人乱成一团，一些人来不及穿衣服，光着背脊就拿起枪支进行抵抗。房中射出密集的子弹，一些敌人冲了出来。刘庆庄和游击队员们一阵猛射，敌人倒下一片。张盛荣高声吼道："一二排赶快下楼!"狭窄的楼梯上挤下慌忙拿枪抵抗的兵士。

刘庆庄指挥战士们灵巧地向前移动，迅速地撞开关帝庙大门，向庙内各厢房冲击。申必胜带领神兵队挥舞大刀砍向敌人。张盛荣挥着手枪狂叫："一排二排三排赶快抗击敌人!"

无人应答。楼上响起了手榴弹的爆炸声。张盛荣对身边的几个士兵说："快！从后门冲出去!"

此时，唐作俊带领的队伍也已赶到庙后，一阵排枪将冲出后门的敌军压了回去。唐作俊等高喊："缴枪不杀!""士兵弟兄们，你们被包围了，赶快投降吧!"

枪声、喊杀声步步逼近，士兵纷纷倒下，张盛荣手足失措："这可怎么办？大家赶快找一个突围的地方冲出去！"一个士兵说："张连长，打开侧门可以冲出去。"张盛荣用手枪一指："赶快开侧门！"

张盛荣带着十几个士兵跌跌撞撞地冲出侧门。唐达雷急忙向侧门追去："同志们，敌人从侧门跑了，快追！"张盛荣命身边士兵："快开枪！挡住敌人！"

唐达雷中了一枪，倒在了地上。战友急忙将他扶起。张盛荣一行迅速消失在暗夜中。敌军没了人指挥，支撑不住，纷纷高喊："我投降！我投降！"

刘庆庄冲进屋内搜索敌人，一颗子弹击中了他的左臂。唐毛子急忙上前将他扶住："党代表，我给你包扎！"刘庆庄："别管我，快去消灭敌人！"

唐毛子挥刀向敌人砍去。刘庆庄大声命令："白军士兵放下枪，双手举过头顶到院坝集合！"敌军士兵双手举过头顶，迅速走到院中。游击队员到房中搜出枪支弹药。刘大疆清点人数和枪支："三十七人，五十七支枪。"刘庆庄："有多少具尸体？"刘大疆："三十一具尸体。"刘庆庄："还有二十几个人呢？"敌军士兵："和连长一起从侧门跑了。"

游击队冲进厢房，解救出被关押的农会会员，相互拥抱，共庆胜利。

街中，团防队营房。哨兵听到关帝庙方向传来的枪声后，急忙猛敲唐志学的房门："大队长，关帝庙出事了！"唐志学打开房门："什么事？"哨兵："听，关帝庙那边枪声大作！"唐志学："守好营房，别管他！"二中队长："不管不好吧？明天上峰怪罪下来，我们有口难辩！"

唐志学："情况不明，我们出去怎么办？向谁开枪？万一打伤了川陕护卫军怎么办？"

二中队长："弟兄们，跟我来！"唐志学："你要做啥？"二排长："支援川陕护卫军！"

唐志学："方向都看不清，出去打谁？没有我的命令，谁也不准走出营房！"二中队长："不能见死不救！"唐志学掏出手枪："违抗军令，军法从事！"二中队长："你是伙同赤匪坑我们吧？贻误军机，罪责难逃！"他拿枪指向唐志学："老子早就知道你与赤匪勾结的事情了。现在不敢出兵攻打赤匪了吧？再不出兵救援，老子崩了你！"

唐志学眼快手快一枪结果了二中队长的性命："大家听着，情况不明，我们无法行动。明天上司追问下来，一切有我顶着！你们不用害怕！"众："听大队长的没错！"

唐作俊大踏步走进关帝庙院坝："党代表，首战告捷！对俘虏怎么处理?”刘庆庄:“愿意参加游击队的留下,愿意回家的发二元大洋当回家路费!”有人说:“党代表,这样太便宜俘虏了。”

这时,任蒲秀突然跑进院坝,高声喊道:“总指挥、党代表,我们的副总指挥不幸中弹牺牲了!”

唐志书带领一支游击队埋伏在下场口。关帝庙传来激烈枪声后,突然,一行人跌跌撞撞地向场外跑来。唐志书高喊:“哪部分的?口令!”飞奔的人不搭话,一排子弹向唐志书横扫过来。唐志书急令:“给我打!”一行人扑倒在地,再无动静。唐志书高喊:“缴枪不杀!”

敌人没有动静,唐志书便带着一群人冲了过去。枪声骤然响起。唐志书身中数弹,支撑不住,倒在了地上。唐志轩将他抱在怀里高叫:“副总指挥!”唐志书:“别管我,杀敌要紧!”

任蒲秀带领游击队员边开枪边猛追黑影,未能追上。唐志轩背着唐志书跑向后方,不断地说:“副总指挥,别睡,咬住牙挺住,马上喊医生来救!”

唐志书从昏迷中醒来:“唐志轩同志,不要管我。革命是要流血的,我的血不会白流!杀敌要紧!”唐志轩:“副总指挥,我们一定为你报仇!”

唐志书:“我个人的仇是小事,我们革命一定会胜利!你们要尽快打到巴山县城,打到永定县城去,打倒黄吉城!解放穷苦百姓!”唐志轩高喊:“唐副总指挥!”唐志书将头一偏,停止了呼吸。众人高喊:“唐副总指挥!”一人高喊道:“杀俘虏为唐副总指挥报仇!”群情激愤:“杀俘虏祭旗!”

刘庆庄高声说道:“同志们,唐副总指挥牺牲了,我们都万分悲痛!他是我们的好同志,好战友!好领导!好兄弟!大家要为他报仇,这是理所当然的事。可是,该找谁报仇呢?谁是杀害唐副总指挥的罪魁祸首呢?”一人高声答道:“当然是找俘虏报仇,杀害副总指挥的敌人当然在俘虏里边!”

刘庆庄耐心地解释道:“同志,杀害唐副总指挥的真正罪魁祸首不一定在俘虏里边!杀害副总指挥的真正凶手是军阀黄吉城!俘虏是黄吉城的兵,是受黄吉城指挥的。黄吉城的兵,有几个不是穷人?”俘虏:“我们都是穷人,是黄吉城强行抓来当兵的。”

刘庆庄又接着说:“据我所知,黄吉城的兵绝大多数是穷人!同志们!我们干革命是为什么?为的就是解救我们的穷苦弟兄。俘虏都是被黄吉城强迫当兵的,他们也是穷人,我们穷人不能杀穷人!”唐作俊:“对!党代表说得对!我们穷人不能杀穷人!我们只能把仇恨集中在军阀黄吉城身上!要报仇只能找黄吉城报仇!”一人说:“那我们就不同黄吉城的军队作战了?我们就不能杀黄吉城的兵了?”

刘庆庄又接着说："在战场上，我们当然要同黄吉城的军队作战，现在，他们被我们俘虏了，他们已经放下了武器，不再执行黄吉城的命令，就不再是黄吉城的兵了，就不再是我们的敌人了。我们就应该把他们仍然当穷人看待，当自己的兄弟看待。只有这样，才能孤立黄吉城，我们革命的队伍才会越来越发展壮大！"

一个俘虏边哭边说："这位长官说得太好了。我家穷得上无一片遮太阳的瓦，下无一坨打麻雀的泥巴。我是被黄吉城抓来当兵的。"一个俘虏说："给黄吉城当兵，长官不把我们当人，稍不顺眼就是拳打脚踢！我早就不想当黄吉城的兵了，我愿意参加游击队！"俘虏兵们都七嘴八舌地说："我也愿意参加游击队！"

第九章

作俊执法不护短　忠辰喜升代司令

刘庆庄：“你们愿意参加游击队，我们非常欢迎！但是，参加游击队还得先学习马列主义，懂得革命的道理，懂得共产党的政策。”俘虏：“我们愿意接受教育。”刘庆庄：“好，大家一起到游击队营地学习去！”

这时，乌云散去，明亮的月光照耀着大地。刘庆庄、唐作俊带领游击队踏着皎洁的月光，精神抖擞地向游击队大本营而去。

指挥部大院里，停放着唐志书的遗体。他躺在一堆苍松翠柏扎成的灵柩里。满头白发的唐大爷俯在灵柩上泣不成声。唐作俊猛地扑向灵柩，抱起唐志书的头：“兄弟，你不要离开我们！”他仔细端详着唐志书苍白的面颊，成串的泪珠滴打在唐志书的脸上，眼泪模糊了视线。唐志书静静地躺着，仿佛在说：“兄弟，杀敌要紧！”

刘庆庄走到唐作俊身边：“作俊同志，志书同志死得英勇悲壮，很有意义。我们要化悲痛为力量，坚决推翻这吃人的社会！”

游击队员们、农会会员们、成百上千的乡亲们，齐集福源坝为唐志书送葬。长长的队伍前不见头，后不见尾……

太阳出来了，灿烂的阳光照在潜水河上，清澈的河水泛着耀眼的粼光。唐作俊久久伫立在唐志书的坟前：“兄弟，我们把你安葬在这里，你可以望着清澈的河水、苍翠的树木、广阔的农田，以及你日夜思念的乡亲们……”

刘庆庄：“作俊同志，我们要以打大仗、打恶仗、消灭更多敌人的实际行动来告慰唐志书同志的英灵！走，参加庆功大会去！”

福源坝、潜水河在欢笑，巴山城却在哭泣。

巴山县城。张盛荣带着几个伤残军士走进团部：“报告团长，我们回来了。”黄志尚抓住张盛荣的衣领吼道：“看你丧魂落魄的样子，一定是吃了败仗。你为什么不战死沙场?”张盛荣：“团长，泥腿子太厉害了。我战死沙场，谁回来给你报告战场的情况啊?”黄志尚扬手打了张盛荣等人几个耳光：“首战失利，叫我如何向督办大人交代?”张盛荣跪在地上连打自己几个耳光：“我该死，我该死!”参谋：“团座，马上将失利情况报告督办大人吧?”

黄志尚拔出手枪指着张盛荣：“老子马上崩了你!”参谋：“团座息怒，张盛荣轻敌失利，泥腿子狡猾刁钻，必须马上报告督座制定对策。”

张盛荣：“团座，我做梦也没有想到泥腿子竟敢对我大打出手……这次失利不是我的错——”黄志尚：“不是你的错难道是老子的错? 来人，把这几个人捆起来!”

张盛荣：“团座请息怒。古人说胜败乃兵家常事，不能把吃败仗的原因都归结在我们几个人身上。我们从未与泥腿子交过锋，认为他们没有进行过军事训练，不知道他们有这么刁钻，吃败仗是难免的。请看在我跟随你十多年的份上，饶了我们这一次吧。请团座给我一次机会，我定叫泥腿子人毛不留!”

黄志尚：“老子饶得了你，督办大人可饶不了我。”张盛荣：“团座，你重重处罚了我，谁还敢去打泥腿子啊?”参谋：“团座，不要在督座发令之前处罚张盛荣好不好?”黄志尚：“好吧，看你的造化，听候督办大人处罚吧。”张盛荣：“谢团座大人!”

潜水河边游击队宿营地沸腾了。树上、墙上到处张贴着红红绿绿的革命标语。游击健儿们个个笑逐颜开。潜水河边传出高亢的歌声：巴山醒了，千人笑了。拿起刀矛，斩魔除妖。土豪劣绅，无处可逃!

福源坝附近的老百姓听说川东游击队打了胜仗，敲锣打鼓，牵猪牵羊前来祝贺。有的在营房院坝唱歌跳舞，放起了鞭炮。营房前临时搭建起一座主席台。台上站着党和游击队的领导人，个个面带喜色。唐作俊走到台前，大声宣布：“庆功大会开始，请党代表刘庆庄同志讲话!”

刘庆庄走到台前高声讲道：“乡亲们! 我们川东游击队第一次公开向军阀黄吉城开战，就取得了俘敌三十七人，缴枪五十七支这么大的胜利，大家感到高兴不高兴?”众人齐声回答：“高兴!”

刘庆庄继续讲道：“大家感到高兴，我们也感到特别地高兴! 开天辟地第一次，我们巴山穷人第一次这么扬眉吐气! 怎么能不高兴? 以前，我们穷人只能听凭军阀和地主豪绅的奴役、剥削和压迫! 面对他们的奴役、剥削和压迫，不少人哭干了眼泪，求神拜佛找不到出路。自从有了共产党，我们穷人要活命，要过好日子，就有了希望！共产党指出，我们穷人不能靠神仙皇帝，只有自己解放自己！只有我们穷人团结起来打倒军阀，打倒地主豪绅，才能推翻这黑暗的社会！福源坝大捷，就是我们按照共产党指引的方向，取得的第一个伟大的胜利！今天，我们干人扬眉吐气了！今后，我们要继续按照共产党指引的方向闹革命，消灭了军阀、地主豪绅，我们穷人当家做主了，我们还要更加扬眉吐气！过上真正的好日子！”众人高喊：“革命万岁！”

唐作俊：“对，革命万万岁！我们穷人不革命就永远没有出头之日，只有跟共产党走，起来闹革命，才能得到幸福的日子！我知道，现在大家都很穷，所以我们不能收你们的任何礼物！”

刘庆庄：“对，我们不能收父老乡亲的任何礼物。我们穷人打天下，要靠我们穷人团结一心，共同奋斗！我们欢迎你们把自己的兄弟姊妹送来参加游击队！”一些青壮年：“我要参加游击队！”刘大疆：“报名参加游击队的同志请到我这里来登记！”

万达带着儿子万顺向报名处挤去。唐作俊喊住万达：“万大叔，你就别叫你唯一的儿子去登记了。”万达：“作俊，我家受够了地主豪绅的欺凌。六个女儿卖掉了两个，大儿被抓壮丁惨死在他乡外里……现在，我虽然只有万顺这么一个小儿子了，但是，我还有四个女儿。让我儿子跟你们一起闹革命吧。”万顺：“作俊大哥，你教导我们穷人要翻身，人人都要起来闹革命！我怎么能不去登记?”唐作俊走上拍拍万顺的肩膀：“好兄弟，当了游击队战士，可不能拉稀摆带！”万顺一拍胸膛：“我绝不会哭鼻子。”刘庆庄：“好样的！”

刘庆庄发给万顺一支长矛枪：“你要练好本领，才能报仇，才能消灭敌人！”万顺郑重地接过长矛枪：“是！”

虎儿堡山寨。炉火熊熊，灯光明亮。闫队长：“启禀大王，最近，共产党领导的游击队在关帝庙打了大胜仗，一下子就消灭了黄吉城的一个连，深受老百姓拥护……”刘大荣：“别说些长他人志气的话，他们也跟我们一样是打富济贫。比起老子来，他们晚了一大截……”闫队长：“他们是打富济贫，还打豪分田，建立农会，控制政权……比我们更受老百姓欢迎。”

刘大荣：“我听说他们纪律太严，我们自由自在多快活，不必去受他们的约束。”闫队长：“大王，共产党要是坐了天下，绝不会让我们长期自由自在下去……我们现在去受点约束，可换来永久的幸福！”刘大荣：“游击队会接收我们吗?”闫队长:“我认识的唐作俊作了游击队总指挥,他会接收我们的。”刘大荣:“好,我们去参加游击队!”

闫队长带着山寨兄弟走到潜水河边,遇到了唐作俊:“总指挥,我们参加游击队来了!”

唐作俊紧握刘大荣、闫队长的手:“欢迎你们参加游击队。我知道你们以前也是干的打富济贫的事情,现在,我们携手并肩,一起为老百姓打天下!我也知道你们以前自由自在惯了,现在参加游击队,你们必须严格遵守游击队的纪律!”刘大荣:“请总指挥放心,我们懂得没有规矩不成方圆的道理,愿意遵守游击队的纪律。”

五月的巴山万紫千红,片片落花随波漂流。刘庆庄看着向下游漂去的花瓣,眼睛一亮:“应当把游击队关帝庙大捷的喜讯告诉长江沿岸的群众,对,马上给长江沿岸的群众发水电报。”刘庆庄立即把自己的想法告诉给唐作俊:“我们立刻向下游发水电报。”唐作俊一拍大腿:“这个办法好,马上办!”

潜水河边。刘庆庄带着一群战士,破竹的破竹,锯木的锯木,制板的制板。刘庆庄和刘大疆、唐志学等几个人挥笔写道:“游击队是共产党领导的军队,是为穷人翻身求解放的军队,是穷人自己的军队!”“游击队关帝庙大捷,歼灭白狗子一个连!”“游击队是贫穷人的队伍!”“游击队打土豪分田地!”“游击队保护穷人!”“打倒军阀和土豪劣绅!”

大家将写好标语的竹片和木板浸过桐油,放入河中,随流水漂流下去。唐毛子:“党代表,我们的水电报,下游的老百姓能看到吗?”刘庆庄十分肯定地说:“能,一定能!”

银鼓石岸边。人们看着河中漂来许多竹片和木板,奇怪地说:“河里没涨水,怎么漂下来这么多木板、竹片?”陈大河停止划桨,捞起几个木板竹片:“上面还有字啊!”

人们争相打捞,争相传看,有人念道:“游击队是共产党领导的军队,是为穷人翻身求解放的军队,是穷人自己的军队!”“游击队关帝庙大捷,一举歼灭白狗子一个连!”“游击队是贫穷人的队伍!”“游击队打土豪分田地!”“游击队保护穷人!”“打倒军阀和土豪劣绅!”“有志男儿赶快去参加游击队!”

陈大河:“原来是游击队发布的消息,快放入河中去,让下游的贫苦百姓也看到这个好消息!”人们争先恐后地将木板、竹片重新放回河中,让它自由自在地向下漂去。

永定城南门码头。几个洗衣服的妇女捡到了木板、竹片，低声地念着："打倒军阀黄吉城!"胡嫦杰走到河边，质问洗衣妇女："你们在看什么?"胡嫦杰从妇女手中夺去木板、竹片："不准看！也不准传!"

胡嫦杰带着木板竹片慌忙走进督办办公室："督座，泥腿子真的闹事了!这是他们从河中发出的水中传单!"黄吉城看了几片："统统烧掉!"胡嫦杰："督座，这样的木板、竹片，河里多得很啊!"黄吉城："立即传令军队到河里打捞！不准老百姓观看。有传播木板、竹片所写内容者杀!"刘积良："是!"

顿时，河边开来一队军士宣布紧急戒严，驱走在河边营生的人们。河中突然迅速划来数支船往返打捞，岸边也飞跑来一大队军士打捞木板、竹片。几个军官指挥军士在岸边燃起了几堆燃烧木板竹片的篝火……整个河岸风声鹤唳，数股浓烟直冲云霄……

潜水河边。游击队士气高涨，人人摩拳擦掌，纷纷要求马上攻打巴山县城。刘庆庄对大家冷静地分析道："同志们！我们取得了首战胜利，人员集中了四百多，现在每天都不断地有穷苦兄弟前来投奔游击队。枪也增加到二百来支，游击队的战斗力是大大增强了。但是，我们眼前还有很大的困难：一是新队员多，不少人不会使用枪，甚至也不会使用刀，更谈不上利用地形地物的军事技术了，这就需要花时间进行认真训练；二是我们后勤准备也需要一定的时间；三是武器弹药还很缺乏，虽然缴了一些枪支弹药，也还有相当多的同志是赤手空拳。因此，我们当前要着重抓好三件事：一是开好思想动员会，让大家懂得我们革命的奋斗目标和必须遵守的革命纪律，最核心的是一切行动听指挥和一切缴获要归公；二是抓紧时间练兵，学习军事技术，开展以老带新、以熟带生、互教互学的学习竞赛活动，使每个游击队员尽快掌握刀、枪的性能和使用方法，学会利用地形地物，才能更好地保护自己、消灭敌人，减少不必要的牺牲；三是积极物色积极分子，发展党的组织，使党组织成为凝聚游击队的核心。"

唐作俊说："我们不能盲目地进攻巴山县城，不能打无把握之仗！立即派人到城中摸清敌人的布防情况，做好进攻巴山县城的一切准备，才能战胜敌人！游击队的领导同志都要深入各支队、分队开展扎扎实实的准备工作。各支队要派出人员到附近乡村了解土豪劣绅的情况，开展打土豪分田地活动；发动贫苦农民建农会，参加革命行动。"众人欢呼雀跃："听从党代表、总指挥的安排!"

潜水河边。茂密的森林苍翠欲滴。游击健儿在刘庆庄、唐作俊等人的指导下，练瞄准，练刺杀，练投弹，喊杀之声响彻云天。训练场上，万顺一会儿瞄准，一会儿擦拭武器，全神贯注地沉浸在喜悦之中。也可能是太紧张太疲劳了，万顺擦着擦着枪，就不知不觉打起了瞌睡。唐达雷上去拍打他也不起作用。不一会儿，万顺昏倒于地，口流涎水，四肢抽搐。有人说："他的鸦片烟瘾发了。"

人们惊叫着向万顺围了过来。刘庆庄听到人们的惊叫声后，立即跑到万顺的身边，为万顺掐人中进行急救："快，赶快去端碗水来。"刘庆庄给万顺灌水，万顺吐了出来。唐达雷快速跑进营房，拿出一包花椒，又飞快跑到万顺身边"党代表，我来给他喂花椒！"

唐达雷叫两个战士架着万顺，自己亲手给万顺嘴里塞花椒。万顺吐了出来，唐达雷又往嘴里塞。过了一阵，万顺停止抽搐，醒了过来："谢谢达雷队长。"

唐达雷："你怎么染上了这个毒瘾？"万顺："我给王老财当放牛娃，万恶的王老财不给我工钱，只给我一些鸦片烟，就这样吸上了瘾。"

唐达雷："我给你一袋花椒，烟瘾要发了就马上吃花椒，要不了多久就能戒掉烟瘾。"万顺："谢谢达雷队长。"

刘庆庄："各队清理一下，有多少人染上了鸦片烟毒瘾。"唐达雷："这样的人不少，大约占三成。"刘庆庄："花椒能治鸦片烟瘾吗？"唐达雷："不能断根，但是可以救一时之急。"

刘庆庄："各队要多准备点花椒，随时带在身上。鸦片烟瘾发作，能解一时之急也不错。鸦片烟把我们中华民族毒害得太深了！连贫苦老百姓都染上了毒瘾。对鸦片烟毒，还得找老中医，研制戒烟药，必须彻底戒除毒瘾！"

唐达雷："打土豪时缴获了一些鸦片烟，有的人就偷偷地藏起来，躲着抽。"刘庆庄："你知道有哪些人？"

唐达雷："唐总指挥的舅老倌就偷了一斤多鸦片烟。"刘庆庄："藏在什么地方？"唐达雷："据我观察，藏在他住房顶上的瓦沟里。"刘庆庄："可靠吗？"唐达雷："可靠。可以马上去把它搜出来。"刘庆庄："他什么时候在什么地方抽？趁他抽的时候搜了他的烟具和鸦片烟，才好教育他。"唐达雷："好。"

乌云遮月。熄灯号吹过，营房里顿时一片寂静。游击队战士们都已入睡，只有哨兵站在营房外，警惕地注视着周围的情况。总指挥部办公室。刘庆庄搁下手中的铅笔：“总指挥，有人反映你的内弟袁兵偷偷地抽鸦片烟，影响很不好。希望你好好管教一下。”

唐作俊惊讶地问道：“有这种事？我怎么一点也不知道?”刘庆庄：“我们可以去看看。”唐作俊：“好，看看去。”

刘庆庄带着唐作俊走出营房，远远地看见后山山洞中闪烁着一丝不易察觉的微弱灯光。唐作俊、刘庆庄走进洞口，只见三盏灯边躺着六个人正在吸食鸦片烟。唐作俊打开手电筒：“你们在干什么?”五个人吓得不敢作声。袁兵无所谓地说：“我们烟瘾发了。”

唐作俊走上前去踢灭了烟灯，顺手给了袁兵几巴掌：“我叫你抽！我叫你抽!”刘庆庄上前拉开唐作俊：“总指挥，冷静点，对这种事不能这样简单处理。”唐作俊：“太令我生气了！来人，立即将这六个人关禁闭!”六个吸食鸦片烟的人被五花大绑捆了起来。

总指挥部办公室。刘庆庄扫视了一下会场：“同志们，现在召开一个紧急会议，我先通报一下情况。刚才，我和总指挥在后面山洞中发现有六人偷偷吸食鸦片烟。这是一件值得特别注意的事情。据反映，我们队伍中至少有三成的人有鸦片烟瘾。大家知道，烟瘾一发就像发了大病，是什么事情也不能干的。”

唐作俊：“太令我气愤了，我想把这六个人全都赶出游击队!”唐志学：“吸食鸦片烟，染上鸦片烟瘾是地主豪绅传染给贫苦农民的一种恶习。罪过应当记在地主豪绅身上，我们不能歧视吸食鸦片烟的兄弟，要尽快想办法帮助他们戒掉毒瘾。”

刘庆庄：“对，赶走有鸦片烟瘾的人不是办法。我们要帮助穷苦兄弟尽快戒烟，让他们戒掉恶习，恢复健康，为革命多做贡献。要通过加强革命前途教育，让他们懂得戒烟的必要性，自觉戒烟。同时通过戒烟，加强革命的纪律性教育。我们要提出一个响亮的口号：人人行动起来，为革命戒烟，戒烟为革命!”众：“这个口号好!”

唐作俊：“同志们，我违犯了革命纪律，采取军阀作风粗暴地打骂了内弟，先在这里向大家做个检讨。然后再去向内弟和几个吸烟的同志道歉!”

刘大疆：“违犯纪律，党内作检讨是应该的。给吸食鸦片烟的人道歉就不必了。总指挥给他们道歉，会让他们产生吸烟无过错的错觉。我不同意总指挥向吸食鸦片烟的人道歉!”

刘庆庄：“总指挥向吸食鸦片烟的人道歉是道不该打人的歉，不是道不该掀烟灯，阻止他们吸食鸦片烟的歉。我们革命队伍内部人人平等，任何人都没有打人的权利。有的同志把军阀作风那一套带到革命队伍里来了，要进行坚决的纠正。总指挥道歉，有利于纠正游击队中的军阀作风。”唐作俊：“对，我这次冲动打了人也提醒了我，作为党员，作为总指挥，任何时候都不能失去理智，都不能违背党的原则。”

刘庆庄：“现在摆在我们面前的一个严峻的问题是：不少战士都染上了烟瘾，这不仅对他本人的健康不利，而且也对革命事业极为不利。如何尽快尽好地戒除烟瘾，请大家共同出主意。”

吴贵锋：“找中医想办法尽快治疗。”刘庆庄：“对毒瘾进行治疗，除了治疗毒瘾本身以外，还牵连到精神、思想意识、工作方法、理解和执行党的政策等多方面的问题。”

刘大疆：“党代表，治毒瘾就是治毒瘾，不见得会牵扯到那么多吧。”刘庆庄：“我们制定了打土豪一切缴获要归公的制度，一些人将鸦片烟留作自己用，这就表现了他的贪欲和不把革命纪律放在眼里的意识，任其发展下去，我们的纪律就会形同虚设。一支革命队伍没有铁的纪律，就会腐败变质，就会变成同军阀军队一样的烂队伍!”唐志学：“不能把一个芝麻说成是西瓜，不能把鸡毛蒜皮的事情说得那么严重。”

刘庆庄：“诚然，现在出现的事情并没有那么严重。但是，古人说千里之堤溃于蚁穴，这不是没有道理的。我们应当把不好的苗头消灭在萌芽状态之中。如果任其蔓延生长，到了法不治众的状况再要纠正就困难了。”

唐作俊：“党代表见微知著，站在整个革命事业的高度观察和处理现在发生的问题，及时给我们指出了前进的方向，为革命事业健康发展提供可靠保障。我深表谢意!”

唐志学：“真是牛病不发马病发，现在游击队中有不少人患了打摆子这个病，病一发作，周身顿时冷得发抖，不要说打敌人，自己走路都十分困难。这种病也是危害革命人民的一大敌人。”

刘庆庄：“打摆子，学名疟疾病。我听说用柴胡、金银花、厚朴等熬成汤药可以治好这个病。我们必须尽快找到这些药治好这个病。”唐作俊：“各队立即派人上山采集这些中草药，尽快医好疟疾病。”

崇山峻岭中，分头行进着几组采药的人。那是毛大嫂和几个女游击队员来上山采药。她们爬坡上坎，钻密林，攀山岩，采集了许多土人参、淮山、海金沙、金银花、柴胡、厚朴等，汗流浃背地向潜水河游击队总指挥部走去。途经新场时，只见有两个人摆地摊，在卖“狗皮膏药”：“在下庹老五和庹老六是兄弟俩……”

毛大嫂等便停下歇气。两人吹嘘：“我们的药酒是用千年秘方泡制的，专治跌打损伤、刀伤、枪伤、斧伤、火伤、狗咬伤……疗效神奇，医一个好一个……”

围观人群中有人发问：“先生，我遭人咬了，你的药酒医不医得好？”有人指责发问人说：“你这老哥说得也怪，自古人咬人无药医，他的药酒怎么医得好？”

庹老五听了，急忙说：“这位老哥说得不对，我这药酒就能医治人咬人！”有人说：“眼见为实，耳听为虚，你给我医个人看看！”庹老五说：“你们哪个被人咬了，马上就可以试！”

场上安静了一会儿，毛大嫂上前：“先生，你的药酒真能治刀伤？”庹老五：“那还有假？”

毛大嫂伸出采药时被割伤的左手：“试试吧。”庹老五立即将药酒边在伤口上涂抹，边解释说：“开初有点痛，马上止血，过一会儿就好了。”

众人争相观看，毛大嫂的伤，很快封口，不再流血了。卖药酒人：“大家请看，这算是眼见为实了吧？”有人说：“自古有一句话叫作犯法的事做不得，跑摊匠的话信不得，尽是骗钱的。”

庹老五说：“治伤马上见了效，你们还不相信？”有人说：“你的药酒能不能治内伤？会不会毒死人？”庹老五说：“是药三分毒，但是，我的药酒只治病，不会毒死人。”

他从土罐子里舀了半杯酒一饮而尽，然后杯底朝天，问大家：“我没有被毒死吧？”他见大家摇头，又说：“你们哪个把我的药酒拿去，现在不收钱，只要你留个名字就行了。医好了，我二回来拿钱。没医好，二回你踢我的摊摊，我倒赔你的药钱。”

有人问：“你的药酒要多少钱一两？”庹老五：“穷人一个铜圆一两，富人加倍。”有人问：“你二回什么时候来？”庹老五说：“下个月的今天我就来收钱。”毛大嫂：“你能不能教我泡制药酒？”庹老五：“如果是为私人泡制药酒就免谈。”

毛大嫂：“医生，我们要是需要找你，到什么地方找？”庹老五：“最近这几天，我们天天在这里卖药，不会走远。”

总指挥部办公室。毛大嫂：“党代表、总指挥，我们医院缺少治刀枪伤的药，是否可以请药酒师傅来给我们炮制治刀枪伤的药酒？”刘庆庄：“外边的跑摊匠不可靠。”毛大嫂：“他的药酒治我的刀伤立马见效。”唐作俊：“党代表，我看可以请药酒师来帮助我们治刀枪伤。”

刘庆庄：“毛大嫂去把药酒师找来为游击队泡制药酒吧。”

毛大嫂将庹老五、庹老六引进临时医疗所。庹老五、庹老六正在泡制药酒。一个伤员抬了进来，庹老五立即放下手中的活，为伤员治疗：“你是在什么地方受的伤?”伤员：“火烧山。”庹老五：“游击队多少人参战?”伤员：“游击队五百人参加战斗，打死打伤了一百多个白狗子。”庹老五：“你这伤不重，很快就会好的。要不了几天，就能参加下一次战斗了。”

伤员：“太好了。”

庹老五：“知道下一次打哪里吗?”伤员：“下一次打黄桷垭。”

黄志尚团部。庹老六：“报告团座，游击队下一步计划是进攻黄桷垭。”黄志尚：“好。奖你们兄弟十元大洋。你们要继续作好隐蔽，随时将可用情报报告我。”庹老六：“是。”

刘庆庄带领游击队进至黄桷垭，受到敌人伏击，伤亡了不少人。刘庆庄也受伤住院。庹老五十分殷勤地为刘庆庄疗伤。

一个伤兵抬进来，惊奇地问庹老五：“罗医官，你怎么会在这里?”庹老五故作惊讶：“你认错人了吧?”伤兵：“你是川陕护卫军黄志尚团的罗医官，化成了灰，我也认识。”

刘庆庄：“庹医生，你真是罗医官吗?”庹老五：“他要么是认错人了，要么是诚心血口喷人!”刘庆庄：“你受了黄志尚什么使命?”庹老五：“我只是一个跑江湖的卖打药先生，不认识黄志尚。”伤兵：“党代表，别听他瞎编，我们还有好几个人都认识他。”刘庆庄：“你如果真心参加革命，我们欢迎。你如果想到革命队伍里来捣乱，谨防你的脑袋!”庹老五：“我不是罗医官，我是真心参加革命的。”刘庆庄：“好，我们欢迎你参加革命。”

夜晚。庹老五趁夜深人静之际将庹老六约进茅房，诡秘地说：“我们的真实身份被伤兵认出来了，是继续留在这里还是马上脱身?”庹老六：“潜伏的任务没有完成，回去不好交代。”庹老五：“我们干掉党代表，拿着他的人头回去就好交代了。”庹老六：“对，就这么办。”

庹老五、庹老六商量停妥，立即手提短刀，蹑手蹑脚地摸进病房，向刘庆庄头部砍去。“咣当”一声，两人急忙掀开被子，原来是一个洋瓷碗被砍破。唐毛子从邻床跳起，与二人搏斗起来。门外走进几人，点燃油灯，将庹老五、庹老六捉拿捆绑起来。刘庆庄提着一盏马灯走了进来：“老实交代吧，江湖医生。”庹老五、庹老六跪下磕头如捣蒜：“长官饶命，长官饶命!”

刘庆庄：“老实交代你们是什么人？受了什么使命?”庹老五：“我是罗医官，他是陈助理。我们受黄志尚团长之命来到游击队，一是刺探军情，二是寻找机会刺杀游击队领导人……请长官饶命!”刘庆庄：“都交代完了?”罗医官：“罪人不敢再有半点隐瞒。”刘庆庄：“将他们关进牢房，仔细审理。”

烟灯寨。刘大疆领着游击队员以及炊事员、饲养员、卫生员搬运石头：“同志们，敌人就要来攻寨了，现在多搬一些石头，就能多消灭一些敌人。现在多流汗，打起仗来就能少流血。大家加紧干啊!”战士们：“好!”

天蒙蒙亮，敌人开始攻寨，爬到半坡，刘大疆就命令推下大石，砸得敌人喊爹叫娘。敌人在指挥官逼迫下继续上爬。刘大疆给一部分战士一人发一支“勾连枪”：“同志们，等敌人攻上来，一枪捅过去，回手一拉，将敌人拖上来!”

不一会儿，拖上来了两个敌人。有个名叫三娃儿的战士力气小，反倒被敌人拖下去了。刘大疆急忙带领三个战士追下去，将敌人强拉上来。就这样，刘大疆带领战士打退敌人多次进攻，守住了烟灯寨。唐毛子说：“刘处长，三娃儿不是你冲下去将他救回来就没命了。你每次打仗，总喜欢冲在最前面，也很危险啊!”

刘大疆笑哈哈地说：“冲锋陷阵须快须猛，好比从茶壶嘴里倒开水，一点一点往下滴，半天也滴不满一碗，那不行，要揭开茶壶盖子，翻转茶壶，将滚烫的开水猛倒出来才痛快！打仗靠的是勇敢。你胆小了，敌人可就占上风了!”

刘庆庄走上烟灯寨，接着刘大疆的话题说：“刘大疆同志说得好啊！古代一个著名的军事家孙子说过：善战者，其势险，其节短。势如弓弩，节如发机。什么意思？就是刘大疆同志刚才说的要勇敢，要快，要猛！我们打敌人一定要狠！一定要快！一定要猛！才能取得胜利!”众：“对!”

总指挥部会议室。刘庆庄指着地图说：“同志们，今天着重研究打糖坊坝的问题。”

唐作俊：“糖坊坝严重地威胁着根据地的安全，更严重地阻碍着我们游击队向外发展。黄志尚派了一个加强连驻守糖坊坝，不仅人多枪好弹药足，而且用青石加固了石墙和工事，把糖坊坝建成了一个易守难攻的军事要地。

糖坊坝这颗钉子不拔掉，对我们根据地威胁极大。总指挥部决定尽快拔除这颗钉子，谁愿意打主攻?”

刘大疆见大家一时沉默不语，拍案而起：“他妈的，我就不信打不下糖坊坝！我去打主攻！如果我带去的支队打得只剩一个营了，我当营长，剩一个连，我当连长。我们全支队拼光了，我刘大疆血流干了，无怨无悔，对得起党和巴山的父老乡亲们!”

刘庆庄：“刘大疆同志的革命精神值得提倡和发扬！但是，打仗不能光靠勇敢，还要用智慧。要多动脑筋，尽可能多地消灭敌人，尽可能多地保存自己，尽量减少不必要的牺牲。只有这样，革命队伍才能不断发展壮大。”

刘大疆：“我刘大疆说话虽然粗鲁，做事虽然鲁莽，但是，我会像爱惜自己的生命一样爱惜战士们的生命的!”刘庆庄：“这样才是一个好的革命领头人!”

刘大疆率领大部队走到糖坊坝前，只见石墙高耸，工事林立，便命部队埋伏起来。他带着二十个勇士，以极快的速度奔向糖坊坝后山。走到后山脚下，只见陡峭的石岩如刀劈斧削，要登上后山，必须攀越四丈多高的悬崖。刘大疆仔细搜寻，不见上山的路径，只见悬崖上长着一株绛香藤。刘大疆低声问：“谁能顺着这绛香藤爬上山去?”

万顺：“支队长，我从小给地主放牛砍柴，爬树爬崖是家常便饭，可算得上是爬山好手。我请求第一个攀上悬崖为大家开路。”刘大疆看着身轻如燕、灵活似猴的万顺，点点头：“好，你要多加小心。”

万顺将绳子缠在腰间，一个箭步，纵身一跳，抓住了绛香藤，两手迅速向上移动，很快就爬到了半崖之上。他伸长脖子长长地喘了一口气，又一鼓作气爬上了山顶，然后迅速放下绳子。刘大疆抓住绳头用猛力试一试，确信牢固以后，命令战士拉着绳子往上爬。二十个勇士全上去了。刘大疆命令战士穿上川陕护卫军服装，深入到糖坊坝腹地埋伏起来。凌晨，刘庆庄、唐作俊率游击队从正面向敌发起攻击。敌人凭借坚固的工事和战壕拼命反击，猛烈的枪弹打得石头飞溅起朵朵火花。正面进攻受阻。刘大疆率队从后面杀向敌人，边冲锋边射击。敌人受到背后的突然袭击，晕头转向，不知所措。刘大疆带领战士们将手榴弹甩进敌人的堑壕，炸得敌人血肉横飞。敌人的机枪被炸哑，刘庆庄、唐作俊立即率领游击队发起冲锋。在前后夹击下，敌人的工事被攻破。敌连长不得不带领少部分人员仓皇逃走。刘庆庄、唐作俊和刘大疆胜利会师，欢庆胜利。刘庆庄说：“同志们，攻占糖坊坝是游击队勇敢的胜利，更是智慧的胜利!”

游击队攻占了糖坊坝，立即破仓分粮。全场老百姓一片欢腾。

永定城。潇潇夜雨。几处若明若暗的路灯，恍若坟场磷光发出幽灵般光，令人不寒而栗。川陕边区绥靖督办公署礼堂紧锣密鼓，琴声悠扬。黄吉城最爱看的川剧《韩信拜将》正在演出。黄吉城看得如痴如醉，不时随着音乐的节奏，轻轻地用手指叩击着椅子。他十分欣赏韩信的足智多谋。他原来最崇拜汉王刘邦，一心想像汉王那样立不世之功。可是，时运不佳，几次登上都督宝座又瞬间跌落下来。他想，老天不让自己做一代开国君王，做个韩信封王那样的蜀王也不错。现在连作蜀王的希望也十分渺茫，做个巴山王也何尝不可？于是转变崇拜对象，崇拜起韩信来了。他如痴如醉地看着想着，把自己当成了韩信再世。正当韩信平步青云，缓缓登上拜将台之时，钟诚厚疾速走到他的身边，耳语几句。他强压怒火，不得不怅然离开剧场，匆匆走进督署办公室。刘积良迎了上来："督座，黄志尚有紧急军情报告!"

电话铃声骤然响起，黄吉城拿起听筒，里面传出急促的声音："报告督座，我是九团团长黄志尚，向您报告紧急情况：昨天晚上，我团张盛荣连奉命到关帝庙查缉清乡，遭到川东游击队袭击，死三十一人，被俘三十七人，损失长短枪支五十七支。张盛荣仅带回二十二人!"

黄吉城："查清楚游击队的领头人了吗?"黄志尚："查清楚了。游击队的领头人是唐作俊、刘庆庄、唐志书等人。"黄吉城："唐作俊、刘庆庄等人真的公开造反了?"黄志尚："请督座尽快派大军前来镇压。"

黄吉城气咻咻地吼道："真是一群无用的混蛋！堂堂正规军竟被泥腿子打得一塌糊涂！你是怎么处理张盛荣的?"黄志尚："我已将他关押起来！请督座大人发落!"黄吉城："将张盛荣放出来，让他戴罪立功!"黄志尚："这个——"黄吉城："将他降为排长以示惩戒。"黄志尚："是!"

黄吉城："我将派大军前来剿赤，大军到来之前你必须先给我顶着！否则军法从事!"黄志尚哭丧着嗓子："督座，您知道我这个团人员不足，装备也差，战斗力弱啊。"黄吉城："你无论如何要先给老子顶住！我马上派大军前来剿灭赤匪!"黄志尚："是!"黄志尚放下电话："传张盛荣!"张盛荣被押进连部："报告！团座千万饶我一命，我上有老母，下有小儿，我死之后，谁管他们啊?"

黄志尚上前解开绳索："你听着，督座本要杀你，是我向督座苦苦求情，督座才发了善心，赦免了你的死罪，将你降为排长，给你一个戴罪立功机会。"

张盛荣连连磕头：“谢督办大人不杀之恩，谢团座救命大恩。我张某誓作剿赤前驱，赴汤蹈火，在所不辞！”

督办公署办公室。黄吉城放下电话，刘积良急忙问：“督座，您准备派谁去剿赤?”

黄吉城思索了一阵：“现在必须起用上进心强的人，才肯在危难之时挺身向前！派何忠辰团长去！”刘积良：“何忠辰团长？他一个团长怎么能协调与他同等军阶的团长，怎么能驾驭前方剿赤军队?”

黄吉城：“他是一个上进心极强的人，早就想升为路司令，现在就给他这个立功晋职的机会。他一定会尽心尽力的。”刘积良：“无功不受禄，恐怕就这样将他升为路司令，众人也不服啊。”

黄吉城：“当然不能随随便便就让他升为路司令。”刘积良：“督座的意思是?”黄吉城：“你有什么好办法?”刘积良：“我看现在只能给他个三路代理司令职位，等剿赤立了功，才升为正式的路司令；如果打了败仗，不仅不能退回去当团长，还要给他重重的处罚。这样才能使他尽心尽力为督座卖命!”

黄吉城：“还是参谋长想得周到。这个办法好。令他时时刻刻加倍小心，不敢稍有懈怠。不过，虽然是代司令，升职仪式一定要搞得十分隆重，使他感到十分荣耀，没有退路!”

刘积良：“督座老谋深算，驾驭人的手段十分纯熟，佩服，佩服!”

洋鼓敲响，军号齐鸣。川陕边区绥靖督办公署礼堂门前，彩旗飘扬，军乐队排列整齐，演奏着得胜曲。仪仗队持枪行注目礼，迎接黄吉城、刘积良等一批高级官员入场。场中早已坐满了中下级军官、地方知名绅士及五老七贤等头面人物。礼堂上方挂着“三路司令授职暨剿赤誓师大会”条幅。黄吉城在刘积良等高官的簇拥下，健步登上主席台。刘积良挥手让乐队停止演奏后，高声宣布：“三路司令授职暨剿赤誓师大会现在开始，请督办大人训话，大家鼓掌欢迎!”

黄吉城走到台前，高声讲道：“女士们，先生们，政府官员和社会名流们，全体川陕护卫军将士们：今天在此举行三路司令授职暨剿赤誓师大会，愤怒声讨赤匪在福源坝发动泥腿子闹革命！前天晚上，赤匪袭击我一个连，杀死了我三十一名官兵，掳走了我三十七个官兵，造成了极坏影响！赤匪猖獗是我等极大的不幸!”刘积良振臂高呼：“剿灭赤匪，保境安民!”

众人一齐响应：“剿灭赤匪，保境安民!”

黄吉城：“有人说，赤匪就那么几支破枪、几把砍柴刀，不值得害怕!

对，赤匪不值得害怕！但是，我也要告诉大家，对赤匪绝不能掉以轻心！古人说，风起于浮萍之上，我们必须见微而知著。现在湖南、广东等省赤匪猖獗，占据州县不少。大家不要认为，赤匪只不过是在乡间打家劫舍而已，成不了什么大气候。我要告诉大家，赤匪与打家劫舍的土匪完全不同：土匪只掠夺财物，杀人越货，没有长远目标，成不了大气候！赤匪有明确的奋斗目标，就是他们自己宣称的要砸碎旧世界，解放全人类！也就要推翻现有社会秩序，建立他们设想的社会秩序！赤匪有实现自己目标的一整套办法，也就是带领泥腿子闹革命！我们在这里所有的大小官员、乡间一切地主豪绅都是他们要打倒之人！社会上一切有钱人，都是他们的革命对象，都是他们要打倒的人，我们不奋起保卫我们的文明生活怎么行？”刘积良高呼：“消灭赤匪，保卫文明生活！”

黄吉城：“要消灭赤匪，大家必须共同努力，有钱出钱，有力出力！”刘积良高呼：“消灭赤匪，共同努力，有钱出钱，有力出力！”

黄吉城：“现在立即征收剿赤捐，同时欢迎有识之士捐钱捐物，支持剿赤！”刘积良高呼：“捐钱捐物，支持剿赤！”

台下人交头接耳：“原来是要我们交剿赤捐、捐钱捐物啊！”

刘积良：“大家不要顾你那几个钱，剿灭不了赤匪，你们的钱都保不住，大家都活不成！”

黄吉城：“为了加强前方剿赤统一指挥，本督办命令：授何忠辰团长少将军衔，任命何忠辰团长为三路代理司令，统率三团人马前去福源坝剿赤！现在颁发委任状！授印，授旗！”刘积良将军衔和路司令委任状递与黄吉城，黄吉城授给何忠辰。何忠辰郑重敬礼，接过委任状：“谢督座栽培！”刘积良将大印、军旗递给黄吉城，黄吉城授给何忠辰。何忠辰举印过头，然后挥舞军旗。全场欢声雷动。

黄吉城：“现在，我想起了汉王拜韩信为将的故事。本督办对何忠辰将军寄予厚望，川陕边百姓对何忠辰将军寄予厚望，希望何忠辰将军受命于危难之际，不负本督办和川陕边父老之重托，马到功成，剿赤载誉而归！”何忠辰：“末将此去一定尽心尽力，不负督办大人之托！不负川陕边父老之重托！”

黄吉城从腰带上取下一把手枪赠予何忠辰：“这是一把刚从上海购回的德国最新制造的勃朗宁手枪，是我随身携带的心爱之物，现在将它赠予你。你用它去号令三路将士，谁不尽心尽力剿赤，你可用此枪随时随地毙了他！”何忠辰双手接过：“是，末将遵令！”黄吉城：“今日特设午宴为将军壮行！”

何忠辰："督办大人对末将如此礼遇，末将当肝脑涂地以谢督办大人知遇之恩!"

督办公署宴会大厅。华灯雪亮，乐队奏鸣，鞭炮爆炸，一派喜气洋洋。黄吉城特将何忠辰安于自己左边入席，以示尊重。黄吉城举起酒杯："各位将士，大家共同举杯，为何将军荣升军衔，荣任三路代司令职，举杯同贺，干杯!"众："干杯!"

何忠辰："末将受督办大人如此礼遇，感到荣幸之至！此生即使肝脑涂地，也难报督办大人大恩于万一！此去剿赤，不达目的，誓不回还!"

盛宴之中，杯觥交错。黄吉城大声讲道："我观察福源坝赤匪中，张大洲最知兵。何将军曾作张大洲副官，对张大洲用兵之道当为熟悉。现在我还送你一件剿赤利器，就是兵家宝典《孙子兵法》和《三十六计》，请将军仔细阅读，临阵发挥，定能创下剿赤辉煌业绩!"何忠辰双手接过宝典，激动万分，眼中流出热泪："督座是末将的再生父母，苟能在剿赤大业中建功立业，皆是督办大人一手栽培和指点之恩！末将绝不敢忘!"黄吉城："古人说，攻心为上，攻城为下。将军此去，当以剿抚兼施之策为本，切不可只图大砍大杀痛快为是!"

何忠辰："听从督座大人教诲。不过，末将认为，赤匪以抗租抗粮、打富济贫、打豪分田争取民众，我们很难找到对抗之策。"黄吉城："从表面看，我们的确很难找到对抗之策。但是，我们要看清赤匪凭的是什么在同我们斗?"黄吉城停顿下来，意思是想让大家回答。可是，众人面面相觑，不知道该如何应答。黄吉城停顿片刻，矜持地讲道："大家知道，赤匪要枪没枪，要刀没刀，赤匪凭的是人多势众在同我们斗。赤匪用的是抗租抗粮、打富济贫、打豪分田这一根本手法来控制民众。我们打仗，不能从正面进攻怎么办？必须迂回作战。我们不能从正面同赤匪对抗，完全可以采取兵法上常用的声东击西之法进行对抗嘛。我们如何控制民众？我们完全可以用我们所控制的政权，加强团防和保甲建设，道路设卡，行人发通行证，严密控制城镇乡村的民众，使共党控制不了民众，共党便没有活动之地。"众人听完黄吉城侃侃而谈，如梦方醒，热烈鼓起掌来："督座高明!""督座睿智，非我等所及!"何忠辰："督座这样精心设计，严密管理民众，赤匪将无计可施，我们川陕边可以无忧矣。"

一团团部办公室。办公桌上摆放着任命书、大印、军旗。何忠辰拿起军旗："大家请看，这是督办大人亲自授予我们三路的军旗!"大家称赞："这下子好了，我们在川陕护卫军中也是独树一帜了。”

何忠辰拿起任命书，双手举过头：“大家请看，这是黄督办大人的亲笔手令：令一团团长何忠辰为三路代理司令，立刻率领三团人马到福源坝查缉清乡！各位营连长：这是督办大人给我团晋升的一个极好机会！我何某晋升了，你们自然都可以向上挪动挪动！我何某上升不了，你们谁也别想向上挪动半步！大家听懂我的话没有？”

一营营长温良厚：“团座，您的话我听是听懂了。您禄位高升值得庆贺！只是，这赤匪的头可不是好剃的啊。”几个营连长都急着表示赞同意见：“是啊，赤匪的头难剃啊。”

何忠辰：“什么是不是？什么难剃不难剃！再难剃也得剃！听老子的！别说那些没志气的话，就是上刀山下火海也得去！”众：“听司令的！”

何忠辰带着队伍星夜向福源坝赶去。一些士兵埋怨说：“像这样的赶法，走拢福源坝，赤匪没打着，我们就先倒了！”“赤匪不开枪，我们早趴地上了。”何忠辰拿出黄吉城亲自佩戴过的手枪大声呵斥：“哪个敢在这里动摇军心，老子就用督办大人授予的这支手枪毙了他！”

队伍鸦雀无声了，何忠辰带着队伍，沿着潜水河，像一条蠕动的巨蟒，踏着山路，发出刺耳的沙沙声，跌跌撞撞地向福源坝开进。何忠辰看着枪炮闪着寒光，想到自己即将取得辉煌战绩，即将佩上闪闪发光的将星肩章，不由自主地微笑了起来。他高声下令：“快速前进！”

参谋：“司令，我们走快了，后勤跟不上啊！”何忠辰：“等什么后勤？走到哪里吃哪里！老百姓的粮食、猪牛羊鸡鸭鱼哪样没有？”参谋：“我们还是不要骚扰老百姓为好。”何忠辰：“为了剿赤大业，哪里顾得了那么多？”

第十章

游击队不扰百姓　阐道理凝聚人心

二月春风似剪刀，既可剪裁花朵，也刺得人肌肤生痛。天还没亮，马桑村保长唐文尧的狗腿子就“咣咣咣”地敲响了破锣，哭丧似地大声吼道：“大家听着，今天赤匪要来马桑村。保长有令，大家全部上山躲起来。任何人不准违抗命令！不上山躲藏的，一律以通匪论处！”

村民们听了以后，都吓掉了魂似的，既怕“赤匪”来了杀人放火，又怕“通匪”这个罪名吃不消。于是，家家户户呼儿唤女，扶老携幼，左邻右舍互相呼叫，成群结队地迅速上山避难。村民们去到山上躲藏起来，既不敢生火做饭，又不敢冒烟取暖，在瑟瑟寒风中打发着时光。好不容易熬到太阳下山，天快黑了，人们又饿又困，还不见有什么动静，便纷纷议论起来：“哪有什么赤匪哟。”“肯定是保长在捣鬼，吓唬我们的。”胆大的刘大娘说：“怕啥子，走，回家去！”人们刚刚开始动身，突然有人手指山下惊叫道：“来了来了！”

大家一齐往山下看去，果然有大队人马往马桑村开去了。大家惶恐不安，小孩也顿时停止了哭闹。刘大娘叹了口气说：“哎呀，我们村这次不晓得又要被糟蹋成什么样子了啊！”

早春的夜晚寒气袭人，人们在山上冻得磕牙发抖，但是，谁也不敢烧火御寒。人们心情不安地熬过了漫漫寒夜。天刚破晓，有人喊道：“大家快看，那支队伍开走了。”

村民们见队伍撤走了，纷纷下山回家。走进村里，只见房屋的墙壁、柱头上贴满了“打倒军阀团阀！”“打倒土豪劣绅！”“实行自种自收！”等红绿告示。大家连忙回到家里去查看损失了些什么财物，只见房门上铁锁原样未动。村民们见没有一家房门被撬，落下了心。刘大娘急打开锁，推开房门时，只见门槛里面地上有一个小纸包，捡起来一看，纸包里包着三块大洋和一张小纸条。刘大娘不识字，急忙拿去找教过书的唐老先生认。唐老先生戴上老花眼镜念道："老板，我们烧了你家门外几捆柴，留下三块大洋作赔。游击队。这真是仁义之师啊！"

刘大娘高兴地大声喊道："大家快来看啊，这支军队烧了我的柴赔了三块大洋！"

村民们听了，一齐围拢来，有的看看银圆，有的看看纸条，大家齐声叫好："这个军队太好了！烧点柴还赔这么多的钱！""从来没有看到过这么好的军队！"

唐林手里拿着一张纸条，飞快跑来："唐老先生给我看看这写的是些什么？"唐老先生高声念道："老板，我们吃了你家萝卜二十五斤，青菜二十斤，留下五块大洋作赔。游击队。"

唐朝金发疯似的边跑边说："它还在呀，它还在呀！"唐林上前拦住他："兄弟，什么它还在呀？"

唐朝金："我家有一头百多斤重的大肥猪，昨天早晨上山时我来不及牵走，上山后，我一直欠心挂肠，担心会被'赤匪'给我杀掉吃了。我跑回家首先跑到猪圈一看，肥猪还安然地躺在猪圈里睡得很香，猪槽里还剩有'赤匪'帮我喂猪的猪食。你说这样好的'赤匪'哪里去找得到啊！"

唐老先生："以前军队和土匪到这里来了，见吃得的东西就吃，拿得走的东西就拿，真是鸡犬不留。这支游击队吃了东西拿钱，烧了柴火也拿钱，只有古代的帝王之师才办得到啊！"

众："游击队就是帝王之师啊！""这支游击队比帝王之师还好啊！"

这时，七十多岁的唐梓树，拄着拐杖，弯腰驼背地走了过来。人们围了过去，关切地问道："老人家，你没有上山，见到'赤匪'了吗？"

唐梓树："'赤匪'哪里是'匪'啊，他们是世界上最好的好人！昨天，你们都上山躲藏去了。我想我活了七十多岁了，行动不方便，也不怕死了，便没有跟你们一路上山去躲藏。他们进村以后，见家家关门闭户，不见人影，便都坐在地坝里休息。晚上天冷，他们烧了几堆火，七八个人围着一堆火取暖过夜。我开初躲在自己的柴垛里不敢见他们。晚上又冷又饿，实在熬不住了，心想，就是死也不当饿死鬼！我麻起胆子烧火煮饭。突然，一个'赤匪'敲开我的门对我说：'老大爷，把你的屋子借一间给我们党代表住一晚上好不好？'我见他没有一点强迫的意思，便答应了。我跟着他一起去接他们的党代表，可是党代表不愿意来。党代表亲切地对我说：'谢谢你，老人家，战士们都露营，我也不能例外。我就不来打扰你了。'我说：'我把邻居的门都打开，让你们全部都到屋子里去住嘛。’党代表还是摇头：‘主人不在家，没有得到主人的允许，你不能去打开他的门。’我和那个‘赤匪’反复劝他们的党代表到屋里休息，党代表摇摇头，严肃地说：‘这里的人民，过去被反动军队糟蹋得太苦了，他们不了解我们游击队是人民的军队，哪能不经主人允许就随便进驻人家的屋呢?’他们把我扶回家，又转向火堆走去。我望着这群‘赤匪’这么关心尊重老百姓，激动不已，一整夜都没有合眼。”

大家听完唐梓树老人的叙述，都十分惋惜地说：“你该喊我们回家嘛，我们也见见党代表多好!”“我们回家了，大家都不会挨冻受饿了多好!”

川陕护卫军三路司令部。何忠辰：“今天召开团营连长大会，宣布督座组建三路和剿赤的命令！本人不才，受督座大人高看，委为三路代理司令，将同大家共担剿赤重任。这是督座给予我们建功立业的一次极好机会，又是对我们的一次严峻考验。在座诸位兄弟，对如何完成剿赤重任，有何高见?”

黄志尚：“热烈祝贺何司令高升。本团全体官兵愿听从司令调遣，共建剿赤伟业！至于如何完成剿赤重任，卑职不敢有所建言。”

何忠辰：“黄团长应振作志气，不要因为关帝庙一战失利就丧失了剿赤的胜利信心。”

张盛荣：“本连在关帝庙失利，给全团蒙羞，深感愧疚！不过，我要告诉在座诸君，赤匪非一般绿林山贼之辈！稍有不慎，就会招致灭顶之灾!”

熊吉伟营长嘴角露出一丝假笑：“张盛荣不必一朝遭蛇咬见了绳子都害怕。量他黄泥腿子成不了多大气候!”

黄志尚轻视地看了熊吉伟一眼：“听说赤匪中有几个黄埔军校的高材生，决不可等闲视之!”

张盛荣：“一般绿林山贼只不过是逢财就抢的贪财之徒，哪里提得出什么‘打豪分田’的口号？哪能把穷困潦倒之人聚于自己的旗下?”熊吉伟：“看不出你对赤匪研究如此之深。佩服！佩服!”

何忠辰：“大家都要看清楚，我们剿赤，绝不是打土匪山贼那么容易。因此，剿赤必须动脑筋，这是一场既要武又要文的特殊战斗！我已思考了一整套的剿赤办法：首先是学习古人‘刑乱用重’的办法，也就是大砍大杀地进行清剿，才可震慑被赤匪裹胁之人！其次，是学习古人‘剿抚兼施’之策，对被赤匪裹胁之人，施以恩惠，收买其心。这就叫作恩威并重！只有这样才能收到四两拨千斤之功效!”黄志尚：“司令精通古今治理之术，定能建立剿赤不世之功!”

何忠辰：“先必须用武的办法剿赤，也就是古人说的‘大张挞伐’。一、二、三团团长听令：一团到福源坝，二团到唐家坝，三团随我到关帝庙乡查缉清乡！对可疑之人抓住一个杀一个，使他们听到你们都感到害怕！一阵大砍大杀之后，再对民众进行安抚，让他们知道遵章守纪、唯命是从、小心谨慎当顺民的好处！从而达到剿抚有成的目的！你们听清楚没有？”

众：“听清楚了！”何忠辰：“用什么能证明你们剿赤的功劳呢？只有用赤匪的人头能证明你们剿赤的功劳。你们必须将所杀之人的人头割下来，送到路司令部，才能领到奖赏！”众：“是！”

何忠辰指挥的三路大军浩浩荡荡分别向福源坝、唐家坝、关帝庙而去。山野里，不时冒出烧房的火焰。大山深处，不时传来妇哭子啼的惨痛叫声：“你们不能乱杀人啊！”“老天啊，救救我们老百姓啊！”

山道上，不时押出被捆成一串一串的农民。孩子哭叫：“你们不要抓走我的爹爹！”

潜水河边。游击队指挥部。逃到潜水河的民众纷纷向唐作俊、刘庆庄哭述何忠辰的罪行。刘庆庄一拍桌子：“选择敌人较为软弱的一支队伍，找个比较好伏击的地方，狠狠地打击何忠辰这条杀人不眨眼的疯狗！”唐作俊：“黄志尚团一支较为软弱，正向檬子垭山地而来，我们可以到那里去伏击敌人。”刘庆庄：“好，到檬子垭山地伏击白狗子！”

檬子垭是山峦起伏中的一个险要路口，也是黄志尚团进攻唐家坝的必经之路。刘庆庄、唐作俊带领游击队在檬子垭附近几个山头布下伏兵，然后对刘大疆说：“你带一支军队，打着红旗大张旗鼓地去进攻黄志尚团部，将敌人引出营房后便迅速向我们这里撤退。”刘大疆：“好，保证完成任务。”

黄志尚率领全团向前行进，突然遭到刘大疆所带游击队的攻击。交战不久，刘大疆便带着游击队退却。黄志尚见游击队人数不多，便大声命令：“赤匪人不多，大家勇猛杀敌，争取建首功，得大奖！杀啊！”

黄志尚率部拼命追赶。山势越来越险。参谋对黄志尚说：“团座，此处地形复杂，不宜猛打穷追！谨防游击队在这里设下埋伏！”

黄志尚：“这是游击队的一支小部队，游击队行踪难寻，现在找到了他的一支小分队，正好趁此机会消灭他们！大起胆子给老子追！”黄志尚一路追赶，没有遇到多大抵抗，更是意得志满地吼道：“大家快点追，消灭了这股‘赤匪’，老子给重赏！”

刘大疆登上檬子垭口，将红旗绑在一根树桩上，十分耀眼。黄志尚远远地看着红旗："大家听着，谁先拿到这面红旗，奖五百大洋!"白狗子一听，兴奋起来，向红旗处猛烈开枪，个个争先向红旗爬来。刘大疆居高临下，待敌人接近红旗时，一声令下："打!"

刘大疆带领埋伏在制高点的游击队利用地位优势一齐向敌人开火，霎时，黄志尚团的兵士便倒下一片。士兵们纷纷抱头鼠窜。黄志尚挥舞手枪："不准后退，攻上制高点，夺取红旗就是胜利!"

但是，黄志尚控制不了混乱局面，士兵们仍然四下乱窜。黄志尚正手足无措之时，埋伏在附近几个山头制高点的游击队员，在刘庆庄、唐作俊指挥下，一齐开火，同时竖起红旗。游击队员高喊："白军弟兄们，你们被包围了，赶快投降吧，我们受苦人不打受苦人！掉转枪口参加游击队!""缴枪不杀!"不少人缴枪投降。

黄志尚在参谋的搀扶下，混入溃逃的兵士中逃回团部，喘息未定，急忙下令："清点伤亡人数和损失的枪支弹药!"副官："报告团座，此战，我军损失步枪一百四十八支，伤亡一百〇五人。"

黄志尚："向督座报告，首战告捷，缴获赤匪步枪五十支，俘虏三十人。"副官："我们缺员咋个办?"黄志尚："赶快抓青壮年补充!"副官："是!"

檬子垭。刘庆庄、唐作俊、刘大疆胜利会师。指战员们欢呼雀跃庆祝胜利。刘庆庄："同志们，白狗子比我们武器好，人数多，我们不能同他硬碰硬！我们只要用智慧、用巧力就一定能战胜敌人!"众："对!"

唐作俊："我们今天为什么能战胜敌人？一个是很好地利用了地理优势，一个是设了埋伏。今后我们必须多设疑兵，巧妙地打击敌人，才能取得更多更大的胜利!"众："对!"

指挥部办公室。刘庆庄："黄志尚团遭到惨败后，恐怕一时难以在这个方向对我发动大规模进攻。我们乘此机会在这一带抓紧时间打击地方土豪劣绅如何?"唐作俊："正合我意。"

唐毛子走进办公室："报告党代表、总指挥，龙凤乡农协代表求见。"刘庆庄、唐作俊："快请他们进来!"

几个代表走进办公室，七嘴八舌地说："游击队的长官，我们龙凤乡恶霸秦玉伦横行乡里，无恶不作，强行加租加压，吊打交不起租押的农民上百人。现在，他购买汉阳夹板枪三十多支，强迫三十多个农民给他当家丁，白天下地干活，晚上轮班为他守夜。我们请求游击队为我们除掉这一霸!"刘庆庄："总指挥，你看谁比较熟悉那个地方?"

唐作俊："罗翥鹏同志比较熟悉那个地方。好，就派他带队去消灭这个恶霸!"

罗翥鹏带着一支小分队，随农协代表走到秦玉伦家院子附近埋伏起来。秦家大院有高大石墙护卫，十分坚固，不易从正面进攻。大院门前两个背枪的家丁威严地站立两边，门上彩灯高挂，寿联刚刚贴上。一些坐着滑竿的人被迎进大院。罗翥鹏问农协代表："秦家是在干啥?"

农协代表："啊，今天是秦玉伦的五十寿辰，正在办酒庆生。"罗翥鹏："走，我们也去喝寿酒。"

农协代表找来一乘轿子，罗翥鹏坐上轿子，抬起礼物，随祝寿宾客一起进入大院。农协代表分头作秦玉伦家丁的工作。罗翥鹏走到秦玉伦跟前掏出手枪，顶住了他的脑袋："秦大老爷，随我们走一趟!"

秦玉伦惊慌地问："你们是什么人?"罗翥鹏："川东游击队!"

秦玉伦："家丁们快动手!"罗翥鹏："谁敢动手就打死谁!"

秦玉伦的一个贴身家丁正要掏枪，游击队员眼疾手快将他击毙。秦玉伦跪地求饶："游击队的好汉们，你们要什么，尽管说!"

罗翥鹏："交出银圆一万元，将家中的粮食财物分给当地贫苦农民。若有向贫苦农民反攻倒算行为，我们随时要来取你的狗命!"秦玉伦："在下不敢，在下不敢!"

游击队员喊来附近贫苦农民，分走了秦玉伦家的粮食财物。罗翥鹏待贫苦农民散去后，带着一万银圆和游击队员走出秦家大院。三十多个被迫当家丁的贫苦农民在农协代表的带领下一齐参加了游击队。

三路司令部。何忠辰："各团报告剿赤情况。"黄志尚："我团取得首战胜利，杀了三十个赤匪，缴了五十支枪。"一团团长："我团损失了二十三个兄弟，丢了三十支枪。"二团团长："我团损失了十个兄弟，丢了十二支枪。"何忠辰："胜负相抵，我军略败。大家说，下一步怎么办?"黄志尚得意地说："寻找游击队主力决战。"何忠辰："我命令！全路集中主力，寻找游击队主力决战!"

游击队总指挥部。刘庆庄："同志们，何忠辰刚当上三路代理司令，急于建功立业，率领三团人马，气势汹汹地向我们根据地杀来，好向主子黄吉城报喜。我们选取他的软肋，在檬子垭狠狠地揍了黄志尚一下，取得了反击何忠辰清剿的主动权。何忠辰首次出师不利，一定会集中力量寻找我们主力决战。我们下一步更要选取一个地势更好的地方打击敌人，在哪个地方为好?”唐作俊：“黄桷垭是个伏击敌人的好地方。”

黄桷垭是唐家坝、关帝庙、胡家坝三乡的交界地。山高、坡陡、林密。唐作俊、刘庆庄带领游击队在山头上布置好伏兵，专等敌军到来。早晨，温良厚营趾高气扬地从关帝庙出发，像一条长蛇直奔黄桷垭而来。游击队战士睁大仇恨的眼睛盯住敌人的一举一动。敌人进入伏击圈，唐作俊扣动扳机，将仇恨的子弹射向敌人。顿时，枪炮齐鸣，喊杀声震天动地。温良厚营被打得晕头转向。唐作俊、刘庆庄乘机率领游击队战士冲向敌人：“缴枪不杀!”

一阵短暂的混乱之后，温良厚组织疯狂反扑。顿时，阵地上刀矛晃动，枪弹横飞。温良厚指挥军士凭着火力强盛，拼命反击，左冲右突，妄图撕开一条口子，但始终冲不出游击队的包围圈。温良厚脱下军官服，穿上死尸身上脱下的士兵服，跳进水潭，游到下游，逃回关帝庙，走进路司令部，在何忠辰面前哭诉：“报告司令，卑职有愧司令栽培，今全营折戟黄桷垭，羞愧难当。请司令处罚!”

何忠辰扶起温良厚：“全营三百多人就你一个人回来了吗?”温良厚：“就我一个人逃得性命。”院中突然冲进来几个伤兵抓住温良厚：“温良厚营长，你好狠心，战斗激烈之时，你只顾自己逃命，丢下全营兄弟不管，使我们死了二百多个兄弟，还命来!”温良厚：“兄弟们饶命，我是在实在无力抵抗的时候，才逃回来向司令报告前方情况的。”

何忠辰：“你们几个是怎么回来的?”伤兵：“我们被俘以后，刘庆庄问我们愿不愿意参加游击队？我们说不愿意，他就给我们每人发了两块大洋作路费回家。”

何忠辰：“温良厚，你有什么话说?”温良厚磕头如捣蒜：“司令，念我跟随你多年，饶我一命!”何忠辰掏出手枪：“临阵脱逃，我饶得了你，督办大人可饶不了我!”

一声枪响，结果了温良厚性命。何忠辰走到伤兵面前：“你们有什么话说?”伤兵：“司令，让我们养好伤再为你冲锋陷阵!”何忠辰：“收受匪钱，动摇我军心！投降变节之人，留下何用?”他连开几枪将伤兵杀死。何忠辰大喝：“任副官，将处理温良厚等人这件事立即通报全路：阵前不用命者死！收受匪钱者死!”任副官：“遵令!”

何忠辰：“传我命令，郝炬光营立即进攻福源坝！郝炬光营长，你要特别注意，我军前往福源坝必须经过断魂垭，那里的地势十分险要，你们一定要小心谨慎地通过断魂垭，切不可疏忽大意中了敌人的埋伏！”郝炬光：“是！”

游击队总指挥部。唐作俊：“据可靠情报，何忠辰已派大军进攻福源坝，正向断魂垭袭来。断魂垭山势陡峭，是个伏击敌人的好地方。”刘庆庄：“好，这个机会不要错过，我们就到断魂垭袭击何忠辰！”

断魂垭。中河从崇山峻岭中奔腾而来。两岸山势陡峭，石壁夹岸，沿河一条大青石板路是何忠辰大军进攻断魂垭的必经之路。刘庆庄、唐作俊率领游击队来到断魂垭，仔细观察地形，决定在进攻、退守、撤离都很方便的大路旁山腰上设下埋伏，袭击敌人。罗翥鹏率游击队埋伏在山腰，庞昭带领土炮队埋伏在北岸山头。

郝炬光带着自己的一营人缓缓踏上中河岸边通往断魂垭的大青石板路，小心翼翼地向前行进。先锋排、主力连队走进了峡谷。后卫连队横挎着枪，没精打采地跟了上来。一些人吹着口哨，悠闲地走着。敌营全部进入伏击圈后，唐志学举起手枪，高喊一声：“打！”

游击队的檑木滚石从天而降，砸得敌人哭爹叫娘，四下躲藏。游击队土枪、土炮一齐开火，打得敌人溃不成军，不少人跳进河沟，猫着腰逃窜。郝炬光得知后卫连遭伏击后，立即命令部队返回救援。但是，山陡路窄，士兵们拥挤不通，根本无法展开队形投入战斗。

兵士被迫向游击队发起反击。郝炬光凭着强大的火力，沿中河向来路退去。刘庄庄、唐作俊等追击一阵，缴获了不少武器。看着郝炬光营退出河谷，刘庆庄懊悔地说：“可惜谷口没有设下伏兵，不然，完全可以将敌人的这个营完全歼灭！”唐作俊：“我们消灭了不少敌人，缴获了一百多条枪和不少的弹药，完全可以乘胜收兵了。”刘庆庄：“也只好这样了。大家抓紧时间打扫战场，分路撤回根据地！”大家高高兴兴地收拾着战利品。

唐志学带着游击队员迅速撤出战斗。他们冒着寒风，披着昏暗的月光，行至张家坝，已是午夜时分。大坝静寂无声，只有猫头鹰偶尔一声凄厉的叫声打破午夜的寂静。坝中一座高楼上透出昏黄微弱的灯光，告诉人们楼上还有人未能入睡。唐志学：“同志们！这里驻有团防一百多人，我们趁夜深人静，去消灭了这个团防好不好？”众：“好！”

游击队悄悄包围了团防局楼房。摸掉团防局岗哨，走上楼去。团总唐孟正和几个人打麻将。唐志学一脚踢开大门：“不许动！”

唐孟立即跳出窗外，逃进了山林。唐志学开枪，未能击中唐孟，但是枪声惊醒了团防局。团防大队长李章立即带着妻子和中队长罗友退到对面楼上抵抗。唐志学带领游击队与敌激战。李章等用手中意大利驳壳枪向游击队猛烈射击，打死打伤了几个向楼上冲击的游击队战士。唐志学急红了双眼，正在寻思对策，突然，有人高喊："烧死他！烧死他！"唐志学一挥手："好！"

愤怒的火把抛上楼房，顿时燃起冲天大火。李章、罗友等慌忙持枪跳下楼房，妄图逃跑。游击队高喊："杀死他！"

几把明晃晃的大刀一齐砍去，李章、罗友等顿时人头落地，结束了罪恶的一生。游击队高喊："团防局的穷苦兄弟们，团防大队长李章已被我们消灭，我们穷人不杀穷人，欢迎你们参加游击队！"顿时，团防局的团丁高喊："我们愿意参加游击队！"

东方发亮，唐志学带着游击队迎着朝阳，唱着胜利的歌曲向游击根据地归去。

潜水河边。刘庆庄、唐作俊带着游击队员清点着缴获的枪支弹药及物资。群众连声称赞："这次缴获的真多！"唐作俊大声宣布："庆功大会开始！请党代表讲话！"刘庆庄高声讲道："同志们！大家看到了我们缴获的战利品，大家说，敌人可不可怕？"众："不可怕！"

刘庆庄："对！敌人并不可怕！这是为什么？我们勇敢了，敌人就不可怕！我们胆怯了，我们害怕敌人手中的枪炮，敌人就可怕了！因此，我们越是勇敢，就越能战胜敌人！"

唐作俊："我们要加强军事训练，有了战胜敌人的本领，就不怕敌人了！"

刘庆庄："我们要动员青壮年参加我们的游击队，壮大我们的队伍，才能打到巴山县城、永定县、成都去！"

一群青年涌进营房纷纷要求参加游击队。唐志学紧张地记录着要求参加游击队的名字："请大家不要挤，一个一个地报名！"

刘庆庄将游击队分成小组，分别到附近农村发动群众，开展分田分地活动。

关帝庙街。关帝庙前。何忠辰面对被强迫前来听讲的群众高声讲道："乡亲们，赤匪把你们坑苦了，也把我们川陕护卫军坑苦了。你们要大胆揭发赤匪的罪行，把赤匪抓出来，我要剥他的皮，抽他的筋！谁站出来检举揭发，本司令给你发大奖！"他见众人无动于衷，悻悻地说道："不愿当众揭发，以后到我司令部来揭发也好！检举揭发连长以上大官给大洋十元，提来一个大官的人头奖一千元！你们回去仔细想想！寻找机会得大奖！”何忠辰见民众散去：“任副官，通知各区乡团防队长马上到龙溪河开剿抚会议！”副官：“是！”

会议室。何忠辰：“关帝庙遭袭，我军损失惨重，你们团防队都有守卫不力的过错！督办大人决定看你们在剿抚行动中的表现，再决定对你们是奖励还是处罚！本司令到此负剿抚全权责任，希望你们团防队全力配合。”团防队长们交头接耳，议论纷纷：“关帝庙一仗，军队死了人，我们有什么责任？”“军队想把我们推到前面当炮灰？我们怎么配合军队清剿？”

何忠辰：“黄督办有令：哪个区乡发现了游击队，你们不去及时清剿，皆以通匪论罪！”任副官突然闯进会场：“报告司令！我一连军士在河里洗澡，岸上的枪支全被游击队搜走了！”

何忠辰：“什么时候的事？”任副官：“刚刚发生的事！”

潜水河游击队指挥部。刘庆庄：“何忠辰在龙溪河召集团防队长开剿抚会议，我们奇袭龙溪河去，打他个措手不及怎样？”

唐作俊：“何忠辰在那里开剿抚会议，肯定加强了防御。我们距龙溪河六十多里山路不是一下就能走到的，恐怕不容易取得袭击的胜利。”刘庆庄：“我已通知何忠辰警卫连的孟排长，他答应配合我们的行动，奇袭定能成功。”唐作俊：“好。”

唐作俊、刘庆庄、唐志学带着三十多名游击队员，乘夜赶到龙溪河边，在树丛中隐蔽起来。金沙镇逢当场天，街上挤满了交易山货的人群。刘庆庄身穿长袍，戴副墨镜，一派绅士打扮，带着随从打扮的唐毛子在赶场的人流中穿行。突然，一人在刘庆庄背上拍了一下：“蒋先生赶场来了？”刘庆庄扭头一看：“孟老总在此？”孟超元低声说：“今天我值日，午后，沙滩见。”刘庆庄：“好，准时相见。”两人说罢分别而去。

中午太阳当顶，汗流浃背的人群纷纷跳进龙溪河中洗澡。突然开来一连士兵在岸边停下。孟超元高声向河中洗澡的人群喊道：“你们都到下河去洗澡！”

洗澡的人们上岸拿起衣物，迅速向下游走去。孟超元高声喊着口令：“一、二、三、四！”

众军士齐声应和：“一、二、三、四！”孟超元带着队伍跑到宽阔的河滩旁：“大家把枪架好，一齐下水洗澡！”

大家架好枪，一齐争先恐后地跳进河里戏起水来。唐作俊、刘庆庄、唐志学带着三十多人一齐冲向河滩，瞬间将枪抓在手中，然后对着水中洗澡的人们高喊："不许动!"

水中的军士有人企图上岸拿枪抵抗，刘庆庄眼疾手快，开枪撂倒跑在最前面的两个，其余的人便伏在水中不敢动弹，眼睁睁地看着游击队将枪支弹药拿走。

何忠辰："为什么不去追?"任副官："一连官兵赤条条全泡在水里，手无寸铁，游击队持枪荷弹地来提岸上架起的枪支，有两个士兵跳上岸想去夺枪，被当场打死，其余的人哪个敢追!"

何忠辰："大家看看，川东游击队竟然到我们眼皮了底下来这样猖狂，不采取'刑乱用重'之法，怎能打击它的嚣张气焰！大家听着：凡有通匪嫌疑者，抓住就杀！杀了以后将人头提到各团部领一元大洋！大家回去马上行动，宁可错杀三千，绝不漏走一个!"众："是!"

何忠辰指挥数路人马分头向川东游击队腹地唐家坝、福源坝、关帝庙等地进攻，见人就抓，见可疑就杀，见物就抢，见房就烧。游击队节节抗击敌人后，逐步向深山转移。

唐达雷小分队踏着浓黑的夜色，连翻几座大山，在清晨时登上了凉风垭口。唐达雷仔细观察山下，不见敌人追来的迹象，便叫大家清点人数，扎营休息。突然发现万顺、李春林不见了，唐达雷焦急万分，豆大的汗珠从额头上不停地往下掉，他挽了挽衣袖，拉大嗓门，高声喊道："唐毛子!"唐毛子："有!"唐达雷："立即返回去把万顺、李春林找回来!"唐毛子："是!"

唐毛子接受任务后立即向来路走去。走到三合乡场，远远地看到两个凶神恶煞的川陕护卫军士兵，背着长枪，枪上上着闪闪发光的刺刀，守护在乡公所门前。乡公所内传出喝令交代游击队去向和鞭子打人的声音。唐毛子见街边一家店铺大门紧闭，门前挂着一长串草鞋。他敲门无人应答，知道店主已躲避战火远走高飞了。于是取下草鞋，大摇大摆地往乡公所闯去。哨兵横着刺刀将他拦住："干什么的?"唐毛子眉头一皱："老总，我给你们送草鞋来了。"

哨兵将他上下打量一番："送进去就马上出来!"

唐毛子走进院子后，发现万顺、李春林被捆在一根柱子上，已血肉模糊，遍体鳞伤。唐毛子立即放下草鞋，走出乡公所，飞也似的跑回凉风垭，向唐达雷报告所看到的情况。游击队员个个请缨："达雷队长，决不能让敌人摧残我们的战友，赶快去把他们救回来!"

唐达雷激动地说："对！我们革命战友虽不是同年同月生，但愿同年同月死！就是上刀山，下火海，也要把他们救回来！”

太阳慢慢地走进了西山，夜幕给大地盖上了一层轻纱。唐达雷带着游击队员乘着朦胧的夜色，快速走进三合乡场，埋伏在乡公所周围。深夜，唐达雷带着唐毛子摸掉了哨兵，迅速冲进大院，扣住了敌军的房门。游击队员四下搜寻万顺、李春林。一个敌军兵士起夜打不开房门，大声骂道：“哪个舅子把门倒锁了！”

一排敌军睡得正香，被吵醒了！唐达雷立即开枪。敌军听到枪声，来不及穿衣裤，便拿枪向外扫射。唐毛子已将万顺、李春林救出。唐达雷高喊：“一中队攻敌正面，二中队攻敌左面，三中队攻敌右面！”

他同时抛出一颗手榴弹，敌人被炸得嗥嗥叫，纷纷跳墙逃走。不一会儿，一个排除留下几具尸体外逃得精光。唐达雷打扫战场，缴获冲锋枪一支、手枪一支、步枪七支、子弹五百发，然后迎着晨曦，向深山撤去。

黄志尚团部。伤兵向黄志尚哭诉：“团座，昨晚我们排在三合乡遭到游击队袭击，排长和五个兄弟被打死了。请团座派大军清剿游击队，为排长和死难兄弟报仇！”黄志尚：“游击队有多少人？”伤兵：“不到一百人。”黄志尚：“现在在什么地方？”伤兵：“现在撤到凉风垭去了。”

黄志尚：“兰营长，你马上带领全营前往凉风垭清剿游击队。”兰营长面带难色。黄志尚：“你作前锋，我立刻调集附近几乡团防前来支援你，定能取胜！”兰营长：“是！”

兰营长带领全营四百多人向凉风垭飞奔而去。

凉风垭山头。唐达雷向山下望去，只见敌人一字长蛇般地向凉风垭蠕动而来。唐毛子：“队长，敌人有几百人，我们只有几十个人，赶快撤回根据地吧。”唐达雷：“不能把敌人引入我们的腹地。我们就在这里伏击敌人。”

敌人鬼头鬼脑地向凉风垭爬来，见前面是深谷，两侧是高山，个个心慌意乱，议论纷纷：“怎么搞起的，把老子们带上了绝路！”“妈的，今天闯到鬼了！”“走到了这个死坡上必死无疑了！”

兰营长反手给后面高声唠叨的一个排长几巴掌：“龟儿子混账！怕死就莫当兵！当兵就得给老子卖命！”兰营长威风尚未发够，突然响起了“砰、砰、砰”的枪声。兵士们惊惶不已，兰营长掏枪指挥反击：“大家赶快抵抗！”但是，士兵们不听指挥，纷纷向山下溃退而去。

附近几乡团防得到黄志尚团长的命令，提心吊胆地向凉风垭而来。正在向凉风垭爬行的团防队，突然听到激烈的枪声，一个个互相壮胆：“战斗打响了，赶快向上冲!”“立功受赏!”

他们边说边放枪。正在向山下逃跑的兰营士兵听到山下响起枪声，以为是游击队堵住了他们的退路，一齐向山下开火。“劈劈啪啪”互相乱打了半天，才发觉是自己人在打自己人。兰营兵士指责民团：“他妈的，大白天，睁着眼睛向老子开枪安的什么心?”民团也骂道：“龟儿子，你们为啥对着我们开枪!”兰营兵士：“狗杂种，你们连老子都看不清，简直是一群饭桶!”

兵士和团丁正在互相辱骂之时，唐达雷带领游击队如猛虎下山杀了下来。士兵和团丁犹如老鼠见猫一样，急忙丢盔弃甲，狼狈逃窜。兰营长回到营地歇斯底里地吼道：“狗日的你们跑得快，把老子丢在后头，差点当了游击队的俘虏！大家听着：明日上山，大家一起行动，不准后退。哪个后退，老子眼睛认得到人子弹可认不到人！大家上山以后见房烧房，见一个人杀一个人，割下脑壳报功领赏！哦，忘了，团长传达路司令命令，脑壳多了拿不动，也不好处理，你们只割下死尸的耳朵回来也同样给你们报功请赏！大家听清楚没有?”众：“听清楚了!”

三月的阳光驱走了冬日的严寒，万物复苏，春草萌发，鲜花开放，一派盎然春意。长缨耀日，红旗生辉。游击队在凉风垭打败兰营后，缴获了一批枪支弹药。大家欢快地向潜水河营房走去。琼花飞快地向唐毛子跑来：“毛子哥，我捡到一把手枪了。”唐毛子接过手枪：“什么地方捡的?”琼花：“在关帝庙阴沟里拣的。”

唐毛子仔细观察着：“难怪这枪身上这么多锈了。琼花妹妹，你自己留着作个纪念吧。”

琼花：“我不会用枪，是专门送给你的。”唐毛子：“谢谢好妹妹。不过我们有规定，一切缴获要归公，我也不能留着自己用。”琼花：“要交公，也请哥哥帮我去交。哥哥，你把它放好。”唐毛子将手枪揣入怀中：“我一定将它放好。”琼花：“哥哥，你把手枪交公后，给你们当官的说，我也要参加游击队啊!”唐毛子：“好，我回去就向领导报告。”

唐毛子走进营房，见大家排队将战利品上交军械处重新分配。唐毛子将在战斗中缴获的武器交出后，从怀中掏出驳壳枪，递给吴贵锋：“吴处长，这支驳壳枪是我妹妹琼花从阴沟里捡的，她托我上交军械处。”

吴贵锋：“你是在哪里缴获的?”唐毛子：“不是我缴的，是琼花妹妹在关帝庙阴沟里捡来送给我的。”

吴贵锋接过驳壳枪看了看，只见枪身锈迹斑斑，扳了几下扳机也扳不动，鄙弃地说："这破玩意儿不用交公了，你想要就拿去吧！"唐毛子双手接过来，如获至宝地说："谢谢吴处长！好了，我也有驳壳枪了！"

他飞快地跑回营房，见大家都在擦枪，便从身上掏出那支驳壳枪，擦了起来："同志们，我也有驳壳枪了。"小队长唐松说："唐毛子，把你的驳壳枪拿来给我看看！"

唐毛子双手递过去："队长请看，是一支真驳壳枪！"唐松接过去，只见枪身上有些锈斑，试着扳了几下扳机，扳不动，便不屑一顾地还给唐毛子："好，你也算有驳壳枪了。这是什么破玩意儿！"

唐毛子受到冷落，心中有些不服气。他仍然把它当宝贝一样，小心翼翼地擦着，不住声地称赞着："好枪，好枪。我也有手枪了。"同室的战友说："唐毛子，别去弄你那个宝贝驳壳枪了，还是去把你的大刀磨锋利些能杀敌人。"唐毛子不高兴地说："你们不要眼红，有本事二天也去缴一支！"同室战友说："谁稀罕你那破玩意儿！"

小队长唐松看着唐毛子炫耀不已的样子十分好笑，便故意开玩笑地说："你把你那个宝贝爱得不得了，其实你那玩意算什么宝贝，简直说不上是驳壳枪，最多只能算是一个铁砣砣，还不如你拿一个铜板给我，我帮你把它扔了算了。"

唐毛子听了贬低他心爱之物的话，很不服气地把驳壳枪在唐队长眼前晃了几下，笑着说："你眼红了吧？等下一次战斗，我到敌人那里去，也帮你缴一支驳壳枪。"

唐松耐心地看着唐毛子把驳壳枪的枪筒、外壳仔细地擦拭。唐毛子边擦边请唐松看："唐队长，俗话说，人是素装全靠衣裳。这枪锈了就不上眼，你看我把它擦得多亮了。你仔细看看，到底是废铁还是好枪？"

唐毛子使劲地扳动扳机，想证明他的手枪不是废铁。功夫不负有心人，经过一阵搬弄，扳机居然有些活动了。唐毛子高兴地边扳动扳机，边将驳壳枪送给唐松看："唐队长，你看看，这扳机可以扳动了。"唐松伸手过来接枪："给我看看。"

唐毛子手一松，"砰"的一声巨响，驳壳枪里居然射出了一颗子弹！正打中了唐松的头部。唐松应声倒下，血流如注。唐毛子吓得目瞪口呆，怔了一下，急忙跪在地上捧起唐松的头部连声呼唤："唐队长，唐队长！"

顿时，同室的几个战士立即上前将唐毛子五花大绑捆绑起来，向支队办公室押去："唐支队长，唐毛子打死唐松队长了，我们一致要求处死唐毛子为唐松队长偿命。"

此时，唐志学正在向刘庆庄汇报工作，听到外面的吵闹声以后，立即走到门口："怎么回事？"游击队员："唐毛子把唐队长打死了，请支队长批准，马上处死唐毛子为唐队长偿命！"

唐志学："杀人偿命，这是自古以来传下的规矩——"刘庆庄走到门口，截住唐志学的话："先不忙下结论，走，到现场去看看！"众："党代表，不用去看，请您批准马上枪毙唐毛子为唐队长偿命！"

刘庆庄："同志们，我们是革命军人，说话做事要实事求是。我们把事实弄清楚了再杀唐毛子也不迟。你们知道唐毛子为什么要杀唐松吗？"同室游击队员："唐毛子擦枪，走火打死了唐松。"

刘庆庄和唐志学领着游击队员赶到现场，仔细察看了唐松被枪击的部位，逐个询问在场官兵所看到的情况。刘庆庄："唐毛子与唐队长有无冤仇？可不可能是仇杀？"

同室队员七嘴八舌地说："他们原来没有冤仇，不是仇杀。但是，唐毛子打死了队长，就该偿命！"

刘庆庄："唐支队长，你的意见呢？"唐志学："我也知道，唐松与唐毛子平时关系非常好，不存在仇杀的问题。但是，唐毛子开枪打死唐松是任何人也无法否认的事实。因此，不杀唐毛子不能平众怒，不杀唐毛子不足以正军法，应当立即处死唐毛子！"

刘庆庄："同志们，大家知道唐松同志是我的表兄弟，是最早同我一起闹革命的好同志，他不幸遇难，你们想想，我心痛不心痛？我也十分悲痛！按理，杀人是该偿命的，但是，我们是共产党人，对于具体事情还是应当具体分析。我们应当分清，唐毛子杀唐松是谋杀还是误伤，是有意还是无意啊。"同室游击队员："要说来，他们平时亲如兄弟，没有任何怨仇，不存在谋杀问题。可是，杀人不偿命，这就坏了千百年的规矩，于情于理都说不过去。"

刘庆庄十分耐心地劝导说："唐松队长是个好同志，牺牲得十分可惜，我也非常痛心。但是，唐毛子也不是坏人，这也是大家都知道的。现在，敌人正在围剿我们，想消灭我们，我们最需要的是什么？我们最需要的是革命同志。现在，我们已经失去了一位好同志，难道我们还忍心用自己的手，去杀死一个仅仅犯有过失错误的革命同志吗？如果我们同时失去两位革命同志，只能是件使亲者更加悲痛的事情。大家想想，我们失去一个革命同志，是使敌人悲痛还是使敌人高兴的事情？我们能把自己的战友就这么轻易处死吗？"

唐毛子流着眼泪说："同志们，我唐毛子犯了大罪，对不起唐松队长。我愿意以命偿命，在九泉之下去向唐松队长赔罪。但是，希望你们现在不要杀我，我不希望死在革命同志手里，我希望你们把我放到战场上去同敌人拼，我为你们多杀一个敌人也值啊。"一些人点头："让唐毛子多杀几个敌人为唐队长赔命!"

刘庆庄见大家的情绪逐渐平静下来："同志们，大家可以看到，唐毛子悔罪的态度是真诚的。大家同意不同意不杀唐毛子?"众："现在可以不杀唐毛子，让他在战场上多杀敌人，向唐松队长赔罪!"

刘庆庄："大家同意不杀唐毛子，我也赞成。但是，对唐毛子的过错，也不能不进行追究。我们革命队伍是有严格的纪律的，任何人犯了过错都是要受到处罚的。也就是说，我们可以免去唐毛子的死罪。但是，仍然对他执行革命队伍的纪律，唐毛子虽然死罪可免，但活罪难饶。"

一个游击队员说："党代表，唐毛子认错就行了，这件事情就这样算了吧。让唐毛子立功赎罪算了。"刘庆庄："唐毛子犯了这么严重的错误，还是应当受到革命纪律重重处罚的！大家说怎么处罚?"众："怎么处罚?"刘庆庄："罚打一百大板!"众："好!"

唐毛子心服口服，趴在地上老老实实地挨了一顿板子。

何忠辰带着任副官等走进关帝庙团防队驻地："任副官，唐志学把整个团防队都拖走了吗?"任副官："全都拖走了，不愿意跟他走的两个人都被他杀了。"何忠辰："抓住唐志学家里的人没有?"任副官："一个也没有抓住。"

何忠辰："凡是与川东游击队有联系的人抓住一个杀一个!"任副官："那样杀人是不是太多了点?"

何忠辰："铲草不除根，留下祸根后患无穷!"任副官："我们已杀了不少人，可是川东游击队人员不见减少，力量也不见减小，仍然不断地袭击我们。"

何忠辰："别说长他人志气灭自己威风的胡话，督办大人听到你这种话，你会吃不了兜着走！抓紧时间剿杀，在重要军事地点构筑坚固工事！特别是糖坊坝这个战略要地要重新修复，要重点防守!"任副官："是!"

潜水河游击队指挥部。刘庆庄："何忠辰在重要的军事隘口大修碉楼，驻重兵，极大地阻碍了我军的行动。我们必须拔掉这些钉子！何忠辰特别在糖坊坝既加固了工事，又增加了驻军，这颗钉子必须尽快拔掉!"

唐作俊："好，我们先拔掉何忠辰正在重新修复的糖坊坝这颗钉子吧。"

第十一章

袭糖坊志学显才　困峡谷盛荣丧胆

糖坊坝街口。一座碉楼正在兴建。川陕护卫军军士荷枪实弹驱迫民夫抬石头："快走！"

一群人抬着石头踏上又高又厚的石墙。黄昏。民夫刚离开工地，唐志学带着一队战士向工地冲来。守军顽强抵抗，唐志学右肩不幸中弹，血流如注。刘庆庄护住唐志学右肩要为他包扎。唐志学推开刘庆庄的手："党代表，别管我，杀敌要紧！"

唐志学又勇猛地冲向敌人。几次冲锋，未能夺占工地。唐志学摇摇晃晃地倒下，刘庆庄立即上前将他扶住。唐志学稍一定神，又要带头冲锋："大家跟我来！"

刘庆庄强行将唐志学按在担架上，命令战士："快抬下去！"没走出几步，唐志学挣扎下地："不！不拿下这个工地，我们游击队今后在这里还不知要死多少人。我就是死也一定要毁掉这座碉楼！"游击队在唐志学的鼓动下，再次向敌人发动猛烈攻击。神兵队挥舞大刀勇猛地杀向敌人。刘庆庄拿起一支长枪，向敌人的机枪手射击，敌人的机枪顿时被打哑。刘庆庄大喊："同志们冲啊！"

游击队冲进战壕同敌人白刃格斗，杀死了不少敌人。敌人见游击队势不可挡，有的仓皇逃跑，有的举械投降。游击队占领了糖坊坝。唐作俊："党代表，我们现在占领了糖坊坝，完全可以派一部兵力守住糖坊坝，不让白狗子再来重修工事、威胁根据地了。"

刘庆庄："我们现在虽然消灭了敌人的守军，但是，我们现在的力量还不能完全挡住敌人的进攻，我们还守不住糖坊坝。我的想法是炸毁敌人的碉楼和石墙，赶快撤走！"唐作俊："好，立即炸毁糖坊坝，撤回潜水河根据地！"

三路司令部。何忠辰急败坏地向任副官下令：“近来，我军分散清乡接连失利，我仔细分析，我们就像伸出五根指头打人，不但没打着别人，反而使自己指头不断受伤。我们再不能这样干下去了，必须收回五指，攥紧拳头再打出去，也就是必须调整战略部署和清乡方法。传我命令，停止小股清乡，所有部队立即向关帝庙场上收拢，集中兵力实行大部队清乡。”

任副官：“是!”

山道上，一队队川陕护卫军没精打采地向关帝庙汇集。

夜。潜水河军事指挥部。唐作俊：“各地传来情报，何忠辰的清乡军陆续撤走了。这说明我们前段时间的反清剿斗争已经取得了很大胜利。何忠辰撤走清剿部队，这给我们游击队活动造成了极好的机会，各游击小分队要抓住这个时机，抓紧发动群众，建立和巩固农民协会，开展打豪分田工作。”刘庆庄：“何忠辰查缉清乡的锐气被我军打垮了，但是他的实力并没有受到大的损伤，他的实力还在。我认为，何忠辰收拢部队是在调整战略部署，是想集中兵力对我们进行更大规模的清剿。我们可不可以在敌军回撤的路上打个伏击战，叫龟儿子何忠辰滚出根据地?”唐志学：“赞成党代表这个构想。目前，何忠辰的部队到处受到伏击，士气低落；我们游击队连连取胜，虽然都是一些小胜，但也足以鼓舞士气。现在，我们士气正旺，正是我们打击敌人的极好时机。”唐作俊：“党代表和唐志学同志的意见很好。各路游击队要广泛寻找伏击地点打击敌人，让敌人感到草木皆兵！据侦察得知，张盛荣营将于明日下午或晚上通过滚水凼。我打算集中主力在滚水凼打它一个大的伏击战，歼灭张盛荣营，打破何忠辰收回拳头的计划!”刘庆庄：“好，滚水凼那个地方我知道：那是一条长二十多里的大峡谷，峡谷中一条小溪蜿蜒流过，溪边仅有一条小路通行。小溪的两边是陡峭高山。那是一个极好的伏击之地。”众：“对，集中主力在滚水凼打个漂亮的伏击战!”

唐作俊：“我们这里到滚水凼有一百八十里，沿途是崎岖山路。我们必须在明天中午十二点前赶到滚水凼伏击敌人，才能取得大的收获。如果让敌人提前通过了滚水凼，我们就只能追着敌人的屁股后面打，不可能有多大缴获。”

刘庆庄：“大部队行军不容易提起速度。现在是十一点半，十二点准时出发，只有十二个钟头，要走完一百八十里，平均每小时要走十五里，任务是极为艰巨的。大家有没有完成任务的决心?”众：“有!”唐作俊：“立即出发!”

刘庆庄、唐作俊带着游击队分别奔向峡谷的进口和出口。中午十二点准时到了目的地。游击队指战员，个个摩拳擦掌，做好伪装，静静地等待敌人到来。入口处。太阳偏西，不见敌人踪影。一些战士发出了疑问：“张盛荣营是不是早就通过滚水凼了?”刘庆庄：“不可能，张盛荣营绝对没有我们走得快。”唐毛子：“张盛荣营会不会另走一条路呢?”

刘庆庄：“张盛荣营不可能走另外一条路，大家要耐心等待。”唐达雷：“同志们又饥又渴，让他们下到河沟里喝口凉水吧。”刘庆庄观察来路空无一人：“好吧，不过行动要快!”

唐达雷带着队员刚走出几步，刘庆庄喊道：“转来，白狗子来了。”唐达雷带着队员强忍着饥渴，迅速返回埋伏地。

黄昏，张盛荣骑着马带着大队人马来到峡谷口，用望远镜仔细观察峡谷动静，没有发现一丝可疑的地方，一挥手：“快速通过峡谷!”一连连长上前挡住去路：“营长，这里是滚水凼的谷口，谷里是二十多里的狭长地带，只有一条小路可通行，两边悬崖绝壁如刀砍斧削，进了峡谷，就是千军万马也施展不开。我们今晚就在谷口扎营，明天再看情况过此险地。”张盛荣：“唐作俊没有多少军事常识，也没有多少人马和枪支弹药，他敢在此险地阻拦我三百多人的大军行进?”

一连长：“唐作俊非等闲之辈，刘庆庄是黄埔军校高材生，用兵都很娴熟。我军进入福源坝以来处处吃亏，就是明证。营长，不能轻敌啊。”张盛荣：“休长他人志气灭自己威风!不过你说的也不无道理。传我命令，不许举火把，静悄悄地通过峡谷!”

队伍进入峡谷，在小道上缓慢前行。张盛荣下令：“兄弟们，要是游击队追上来我们就没命了，快速前进!”张盛荣的命令迅速传开，部队加快了前进步伐。

山崖上，游击队战士们有些迫不及待：“党代表，开枪吧!消灭这股白狗子，为死难烈士报仇!”刘庆庄：“大家沉住气，没有我的命令，谁也别开枪!”有的战士急哭了：“我们连夜赶来，又饿又渴地等了一整天，现在放着白狗子不打，我们还叫什么游击队?”刘庆庄：“同志们，不用着急，为了多消灭白狗子，大家一定要耐心等待!我们有的是报仇机会!”

张盛荣率营前行，一路没有碰到游击队，很快，远远地看到了山凹处的亮光，大家兴奋起来：“好了，峡谷谷口快到了。”一连长：“营长，谷口快到了，令大家加速前进，我们只要冲出了峡谷谷口，唐作俊、刘庆庄就把我们莫办法了！”张盛荣：“我说唐作俊、刘庆庄没有军事常识，你们偏说他们足智多谋。他们如果在峡谷谷中安排个几十人的队伍伏击我们，我们这三百人也就完蛋了。哈哈，他们没有这个见识，我们已经胜利了！”

峡谷出口山坡上。战士们见白狗子已进入射击圈内，迫不及待地请求：“总指挥，开枪吧！”唐作俊：“再等等，让敌人再靠近点。”战士们：“眼看白狗子快出峡口了。白狗子出了峡口，我们就没戏了！”唐作俊静静观察着，见第一个白狗子走到了峡口边，一声令下：“打！”

顿时，枪炮齐鸣，檑木滚石从天而降。白狗子哭爹喊娘，慌了手脚。后队立即变为前队，向后退去。张盛荣命令：“别乱跑，给我顶住！冲出峡谷就是胜利！”

山石和枪弹封锁了峡谷谷口，一个士兵也休想冲出谷口。敌军士兵们各自抱头鼠窜，谁也不敢再向谷口冲去，乱成一团。张盛荣只好向峡谷进口退去。

峡谷入口处。刘庆庄听到峡谷出口方向传来了密集的枪炮声，高兴地对大家说：“同志们！准备战斗吧！”有个战士不高兴地说：“白狗子跑了才叫我们准备战斗，打树木？打石头？”

刘庆庄沉着地说：“同志们，不用着急，马上就有白狗子过来送死了，仗，有的是你打的！”

山谷中白狗子哭爹喊娘和跑动的脚步声越来越近，刘庆庄一声令下：“打！”

白狗子拼命冲杀，企图逃出峡谷。刘庆庄下令向白狗子发起进攻：“同志们，坚决封住峡谷口，绝不让一个白狗子漏网！”

两军冲杀，伤亡不少。游击队占据有利地势，高喊：“缴枪不杀！”“放下武器，双手举起走出峡口！”

不少白狗子回头乱窜，有的举起双手：“别打了，我投降！”

黎明。刘庆庄命一部分游击队战士押着俘虏，一部分游击队战士打扫战场。唐作俊带着游击队从峡谷中走出来，与刘庆庄会合后，披着朝露，迎着霞光，唱着胜利的歌曲，向潜水河欢快归去。

关帝庙。三路司令部。何忠辰铁青着脸，将手枪重重地甩到办公桌上。张盛荣跪在何忠辰面前：“司令饶命！司令饶命！”何忠辰：“你这一仗是我损失最为惨重的一仗：丢失了我三挺重机枪和二百多号人！我问你，那么多人都死了，你们这几十个人是怎么逃出来的？”

张盛荣："我们受到袭击后，一个本地的士兵领着我和身边的人从一个峡谷裂缝中爬了出来。"

何忠辰："你为什么不把其他的人也一路带出来?"张盛荣："来不及了。有的被打死了，有的被俘了。"何忠辰掏出手枪："你只顾自己逃命！该当何罪?"张盛荣："司令饶命!"

任副官："司令息怒，阵前杀将为兵家大忌。张营长身陷绝境还带回来几十人，已经是很不错了。"何忠辰："好吧，听任副官劝，本司令可以不杀你，但是，你能不能保住性命，还要看督座饶不饶你!"张盛荣："谢司令不杀之恩!"

潜水河。游击队总指挥部。唐作俊："此次滚水凼伏击战打得很漂亮，毙敌二百零五人，缴枪二百二十七支，重机枪三挺，子弹三千八百发！可以说是大获全胜！各地传回情报，何忠辰的清乡军已全部集中到关帝庙，看来何忠辰对我们要采取新的清剿办法了。"刘庆庄："何忠辰小股清乡部队不断受到我们游击队打击，看来他是要集中兵力对我们实行大兵团作战了。何忠辰兵力集中后，人多枪多的优势就突出出来了。这就完全改变了我们游击队只适宜小股分散作战的优势。对于这种新的情况，我们必须改变我们原来的斗争策略，才能赢得主动。"

唐作俊："我们怎样改变斗争策略，请同志们多出主意。"

刘大疆："现在，我们游击队人也多了，枪也多了，与游击队刚建之时是大大不同了。我建议，现在休整一段时间，养精蓄锐，等何忠辰大军出动时，选个地理条件优越的地方，好好地打他一个大歼灭战!"唐作俊笑着说："刘大疆同志认为本钱多了，想做大买卖了。"

吴贵锋："做个大买卖能扩大游击队的影响，我赞成!"唐志学："做大买卖这个想法不错。"

刘庆庄："同志们都想干大事，我们就马上干大事！不用休整!"大家惊奇地问："不休整，马上干?"刘庆庄点点头："对，马上干!"

唐志学："何忠辰将他的军队全部集中到关帝庙，人数众多，械弹充足，形成一个不容易啃动的硬骨头。我们连续作战，指战员都十分疲惫，是不是还是休整一下为好?"众："我们还是休整一下，做好准备再干吧。"

刘庆庄："我们疲惫，何忠辰的部队比我们更疲惫。他的部队到山区查缉清乡，疲于奔命，本身就很疲惫，又不断受到打击，士气应当是大大地低落了。现在，何忠辰将兵力集中在关帝庙，绷紧的神经一定会松弛下来。我们身体虽然有些疲惫，但连续取得胜利，士气正旺，正好乘白狗子身体疲惫又士气低落、防备松懈之时，打他个措手不及，取胜的希望就更大了！”

唐作俊跃跃欲试：“党代表分析正确，我们就做他何忠辰一个大买卖！”众摩拳擦掌：“对！”

刘庆庄：“何忠辰兵力集中，如不将它引出大营，采取分割包围的办法，便是一块难啃的骨头，不容易取得胜利。我考虑具体战法可以这样进行：我带队从正面佯攻，吸引敌人走出大营追击我们；总指挥带队从侧后袭击追击我们的敌人。我们再反攻追击我们的敌人，对敌人实行分割歼灭。这样就有了取胜的把握。”唐作俊：“好，我们分头行动。”

关帝庙。三路司令部。任副官：“司令，大家都很疲惫，一到营地很多人便躺下抽鸦片烟，不抽鸦片烟的人也躺下不动了。防备不可松懈，请司令下令加强戒备，以防游击队偷袭我们。我们休整一段时间后，再向游击队发动进攻。”

何忠辰：“好。你说的有道理。加强戒备任何时候都是必须的。不过，我们疲惫，游击队一定也很疲惫。我大军云集关帝庙，游击队力量有限，最近绝不敢轻易对我大军动手。”

游击队临时指挥所。唐作俊：“今晚准备夜袭关帝庙之敌。唐达雷带几个同志前去袭击哨棚，为大军前进铺平道路。”

毛大嫂急忙说：“总指挥同志，请把这项任务交给我们妇女尖刀班来完成吧！”唐作俊：“袭击敌人哨棚不是普通的任务，这项任务还是由男同志去完成为好！”毛大嫂急了：“总指挥，你的大男子主义思想太严重了！我们尖刀班成立这么久了，你一次任务都不给，干脆解散算了！”唐达雷：“毛大嫂，你别跟我争好不好？”毛大嫂：“别的事情我不跟你争，今天这件事情我争定了！”

唐作俊：“好好好，这个任务就交给你们尖刀班去完成！不过，你们尖刀班要知道这个任务对进攻关帝庙的重要性！”毛大嫂：“谢谢总指挥对我们尖刀班的信任，保证完成任务！”

毛大嫂回到尖刀班立即开会：“同志们，我们游击队即将攻打关帝庙，赶走何忠辰。总指挥把摸掉关帝庙哨棚的任务交给了我们尖刀班，这是对我们尖刀班的信任。我们尖刀班成立以来，这是第一次单独执行任务，大家有没有信心完成这个任务？”众：“有！”

夜晚，天黑得伸手不见五指。尖刀班的全体战士在班长毛大嫂的带领下，背着刀枪，带着绳子，向关帝庙前进。她们不带灯火，不说话，悄悄地一个紧跟一个摸索前进。一路上，攀悬崖，越山岭，涉溪涧，夜半时到了关帝庙山下。毛大嫂决定带两名战士前去侦察敌情，其余同志隐蔽待命。

三个女战士摸到哨棚边，却不见哨兵。毛大嫂拣起一块石头朝哨棚打去。敌人哨兵立即边拉枪栓边厉声喝问："哪一个？再不回答，老子开枪了！"敌人哨兵打开电筒四处乱晃。毛大嫂低声命令："准备战斗，上！"

三个人猫着腰从三面包围上去。毛大嫂猛一下子紧紧捂住了哨兵的嘴，两个战士的手枪顶住了他的胸膛："不准说话！"敌人哨兵跪下："请饶命，请饶命！"

毛大嫂等将他押到山下，问清了敌人驻扎的情况：场东头驻有敌军三个连，场的东、南、西三面都设有哨棚。要想进入关帝庙东头，必须首先拔掉东哨棚这颗钉子。毛大嫂派两人回去报信，自己带着队员轻手轻脚地摸到东哨棚边。哨棚里透出昏暗的桐油灯光。哨棚外大树下，一个哨兵怀抱着枪正在打呼噜。两个女战士神不知鬼不觉地从大树背后绕过去，一齐将雪亮的匕首插入了他的背心。毛大嫂带着战士们飞速冲进棚里，喝道："不许动，举起手来！"

从睡梦中惊醒的白狗子，急忙伸手到墙上摸枪，可是已经晚了。站在他们面前的一群威风凛凛的"天兵天将"，端着枪，拿着手榴弹，举着大刀，早已控制了墙上的枪。班长不信邪，认为女娃子好对付，仍然伸手抓枪。毛大嫂眼明手快，一刀下去，斩断了他的手指。他"啊哟"一声立即缩进了被窝。白狗子一个个只好举手投降，被押出哨棚。战士们将白狗子捆得扎扎实实，用一根长绳连成一串；将子弹退出，下掉枪栓，给白狗子颈子上套一支空枪。战士们点燃了哨棚。火光惊动了远处的哨棚，其他白狗子立即向哨棚扑来。战士们边还击敌人边押着白狗子往后撤。眼看敌人快追上来了，毛大嫂放开粗大的嗓门喊道："一连的同志们跟我来，二连、三连左右夹击敌人！"白狗子被喊声吓住了，急忙卧倒。

夜，伸手不见五指。刘庆庄、唐作俊率千余游击队指战员分别靠近关帝庙东头和大营附近埋伏起来。关帝庙东头哨棚火起后，尖刀班两名女战士刚好回到游击队埋伏地向刘庆庄报告："党代表，我们已拿下敌人哨棚了。"刘庆庄："好！"

刘庆庄与唐志学立即率二百余神兵、二百余技术队战士，迅速向何忠辰驻关帝庙东头三个连的营房发起攻击。神兵挥舞大刀率先发起猛攻；技术队发起冲锋，枪炮齐发，打得关帝庙东头的敌人乱成一团。

任副官急忙闯进何忠辰住房："司令，游击队对我驻东头的部队发动夜袭，我们怎么办？"何忠辰："传我命令，立刻组织反击！"

何忠辰大营的重机枪、轻机枪、步枪一齐向东头射击，密集的子弹打死打伤了不少神兵。神兵队攻势受挫，不得不停止进攻。技术队的冲锋也受到了枪林弹雨的阻击，不得不停止下来。何忠辰："游击队的神兵只有一时之力，现在神力已过，游击队再没有什么战斗力了，赶快发起反击！"

何忠辰指挥军队冲出大营，向刘庆庄、唐志学率领的一支游击队扑去。唐作俊见敌人走出大营，便派一部分游击队杀向大营，自己则亲率大队从背后攻击敌人。何忠辰登上关帝庙楼上观战，只见一大队游击队勇猛地向路司令部杀来，急令："重机枪开火，挡住游击队进攻！"

密集的枪弹打死打伤了不少神兵，神兵队的进攻不得不停止下来。攻击刘庆庄的敌军调过头攻击进攻大营的游击队，双方冲杀十分激烈。战火映红了天空。唐作俊见神兵队伤亡不少，不得不下令撤退。任副官："司令，游击队在撤退了，是不是追击？"

何忠辰叹了口气："刚才都不该追击。情急之下，我一时忘了夜战是游击队的强项。我们难辨东西，轻易出营，容易遭到伏击。传我命令，各连就地抵抗，不准出营反击！"

刘庆庄见敌军退回大营，急红了双眼："狡猾的白狗子不上钩怎么办？"申必胜："我们再发动一次进攻！"唐达雷："我们不能再这样打下去了。"刘庆庄："马上撤出战斗！"唐作俊："狡猾的白狗子不再走出大营营房追击，怎么办？"

唐志学跑到唐作俊身边："总指挥，党代表那边已停止进攻了，请你们也立即撤出战斗。"

唐作俊："好，何忠辰龟缩回去了。我们和党代表一起撤回根据地。"

枪声稀落下来。任副官："司令，游击队停止进攻了，我们是否出营打扫战场？"何忠辰："等天亮以后再行打扫战场，现在立即清理我军伤亡情况。"任副官："初步清理，我部伤亡连、排长以下二百余人。"何忠辰下令："这次遭到袭击，街上一定有内奸！传我命令，立即将关帝庙街上的男女老少集中起来，一个个指认谁是内奸，谁是游击队！"

白狗子大队挨家挨户将大人小孩集中到关帝庙前。四周高地架起了机关枪。一个个白狗子荷枪实弹如临大敌。何忠辰大声吼道："父老乡亲们，游击队昨夜袭击我们，使我们死伤了二百多个兄弟。游击队不除，你们都不能过上安宁的日子。现在请你们举报，哪个是游击队的内奸，哪个是游击队员！无论哪个检举出一个内奸或者游击队员，都奖赏银圆一百元!”

任副官指着一大箱刚刚抬到的银圆：“大家赶快举报，司令说话算话，奖赏当场兑现!”

何忠辰见没有一个人理他，便又吼道：“你们相互指认，是本地人就站右边，不是本地人就站左边。”

老百姓被迫相互指认，全都站到了右边，没有一个站到左边。何忠辰没有发现一个内奸，也没有找到一个游击队战士，气急败坏地下令：“烧毁关帝庙，撤回巴山城!”老百姓齐声叫道：“何司令，你不能烧毁我们的住房啊!”何忠辰指着老百姓：“你们个个通匪，不这样惩罚你们，你们不知道老子的厉害!”

几个兵士举起火把跑向街道，点燃房屋。人们呼天抢地：“天啊，这是什么世道啊!”几个人跑去灭火，机枪声响起，灭火人全被打死。何忠辰：“哪个敢去灭火，老子统统打死!”

关帝庙烈火熊熊，浓烟滚滚。百姓呼天抢地，嚎哭声震动四野。何忠辰带领着垂头丧气的士兵，如丧家之犬溜进了巴山城。

游击队总指挥部。唐作俊：“何忠辰枪杀百姓，烧毁关帝庙街，给老百姓生活造成了极大的困难……”刘庆庄：“立即救助关帝庙街群众，给他们送去粮食，帮助他们搭建住房，恢复家园。”

潜水河河边。刘庆庄教战士们立正稍息，不一会儿，有些新战士就吃不消了：“我是来打白狗子，不是来学这个洋玩意的。”刘庆庄：“同志们，打白狗子就不需要锻炼身体，加强纪律，增加军事知识，增强军事技能吗？没有强健的身体，没有纪律，没有军事技能就能打白狗子吗？你们刚学军事，只简单地走走步法，以后还要学摸爬滚打，学拼刺刀格杀……一招一式比这累多了。我们当兵要牢记一句话，平时多流汗，战时少流血！没有摸爬滚打的过硬本领，怎么躲得过敌人的子弹？不会拼刺杀，必然成为敌人的剁子肉!”万顺：“党代表，你讲的道理我们听懂了，你一样一样地教我们吧。”刘庆庄：“好。”

刘庆庄说完，一个动作一个动作认真示范，战士们一个动作一个动作认真地学。唐作俊也走进队伍中间，认真地学起来。

游击队总指挥部。侦察员向刘庆庄、唐作俊报告：“我军袭击关帝庙，何忠辰率大军撤走时，留下一个营，占据天险金银山，阻击游击队向巴山县城方向发展，对游击队活动构成了严重威胁。请指挥部派人拔除何忠辰安下的这颗钉子。”唐作俊：“唐志学同志带领一支技术队星夜兼程，进攻金银山。”唐志学：“保证完成任务！”

深夜，先头班占领了金银山上的一座古庙。敌人发觉后迅速包围了古庙，高喊：“游击队的士兵们，你们被包围了，赶快缴械投降！”

唐志学率领主力将敌人反包围起来。一些战士向唐志学请求：“参谋长，打吧？”唐志学：“我们发起猛攻，敌人必然要猛扑我们的先头班，我们的先头班就危险了。我们既要消灭敌人，又不能危及庙内那个班的战友，大家赶快想个两全齐美的办法。”

唐达雷一面派人到庙后为战士们寻求出路，一面大声向敌人喊话：“白军弟兄们，你们被我们反包围了，只要你们不进攻庙内的游击队，我们就不向你们发起冲锋。你们愿意与我们谈判吗？”狡猾的敌人回答：“愿意谈判。”唐达雷：“你们让开一条路让我们的人撤出来！”敌人回答：“你们的人不熟悉路径，等天亮了再给你们让路吧！”

唐达雷：“参谋长，敌人的企图很明显，是想等天亮后向我们庙内的战友发起进攻。我们怎么办？”唐志学：“向庙内的战友发信号，叫他们赶快想办法离开古庙。”

唐达雷打了两发信号弹，照亮了天空。敌人以为游击队发出了进攻信号，一齐向山下的游击队猛烈开火。

被困庙内的游击队队长唐毛子看到信号弹后：“同志们，参谋长命令我们赶快离开古庙，大家赶快想办法！”

大家沉默一阵后，唐毛子说：“我知道金银山像一个巨大的葫芦，庙子就修在葫芦顶上。北面为葫芦颈，宽丈余，似刀背，被敌人的机枪封锁着；东、西、南三面均为悬崖峭壁，根本无法攀越。要想突围，真是比登天还难。这可怎么办？”唐毛子正苦苦思索脱身之计，站岗的战士引来一位老人。老人步履矫健，彬彬有礼地对唐毛子说：“你们打富济贫专为穷人，深受老百姓爱戴。现被围困，老衲特来助你们一臂之力。”

唐毛子细看老人，身穿宽绰的土布长衫，头包青丝帕，腰系一条白带，皓首童颜，说话声似洪钟，前后衣摆扎在腰间，颇有仙人之风。老人说：“老衲乃玉皇宫悟丰长老大徒弟志悟是也。奉师傅之命特来助你们脱离险境。这金银山从远处看，峭壁悬崖，好像鸟儿也难飞过，其实在悬崖峭壁上有台阶，也有洞穴；有的地方有羊肠小道，有的石缝仅能通过一人。谨慎大胆地利用好这些台阶、洞穴、小道、石缝，就能化险为夷。”

唐毛子听了这些话，愁云顿消："老人家，能得到您的帮助，我们终生不忘!"

星光闪烁，残月西悬。老人带着唐毛子等走到庙后陡岩边，往下一看，悬崖深不见底，使人不寒而栗。老人从腰间解下滚龙带，将滚龙带头上铁钩套在石柱上："我先下去，你们随后就来。"唐毛子："好。"

老人双手紧攥滚龙带，脚蹬绝壁，"呼"的一声，像一只雄鹰飞下了悬崖。唐毛子带着战士一个个紧抓大绳，飞下了四五十丈的峭壁。峭壁腰果然有一台阶，可容十来人。再下视仍深不见底，只听见河水发出巨响，令人胆战心惊。老人手指山下："这里不能直接下去。"唐毛子等正惊愕间，老人又手指东面说："需要横穿台阶才能下去。"唐毛子等向老人手指的方向看去，台阶仅有五六寸宽，怎么过啊！老人说："有我带路，不用害怕!"

老人一扬手，将铁钩收入手中，然后用石钩钩住石穴，从台阶上走过去，将滚龙带在岩孔上系牢，台阶上便有了一条保险绳。唐毛子等仍然有些害怕。老人说："你们手抓带子，只看脚下不看岩下，只见近处不看远处，就能平安走过台阶。"

唐毛子等越过了台阶，随老人走进了一条只有一尺多高的石缝。缝中黑暗难行。老人从腰间拿出火链石和钢片一碰，燃起火炬，将战士们带出了石缝。东方发白，雄鸡报晓。老人："同志们，你们脱离险境了，我就此告辞。"唐毛子等："谢谢老人家。"

老人离去后，唐毛子派人通知唐志学大家已脱离险地，然后健步登上了与金银山相对的月亮山，密切监视敌人的动静。

拂晓。敌营长决定向金银山庙发起猛攻。先用机枪射击，后是排枪连发。庙内鸦雀无声，没有还击。敌军冲入庙内，不见灯火，不见一人。营长气急败坏地："难道游击队驾祥云逃跑了？给老子搜!"

唐志学带领游击队向山上攻来。敌营长命敌军转身寻小路逃命。唐志学率领游击队封锁了去路："缴枪不杀!"

一些不愿投降的人跳下悬崖绝壁，掉入河中，喂了鱼虾。大部分人缴枪投降。唐毛子带领全班战士去到山底河边，搜寻到一些枪支弹药，将敌人的尸体埋葬后，迎着朝阳，与唐志学等人一起返回了营地。

晨雾弥漫。刘庆庄："唐毛子，你将这封信马上送到黄桷垭农会去。"唐毛子："是。"

唐毛子走出营地几里，突然看见不远处有几个头戴大圆帽的白狗子迎面而来。唐毛子立刻转身向后跑。敌人发现了他，立刻大喊：“抓活的！抓活的！”

唐毛子边跑边将装着铁筷子和洋瓷碗的挎包甩到地上，发出了金属碰撞的声响。追赶的敌人以为里面装的是银圆和铜钱，就一窝蜂地上前抢夺起来。敌军官连声喊叫：“不准抢东西，赶快抓活的！”

唐毛子向敌人开了一枪，一个敌人倒了下去。敌人停止追击。唐毛子大喊：“白狗子，你们再来追老子，叫你们个个去见阎王！”

敌军官命令再追：“他只有一个人，快，抓活的！”

刘庆庄听到唐毛子开枪的声音，立刻带着一大队游击队赶来，在山上找到了唐毛子：“唐毛子，有多少敌人？”唐毛子：“雾太大，看不清。”刘庆庄：“唐毛子继续后撤，大家两边埋伏！”敌人越追越近：“抓活的！”唐毛子假装跌倒：“哎哟，我的腿摔断了。”

敌人追到唐毛子身边，伸手抓唐毛子时，刘庆庄大喝一声：“缴枪不杀！”

战士们从天而降，四面举枪对准敌人。敌人被这突如其来的情况吓得目瞪口呆，只好举枪投降。

根据地为了防止土匪和间谍搞破坏活动，将十二三岁的儿童组成儿童团，站岗放哨。他们腰缠红绳，手持红缨枪，个个英姿飒爽，三五成群在交通要道站岗，盘查过往行人，没有路条，任何人别想通过。有一天刘庆庄到蜂桶办事，骑着一匹高大红马，在唐毛子和区农会主席的陪同下，来到乡场口。五个孩子老远就看见了，上前拦住：“拿路条来！”

唐毛子想掏路条，刘庆庄一摆手，示意他俩要检验这群孩子：“我们没有路条。”

孩子们异口同声地说：“没有路条不准过路。”

刘庆庄扬起马鞭装着要打马的样子：“我偏要走！”

孩子们一齐上前用红缨枪拦住：“再走一步就打断你的马腿！”

刘庆庄下马，抚摸着孩子们的头，说：“好孩子，你们做得对。给你们看路条。”

唐毛子将路条交给孩子。孩子们仔细审查后，交还唐毛子，抱歉地对刘庆庄说：“首长，对不起，耽误你时间了。”

刘庆庄笑了：“孩子们，你们做得好，今后不仅要站好岗，还要读好书。”

孩子们一齐向刘庆庄行军礼：“是！”

第十二章

分田地自种自收　督剿赤吉城遇险

经过整个寒冬风雪的洗礼，大地复苏了：春暖花开，莺飞草长，满山遍野红艳艳的桃花、杜鹃花竞相怒放，满沟满壑白净净的李花、梨花争奇斗艳。松柏越发变得深绿，翠竹长出淡绿的叶芽，嫩柳依依随风，不几天便枝繁叶茂，千姿百态，使大地变得春意盎然。山区欢腾了，阳雀在欢快地鸣唱迎春之歌，布谷鸟一声接一声不停地催促人们快快播种。巴山的春色是多么的迷人，多么令人陶醉啊。

刘庆庄走进农户，见大家一个个都在认真地整理农具，高兴地说："人勤春早，今年大家在自己肥沃的土地上辛勤耕耘，一定可得到好收成。"

万老汉："多亏共产党领导我们分得了土地，不再向地主交种纳佃，自己种来自己得的政策好啊!"栗老汉："我们越干越有劲，感到越干越有奔头啊。"刘庆庄："我们原来还打算派人到乡村催促大家赶快春种，看来是多余的了。"万老汉："我们自己种来自己收，除了懒汉，还要哪个来催促?"

罗翥鹏走进深山，找到了陕军王连长："王连长，我们游击队已正式成立了，欢迎大家参加游击队。"王连长："好。"

王连长带着一百多名陕军随罗翥鹏来到潜水河游击队驻地，刘庆庄、唐作俊等领导人在村口举行了热烈的欢迎仪式。刘庆庄说："欢迎大家参加游击队。目前游击队生活还比较苦，但是，我们干的是解救天下贫苦百姓出苦难的伟大事业，吃点苦，值得。"

唐作俊："我们研究决定，你们这个连同我们四川参加起义的人员混合编成第四大队，由罗翥鹏任大队长，王连长任副大队长。你们以后就不要再分四川、陕西了，大家都是中国人，都是为穷人闹翻身。大家一齐共同奋斗好不好?"众："好!"

唐作俊：“你们支队驻防金子山，主要任务是抗击夤河县方向的敌人。立即出发!”

罗翥鹏带着队伍登上金子山，找到几间破茅屋打算当作营房。陕军士兵：“这就能安营扎寨吗?”罗翥鹏：“破了的地方修修就能住人。现在是革命时期，艰苦一下，等推翻了军阀统治，大家就能住上高楼大厦了。”

王连长看了也十分泄气：原以为参加游击队，准能捞个支队长当当，没想到只捞了个副大队长；但是事已至此，马上说走，也显得自己太没信誉了。好歹这里也算是个安身之处，还是走着瞧吧。罗翥鹏见王连长没精打采的样子，笑着问道：“副大队长病了？要不要找医生看看?”王连长回过神来：“没病，只是有点疲倦。”罗翥鹏：“没病就好，早点休息吧。”

王副大队长：“好。”

总指挥部会议室。刘庆庄：“同志们，我们游击队成立后连打了几次胜仗，现在又增加了刘大荣的山寨军和陕军王连长的一百多人，可说是实力增强了，声势浩大了。对于游击队今后怎么发展，请大家共同出主意。”

唐作俊：“我的想法是，主要向夤河城、宜兰县、巴山县城三个方向发展。”唐志学：“我建议，发展的目标还可以大一些。”刘大疆：“对，我赞成向成都、重庆发展。按照党中央的规划是解放全中国劳苦大众。因此，我们的目标应当订得更远大一些。”

人们为刘大疆的振奋人心的发言感到高兴，情不自禁地鼓起掌来。罗翥鹏：“前面几个同志的意见都很好，刘大疆同志的意见我也很赞成。但是，我仔细想了一下，只局限在夤河县、巴山县、宜兰县三县范围太小，向成都、重庆发展现在力量又不足，将游击队发展范围定在四川、陕西、甘肃三省毗邻边区为好。这有几个好处：一是范围比较辽阔，活动空间比较大；二是都在农村，发动农民建立农会是我们工作的强项，可以立刻见到成效；三是容易执行党的土地革命方针；四是有利于防止盲动主义。”人们听完罗翥鹏的条分缕析感到眼前一亮，齐声喝彩：“好！好!”

刘庆庄：“好啊，罗翥鹏同志，你这个意见考虑得很周到。我们游击队的长远目标是配合党中央领导的革命武装，解放全中国。但是，目前力量弱小，办不到。怎么办？只能因地制宜，因势利导地积聚和发展革命力量。”

唐作俊：“好。党代表把革命的总体目标和近期目标都讲清楚了。罗翥鹏同志的三边发展方向便是我们的近期发展目标，我们制订工作规划、作战计划都要围绕着这个目标进行，才不致盲目行动。”

刘庆庄："我们近期目标明确了，但也不要拘泥于这个近期目标。要随时根据革命形势的发展，不断充实、完善我们的斗争目标。我们是用斗争目标推动革命前进，而不是用革命目标限制革命向前发展。"众："对。"

田野。禾苗抽穗，长势正旺。刘庆庄走到田间，见农民正在抢割刚灌浆还未成熟的稻穗。刘庆庄问："老乡，你们这怎么吃呀?"农民："将稻穗磨成浆，用豆腐帕子过水，煮起吃。"刘庆庄："为什么把菜也连兜铲了?"农民："这地不是我的了。"

刘庆庄："这土地原来是你的吗?"农民："这土地原来是我的。现在调整土地，给别人了。听说青苗要跟田走，为了减少损失，所以大家都赶快将不成熟的庄稼收割了。"

刘庆庄生气地问："谁制定的调整土地的政策?"唐志学："有人说，调整土地是为了巩固土地革命的成果。"刘庆庄："简直是瞎胡闹！立刻通知农会召开群众大会。"

田野里，农民迅速聚集拢来。刘庆庄高声问道："乡亲们！稻谷正在生长，割了；小菜正在生长，铲了。可不可惜啊?"农民："我们也是没有办法啊。"

刘庆庄："调整土地是为了大家方便生产，原来是谁种的庄稼仍然归自己收割，不跟田走好不好?"众："那当然好。"

刘庆庄："现在，我宣布：哪个种禾，哪个收割，一切作物归原耕种者所有，不跟田走，好不好?"众："好!"

有人说："党代表，你这个规定保护了贫农利益，还是没有解决贫富悬殊的问题。"刘庆庄："我们不能因为要反富农路线就损伤老百姓的利益，引起思想混乱，严重影响生产。"众："好！这才是符合我们心愿的政策!"

烈日炎炎，知了"会热死，会热死"地叫个不停。田野，金黄的稻谷迎风点头，似乎是在展示自己的成果，招呼人们："快来收割吧。"

人们割谷打谷挥汗如雨地忙个不停。刘庆庄、唐作俊走到田里，边同农民一起干活，边亲切地交谈起来："老乡们，为谁打谷子啊?"农民回答："为东家打谷子。"刘庆庄："这是谁的田啊?"农民："是农会给我的田。"刘庆庄："你们知道不知道游击队'自种自收'的政策?"农民："听说了。这田是东家种的，今年的粮食该东家收。"

刘庆庄："这粮食是东家种的？是东家亲自下田种的吗？东家什么时候

下过田?”农民:“不是东家亲自下田种的，东家从没下过田，是我们给他种的，所以还是算东家种的。”唐作俊:“农会分给你们的田，粮食是你们种的，就该你们自己收。”农民:“这田是分给我的。这稻子是东家种的，所以，今年的稻子仍然是东家的。”

唐作俊笑了:“这稻子应当算是你们种的，不能算东家种的，应当由你们自种自收。”农民:“我还以为明年我种下的稻子才该我收呢。好，我不再把打下的谷子给东家送去了。”

刘庆庄笑了:“多么憨厚朴实的老乡啊，被军阀地主豪绅剥削压榨得瘦骨嶙峋却不知反抗。唐作俊同志，我们不去解救他们，谁去解救他们?”唐作俊说:“是啊，统治者用所谓的忠诚欺骗老实农民，愚弄老实农民，是想让老实农民世世代代永远被欺骗、被愚弄下去，这样才好永远将老实农民统治下去。”

刘庆庄:“我们要加紧宣传‘自种自收’这个政策，让老百姓从今年起就按‘自种自收’的原则进行，实现自身的解放，享受到革命的实惠!”唐作俊:“对，老百姓得到了实惠革命热情就会更加高涨!”

刘庆庄:“我们干革命为的是什么?就是为了让老百姓不再受剥削压迫，有吃有穿，生活得快快乐乐。不能做到这一点，我们的革命便不能得到老百姓的拥护和支持，不能得到老百姓支持的革命，不能算真革命。不是真革命，肯定会失败!”唐作俊:“讲得非常深刻。我马上派人到各地检查‘自种自收’政策的落实情况，发现问题及时纠正!”刘庆庄:“对，我们的政策一定要做到一点雨一点湿，不能空喊口号。”

潜水河游击队指挥部办公室。昏黄的灯光照着一张张兴奋的脸。刘庆庄:“同志们，你们劳碌奔波辛苦了几天，分头检查了‘打豪分田，自种自收’政策的落实情况，纠正了一些错误的作法，惩处了几个反攻倒算的地主豪绅，使贫苦农民得到了党的政策的实惠，我代表广大贫苦农民兄弟感谢你们!”

唐志学:“党代表，自家人不说两家话，这都是我们应当做的。”众:“对!党代表不能把我们当外人看!”

唐毛子端来一大盆热气腾腾的面条:“领导同志们，吃夜宵了!”刘庆庄:“这是干什么?”唐毛子:“炊事班长见领导们熬夜，为你们煮的加班面条，请大家趁热吃下。”一些人伸手去接碗筷:“感谢炊事班长!”刘庆庄严肃地说:“同志们，这个宵夜面条不能吃!”一些人放下碗筷:“为什么?”

刘庆庄:“为什么?我要问大家，我们在露天坝里风里雨里站岗放哨的战士们能不能吃到宵夜？战士们比我们辛苦，比我们危险，随时有牺牲的危险！他们不能吃到宵夜，我们开会晚了一点就吃夜宵，这是我们一个革命领导人应当做的吗？这是脱离群众的表现！”有人低声说：“不要把事情说得那么严重。”

刘庆庄大声地说：“是的，一碗面条没有多么严重。但是，恰恰是这些小事体现了我们党的干部对人民群众的态度、对人民群众疾苦的关心程度。我们考虑到了人民群众的这些切身利益没有？我们脱离群众没有？”

唐作俊：“是的，我们革命大家庭里，干部就应当时时刻刻关心人民群众的冷暖，关心他们的喜怒哀乐。”

刘庆庄：“同志们，近来我发现了一些现象值得注意：一些同志认为家也有了，物资也多起来了，做起事来就大手大脚的，不考虑节约了。还有一些同志以干部自居，盛气凌人，有个别严重的，甚至把军阀打骂那一条也搬进革命队伍里来了。”唐作俊：“这样发展下去十分危险！”

刘庆庄：“对，十分危险！同志们，我们是革命队伍，革命队伍里人人平等。革命队伍里面容不得封建等级那一套。革命队伍里面容不得特权！特权害死人！大家知道，历史上爆发过许多次农民起义。农民起义的领袖在起义初期和大家同甘共苦，大家打仗就齐心，就能取得胜利。起义队伍发展到一定的规模，占据了一些地方，物资丰富了，农民起义的领袖就享受起特权来了。特权是使人离心离德的催化剂，是使团体分崩离析的腐蚀剂！所以，农民起义往往走向两个极端：要么变为改朝换代的工具，原来是农民起义领袖的人，一跃成了统治农民的皇帝，比如秦末汉初的刘邦、元末明初的朱元璋；要么，农民起义领袖就人头落地，以失败告终！比如陈胜、吴广、李自成、洪秀全！这些教训是多么的深刻，多么的惨痛啊！难道还不应当引起我们深刻警觉吗？”唐作俊：“党代表言简意赅，为我们敲响了警钟，值得我们注意。我们绝不能脱离人民群众！”

刘庆庄：“来参加革命的都是同志，都是阶级弟兄，都必须得到尊重，享受到平等的权利。我们要时刻牢记：当干部只是革命分工的不同，没有享受特殊的权利！只有同大家同甘共苦，不搞特殊，大家才能团结一心进行革命！才能避免勾心斗角争权夺利，才能避免革命队伍内部不团结甚至分裂！”众：“我们诚恳接受党代表的批评和教育。坚决反对特权！”

永定城。督办公署办公室。刘积良：“督座，泥腿子在福源坝越闹越凶了。何忠辰剿赤屡战屡败，应当采取果断措施，将他撤换了算了。”

黄吉城："现在换谁去剿赤？据我观察，何忠辰剿赤还是尽心尽力的。现在还没有谁能顶替他前去剿赤，有能力的不愿意去，想去的还没有这个能力，因此只好暂不考虑撤换。福源坝绝不是几个泥腿子闹事，更不是只知道打家劫舍的匪徒。那里面有的是能人。他们采取的都是共产党那一套，既有远大目标又有一整套的争取民心的斗争策略，是很难对付的。我准备亲自到巴山城中指挥剿赤事宜。"

刘积良："督座亲临指挥当然很好。不过，卑职认为，您还是不去为好。"黄吉城："为什么？"刘积良："您到巴山县城，道路崎岖，险隘甚多，万一遭到袭击怎么办？您亲临前线有诸多不便，万一遭遇不测也难于救援。"

黄吉城："我亲临前线才能显示我的剿赤决心，才能鼓舞前方剿赤部队的士气！"刘积良："何忠辰屡战屡败，现在已经将剿赤军撤回巴山城休整去了。他的士气恐怕很难鼓动起来。"

黄吉城："正因为是这样，此时，我更需要到巴山城去激励剿赤士气！"刘积良："好，我随督座一同前去巴山城。"

巴山城校场。四周岗哨林立，还架了几挺机枪，阴森恐怖，一派肃杀之气。突然，三声炮响，三番敬礼号吹过，洋鼓敲响，一乘六人抬大轿缓缓行至检阅台边停下。刘积良上前打开轿门，黄吉城戴着上将大圆帽，身穿上将军衔服，胸佩数枚闪闪发光的胸章，手拿精美文明杖，挺着洋鼓般的肚子，慢步走上检阅台正中，在太师椅上坐下。何忠辰大喝一声："立正！"

全体受检军人，"咔嚓"一声，靠拢了脚跟，站直了身子，精神百倍地注视着检阅台。何忠辰集合好队伍，跑步到阅兵台前，向坐在阅兵台上的黄吉城报告："报告督座，三路全体官兵集合完毕，请您训话！"

黄吉城站起身来，走到台前环视了一下队伍："川陕护卫军三路全体官兵弟兄们，为了保护地方，你们吃了不少苦头，有的弟兄还献出了鲜血和宝贵的生命，说明你们对剿赤是尽职尽责的。本督代表川陕边区绥靖督办公署向你们表示亲切的慰问！向死难战友表示诚挚的哀悼！现在我宣布：每位剿赤死难战友再增发抚恤金十元，每位伤员再增发五元，每位战士再增发剿赤奖金两元。兄弟们，保境安民是我们川陕护卫军义不容辞的责任。我们绝不能让赤匪破坏我们川陕边区老百姓的安宁！"何忠辰振臂高呼："消灭赤匪，保护百姓！感谢督座关怀备至！"

枪声突然响起。校场外不远处，一座楼房窗口内向阅兵台上喷射出愤怒的子弹，打掉了黄吉城的军帽，并击伤了他的右臂。黄吉城迅即倒地。何忠辰大惊："警卫队立即包围楼房，向楼房射击！"

警卫队向楼房猛烈开火，密集的子弹打得瓦片横飞。楼房中不时射出子弹，打死打伤了几个企图靠近楼房的警卫队员。警卫队员不敢上楼，只是将楼房团团围住，不停地向楼上射击。一阵激烈的对射之后，突然，楼上停止了射击。何忠辰大喊："敌人没有子弹了，快冲上楼去捉活的，老子奖大洋一百元!"

警卫队冲进屋内，又被击倒一个。何忠辰挥着手枪："快！冲上楼去捉活的!"

警卫队爬上楼梯，一步步靠近楼门。突然一声枪响之后，楼上不再向外射击。警卫队员小心翼翼地爬上楼，只见枪手头部正向外冒着鲜血。几个警卫队员向何忠辰报功："报告司令，我们已将凶手击毙!"

何忠辰气喘吁吁地爬上楼，看着现场，骂道："跟老子胡报功劳，凶手显然是自杀，你们抢什么功？一个凶手就打死了我们十来个兄弟，你们还敢冒报功劳!"

检阅台上。刘积良将黄吉城的头扶到自己的大腿上："督座，哪里受伤了？"黄吉城挣扎着站了起来："只伤了右臂。赶快捕捉凶手!"

何忠辰跑步前来报告："报告督座，凶手已自杀。"黄吉城："凶手是什么人？"何忠辰："无人认识，肯定是赤匪。"黄吉城："将凶手悬首示众三天!"何忠辰："是!"

黄吉城："何忠辰，你们要加紧剿灭赤匪！何忠辰你要明白，赤匪占据的核心区域的百姓，都是中赤化之毒最深的人，对这些人绝不能手软！抓住一个杀一个！一律以人头论赏!"

何忠辰："督座，我们原来也是以人头论赏。后来人头越来越多，太多了搬运不便，也不好处置，有的便没有割人头，只是割下了耳朵前来请赏。"

黄吉城："这个办法也可以。你们休整几天之后，立即开赴福源坝进行剿赤，一定要铲草除根不留后患!"何忠辰："是。"

黄吉城："你们还有什么困难？"何忠辰："赤匪控制之地都是些大山。我军分散了，容易受到游击队袭击；我军集中了，又深感兵力不足。"黄吉城："我给你再增调一个团的兵力剿赤!"何忠辰："谢督座!"

潜水河游击队总指挥部。刘庆庄："万顺真的一个人拿枪走了吗？"唐作俊："万顺听说黄吉城到巴山城来了，他向我请求进城刺杀黄吉城。我不同意，他就偷偷拖枪跑了。"刘庆庄："在此之前，他也向我请求过。我一再向他讲道理，不要逞个人英雄主义。他表面接受我的教育，结果还是跑了。"

唐作俊："万顺一家被黄吉城的剿赤军全杀害了。他发誓要为家人报仇……"

刘庆庄："万顺一人进城十分危险，必须马上派人将他找回来！"唐作俊："唐毛子，你的伤好了没有？"唐毛子拍拍胸脯："已经完全好了。"唐作俊："你赶快进城将万顺找回来。"

唐毛子飞快走进巴山城，穿街过巷，四处寻找万顺，却仍不见万顺踪影。突然听见街上的行人说："走，到校场看黄督办检阅军队去！"

唐毛子随市民走到校场口，看到校场戒严，便随围观群众向校场边走去，被挡在校场外面。突然听到枪声，兵士驱赶围观群众，唐毛子不得不进入城中打听万顺的消息。突然，一人高声喊道："刺杀黄督办的凶手首级已悬挂在城门上头，大家快去看！"

唐毛子随前去观看的人流走到城门口，一看正是万顺的人头。心中暗暗叫苦："兄弟，你深仇大恨未报，又遭此难，我该怎么办呢？我绝不能让你的人头久悬城头，我要把你的人头抢下来！让你得到个好的归宿。"

城门下面有几个白狗子背着枪严查过路行人。唐毛子见无从下手，便默默地走开了。

深夜。唐毛子提着刀，走进城门，爬上城楼，只见两个看守万顺人头的白狗子正在打瞌睡，便挥刀一连杀死两个白狗子，取下人头，迅速离开巴山城。天亮后，唐毛子走上山冈，在山垭寻了一块地方，用刀子戳了一个墓穴，将万顺人头埋葬："万顺兄弟，你勇闯龙潭虎穴，虽然没有能将黄吉城杀死，但是也足以使敌人闻之胆寒！你给我们做出了榜样！你未完成之志，我和同志们一定会努力去完成！安息吧，同志们一定会给你报仇雪恨！"唐毛子深深鞠躬后，含泪而去。

巴山城。黄吉城听到凶手头颅被盗走，看守凶手头颅的两名军士被杀的报告以后，大发雷霆："全城戒严，抓住盗走凶手人头之人立即将他碎尸万段！"顿时，巴山县城全城军警林立，家家户户被搜个底朝天，抓捕可疑之人无数，却无一人是盗走凶手头颅之人。何忠辰苦苦哀求："督座，这巴山城太危险了，请您尽快离开巴山城，不然卑职难以保证您的安全！"

刘积良劝道："督座，还是尽快离开巴山城吧。免得三路全体将士为你操心。"黄吉城叹了口气："你们的难处本督知道，本督回去以后，立刻派张盛荣率全团人马前来协助你们剿赤！"何忠辰："谢督座大人！"

潜水河。游击队总指挥部。唐毛子哭诉了追寻万顺的经过后说："万顺兄弟英勇悲壮地走完了自己的人生。可惜出师未捷，只伤了黄吉城一点皮毛。”刘庆庄：“万顺同志死得英勇悲壮，是一条革命好汉！我们只有加紧打击土豪劣绅，用实际行动悼念万顺同志！”唐作俊：“对，各支队加紧进行打击土豪劣绅的活动，为死难烈士报仇！”

唐志学带着游击队员走进任家湾一座深宅大院：“谁是吴震?”屋内走出一个头戴瓜皮帽，身穿绫罗绸缎，手拄拐杖的老头儿，厉声喝道：“谁这么没大没小的敢闯老子家院?”

唐志学上前：“看来，你就是三区区长吴登杰的父亲吴震了?”吴震对唐志学一行人大声吼道：“你们到我家来想干什么?”唐志学：“我们农会来没收你的家产！”吴震：“没收老子的家产？你们这是造反！告诉你们，自古以来造反是要杀头的！黄泥巴脚杆造反有哪一个成功过？要是我的儿子晓得你们造反了，他那两三百团防兵的枪炮不是吃素的，你们一个个都跑不脱！我劝你们还是趁早离开我家，别对我家打什么鬼主意！”唐志学：“告诉你！你仗着你儿吴登杰是三区区长，欺压穷人的日子到头了！今天农会来没收你的财产交还给穷人，你要老老实实地把搜刮农民的财物和粮食统统交出来！免得农会对你不客气！”

吴震：“什么农会？一群土匪！想劫老子的家财？休想！”唐志学上前一把抓住吴震衣领：“我们念你年纪大，对你比较客气，你就倚老卖老，仗恃区长权势对抗农会。告诉你，你不要自寻绝路！”吴震挣脱唐志学的手，挥舞拐杖，抽出刺刀，砍伤了一个农会会员：“你们想抢老子的家财，老子跟你拼了！”唐志学高声命令：“吴震，放下刀子！”

吴震仍然挥刀砍人：“老子今天不杀你们几个摆起，你们不晓得老子是吃晕的还是吃素的！”唐志学：“吴震，我命令你放下刀子！”

吴震：“唐志学，你放着手枪营长不当，当黄泥巴脚杆的造反头头，有什么好处？你就不怕自己被杀头，家人受株连吗？我真为你们家出了你这样个逆子感到羞耻！”唐志学：“应当感到羞耻的是你这样的社会蛀虫！黄泥巴脚杆这个反造定了，是谁也阻挡不了的！谁要敢螳臂挡车，只有自取灭亡！黄泥巴脚杆造反也不会滥杀生灵，还要保护那些愿意悔过自新的有罪之人。你只要把穷人的财物交还给农会，农会可以不处罚你！”

吴震：“说得冠冕堂皇，想劫老子的财物？办不到！”说完又挥刀砍向唐志学。唐志学掏出手枪：“我再一次命令你放下刀子！”吴震：“你休想劫老子财物！老子跟你拼了！”唐志学扣动扳机，吴震应声倒地。唐志学：“搬出吴震家所有的财物和粮食分给贫苦兄弟！”

大家一拥而进，搬出财物、粮食，牵出猪、牛、羊分给贫苦农民。

农会打富济贫的消息迅速传开，农民纷纷参加打富济贫斗争。有的开明士绅主动将自己的吃的、穿的、用的及猪牛羊送到农会，分给贫困的人。农会对这些开明士绅则不予处罚，甚至还将其吸收入农会。因此，农会声势越来越大，迅速发展到方圆百里的大片区域。

三区区公所。罗金林跌跌撞撞地跑进办公室："区长大人——"

罗金林跌倒在地昏了过去。吴登杰大惊："快救醒他！"众人给罗金林灌姜汤，将罗金林救醒。罗金林："区长大人，玉皇宫中的确藏有唐作俊的枪支。我正想弄清真实情况，不料被悟丰长老察觉，我被大钟扣住，差点就没命了。现在终于逃了回来。"

突然，老家人哭哭啼啼地撞了进来："大公子，老太爷被游击队打死了！"吴登杰："什么？你再说一遍！"老家人："老太爷被游击队打死了！"吴登杰顿时泪流满面："此仇不报非君子！团防队立即集合！游击队现在在什么地方？"老家人："游击队已不知去向。"吴登杰："这个仇怎么报？"罗金林："游击队不知去向，玉皇宫不可能搬走——"吴登杰："走！杀进玉皇宫为老太爷报仇！"

罗金林在前面带路，吴登杰带着大队人马浩浩荡荡杀进玉皇宫，捉住了悟丰长老："快说，你把唐作俊的枪支弹药藏在什么地方？"悟丰长老双手合拢："阿弥陀佛，我不认识唐作俊，更不会为他藏枪支弹药。"罗金林："我已侦察清楚，你还敢当面狡赖！给我打！"悟丰长老："你这个无耻小人还敢再来见我！"罗金林："打！给我狠狠地打！"悟丰长老："你如此造孽，必下地狱，永世不得翻身！"吴登杰："罗金林，快带人去把唐作俊所藏枪支弹药搜出来！"

罗金林带领一群人挖开大钟下面的浮土，打开地下室房门，取出了一百条步枪、三千发子弹、二百枚手榴弹。吴登杰指着搜出来的枪支弹药，厉声喝问悟丰长老："你佛门净地怎么会有枪支弹药？"悟丰长老："世界如此污浊，百姓如此遭难，哪还有什么净地？你们这些贪官污吏给人间带来了灾难，终究要遭到恶报！"

吴登杰拔出手枪击中悟丰长老胸膛："老子叫你现在就遭到恶报！"悟丰长老以手指着吴登杰："你这个恶魔一定会被打入十八层地狱，永世不得翻身！"吴登杰："杀死庙中所有的人，放火烧了这座古庙！"顿时，烈焰冲天，古庙化为了一片灰烬。

潜水河边。川东游击队指挥部。刘庆庄："总指挥同志，农会发展得这么快，农民兄弟革命热情很高，这是极好的事情。但是，也出现一些过头的行为，有的把斗争矛头指向了富裕农民，有的甚至利用农会挟报私仇。这对革命发展不利，对根据地建设也极为不利。我认为应当立即建立一个全县性的领导机构对农会加强领导，才能使农会活动不偏离党制定的斗争方向，才能使农会组织健康地向前发展，才能使农会在革命根据地建设中发挥更大的作用。"

唐作俊："党代表站在政治的高度看问题，就是比我们看得深远透彻。我也正在考虑如何更好地发挥农会作用这件事，只是还没有想好具体怎么办。"刘庆庄："现在看来，建立乡、区、县农会的时机到了。先分别建立乡、区农会，然后建立县农会。"唐作俊："对。"

刘庆庄："农会不仅是一个农民群众组织、一个带有政权性质的自治组织，还应当是一个军事组织。农会实行军民结合，把青壮年组织在赤卫队里，农忙生产，农闲进行军事训练，是保卫根据地的一支坚强武装，使他们能招之即来，来之能战，战之能胜！"唐作俊："军民结合，太好了！把我们的军队建立在老百姓之中，就一定能立于不败之地！"

潜水河。会场。彩旗飘扬，锣鼓喧天。唢呐吹奏着欢快的迎宾曲，鞭炮声增添了喜庆气氛。在男女老少组成的欢迎人巷中，各地来的农协代表，笑逐颜开，胸戴红花，喜气洋洋地陆续走进了会场。会场横幅是"巴山县农会成立大会"，两侧竖联是"贫苦农民兄弟请进。地主豪绅老财莫来！"

参会代表神采飞扬，议论纷纷："我们贫苦农民也有自己的家了！""地主豪绅神气的日子过去了！""黄泥巴脚杆该扬眉吐气了！"

一阵工农革命歌唱后，大会宣布开会，选举唐作俊作巴山县农会主席。刘庆庄讲道："贫苦农民弟兄们，经过大家的共同努力，现在，革命根据地内已建立了一百五十多个乡农会、十五个区农会。今天，大家一致选举唐作俊同志作县农会主席，这就是说，县农会正式宣告成立了！一切权力归农会。今后，我们根据地的一切事情，都由农会做主！这就是我们贫苦农民当家做主的体现！"

锣鼓齐鸣，场面十分热烈。唐志学举起拳头领头高呼："打倒军阀，打倒土豪劣绅！"群众一齐举起拳头高呼："打倒军阀，打倒土豪劣绅！"

唐作俊双手捧着一面锦旗走到主席台前向大家展示："同志们！请看这锦旗上的几个字：'民安乐之'！今天，我们县农会成立了，我们农民就形成了一个整体，就有了头脑，有了拳头！拳头对准哪一个？拳头对准欺压我们的军阀、地主豪绅！”人们高呼：“革命万岁！农会万岁！”唐作俊：“农会万岁！”刘庆庄：“农民怎样才能得到安乐？一切权力归农会！乡间的一切事情由农会做主！”人们高呼：“一切权力归农会！”

刘庆庄：“请县农协副主席任蒲秀同志讲话！”

任蒲秀走到主席台前，高声讲道：“我们妇女也要积极行动起来参加土地革命，参加农会！为游击队做军鞋、做衣、送菜、送粮食，动员亲人参加游击队，打白狗子！还要宣传男女平等，反对封建包办婚姻，反对童养媳等不合理的婚姻习俗。”台下人悄悄议论：“妇女当官了，妇女翻身了！”

任蒲秀讲完话后，一个姑娘走到任蒲秀身边悄悄地说：“我是王峰家的婢女，王峰把好多金银首饰都埋起来了，我只给你说，你不要跟别人说是我告诉你的。”任蒲秀点点头：“你放心吧。等会你带我去看在什么地方。”姑娘点头。任蒲秀：“我们妇女要翻身要靠我们的行动！”

夜。任蒲秀带着游击队员随姑娘去到一棵树边，挖出了很多金银首饰和一大堆银圆及手枪一支、步枪五支。大家欢呼起来：“感谢小妹妹为我们做了一件大好事！”

姑娘腼腆地说：“我也想参加游击队，不知道你们能不能吸收我？”

任蒲秀拉着姑娘的手，激动地说：“小妹子，好样的，欢迎你参加游击队！你叫什么名字？”姑娘：“我没有名字。大家叫我何丫头。”任蒲秀：“走，打白狗子去！”

何丫头昂首挺胸，大步随部队向前行进。

川陕边区绥靖督办公署办公室。何忠辰向黄吉城深深地鞠了一躬：“督座，卑职不才，清剿不力，反令督座龙体受伤，损兵折将，请督座处罚卑职！”

黄吉城：“你追随本督已多年，我深知你对剿赤是尽心尽力了。我若处罚你，将令将士寒心，本督也于心不忍。这样吧，您官职不变，仍驻巴山县城指挥剿赤事宜。你要记住这次轻敌冒进失败的深刻教训。我反复研究了游击队的战术，发现他们的特点是灵活机动。他们人熟地熟，像孙悟空一样，来无影去无踪，飘忽不定，很难捕捉到他们。我们人数比他们多，枪炮比他们多，实力比他们强。我们如果跟着他们转，就失去了自己的优势，反而变成了劣势。我们现在要改变过去的剿赤方法，充分发挥我们人多枪好的优势，对游击队实行稳扎稳打、步步为营的办法，逐步缩小包围圈，断绝他们的粮食、盐巴及军事物资运输通道，将他们困死在大山上。本督将增派张盛荣团前来听你调用。你们要齐心协力，完成剿赤大业！”

何忠辰：“督座是我何某的再生父母。卑职将不遗余力地为督座尽忠效力。”

宜兰县芙蓉场。刘积良一行骑着马走进了团部。张盛荣迎了上来：“参座光临，未曾远迎，请乞恕罪。”

刘积良坐下：“团座不必客气。团座年轻有为，血气方刚，是我川陕护卫军栋梁之材，督座对你寄予了厚望。现在，巴山县城赤匪猖獗，正是你施展才干的好时机。督座命令你率领全团人马到巴山县城，与何司令商议剿灭福源坝游击队的有关事宜，然后一齐开展剿赤行动，你有什么想法和要求？”

张盛荣：“我剿赤虽然多次受挫，督座仍然看重我，让我受到提拨重用，我张盛荣能有今天，全靠督座栽培，我时刻思考着报答督座大恩。现在，督座给了我这么好一个报恩、立功的机会，督座之令岂敢不从？只是，我芙蓉场到福源坝仅两百来里，何苦再绕三百多里到巴山城去？既劳师动众，又耽误剿赤时间。兵贵神速，我斗胆向参谋长请求，直接出兵福源坝，不到巴山城与何司令见面。待剿赤大业有成之时，再相见不迟。”

刘积良：“团座的意思是不想先到巴山城去同何司令面商剿赤事宜？个中恐怕另有隐情？”张盛荣不服气地说：“他何忠辰和我一样，都只不过是个团长，无尺寸之功就凌驾于我之上，我何苦先去见他？督座命我剿赤我就去剿赤，还要我去听命于他这个连黄泥巴脚杆都打不赢的败军之将？”刘积良：“团座请息怒！督座知道你对受何忠辰指挥会有些不服气，所以特地派我前来与你商量剿赤办法。督座说，何忠辰现在是三路代理司令，尚未建立剿赤寸功；你若立下剿赤大功，他那个代理司令就没眼火了。三路司令自然由你升任！”

张盛荣：“知我者督座也。我而立之年刚过，督座慧眼独具，就提拔我当了团长。几年来，本团军训加强，战斗力大大提升。不是当着参座面夸海口，要是督座早起用我张某主持剿赤，怎么会落个损兵折将的话柄？”刘积良：“团座，我劝你这种埋怨的话，现在就不要去想更不要去说了。”张盛荣：“请参座回去报告督座，我率本团直接进剿福源坝，不必到巴山城去兜圈子了。”刘积良：“好！兵贵神速，你直接进攻福源坝更好。祝你马到成功，早传捷报！”张盛荣：“军情紧急，我立即动身前往福源坝剿赤，没有时间陪参座了，请参座见谅！待剿赤成功，请参座不要忘了今日给我的许诺。”刘积良：“当然不会忘记。到时，督座将会亲自授你三路司令大印。”张盛荣举手行礼，转身率队昂首而去。

刘积良看着张盛荣远去的背影，暗暗想道："这小子年轻气盛，傲然视物，此次前去是成功还是失败，还得仔细观察观察！"

张盛荣率领本团人马趾高气扬地直奔福源坝而来。唐作俊得知情报以后，立即召开军事会议："同志们，张盛荣少年得志，目空一切，急于升官发财，建功立业。我们即将面临一场更加残酷的恶战。我打算在他的来路上打一次伏击，给他当头一棒，怎么样？"刘大疆："这个办法好。"唐志学："对，给他来个迎头痛击，杀杀他的威风！也好让他知道游击队的厉害！"刘庆庄："大家的想法很好，只不过我要泼点冷水。我们游击队现在虽然有了近千支枪、两千多人，从数量上是大大超过了张盛荣团，占有一定优势。但是，张盛荣的队伍装备精良，训练有术，我们就比不上他了。古人曹刿论战，认为一鼓作气是最容易取胜的故事值得借鉴：张盛荣现在是气势汹汹，士气正盛，巴想不得立即寻到游击队主力进行决战。我们若与他决战，他兵精弹足的优势便能充分发挥出来，我们很可能就要吃大亏。"

唐作俊："党代表的意思是？"刘庆庄："你看两个武林高手交锋，为什么不是一接触就硬碰硬地对打，一拳定输赢？而是一进一退，走上几个回合后才进行交手？"唐作俊："我看《三国演义》，关羽、张飞、赵云等著名将领打仗，动辄都是大战两三百个回合。原来是这个道理。"刘庆庄："这就对头。两三百个回合就是两三百次前进，两三百次后退，为什么要那么多前进和后退？双方都是通过进退寻找对方的弱点，思考如何更好地发挥自己的优势，然后出奇制胜，置敌于死地。在敌强我弱的情况下，我的意思是，先避一下张盛荣的锋芒，与他周旋，让他进入根据地，在运动中再寻找机会歼灭他！这种战术我把它叫作'飘忽战术'，在军事学上叫游击战术。"

刘大疆："飘忽战术好。但是，这条疯狗进了我们根据地，不知要打烂我们多少坛坛罐罐？"刘庆庄："只要留得游击队主力在，就不愁消灭不了这条疯狗，更不愁不能再添置更好的坛坛罐罐！"唐作俊："好，放张盛荣进来，然后关门打狗！"

第十三章

何盛荣疯狂剿赤　飘忽战抗击敌军

川陕边区绥靖督办公署办公室。刘积良：“督办大人，张盛荣的情况已汇报完毕，他已率领全团人马杀奔福源坝去了。”

黄吉城：“张盛荣年少气盛，是缺点也是优点。他敢于向福源坝腹地大胆推进，直捣敌人老巢，很可能一鼓灭敌！这是我们求之不得的事情。当然，他轻举冒进，也可能造成很大损失。我有一个补救办法，就是命令何忠辰的三个团一齐出动，形成四路向福源坝进攻的态势，让唐作俊、刘庆庄首尾难顾，定可一举成功！”刘积良：“督座此举一定能取得成功。我只是担心，此次剿赤取得胜利之后，张盛荣的骄傲之气将会更为嚣张。”黄吉城：“对张盛荣的骄傲之气，到时候本督自有处置办法。现在需要注意的是，张盛荣和何忠辰一定要精诚团结，不要互相斗气，误了剿赤大业！”刘积良：“督座高见。我也有些担心他们不相互配合。请督座亲自给何忠辰打电话，叫他以剿赤大业为重，不要意气用事！”黄吉城：“好。马上接通何忠辰的电话。”

刘积良接通电话后将话筒递给黄吉城：“督座，电话已接通。”

黄吉城：“何司令，张盛荣已率全团人马直接向福源坝杀奔而去。你要积极配合他的行动，尽快全歼赤匪。”电话筒中传出何忠辰的声音：“督座，我部休整结束，也将立即开赴剿赤前线。”黄吉城：“你要体谅张盛荣不愿绕道巴山城先见你后剿赤的心情。你身居高位，一定要以剿赤大局为重，切不可产生任何别的想法。”何忠辰：“听从督座之令，属下一定尽心尽力完成剿赤大业！”

黄吉城搁下电话：“参谋长，你要随时督促何忠辰进兵剿赤！以免他们二人斗气误了我的剿赤大事！”刘积良：“是！”

张盛荣率领全团人马进入根据地，没有遇到任何抵抗，迅速进至福源坝。他跳下马来："嗨嗨，这一路走来，经过了许多险关要隘，我时刻担心会受到游击队的伏击，但怎么都一路畅通，就没有见到游击队一兵一卒一点影子？打得何司令狼狈不堪的强悍游击队都到什么地方去了？"参谋："团座声威所至，游击队都被吓跑了。不过，我劝团座对游击队不可掉以轻心，还是小心为妙。"张盛荣："怕个屁！游击队都是黄泥巴脚杆，哪里作过什么军事训练？哪里见过什么大阵仗？哪里懂什么军事？游击队真懂军事，在我行军路上，随便选个伏击之地，我军怎能如此神速进入他的腹地福源坝？那些黄泥巴脚杆见到老子兵强马壮的队伍，哪能不被吓得屁滚尿流躲藏起来！传我命令！团部就驻扎在关帝庙这个地方。三营驻守团部待命。我率一营到潜水河，二营到唐家坝查缉清乡！立刻出发！"众："遵令！"

潜水河游击队指挥部。唐作俊："黄吉城派四路大军向我腹地杀来，情况严重，我们怎么办?"刘庆庄："我的意见是立即派刘大疆同志向省委报告根据地现在面临的困难，请求指示和声援！同时，研究如何粉碎敌人四路进攻的策略。我的意见是采取飘忽战术同敌人周旋，寻找敌人薄弱环节，利用有利地势打击敌人!"唐作俊："好，不固定一地与敌人硬打硬拼的飘忽战术，是弱者对抗强者的最好办法，最有利于打击敌人。请刘大疆同志马上出发。"刘大疆："是。"

唐作俊："何忠辰的三路我们已交过手了，他不敢贸然孤军深入，我们可与他慢慢周旋。张盛荣将团部设在福源坝，将主力派到附近几乡分散驻扎，是我们当前最主要的打击对象。张盛荣是个初生牛犊，孤军深入到福源坝腹地潜水河、唐家坝等地进行清剿，内部比较空虚。我们必须打乱他的部署，让他跟着我们的指挥棒转。我的想法是采取'围魏救赵'的办法，攻打白水溪，迫张盛荣从潜水河、唐家坝撤回部分兵力回救白水溪。从而减轻他对我们根据地腹地的压力。"刘庆庄："这个办法好。白水溪距福源坝张盛荣团部仅十里，只有民团三百余人驻守。我们攻击敌人的这个软肋，张盛荣就不得不回师救援。"

白水溪。夜深人静。游击队分三路直逼团局。刘庆庄率一路游击队员摸掉岗哨，进入团局营房，搜缴了团局枪械。唐作俊率领一队人直扑团总苟绍东驻地。唐志学率另一队人飞速向团总庞兴驻地靠近。狗声狂吠，苟绍东和庞兴看到一溜黑影飞奔而来，光着膀子逃出驻地，向福源坝飞奔而去。他们跌跌撞撞地跑进张盛荣团部，向张盛荣哭诉："团长大人，游击队包围了团局，搜了我们的枪支弹药，请马上去剿捕游击队。”

张盛荣：“他们有多少人?”苟绍东：“人很多，可能有上千人。”张盛荣：“游击队太猖獗了，竟敢到我虎口拔须！传令兵立即传令一营进剿白水溪！警卫队随我立即向白水溪进发!”

张盛荣率大队兵马向白水溪杀奔而来。

刘庆庄与唐作俊会合后，立即打开土豪粮仓，给贫苦兄弟分粮。霎时间街上人来人往。唐毛子跑来：“党代表，总指挥，张盛荣率大军向我们杀来了。”刘庆庄：“分粮群众立即分散转移。”唐作俊：“游击队将团局枪支弹药搬走，其余物资能搬走的搬走，不能搬走的分给贫苦百姓！焚毁团局！马上撤走!”

游击队迅速撤走。张盛荣率大队人马向白水溪扑来，远远地看见烈火熊熊，火光冲天，下令：“快跑！消灭赤匪，老子重重有赏!”

张盛荣率领大群白狗子跑到白水溪场边，只见团局断壁残墙，几处烟火袅袅，场上空无一人。张盛荣将苟绍东痛斥一顿：“你们是怎么防守的?”苟绍东：“我们日夜巡逻，游击队骤然而至，防不胜防。”张盛荣：“集合全场百姓，老子要训话!”

全场百姓集合在团局前面一个空坝子里。张盛荣指着余烟未尽的团局，大声训道：“赤匪将粮食物资分给你们，又烧毁团局，造成弥天大罪！现在，我命令你们立刻把赤匪分给你们的粮食物资全部退还团局！十天之内修复团局，若有人胆敢不听从命令，抄他家财，烧他房屋，杀他全家！听到没有?”苟绍东：“张盛荣团长的命令如山倒，谁也不准违抗，听到没有?”

一老人：“张团长，团局的房子烧了要我们修，我们很多家的房子都被烧了，怎么办?”

张盛荣：“你们的房子烧了我管不着！团局的房子修好以后，你们都随部队一起上山剿赤!”

潜水河游击队总指挥部。唐作俊：“我们袭击白水溪只是打击了团防局，对张盛荣还需进行打击，才能将他赶出根据地。”刘庆庄：“对，我带队前去袭击张盛荣团部。”唐作俊：“好，你们先行一步，我带大部队随后就来。”

刘庆庄率一支游击队直扑张盛荣团部，经一夜急行军，到了团部后面火烧山。刘庆庄：“同志们，天已大亮，现在去袭击张盛荣的团部，将会付出沉重的代价。白天在此休息，晚上去袭击敌人好不好?”唐达雷：“夜袭是我们游击队的长项。白天袭击敌人，不利于发挥我们的优势。赞成休息一下，晚上行动!”众：“一夜行军有些疲乏，赞成休息一下。”

刘庆庄将部队分成两部分，形成犄角之势。大家非常疲乏，刘庆庄布置好岗哨，便命大家宿营休息。刘庆庄与吴贵锋、唐达雷、唐毛子、李春林等研究工作后，也打起盹儿。阳光照亮了起伏的山林，四下非常寂静。刘庆庄突然醒来，他知道，在紧张的战场前沿，越是平静，越容易出现令人想象不到的事情。他见游击队员们睡得很香，便穿过山林上坡查哨。在他查完哨转身回营地的途中，突然发现约莫一个连穿黄军衣的敌人，正悄悄地向山上爬来。敌情就是命令！刘庆庄知道，此时喊醒大部队已经来不及了，便带着身边十多名战士，飞速冲向敌人的侧后方。刘庆庄对大家说："为了同志们的安全，我们必须不顾一切地杀入敌群，粉碎敌人的偷袭！"

敌人只顾向山梁爬去，根本不知道已有游击队在靠近自己。唐毛子着急地问："党代表，开枪吧？"

刘庆庄："再靠近敌人一些！"五十米，三十米，二十米，刘庆庄一声令下："开枪！"十几条枪一齐向敌人开火。敌人以为是后面的人走了火，一面向后面摇手，一面大喊："不要乱开枪，不要伤了自己人！"

敌人倒下了一个又一个，他们才发觉自己遭到了游击队的袭击。敌人向刘庆庄等发起冲锋。刘庆庄等利用有利地势，顽强抗击敌人。

游击队宿营地。战士们听到枪声，一齐向敌人发起攻击。敌人以为中了游击队的埋伏计，急忙掉转屁股逃命。刘庆庄等追击一阵便返回打扫战场，清点敌人死尸四十多具，搜集枪支五十多支。刘庆庄："现在我们的目标已暴露，张盛荣已调集军队防守团部，我们怎么办？"

吴贵锋："我们趁此机会向张盛荣团部发起进攻！"众："我们还是另寻机会袭击敌人团部为好。"刘庆庄："听从大家的意见，撤回根据地。唐毛子，你赶快通知总指挥，暂停进攻白水溪。"唐毛子飞速向唐作俊进军方向奔去。

杨柳池团防局。大队长李可将正在操练的团防兵集合起来："弟兄们！张盛荣团长率大军进攻福源坝，游击队已不堪一击。我刚接到报告，游击队有几个人在瓦房沟李家院子开会。我们正好趁此时机到瓦房沟李家院子去捉住这几个人，到张盛荣团长那里去请点赏，壮壮我们的声威。大家愿意不愿意？"一个团丁说："大队长，我们躲都躲不赢，还是不要去惹游击队为好。"李可："没志气的东西！听老子的，走！谁要是不听命令，谨防老子毙了他！"

李可带着一百多团防兵向瓦房沟飞奔而去。行至瓦房沟，李可命令团丁将李家院子围得水泄不通。唐达雷等发现敌人后已来不及撤走，便跳进猪圈埋伏起来。

团防队放了一阵枪后吼道："赤匪快出来！缴枪不杀！再不出来，老子放火烧房子了！"不见动静，团防队又放了一阵枪，吼道："再不出来，老子真的烧房子了！"一团丁燃起了火把向院子走来。突然，院门大开，走出一位两鬓斑白的刘大娘，指着团防兵："你们碰到鬼了吗，平白无故烧我的房子！"李可："你不把游击队交出来，老子今天就要烧你的房子！"

刘大娘："什么牛漆堆，马漆堆？老婆子从来没有听说过！"李可："你这个老东西别假装糊涂！我们是来抓赤匪的！你今天不把他们交出来，老子崩了你！"

刘大娘用手一指远山："我这个老婆婆不晓得什么赤匪白匪。只看到有几个背着枪的人往那个垭口走了。"李可："你想骗老子跑冤枉路？弟兄们，进屋去搜！"

一些想立功的团防兵，一窝蜂地拥进屋子乱窜乱钻，翻箱倒柜，四下搜寻。几个团防兵见桌子上有几个苞谷巴巴，抢起就往嘴里塞。一些没有抢到东西的团丁骂道："你们几个饿死鬼抢得真凶！老子气味都闻不到了！"

突然一声枪响，那个抢得最凶的团丁脑袋开了花。其余的团丁吓得魂不附体，慌忙逃了出去。屋外的团丁连忙向屋内猛烈开枪。唐达雷等瞄准一个打死一个。团丁顿时倒下一个又一个。李可命团丁撤出院子，高喊："赤匪听着，你们跑不脱了，不交枪老子就烧房子了啊！"

唐达雷高喊："要枪就到枪尖上来拿！要烧房子就走拢房子来点火！"

李可用手枪逼着刘大娘："你去给老子点火！"刘大娘站着一动不动："你们不怕死就亲自去点！"李可："老子崩了你！"

唐达雷看得真切，一枪打中了李可的右手。李可"哎哟"一声，手枪掉落地上。这时，附近传来枪声。团防兵高呼："游击队增援来了！快跑！"几个人拖起李可就跑。

唐达雷等追了一阵，返回院子："刘大娘，我们给你惹祸事了。"刘大娘："快别这样说，我的儿子也早就参加了你们游击队，我们是一家人，一家人不说两家话！"

张盛荣率领本团人马行进在潜水河山梁上，远远地看到了游击队指挥部驻地："快！谁先进入游击队指挥部谁得头功！"军士欢呼雀跃，飞速前进："快，立功领奖去！"

苟绍东、庞兴趺趺撞撞地跑来："团座请留步!"张盛荣勒住马头："什么事?"苟绍东："游击队再次火烧白水溪，端了我们的老窝了！请赶快回救白水溪！游击队直接威胁到团部的安全了!"张盛荣："你这两个丧门星干什么吃的?"庞兴："团座，不是我们无能，是游击队神兵太强，火力太猛了，我们团防兵抵抗不了!"张盛荣："传我命令，一连、二连救援白水溪，三连回救团部!"

军队后队变前队，分头快速前进。一、二连走到斑鸠垭，进入游击队伏击圈，唐作俊居高临下一声喊打，枪炮齐鸣，檑木滚石俱下，喊杀声震天动地，一连、二连猝不及防，溃不成军，伤亡无数。游击队大喊"缴枪不杀"，勇猛地冲向敌人，敌人边拼命反击边仓皇逃跑。游击队追击一阵也伤亡不少。一连、二连下到沟底稳住阵脚。一连、二连连长声嘶力竭地吼道："哪个再跑老子就毙了他！赶快给老子夺回山头!"

在两个连长的逼迫下，川陕护卫军又呐喊着向山头冲来。唐作俊命令战士用遮阳、晒席卷成大炮形状对着敌人；又用树枝和杂草做成战士模样，布成阵势，然后迅速撤走。一、二连兵士看到游击队的大炮，惊恐地喊道："注意，游击队有大炮!"敌人俯下身去，不敢强攻，放了半天枪，不见山上还击，才组织敢死队胆战心惊地爬到山顶。一连、二连连长下令猛击假人假炮泄愤。张盛荣下令："听我命令：一连、二连再攻潜水河游击队指挥部!"张盛荣刚进入潜水河峡河谷口就遇到了游击队的阻击。张盛荣命令："给老子冲!"一阵猛打。游击队便迅速向潜水河上游退去。张盛荣命令："给老子追!"庞兴急忙劝阻："团座，这潜水河峡谷长约百里，两边高山耸立，谷中林木茂盛，河坝绿竹葱郁，岩体多有洞窟，是个易于隐身的地方，请不要轻易深入，恐遭游击队埋伏。"

张盛荣："不要说助敌威风灭自己志气的话！老子火力凶猛，几个黄泥巴脚杆挡得住老子大军的进攻？放起胆子给老子追!"张盛荣率队追了一阵，不见游击队踪影。庞兴又劝道："团座，唐作俊、刘庆庄善于用兵，诡计多端，如果在峡谷密林中设下埋伏，我们将受到不可估量的损失啊!"张盛荣："唐作俊、刘庆庄哪有你说的那么厉害？他们率领的不过是一群乌合之众，哪有什么计谋？不用怕，给老子追!"

张盛荣用望远镜观察峡谷，只见两边重峦叠嶂，悬崖峭壁，怪石嶙峋，陡不可攀；峡谷中林木茂盛，易于藏身。如有伏兵，自己将防不胜防，想到此处，不觉打了个寒战。张盛荣不甘愿示弱："我军人数虽说不上胜过唐作俊，但武器之精良却远远超过他十倍百倍。有什么可怕的？给老子搜索前进!”部队正行进时，突然发现半山腰观音洞内冒出了烟雾。张盛荣：“洞内怎会冒出烟雾?”庞兴：“准是游击队做饭的烟雾。”张盛荣：“机关枪封锁洞口!”

机关枪声响起，子弹打得洞口冒起朵朵白烟。张盛荣命士兵向洞口爬去，但山势太陡，士兵无法攀到洞口。张盛荣：“电报员立刻发报：督座，在我大军强攻之下，游击队走投无路，纷纷退进山洞中躲藏。卑职亲见唐作俊进入观音洞，已自绝生路！但兵士无法攀上数十丈高的山腰岩洞。请速派炮兵前来助剿，以期一鼓荡平唐贼!”

永定城。督办公署办公室。刘积良：“督座，张盛荣传来好消息：唐作俊自取灭亡之道，躲入山崖岩洞藏身，张盛荣团已将其包围，请求炮队支援。正所谓瓮中捉鳖时机到了。”

黄吉城：“立即派二师炮队前往助战!”

潜水河山头。游击队临时指挥部。唐作俊：“诱敌深入之计已成，立刻封锁潜水河崩口石门!”

刘庆庄：“对！我们也来他个‘瓮中捉鳖’！叫他张盛荣插翅难飞!”

刘庆庄走到洞口高声向张盛荣喊道：“张盛荣，你中了老子们的计了，你们已无路可逃，赶快缴枪才是唯一出路，投降吧!”

张盛荣命机枪射击，打得洞口石渣飞溅。刘庆庄继续喊道：“顽抗到底，自取灭亡!”

山顶突然发出两声巨响，滚石檑木从天而降，打得张盛荣团兵士顿时伤亡一大片。张盛荣躲在一个岩洞里：“立刻向何司令发报：请派附近军队来为我解围!”

电报员：“报告团座，何司令回电，各部距此地皆在百里之外，一时难于赶到，望你部自行突围!”

张盛荣大骂：“他妈个何龟孙太滑头！老子突得了围还找你!”庞兴：“团座，骂何滑头解不了眼前的围，还是赶快突围吧。”张盛荣：“你是向导，找个最近的小路上山!”庞兴：“好。”

张盛荣带着残兵败将，凭着强大的火力，强行攻上张家坪。小股游击队撤走后，枪声停止。又饥又困的军士倒头便睡。突然，枪声大作，张盛荣指挥士兵仓促应战，又倒下了一大片。张盛荣在庞兴的带领下，向唐家坝逃去。沿途又遭到游击队的数次伏击。走到小溪河心，又遭到猛攻，留下了一大片尸体。张盛荣气喘吁吁地跑进唐家坝场上，清点所带人数，只剩下五十六人。张盛荣痛哭失声：“老天啊，我前世作了什么孽？为何现在这样惩罚我啊！”庞兴：“团座，赶快加固唐家坝防御工事，谨防游击队乘胜来袭啊！”张盛荣：“传我命令，将附近村民全部集中到唐家坝加固防御工事！”

唐家坝工事用巨石垒砌，驻军也增加了人数。张盛荣认为是“固若金汤”了。

潜水河游击队指挥部。唐作俊在房中焦躁不安地走来走去：“张盛荣加固唐家坝工事，给我们构成了巨大威胁，这可如何是好？”刘庆庄：“我也为此感到十分焦虑。”

天空飘起了鹅毛大雪，唐作俊仰天一望，顿时有了主意：“有了！”刘庆庄：“什么有了？”唐作俊：“进攻唐家坝的办法有了！”刘庆庄：“说说你的办法。”唐作俊附在刘庆庄耳边细细讲明。刘庆庄连连点头：“好，就这么办。”

唐家坝街头走来一个蓬头垢面的老头，带着一个赤着脚的儿童，各自背着一捆木柴，气喘吁吁，时走时停，非常吃力地向团部大门走来。哨兵喝问：“干什么？你们要到哪里去？”老人回答：“给团部送柴。”哨兵一摆手，他们走进了团部大院。没走几步，哨兵又吼道：“转来！”老人和儿童停住脚步：“老总，什么事？”哨兵：“把柴背到我们营部去！”老人：“团部命令我把柴背到团部去。”

老人犟着向团部办公室走去。团部办公室门前哨兵挡住去路：“往哪里走？”

老人上气不接下气地说：“老总，我是给张盛荣团长送烤火柴的。张盛荣团长率大军剿赤，劳苦功高，我们山里人无以为敬，送点柴让他烤烤火，暖和暖和身子。”哨兵一指脚下：“就放在这里！”唐作俊边放柴火，边向四周扫视，迅速将团部、连部的位置记在心里：“老总，这就麻烦你送到张团长屋里了。”

唐作俊说完，扭头就走。不久，屋里传来张盛荣的声音：“勤务兵，拿烤火柴来！”勤务兵将柴捆打开，只见里面捆了不少“打倒军阀黄吉城！”“川东游击队万岁！”的标语。张盛荣：“警卫排马上去追！将这两个家伙捉来碎尸示众！”警卫排追击数里，不见老人和儿童的身影。

唐作俊回到指挥部，立即召开军事会议：“我们可以进攻张盛荣的团部了。”刘庆庄：“张盛荣团部一共有多少人？”唐作俊：“总共五百来人。”刘庆庄：“团部防御工事坚固，武器精良，我们没有重武器，直接进攻，会牺牲不少同志。我们派一支部队强攻张家坝，逼使张盛荣分兵救援；然后进攻他的团部，来他个声东击西。大家看行不行？”唐志学：“这个办法好，我去攻打张家坝！你们去进攻他的团部。使敌人首尾难顾，如何？”唐作俊：“好！”

张家坝战斗打响后，张盛荣多次接到求救电话，团部几个参谋也催促：“团座，张家坝驻军是我们本团兄弟，我们不能见死不救。再说，古人说唇亡齿寒，张家坝若失，将殃及我们团部安危，赶快发兵救援吧？”张盛荣看着地图，冷冷地说：“慌什么？我看这是唐作俊搞的调虎离山之计。他想攻击我团部，明知我人多枪好弹药足，工事坚固，他老虎吃天无从下口。他是想将我调出营房，在路上袭击我们，我才不会上他的当！命令张家坝驻军给我顶住！能熬一分钟是一分钟！看谁能熬到最后！”

天渐渐暗下来。唐家坝后山，游击队埋伏地。张家坝传来激烈的枪声，通讯员不断传来节节胜利的好消息，唐作俊、刘庆庄静静地观察着张盛荣团出动的情况。可是，张盛荣团就是纹丝不动。唐作俊下令：“出击！”

游击队乘夜摸到唐家坝张盛荣团驻地跟前。神兵念念有词，举着大刀带头冲向敌人。张盛荣团机关枪疯狂扫射，神兵队伤亡不少。石墙太高无法攀登，爆炸组冒着枪林弹雨冲到石墙前实施爆破也难见成效。唐作俊发动三次猛攻，炸开石墙一个缺口，打哑了敌人三挺机枪；神兵队趁机勇猛地冲进街内杀向敌人。敌军见神兵面目狰狞，口中念念有词，只进不退，惊恐地向后退去。张盛荣连杀几个后退士兵，压住阵脚。机枪又猛烈地扫射起来。神兵也纷纷倒地而死。激烈的战斗从晚上打到天明，又从上午打到下午。刘庆庄：“总指挥同志，我们没有大炮，没有攻城器械，不能再这样打下去了。”

唐作俊杀红了眼睛：“党代表，我们中途而废，烈士们的鲜血就白流了！”刘庆庄：“这样打下去，除了增加更多的烈士，还能有什么实际意义？只要留下革命的火种，我们随时都能寻找到消灭白狗子的机会！”

天色渐渐暗下来。张盛荣指挥军队押着老百姓又重新合拢了石墙。唐作俊：“不能留一具尸体给白狗子，撤！”

城外枪声冷落下来，参谋建议：“团座，游击队已撤退，我们开门追击！”

张盛荣挥手制止：“不！我早就料到游击队使的调虎离山之计，所以没有发兵救援张家坝。我们没有中他的计，他们就迫不及待地进攻我团部了。我们之所以能顶住他的进攻，是因为石墙和工事坚固，游击队没有重型武器。我们如果打开城门救张家坝，后果简直不堪设想！现在开门追击，定会被唐作俊杀个回马枪，我们绝不能上唐作俊的这个当!”参谋:“团座高明!对唐作俊的阴谋诡计已了如指掌了!”张盛荣:“老子就喜欢听你们几个马屁精说话!”

苞谷地。唐作俊:“大家注意，掰了苞谷，必须放上一个铜圆，听清楚没有?”众:“听清楚了。”唐作俊:“谁要是不这样做就以违反群众纪律论处!”众:“请总指挥放心，我们谁也不会违反群众纪律。”

唐作俊带着队伍摸黑走到三墩坡，将伤员安置在老百姓的屋檐下，干部战士则露天宿营。第二天清晨，江兴月开门见满地坝睡着游击队，十分抱歉地说:“同志，你们为我们打白狗子，流血牺牲，却睡在地坝里，太让我过意不去了。”

唐作俊说:“打白狗子是应该的，我们不能因为打了白狗子就骚扰老百姓。”

江兴月:“我们早就听说游击队秋毫无犯，现在是亲眼看到了。同志，我们正在筹建农会，我把大家找来，请你们给大家讲讲革命道理，让大家见识见识好吗?”唐作俊:“好!”

乡亲们听说来了游击队，纷纷提着鸡蛋、腊肉、水果前来看望，向战士们手中塞、怀中揣。战士们都婉言谢绝。江兴月大声讲道:“乡亲们，白狗子见我们的东西就抢，游击队连我们送来的东西都不要，他们是不是我们自己的军队?”众:“是我们自己的军队!”

江兴月:“乡亲们，请游击队的领导给我们讲讲革命道理好不好?”众:“好!”

唐作俊:“请党代表给大家讲话!”

刘庆庄:“总指挥客气，我就讲几句吧。我们游击队是中国共产党领导的军队，是为老百姓翻身解放打天下的军队。我们的党为军队制定了三大纪律八项注意，这是铁的纪律，任何人不能违反。我们如果违反了，侵犯老百姓的利益，欺侮老百姓，同白狗子还有什么区别?你们还欢不欢迎?”众:“我们恨死白狗子了!”“我们欢迎游击队!”

刘庆庄:“我们游击队都是来自苦大仇深的贫苦家庭。天下贫苦人是一家，自家人不欺侮自家人!”众人高呼:“天下贫苦人是一家，自家人不欺侮自家人!”

刘庆庄:“听说你们正在筹建农民协会，这是件大好事。这是我们农民团结起来，自己解放自己的一条正确之路!大家团结起来共同革命，才有力量！同时，欢迎青壮年参加游击队，和我们一起打击敌人！不能离开家的，要组成赤卫军、童子团、妇女会，同地主豪绅作斗争！”乡亲们连连点头。当场就有十来人报名参加游击队。

这时，一个满身是泥的农民跑进了会场，高声喊道：“游击队的兄弟们，我可找到你们了！”他刚说完就昏倒在地。大家连忙将他救醒。唐作俊亲切地说：“兄弟，出了什么事，你慢慢说。”

农民说：“我是糖坊坝农协会的龚永。大前天，何忠辰派来一营人，杀害了我们农协会七个干部和二十多个群众。我受群众之托，请你们去消灭这帮白狗子！为我们报仇！”唐作俊：“走！消灭这帮白狗子！”

刘庆庄：“乡亲们，干革命就是与敌人斗，与敌人斗就难免有流血牺牲。你们害怕吗？”乡亲们：“我们不怕！”刘庆庄：“好！你们尽快把农会建立起来同敌人作斗争，才有好日子过！”众：“好！”

唐作俊一挥手：“向糖坊坝进军！”

何忠辰逮捕唐志学，关入糖坊坝区署，严刑拷打，逼问他为何不救援关帝庙，指控他参加了游击队。唐志学虽身受重伤，但守口如瓶，使何忠辰毫无办法。何忠辰一面加固糖坊坝防御工事，一面派大军加紧清剿游击队。刘庆庄、唐作俊指挥游击队一面节节抗击清剿，一面带领游击队前往糖坊坝救唐志学。游击队经过一天一夜急行军，在黎明前进至糖坊坝场口。唐作俊命令部队在丛林中隐蔽下来。唐作俊、刘庆庄仔细观察敌情后，决定分三路向敌发起进攻。清脆的枪声划破清晨的宁静，总攻的信号弹迅速升上天空，三路人马直杀敌营，喊杀声震天动地。睡梦中的敌人被枪声惊醒，来不及穿衣服便拿着枪漫无目标地乱放一气。有几个人跨上战马向巴山县城方向跑去，被游击队打得人仰马翻当场击毙。敌营长黄卓挥舞驳壳枪高喊：“各连排长组织好抵抗！临阵退逃者枪毙！”

各连排班长将慌乱的敌军组织起来分头抵抗。游击队的进攻受到了强烈阻击。唐作俊身负重伤。刘庆庄命战士扎了一副担架将唐作俊抬上。唐作俊从昏迷中醒来，跳下担架：“不要管我，杀敌要紧！”刘庆庄急忙将唐作俊扶上担架：“别动，我们不能在此恋战了。赶快往后撤！”唐作俊：“党代表，现在的任务是救回唐志学，我不能因为一点小伤就离开战场！”

唐达雷带着唐志学来到唐作俊身边：“总指挥，我们已救回唐志学，现在可以撤出战斗了。”唐志学：“请总指挥好好养伤，我去参加战斗，坚决打下糖坊坝！”

唐毛子："报告总指挥，何忠辰调集的救援部队快拢糖坊坝了，我们是否分两路对敌?"刘庆庄："我们救回唐志学的目的已达到，已经消灭了不少敌人，为老百姓报了仇！总指挥受了伤，应当赶快撤出战斗!"唐作俊："我这点伤不算啥，我还能参加战斗!"刘庆庄："你现在治伤养伤就是战斗！大家赶快撤出战斗!"战士们迅速撤出战场。

张盛荣见糖坊坝也不安全，便又将团部撤回福源坝。张盛荣一面命前方军士加紧剿杀，一面巩固后方防御，将石子溪团防调驻张家坝，既可拱卫福源坝，又可卡住游击队通往福源坝的道路。唐作俊决定拔掉张家坝这颗钉子。深夜，唐作俊亲率三百余人进入张家坝场镇，摸掉岗哨，向团防营地发起冲锋。熟睡的团防慌忙各自逃生。团防大队长丁孟龙急忙钻到厨房抓起锅烟墨将脸涂黑，混入人群逃走。大队副廖罗章带着团丁登楼，负隅顽抗。游击队将楼房团团围住，与楼下的团丁展开搏斗。经过激战，将团丁全部歼灭。龟缩在楼上的廖罗章拒不投降。游击队便点燃楼房。大火冲上楼面时，廖罗章持枪跳楼逃窜。游击队追击，在茅房中将其生擒。群众历数其罪恶。唐作俊答应群众要求，当场将廖罗章枪毙，人心大快。

张盛荣闻报大惊："想不到唐作俊如此厉害!"参谋："团座，我们团出师以来，虽然杀了不少泥腿子，占据了几个场镇，得到了督座的奖赏，但是也损失了不少弟兄，伤了元气。照这样耗下去，我们团恐怕就要名存实亡了。"

张盛荣知道，有人有枪才有实力，现在人枪损失巨大，自己在督座面前便丧失了往日的霸气与豪气，长叹一声："依你之见?"参谋："不如以兵员锐减，急需休整补充为名，立即退回宜兰县芙蓉场补充兵员，休整一段时间，恢复元气后再来剿赤建功。"

张盛荣："要是督座不同意我退回宜兰县芙蓉场咋办?"参谋："我们可以边撤退边请示。"张盛荣："要是督座怪罪我擅自行动怎么办?"参谋："再以粮草供给不济为名，状告军需处，完全可以解脱自己罪责。"张盛荣："此计大妙，老子听你的，马上向督办大人报告，大军撤回芙蓉场。"

川陕边区绥靖督办公署办公室。刘积良："督座，张盛荣发来请求撤回宜兰县芙蓉场的电报，请您批示。"黄吉城："什么？他胆敢临阵畏敌，要撤回芙蓉场?"刘积良："张盛荣报告说，粮草不济，加之减员严重，需回芙蓉场补充休整，恢复元气后再请剿赤。"

黄吉城："这个张盛荣，说话胆子如雷，胆大包天！老子以为他此去福源坝真可以将唐作俊、刘庆庄一鼓荡平。他争当三路司令之梦立可成功！哪知倒弄成了现在这个样子！他损兵折将让何忠辰看笑话不说，弄得老子这张老脸往哪儿搁?”刘积良：“督座，现在生气无益。还是想个补救的办法吧。”黄吉城：“通报全军，扣发张盛荣三个月军饷以示惩戒!”

刘积良：“前方剿赤事宜，作何安排?”黄吉城：“命何忠辰暂缓进攻，对福源坝加强严密封锁，不准向福源坝运进枪支弹药，不准向福源坝运进盐巴、棉花、药材和粮食，困死福源坝！勿使唐作俊、刘庆庄向外扩张。我将调集大军再行清剿。”

川陕护卫军二师师部。符冠文拿出通报：“张盛荣团座受此处罚有什么话要说?”张盛荣：“师座，我张盛荣在前线冲锋陷阵，几次受伤，几次身临绝境，险遭不测。侥幸留得性命，没有功劳也有苦劳！现在竟落得个处分下场！我倒无所谓，督座此举恐怕会令许多参加剿赤的战士寒心。”符冠文：“团座要理解督座的良苦用心。损兵折将虽非你之责任，但不处分你，督座如何再督师剿赤？其实督座早就很赏识你，现在这样做，明为处分你，实际是在庇护你。”张盛荣：“师座一席教导令卑职茅塞顿开。我不怨督座，还请师座向督座多多美言，表我谢意。”符冠文：“这个是理所当然之事。”

张盛荣恭维地说：“师座大寿将至，好好筹备一下，卑职到时将亲临祝贺!”符冠文急忙阻止：“这就不必了。剿赤事大，你不能擅离职守为我祝寿。误了剿赤大事，大家都不好说话。你回去以后加紧补充军队，严格军事训练，让战士们都成为善战之人！立下剿赤大功，那就是对我最好的祝贺。”

张盛荣急忙转口：“好，听从师座教导。我一定尽快恢复本团元气，将本团建成善战之军。您的大寿我就不亲自前来祝贺了。我派一知心朋友代我前去向您贺寿。”符冠文：“好，你要竭尽全力练好兵，抓好剿赤大事。你的一片心意我心领了。”

张盛荣回到团部，命参谋找来禁烟查缉局长何金章：“何局长老弟，符师长不惑大寿将到，你我兄弟同备贺礼，到时候由你代兄前去祝贺。你要精心准备好礼物。”何金章：“请团座放心，小弟办事准能包你满意。”

何金章走出团部边走边想：“张盛荣这个老滑头真狡猾，一分钱不出，还要面子攒足。老子大表哥黄吉城不栽培你，你他妈的现在还在当散兵！现在当了个鸡头团长就神气起来，爬到老子头上拉屎拉尿，要老子为你垫背了!”他想起被大表哥黄吉城委派为宜兰县芙蓉场禁烟查缉局局长的情景：此前，何金章是川陕护卫军司令部的一个极为普通的上校参谋，在川陕护卫军司令部和督办公署仅能干点跑跑腿、打打杂的差事。何金章只能靠每月五元大洋薪水养家糊口，实在有点寒碜。他的老婆经常骂他没出息，挣不了大钱。何金章本人也经常在黄吉城面前流露出想干点捞钱的事儿。黄吉城也向他许过愿，有机会就让他去掌点实权。一天，黄吉城将何金章叫进办公室："表弟，这些年我一直在寻找提拔你的机会，现在机会终于来了。"何金章当上禁烟查缉局长后，他逢人便点头微笑，表现得特别彬彬有礼。

禁烟查缉局是干什么的呢？宜兰县芙蓉场禁烟查缉局这么一个小局的局长为什么让川陕护卫军的一个上校参谋感到这么乐不可支呢？原来，宜兰县芙蓉场禁烟查缉局看起来是一个微不足道的小局，但其实是一个富得流油的金库。每年捞它个两三万，简直是小意思。

林则徐禁烟失败后，原本销售鸦片烟的中国，逐步出现了许多种植鸦片烟的地方。但是，在政府的公文里，鸦片烟还是属于严厉禁止之列的。而实际上，鸦片烟的禁种与禁食却成了军阀与官吏榨取钱财的一个绝妙手段。军阀黄吉城在1924年盘踞永定县、宜兰县、夤河县、巴山县城以后，便一面在发布告示禁种、禁食鸦片烟，一面又在大力倡种、倡食。他规定：种鸦片烟的要收烟亩捐，不种鸦片烟的要收数额更高的懒捐。这就是，你不种鸦片烟也要逼着你种，种比不种好。你吸食鸦片烟的话，收你的红灯税，你不吃鸦片烟，还要收你更高的消费税，逼着你吸。黄吉城这一手真灵，几年之间，就让自己的腰包鼓了起来。宜兰县最肥沃的芙蓉场区，因受气候、土壤等多种便利，所产鸦片烟质量甚好，被称为"川东美芙蓉"。年产七万担。因而，宜兰县芙蓉场吸引了上海、武汉、郑州、西安、重庆、成都等地众多客商，形成了红极一时的畸形繁荣。

军阀设立所谓"禁烟查缉"局，纯属是一种骗人的禁烟招牌，它实际上是一个捞钱机构。有了"禁烟"局长这张令牌，就有了生财的魔方。何金章能不高兴得要死吗？何金章走马上任的当天，各方客商就争先恐后地前来登门庆贺。然后是依次摆宴接风，把何金章及一家大小成天泡在酒坛子里。何金章瞬间成了腰缠万贯的富翁，品尝到了既掌握实权又有钱的滋味。何金章深知自己能有今天，全靠大表哥黄吉城。他不是个忘恩负义之人，他不时地将搜刮到的钱财分送一些给大表哥黄吉城，以表示对大表哥的一份回报之意。

何金章在芙蓉场就任一年余，忽听武汉一客商在乡间被劫的事情，不觉产生了一丝恐惧感。原来，那个客商下乡收购鸦片烟，被抢走大洋五百元。

有人说是土匪抢的，有人说是川东游击队抢的。宜兰县城里的川陕护卫军二师师长符冠文得到报告后，派出一个团到芙蓉场“清剿”。可是，闹了半个月，也没查出个什么名堂来。有人提醒何金章，要当好禁烟查缉局长，还必须与二师师长符冠文和二团团长张盛荣加强联系，以便得到他们的保护。何金章便置办礼品，专程拜访了符冠文。符冠文得了厚礼，又知道何金章是他的顶头上司黄吉城的表弟，自然是以礼相待。何金章接着又去拜访张盛荣。张盛荣想到，依靠何金章是督座表弟这层关系能加强与黄吉城之间的联系，便与何金章称兄道弟，表现得十分亲切。

现在，张盛荣团长要与自己一起为符冠文四十岁大寿同办贺礼，钱是不成问题的，鸦片烟商有的是钱。但置办什么样的寿礼以及如何将寿礼送进宜兰县城，何金章却犯了疑难。他请张盛荣派军队护送。张盛荣说，剿赤非常时期，不敢动用军队为师长送礼；礼品由自己定。往日里，礼品可随意送些比较值钱的就可以了。可是，现在是祝四十大寿，不可马虎。他请来工匠，又是做寿匾，又是做寿帐，又是做寿服，一应俱全。何金章除打算送两万大洋之外，还购买了许多木耳、香菇、山鸡、山羊等。何金章知道，这么多东西，如用马驮，起码要五匹；加上自己和保镖，就得十来匹马。这么大个队伍走起来一长串，十分显眼。在途中，万一遇上土匪或川东游击队，那可怎么办？他想到了乘船。从芙蓉场到宜兰县城有一条河，且有木船通行。有人告诉他，河面不宽，两岸高山连绵，且有数处险滩，也常遭到抢劫，也不安全。何金章权衡再三，认为数人及礼物仅乘一船即可，比乘马目标小，只要注意保密就行了。于是决定乘船。

何金章一直到启程的头天傍晚才派人去找来一个姓陈的船老大，告诉他明日晨早出发到宜兰县城；今晚乘黑装货，不准点灯，不准走漏风声。

陈大河是个老船工，祖祖辈辈以船为家，受尽了欺压与剥削。他受到党的革命教育，知道张大洲、刘庆庄、唐作俊所领导的川东游击队是为穷人闹翻身闹革命的。所以，很早就把自己的儿子陈福送去参加了游击队。陈福告诉父亲，现在，游击队正在扩大革命武装，急需钱和枪，号召穷人想办法，可以向土豪劣绅要钱要枪；发现什么情况就及时告诉川东游击队。陈大河想将何金章租船进县城的情况及时报告川东游击队，但又脱不了身。他便告诉老伴，由老伴上山向川东游击队报信。老伴正准备下船时，何金章的两个弁兵拦住了去路：“奉何局长之命，任何人不准下船！”陈大河：“老总，让她到街上抓副药就回来。”弁兵：“到街上抓药也不行！何局长说，装船以后，不准船上的任何人离开船一步。”

突然，陈大河的妻子大汗淋漓，心痛不止。陈大河为她扯痧，不见好转，便向守船的弁兵央告说："我的老伴心痛病犯了，每次犯病后都只有喝她妹妹家的灶心土化水才能好。请老总行行好，让她上山治病。"弁兵为难地说："这怎么行?"陈大河说："古人说救人一命，胜造七级浮屠。老总行行好，救命要紧。我上山去取灶心土吧?"弁兵："你明天一早要开船，那怎么行！你找人把她送上山去吧。"

陈大河便请邻船的人将他妻子抬送上山。陈大河的老婆到妹妹家打发走抬她的人以后，便急速向川东游击队总指挥部住地跑去。天刚放白的时候，哨兵将她迎进了总指挥部。张大洲、刘庆庄、唐作俊等听到陈大河妻子的报告以后，立即研究袭击何金章的办法。刘大疆说："在河中击毙何金章就是。"刘庆庄说："不能随便开枪，那样会伤了陈大河。再说，杀何金章也没有什么意义。"张大洲："对，就是捉住了何金章也不要枪毙他。"刘大疆："还不枪毙他?"刘庆庄："何金章是个宝贝，不但不枪毙他，还要好好保护他。"刘大疆："那我们就不用袭击他了。"唐作俊："一定要袭击成功。"刘大疆："要袭击就不用保护，要保护就不用袭击嘛。"

刘庆庄："前段时间我们受了'凡豪皆劣'理论的影响，抓住土豪劣绅就杀，震慑了敌人。现在看来，这种斗争方法太简单粗暴了。"张大洲："对，我们对敌斗争的方法应当灵活多样。何金章是黄吉城培育的一头大肥猪，我们应当从这头大肥猪身上多榨点油水，为革命筹集经费。"

唐作俊："从芙蓉场到宜兰县城，最好的伏击地点是虎跳河。虎跳河距宜兰县城 40 华里，河床极窄，人们形容虎可跳过河去，因此起名虎跳河。两岸杂树丛生，灌木芦苇高过人头，浓阴蔽日，人迹罕至，是个伏击敌人的好地方。这个抓肥猪的任务，由三分队长唐志轩同志带队在虎跳河截击。现在是凌晨五点钟，你们抓紧时间赶去还来得及！"唐志轩："保证完成任务！"唐志轩带着川东游击队 10 多名生龙活虎般的战士迎着朝霞出发了。

第十四章

捉金章吉城受窘　龚大华带兵起义

东方开始发白，大雾弥漫，十来步便看不清人影。何金章在五个弁兵的护卫下，悄悄地登上陈大河的木船，快速向下游驶去。

时近中午，浓雾渐渐散去，太阳爬上山头，暖暖地照射着峡谷。在烟雾迷蒙之中，川东游击队三分队队长唐志轩带领十多个战士，矫健地赶到虎跳河。他们立即在岸边砍倒一棵大树，横倒在虎跳河上，将河拦断。唐志轩将十多名战士分成两组，一组从树干上走到对岸。两个组分别隐蔽在南北两岸的丛林中。负责观察的战士向唐志轩发出何金章已来了的信号，唐志轩立即下令："准备行动！"

不一会儿，河的上游传来一阵悠扬的川江号子声："哟嗬哟嗬哟嗬，嗨，日出早看天，顺水好行船。莫等好时光错过，后悔也枉然！哟嗬！"随着号子声，一只舢板船从上游徐徐驶来。将近虎跳河险滩时，两岸突然跳出一群荷枪实弹的川东游击队战士举枪挺立河岸高喊："木船靠岸！木船靠岸，检查！"船头上的弁兵高声问道："你们是什么人？竟敢检查何局长的船！"

唐志轩："别啰唆，我们就是要专门检查何局长的船！赶快靠岸接受检查！"船工陈大河弯腰向坐在船中间的何金章问道："何局长，咋个办？"何金章见岸上人人枪口对着自己，十分惊慌，用颤抖的声音问陈大河："能不能从滩上冲过去？"陈大河说："船只能走这么快，怎么冲得过去？"保镖问何金章怎么办？何金章才回过神来，大叫："开枪，快开枪！"

船上响起了枪声。河岸上也响起了枪声。何金章的一个保镖受了伤。何金章叫陈大河火速向下游划去。陈大河不紧不慢地说："我划得再快，也没有人家的枪子快嘛！要是船打沉了，我们都跑不脱了。"

河岸上飘扬起一面红旗，"川东游击队第三支队"几个金黄大字闪闪发光。"啊，遇上川东游击队了，怎么跑也跑不脱了！"何金章长叹一声："想不到我何金章终究逃不出厄运。好吧，快靠岸，请他们别开枪了。”陈大河向岸上高喊：“别开枪，我们靠岸了。”

木船刚靠岸，立即跳上来几个川东游击队战士。在黑洞洞的枪口下，何金章及他的几个保镖乖乖地缴了枪。唐志轩也跳上船，站在船头对何金章及几个保镖训话：“我们是川东游击队。现在我宣布，将你们搜刮人民的钱财收回给人民。你们几个保镖回去送信，叫黄吉城拿两百支手枪和十万大洋来换何金章！时间是一个月，过了期限就莫怪我们不客气了！”

唐志轩带领游击队员收缴了张盛荣、何金章送给符冠文的生日礼物。

放走保镖以后，川东游击队战士押着何金章向芭蕉场童家山走去。可是，吓得魂不附体的何金章根本挪不动步子。川东游击队战士便将他蒙眼堵嘴，像抬肥猪一样地捆在滑竿上，抬着他盘山而上，几经转移，而后关押在一个土豪的粮仓里。

符冠文和张盛荣得知何金章被掳走的消息以后，急忙派大军到虎跳河一带挨家挨户搜查，搞得鸡飞狗跳，却一无所获。他们只好立即向黄吉城报告。黄吉城下令派大军搜寻，却没有一点何金章的消息。

唐志轩将何金章捉上山后进行审问：“何金章，你老实交代，你敲诈了多少人的钱财?”何金章：“我都是按照税法章程收税。不敢多收分文，没有敲诈别人的钱财。”唐志轩：“好一个按税法收税！你们是什么税法？种鸦片烟的一年交多少税？不种鸦片烟的一年也要交懒捐？你这种税搞得多少人妻离子散，家破人亡！你要老实交代你的罪行!”何金章：“这些税，都是上面规定的。在下不敢多取分文。”

唐志轩：“黄吉城胡作非为规定的滥税，我们自然要清算黄吉城的罪行!你在黄吉城规定之外又大肆加码强行征收甚至逼死人命，这个罪行你推脱得了吗?”何金章：“我认罪，请长官饶我一命。只要饶我不死，什么事都好说。”

唐志轩历数何金章的种种罪行后，厉声喝道：“你是要钱，还是要命?”何金章全身颤抖，跪地哀求：“我愿以钱赎命，我愿以钱赎命。”唐志轩将纸笔推给何金章：“想活命就立刻给你表哥写信，叫他拿枪拿钱为你赎命!”

何金章立即提笔给他大表哥黄吉城写信：“表兄台鉴，千万救小弟一命。川东游击队提出要 200 支驳壳枪和 10 万大洋作为放我的交换条件，请表哥答应他们的条件，将我赎回。我此生报答不了你的大恩大德，来世就是变牛作马也要报答你的救命大恩！小弟请表哥看在你我情同手足、血浓于水的份上，千万救小弟一命!”

督办公署办公室。何金章的妻子双手将信件递给黄吉城，哭着说：“表哥，这是金章给你的信，请您看在血表至亲的情分上，千万救金章一命！我们全家世世代代不忘您的大恩！我给你磕头了!”黄吉城连忙将她扶起：“别磕头。你快说，这封信是什么人送来的?”何金章妻子：“是由涪流县太和场团总佟孝云派人辗转送到的。”

黄吉城将信纸往桌上一抛：“为何不把送信人给我抓来?”何金章妻子：“他送到我家，我还来不及看清他的面目他就匆匆离开了。再说，我一个女流之辈怎么抓得住一个大男人！请表哥一定要救金章一命!”

黄吉城心中又气又喜。气的是何金章一个堂堂皇皇的局长，轻易地落到了小小川东游击队手中，丢了自己堂堂督办的面子；喜的是表弟还活着，而且有了下落。何金章妻子见黄吉城不说话，便哭哭啼啼地哀求：“表哥，俗话说，亲为亲，邻为邻，不说金章是你的血亲老表、骨肉亲情，就是念在金章跟你出生入死十多年的情面上，您也应该救他一命。他的命，除了你能救，还有哪个能救啊?天啊，金章是我家的顶梁柱啊，金章有个三长两短，我一家可怎么活啊?”黄吉城劝慰道：“表弟妹子不用着急，我自然会救表弟的。”何金章妻子哭着说：“金章身陷敌手，命在旦夕，表哥，我能不着急吗?”

黄吉城自嘲自讽地说：“我堂堂川陕边区绥靖督办，手握两万川陕护卫军精兵强将，反被区区川东游击队胁迫，实在令人笑话，”他狂妄地吼道，“岂有拿枪赎人之理!”何金章妻子哭着说：“川东游击队是踩着马儿吃车啊!表哥，俗话说身在矮檐下，不得不低头。表哥，川东游击队杀人不眨眼，再不去救，金章可能就没命了。那点枪，那点钱，对你来说算得了什么?可金章的命就只有一条啊。金章的身后有一大家子人啊！大表哥，救人要紧啊!”刘积良也向黄吉城劝道：“督座，兄弟情，手足情……”黄吉城：“来人！传胡嫦杰。”胡嫦杰：“报告督座，胡嫦杰到。”

黄吉城：“你立即带领几个人将涪流县太和场将团总佟孝云之妻抓到芙蓉场团部关押，要佟孝云交出何金章，交换人质。”胡嫦杰：“督座，涪流县不属我们防区啊。”刘积良：“你不要惊动当地驻军，悄悄去办。”胡嫦杰无可奈何地说：“是!”

黄吉城以为佟孝云与川东游击队有联系，抓住了佟孝云的妻子就可以将表弟何金章换回来。佟孝云被迫千方百计四方寻找川东游击队和何金章的线索，可是，几个月很快过去了，却一点也打听不到何金章的下落。

何金章的妻子自何金章被抓后，天天扭住黄吉城要拿枪换人，哭闹不已。光阴荏苒，大半年一晃而过。一天，何金章妻子拉着胡嫦娥闯进黄吉城办公室："表哥，金章又来信了。求你千万救他一命！"黄吉城接过信，耳边响起何金章的哀求声："……表哥，吾陷强人之手已半载有余，窃喜至今性命还在。今日强人再次发话，可用手枪二百支或大洋十万换取性命。注意，以前两样皆要，今日改为只要一样，这是给我一线生机了。我知道，枪是表哥的命根子，断不会答应给予强人。钱是可以从老百姓身上获得补偿的。我留得性命，何愁不能为表哥挽回十万大洋的损失？万望表哥看在血亲份上，大发慈悲，救小弟一命……若小弟死于强人之手，表哥身为大督办，恐怕面子上也不好搁的……"

黄吉城叹了口气："说得轻巧，拿根灯草。十万大洋够我养活一个团一年了！"何金章夫人哭哭啼啼："表哥，钱是身外之物，金章回来之后，还怕不能给你挣钱？"胡嫦娥也帮着表嫂说话："督座，血亲老表不救，会遭世人白眼……"黄吉城叹了口气说："表弟妹子，这半年，我派出大军进剿福源坝，杀老百姓无数，想抓一个赤匪头头换回表弟。但是，我军屡战屡败，没抓住一个可以换回表弟的赤匪头头。事到如今，只好由你答应给他三万元放人。"

何金章妻子："要是游击队嫌少了，不答应怎么办？"黄吉城生硬地说："绝不能再多一个子了！"何金章妻子："我再向游击队求情……谢谢表哥救金章一命！"黄吉城："给川东游击队说好，交钱交人同时进行！"何金章妻子："游击队说一手交钱一手放人……"

晴空万里无云。黑桃坪曲折陡峭的山路上，五个背二哥背着沉重的背夹在佟孝云的带领下吃力地向上攀登，走到黑桃坪大山崖的一棵大松树下坐下不久，从山崖的另一个方向走出五个人来。中间的一个是何金章。他忐忑不安地走着，一则是庆幸自己即将脱离虎口，获得自由；一则是担心川东游击队在收钱以后又要自己的命。想到这里，他不禁打了个寒战。押送他的四个川东游击队战士，个个身揣双枪，雄赳赳气昂昂地向前迈进。原来，双方约定，今天在此时此地交钱换人。佟孝云老远就向唐志轩打招呼："唐大队长辛苦了。"

唐志轩问："银圆带齐了吗？"佟孝云答："一个不少，少了一个你毙了我。请清点后立刻放人。"几个战士清点后对唐志轩说："报告支队长，三万元大洋的确一个不少。”

唐志轩严厉地问：“何金章，你今后还敢为非作歹，为害老百姓吗?”何金章跪地求饶：“经过你们的教育，我今后再不敢欺压老百姓，再不敢与你们川东游击队为敌了。”

唐志轩说：“按你何金章犯下的罪行，应当是千刀万剐，死有余辜。但是，我们川东游击队是说话算数的。既然讲好交足了钱就放人，现在钱交足了就放人。同时也放回佟孝云的妻子。在这里，我也要警告你何金章、佟孝云以及一切曾经作过恶、欺压过老百姓的人，从今以后不要再作恶，不要再欺压老百姓。否则，我们川东游击队是饶不过你们的!”

何金章和佟孝云连连点头：“是，是，我们一定改过自新，重新做人，不再欺压百姓!”

唐志轩一挥手：“好，你们走吧!”何金章、佟孝云：“谢川东游击队不杀之恩!”

唐志轩带着川东游击队战士离开以后，何金章摸摸自己的脑袋还在，便夹在几个背二哥中间迅速向山下跑去。

何金章回到川陕边区绥靖督办公署，带着妻子忐忑不安地去见黄吉城：“表哥，此生小弟绝不忘您的救命大恩……”

黄吉城将何金章责骂一顿以后，问何金章还敢不敢再作芙蓉场禁烟查缉局局长。何金章说：“再也不敢作芙蓉场禁烟查缉局局长了。”

黄吉城叹了口气说：“有心栽花花不发。你还是恢复上校参谋原职，兼作我的家庭财务处长，管管我的私家财产算了。”

何金章和妻子连连磕头：“谢谢表哥恩典!”

涪流县县陡梯子。唐志轩：“老革命，向您报告一个好消息：我们在关帝庙打垮黄吉城一个连，缴枪五十多支，极大地鼓舞了起义军的士气。”张大洲：“关帝庙大捷喜讯传来，我们可以动员十里峡的龚大华排长马上起义了。”唐志轩：“好，马上去十里峡。”

十里峡是涪流县到宜兰县的必经之地。峡谷两面高山陡峭，高入云端，一条小河从峡谷流过，唯一的一条羊肠小道沿绝壁陡崖蜿蜒而去，约十里，因此人称此地为十里峡。此地为黄吉城、刘湘两个防区的交接地，黄吉城派了一个团的兵力防守。福源坝起义枪声打响后，黄吉城又加派了一个团，一则防刘湘乘机侵占防区土地，一则防张大洲从涪流县通过此地向福源坝运送人员及武器弹药。张大洲知道，黄吉城的兵士大都是被强行抓去的穷人，并且他是用打骂的办法控制军队的，兵士饱受军官以强凌弱、以大欺小的痛苦。兵士无薪饷，甚至连饭都吃不饱。因此，不断有逃跑、哗变等事件发生。张大洲决定到黄吉城军队中发动兵变，认为这样既可壮大革命武装，又能起到动摇敌人军心的作用。张大洲与唐志轩分别装扮成小贩走进军营，大声吆喝着："卖香烟啰!""卖草鞋啰!"

王大忠等几个兵士围了上来准备购买。连长毛大成走了过来："兵士不准买他们的东西！小贩赶快离开军营!"兵士王大忠等请求："连长，我买双草鞋就走。"毛大成一脚踢中王大忠的屁股："敢跟老子刁牙！赶快回营房去!"

王大忠跌倒地上，同伴将他拉起来，敢怒而不敢言。毛大成又一拳打在另一个士兵的身上："不听话！跟老子找打!"他见还有兵士不肯离开，便解开腰间的皮带，向几个士兵身上乱打。士兵想躲闪，毛大成就打得更凶："老子让你躲！老子让你躲!"

值星排长龚大华走了过来："连长，让他买到东西就回营房去吧。"毛大成："你们不听老子的话，都想找打!"

龚大华："连长，不能这样对待士兵兄弟。"毛大成："士兵都是一群听不懂人话的畜生，只有打，他才知道老子的厉害!"龚大华命令士兵："你们赶快回营房去!"

几个士兵看着毛大成不敢动弹。毛大成："看在值星排长的面上，老子今天饶你们一回！还不快滚!"几个士兵飞快地向营房走去。

毛大成对张大洲吼道："以后不准进营房做买卖！否则老子将你们的货物全部没收!"张大洲边收货摊边说："好，我们收拾好货物就马上离开营房。"

毛大成对龚大华说："把他们赶出营房!"龚大华说："是!"

张大洲、唐志轩看着走向办公室的毛大成，边收拾货物，边对龚大华说："排长是个好人，你们连长好凶啊。"龚大华说："他只知道要威风打人，兵士们都恨他入骨!"

张大洲："老总，我请你抽空到外边喝口清酒好吗？请一定赏光!"龚大华："初次相识，不敢让你破费。你们赶快离开军营，免得毛连长又要来找我的麻烦。"

张大洲："好，我们马上离开军营，请一定赏光，交个朋友嘛。"

龚大华走进七里香酒店雅间。张大洲："欢迎排长光临。排长高就军营想必已有不少时日了吧?”龚大华坐下，苦笑了一下：“穿上这身黄皮皮七年了，混口饭吃保命。”

张大洲：“看排长精明能干，何必在这个营房里受窝囊气。”龚大华叹了口气：“我早想寻求光明，苦无门路。”

张大洲：“这天下的路多着呢。远的不说，我听说这福源坝官兵亲如兄弟，哪里像你们连长这么凶狠……”

龚大华：“福源坝‘赤匪’对士兵真那么好?”

唐志轩：“黄吉城之流的人喊游击队是‘赤匪’，是对人民革命军队的污蔑。革命军队里讲平等，官兵一样，人人都受到尊重。”

张大洲：“龚排长家境不错吧?”

龚大华叹了口气：“我家穷得日无逗鸡之米，夜无鼠耗之粮，全靠父亲打长工度日。我十五岁那年，父亲被逼为财主家守夜。财主家遭到土匪抢劫，责怪父亲守夜不尽责，活活将我父亲打死了。我母亲前去评理，要求财主赔礼道歉和抚恤，竟被财主踢死了。我只好将弟弟妹妹两个送人，一咬牙投了军……”

张大洲：“龚排长的遭遇，可说是大多数兵士兄弟的遭遇。”唐志轩：“是啊，我的遭遇比龚排长的遭遇还惨……我们穷人起来闹翻身，军阀、地主豪绅就骂我们是‘赤匪’。这世界太不公平了!”张大洲：“共产党领导的游击队要让天下所有的受苦人都翻身，都摆脱贫困!”

龚大华：“我血海深仇未报，心中非常苦闷。”张大洲：“兄弟，只报个人的血海深仇，这世界的面貌永远无法改变!”龚大华：“我也非常同情我们的穷苦兄弟，我也愿意为让所有受苦受难的穷人翻身解放，贡献出自己的一分力量。苦无门路……”

张大洲紧握龚大华的双手：“好兄弟，你能有这样的认识，就是我们穷人的好子弟!”龚大华：“好大哥，请您带路，我和你们一起到福源坝去投奔游击队!”张大洲：“好兄弟，现在白狗子力量还很强，光你我几个人还远远不够。你回连队去，把穷苦兄弟都带出来参加游击队好不好?”龚大华眼里放出光芒：“好!”

龚大华回到军营，找到经常受连长、排长毒打、辱骂的王大忠等兄弟：“兄弟们，连长不把我们当人，黄吉城这个军队我们再也不能这样待下去了!”王大忠：“这个军队不是人待的地方，我早就不想干了。排长，你说我们该怎么办?”龚大华：“有个好去处，不知大家愿不愿去?”王大忠：“什么地方?”龚大华：“福源坝。”一个士兵：“就是‘赤匪’那个福源坝吗?”

龚大华："说那里的游击队是'赤匪'，是军阀黄吉城和地主豪绅对游击队的辱骂和诬蔑。游击队打土豪分田地，是帮助穷人闹翻身的军队，是老百姓十分拥护的军队。游击队队员之间亲如兄弟，有福大家享，有难大家当。不像黄吉城的军队，当官的骑在士兵头上拉屎拉尿，不把士兵当人！有了福只有当官的才能享受，没有士兵的份儿。"王大忠："太好了，走，参加游击队去！"几个兵士个个摩拳擦掌，巴不得马上飞到福源坝去："排长，马上带我们投奔游击队去吧。"龚大华说："兄弟们，我们不能把我们的好兄弟留在这里，让他们继续受毛大成的虐待。我们应当把受苦受难的兄弟都带到福源坝去。"王大忠有些为难地说："毛大成能让我们走吗？副连长，还有两个排长能让我们走吗？"众："是啊！"

龚大华："兄弟们，大家分别去试探他们的态度，愿意同我们一起走的就一起走。不愿意和我们一起走，只要他愿意把枪交给我们，可以让他另寻生路。坚决反对我们走的，就处死他！请大家马上去做工作。"众："好！"

不一会大家回来向龚大华汇报："副连长、两个排长，还有两个士兵既不愿意交枪，又不愿意跟我们一起走，怎么办？"龚大华："王大忠随我去同毛大成摊牌，其余的人分别作好处死副连长、两个排长的准备，以我的枪声为号，分头行动！"众："好！"

夜。毛大成打开烟具，大口地抽了起来。龚大华命王大忠等几个兵士到毛大成住房附近埋伏起来后，走到毛大成房门前敲了几下。毛大成："谁呀？"龚大华："连长，我是龚大华，有紧急事情报告。"毛大成不得不放下烟枪，十分不情愿地打开房门："深更半夜来敲门，你有什么紧急事情报告？快说！"龚大华："连长，许多兄弟连买双草鞋的钱都没有，大家请求发点饷。"毛大成怒气冲冲地吼道："放屁，上面不发薪饷，我哪里来钱发薪饷？"

龚大华："连长，上面月月都发来了薪饷，怎么没钱发薪饷？"毛大成："你们怎么知道上面月月都发来了薪饷？完全是造谣！别听那些人胡说八道！"龚大华："不发饷，士兵们不愿再这样待下去了。"

毛大成怒眼圆睁："你们想干什么？"龚大华："你说没有钱给士兵发饷，你抽大烟是哪里来的钱？"毛大成："你这是说的什么话？"

王大忠冲到毛大成面前："你喝老子们的血，老子今天要找你算账！"毛大成急忙掏枪："你们吃了豹子胆要造反？"王大忠一把夺了他的手枪："老子今天就是要造反，你敢把老子怎么样？"

毛大成想夺过手枪，一个士兵跑上前来迎面一枪结果了毛大成的性命。

紧接着，起义的士兵们分别击毙了反对起义的副连长和两个排长。龚大华集合好队伍，首先扯下川陕护卫军的帽徽、领章：“兄弟们！我们处死了毛连长和几个顽固坚持反动立场的人，现在正式宣布起义！请游击队代表讲话！”

唐志轩：“弟兄们！你们绝大多数都是苦大仇深的贫穷兄弟，在家里深受地主豪绅的剥削和压迫，在军队里又深受军阀的虐待和打骂，过着非人的生活。大家都迫切希望改变这个不平等的社会。现在，共产党在福源坝建立了游击队，要为贫苦百姓打天下。在游击队里，官兵平等，人人都能得到尊重。现在，你们处死了黄吉城的走狗连长、副连长，起义投奔共产党领导的游击队，是革命的壮举。我代表游击队热烈欢迎你们！”

龚大华高呼：“打倒军阀黄吉城！跟着共产党闹革命！”众高呼：“打倒军阀黄吉城！跟着共产党闹革命！”张大洲：“兄弟们，欢迎你们加入游击队，我将在后方作你们的坚强后盾！向福源坝出发！”

龚大华等走出营房，看见对面山上一长火炬飞速地向自己扑来：“唐队长，我们怎么办?”

唐志轩：“选择有利地形伏击敌人!”

部队迅速展开。敌人靠近营房，营长高声问道：“毛大成连长，你们连发生了什么事?”

龚大华：“兄弟们都愿意参加游击队，请营长和我们一起参加游击队!”

营长：“兄弟们，你们在这里生活得好好的，为什么去参加游击队？快回营房去！不然，老子就要动武了!”

龚大华：“营长，你要动武，休怪老子们不客气了!”

营长命令士兵：“赶快开火!”士兵：“营长，我们不能打自己兄弟!”营长：“胡说！他们要去参加游击队就是我们的敌人！赶快开火!”

两队交火，营长所带士兵纷纷跑到龚大华埋伏地前：“兄弟们，我们也愿意和你们一起去参加游击队!”

龚大华：“兄弟们，调转枪口，对准喝士兵血的营长开枪!”营长见状，急忙转身向自己营房跑去。

龚大华集合起义士兵：“兄弟们，走，一起参加游击队!”众：“对，一起参加游击队!”

起义军在龚大华和唐志轩的带领下向福源坝进发，沿途受到群众的热情接待。走到潜水河，又有群众敲锣打鼓前来迎接。游击队举行了盛大的欢迎大会。刘庆庄高声讲话：“兄弟们，不，从你们起义的那一时刻起，就应当称同志们了！从此以后，你们就是革命大家庭中的一员了!”

一阵热烈欢呼之后，唐作俊庄严宣布："总指挥部决定龚大华同志任总部直属营营长！王大忠等同志分别升任连长、排长！"

刘庆庄："同志们，总指挥公布了对你们职务的安排，说明对你们给予了充分的信任并寄托了无限的希望！希望你们为革命充分发挥你们的聪明才智，多作贡献！"

龚大华："感谢领导对我们的信任，我们一定不辜负领导对我们的希望，坚决打击敌人！"

王大忠："黄吉城的军队不把我当人，想打就打，想骂就骂。今天，我参加了革命，才感到了一个人的尊严。我一定好好进行革命，坚决打击敌人！"

督办公署办公室。刘积良："据可靠情报，张大洲策动我驻十里峡的一个连起义，还带走了一些前去堵截他们的兵士，现在已投奔福源坝去了。"黄吉城十分恼怒地说："命令各部严加防范，对可疑人员抓住就杀，不准类似事件再次发生！各地戒严，抓捕共党嫌疑人员，不准漏走一个！"

涪流县陡梯子。张大洲："根据目前黄吉城大肆抓捕我地下党人的情况，我考虑，身份暴露了的同志，马上撤退到福源坝去。"刘庆庄："好。没有暴露身份的同志，尽量利用合法手段同敌人展开斗争。据我了解，永定县南定、松树、黄家、方家、徐家，宜兰县清流、巴木、河口、王家、君山等地的同志都隐蔽得较好，可以尽量利用合法手段同敌人展开斗争。"

张大洲："对，宜兰县梨树场的同志们在党遭到严重破坏后，毫不气馁，坚持利用合法手段进行斗争，工作很有成效。他们的经验值得推广。"

张明广被捕后，宜兰县党员名单落入了敌人手中。敌人按名单抓捕共产党员。梨树场团总徐中伦被张明广列为争取对象亦被捕。徐中伦供出了共产党员何家彦等。

梨树场。夜。村狗狂吠。火把照耀，电筒光晃动。团总徐中伦带着一大队白狗子包围了全乡的村庄，四处抓人。不多久，白狗子抓捕了一百多人，押到乡政府门前。刘积良干咳几声后说："共党奸人何家彦、陶廷煦、何二狗、张三棒、李老武出列！"

无一人出列。刘积良："我原本打算只抓这五个奸人，想不到他们都跑了。好，你们这一百多人都与五个共党奸人脱不了干系。你们把五个共党奸人交出来，就放了你们；要是不把他们交出来，就把你们统统押进永定城关进死牢!”仍然无人应答。

刘积良大声喝道:“把他们全部带走!”

这时队列中走出何家彦,大声喝道:“慢!刘积良你休猖狂,老子何家彦才是你要抓的共党!其余的人是无辜的,放了他们!”刘积良奸笑几声:“你以为你躲得过去吗?你以为你一个人出面认罪就可以救了大家的命吗?老子掌握了你们共产党人的全部名单,一个也休想跑脱!”何家彦大笑几声:“刘积良,你能掌握什么名单?告诉你,那些名单全是假的!真正的名单在老子脑壳里头!你休想拿到真正的名单!”刘积良:“你只要交代出这真正的名单,我可以保住你的小命,还可以让你升官,让你发财!”何家彦大笑几声:“刘积良,你以为天下所有的人都跟你一样怕死,只想升官、发财!老子既然要革命,就不怕死,不稀罕你那几个臭钱!”

刘积良:“来人,动大刑,看你嘴巴硬还是老子的刑具硬!”

何家彦被吊鸭儿凫水,几次昏迷过去,被冷水泼醒后,他又厉声骂道:“看你能猖狂到几时!”刘积良:“老子先崩了你!”何家彦:“你以为老子会怕死?告诉你,老子既然要革命就不怕死,怕死就不革命!今天你把老子整死了,再过十八年,老子又是一条响当当的汉子!你欠了老子的血债,血债必须要用血来还!革命者一定要向你讨还你欠下的血债!”

刘积良:“你想死个痛快?没那么便宜!哪个是陶廷煦?”人群中昂首走出一人:“老子就是陶廷煦!”

刘积良:“何二狗、张三棒、李老武站出来!”人群中走出三人。刘积良:“你们知不知道你们犯了什么罪?”何家彦:“老子们闹革命,没有犯罪!”刘积良:“统统枪毙!”

几声枪响过后,何家彦等人身中数枪却岿然不动。刘积良歇斯底里地吼道:“用刀将他们劈倒!”

几个刽子手用刀将他们劈倒。

山洞中。张建树摘下帽子:“同志们,何家彦等五位同志是好样的,表现了共产党人宁死不屈的傲然骨气!请摘帽为何家彦等五位革命烈士默哀!”

寂静中有人抽泣。张建树:“默哀毕!同志们,何家彦等五位同志为革命英勇献身了,他们的血不会白流!敌人的血腥屠杀只能吓退那些贪生怕死的软骨头,吓不倒真正的共产党员!我们要接过他们手中的革命红旗继续战斗!”众:“对,我们要继续战斗!”

郝方全攥紧拳头:“老子今晚就去杀几个白狗子为五位烈士报仇!”郝方

建："对，让白狗子知道，共产党人是杀不绝的！"雷友帆："同志们，我也希望今晚上就为五个烈士报仇雪恨！但是，我们不能蛮干。白狗子现在人多枪好掌握了政权，我们那样硬拼，拼不赢，那样正中白狗子的下怀。我们不但要同白狗子斗勇，更要同白狗子斗智。"

郝方全："怎么斗智？"张建树："这次白狗子大抓我们的人，很可能是党内出了叛徒。何家彦同志被捕则是团总徐中伦告的密。我们完全可以抓住徐中伦贪污军粮款一千六百元的罪行，发动群众向县府控告他。"郝方全："控告书交了几次都未能交进县府。控告恐怕解决不了问题。"雷友帆："同志，不必灰心丧气。最近，我的岳父当上了县府的文牍，有接近县长的机会，应该可以把控告书交到县长手里。"众："好。马上写控告书，家家户户盖手印。看县府处不处理徐中伦这个大坏蛋！"雷友帆："一次告不垮就告他十次，看县长能包庇他到什么时候！"众："对！"

经一段时间的联名控告，县府在人证物证俱有的情况下，终于撤销了徐中伦的团总职务。共产党员雷友帆接任了团总职务。

李家祠堂。徐中伦："雷友帆这些共产党员果然厉害，硬把老子拉下台了。哼哼，他也别想在团总宝座上待多久，等老子把这十多个人训练出来了，就有他的好果子吃了！"

雷友帆等得知徐中伦不甘心自己的失败，私下招募十多个人，组织秘密武装，准备选择时机对雷友帆等共产党员下手这个情况以后，立即研究对策。有的建议立即除掉徐中伦。张建树："立即杀死徐中伦当然痛快，但是也容易引起敌人的注意，暴露我们更多的同志。我们何不采取以毒攻毒的办法，借用敌人之手，除掉这个害人虫！"雷友帆："好，我到县府去走一趟！"

北风呼啸，白雪皑皑。宜兰县城走出三十多个荷枪实弹的团丁。雷友帆对团丁领头的人徐平说："你此去必须多加小心。徐中伦这个人很厉害，本身就会武功，现在又训练了十多个人，人人有快枪，不收缴他的武器，当场将他处决，留下他祸害无穷！"

徐平大队长："此人当过团总，家中有几百亩田地，是共产党要打倒的富豪，他是不是共产党啊？"

雷友帆："他原来与共产党员张明广关系很好，被共产党列为发展对象，被捕后，作了自首。他行贿当上团总后，又与共产党密切来往，肯定是又加入了共产党。他训练那么多武装，购买那么多枪支，不是按照共产党的办法，准备搞武装暴动是想干什么？此人老奸巨猾，毫无信义可言，为了地方的安靖，请徐平大队长一定要狠下决心，不能手软！不能给地方留下祸根!”徐平大队长：“到了那里看看情况再说!”

李家祠堂院坝。十余团丁正在紧张操练。徐中伦坐在太师椅上仔细观看训练情况，不时纠正动作。一个家丁跑到徐中伦面前：“老爷，大事不好。县团练局雷友帆带着一大队荷枪实弹的团练兵向我们这里走来了。你最好还是先躲一躲为好。”徐中伦：“老子没有做犯法的事，怕什么?”家丁：“团总，瓜田李下应避嫌疑。现在你正在私下训练武装，有人传言你是在为共产党训练武装。万一县里的团练兵不问青红皂白……还是躲一躲为好。”

徐中伦想了想说：“大家听着，停止训练，把枪收进里屋，你们分别找点农活干。有人问你们，你们就说是我请来的长工。听清楚了吗?”众：“听清楚了。”

徐中伦见众人散去，便惊慌失措地到祠堂对面一家农户躲起来。雷友帆带着徐平大队长走进李家祠堂，见几个人正在打草鞋，收藏粮食，便问：“你们是什么人?”众：“我们是徐大老爷请的长工。”徐平大队长：“徐大老爷在什么地方?”众：“不知道。”

雷友帆走到祠堂大门外：“哪个知道徐中伦大老爷在哪里请赶快传个话，叫他马上回祠堂，县团练局徐大队长检查训练情况来了。”

周围的群众远远地应道：“徐中伦大老爷刚才到李保山家里去了。”

群众连声呼叫：“徐大老爷，叫你赶快回李家祠堂去，县里检查训练情况来了。”

徐中伦见躲不过去，只好胆战心惊地向李家祠堂走来。徐平见状，厉声问道：“徐中伦，你私募武装打算干什么?”徐中伦分辩道：“我没有私募武装，只是请了一些长工。”徐平：“你购买那么多枪支干什么?”徐中伦：“防土匪。”

徐平：“你把私购的枪支弹药交出来!”徐中伦：“徐大队长，请不要收缴我的枪支弹药。”徐平：“留给你好造反?”徐中伦：“我是用来对付造反之人的!”

雷友帆：“岂有此理！光天化日之下，谁敢私募武装？谁敢造反？你心里怀的什么鬼胎?”

徐中伦被问得无言对答。徐平：“将他的枪支弹药全部收缴!”徐中伦突然大声叫喊起来：“徐大队长，雷友帆才是真正的共产党，你切莫听他的谎言，错怪好人啊!”

雷友帆：“徐中伦，你简直是条疯狗，血口喷人！你说我是共产党有什么根据？徐大队长，您别听信这条疯狗乱咬人，冤枉好人啊！”

徐平：“你们都说对方是共产党，自己是好人，都拿证据来！”雷友帆：“徐中伦私练武装，私购武器弹药，这个铁证你推得翻吗？”徐中伦：“你雷友帆私办夜校，私建农民协会，这完全是共产党的行径！”

徐平：“口说无凭，拿证据来！”徐中伦：“共产党向来是秘密行动，很少留下证据……”雷友帆：“徐大队长，徐中伦一贯栽赃陷害，诬告成性。我身为团总，他都可以当面诬告我为共产党，可见他有多么疯狂！徐大队长，你要是不按他的谎言说我是共产党，他马上就可以说您包庇共产党，您就是共产党！徐大队长，留着这条疯狗，您可要当心啊！”

徐平连连点头：“徐中伦，你原来当团总就是这么干的吗？”徐中伦：“众所周知，我徐中伦原来当团总一直是公道正派，从没冤枉过好人。”

雷友帆：“好个公道正派！你贪污军粮款一千六百元是假还是真？”徐中伦：“那一千六百元我早已退还出来了嘛。”雷友帆：“好个退还出来了，难道退还出来了就不算贪污了吗？你还有那么多敲丁苛索、鱼肉乡民之事，难道还要我一件一件地给你摆出来吗？”徐中伦：“雷友帆，你这个真正的共产党，老子二世都跟你没完！”徐平：“走！将徐中伦押到团局去说清楚！”

雷友帆和徐平押着徐中伦向前走着。雷友帆低声对徐平说：“徐大队长，古人说，当断不断反为其乱。徐中伦这条疯狗走进团局，拿出银钱，买通了县府的官员，告你个包庇共产党的大罪，到时候，恐怕你周身是口也难辩解了。”

徐平掏出手枪：“对，不能放了这条咬人的疯狗！”

徐中伦刚走出几步，徐平向他连开几枪。徐中伦倒地后，徐平上前踢了几脚，确认徐中伦已死，然后转过头来：“雷团总，感谢你为党国，为家乡父老除了一害，做了一件好事！”

雷友帆：“该感谢的是徐大队长您啊！”两人相视而笑。

川陕边区绥靖督办公署办公室。电话铃声突然响起，黄吉城拿起听筒，听到急促的声音：“报告督座，我是符冠文。昨夜，我听到张大洲在峰城乡活动的报告后，立即派团长胡庸斌带一营人到峰城乡抓捕张大洲。胡团长将全乡包围，挨家挨户清查，不见张大洲和川东游击队一个人影。突然场上传出枪声，胡团长飞奔而去，见场口一个坝子里摆着一具尸体。尸体上放着一张纸条，上面写着：‘团总代敬之，仗恃团总身份，敲诈勒索，鱼肉百姓，霸占民妻，逼死人命，罪恶昭彰，不镇压不足以平民愤！本川东游击队特别小分队应民众之请将其镇压，以示惩戒！’我命胡团长驻大义场查缉清乡。不一会儿，胡团长又打来电话，说大义场边又枪声大作。胡团长慌忙集合队伍向枪声方向赶去。刚到场边，枪声已停止。仔细一查，原来是一个独立哨棚遭到了袭击。哨兵被打死，枪弹被拿走。袭击的人不见踪影。胡团长急令全团展开大搜捕。川东游击队袭击大义场，打死团总冉敬之，掳走团枪二十余支的消息很快传开了，弄得人心惶惶。潜东乡、核桃坪两个乡的团丁一齐去参加川东游击队了。两个乡的团总下落不明。”

黄吉城不等符冠文报告完，立刻大吼起来：“这又是张大洲干的！张大洲是赤匪，立即悬赏捉拿：捉到活人，奖赏大洋三万元；提头来献，奖赏大洋一万元！”符冠文：“督座，张大洲不是那么好捉的，我多次按照情报派大兵去捉拿他，却次次扑空。据说他会隐身法。”黄吉城：“别相信他会隐身法，按悬赏捉拿，本督有重赏！”

二师师部。符冠文：“督座生气了，下令悬赏捉拿张大洲，如何是好？”参谋长：“给胡庸斌下令，限期一个月捉拿张大洲。”符冠文：“胡庸斌团长听令！命你在一个月内捉住张大洲，不得有误！”胡庸斌：“是。”

川陕边区绥靖督办公署办公室。黄吉城坐在太师椅上一动不动。刘积良连喊几声督座他也毫无反应。刘积良再次大声高喊：“督座！何忠辰的几次求救电报您都未审批，这份电报批不批？”黄吉城：“痛失神兵，剿赤前线又不断发来告急文电，我深感心力交瘁，茫然失措啊。”刘积良：“督座，你现在这种精神状态，要是让下边人知道，整个川陕护卫军就垮了。您还是要振作起精神来！”黄吉城没精打采地提起笔：“好吧。”

黄吉城刚写了一个字便停下笔：“传胡嫦杰。”胡嫦杰走到门边：“报告！”黄吉城：“进来！你们别动队近来怎么毫无作为？”胡嫦杰：“报告督座，他们工作还是十分卖力的。”黄吉城：“你们要千方百计捉住张大洲！”胡嫦杰：“卑职这就再次督促部下加紧办理。”

电话铃声响起，刘积良拿起听筒，传出张盛荣团长的声音：“报告参座，张大洲、唐志轩得到方白云团到童家漕清剿的消息以后，便派了一支小分队并联络华蓥山上的一支土著武装奇袭胡团团部。他们黄昏时分进入赵家场，迅速将胡团留守处的一个排俘虏缴械。他们把留守处的武器库打开，把储存的枪械，挑选精良的背走，将坏了的架起来烧掉。团部起了大火，并蔓延到街邻，场上大乱。他们贴出‘打富济贫’的标语以后撤走了。”刘积良：“他们现在到什么地方去了？”张盛荣团长：“正在追踪侦察。”刘积良：“赶快侦察清楚后再报！”

胡嫦杰快步走进川陕边区绥靖督办公署办公室："报告督座，卑职得到可靠情报，张大洲身边只有四五个手枪兵，现住在永定县涪流县边境的陈家坝。请您派一个连，随我到陈家坝捉拿张大洲。"黄吉城："情报可靠吗?"胡嫦杰："绝对可靠!"黄吉城："你要督促下属捉住张大洲，立下大功。本督将重重奖赏你们!"胡嫦杰："卑职认为，只要抓住了张大洲，川东游击队就群龙无首，成不了气候。"

黄吉城沉吟良久，对胡嫦杰说："张大洲是辛亥革命的著名人物，又是护法战争的重要军事人物，在川东很有影响。此人足智多谋，不是轻易可以捉得到的。你此次前去，务必小心谨慎行事。"胡嫦杰："督座，您只要给卑职一个连，保证马到成功!"

第十五章

别动队偷袭失败　银鼓石盛荣受惩

黄吉城沉吟良久："好吧，给你一个连。只准成功，不准失败!"胡嫦杰："是!"胡嫦杰立功心切，向黄吉城要了一个连，以作掩护。他不愿功劳让旁人分去，于是让别动队队员化装成老百姓前行。武装连则在后保持四五十里的距离，既不准靠得太近，抢了别动队的功劳；又不准离得太远，以便在别动队受到危险时及时保护。

别动队的白司务长走进陈记米店："老板娘在家吗?"陈老板娘应声而出："来了来了，啊是白司务长驾到，快快请坐。"白司务长："老板娘，我又来赊米来了。"陈老板娘："司务长，你们太辛苦了，又要到哪里去公干?"白司务长："到陈家坝去捉赤匪。"陈老板娘："听说赤匪都在山上，怎么到陈家坝去捉?"白司务长："小赤匪在山上，这是个大赤匪。"陈老板娘："吓人啰，好大个赤匪？姓啥子?"白司务长："嘘，别大声嚷叫，谨防走漏了风声走不脱。"陈老板娘："好，细声点。你们要捉的赤匪姓啥子嘛?"白司务长："你是个可信的人我才给你说，听说叫张大洲。"陈老板娘："这个名字好像在哪里听到过。"几个人走进店里："司务长，米在哪里?"

陈老板娘："这几袋米就是。司务长，写个欠条吧。"白司务长写下欠条，领着几个人把米抬走了。陈老板娘立即派人到陈家坝给张大洲送信。这样，张大洲便提前得到了别动队将赴陈家坝捉他的消息，做好了应对别动队的准备。

别动队办公室。胡嫦杰："你们哪个认识张大洲?"众："我们都不认识张大洲，只有尹长富才认识张大洲。"胡嫦杰："传尹长富。"尹长富："报告陈队长，尹长富到!"

胡嫦杰："你认识张大洲吗?"尹长富："属下认识张大洲。"胡嫦杰："你带我一起去辨认张大洲。"尹长富："是!"

胡嫦杰带着化了装的便衣队二十多人赶到张大洲常住的陈家坝的一个垭口时，已是黄昏时分。胡嫦杰："别动队的弟兄们，立即将陈家大房子包围起来！"众："是！"

胡嫦杰："第一组冲进院内抓人！"

第一组几个人冲进院内搜查一遍，了无人影。突然，院侧碉楼上向下射来子弹，顿时打死、打伤了几个别动队队员。胡嫦杰躲到屋角："快！向碉楼发起攻击！"

几个别动队队员便向碉楼开枪。正打得难解难分之时，一个哨兵前来向胡嫦杰报告："队长，我们别动队已被川东游击队包围了。"

这时，陈家大院四周都响起了枪声。胡嫦杰命令："冲出院坝，向山上撤退！"几个冲出陈家大院大门口的别动队队员顿时被赤裸左臂的川东游击队队员用大刀砍死在晒坝边。胡嫦杰："大家退回屋内抵抗！"

胡嫦杰带领别动队队员退回屋内，几十人的大刀队冲进屋内。因屋内漆黑，大刀队员摸着一个人只要没有赤裸左臂，便挥刀砍去。作恶多端的别动队队员尹长富也倒在大刀队的刀下。胡嫦杰爬上房梁躲藏，未被发现。拂晓，川东游击队集合在院坝清点战利品，共缴获手枪 36 支，手枪子弹数百发，大洋 200 余元，金戒指 10 余颗，手表两只。别动队 20 余人被消灭在这里。游击队唱着胜利之歌向营地走去。胡嫦杰见游击队撤走，跳下房梁。尹长富抱住他的腿："队长救命！"胡嫦杰拖着尹长富没命地向所带连队跑去。胡嫦杰带着连队狼狈逃回永定城，跌跌撞撞跑进督办办公署："督办大人，我别动队此次损失惨重，我侥幸捡回来一条性命。"

黄吉城气急败坏地吼道："我命你小心谨慎，你是怎么搞起的？"胡嫦杰："张大洲太狡猾了。"

黄吉城："前方军队失利了，神兵没了，别动队就剩你这颗种子了！你胡嫦杰愿不愿意重组别动队？"胡嫦杰："愿意！赴汤蹈火在所不辞！"

刘积良："报告督座，宜兰县银鼓石一带农民公开抗粮抗捐，宣传共产主义。是否立即派大军前去镇压？"黄吉城："命二师立即派兵前去镇压。"刘积良摇动电话机柄："喂！"黄吉城："慢！传我命令，令二师张盛荣团前往银鼓石清乡。对赤匪，不要俘虏，一律杀死！按杀人头多少晋升官阶、奖大洋；四处张贴悬赏令，悬赏捉拿张大洲、唐志轩、蒋中麟！"刘积良："是！"

张盛荣得到命令，立即带领全团人马出发。进至距银鼓石不远的银鼓石口时，天已黄昏，便令："就在此地宿营，明天早晨到银鼓石清剿赤匪。"

当天深夜，突然四面枪声大作，喊杀声如雷。场上一草房着火，蔓延开去，无人敢救。张盛荣所带军队不辨东南西北，不知所措，顿时大乱。张盛荣在慌乱中准备撤出银鼓石口，刚走出宿营地，一脚踩空跌倒了，手腿骨折，呼痛不已。张盛荣团士兵不辨敌我，互相对射起来。第二天清晨，才知道发生了误会。稍作清点，死伤人数达七十人之多。张盛荣怒不可遏，立即下令将场上中青年抓了二三十人，严刑拷问，稍有对答不清或反应迟钝的，即认为是川东游击队队员，立即枪毙示众。不少人被抄家，全场男女老幼哭喊声一片，十分凄惨。房屋被烧毁者无家可归，呼天抢地，无人理会。老百姓对川陕护卫军更加恨之入骨。张盛荣命副官："立刻打电话向督座报告，我部与川东游击队主力上千人在银鼓石一带发生激战，我部初战即告捷，俘获五十余人，斩首八十余人。为了扩大战果，请督座增兵一营，包围银鼓石，以便彻底将川东游击队歼灭，使'督座从此无东顾之忧'!"

黄吉城："情况属实吗?"副官将电话筒递给张盛荣："督座问话。"张盛荣："报告督座，刚才副官所报完全属实。"黄吉城放下电话，对刘积良说："传我命令，立即从骑兵团抽出三个连组成独立营，参加银鼓石大清剿。"刘积良："是。"

张盛荣带着大部队进入大山，在树林中行进，不时受到川东游击队袭击，伤亡不少。有时明明看到川东游击队小分队在前面不远处，独立营飞快追去，却不见人影，树丛中射出的枪弹又使川陕护卫军的士兵倒下几个。张盛荣坐在滑竿上，率领本部及骑兵营一直追到开县边境，见有一座大院，便命令："副官，快去将房主找来问话。"

副官走进大院带来一个少妇："团座，她就是房主。"张盛荣色迷迷地瞅着少妇："你就是房主?"少妇回答："这房子是我公爹的。"张盛荣："你公爹叫什么名字，是干什么的?"

少妇："我公爹叫苟绍东，是白水溪团总，剿赤去了。"张盛荣："家里还有些什么人?"少妇："一个老家人，一个丫鬟，还有几个长工住在侧院。"

张盛荣："本团奉命到此剿赤，借你大院作团部，你同意吗?"少妇："我一个女流之辈在家不方便吧?"张盛荣："你有老家人、丫鬟和长工，有什么不方便?副官，团部就设在正房!"副官："是!"

团部办公室布置好以后，张盛荣："副官，将女东家喊来。"少妇："团长找我何事?"张盛荣："女东家，本团不幸受伤，你带着丫鬟为我熬些汤药。本团伤好之后要重重谢你!"

少妇："你有勤务兵，怎么用得上我们这些粗手笨脚之人。"张盛荣一把拉住少妇的手："这么嫩泡泡的玉手，怎么说是粗手？"

少妇想抽回自己的手，张盛荣强行将少妇抱入怀中："乖乖，我一见到你，魂就被你勾走了，别那么扭扭捏捏地让我心痛……"少妇挣扎："团长大人，使不得。"

张盛荣将手枪向床上一摔："有什么使不得！老子杀人不眨眼！你要是不听老子的话，老子崩了你！"张盛荣见少妇吓傻了眼，急忙将她抱到床上……

游击队指挥部。唐志轩："张大洲同志，张盛荣率领他那个团追到开县边境，将团部驻扎在苟绍东家中，每日到附近清剿……"张大洲一拍桌子："先奇袭他的团部，消灭他的部队！"唐志轩："据苟绍东家长工讲，张盛荣已霸占苟绍东的幺儿媳妇，我们打算这么办……"张大洲点头："好！好！就这么办。"

深夜。唐志轩带着五个游击队员摸到苟绍东大院跟前，派两个队员去摸敌人的哨兵，自己带着两个队员爬上房顶，走向苟绍东幺儿媳妇住的里屋。张盛荣与苟绍东的幺儿媳妇睡得正香时，突然从天窗跳下三个人来，向床上扑去。张盛荣急摸手枪射击，三个人便乱刀砍去，砍中张盛荣团长的脑袋和手枪。张盛荣手枪射出的子弹正好打中苟绍东幺儿媳妇的脑袋。张盛荣昏死过去。三个人取走张盛荣的手枪，认为已将张盛荣杀死，便开门冲出大院向山上撤走。这时，只听见四周高山上到处响起枪声，有的山上还发出火光和喊杀声。护守团部的两个连急忙跑到陈家后山占据有利地形准备抵抗进攻，却与骑兵营发生了误会，互相射击起来。突然，武器库的房子燃烧起来，弹药爆炸，子弹横飞，炸死不少兵士，使张盛荣团更加混乱。直到拂晓，才发现川东游击队早已撤走，是张盛荣团和骑兵营对打，相互埋怨不已。

团部副官带着弁兵走到苟绍东的幺儿媳妇房里，只见苟绍东的幺儿媳妇脑袋已开花。张盛荣满脸满身是刀伤，昏迷不醒。副官只好下令停止清剿，撤回宜兰县城。符冠文急忙给督办办公室打电话："督办大人，张盛荣率领本团人马追剿游击队至宜兰县、开县边境，将团部设在苟绍东家。昨天遭到游击队夜袭，张盛荣受重伤昏迷不醒……"

黄吉城："此次派张盛荣团到宜兰县，本想歼灭川东游击队。他耗资上万，一个川东游击队影子未捞着，反倒损失人枪无数，张盛荣是干什么吃的？传我命令，马上将张盛荣撤职！"

符冠文看着奄奄一息的张盛荣团长："是！马上将他撤职！"

煤炭坪。大山绵亘，沟壑纵横。山腰上，一座茅草房前挂着一杆大秤。不远处有一煤窑，不时推出一篓煤炭。窑主胡久域向管账先生指指点点："收秤的秤要旺，卖出的秤要平！"管账先生："老板的心意我知道，我也是这么做的。上个月，仅秤上就赢了两千斤。"胡久域："你管好了，我给你发奖！"管账先生："但是，工人对我很有意见。"胡久域："怕什么？我不给他们发钱，他们早就饿死了！"

管账先生："老板，听说前不久东山李老板被川东游击队关圈，用了五千大洋才放回来了。你可要小心点。"胡久域："他川东游击队吃了豹子胆敢关老子的圈？"管账先生："你还是小心一点为好。"

夜。唐志轩带着五个游击队员靠近煤窑办公室，从窗户孔看去，只见桐油灯下，胡久域与管账先生正在清账，快速地拨弄着算盘。唐志轩等推门进去："胡老板跟我们走一趟！"

胡久域伸手掏枪，却被唐志轩用手枪顶住了脑袋。胡久域："你们是什么人？要我到哪里去？"唐志轩缴了胡久域的手枪："我们是川东游击队。少废话，跟我们走！"胡久域抱住管账先生："我哪里都不去！"游击队员将他与管账先生分开："老实点！快走！"

唐志轩对管账先生说："你告诉胡久域家里的人，叫他家准备五万大洋赎人。"

胡久域瘫坐在地上不肯走。游击队员堵住他的嘴，将他捆上滑竿，抬起就走。他们进到一座民房里。唐志轩审问胡久域："胡久域，你要老实交代你在当区长期间敲诈勒索百姓的罪行；收取田租时，逼死人命的罪行；开煤窑，诈取工人血汗钱种种罪行！"胡久域："我在担任区长时并无敲诈勒索百姓之事。佃户交不起租，是他自行绝路上吊，并不是我将他逼死。开煤窑，工人的工资都是按时发放，从无克扣之事。"唐志轩拿出一大摞检举书："胡久域，你把自己说得太好了。你认为说自己好就能掩盖你欺压百姓的罪行吗？告诉你，检举你的人不下百人！你若有悔过之心，就老实交代你犯下的罪行。"胡久域："我没有做过任何对不起老百姓的事情。"

唐毛子用手枪指着胡久域的脑壳："你的罪行铁证如山！你若执迷不悟，只有死路一条！"胡久域："我真的没罪。"唐毛子："你是想死还是想活？"胡久域："我当然想活。"唐毛子："想活就拿五万元赎命！"胡久域："我没有钱。"

唐志轩："胡久域，告诉你，你若有悔过之心，就告诉家里拿五万元赎命。你若执迷不悟，就是死路一条!"胡久域："我家拿不出那么多钱赎命，请长官宽限金额，宽限时间……"

唐毛子："你愿拿多少钱赎命?"胡久域："五百元。"唐志轩："押下去!"胡久域："长官饶命，我愿以两千元赎命!"唐志轩："少了一个子，老子就要了你的命!"胡久域："是，是，是!"

管账先生带着两千元走进游击队办公室："长官，我送来两千元，请清点清楚后，放回我家老板。"胡久域见办公桌上白花花的大洋一个一个地被数着，犹如剜了心头肉，眼里射出仇恨的目光。唐毛子看着胡久域的眼睛："胡久域，你不愿赎命，可以把钱拿回去!"胡久域："长官真的不要我的钱了?"唐志轩："你想收回去就收回去!"胡久域伸出双手，将银圆抱到自己的胸前："管账先生，把口袋拿来!"

唐志轩："好个要钱不要命的吸血鬼！老子今天就叫你死在钱堆里!"唐志轩一枪结果了他的性命。

永定县全城同时戒严。军队拿着胡嫦杰开列的共产党员名单，逐一捉拿嫌犯，关进潜龙山上临时设的监狱。

西山寺军事政治训练团。突然，一大队官兵将训练团重重包围。所有人员没有川陕边区绥靖督办公署新颁发的通行证、手令等不能出训练团大门。军队进入训练团，大肆抓捕共产党员和国家主义派成员。

刑讯室。几个年轻人被同时用刑。哭叫、呻吟之声不绝。胡嫦杰："只要你们招供，马上停止用刑!"蒲洪昭："我实在受刑不过，你们要我招什么，我都招。"胡嫦杰："将他解除刑具，押过来!"蒲洪昭被拖到桌前倒下。胡嫦杰："你是不是共产党?"蒲洪昭："我不知道什么是共产党。"胡嫦杰一挥手："重新用刑!"蒲洪昭："请不要再用刑了，我招，我是共产党。"

胡嫦杰："你什么时间加入的共产党?"蒲洪昭："就写今年吧。"胡嫦杰："你的入党介绍人是哪一个?"蒲洪昭："不知道。"胡嫦杰："吴志道。好，你在记录簿上按个手印。"蒲洪昭在录簿上按了个手印："长官，还要我做啥子?"

胡嫦杰："你把记录簿拿去重抄一遍，再写出以上交代字字属实，作并无逼供、永不翻供的保证。再按下你的手印，才算完事。"蒲洪昭一一照办后，将手抄件递给胡嫦杰："长官，这样行吗?"胡嫦杰："你给你的同伴说，照你一样办个手续就是了。"

胡嫦杰看着几个年轻学员办完了承认自己是共产党员的手续后，故作亲切地说："你们承认自己是共产党员还不行!"蒲洪昭惊愕地问："还要做啥子?"胡嫦杰拿出一份名单："你们再按这个名单写一个检举信，检举这些人都是共产党员!"

蒲洪昭："长官，你这单子上的这些人大部分是国家主义派哟。"胡嫦杰："他们表面上是国家主义派，实际是共产党！你们照这样写就算你们立了功，不再对你们进行处罚，还要奖赏你们!"青年们一一照办后，胡嫦杰："从现在起，你们就是我们别动队的人了，跟我一起吃小灶。"众："谢谢胡队长!"

胡嫦杰此举的确厉害，抓住了军事政治训练团里的一些共产党员，同时也抓捕了大量的国家主义派人员。

蒲洪昭叛变后，也动员他的长工尹长富叛变。尹长富以前也同蒲洪昭一起为川东游击队送过信，了解一些情况，认识了张大洲。尹长富见主人蒲洪昭已叛变，便同蒲洪昭一道去见胡嫦杰，主动投案。胡嫦杰将尹长富的妻子和女儿从巴山县城接到永定城中养着，对尹长富进行反共培训。三个月后，胡嫦杰见尹长富反共思想已坚定，便将他秘密派到童家漕川东红军游击纵队指挥中心从事反共活动。

童家漕。川东游击队指挥中心的一个接待室。尹长富哭哭啼啼地说："同志，我是唐作俊的表弟，蒲洪昭家的长工，蒲洪昭同志被捕不久，我的家人也全被抓了。我寻遍了巴山县城和永定城，可我的家人音信杳无，至今生死不明。我无依无靠，只好来找你们。见到你们就像回到了家……"

川东游击队第五分队队长大耳朵："你怎么找到我们这里来了?"尹长富："前不久我和蒲洪昭同志一起送信到过这里，还见到了张大洲领导。请你们答应我的请求，我要参加游击队，为蒲洪昭同志和我的家人报仇!"大耳朵信以为真："尹长富同志，对你的不幸，我深表同情。你投奔革命，我们更是欢迎。这样吧，你先休息几天再谈工作。"尹长富："革命工作这么忙，我怎么能闲耍呢?请领导尽快安排我工作。"

大耳朵暗想："永定城里的联络工作还缺少人手，不如就让他作同永定城的联络工作。不过，联络工作既危险又责任重大，还是要向张大洲同志报告了再说。"大耳朵对尹长富说："好，我会尽快给你安排工作的。"

大耳朵走进指挥中心办公室，向张大洲汇报："……尹长富的情况就是这样，我打算安排他作联络员。"张大洲说："现在白色恐怖这么严重，情况复杂，反动派的特务手段变化多端，尹长富说的话是否真实，一时还很难辨别。尹长富与我们很长一段时间没有联系，情况有没有变化，我们也不知道。因此不能轻易地让他掌握我们的机密，也不能直接放到武装部队里，应交给地方组织审查一段时间再说。”

大耳朵回小队的路上边走边想：“张大洲同志的指示很有道理，但是，也不能让他闲着。对了，一支队缺炊事员，让他先去当炊事员。尹长富即或不可靠，也出不了什么出大乱子。”

尹长富做炊事员以后，随时和给养员一道到附近几个乡场买东西。尹长富正在弯腰买菜时，一人走到他身边：“表弟在干什么?”尹长富转身抬头望去：“嗬，表哥也在赶场?”给养员：“你哥俩摆点家常，我到那边买点鸡蛋就来。”尹长富等给养员离开后说：“胡老板，我现在只作了个炊事员，见不了张大洲。”

胡嫦杰：“不能除张大洲，就多除掉一些他的手下人也可以。我回去后，派一名别动队员化装成农民给你送来一包烈性毒药，你寻找恰当的时间投放。投毒成功后，立刻到赵家坝向胡白云团长报告，请他派大军前去围剿。事情成功以后，我照样会给你重赏!”尹长富点头：“我一定完成任务。”

不久，在约定的这天晚饭中，尹长富投放了毒药。川东游击队一支队除哨兵和几个在外执勤的人外全部中毒。

担任放哨的幺娃子见换哨时间过了很久，左望右望还不见有人前来接哨：“今天是怎么回事？这么晚了还无人前来换哨，一定是出了什么事情，我必须马上回营地去看看。”他飞快地跑回营地，只见队员们东倒一个，西倒一个，呻吟不已。幺娃子转身向营房大门走去时，中毒较轻的唐班长从茅房出来喊住了他：“幺娃子，我们吃过晚饭后，大家全都喊肚子痛，口吐白沫，只有炊事员尹长富没有中毒。他提了两支手枪跑出去了。你赶快到总指挥部去报告这里的情况。”幺娃子：“唐班长，我扶你一起去。”唐班长：“我走不动，留在这里看着中毒的同志。估计尹长富是去向敌人报信去了，你赶快去喊总指挥部的同志们来救我们!”幺娃子：“好。”幺娃子于是急忙向指挥部飞跑而去。

川东游击队总指挥部。张大洲听到幺娃子的报告后，立即决定：“大鼻孔马上带一个小分队去救中毒战友，其余部队立即转移!”

副大队长杨大兴对张大洲说：“我分析，距离童家漕最近的是川陕护卫军胡白云团，他的团团部驻在赵家坝。胡团如果趁川东游击队一支队中毒而向川东游击队进攻的话，团部就比较空虚。我们不如采取‘围魏救赵’的办法，趁这个时候胡团团部空虚的机会去袭击胡团团部，给敌人一个突然袭击，迫敌回援，正好解一支队的危。”张大洲：“好，你负责救援中毒战友，我去袭击胡白云团部。”杨大兴：“好，我们分头行动!”

尹长富跌跌撞撞地跑进胡白云团团部：“报告团长，我投毒成功了，请马上派大兵去围剿一支队!”胡白云拿起电话：“接督办办公室。报告督座，尹长富投毒成功，我们怎么办?”黄吉城：“命令你团立即分散出击川东游击队的各个据点!”胡白云：“是!”

胡白云：“周营长听令！命令你立刻率兵两连向童家漕土地垭进军。主要任务是消灭川东游击队中毒支队。”周营长：“是!”

胡白云：“其余各营连长分别率领所部向川东游击队的各个据点发动进攻，务必将他们一举歼灭!”众：“遵命!”部队分别开出营房，向进攻方向快速前进。

周营长率部队进至童家漕，指挥部队首先占据土地垭两侧山顶，然后指着土地垭口对一连连长刘正兴说：“你连从正面向土地垭口前进。”

刘正兴是刚从军校毕业的学生，没有见过实战，仅凭着与黄吉城是同乡关系就当上了连长，因而十分害怕遇到川东游击队。他胆战心惊地带着连队刚进入土地垭，就遭到了步枪和轻机枪的射击。刘正兴见森林里到处都有枪弹射击，不敢出击，叫大家埋伏待援。

周营长在山顶上用望远镜仔细观察，不见刘正兴带领川陕护卫军反击，而见川东游击队一面向土地垭开枪，一面掩护二十多个中毒战士向沟底小路撤去。于是指挥另两个连向山下冲去，认为可以将中毒战士截住全歼。他的队伍刚追下沟，川东游击队已从沟底撤到了高地。周营长命令两个连向山上追去。川东游击队从山上抛下手榴弹，将川陕护卫军炸死炸伤不少。周营长亲自组织了一个排的敢死队向川东游击队发起攻击。川东游击队毕竟人少，又要掩护中毒战友，抵敌不住，伤亡很大。周营长见川东游击队战斗力大为减弱，便带着敢死队猛打穷追。川东游击队趁周营长及敢死队追至山坳里，抛下手榴弹，将周营长等炸伤。敢死队锐气受挫。川陕护卫军正在进退两难之时，川东游击队第一支队支队长杨大兴爬上一块大石，高声向川陕护卫军喊话：“川陕护卫军的弟兄们，你们被我们包围了，再不要为军阀卖命了，赶快缴械投降吧！川东游击队欢迎你们!”

刘正兴此时胆子大了起来，爬到坟地树丛下，组织三个射击手，向杨大兴射击。杨大兴腿被击中，顿时倒下。刘正兴立即带兵冲上去，只见杨大兴在地上坐着，手持手枪。刘正兴想去缴杨大兴的枪，只见杨大兴手起一枪，将刘正兴击毙，又向自己头部开了一枪……

赵家坝。张大洲带领游击队攻击胡白云团部，战斗十分激烈。胡白云急忙下令："命令进攻游击队的军队立即回援团部！"

大耳朵："张大洲同志，胡白云各部开始回撤了，我们怎么办？"张大洲："调动敌人的目的已经达到，停止进攻，马上转移！"

潜水河。游击队指挥部。几个农民跑进办公室，向刘庆庄、唐作俊请求："游击队的同志们，请为我们老龙场的贫苦百姓除去'双煞'吧。"

唐作俊："双煞？"一个农民说："就是两个作恶多端的恶霸。"一个农民说："一个叫'天煞星'。这个人的真名叫谭庆扬。他长得膀大腰圆，一脸的横肉，仗着力气大，横行乡里，常常无事生非，或骗买骗卖，或强夺硬取，欺压百姓。百姓见了，又恨又怕，唯恐躲之不及。百姓给他起了个绰号叫'天煞星'。"

一个农民说："'天煞星'将巧取豪夺的钱财行贿，爬上了乡团总的宝座。他利用团总的合法身份办团练，聚集了百十个恶棍，更加大肆敲诈勒索，欺行霸市，巧取豪夺，鱼肉百姓。他在场中修建了一座特别显眼的洋房子，公开开设赌场和春房，聚敛钱财。"

一个农民说："还有一个叫'地煞星'，他的真名叫苟全昭。他千方百计巴结上谭庆扬后，在谭庆扬洋房的对街修建了一排三间木房，开设茶馆，同谭庆扬洋房形成'犄角之势'。"

一个农民说："不管是邻里还是家庭发生了争吵都先到茶馆喝茶评理。苟全昭作仲裁人，总是先说对的一方错了。对的一方当然不服。他再说错的一方错了。吃了被告吃原告之后，再说'你们不服，可以找团总评理'。把发生矛盾的双方引到谭庆扬那里去，再行宰割。苟全昭收购农产品总是一口价，还不准另外卖给别人。他放出的高利贷，到期还不出，便强行收去家财甚至人抵债。谁若不从，由谭庆扬出面，给予更为严厉的惩罚。老百姓对苟全昭恨之入骨，给他起了个绰号叫'地煞星'。"

一个农民说："这两个'煞星'配合默契，欺压乡邻。老百姓祈望老天降下救星，除掉这两个坏蛋。"一个农民说："我们听说游击队为民除害，所以特地偷偷跑来，请你们救救我们，除掉这两个害人虫！"

刘庆庄一拍桌子："唐达雷，你带二十个兄弟去除了这两个害人精！"唐达雷："遵命！"

唐作俊："罗翥鹏，你带一百人去收缴团队的枪支弹药。"罗翥鹏：

“遵命!”

清晨。山路上行进着几个身着长衫、脚穿草鞋、精神抖擞的年轻人。这里山高坡陡,林木葱茏。几个年轻人迅速地向山上攀登着,在云雾缭绕的“万古楼”旁,捧起清泉喝了个够。大家啧啧称赞:“好山好水。”唐达雷:“这是个神仙居住的好地方,老百姓却处在水深火热之中……”

游击队员:“我们马上去除掉这两匹恶狼,让老百姓重见天日!”

一个农民在地上摆起几串野菌、两根干树枝、两只野兔,向大家介绍老龙场的地形:“双煞的洋房和赌场在街的正中,往前不远是乡公所和团练局,再向前场当头是团练兵营房。”

唐达雷:“党代表派我们来执行这个特殊任务,是对我们的信任,我们必须坚决完成这个任务。不管‘天煞’‘地煞’,绝不能漏掉一个。不能给老百姓留下后患!”游击队员们群情激愤,斗志昂扬,一个个摩拳擦掌地说:“狗日的双煞作恶多端,早就该惩处了。今日定叫他们去见阎王!”唐达雷:“今天是个赶场天,赶场的人多,利于我们接近‘双煞’执行任务。但是,弄得不好,也容易误伤百姓。我们千万注意,决不能误伤一个群众。”众:“保证做到不随便开枪!”

一个农民向罗翥鹏介绍:“团练兵营房是这样的……”罗翥鹏:“同志们,我们的任务是收缴团练兵的枪支。我们要与唐达雷队长除掉‘双煞’的行动互相呼应……”

唐达雷挑着干柴带着游击队员从拥挤的人群里,好不容易挤到了乡公所对面,将柴捆放在街边石沿靠着,掏出叶子烟杆,裹上烟,凑近一个年轻人:“接个火!”年轻人打着火链石冒出火花。唐达雷凑了过去:“你将柴火看着,团练的人来买才卖。送柴火进营房留点心。我到洋房和茶馆里去看看。”青年点点头:“知道了。”

唐达雷走到洋房和茶馆,仔细观察着地形,然后向随后跟来的游击队员交代任务。

团练伙夫走近看着柴火的游击队员:“将柴火挑到团练营防去!”游击队员:“给多少钱?”

团练伙夫:“挑拢了再说价。”游击队员:“说好了再挑。”旁边一个人说:“看来你不懂团练的规矩,快挑去,免得惹麻烦。”游击队员装作不同意的样子:“公平买卖,惹什么麻烦?”

伙夫:“快给老子挑起走!”

游击队员挑上柴火随团练伙夫走进营房。游击队员留心地观察着营房,放下柴火："师傅，拿钱吧。"伙夫拿出一毛钱："拿去!"游击队员："一大挑柴才值这么点?"伙夫："还要多收? 想挨揍!"游击队员收了钱，返回街中，迎面碰着罗翥鹏："里面的布局是这样的……"

罗翥鹏点头："你随我来。"

罗翥鹏分配游击队员对全场重点部位进行控制，包围了团练兵驻地。

唐达雷将自己带领的游击队员布置在乡公所、洋房子赌馆及苟全昭茶馆周围后，带着唐毛子走进谭庆扬的洋房子赌馆。只见赌馆中央有一个由六张大方桌拼成的长方形赌台，赌台正方高凳上坐着一个身穿白短褂，约莫三十来岁的一个精瘦男子。唐达雷暗想："此人是谭庆扬无疑了。"

赌桌旁边小桌上摆着一只小茶壶、一把蒲扇。谭庆扬一脚蹬着赌桌边沿，双手执掌赌具，不停地吆喝："快下注，快下注! 好呢，五十，一百，二百，哪个开盘?"

桌的另一边坐着一位手捧白铜水烟袋、略显斯文的男人，正悠闲自在地吞云吐雾，丝丝烟雾从他口中冒出，袅袅升腾。唐毛子心想："此人是苟全昭无疑了。"

唐毛子紧跟在唐达雷身后，走进赌场，看到此番热闹情景，禁不住激动地自言自语道："都在呀!"一些赌客回头向他点点头："来了? 快下注!"

人多拥挤，唐达雷和唐毛子拢不了谭庆扬的身，便在赌客身后若无其事地观察着。他们终于转悠到了谭庆扬和苟全昭的身边。谭庆扬连开五局，局局皆赢，高兴不已。一些赌客向谭庆扬献媚地说："团座官场得意，事事亨通；赌场得意，盘盘都赢。团座堪称得上是赌场的'赌圣'了。"

谭庆扬拿起蒲扇扇了几下，接过苟全昭递来的烟袋，猛吸几口，慢悠悠地吐出一串烟圈，然后谦逊地说道："哪里，哪里，牛刀小试耳。哈哈!"

谭庆扬再次将押宝匣子推向桌心，还没来得及伸直身子时，只见唐达雷如猛虎下山，一步跨上高凳，虎钳般的大手卡住谭庆扬的脖子，右手举起手枪，顶住谭庆扬的头颅连开两枪。子弹穿过谭庆扬的脑袋，一股污血顿时向桌面淌去。谭庆扬还未来得及哼一声，便去见了阎王。与此同时，唐毛子一把拉开苟全昭身边一个被吓得不知所措的人，将手枪抵到苟全昭太阳穴连开两枪，顿时也结果了苟全昭的性命。赌场内人群拥挤，争相逃命，却被门口的游击队员堵住，无法脱身。唐达雷高声讲道："大家不用惊慌，静一下!"

人们立即静下来。唐达雷高声讲道："乡亲们，我们是共产党领导的川东游击队，是来为你们除掉作恶多端的'双煞星'的，绝不会伤害你们!"众："感谢川东游击队!"

唐达雷："乡亲们，赌博是地主豪绅掠夺劳动人民财产的一种手段。大家想想，你们中间有几个人在赌博中发了财？你们辛辛苦苦挣来的钱财，谭庆扬轻而易举地就拿去了。你们欠下了赌债，谭庆扬把你们搞得倾家荡产，妻离子散。你们值吗？奉劝你们改掉赌博恶习，好好挣钱养家糊口！"众："好，听从游击队的劝告！"

团练队大门前。罗翥鹏听到枪声，立即带领游击队员冲进团练营房。一个队长模样的人掏出手枪准备抵抗。罗翥鹏一枪结果了他的性命："团练弟兄们，你们绝大多数都是穷人，再不要为军阀地主豪绅卖命了。谁要坚持为军阀地主豪绅卖命，这个人就是他的下场！"

游击队员冲进营房收缴了团防局的枪支弹药。罗翥鹏："团练弟兄们，你们愿意回家的回家，愿意参加游击队的，我们欢迎！"众："我们愿意参加游击队！"

罗翥鹏："欢迎穷苦兄弟参加游击队！"

罗翥鹏和唐达雷会合后，走到大街上，对大家说："父老乡亲们，大家到团局去领回自己的粮食！"

老百姓向团局涌去。罗翥鹏带着游击队员以及刚加入游击队的团练兵，迈着胜利的步伐，向福源坝全速前进。

重庆。刘大疆穿过狭窄的街道，拐过许多小巷，爬了无数的石梯，走进了四川省委机关。刘大疆向四川省军委书记兼川东特委军委书记李鸣珂汇报川东游击队开展斗争，以及黄吉城派大军进剿的情况以后，说："川东游击队目前面临许多困难，请省委加强领导，并给予支持。"

李鸣珂说："福源坝起义军干得不错。你们起义后，川西、川北、川南都爆发了起义。但是，那几个地方的游击队都很快被镇压下去了。你们川东游击队却不断发展壮大，在四川一枝独秀。省委和川东特委当然要全力支持你们！"

刘大疆说："现在，黄吉城派大军围剿我们，我们面临着空前的困难。唐作俊同志派我来，特别请求省委和特委为根据地多派政治和军事指挥能力强的领导同志，来加强根据地领导工作。"

李鸣珂："唐作俊、刘庆庄同志都是能力很强的同志。特别是刘庆庄同志，能文能武，很有才干，是个难得的领导人才。你们好好干，我们会全力支持你们！"

〰 第十六章 〰

游击队智取大璧　龙成娟英勇就义

永定城门。一队军士在检查过往行人的通行证。金安走到门前："发生了什么事又在戒严?"李震上前："金校长要进城?"金安："啊，李连长，你在执勤?"李震："对。我马上可以休息了。金校长今天有空吗？我请你喝茶。"金安："今日有空。"

二人走进夜来香茶馆。茶博士："金校长今日得闲，引来一个新客人。"金安："这位是大名鼎鼎的督办公署警卫营李连长，我的朋友李震。"

二人坐在麻布凉椅上吃茶聊天。突然街上哨音响起，大队兵士端着枪宣布戒严。金安起身要走，李上前抓住金安的胳膊，急忙阻止："不用走!"金安："李连长，什么意思?"李震："什么意思你还不明白？你被捕了。"金安："想不到你是这样的无耻小人!"李震："想不到你是这样的叛逆之人，给我拿下!"

金安急中生智，一拳打到李震脸上。李震被打倒地上。李震双手紧紧抓住金安不放。金安无法脱身。早已埋伏在茶馆外的十多个士兵蜂拥而至。跑在最前面的一名士兵以刀背猛击金安头部，后面的士兵紧跟上来，用刀砍金安，致金安多处受伤，昏倒在血泊之中。四个士兵各拉一只手脚，将金安拖到南门河边丢下，然后扬长而去。黄昏，陈大河将金安背上船，陈大河的妻子立即将船推走。陈大河为金安揩干净血污。金安苏醒过来："我这是在哪里?"

陈大河："金校长你在我船上。"金安："我想起来了，我被李震出卖，遭到了袭击。"陈大河："对，李震等人以为你已死去，所以把你抛在河边就不再管你了。我才将你救到了船上，刚才医生给你诊治过了。"

金安："快报告党代表和总指挥，李震已叛变，不能再与他联系了。"陈大河："好。"

金安："有一批军火已运到银鼓石码头，赶快去接。"陈大河："你治伤要紧，我把你送到福源坝治伤后再去接军火。"金安："不，我的伤不要紧，你现在马上去接军火。"陈大河："你伤势这么重，必须赶紧回根据地去医治。"金安："不要管我。根据地急需军火，先运军火要紧。"

陈大河驾船快速驶向银鼓石镇。

黄吉城逃脱一劫后，驻扎在巴山县城的川陕护卫军团长兼禁烟查缉局长万大璧感到十分恐惧。他凭借军权和禁烟权，搜刮了一大笔钱财。他想将这些钱财运回永定县城，一部分向黄吉城进贡，以表自己的忠心；另一部分运回老家，以作日后之用。万大璧知道，他在巴山县得罪了不少人，深为老百姓痛恨，明目张胆地运送这些钱财，很可能在长达三四百华里的路上遭到抢劫。经过深思熟虑，他决定将他的金银财宝和鸦片交给管事全东安押运，走沿潜水河而下宜兰县城的官马大路，再由宜兰县城上船顺河而下到永定县城。万大璧叫管家全东安装扮成到大巴山购买中药材的商人模样，将银圆、鸦片都裹在不大值钱的中药材里。万大璧叫全东安在巴山雇了八个背二哥，背着伪装好的药材，大摇大摆地从巴山动身向宣汉县城走去。万大璧认为这是万无一失的好办法，因为土匪是不会抢劫不值钱的药材的。全东安上路后不催背二哥赶路，每天都是天大亮了才吃早饭，吃了早饭才不慌不忙地上路；天不黑就住宿在有乡团防的场镇上。所以走了几天才走到福源坝附近的马家店子。刚住进店子，五六个税丁便突然闯进来，要检查药材是否偷漏税款。税丁们不由分说就把全东安捆起来，关押在店后一间小屋里。背二哥被关押在另一间屋子里。药材包子一律堆在前面大屋子里。税丁对背二哥说："全东安私贩药材偷漏了税款。我们是奉宜兰县税务稽查所的命令来缉私的。我们已派人到福源坝给宜兰县税务稽征所打电话请示该如何发落。"背二哥被安排歇宿，不准到前屋走动。第二天清晨，背二哥起来一看，只见所有药材包子都被打开了。店主说，天亮前税丁都向宜兰县城去了。再看全东安，只见他仍被绑着。细看房内墙边，留有大洋两百元，下面压着一张纸条，上面写着"这两百元大洋是给背二哥的力资，任何人不准贪占，否则，本队将严惩不贷!"落款是川东游击队。全东安叫苦不迭，知道万大璧精心策划的运银子和鸦片计划仍然被川东游击队识破了。

万大璧得到报告后，心中十分不解，心想自己转移财产的计划做得十分隐蔽，只有全东安和自己知道，难道是全东安行苦肉计夺了自己的金银财宝和鸦片？突然，万大璧又想到在自己家干活的女工陈幺嫂，难道是她得知了这个秘密？

陈幺嫂家很贫穷，丈夫是个船工，参加过川东游击队，在作战时死了。她便到万大璧家做女工。她吃尽了苦头，对地主豪绅非常仇恨。她与川东游击队的唐达雷保持着密切联系。她得知万大璧要转移金银财宝和鸦片的情况以后，及时把万大璧转移财产的事报告给了唐达雷。刘庆庄、唐作俊、唐达雷、唐毛子等化装成收税人员，从而截获了万大璧的金银财宝和鸦片。

万大璧怀疑陈幺嫂以后，决定带上全家及陈幺嫂回永定县城后慢慢收拾陈幺嫂。他为了避免不必要的麻烦，带着家人在半夜三更时离开了巴山县城。他带的八个弁兵都是十分贴心的家乡人，个个会拳术，也都是射击能手。他们一行共二十余人，不到黄昏即住在杨坝场上。深夜他们即起床，迎着刺骨寒风，沿着前河岸边的小道南行。路边是悬岩绝壁，漆黑天，万大璧害怕暴露自己的行踪，不准点灯，只用一支手电筒照路，行进十分困难。直到天亮，才走了十二三里，到了一个渡口。这个渡口只有一只小木船，是不收过河费的义渡。船工不在船上。万大璧叫两个弁兵提着手枪到坡上一座茅草房里把船工找来。万大璧骂道："你们吃义渡粮吃饱了，懒得大天亮还不开渡。"

船工向万大璧连声认错："对不起，老爷！"万大璧怒吼道："马上给老子开船！"船工说："老爷，这推船的工具还在家里，我马上回家拿来才能开船。"万大璧："为什么不放在船上？"

船工说："怕别人偷走啊。请老爷稍等片刻，我回家把推船的工具拿来马上开船。"几个背梆梆枪的弁兵吼道："还不快回去拿来！"

船工回家去不久，肩上扛着一根木桡，手上提着一根木桨，背上背了一个背篼，背篼上盖了一件蓑衣，快步来到渡口。一个弁兵骂道："狗日的，去了这么久才来，等得老子不耐烦了。"船工："对不起，对不起！"另一弁兵问道："背的啥子？"船工答道："几升豆子。今天当杨坝场，我要抽空去赶杨坝场。"

弁兵把蓑衣掀开一看，确实是巴山豆，这才让船工背上船放到了船尾。万大璧知道，这个渡口，多年来就是土匪抢劫行客的地方。渡过河不远，有一个垭口，路侧是高山与悬崖，地势十分险要。土匪常常在垭口抢劫行人。大家争先恐后地上船。万大璧："慢！为了安全起见，你们六个弁兵先过河，到垭口周围看看有没有可疑的人。如果有可疑的人可以立即开枪将他消灭！"六个弁兵齐声答道："是！听从团长旨令！"

六个弁兵渡过河去，在垭口周围搜索，确认没有可疑之人后，占据了高山上的一座古庙，既可瞭望四周，又可保证渡口安全，然后才发出可以过河的信号。万大璧一家人由两个弁兵护着在河岸等待渡河。

万大璧带着妻子、女儿、女婿等人上船后，见陈幺嫂还未上船，害怕陈幺嫂乘机溜走，立刻吼道："陈幺嫂上船!"陈幺嫂登上船后，万大璧："陈幺嫂到船尾去!"陈幺嫂走到船工身边坐下后，万大璧命令："开船!"

万大璧一家人坐在前舱有说有笑地谈天说地，快乐无比。万大璧笑着对妻子说道："这个渡口是川东游击队出没的地方，我为了过河安全，才派弁兵先渡过河去，把山上庙子占据，监视四周，如发现有其他情况，就在庙内敲钟击鼓报警。这样安排，我们就可以安全过河行路了。"妻子赞赏道："团座考虑得真周到!"

正当万大璧夸耀自己的高明布置之时，船已驶到河中急流深处。只听船工叫了一声："水漫上来了，大家不要惊慌，不要乱动。"

船工把嘴上的短烟杆上的烟头往背篼侧面一触，顿时冒出火焰，船工拉着陈幺嫂的手立刻跳入水中，向远处游去。船上有人惊叫："有人跳水了!"

万大璧惊叫："我们中了船工的诡计，快开枪打死船工!"

大家正惊惶之际，"轰!"的一声天崩地裂地震响过后，船上的人血肉横飞，船也被炸烂了，慢慢地向水下沉去。几个受伤的人落水后被淹死。万大璧挥着枪向船工连开几枪。陈幺嫂背上中了一枪。鲜血染红了河水。船工将陈幺嫂扶到岸边，返回河中捉住万大璧，将万大璧淹死。再搜寻万大璧家人，发现他们一个个已全被淹死，便游到岸边，扶起陈幺嫂向密林中走去。

在船上发生爆炸的同时，埋伏在古庙附近的川东游击队冲进古庙，将六个弁兵消灭。当长坝场上的驻军听到爆炸声赶到渡口时，川东游击队和船工以及陈幺嫂早已撤走。

黄吉城接到报告，大为恐惧，急令各地加强防备，严查过路行人，稍有可疑之处，即行枪毙，把整个防区搞得惊恐万分。

兵工厂。弹药仓房。刘积良行色匆匆："张明汉，清点好五挺机枪、三百支步枪、十万发子弹，立即送到巴山县城，交何忠辰司令收。"张明汉："是。"

又是一个艳阳天。湛蓝湛蓝的天空万里无云。冉冉升起的太阳，让人感到温暖无比。龙成娟的心情如同初升的太阳，充满了丝丝暖意。她得到通知，张明汉今晚将到学校与她见面。她与张明汉见过很多次面了，对他是敬佩又担心。她自己也说不清楚，她对张明汉从敬佩变成了爱慕，由爱慕变成了担心。张明汉，高高的个子，英俊的脸庞，炯炯的目光，办事的干练，甚至每一个小动作都使她感到亲切和值得信赖。她知道，张明汉对自己也很有好感。每次见面交代完任务，总要体贴地问道："有困难吗？需要什么帮助？"

接触多了，两颗年轻的心渐渐地越贴越拢了。父亲似乎看出了蛛丝马迹，曾告诫过她："女儿，你与刘庆庄是订了婚的，你不能有半点偏差。张明汉是个可以信赖的人，但是，他生活在敌人的兵工厂里，负有特殊的使命。你可不要因为爱情影响了党的事业。"龙成娟："爹爹放心，我绝不会做对不起对庆庄哥的事情。"

龙成娟当然知道，党的事业高于一切，同时也知道党的纪律。但她在每次谈完工作后，总免不了和张明汉谈点理想和生活，两人的看法十分接近。张明汉对龙成娟的心情也十分了解，对龙成娟也十分中意：圆月般的脸庞，弯弯的眉毛，大大的、水汪汪的眼睛，苗条高挑的身材，无一不使他感到特别的满意。特别是她对党的事业的忠诚，更使他感到她是自己最忠实可靠的战友。他知道，龙成娟是党代表的未婚妻，自己不能做对不起党代表的事情。他只有努力工作，把对龙成娟的爱，融入伟大的革命事业中。龙成娟走出校门，向张明汉往日来的方向走去。金黄色的油菜花，绿油油的麦苗，五彩缤纷的野花，把大地装扮得多姿多彩。和煦的春风，透着幽香，沁人心肺。龙成娟感到十分惬意。龙成娟观赏着花枝招展的彩蝶，成双成对地穿梭在花蕊中采蜜，她羡慕着它们的亲密与自由，渐渐地入了迷。张明汉从油菜花丛中急急走来，低声地说道："成娟同志，有一件紧急事你今晚必须办到。"

龙成娟着急地说："什么事？快说。"

张明汉："有一队运军火的骡马队，明日中午要过凉风垭。请你在今天晚上务必想办法让党代表和总指挥知道，带领游击队尽量将其缴获。这是一次难得的机会。"

龙成娟："保证完成任务。"说完，急忙向福源坝方向跑去。

张明汉正沿小河匆匆地走着，正好与提着钓鱼工具的刘庆金相遇。刘庆金："张军需官，你经常到校来干什么？是不是又在打赛牡丹龙成娟的主意？"张明汉反守为攻："笑话，龙成娟是你的心上人，我怎么会打她的主意？"

刘庆金咄咄逼人："你隔三岔五跑到学校来，跟她眉来眼去的，我早就看出你的明堂来了。"张明汉要离开，刘庆金将他死死抱住："你今天不跟老子说清楚不准走！”张明汉一拳打在刘庆金脸上：“你胡说！老子跟你无话可说！”刘庆金大喊：“张军需官打人了！”

学校教职工闻声迅速赶来，将张明汉与刘庆金拉开：“你们这样争吵影响多不好。”

刘庆金捂着鼻子去敲龙成娟的房门，无人应答。

游击队总指挥部。龙成娟：“党代表、总指挥，事情紧急，你们去做准备，我马上返校还要给学生上课。”刘庆庄、唐作俊：“同志，谢谢你。”

清晨。龙成娟跌跌撞撞地跑回学校。走近寝室，只见门前地上坐着刘庆金：“刘老师，你坐在这里干什么？”

刘庆金从地上站起来，一把抓住龙成娟的衣领，疯狂大喊：“你到哪里去了？”龙成娟强力挣脱：“我到哪里去了你管得着吗？”刘庆金：“老子被张明汉打了，你要给老子付汤药！”

龙成娟：“张明汉打你关我什么事？”

刘庆金：“你脚踩两支船，一会儿对我好，一会儿对张明汉好，把老子害苦了！你现在就给老子说清楚，你到底要跟哪个好？”龙成娟：“我什么时候对你好过？什么时候对张明汉好过？简直是胡说八道！”刘庆金：“你不给老子付汤药，老子跟你没完！”

别动队办公室。刘庆金：“胡队长，凉风垭军火被劫的头天晚上，张明汉到八高小鬼鬼祟祟地找寻龙成娟，还与我打架。我去找龙成娟，龙成娟当时不在卧室，第二天早上才风尘仆仆地赶回学校。我认为张明汉和龙成娟都与劫军火事件有关联。”胡嫦杰：“你说的情况很重要，你要对张明汉和龙成娟加强监视，发现情况及时向我报告。”刘庆金：“好。”

夜。刘庆金偷偷摸摸地走近龙成娟窗下观看房中动静。只见龙成娟正在昏黄的桐油灯下刻蜡版。他看不清是什么内容，便竭力向窗户靠近。龙成娟停止刻写，从壶中倒水洗脚。刘庆金缩在窗台下，静听房内动静。突然，窗户打开，一盆洗脚水倾倒下来，正好淋在刘庆金身上。龙成娟笑着关上窗户。刘庆金在心里骂道：“泼妇！把老子淋得痛快！”

他急忙跑进县城，向毛仲秋报告：“毛司令，我发现油印传单的来历了。”毛仲秋：“你说具体点！”刘庆金：“我们学校教师龙成娟，人称赛牡丹，天天晚上刻传单……”毛仲秋：“走！将她抓起来！”

上课铃声响过，刘庆金还未走进教室。学生班长李珙走到刘庆金寝室敲门：“刘老师，上课了！”刘庆金开门用教棍将李珙头上打了几个包：“我叫你喊！我叫你喊！”龙成娟高喊：“反对刘庆金毒打学生！”

龙耀先等闻讯赶来：“为什么毒打学生？”刘庆金：“我头昏无法上课，李珙硬逼我去上课。我一时烦躁……”龙耀先：“学生喊你去上课有什么错？”刘庆金：“我错了，我向李珙同学赔礼道歉！”

毛仲秋带着队伍冲进学校：“龙成娟老师，请你到城防司令部走一趟！”龙耀先：“毛司令，凭什么抓我们学校老师？”毛仲秋：“龙成娟是赤化分子。”龙耀先：“有什么依据？”毛仲秋：“当然有依据。来人，到龙成娟房间里去搜！”张班长带着几个军士搜了一阵，跑到毛仲秋面前汇报：“在龙成娟房间里搜到油印机一部，还搜到未刻完的蜡纸一张。”毛仲秋给龙耀先：“这就是证据！”

龙耀先拿过看了看：“请司令仔细看看，这上面刻的是什么内容？”毛仲秋拿过去仔细一看，蜡纸上赫然写着“教学计划”几个大字，惊愕得说不出话来。

龙耀先理直气壮地质问：“毛司令，请问这是‘赤化’证据吗？”毛仲秋恼羞成怒地说：“给老子再搜！”

不一会儿，张班长又拿来一张纸，上面写着“打倒列强除军阀”。毛仲秋如获至宝：“这不是赤化证据是什么？给老子押起走！”

龙耀先上前护住女儿：“你们不能随便抓人！”毛仲秋掏出手枪：“老子不但要抓人，还要杀人！”他向龙耀先连开数枪。龙耀先指着毛仲秋低声骂道：“你休疯狂，一定会遭到恶报！”

龙成娟指着毛仲秋：“你们这群豺狼，为什么乱杀人！”毛仲秋疯狂地吼道：“将这个共产婆子押起走！”

刑讯室。龙成娟被打得遍体鳞伤。毛仲秋大声喝叫：“快说，你什么时候加入的共产党？还有哪些同党？”龙成娟被一桶冷水泼醒：“只有我一个，没有同党……”毛仲秋：“老子毙了你！”龙成娟：“毙了……我也……没有同党……”

刘庆金走上前对龙成娟说道：“龙老师，你就招了吧？我包你没事！我担保马上放你出去。”龙成娟：“我……听不清……你在说什么……”刘庆金凑近：“我是说……”龙成娟一口血痰啐在刘庆金脸上：“你这无耻小人！”刘庆金擦着脸：“你等死吧！”

成娟娘哭着走近龙成娟：“女儿……”龙成娟：“娘，那些豺狼枪杀了我爹，怎么也把你抓来了？”成娟娘指着身上的斑斑血迹：“这群野兽为了逼你招供，把我也抓来了，还对我动大刑……”龙成娟：“娘，女儿对不起您。

您和爹爹含辛茹苦把女儿拉扯大，让女儿读书，当上了教师，女儿又走上了革命之路，连累了你们……”

成娟娘：“女儿，你为穷苦百姓谋翻身解放没有错，娘不怨你……”龙成娟：“娘，您理解女儿，女儿就放心了。您伤得重吗?”成娟娘：“这群畜生，为了逼我要你说出革命的内情，把我的每根骨头都打断了……”龙成娟：“娘，您受得了吗?”成娟娘：“娘这把老骨头不怕他们摧残，娘不怕死……”龙成娟：“娘，您真是我的好娘!”

毛仲秋：“龙成娟，你到底投降不投降?你再不投降，老子就先杀了你的老娘!”成娟娘：“女儿，别怕这畜生威胁!”毛仲秋一枪打中成娟娘：“看你嘴硬还是老子子弹硬!”成娟娘一手抚胸，一手指毛仲秋：“畜生，你也不得好死!”龙成娟怒指毛仲秋：“毛仲秋，你这个灭绝人性的畜生!”

毛仲秋用手枪指着龙成娟的脑袋：“龙成娟，你再不招供，你老娘的下场就是你的下场!”

兵工厂。唐达雷：“张明汉同志，龙成娟同志不幸被捕了。”张明汉掏出手枪：“我马上去救龙成娟同志!”唐达雷：“党代表和总指挥派人去救了，要求你要继续做好隐蔽工作。你在兵工厂中做好隐蔽工作比救龙成娟同志更重要!”张明汉：“无论如何我都要去救龙成娟同志!”唐达雷：“我们一起去!”

牢房。张明汉、唐达雷等人穿着黑衣走进牢房将看守人杀死，救出龙成娟后，迅速向城外撤去。

毛仲秋听到报告后，立即带一队人追击黑衣人。张明汉、唐达雷等人行至城门边被堵住。毛仲秋带着大队人追来，密集的子弹封锁了张明汉等人前进的道路。唐达雷边向敌人开枪，边低声对张明汉说：“张明汉同志快撤!你要执行党代表和总指挥的命令，我们才好保护龙成娟同志!快撤!”张明汉：“你们撤，我掩护你们!”唐达雷将张明汉拉入小巷：“快走!”

敌人围了上来，打死了几个游击队员，抓住龙成娟，又将她捆了起来。一个军官走过来低声对毛仲秋说：“督座说，只要她愿意做偏房，就立即将她送到督办府……”

毛仲秋笑着对龙成娟说：“督办大人看上你了，你只要答应给他做偏房，就马上送你进督办府……”龙成娟冷笑着说：“就这样捆着去吗?”毛仲秋欣喜若狂，边解绳子边说：“你早点说嘛，何必多受这么些折磨!”

龙成娟解开绳索后，活动手臂，乘势将手一扬，“啪”的一声，给了毛仲秋一个响亮的耳光："告诉你，本姑娘是堂堂正正的共产党员，怎么会给军阀做偏房！把你自己的女儿送给军阀做偏房吧……"毛仲秋恼羞成怒，一连向龙成娟开了数枪……张明汉要冲上去救龙成娟。唐达雷强行拉住他："张明汉同志，现在与敌人拼命，正是敌人巴想不得的事。我们不能再去送死了。我们一定要为龙成娟同志报仇雪恨，但是不能蛮干！留得青山在，不怕没柴烧！现在留下性命，寻找机会，为龙成娟同志全家报仇雪恨！"

游击队总指挥部。刘庆庄："毛大嫂，给你夫妻俩分配一个新的重要任务。"毛大嫂："什么重要任务？"刘庆庄："你和李春林到银鼓石码头办交通站。"毛大嫂："交通站？"

刘庆庄："开个小旅店，接待我们游击队的来往人员和转运物资。我们有些枪支弹药和情报需要在那里转运，有些同志需要在那里安排食宿……事情很杂乱，千万不能出错。"

唐达雷匆匆跑进指挥部，流着眼泪说："党代表，龙成娟同志全家人为革命献出了宝贵的生命！"刘庆庄顿觉如雷轰顶，惊愕万分，昏倒于地。唐作俊急忙上前将他扶起："党代表，党代表，快醒醒！"唐毛子端来姜汤，唐作俊给刘庆庄喂了几匙。刘庆庄长长地出了一口气："天啊！"唐作俊："党代表，我们知道你内心的痛苦，你就把它吐出来吧？"刘庆庄泪如雨下："成娟妹妹全家为革命牺牲了，是革命的巨大损失。我们一定要为她全家报仇雪恨！"唐作俊："我们都为龙成娟同志全家的牺牲感到万分悲痛！我们一定要为成娟同志全家报仇！"

毛大嫂走到刘庆庄面前，流着眼泪说："党代表请放心，我们一定努力工作，用实际行动为龙成娟同志全家报仇雪恨！"众："我们要用实际行动为龙成娟同志全家报仇雪恨！"

督办公署办公室。刘积良："督座，宜兰县、巴山县、夤河县边境不断传来赤匪暴动的消息，请您加强防范。"黄吉城："我已调集五个团兵力加强重点地方的防守。但是，泥腿子人多，我们军队人少，防不胜防。我考虑我们还需要进一步依靠各地团练和豪绅协同防范，才能把泥腿子的嚣张气焰打下去。"刘积良："督座英明。只是，这办团练需要一些费用，地主豪绅不愿出钱咋办？"黄吉城："从'剿赤捐'中抽一成作办团费用。"刘积良："这不会影响我们的剿赤费？"黄吉城："收一次'剿赤捐'不够使用，就再加收一次'剿赤费'！"

靖河场团练局。大甲长刘顺寿向刘大震叫苦："团总，我们甲穷人多，刚收了'剿赤捐'又来收'剿赤费'，老百姓确实吃不消啊!"

刘大震吃力地翘起肥胖的二郎腿："这是县上的命令，不好收也得收!"刘顺寿："前次收剿赤捐，王顺富把他的幺女都卖给别人当丫鬟了。现在又收剿赤费，人家哪里去找钱来交啊?"刘大震："你也帮这些穷鬼们叫起苦来了？你这些话完全是赤匪言论！谨防走不脱!"刘顺寿："团总大人明查，我与赤匪没有任何关系。收'剿赤捐'我对泥腿子从来不手软，也从来没有松过口。"刘大震："这就对头！最近黄督办又给我们地方派来一个营防范赤匪捣乱，怕什么?"刘顺寿："有团总大人撑腰，我什么都不怕。"

刘大震："你要晓得，我靖河场是个福地。对面四王山高耸入云，半山天台寺庙宇恢宏、香火兴旺，晨钟暮鼓随时传来福音。背靠双马山，托起吉祥瑞气，罩我头顶。靖河带来甘露之水，滋润禾苗茂盛，年年丰产。十多个乡镇要进宜兰县城，此为必经之隘口，因而形成物资、客流特有之繁华。因此，督座对我靖河场不得不给予特别的重视。"

刘顺寿："督座重视靖河场，还有一个重要的原因，是看中了团座您的治理能力。"刘大震："哈哈哈！你小子这几年跟着老子倒还学了不少逢迎拍马之词!"刘顺寿："全靠团总大人栽培和训导啊!"

游击队指挥部。唐作俊："游击队要向宜兰县城发展，靖河场是必经之地。据群众反映，团总刘大震横征暴敛，催租逼债，动辄对群众捆绑吊打，弄得百姓妻离子散，家破人亡。人们对他切齿痛恨，想要除掉这个祸害的愿望十分迫切。"刘庆庄："靖河场边驻有川陕护卫军一个营，场上团练有一百多人。要除掉刘大震可不容易，必须周密计划，才可达到除去刘大震的目的，同时又不损伤我们过多的同志。"唐作俊："对，正因为考虑到这诸多因素，所以我才未动手。"

刘庆庄："牵制住敌军那个营是除掉刘大震的关键。怎样才能牵制住敌军那个营呢?"唐作俊一拍大腿："我们在峰城给他作点文章，将那个营调离靖河场。"刘庆庄："文章作大了，宜兰县城的二师就会出动；文章作小了，他这个营也不会动……"唐作俊："我就给他作个不大不小的文章，让敌人的这个营动一动。只要这个营离开靖河场，我们就好对刘大震动手了。"刘庆庄："好。你作峰城的文章，我来作刘大震的文章。"唐作俊："好。我们分头作这两篇文章。"

大义场。唐作俊带领游击队冲进团防局，收缴团防局全部枪支弹药，开仓分粮。群众革命热情大为高涨。团总跑到靖河场营部，向营长哭诉："赤匪占领了大义场，正在带领泥腿子开仓分粮，请营长马上去消灭这帮赤匪。"营长："赤匪有多少人马?"团总："他们人不多，只有百十号人。"营长："马上带路。"

营长领着一营人浩浩荡荡杀向大义场。

游击队指挥部。唐达雷："据可靠情报，敌军驻靖河场的那个营向大义场开去了。"刘庆庄："好。通知唐志轩立即带队出发。"

刘庆庄、唐志轩、唐达雷等一行三十多人，腰别短枪，化装成农民、小贩，三五人一组，顶着凛冽寒风，直奔靖河场。他们混杂在赶场的人群中，各自寻找惩处目标。刘庆庄、唐志轩等直奔团局居住的关帝庙前，派唐毛子走进关帝庙，寻找刘大震。唐毛子刚进大门，就听见有人大声打电话："刘团总还在你们普光吗？今天回不回来？啊，今天不能回来……好，我们知道老龙场当场天遭袭击的情况了，对，加强防范盘查。"

唐志轩听了唐毛子汇报后，遗憾地摇摇头说："只好让他多活几天了。但是，这是一个难得的机会，我建议收缴他的团枪!"刘庆庄："不，我们在附近隐蔽起来，不要轻易暴露目标。"唐志轩："我家距此不远，到我家去吧。"刘庆庄："好。"

任家垭口。几座茅草房坐落在垭口附近。唐志轩逐一安排好岗哨和队员住处后，带着刘庆庄走进自己的家。屋中燃着树兜火。唐志轩的父亲卧病在床。刘庆庄走到床边："老人家，我们是唐志轩的朋友，看望您来了。唐志轩不能在家照护您，让您吃苦了。"唐志轩的父亲："好。我知道你们是在为穷人做好事，做正事。我吃点苦没啥，只要你们多给穷人做些好事，我就高兴了。"刘庆庄："我们一定按您老人家吩咐，多为穷人做好事。我们这次来就是要除掉团总刘大震。"

唐志轩的母亲和妻子看到来了那么多客人，急忙烧火煮饭。唐达雷、唐毛子等几个战士上前洗菜、淘米，干得热火朝天。大家围桌而坐，边吃饭边研究行动计划。唐志轩父亲听说要打刘大震，高兴地说："太好了。我们老百姓早就想除掉这条疯狗！我要是能动，我亲自给你们带路!"刘庆庄："谢谢老人家一片心意。您好好养病。我们一定除掉这条疯狗!"

唐志轩："同志们，在我这里休整了两天，明天就是当场天，是个除掉刘大震的好日子。我们分为三个行动小组：第一组由我带队，负责除掉刘大震；第二组由大耳朵带队，负责除掉恶霸宋大义；第三组由唐达雷带队，负责端掉团局，收缴团枪。各组行动，一切听从党代表鸣枪指挥!”刘庆庄：“好，任务明确，分工具体，出发!”

游击队穿密林，走羊肠小道，翻山越岭，蹚水过河，走进靖河场。场上人声如潮，人流如织。游击队员们随着拥挤的人流进入到各自执行任务的区域。唐毛子负责上半场联络，提着装有针头麻线的小竹篮在场中来回叫卖；负责下半场联络任务的大耳朵，肩上搭着儿童喜爱的风车、口哨，穿梭在人群之中。唐志轩同两个游击队员各挑两捆干柴到团局对面等待买主。大鼻孔与一个游击队员装扮成牛经纪人，走进茶馆，发现宋大义同守军班长正在里屋打牌。宋大义：“董排长，你们营长什么时候回来?”董排长：“听说在大义场剿赤不太顺利，恐怕一时回不来。”宋大义：“他不回来，你为大，多逍遥几天。”董排长：“他回来了我照样可以逍遥啊。”

大鼻孔便在靠门边要了两个座位坐下来。唐达雷带领几个游击队员在团练营房外找好了进攻位置。刘庆庄走到唐志轩身边：“看到刘大震了吗?”唐志轩：“没有。”刘庆庄：“赶快找。他们都已到位。你们找到了就动手，不要等我发号令了。”

唐志轩急忙到刘大震家去找，门房说团总早已出了家门。一连找了几处刘大震常去的地方，都不在。唐志轩着急起来：“大家赶快分头去找!”

几个队员便分头去找。唐志轩带着大鼻孔穿过一条小巷，去到中兴茶馆门前，只见刘大震刚到，还未坐到上方座位上去。大鼻孔大步跟了进去。刘大震正准备坐下，见来人神色不对，急忙转身要走。大鼻孔一个箭步冲上去，迅速举枪。刘大震一跃上前，抓住大鼻孔手中的枪管便夺，只听“呯”的一声，子弹射出，击中刘大震的中指与无名指。刘大震拼命一推，大鼻孔身材不高，力气不大，被身强力壮的刘大震推得后退几步，险些摔倒。刘大震迅速转身冲出茶馆后门，钻进一条阴沟里，爬到沟内拐弯处躲藏起来。唐志轩和大鼻孔追出茶馆后门，四下寻找不见刘大震踪影，只好向阴沟里开了几枪。不见里面有什么回应，只好返回场上寻找队伍。

枪声就是号令！唐达雷带领游击队员冲入团局，击毙了几个企图抵抗的家伙，收缴了全部枪支弹药。

大耳朵听见枪声，立即冲进宋大义打牌的房间，向宋大义连开几枪，宋大义顿时倒在了牌桌下面。董排长刚好走进茅房，听见枪声，立刻跳窗而逃。

川陕护卫军听见枪声急忙四下寻找董排长，不见踪影。值星班长说：“董排长不在，大家守好营房!”

刘庆庄集合好队伍，迅速撤离靖河场。

川陕边区绥靖督办公署办公室。刘积良：“督座，剿赤前线不断来电，请求增拨枪支弹药和粮食。目前，仓库中所存不多，怎么办?”黄吉城：“用剿赤费购买。”刘积良：“剿赤费已开支殆尽。”黄吉城：“下令再征收一次剿赤捐。”刘积良：“前一次尚未收齐，已有几人上吊跳河，这又收缴，恐怕……”

黄吉城：“恐怕什么?这剿赤捐不从老百姓身上去找，到哪里去找?马上召开县、区长会议，落实收缴任务!”刘积良：“是!”

会议厅。县、区长会议正在进行。刘积良：“这次征收缴赤捐数额与前次一样，时间半月，县、区长务必按时按数量完成任务。”

巴山县城县长刘林：“督座部署剿赤，理当完成任务。大家知道，巴山县赤匪猖獗，许多百姓受其蛊惑，根本不愿缴剿赤捐。所以，前次尚未收齐，这次又催收甚急，本县实在难于完成任务。”

永定县县长肖正福：“刘县长，赤匪闹事主要发生在贵县。贵县理应承担剿赤费用，你却首先叫苦，太不仗义了吧?”

众：“是啊，巴山县理应承担重担，不应带头叫苦!”

刘林：“非是叫苦，是实际情况就是这样啊。”

黄吉城：“大家都不能叫苦。本督也知道，收缴剿赤捐有一定难度。但是，不收缴剿赤捐难度更大。没有剿赤费用，前方的军事行动怎么进行?枪支弹药、粮食怎么补充?前方的军士每天在流血，你们在后方催收点剿赤费都这么难!”

刘林：“有些人自身难保，卖田、卖土甚至卖儿、卖女……”

黄吉城：“卖田、卖土、卖儿、卖女我管不了那么多，我只知道剿赤是当前的第一要务。我只知道剿赤则生，不剿赤则死！这是生死存亡的大事。在这生死存亡的大事面前，死几个老百姓算啥子?现在立下军令状：能按时交来剿赤捐的，县长、区长继续当。本督还将给予奖励和提升官位。不能按时交来剿赤捐的，县长、区长能不能继续当就值得考虑了。”

刘积良：“督座已将话说到这个份上了，县长、区长好好考虑考虑。散会!”

县长、区长们心事重重地离开了会场。

第十七章

找表哥忠英离家　建神兵吉城求仙

督办公署后院。黄忠英："娘，大表哥答应回家看望父母后就来看我们，怎么这么久还不来呀?"刘学兰："刘庆庄他不能来看我们了。"黄忠英着急地："娘，你告诉我，到底发生了什么事?"

刘学兰从抽屉里拿出一份《永定县官报》："他来不了了，你自己看吧。"黄忠英接到手中，"唐作俊、刘庆庄在福源坝打豪分田"这几个大字赫然映入眼帘，她边看边说："唐作俊是谁? 刘庆庄真是我的大表哥吗?"刘学兰："他们都是共产党。刘庆庄就是你大表哥。"黄忠英："共产党闹革命的事，我在报纸、书刊上早已知道。他们干的是改天换地的大事业，并不是什么土匪。"刘学兰："你也走火入魔了? 相信他们干的是改天换地的大事业，不是土匪。"

黄忠英："大表哥给我的书让我明白了一个道理：今后的世界必然是一个赤色的世界！必然是一个劳工的世界！必然是一个没有剥削、没有压迫、人人平等的世界!"

刘学兰："女儿，那些都是空洞的理论，我年轻的时候也向往和追求过革命，追求过平等自由。可是，无情的现实粉碎了我的梦想。现在还是富豪、强权的世界。"

黄忠英："我相信穷人是不会甘心于永远受剥削、受压迫的现状的，他们一定会奋起反抗。现在是一个英雄辈出的时代。共产党代表穷人的心声，是时代的英雄，大表哥是时代的英雄!"

刘学兰："你大表哥是一个有理想、有抱负的青年，这我知道，但是，他能不能成为英雄，不能由他主观愿望来决定。"黄忠英："大表哥有做英雄的主观愿望，现在世界又给了他做英雄的客观条件!"

刘学兰："女儿，不要尽想大表哥做什么。你要知道，你的父亲是辛亥革命的英雄，是护国讨袁的英雄！全国的人都知道他是英雄！可是，现在却有不少人反对他。”

黄忠英：“我知道父亲是辛亥革命、护国讨袁的英雄，但是，他没有把强国富民的理念坚持下去，没有坚持一直革命下去、英雄下去。他现在成了拥兵自重、割据一方、鱼肉百姓的军阀，成了革命的打倒对象！我真为他感到悲哀!”

刘学兰：“女儿，你的想法很危险。要是被你父亲知道了，准得将你打得半死!”黄忠英：“让他打个全死我也不会改变我的看法！母亲，你要劝父亲保持辛亥革命、护国讨袁时的革命之志。”

刘学兰：“人一旦有了自己的理想和追求，岂可用几句话能改变的？女儿，你小小年纪，要多为自己的前途着想。”黄忠英：“跟你一样做个官太太？享受豪华生活之乐?”刘学兰：“你连老娘也看不起了?”黄忠英：“娘，你要我和你一样，跟着父亲吃好喝好就满足了?”刘学兰：“女孩儿家，选好夫婿，生儿育女，平安一生就满足了。”黄忠英：“我原来以为只是父亲变了，原来母亲也变了。”刘学兰：“我们都是活生生的世俗人，不可能做永远不变的大英雄!”黄忠英：“我可不愿像你们那样甘当世俗人!”刘学兰：“你想干什么?”黄忠英：“找大表哥干革命!”刘学兰：“别异想天开了，一个军阀的女儿，那些共产党人、那些老百姓是不会相信你的。”

黄忠英：“共产党人是唯物主义者，唯物主义者相信世间的一切事物都是可以改变的！军阀的女儿难道就不可以革命吗？据我所知，共产党人陈独秀、李大钊都是著名的大学教授，不是穷人。他们领导革命，工人、农民都信任他们。”刘学兰：“福源坝现在正在打仗，你去不了。还是好好念书，以后找个好婆家，平平安安过一生就行了。”

黄忠英走到黄吉城办公室门外，听到里面正在开会，便停住了脚步。黄吉城大声问：“何忠辰，前方剿赤情况进展怎样了？什么？已全部占领了福源坝?”刘积良：“督座，对赤匪可讲不得仁慈啊。”黄吉城：“我已命令何忠辰剿抚兼施，先剿后抚。”刘积良：“只派大军剿抚，恐怕不一定奏效。不如派出谍报人员，打入游击队内部，定能收到事半功倍的效果!”黄吉城：“我已派人打入游击队内部，暗杀刘庆庄、唐作俊……”

黄忠英顿时心如火焚！她决定要救刘庆庄、唐作俊。她立即转身回到卧室，在梳妆台前装扮一番，然后匆匆走出督署大院……

文昌宫。黄忠英把自己扮成一个男青年走进立人公学金安卧室：“金校长好!”金安拿开眼镜，仔细看了对方一阵：“请问你是哪里来的客人?”黄忠英："金校长真不认识学生了?"金安："你真是我的学生?"黄忠英："我是你在永定县明达公学教书时的学生。"

金安："哦，我想起来了，你是黄忠英，真是我的学生。可是，你这身装束，我真认不出来了。你为啥女扮男装?"

黄忠英："您是我的老师，我给您实说了吧：我想到福源坝去参加革命。我知道，您与我大表哥刘庆庄有联系。请您给我指条到福源坝的路子。"金安："参加革命是好事，可又是非常危险的事，你要仔细想清楚。还有，你出生在军阀家庭，人家会不会相信你是真心参加革命……"黄忠英："我将以行动证明我参加革命的真诚。请校长帮助我实现我的愿望。"金安："我找机会送你去吧。"黄忠英："我必须马上去……"

金安："现在我只能护送你到巴山县边境，以后的路得你自己去闯……你害怕吗?"黄忠英："为了找到大表哥，为了参加革命，我什么都不怕!"

金安怀疑黄忠英是黄吉城派到游击队的奸细，所以只护送黄忠英走到巴山县边境，便指着远山说："前面的路只有你自己去闯了。"

黄忠英与金安挥手告别："谢谢老师指引。"随即踏上了山间崎岖的小路，在密密麻麻的丛林中快速前行。

金安转身回到学校。校工给他送来一张请柬。他打开一看是黄吉城的请柬，不觉大吃一惊："难道这么快，黄吉城就知道我将他女儿送到巴山县城福源坝那边山上参加革命去了?黄吉城设下鸿门宴，我只身入虎穴，凶多吉少，是去还是不去?"

金安翻来覆去地想："难道黄吉城发觉了我这个游击队地下交通站的秘密?"龙耀先一瘸一拐走了进来："校长愁眉苦脸，遇到了什么难事?"金安将请柬推给龙耀先。龙耀先："不管是什么事，龙潭虎穴都得去闯一闯。"金安："我此去凶多吉少。我把党的组织关系交给你，如果我被杀害，你不管遇到了什么危险，都要承担起党支部的领导工作和游击队地下交通站的责任。"龙耀先："请您放心，我龙耀先决不下粑蛋!"

金安头戴博士帽，身穿长衫，气宇轩昂，从容不迫地走过严加防范的岗哨，走向督办公署宴会厅。宴会厅门口，两个哨兵腰别手枪，一一查验来客请柬。厅堂两侧坐着两排黑黝黝的彪形大汉。厅堂上方坐着一群官员。黄吉城见金安进厅，满脸堆笑起身相迎："金校长教务繁忙，还抽出宝贵时间光临，欢迎欢迎!"金安沉着应对："督座，卑职受宠若惊，失礼了。"

黄吉城："校长无须谦让。校长思想先进，教学有方，乃我地难得的进步高才，钦佩钦佩！”

金安听黄吉城话中有话，便哈哈大笑：“学校乃督座大人出钱所办，为国家培育人才，督座岂不比我更‘进步’吗？我不过一穷教书匠，蒙督座‘思想民主’，海量‘招贤’，才有此名声，对督座感激不尽啊。”

几句话把黄吉城弄得哭笑不得。刘积良为了缓和一下尴尬气氛，大吼一声：“开席！”

酒宴迅速排上，酒过数巡，胖得发愁的参谋长刘积良十分得意地说：“金校长，前不久我看到了一张马克思和列宁的画像，一个是长胡子，一个是希腊头。你的胡子和希腊头，简直是把他们二人的特点综合起来了，堪称马列的忠实信徒！”众大笑：“刘参谋长说到要点上去了！”

大家鼓起大眼睛盯着金安。金安从容镇静地点燃一支香烟，吐出了一个个环圈，然后慢腾腾地说道：“参座富于联想，在下深为佩服！不过，我看庙中的和尚个个是光头，不知他们像不像列宁，是不是列宁的信徒？要说胡子，我看关羽的胡子比马克思的胡子还多，不知关羽是不是马克思的信徒？至于我嘛，光头和胡子比起他们来，可都差远了。”

刘积良狼狈不堪地同众人傻笑起来：“金校长真是聪明绝顶！佩服，佩服！”众：“金校长真是个大才子！”刘积良为打破僵局，大声说道：“诸位，今天督座请大家来，是要研究一下关于举行反对农民暴动游行示威的事情，请各位报一下能动员的人数。”

黄吉城：“好。言归正传。近来，赤匪在巴山县、宜兰县边境、涪流县煽动农民闹事，引起社会动荡不安。本督准备组织万人上街游行，形成抗议赤匪声势，大家认为可行不可行？”刘积良：“我完全拥护督座的想法。”众：“赞成！”

刘积良将目光转向金安：“金校长有何高见？”金安：“谈不出什么高见，就谈点浅见吧。搞游行似乎是共产党的创造，督座也搞游行，会不会造成误会，让百姓认为黄督办同共产党没有什么区别了？再说，工人要作工，农民要种地，市民要经商，学生要读书，哪里去找那么多人上街？”刘积良假意附和道：“金校长考虑得周到！”黄吉城生气地说：“周到个屁！工人、农民、市民、学生都没空参加游行，就找无业游民！”刘积良：“督座，找无业游民影响不好。”黄吉城：“实在找不到人上街，把老子的军队开上街走一趟也要震慑震慑那些泥腿子！”刘积良：“督座英明！”金安笑了笑。他暗暗松了口气：“看来黄吉城还未察觉是我送走了黄忠英！”

黄忠英走进寂无人烟的丛林，冷风飒飒，她却走得满身大汗。走上一座山岗，她坐在一块石头上，拢了拢头发，眼睛机灵地向四周环视，右手摸了摸怀里的手枪。她往前行走到一个峡谷口，两边高山耸立，中间只有一条羊肠小道通行。突然，一条绿蛇窜了过来。黄忠英被吓了一大跳。耳边突然响起了金校长亲切的声音："这种绿蛇又叫'仙娘婆'，没有毒，你不打它，它是不会咬你的，不用怕它。"她找来一根树枝将蛇挑到路边，走了过去。她惴惴不安地走着。忽然从林中闪出一个提刀的大汉，厉声吼道："把包袱留下！"黄忠英："大哥，我就一件破烂衣服，你个子大，拿去也穿不上，饶了我吧。"大汉："把钱拿出来！"黄忠英："没有钱。"大汉："还有什么东西？"黄忠英："真的没有其他东西。"大汉一把夺走包袱："把你身上穿的也脱下来！"黄忠英："大哥，我只有这么一件烂衣服。"大汉一掌劈过来："去你妈的！"

这一掌差点把黄忠英打下悬岩，她急忙从地上爬起来，跌跌撞撞地向前走去。大汉拿刀逼来："站住！"黄忠英从怀中扣动扳机，一声刺耳的枪响之后，大汉倒在了血泊之中。黄忠英拿过自己的包袱，没命地向前跑去。没跑多远，那个血淋淋的汉子提着刀追了上来："你个龟儿子胆子大，敢对老子开枪！老子学了神仙妙法，打不钻，杀不进，王母娘娘在保命！你不将包袱给我，老子今天就要了你的命！"黄忠英这时胆子大了起来，掏出手枪对准大汉的脑袋："你真不想活了？要命就马上退去！不然，我马上开枪了！"大汉举着刀一步步逼近："老子是打不钻、杀不进的神兵，怕你个龟儿子！"

黄忠英开枪，大汉倒下。黄忠英上前踢了他两脚，他一动不动。黄忠英这才放心地向前赶路。她转过一个大弯，爬上一个垭口，突然钻出一个女人站在面前，挡住了去路："干啥子的？"问话声音虽然不大，着实把黄忠英吓了一大跳。她见对方没有恶意，静下心来："帮工的！"女人："小兄弟，在哪里帮工？会做些什么活？"黄忠英："放牛割草，使牛挂耙样样都干。"女人："会的还不少啦，现在往哪里去？"黄忠英："到潜水河找亲戚。"女人："那里很危险，两军正在打仗。"黄忠英反问："大姐，你要到哪儿去？"

女人："我也是到潜水河去。"黄忠英："你为什么不怕？"女人："我是本地人，知道哪里危险哪里不危险。"黄忠英："大姐，我跟你一起走行吗？"女人点点头："好吧。"

黄忠英："对了，大姐，能问你的尊姓大名吗？"女人："我还没有问你呢？你叫什么名字？"黄忠英："我叫刘大文。"女人笑了："牛大蚊，就是咬牛的大蚊子，可有点凶啊！"

黄忠英："我是人，不是咬牛的蚊子。大姐，你的名字呢？"女人："我姓毛，没有名字，嫁人以后大家都叫我毛大嫂。"黄忠英："好，我也叫你毛大嫂。"

黄忠英在毛大嫂的带引下走进了潜水河军事指挥部。刘庆庄正在同唐作俊研究工作，扭头看了一下黄忠英又转过头去："小同志，你找谁？"黄忠英："我就找你！"唐作俊："是找你的，你跟他谈吧，你们谈完了，我们再研究工作吧。"

刘庆庄抬起头来，惊讶地说："表妹，怎么是你？"黄忠英眼里涌出了泪水："大表哥，我要跟你一起干革命！"刘庆庄："这怎么行？"黄忠英："大表哥，为了找到你，我历尽千难万险……"

唐作俊向刘庆庄说："他是你表弟？跟大表哥一起干革命是大好事呀！"

刘庆庄："姑爹姑妈知道你到我这里来了吗？"黄忠英："他们不知道。"刘庆庄："你马上给我回去！"黄忠英："我冒着生命危险来投奔你，你却要赶我回去，我不走！"

唐作俊："小兄弟，别哭！你大表哥为什么要赶你走？"黄忠英："我不是小兄弟，我是大表哥的表妹。我从懂事起受到大表哥革命思想的熏陶，就向往革命。现在，你们真革命了，所以我冒着枪林弹雨，前来参加革命。"

刘庆庄："表妹听话，无论如何，我得派人把你送回去！"黄忠英拿出小手枪比着自己的脑袋："大表哥，你要赶我走，我就死在这里！"唐作俊："党代表，不要赶她走。"刘庆庄："不走也可以，那就到女子队去当后勤兵。"

黄忠英笑了："只要同意我参加革命，只要能同大表哥在一起，不管干什么都可以。大表哥，我还要告诉你一件事情：我的父亲已派间谍到游击队来暗杀你和唐总指挥，你们可要提高警惕啊。"唐作俊："好，谢谢你给我们提供了重要消息。"

女子队。有的洗衣被和绷带，有的缝补衣裳，有的为伤病员疗伤。黄忠英被带到女子队后，拿起针线精心地缝补起来。

指挥部。唐作俊："党代表，你的姑妈姑爹是谁？"刘庆庄："是我们的敌人！"唐作俊："别开玩笑，到底是谁？怎么会是我们的敌人？"刘庆庄："我以党性担保不是开玩笑。"唐作俊："到底是怎么回事？"刘庆庄："我的姑爹就是我们要打倒的军阀黄吉城！表妹就是黄吉城的女儿！"唐作俊："是直接的亲戚还是攀认的亲戚？"刘庆庄："是直接的亲戚。她的娘是我的亲幺姑，是黄吉城的二姨太。"

唐作俊："啊，你表妹是自己跑来的还是黄吉城派来的？"刘庆庄："这我就说不清楚了。以前，我给表妹看了不少革命书籍，从书信中可以看出她革命的思想很强烈。现在，我们与她父亲正在作生死斗争，她突然来到这里，不能不让我起疑心。"

唐作俊："你打算将她怎么办？"刘庆庄："将她送回去！唐志轩，你带两个同志将表妹送到宜兰县芙蓉场边，让她去找川陕护卫军把她送回永定城。"唐志轩："是。"

唐志轩走进女子队，找到黄忠英："小妹妹，党代表命令我们带你一起去执行一件紧急任务。"黄忠英："什么紧急任务？"唐志轩："跟我们走吧。"

唐志轩一行三人将黄忠英送到宜兰县芙蓉场街边，递给黄忠英包袱："黄忠英小姐，你对直朝前走，前面就是张盛荣的团部。你只要说明了你的真实身份，他们会保护你，将你送回永定城的。我们不能再送你了。你如果想立功，可以叫张盛荣来抓我们！"黄忠英哭着说："同志，你们不能把我送入虎口，我是真心参加革命的！"唐志轩等冷冰冰地挥手告别："再见了！"随即迅速离去。

黄忠英见唐志轩等走远了，急忙再次换上男装，向福源坝方向飞快地走去。

游击队指挥部。唐志轩："党代表，我们将刘小姐送到芙蓉场边算是完成任务了。"黄忠英突然闯进来，生气地说："你们哄着我去执行任务，才是把我往虎口里送，这叫什么革命同志！"刘庆庄："表妹，你和我们之间现在还不能称革命同志！"黄忠英："什么时候才能称革命同志？"刘庆庄："那得看你的革命行动。"黄忠英："同样缝补军衣，拿针线的姐妹们都称革命同志，为什么我就不能称革命同志？"刘庆庄："她们出身贫穷家庭，有天然的革命要求。你出身不同，得有实际的革命表现。"黄忠英："只有参加打仗才能算是革命的实际表现吗？"刘庆庄："也不全是。"

黄忠英："那我该怎么办啊？"刘庆庄："继续当后勤兵，接受考验。"黄忠英："当后勤兵称不了革命同志，我不去。"刘庆庄："你想干什么？"黄忠英："我要上前线打敌人去！请总指挥批准我的请求。"唐作俊："到尖刀班去吃得消吗？"黄忠英高兴得跳起来："只要是上前线打敌人，我吃得消，谢谢总指挥！"

唐作俊带着黄忠英去到尖刀班："毛班长，给你增加个新战士。"毛大嫂："好，入列参加训练。"黄忠英："是。"

黄忠英穿上军装，扎上皮带，戴上了红星帽。理发员来为她剪发。她犹豫了。毛大嫂："长发必须剪，不愿意剪长发就脱了军装走人!"黄忠英咬了咬牙："剪!"黄忠英一下子成了个假小子，大家笑弯了腰："哪来这么标致的小伙子？到男生队去!"

黄忠英也笑出了眼泪："好了，我终于是个游击队战士了。"毛大嫂："训练开始!"

黄忠英和大家一起进行军事训练，一招一式十分认真。毛大嫂带着大家进行作战演习。黄忠英提着红缨枪，和几个姑娘沿河滩树林搜索前进，好像前面真有敌人。毛大嫂一声命令："卧倒!"大家立即卧下。毛大嫂又喊："前进!"大家又快速前进。练习几次以后，黄忠英和大家一样滚得一身泥水，累得气喘吁吁了。毛大嫂再喊"前进"，黄忠英再也无力站起身来前进了。毛大嫂："你在干什么？这是战场，敢不服从命令!"黄忠英："班长，我累得实在受不了了!"毛大嫂："受不了就别来参加游击队!"

黄忠英想申辩，看着毛大嫂严厉的眼神，只好强忍身上的疼痛，爬起来前进。毛大嫂："平时多流汗，战时少流血！在战场上不服从命令就要被枪毙！听到没有?"黄忠英："听到了。"

回到寝室，黄忠英一头躺在床上凝神思虑。战友以为她在闹情绪，便安慰她说："我们刚训练时也受不了这个苦，毛班长不该这样对待新来的同志……你吃不消就到后勤连去吧?"

黄忠英一下坐起身来："这怪我，不能怪毛班长。我要坚持下去，决不回头！我要向毛班长作检讨，向大家作检讨，不能拖大家的后腿!"

川陕边区绥靖督办公署后院。黄吉城气急败坏地骂道："刘学兰，你是怎么管教女儿的？女儿到什么地方去了?"刘学兰："女儿到什么地方去了我也不知道。"黄吉城："看看她留下什么字条没有?"刘学兰四下搜寻，在一本书中找出一张字条，递给黄吉城："你看看!"

黄吉城接过字条，耳边响起黄忠英的声音："父亲母亲大人：当你们看到这张字条的时候，我可能已经在巴山县福源坝了。我相信大表哥干的是为贫苦百姓谋翻身解放的大事业，绝不是什么赤匪。当今世界是一个追求平等自由的世界。人剥削人、人压迫人的社会终究要被彻底砸烂！父亲曾经是追求革命的英雄，可惜没有一直沿着革命的道路走下去。但现在醒悟也不迟！希望父亲再也不要剥削压榨贫苦百姓，回归到他追求的强国富民的正道上来……"黄吉城将字条撕得粉碎："她也中了共产党的毒了，真正走上反对老子的道路了！刘学兰，你要赶快去把她给我找回来!"

刘学兰哭哭啼啼地说："女儿寻求革命，完全是受了你的影响。你经常向她讲你的光荣革命史，她完全是在学你，她羡慕巾帼英雄……她到福源坝去了，你不想办法找，我怎么去找？"

黄吉城怒气冲冲地走出房门："你不马上去给老子找回来，老子跟你没完！"

胡嫦娥站在大门口，皮笑肉不笑地说："督座，你又去看你的宝贝女儿了吗？"黄吉城怒气冲冲地回道："你知道什么了？"胡嫦娥："你的宝贝女儿到福源坝参加革命去了，你这个军阀老汉走到尽头了！"黄吉城愤怒地打了胡嫦娥一巴掌："你看到笑神了！"胡嫦娥不依不饶："我嫁给你几十年，你还是第一次这样打我！我说到你心肝宝贝女儿，你就打我！你心中只有你的宝贝女儿，哪里有我？"

黄吉城命令钟诚厚："把这个泼妇拖回去！"钟诚厚："是！"

川陕边区绥靖督办办公室。张盛荣跪在黄吉城面前哭述："督办大人，我连之所以在关帝庙吃了大亏，是因为川东游击队用的是神兵。他们的神兵冲进我们的驻地，我们用枪打打不穿，用刺刀捅捅不进，拿他们简直没办法，所以才遭到这么沉重的惨败。"

黄吉城青筋爆起，厉声呵斥道："你八十多号训练有素的军人，竟被泥腿子整成这个样子，真丢脸！"张盛荣："督办大人，非是小人无能，是川东游击队的神兵确实无法对付啊！"黄吉城将举起的手放了下来："本想借你的脑壳起杀一儆百的作用，教育全军谁不遵命，就会人头不保！但是你口口声声说神兵厉害，难道神兵真有那么厉害吗？"刘积良摇晃着脑袋说："督座，据我所知，神兵有了神仙法术，就可以刀砍不进，子弹打不穿，所向无敌。所以，四川几个大军阀杨森、刘甫澄、刘文辉、邓锡侯、田崇尧以至各个地方武装、各个豪绅卫队都纷纷训练起了神兵队伍。他们的神兵队伍在战场上都发挥了很好的作用。关帝庙之战，张盛荣的惨败是可以原谅的。古人说，以毒攻毒是个好办法。我认为以神兵对付神兵是唯一的办法。因此，我建议，督座现在应当考虑建立神兵队伍了。"

黄吉城："你我是四川武备学堂读书时的同学，你那么笃信佛学，每日早晚必定参禅打坐，烧香拜佛，从不间断，你从佛祖那里到底得到了什么好处？"刘积良："您是知道的，我多次遭到灭顶之灾，最后都能逢凶化吉，这应当说是佛祖赐予的好处吧？"黄吉城："我本不信神。你这样说来，神兵真有作用，是非建不可的了。神兵师傅哪里去找呢？"

刘积良："这找神兵师傅的事包在我身上好了。我认识军官教导团的武术教官杨大伦，他颇会些拳脚功夫。他说他学过神仙法术，刀砍不进，子弹打不穿。他只要一念咒，将一口水喷到人的脸上，这个人就会立刻失去本能，变成神兵了。因而他招收了不少徒弟。我看不如就聘他为神兵师傅?"黄吉城："你叫杨大伦教官表演一次刀砍不进、子弹打不穿给本督看看。若确有其事，本督就聘他为神兵师傅。"刘积良："好！我马上去办。"

督办公署后的一个坝子里围满了观看神功表演的人群。黄吉城、刘积良两人坐在太师椅上注目观看。他们两家的老幼，则登上黄吉城所住洋楼的晒台，远远地观看杨教官的表演。

表演场上。杨教官先是摇头晃脑地念了一通神咒，点燃一张黄标纸，化入水中，将水吞下，运足神气，然后由士兵手拿大刀，向赤裸上身的杨教官身上猛砍三刀，未见任何刀痕；另一士兵在一百米开外又举起步枪向杨教官身上射击，杨教官仍毫发不损。黄吉城见了，十分信服，对刘积良说："参谋长，由你全权负责成立神兵队伍事宜。"

刘积良说："听从督座旨令！督座，这成立神兵队伍不像成立其他队伍那么复杂。成立其他队伍，又要枪弹，又要装备。成立神兵队伍，只要有身体强健的青壮年，然后每人一把锋利的马刀，训练七七四十九天就可以去冲锋陷阵了。"

黄吉城听了十分高兴："好。这支神兵队伍得起个好听的名字。"刘积良："护国团这个名字如何?"黄吉城："好，就用'护国团'这个名字，免得不明真相的人攻击老子相信迷信。"刘积良："督座高明!"

黄吉城："神兵队伍由杨教官和张盛荣具体负责!"

操场。杨教官和张盛荣领着神兵队伍进行着紧张操练。黄吉城到场观看。刘积良："督座，神兵队伍建立起来的消息传出去以后，钟荣升在西山寺军官教育团向学员们讲：'如果真有刀砍不进、枪打不穿的神兵的话，我们所说的战术战法就不用学了，枪炮也可以不用了。'他不相信神兵能打胜仗。"

黄吉城对刘积良说："钟荣升不相信神兵，还有许多人也不相信神兵，我们就要练好神兵给他们看看。神兵真打胜仗了，叫他们向老子叩头谢罪。"

督办公署办公室。杨教官："报告督座大人，经过七七四十九天演练，第一批神兵已练成，请大人前去观看演练。"黄吉城："好。"

演练场。三百个头包红帕，身穿红衣，胸贴画符，背披纸钱，手持大刀，口念咒语的护国团神兵排列整齐。杨教官点燃蜡烛、香和黄标纸，仗剑执法，口中念念有词，然后将一口凉水喷向众人。众神兵立即大喊："天兵天将降凡尘，打不钻，杀不进，观音娘娘来保命！杀！杀！杀！"三百神兵一阵互相砍杀，毫发无损。黄吉城看了十分高兴："好。你们护国团就是我的天兵天将！你们今日重现了西楚霸王破釜沉舟的英雄气概！我们防区的安危就寄托在你们护国团身上了！"杨教官领头高呼，众神兵齐声响应："谨遵督座之命！绝不辜负护国团美名！"

黄吉城："好。今天是排刀盛会，也是向福源坝进军的誓师大会！明天，你们就到福源坝剿赤，救回二小姐。希望你们大显神威，祝你们马到成功！"

杨教官："我们一定会不辱使命，用赤匪的人头向督座大人献礼！救回二小姐向督座大人献礼！"

福源坝。火神庙。这里三面是高山，一面是大河，地形险要。杨教官带领神兵进驻火神庙后，立刻派人与黄志尚联系，约定第二天下乡剿赤，救二小姐。

游击队指挥部。刘庆庄："同志们，我们就要同黄吉城的神兵开战了。我们一定要打好与黄吉城神兵的第一仗，大家知不知道战士们有些什么反映?"唐作俊："多数同志对神兵不够了解，在精神上有些恐惧。"唐志学、刘大疆等："对，神兵装束古怪，脸上涂成青面獠牙，乍一看，令人心惊肉跳。"

刘庆庄："'神'这个观念的形成与人们不了解自然界有关，统治阶级夸大其神秘性，制造出神来统治人民。现在，军阀、地主豪绅用神兵欺骗兵卒，壮其胆量，捏造神兵'刀枪不入'的神话，蒙骗士兵不顾死活为他们卖命。其实，哪来什么'刀枪不入'? 这个道理要向全体战士反复讲解，首先要在思想上破除大家对神兵的恐惧，才能战胜神兵！"

吴贵锋："神兵在战场上真不容易打倒！"刘庆庄："神兵与普通人没有任何区别，打仗时靠的是一股子猛冲劲，躲避了一些子弹的打击。神兵并不是不容易打倒，而是因为开枪的人精神上害怕，没有瞄准就开枪，所以不容打倒！子弹只要打中了神兵，神兵同普通人一样会流血，会死！这个道理讲明白了，大家在战斗中就可以不怕神兵了。"唐作俊："我们指挥员要带头破除对神兵的恐惧心理，才能带动战士们不怕神兵！"

天刚蒙蒙亮，神兵队在前，黄志尚团在后，浩浩荡荡向游击队驻地杀来。杨教官在阵前秉烛焚香，仗剑指天画地，作法结束后，向游击队高声喊道："泥腿子们听着：我神兵队奉督座之命前来剿灭你们。本祖师爷得神仙庇护，打不钻、杀不进，剿杀你们不费吹灰之力！本祖师爷本好生之德，奉劝你们放下武器，缴械投降！交出二小姐，可饶你们不死！否则，我神兵队将立刻剿灭你们！勿谓言之不预也！”神兵们挥舞刀斧，气焰嚣张，歇斯底里地狂叫着“杀！杀！杀！”向游击队冲来。

游击队新战士看见神兵的狰狞面目，十分恐惧，慌忙后撤。老战士开了几枪，也未能阻止神兵队的疯狂攻击。一些与神兵拼杀的战士接连被砍死砍伤。游击队损失不小，不少人向后乱跑。刘庆庄大声喊道：“同志们不要乱跑，沉住气向神兵开枪！”

刘庆庄一枪一个，打死了几个神兵。唐作俊带领游击队向神兵开枪，打死了一些神兵，阻止住了神兵队的攻击。神兵不得不停止进攻。但是，黄志尚逼着本团兵士冲了上来：“游击队失败了，大家杀敌立功啊！”

游击队伤亡惨重。刘庆庄、唐作俊等都受了轻伤，不得不命令游击队转移。

密林中，一些缺胳膊少腿的战士纷纷议论：“神兵太凶了，我连打三枪都打不钻！”“我砍了几刀都砍不钻！”“我的矛子戳弯了都杀不进！”刘庆庄：“同志们，你们看到我们开枪了吗？只要是被打中的神兵，哪个神兵没有倒下？我们不是打倒了好几个神兵吗？”伤员：“神兵不是把我们游击队打输了吗？”刘庆庄：“我们本来已经杀退了敌人的神兵，不是黄志尚团冲上来，我们就完全取胜了。”

火神庙。杨教官得意扬扬：“今天老子神兵队旗开得胜，值得好好庆贺！”众：“对头！”

黄志尚走进庙来：“神兵师傅们，今日有多少师傅升天？有多少师傅挂彩？明日怎么开战？”杨教官没有回答，而是不屑地问：“贵部怎样？”

黄志尚：“贱部伤亡乃常事。怎么神兵也有伤亡？”杨教官：“今日我们走在一路，谁输谁赢分辨不出来。明日我们各走一路如何？”众神兵：“对，那样才分得清楚战果！”黄志尚：“好，明日我们分头剿赤，晚上再看战果！”

游击队营房。刘庆庄慰问伤员：“同志们受苦了。”伤员：“党代表，苦和伤痛都可以忍受，神兵太厉害了，我们怎么办？”刘庆庄：“神兵刀枪不入是假的，我不是就打倒了几个神兵吗？”伤员：“被击倒的神兵可能是神未附体或者神力已过。”刘庆庄笑了：“不管他神附体不附体，神力过没过，刀枪不入都是骗人的。神兵用的是大刀、木棒，我们用子弹不划算。我们只要破除了对神兵的恐惧感，也要用大刀和木棒对付神兵！”唐达雷：“党代表，我们已准备了三百多把大刀、五百多根木棒，完全可以对付敌人的神兵了。”刘庆庄：“我们不要一对一地同神兵作战，要发挥人多的优势，两三个人对付一个神兵。”唐达雷：“对。”

深夜。刘庆庄、唐作俊研究决定奇袭神兵驻扎地火神庙。游击队穿着单薄的衣服，迎着凛冽的寒风，在崎岖的山路上急速行进。他们在拂晓前包围了火神庙。唐达雷带着几名游击队员悄悄地向火神庙前靠近。正在门前打盹的神兵哨兵被唐达雷一刀劈下脑壳。游击队乘势冲进庙内各房间砍杀正在睡梦中的神兵，又杀死不少神兵。杨教官带领神兵疯狂反扑。游击队在房间中展不开兵力，只好退回院中。神兵追到院中与游击队激战，驻在庙外的神兵也向游击队疯狂扑来。游击队员三人一组分头迎击神兵。他们将神兵分割包围，进行肉搏拼杀。大刀飞舞，铁矛刺杀，惨烈无比。一个神兵小头目凶悍非凡，耀武扬威，挥舞大刀连杀几个游击队员。游击队员纷纷后退。刘庆庄、唐作俊急忙命唐达雷带领游击队员退出火神庙。杨教官口念：“天兵天将降凡尘，打不钻，杀不进，观音娘娘来护命，杀，杀，杀！”神兵高喊着“杀，杀，杀”拼命冲杀。

刘庆庄将游击队员聚集在一起，沉着镇静地掏出手枪，在神兵靠近自己十来米的时候，一枪一枪打出去，只见冲在最前面的几个神兵应声倒地。跟着而来的神兵立即止住了脚步。杨教官见状，急忙带着神兵向山上逃去。神兵队伍顿时阵脚大乱，不战而逃。一些来不及冲出庙门的神兵，急忙关闭庙门。刘庆庄：“神兵溃败了，同志们冲啊！”

唐作俊：“神兵士兵们，你们被包围了，缴械投降吧！”游击队员高喊：“缴械不杀！”

庙内抛出砖头、石头、棍棒等物，击伤了几个游击队员。游击队员个个义愤填膺。一个游击队员高喊：“烧死他们！”

一把火将庙门点燃。顿时，烈焰腾空，火光冲天。一些游击队员望着大火欢呼喝彩：“烧啊，快烧啊！”“烧死这些作恶多端的神兵！”

庙内的神兵向空坝涌去，有的跳进水池……随着房屋的坍塌，鬼哭狼嚎的惨叫声渐渐消失……游击队走进后面斋房，只见五个大锅仍然冒着蒸汽，五大锅肉菜也还原封未动。神兵炊事员不知去向。唐达雷：“党代表，总指挥，神兵真神，知道我们今天早晨要来，早就把早饭给我们准备好了。”

唐作俊：“这不算啥，下次再来，神兵还要给我们准备美酒佳肴呢！”

队员们拿起碗筷，边吃边笑，一片欢腾。刘庆庄突然发现：“唐达雷怎么没来吃饭?”

队员们高喊："唐达雷，快来吃早饭！"

古庙前殿传出唐达雷低沉的声音："知道了！"刘庆庄放下碗筷："唐达雷怎么到古庙前殿去了，快去找他！"唐作俊等立刻跟着刘庆庄走进古庙前殿。只见断壁残垣的庙宇废墟里，余火未尽，余烟未消。大家忽然发现唐达雷正在一堵断墙下拖着一把大刀，吃力地向外拔。他的身旁已堆了一大堆刀矛。刘庆庄："唐达雷！"唐达雷慢慢回过头来："哦。"

众人吓了一跳。只见唐达雷满脸污黑，手上也烫起水泡，有的刚破，鲜血滴沥。刘庆庄走上前去，撕下自己的衣襟为唐达雷包扎："好同志！"唐作俊走上前去拔出唐达雷还未拔出的大刀："好兄弟！"

唐达雷："党代表，总指挥，这些大刀长矛烧坏了真可惜。"刘庆庄："唐达雷同志，你一个人力量有限，发动大家一起来干吧。"唐作俊："大家都回去吃饭，吃饱了再来干！"

杨教官带着三十多个神兵在杂草丛中边跑边问："赤匪追上来了没有？"神兵："没有。"杨教官终于定下神来："想不到我们会遭到这样的惨败。"神兵："师傅，我们去求黄志尚帮我们复仇吧！"杨教官："胡说，你们甘愿去受他的奚落吗？"

神兵："师父，我们没有救回二小姐，不好向督座大人交代啊！"杨教官："不好交代也要交代。走，回永定城找督办大人派大军为我们报仇！"众："好！"

杨教官带着三个徒弟，满身污垢，慌慌张张地跑进督办公署办公室，走向刘积良："报告参座，大事不好。"刘积良惊讶地问："杨教官，你们是怎么回事？"

杨教官："报告参座，我们神兵队在福源坝遭到上千个赤匪神兵的袭击。前天天还未放亮，我们都还在睡觉，赤匪神兵个个身穿黑衣，脸上涂着各种颜色，左手拿黄标纸钱，右手提着锋利马刀，一下子就冲到了我队驻扎的火神庙内挥刀就砍。我带领神兵队拼命抵抗，把赤匪神兵打出庙外。不料，他们埋伏在庙外的另一队神兵冲杀过来，堵住了我们回庙的退路。我们只好退入山林。好惨啊，庙内的神兵遭到火攻，哭爹叫娘的惨叫声让大家毛骨悚然。我们想杀回去，无奈赤匪神兵后面紧随而来的是手持步枪、短枪的兵士，他们开枪射击。我们神兵队人数不多，加之神力不济，只好逃回永定县向督办大人报告，请示对抗办法。"

刘积良感到毛骨悚然："这可如何是好？"杨教官："参座，请您一定向督座美言几句，我们护国团并不是没有尽力……我请求再招募五百人加紧训练……我们不报此仇，誓不甘心!”

黄吉城走进办公室：“你们真有此志?”杨教官：“不报此仇，我枉在世间为人!”黄吉城：“好，再招五百人加紧训练。”

杨教官转身离去。黄吉城急忙喊：“转来!”杨教官：“督座还有何要事吩咐?”

黄吉城：“打听到二小姐的消息了吗?”杨教官：“属下该死，没有打听到二小姐的消息。”

训练场人声鼎沸。红烛高烧，香烟缭绕。杨教官披发执剑，口中念念有词。众弟子舞刀弄棒，展示神威。黄吉城亲临检阅，连连点头：“好，好，此批神兵比前批大有长进!”刘积良：“神兵大展奇能，剿灭赤匪，指日可待!”

胡嫦杰匆匆跑来：“报告督座，我部探得一个最新的消息：赤匪神兵将在阴历四月十八日，即佛祖的生日这天，偷渡永定城郊的李家渡，进攻永定城。请督座预为防范!”黄吉城：“消息是否可靠?”胡嫦杰：“我别动队队员探得的消息，绝对可靠。”黄吉城：“回督办公署研究对策!”

督办公署会议室。黄吉城：“今天召开高级军官会议，研究部署在李家渡以南抗击和消灭赤匪神兵队伍的问题。”

刘积良说：“永定城是川陕边区绥靖督办公署和川陕护卫军的司令部所在地，其地位之重要不需我多说。因此，不能有丝毫闪失。卑职认为，应当调一个加强团，沿潜水河布防守护永定城。”接着有两三个人发言：“同意参谋长的意见!”

钟荣升面带讥讽地说：“参谋长的高见得到了不少人的赞同。但是，卑职认为，抗拒川东游击队的神兵没有什么需要研究的，第二批护国团神兵已经练了将近两个四十九天了，早已到了排刀练成的时间了。赤匪神兵要攻永定城，正好给了第二批神兵一试身手的机会，就让我们的神兵去消灭川东游击队的神兵嘛。”众：“赞成钟参议的意见!”

黄吉城：“这个意见很好，传本督命令，由杨教官带队，率新训练的五百神兵到李家渡歼灭川东游击队的神兵!”

草街子。天上下着蒙蒙细雨。黄昏。杨教官：“护国团的全体将士都有了，立正！稍息！我们现在的任务是到李家渡去消灭川东游击队的神兵。大家经过两次‘排刀’，完全具备了神功。消灭川东游击队的神兵一定可以马到成功。现在是我们报火神庙一箭之仇的时候了。大家有没有消灭赤匪神兵的信心?”众:“有信心!”

有的神兵摩拳擦掌:“老子早就想一试身手了!”“老子早就想报仇雪恨了!”杨教官:“出发!”

杨教官头戴一顶平顶狐皮帽子，胸前飘着长胡须，身上穿着一套习武术的打衣打裤，腰缠一根青丝腰带，左手拿着一本经书，右手提着一把雪亮的马刀，面涂青黄色，俨然一个中了魔似的端公模样。杨教官带着一群毫无组织纪律的乌合之众跌跌撞撞向李家渡进发。

刚参加游击队的新战士远远地看到衣着古怪、脸涂红黑油漆的神兵，都有些害怕:“队长你看，好吓人哟。”唐志轩:“别怕，神兵不过是在装模作样。他们经不住我们打!”

神兵队伍进至李家渡河畔一块平地时，杨教官立刻杀了一只红公鸡，点燃黄标纸，口中念念有词:“打不钻，杀不进，王母娘娘来显灵，护我神兵杀敌人!”顿时，头包红帕，身穿红衣，胸贴画符，背披纸钱，手持大刀，口念咒语的护国团神兵一个个来了精神，呐喊着挥刀向游击队杀去。

唐志轩带领游击队向神兵队发起反击:“什么‘刀砍不入’，今天老子让你们尝尝游击队子弹的厉害!”

刀矛飞舞，枪声骤然响起，护国团神兵顿时倒下一大片。神兵们嗷嗷直叫:“杨教官赶快作法!”

刚加入游击队，初见怪模怪样、凶神恶煞、气焰嚣张的神兵的游击队员们，纷纷后退。唐志轩高喊:“不用害怕!顶住神兵!”

唐志轩奋不顾身地带头冲向神兵，三刀两刀就打倒了几个神兵。游击队老战士带头拼杀，打败了神兵的第一次冲锋。杨教官急忙再次作法，驱赶神兵再次发起进攻。唐志轩一声呼哨，临近河岸的一些游击队员一个个跳进了江里向对岸游去。唐志轩带着游击队员向岸边撤去。突然，一颗子弹打中了唐志轩的右肩，从背后穿出。唐志轩打了一个趔趄倒在地上，顿时鲜血浸透了他的上衣。通信员急忙从自己身上撕下一块布进行包扎。唐志轩醒来:“赶快撤到河对面去!”游击队迅速走到河边，登上几只小船向对岸划去。

护国团四下搜寻不见游击队人影。一个人说:“我看见敌人游到对岸去了，我们赶快渡河去追!”另一个人说:“刚才我们神威还未发作，让敌人拣了个便宜!现在渡河去追，一定能消灭这伙敌人!”

雨越下越大，李家渡河水陡涨起来。河水卷起阵阵浪花，不时打着旋涡。杨教官:“看看河面上有船没有?”

护国团神兵沿岸搜寻，找到了三只渡船。杨教官一声令下：“登船！谁先上岸杀敌谁得头功！”神兵们听令后争先恐后地蜂拥上船，都想争先立头功、得大奖。三只船装得满满的，向河心划去。船划到河心急流处，只听得一只船上“轰”的一声，紧接着第二只船也发生了爆炸。顿时，人员骚动，船翻了，不少人落入水中。正在神兵慌乱之际，对岸突然响起机枪声，在河岸等候渡船的神兵纷纷中弹倒地，一些未受伤的则四散奔逃。河水中满是上下钻动的人头，随着水流而去。水中的人，有的被淹死，会游泳的则登岸而逃。杨教官也被淹死河中。黄吉城苦心经营一年的神兵队伍，不到一个小时即被消灭在李家渡河中。

唐志轩听到爆炸声，高兴地说：“大家藏在船上的几枚手榴弹现在爆炸了，快到河边去看看有没有游过来的神兵，捉几个俘虏！”他们走到河边，几个游击队员迎了上来：“唐队长，我们袭击成功了！”唐志轩：“好，祝贺你们！”

他们埋伏在河边，看着河水快速向下游流去，却不见一个护国团神兵爬上岸来。唐志轩高兴地说：“看来，黄吉城的护国团神兵全都去见东海龙王了！走，回根据地去。”

唐志轩带着游击队迎着朝阳，唱着战歌，带着胜利的消息返回福源坝。

黄吉城和刘积良正在办公室里等待护国团消灭川东游击队的胜利消息，突然，潜水河南岸响起了枪声。刘积良急忙拿起电话机吼道：“张盛荣团长，你赶快查明枪声是怎么一回事？”

他刚放下电话机，铃声骤然响起。刘积良拿起耳筒：“查清原因了吗？”对面传来吴团长的声音：“报告参谋长，我团驻三江口、鲁家坝等地营房都遭到了敌人的攻击！”刘积良：“敌人有多少人？”吴团长：“情况不明！”

永定城中一片惊慌。黄吉城：“传我命令，川陕边区绥靖督办公署、警卫营、川陕护卫军立即进入一级战备状态；潜水河上下各渡口封渡，所有船只一律停靠北岸！”

刘积良对几个弁兵吼道：“赶快分头传达！”弁兵立刻应声而去。黄吉城、刘积良守在电话机旁，一宿未眠。第二天天刚蒙蒙亮，黄吉城手拿话筒：“符师长，你立即派一个团赶赴永定城加强城防力量！”符冠文在电话中回答：“是！”

第十八章

结良缘忠英称心　除叛徒国轩发威

游击队总指挥部。刘庆庄、唐作俊正在研究工作，远处不时传来爆竹声。刘庆庄："春节临近，一些有钱人家门上贴起了春联，挂上了红灯笼。围攻川东游击队的敌军陆续向后方撤退，准备过年了。可是，驻在土地垭的一连白狗子却没有丝毫撤走的迹象。我看可以消灭这连白狗子，让大家过个快乐年。"唐作俊："对。不过，这个连的情况不太清楚，等我去侦察清楚了再行动。"刘庆庄："这次由我亲自去侦察敌情好了。"唐作俊："还是我去吧。"刘庆庄："你在家做好准备，待我侦察清楚了就马上行动。"

刘庆庄化装成乞丐向土地垭敌人兵营走去。刘庆庄："过年了，老总赏个吉利吧。"一些士兵为他拿来糖果糕点。连长走上前来呵斥士兵："干什么？你知道他是真乞丐还是假乞丐？说不定是唐作俊派来的探子！"

刘庆庄："你这个长官把唐作俊说得太有能耐了，天底下的乞丐都是唐作俊的探子，你们怎么打得赢？难怪光吃败仗！"

连长扬手要打他："给老子滚！"他拖起打狗棍就往连长身上撞："老子让你打！老子让你打！"连长伸手掏枪，士兵急忙上前拦住："连长，别跟乞丐一般见识。俗话说，正月忌头，腊月忌尾，年关将近，被乞丐打了沾上晦气，来年一定倒霉，别跟乞丐一般见识，快躲开！"连长借梯下坡连忙躲开。刘庆庄要追："欺负你老祖宗来了，老子跟你没完！"士兵边给他塞糖果边喝道："连长都怕了你了，还不快滚开！"

刘庆庄骂骂咧咧不止："欺侮老子讨口子，逞什么能？说不定你的起祖八代就跟老子一样也是个乞丐！现在你当了个鸡仔连长就欺侮起老子来了！老子要你倒八辈子的霉！"

刘庆庄边骂连长边仔细察看营房的方位，最后在士兵连推带劝下离开了营房。刘庆庄回到指挥部立即部署战斗任务。当晚，刘庆庄、唐作俊带着游击队杀向土地垭。战斗打响，游击队呐喊着发起了进攻。敌人的机枪吐着红焰，游击队不少人倒在了血泊中。刘庆庄正准备跃上前去指挥战斗，黄忠英来到身边：“大表哥，不要盲目冲杀，请给我一支枪!”刘庆庄：“谁让你到这里来的？快给我回去!”唐作俊：“党代表，你保护好表妹，我去指挥战斗!”

黄忠英：“总指挥，请给我支枪，让我消灭敌人的机枪!”唐作俊：“你也会打枪?”黄忠英：“我不敢保证百发百中，但保证能消灭敌人的机枪!”唐作俊递给黄忠英一支枪：“好！看你的!”黄忠英熟练地将子弹推上膛，俯卧地上，对着吐着火焰的机枪开了一枪，顿时，机枪停止了射击。唐作俊高喊：“同志们冲啊!”

唐作俊迅速冲上前去。刘庆庄、黄忠英紧紧跟上。敌人被游击队的气势所吓倒，纷纷缴械投降。敌连长带着几个人逃得不知去向。游击队缴获机枪一挺，长短枪一百〇五支，子弹二千五百发，大米及罐头不少。大家唱着胜利之歌返回潜水河根据地。

夜。潜水河边，在柔软的沙滩上，一对青年男女并排缓缓而行。黄忠英：“大表哥，我始终弄不明白，你为什么那么讨厌我?”刘庆庄：“表妹，我并不讨厌你。恰恰相反，我很喜欢你。”黄忠英哭了：“你为什么三番五次地要撵我走？容不得我在你身边?”刘庆庄：“别人不相信你是真革命。”黄忠英流泪：“别人不相信我是真革命，我可以不管。你也不相信我，就太令我伤心了。大表哥，你不知道我为你撵我走的事情哭了个无数的通夜，第二天照样打起精神去训练。细心的毛大嫂看到我眼睛发红，给我煮艾叶蛋热敷，好不容易才好了。毛大嫂问我为什么到这里来，我说，一是真心爱表哥，一是真心爱革命，把毛大嫂都感动了，可就是感动不了你……”

刘庆庄为她擦眼泪：“表妹，我是一个革命者，但绝不是一个冷血动物。我对你的真心也不是一点不知情。”黄忠英：“你懂得情感，我问你，我送给你的映山红鸳鸯手绢为什么从没见你用过?”

刘庆庄：“我将它珍藏在怀中，舍不得用啊。”黄忠英：“别哄我，我看你是早已把它丢了!”刘庆庄从贴胸怀中摸了出来：“我怎么会丢？一直把它珍藏在胸前最贴身的兜里……”黄忠英：“大表哥，你不知道，为绣这张鸳鸯手绢，我挨了妈多少骂，也挨了不少针扎。绣成以后，我连妈也不让碰一下。这是我的心肝宝贝，我送给你，是把我的心都交给你了。可你并不理解我的心……”

刘庆庄："我理解表妹对我的一片真心。那天到你家中，姑妈拿来新毛巾让我洗脸。你一把夺过去，拿来你的洗脸帕给我洗脸。姑妈指责你说：'这鬼女子，平时你的洗脸帕连我都不许动，现在就不怕表哥的汗多!'当时我就感动得差点流出了眼泪。"黄忠英："你知道我对你是一片真情，那你为什么还是对我这样冷漠?"

刘庆庄："表妹，我不敢接受你的爱。你不知道，我选定的革命之路，是一条充满荆棘的道路。革命，不是去摘取浪漫的红玫瑰花朵，而是在刀尖上、在魔鬼面前跳舞，随时都可能流血牺牲。龙成娟妹妹为革命牺牲了，你是知道的。我不想拖累你，让你年纪轻轻就成为寡妇……"

黄忠英："大表哥，我的决定绝不是一时心血来潮，感情冲动。我虽然年轻，但早就懂得事理。选择革命之路和选择你做我的丈夫，我是经过深思熟虑的。我认定的事理，我选定的道路，我就要一直走下去，决不回头！如果真有那么一天我当寡妇了，我也要理直气壮地面对现实，决无后悔之意！我曾经给你写了一首诗，想寄给你……"刘庆庄："为什么不寄给我?"黄忠英："我想当面给你一个惊喜。"

刘庆庄："你到潜水河这么长的时间了，为什么这么久还不给我?"黄忠英："没有找到恰当的时机。"刘庆庄："现在还不打算给我?"黄忠英："我现在就背给你听：'我是林中一只鸟，爱在空中自由飞，你却将我笼中装；我是水中一条鱼，想在水中自由泳，你却将我缸中藏。'"刘庆庄："就这几句?"黄忠英："就这几句。"刘庆庄："你分明是在怨恨我，还说什么喜欢我!"

黄忠英："想不到大表哥这个大诗人，连这么几句也听不明白，真让我伤心！你仔细背一遍，我是在怨恨你吗?"刘庆庄背诵了一遍，恍然大悟："啊，是一首藏头诗！'我爱你，我想你'的藏头好诗！表妹，你太有心思了！表妹，你真是我的好表妹!"

两个年轻人深情地拥抱在一起。刘庆庄："今生今世我们永不分离!"黄忠英："今生今世我们永不分离!"

大年三十夜晚。潜水河游击队军营张灯结彩，春联张贴，洋溢着浓浓的"年味"。篝火燃起，照红了一张张喜洋洋的笑脸。游击队的指战员们席地而坐，正在举行送旧迎新晚宴。唐作俊高举酒杯："同志们，今天我们福源坝根据地过第一个革命年！庆祝我们取得的革命胜利！刚才大家总结了经验，表彰了先进，展望了美好的未来，鼓舞了斗争士气。我就不重复了。在此，我要宣布一个重要的决定，就是正式批准黄忠英同志成为我们川东游击队的光荣战士！请黄忠英同志即席发表感言！”

黄忠英泣不成声：“同志们，我是为高兴流泪，我是在为我取得了革命者这个光荣称号激动得流泪！大家知道，我的父亲是黄吉城，他早年是孙中山先生的积极追随者，是辛亥革命元勋。我小时候曾经为有这样一个父亲骄傲过，自豪过。后来，逐渐长大懂事后，特别是现在，我为有这样一位父亲感到特别的痛苦，特别的羞愧！他没有将革命的光荣历史继续写下去，而是利用手中掌握的权利剥削压榨百姓，他欠人民的债太多了！我要向我大表哥学习，向所有的革命者学习，和大家紧紧地站在一起，打倒军阀黄吉城，把政权还给人民！”

场上顿时响起一片打倒黄吉城的口号声。唐作俊：“黄忠英同志说出了自己思想的转变过程，说出了自己的心里话。这是一个革命者的真心话。我代表游击队总指挥部真诚地欢迎黄忠英同志参加游击队！”众人一齐拍手：“欢迎黄忠英同志参加游击队！”

黄忠英：“同志们，我还要向大家说出我的一个真诚的心愿：我从小就崇敬我的大表哥，我要同他一起干革命，要永远和他在一起，永不分离！”

唐作俊：“黄忠英同志，我要坦诚地告诉你，你参加革命能够和你的大表哥在一起。但是，你和党代表以后都要各自成家，不可能永远不分离！”黄忠英：“我早就想好了，我和大表哥要结成革命的夫妻，永不分离！”唐作俊：“党代表愿意与黄忠英同志结为夫妻吗？”刘庆庄：“组织审查批准后，我愿意和表妹黄忠英结为夫妻。”唐作俊：“黄忠英同志已经成为一个革命者。你们结为革命夫妻，组织上不会不批准的。好！今天大家在一起过个快乐的革命年，同时也是庆祝党代表和黄忠英同志结成革命夫妻的花好月圆夜！大家举杯同庆！”

大家一起举起杯来。黄忠英：“感谢同志们接纳我成为川东游击队的队员！在这高兴的时刻，我无以为敬，给大家唱支歌好不好？”众：“好！”

黄忠英唱：“军阀豪绅都跑完，贫民分了地和田，敲锣打鼓来庆祝，过个快乐幸福年！”

黄忠英又从怀中掏出口琴：“我为大家吹奏一曲《月儿弯弯照九州》好不好？”众：“好！”

哀婉的琴声顿时响起，不少人跟着节拍唱道：“月儿弯弯照九州，几家欢乐几家愁！军阀豪绅享欢乐，平民百姓愁上愁！”

唐作俊：“这支曲子，唱出了我们贫苦人民的心声。黄忠英同志，你怎么也会这支曲子？”

黄忠英："这支曲子是我母亲教给我的。我可以坦诚地告诉大家，我的母亲是黄吉城的二姨太。她经常受到大婆子的欺侮。我虽然是黄吉城的亲生女儿，可是，我生长在这样的家庭并不幸福。母亲受大婆子欺压，我和母亲流了不少委屈的泪水！"唐作俊："黄吉城在社会上欺凌百姓，在家中也欺凌弱者！"这时有人高喊："打倒军阀黄吉城！打倒土豪劣绅！"众人一齐高喊："打倒黄吉城，打倒土豪劣绅！"

紧接着，女兵队边跳边唱："巴山青，潜水长，游击队，打胜仗！土豪哭，军阀狂！干人笑，喜洋洋！太阳升，东方亮，天变样，地变样，感谢共产党！感谢共产党！"

唐志学双手擎龙头，几个战士举起龙身龙尾，上下翻滚，如在空中翱翔。唐达雷、唐毛子舞起了狮子，时而腾跃，时而打滚，同巨龙同领风骚。刘庆庄戴起孙大圣面具逗狮子，时而将狮子激怒，时而将狮子驯服，逗得人们惊喜不已。一个白发老人喊吉利："锣停鼓不敲，听我把喜报！今年打军阀，明年灭土豪！军阀土豪哭，干人乐陶陶！"人们张开了笑口："感谢党领导，干人翻身了！"

刘庆庄回到卧室既高兴，又略显忧虑地对黄忠英说："表妹，这个新年，你给我送了一个人生最珍贵的厚礼，同时又大大地将了我一军。"黄忠英不解地问："大表哥，我给你带来什么麻烦了？"刘庆庄："我深感对不起龙成娟妹妹。"黄忠英说："龙成娟为革命献出了宝贵的生命，值得永远怀念。但是，人死不能复生。怀念不能代替现实。你还是要珍惜现实，快快乐乐地过好每一天。啊，对了，是不是我这个军阀女儿给你惹麻烦了？"刘庆庄："麻烦事我一时也说不清。"黄忠英："你对我们的婚姻还是不满意？"刘庆庄："能和你过一辈子，我非常满意。但是，我总有一种不祥的预感：我们的婚姻绝不会从此就幸福美满，花团锦簇。"黄忠英："所以你总是愁眉苦脸，满腹心事？"

刘庆庄："我是党的人，不是我自己想做什么就可以做什么的。"黄忠英："我也要做党的人。"刘庆庄："你要成为党的一员，路途还非常遥远。"黄忠英："不管路途有多么遥远，有多么艰难，我都要一直走下去，不达目的，绝不回头！"

刘庆庄点点头："我相信你一定能成为党的一员。"黄忠英："我盼望这一天早早来到！"

钟诚厚向督办办公室走去。行至门边，只听黄吉城对刘积良说："立即向剿赤前线发送一批枪支弹药和粮食。一定要注意保密！”刘积良：“是。”钟诚厚立即退出，找到荣福川：“立即将此情况报告游击队。”荣福川：“好。”

游击队总指挥部。唐作俊紧握荣福川的双手：“谢谢你提供的情况。”荣福川：“这是我应当做的。”刘庆庄：“立刻到凉风垭袭击敌人，夺取军火！”

凉风垭。树丛中。唐达雷指着山下不远处：“党代表、总指挥，敌人来了。”

刘庆庄、唐作俊等向山下望去，只见一行马骡驮着军火，在一列军士的护卫下慢慢向凉风垭走来。刘庆庄：“大家尽量用刀矛战斗，少开枪，以防引爆弹药。”唐作俊：“对，也要尽量少伤害马骡，马骡对我们很有用处！”

敌人走进了伏击圈。刘庆庄、唐作俊带领大家挥舞大刀冲向敌人：“缴枪不杀！”走得气喘吁吁的敌人，顿时吓晕了头，不知所措。敌军排长抽出手枪，唐达雷不等他开枪，一刀结果了他的性命。敌人被吓得纷纷缴械投降。刘庆庄：“白军兄弟们，你们愿参加游击队的，我们欢迎。你们要回家的，我们给发路费。”白军兵士：“我们都是穷人出身，愿意参加游击队。”

唐作俊：“好，集合队伍，回潜水河根据地。”

银鼓石码头。迎春客栈在爆竹声中正式开业。陈大河等人举酒祝贺：“李老板生意兴隆！”李春林：“还望各位老板经常光顾小店。”

王班长走进屋子：“李老板拿利实来！”李春林递上酒杯和一块银圆：“老总驾到，敬酒三杯。以后还请老总多多关照！”王班长掂了掂银圆，接过酒杯一饮而尽：“好说，好说！”陈大河：“王班长，你在这码头是最大的官了，以后要多承你照看。”王班长：“没有什么大不了的事。在这码头上就是有天大的事，老子给你解了就是！”陈大河：“王班长本事真大。”王班长：“陈老板，你只要给老子说清楚，船上的货物，哪些是商人的，哪些是官家的就行了。”陈大河：“还要那么分？”王班长：“官家的货随便运。客人的货嘛，可就得多收钱。”

陈大河：“官府有的是钱，该多收嘛。”王班长：“老子是官府的一条看门狗，官府惹不起。”

游击队总指挥部。刘庆庄：“李春林两口子干得真不错，刚去银鼓石码头不久，就为游击队转运了三批枪支、弹药和药品。不过，也要告诉水上交通线的同志们，能不去交通站的，尽量不要去交通站，以免暴露。”唐作俊：“对，那个地方很重要又很复杂，要尽量保护他们。”

夜。交通站。紧急敲门声。李春林打开房门，来人倒入屋内。李春林将他扶起。来人上气不接下气地说："同志，快将这批枪弹转船！我们被敌人盯上了……"李春林："好，我马上去办。"

江边。几个工人正在转货。王班长带着两个兵士来到船边："船上装的什么货？"工人："药材。"王班长："什么药材这么沉？"工人："受潮了。"王班长："打开检查。"李春林："王班长，这深更半夜的还来巡查，辛苦了，到我屋里去坐坐，喝杯酒，消消寒气。"

毛大嫂走上前，递上香烟："哟，是王班长啊，抽支烟。"王班长接过香烟："毛大嫂，对不起，兄弟是刚接到命令，不得不执行公务。打开检查！"毛大嫂："王班长，药材有什么值得检查的？不必麻烦吧。"士兵："报告王班长，从药材里搜出枪支子弹。"王班长："药材里有枪！把他们都给我抓起来！"李春林上前，一拳将王班长打昏，用绳索捆了起来，堵住了嘴巴。船工将两个兵士也缴械，捆绑堵嘴。毛大嫂："不用转船了，赶快开船！"

两只船同时向上游划去。

督办办公室。电话铃声响起。钟副官拿起听筒："哪里？"电话里传出急促的声音："我是银鼓石驻军黄排长。报告一个紧急情况：王班长一行三人被船工绑架了。"钟副官故意地："什么？没听清楚，请再说一遍。"刘积良抓过听筒："船在什么地方？"电话筒："船已开走。请下令沿河驻军拦截。"刘积良："是大船还是小船？"电话筒："两只不大不小的船。"

刘积良："传我命令，银鼓石驻军派四只快船追击，沿河驻军立即拦截！"传令兵："是！"

船行至鹞子滩。河水翻着白浪。下游迅速划来四只小船，船上人高喊："船上的人听着：靠岸检查！"李春林："敌人追来了，我们怎么办？"毛大嫂："将枪支、弹药和药品抛进江中，绝不能留给敌人！"船工："将三个敌人也抛入江中！"毛大嫂："你们都赶快游走吧！"船工："李春林同志，毛大嫂同志，我们生死在一起！"毛大嫂："革命者保住一个是一个！听我命令，赶快游走！"毛大嫂将船工推入江中后，又催促李春林："你也赶快游走！"

李春林："我不能丢下你不管！我们生死在一起！"毛大嫂一把将李春林推进河中："你赶快游走！"

李春林又爬上船。敌船划近，敌人跳上船头："将他们全拿下！"毛大嫂："慢！他只是个船工，事情都是我要他干的，要捆要杀，一切由我承担！"

敌排长："你这个共产婆子有胆气！给我抓起来！"

一个士兵走去抓毛大嫂。毛大嫂一拳将敌兵打入河中，自己也掉入河中。敌排长正要开枪，李春林上前抱住敌排长，敌排长连开数枪，李春林的鲜血流进了奔腾的江水中……

船工上岸后，没入树丛里……

游击队总指挥部。刘庆庄、唐作俊等摘下帽子："李春林是英勇不屈的好同志，我们世世代代都不能忘了他的英雄事迹！"

陆得超是宜兰县早期党组织的负责人。同唐志书一道组织了农民协会，筹建革命武装，并参加过福源坝起义。唐志书牺牲后，刘庆庄派陆得超回宜兰县慰问抚恤唐志书和起义战士家属。然而却不幸被张盛荣侦察到了行踪，并予逮捕。陆得超在严刑拷打面前，叛变承认自己是共产党员，并供出了不少共产党员和参加过福源坝起义的人员。张盛荣按名单抓捕了不少共产党和参加了福源坝起义的人员的亲属，给革命造成了严重的损失，给党造成了极坏的影响。陆德超叛变革命后，被委任为国民党宜兰县指导委员会委员兼税务局收款委员。张明广与陆得超同为一个支部的党员，先后叛变革命后，同在一个县城谋职，臭味相投，便经常勾结在一起谋划欺压百姓、搜刮民财之法。他们无恶不作，老百姓对他们深恶痛绝。刘庆庄、唐作俊几次派游击队去除他们，均被他们狡猾察觉而侥幸逃脱。刘庆庄、唐作俊研究决定派唐志轩带十余名游击队员跟踪一段时间，寻踪除掉叛徒张明广和陆得超。唐志轩等住在宜兰县城城郊，随时观察这两人的动静。在一个当场天，张明广和陆得超早晨包了一只小船去银鼓石催款。唐志轩得知情况以后，立即带着十多名游击队员包了一只船向银鼓石赶去。

银鼓石，因河边有一状似铜鼓的巨石而得名。巨石下常有渔船、货船在此夜宿，灯光闪烁，甚为壮观。因而成为一景，引来无数文人吟风弄月，被骚人墨客称为"银鼓鱼灯"，属宜兰县八大景观之一。因此，常常有初通文墨，又附庸风雅的官僚富商、土豪劣绅，夜晚包船在河中既吃鲜鱼又品名酒，兼打牌狎妓寻乐，更增添了"银鼓鱼灯"的名气。唐志轩请船家在银鼓石下等候，便去到场上寻找张明广与陆得超。他们首先去到收款室，不见人影。再去寻了几个烟馆茶肆，也不见踪迹。唐志轩："难道情报有假，他们没到银鼓石来？"

负责打听消息的队员肯定地说："我所打听到的情况绝对不会错。"唐志轩："那么，他们人在哪里呢？再去四下找找。"

时近午时，远处传来爆竹声和锣鼓敲打、器乐奏鸣声。唐志轩走进一家店铺，问道："老板，请问哪家在办喜事呀?"老板答道："东街王老太爷接孙儿媳妇。"

唐志轩等走到东街，只见人们正向王家大院涌去。一群人在前面吆喝人们让开道路，后面跟着一溜打喜灯、彩旗的人，接着是一匹披红戴绿的骏马，驮着一个头戴礼帽、胸戴大红花的新郎官，紧接着是一乘八人抬的大花轿，再后是装着新娘随嫁的一百〇八个抬盒。人们连声称赞。队伍全部进入大院之后，所有声音立即停止。只听一人高声喊道："请国民党宜兰县指导委员会委员兼马路局委员张明广先生主持婚礼!"

唐志轩转向唐达雷等人低声说："原来这家伙到这里来捞油水来了。一定要看住他，不能再让这两只狐狸跑了。"唐达雷："对。你分配任务吧。"唐志轩："两人到下场口黄桷树下隐蔽，守住通往宜兰县城的大路，防止他们骑马回城；另派两个人到上场口守住通往码头的去路，防止他们乘船逃走。其余的人随我回到银鼓石下面的船上隐蔽，等待时机除掉叛徒。"众人便按分工分头而去执行任务。

张明广主持完婚礼，就被引进后堂烧大烟，吃晚饭。吃过晚饭，人们又招呼他搓麻将。张明广伸了伸懒腰："一下午雀战够累的。陆委员，久闻'银鼓鱼灯'为宜兰县八景之一，我久想一睹胜景。前段时间，遭逢歹人多次袭击，弄得老子不敢轻易出城。今日时机难得，不如我们一同回到船上去赏'银鼓鱼灯'胜景吧。"陆得超连声说："好好好，我也早想欣赏'银鼓鱼灯'胜景。今日得此机会，切不可放过。"

王老太爷急忙命家人："准备灯笼，送张、陆两位委员上船!"张明广急忙阻止："谢老太爷好意。我知道此地赤匪、土匪很猖獗，太暴露了容易带来危险。"王老太爷："张委员有此考虑，不如就留在我家中住一夜，明日再走。"张明广："还是船上安全些。老太爷，你派两个年轻力壮的小伙子将我们送上船去就行了。"

两个年轻人一前一后，张明广、陆得超走在中间，摸黑走出王家大院。街上很少行人，家家关门闭户，偶尔有一两家店铺门缝里透出一丝昏黄的灯光，把街道映衬得更加阒寂。张、陆二人走到岸边，靠近自己包乘的小渔船，只见河中灯光飘浮，船影倒映水中，繁灯闪耀，波光摇曳，别是一番景色，呈现着几分生气。张明广驻足："两位请回!"两个青年："两位委员走好!"

张明广、陆得超走上小渔船："老板，将船推到对岸停靠。"船主："先生，不用走了，此处最安全。"张明广："不，此处难尽雅兴。"船主只好将小船向对岸划去。

几个守候的游击队员坚守着岗位，但一直不见张明广、陆得超二人的身影。直到天黑，才回到船上向唐志轩报告。唐志轩紧皱眉头：“这两个家伙肯定还在王家大院，我们的计划会不会又要落空？”唐达雷：“我们一定要有耐性。大家不要松懈，继续监视。”唐志轩：“只好这么办。”

张明广、陆得超待船一靠岸，便快速登上岸边石板路，向银鼓烟馆走去。老板一见二人便满脸堆笑，迎进后面雅间：“两位大人多日不见，盼望着你们啊。请问今日想如何消遣？”

陆得超走进房间躺倒床上：“烟瘾发了，快上两盘‘美芙蓉’！”老板：“马上就来。”

两间屋，两盏烟灯摆上。张明广、陆得超各自走进一间屋，倒下猛吸两口：“来劲！老板，再各来五颗泡子！”老板送来五颗泡子后：“两位大人，要不要两个妹儿来捶捶背？”张明广：“快去喊来。”

唐志轩观察着河面：“奇怪，不见张明广、陆得超的人影，他们所包的那只小船为何划到对岸去了？”唐达雷说：“对，划向对岸的那只小船就是张明广、陆得超包的小船，嗯，不错，就是那只小船。快追！”船划到对岸，唐志轩等沿大石板路而上。只见“悦来”“喜相逢”“银鼓”几家招商灯呈现在眼前。唐达雷：“这两个家伙钻进哪家去了呢？”唐志轩：“大家分头慢慢寻找，不要惊动了这两只狐狸。”

游击队员四散开去。唐志轩绕到银鼓烟馆房后，踩着一个队员的肩膀，爬到二楼走廊，眯着一只眼，借着昏暗的灯光，从窗户纸缝隙向里张望。只见一个小女正在为一个大男人捶背。从体形看，此人正是张明广。隔壁一间正是陆得超。唐志轩用枪对准张明广瞄了瞄，发觉容易伤着小女；再对着陆得超瞄了瞄，射击面太小，不能一枪致命。唐志轩跳下楼，将游击队员召集到一起商量办法：“我们的打击目标是叛徒张明广和陆得超，决不能伤害无辜群众，怎么办？”唐达雷：“设法将那两个小女引开。”唐志轩：“除了老板，哪个能去把小女引开？”唐达雷：“将老板控制起来。”

唐志轩：“你们将这个烟馆包围起来，不到万不得已不准开枪。我和唐达雷进去控制老板后，你们再进来一人看押老板。”唐达雷和唐志轩走进烟馆，老板急忙迎来：“先生请坐。是吸烟还是捶背？”唐达雷用手枪顶住他的胸口：“小声说话。我问你，张明广和陆得超在哪个房间？”老板用手指：“在那个房间。”唐志轩：“你要老老实实待在外面，不准声张，否则我们对你不客气！”老板：“是。”

唐志轩上前轻轻敲了敲门，屋内问道："是哪个？敲门做啥子？"唐志轩："是我，老板。"

门闩拔下，刚开一点缝，唐志轩和大鼻孔便一步冲进去。一把拉开小妹，顺手一枪，将陆得超打死。与此同时，唐达雷敲门，张明广听到敲门声，站起来开门。唐达雷见小妹不在张明广身后，对准他胸口就是一枪。张明广应声倒下。唐达雷对小妹说："不关你的事，快走！"

唐达雷搜走张明广的枪支子弹和一百元大洋，走出门与唐志轩汇合，迅速登上小船，消失在茫茫夜色中。

团总刘大震听到报警，急忙带着团防队赶到银鼓烟馆，只见烟馆板壁上贴着两张告示："敲诈勒索，欺压百姓，不得好死！""革命叛徒，为虎作伥，罪有应得！"落款都是"川东游击队"。一个团丁捡起一张纸条，双手递给刘大震。刘大震命团丁："念！"团丁高声念道："久闻团总刘大震作恶多端，今日搜寻不获，始贴标语离去。他日再来收取团总狗头！"

刘大震冷笑两声："狗胆包天，看老子怎样收拾你们这帮泥腿子！"

刘大震刚回团防局坐下，金安走了进来："老兄为何怒容满面？"

刘大震："兄弟，川东游击队欺负到老子头上来了。在我的地盘上杀了张明广、陆得超不说，还留下要取老子人头的狂言，你说可恨不可恨？"

金安将一包大洋递给刘大震："老兄请息怒。近年来，共产党闹得很厉害，所领导的游击队也越来越强大。我劝老兄不要与他们较劲。还是睁只眼闭只眼为好。这是川东游击队托我送给你的一点小意思。以后遇到麻烦时，给点方便。"

刘大震推回银圆："看你是我从小一起长大的朋友份上，我不追究你与川东游击队的关系，就算是给你最大的面子了。但是，要我给你们方便，对你们所作所为不管不问，休想！就是张大洲、刘庆庄、唐作俊亲自来向我求情，我也不会改变我的态度。你回去告诉他们，只要在我的地盘上，任何人也休想胡作非为！"

金安叹了口气："古人说识时务者为俊杰，而且古代身在曹营心在汉的人也不少，老兄何必这么固执？"

刘大震："老子最瞧不起的就是朝秦暮楚之人！"

当场天。团防局门前。唐毛子大大咧咧地走到岗哨前："老总，请问刘团总在不在办公室？"哨兵仔细观察着来人，心想："此人面生，不是本地人。"便盘问道："你找团总有啥子事？"唐毛子："我要给他送封信。"哨兵：

“把信交给我。”唐毛子：“我要亲自交给他。”

哨兵发现唐毛子怀中的手枪柄，立即举枪上子弹。唐毛子见状，立刻向团防局房后跑走。哨兵开枪，惊动了团防局。团丁们立即紧急集合向唐毛子跑走的方向追去。正在办公室看文件的刘大震听到枪声，立即从团防局后门溜出，跳上一只小船躲藏。

唐毛子和游击队员会合后，为不伤及群众，主动撤离了银鼓石。

刘大震侥幸逃脱一命后，一面向县府请求辞职，推出刘大吉做团总，自己退居幕后；一面进一步加强团防训练和防范，大抓可疑之人，使恐怖气氛更加强烈。刘大吉表面不与游击队作对，几次抓住游击队员后也立即释放。但是，游击队员一出银鼓石地界即被逮捕。游击队经过反复调查，终于弄清，原来是刘大吉和刘大震在暗中搞鬼，放走游击队员，由另一乡的团防队将游击队员逮捕。刘庆庄、唐作俊等经过研究决定除掉刘大吉这只狡猾的狐狸。

河边芦苇丛中。大鼻孔和两个游击队员摆下渔具垂钓，看似闲暇，眼睛却时刻紧盯着对岸场上的情况和河边的小船。

唐志轩带着唐达雷、唐毛子等游击队员，分别装扮成出售农产品的农民，随赶场人群进入场中。唐志轩将游击队员布置在团局周围、刘大吉住地及场中重要位置。中午时分，唐志轩带领游击队员攻击团防局大门，哨兵发现后立即开枪。唐志轩一枪击中了哨兵。团防兵立即开枪封锁大门。唐志轩率队迅速向刘大吉家扑去，此时唐达雷等早已将刘大吉家封锁。

烈日炎炎，只有清爽的河风给人们带来一丝凉意。刘大吉身着短装，正躺在自己家虚楼的凉椅上乘凉。街上传来激烈的枪声，使刘大吉感到无比的紧张。他急忙提着手枪向街上张望。一梭子子弹射来，扑哧扑哧的声音在他耳边鸣响。刘大吉急忙转身，跑出后门，纵身跳进了滔滔前河，奋力向对岸游去。潜伏在芦苇丛中，时刻观察着河中动静的游击队员，立即张开机头，随时准备投入战斗。

大鼻孔突然发现对岸临河一座房屋后门打开，一个人仓皇跳入河中，快速地向自己游来。一个游击队员说：“这个人就是刘大吉。”大鼻孔说：“是不是啊？不能误伤了好人!”

对岸后门走出唐志轩和唐达雷，指着河中高喊：“刘大吉向哪里逃?”刘大吉见芦苇丛中有人拿枪对着自己，急忙向芦苇丛中的人开枪。子弹打中了一个游击队员的大腿。大鼻孔等怒气冲天，立即向刘大吉猛烈开火。一股股血水冒出，刘大吉在水中冒了几下，便不见了踪影。

督办公署办公室。刘大震跪着哭述：“督办大人，我们银鼓石的老百姓简直没法活了。我前几任团总，都被川东游击队杀害了。我扩充了团练队伍，加强了训练，又险遭杀害。我推举刘大吉上任才两个月，又遭杀害。像这种状况，谁还敢接任团总？老百姓咋个生活？请督办大人千万派大军剿灭川东游击队。老百姓甚幸，我刘大震甚幸！”

黄吉城：“刘积良，银鼓石离宜兰县城很近，是水陆交通咽喉，军事战略地位十分重要。选一个同川东游击队有深仇大恨之人，带一个排的兵力长驻银鼓石，镇压住川东游击队的嚣张气焰！”刘积良：“排长魏范武的父亲原来当团总，被川东游击队杀死了。他一直强烈要求要报仇。现在派他去接任团总要不要得？”

黄吉城：“就派他带着他那一排人去镇守银鼓石。来人，传魏范武。”魏范武走进办公室向黄吉城敬礼：“报告督办大人，卑职魏范武到。”黄吉城：“魏排长，现派你到银鼓石兼任团总。你带着你那一排人到银鼓石上任去吧。”魏范武：“谢督办大人信任。卑职父亲原来是团总，不幸遭到川东游击队杀害。卑职立誓要报父仇！现在三生有幸，得督办大人赏识，委我重任。卑职向督办大人立誓，以脑壳担保，三个月内肃清银鼓石川东游击队！”

黄吉城：“好，我等着你早日传来捷报！”

魏范武即将上任的消息飞速传到了游击队指挥部。刘庆庄：“银鼓石是黄吉城同游击队争夺的战略要地，决不能让魏范武在那里扎下根来，这会对我们构成重大威胁。”唐作俊：“对。魏范武猖狂地发誓要在三个月内剿灭我们游击队，我们不能让他当三个月团总，不，连三天也不要让他当！我们要在他上任的路上就将他消灭！”众：“我们请缨！”

唐作俊笑了：“你们都争着去，我咋办？”刘庆庄笑了：“魏范武只不过是一个跑龙套的小丑，杀他焉用主帅出马？我去就行了！”唐志轩：“党代表说杀鸡不用牛刀，除掉一个魏范武怎能让我们的党代表和总指挥亲自出马？我虽不才，愿替你们去走一遭！”

刘庆庄：“唐队长刚刚处决了刘大吉，该休息一下了。”唐志轩：“干革命不能休息。银鼓石，我人熟地熟，再去走一趟最为恰当。”刘庆庄：“好，研究一下行动方案。”

唐志轩摆了两只碗，比划着说：“从宜兰县城到银鼓石有两条路可走：一条是官马大道，这是条旱路；一条是水路。我认为魏范武乘船到银鼓石的可能性不大。因为他一排人要分乘两三只船，目标大，速度慢。沿河树林密集，如果遇到岸上袭击，船上无法展开兵力，一旦打沉，难于逃生。”刘庆庄点头："分析得很有道理。"

唐作俊沉思一会儿问："走旱路他难道就不担心遭到伏击？"唐志轩："他肯定也担心。但是，他仗恃人多武器好，行走方便，肯定会选择走旱路。旱路又分官马大道和小路两条，都要作好准备。"唐作俊："不要说得那么肯定，我们还是要从两个方面作准备。"刘庆庄："对，这样才能做到万无一失。唐志轩同志带两拨人，作旱路方面的准备；我们作水路方面的准备。"唐作俊："好。"

唐志轩带一百人到旱路上作埋伏准备。他将三十个人安排在小路边埋伏；然后亲自带七十人到官马大道边选择伏击位置。唐志轩行至玉皇观古庙，见一条大石板路沿陡峭山势而上，路旁林木茂密，于是布置好监视哨后，在此埋伏。

东方刚发白，魏范武就带着自己的一排人走旱路向银鼓石而来。行至岔路口，带路人问："魏排长，走大路还是走小路？"魏范武："哪条路好走些？"带路人："小路近一些，但路面狭窄，崎岖难行，路旁树林茂密，行人和住户都很少。若遇伏击，很难防御。官马大道多为石板路，路面宽大，比较平坦，路上行人多些，路旁住户也多些。比较容易对付伏击。"

魏范武："既然是这样，那就走大道。"魏范武带着一排人便继续沿大道而行。

晌午时分，魏范武带着一行人向玉皇观山上爬来。前面几个兵端着枪如临大敌，向山顶靠近。后面的兵有的扛着枪，有的横挎着枪，懒洋洋地跟着前行。魏范武走在中间，兴致勃勃地观赏着山山水水，心中洋洋得意："从今以后这一片山山水水就归老子管了。那些欠下老子血债的泥腿子一个个都休想跑脱！父亲在天之灵应当为我今日赴任感到高兴！"

前哨兵走到玉皇观前，只见庙门破烂不堪，便回头向魏范武请示："排长，让大家歇口气好吗？"魏范武："大家快走吧。古庙前后是非多，要是遇上赤匪埋伏可就麻烦了。"

古庙中。唐志轩："唐毛子，你是神枪手，能不能一枪将魏范武毙命？不能伤了带路的人！"唐毛子："我要打魏范武的耳朵就不打他的眼睛！保证不伤害老百姓，队长下命令吧！"

唐志轩："同志们作好准备，唐毛子枪响后大家一齐开枪！"

唐毛子看得真切，一枪打中了魏范武的脑袋。一阵排枪打出，魏范武所带兵士又倒下几个。一个副排长模样的人挥舞着手枪："赤匪藏在古庙里，冲进去，消灭赤匪！"兵士边放枪边冲向古庙。唐志轩等再次放出排枪，击中了几个敌兵。敌兵乱作一团。唐志轩等高喊："缴枪不杀!"唐达雷等也从树林中冲出："缴枪不杀!"

唐毛子冲出古庙，不幸被敌兵击中右大腿，倒了下去。唐达雷急忙上前将唐毛子扶住："伤到什么地方了?"

唐达雷背着昏迷的唐毛子大步向福源坝走去。唐志轩带着游击队勇猛地杀向敌人，敌军纷纷缴枪投降。唐志轩等搜缴了敌人的枪支，离开大路，消失在密林中……

黄吉城闻报，立即调张盛荣团及附近几个乡的团练共两千余人，向银鼓石围来。敌军分数路昼夜兼程向银鼓石汇集，步步为营，包围圈越来越小。游击队只好向附近的大神山撤退。张盛荣大声叫道："我们奉督座命令，宁可错杀三千，绝不放走一个，见可疑的人就抓，见东西就抢。"众："是!"

剿赤军走进农家见东西就抢，搞得鸡飞狗跳，哭声震天。唐达雷带着游击小分队利用银鼓石山高林密、沟壑纵横，与敌人周旋。唐达雷说："不要害怕敌人人数多、武器弹药好，只要我们内部不出叛徒，就一定能够战胜敌人的疯狂围剿!"

大鼻孔急躁地说："队长，我们在山沟里憋得慌，不如找个机会狠狠地揍一下敌人，迫使敌人尽快撤离银鼓石。"唐达雷说："我们与敌人硬拼，就正中了敌人的下怀。我们人少，武器差，弹药缺乏，绝不能与敌人硬拼！我们要很好地发挥我们游击队个个是跋山涉水能手的长处，与敌人巧妙周旋，拖垮敌人。我们要保存实力，不到万不得已，谁也不准开枪！大家分散撤退，寻找机会跳出敌人的包围圈，回到福源坝就是胜利。"

唐达雷将游击队员划分成三五人一组分散转移，敌军始终摸不清他们的行动方向。他们选准敌人包围的缝隙，很快跳出了敌人的包围圈。郝方全小组被敌追到大神山，一直摆脱不了敌人的追击。他们跑到一个悬崖边，敌人向他们包围过来，步步逼近，郝方全："同志们，你们赶快向东山转移，我和弟弟郝方建在西山吸引敌人。"

邓牛儿说："班长，我们坚决不同意你这样安排。我们几个人要在一起战斗到底。"

众："对，不管是生是死，我们都要在一起，同敌人血战到底!"

郝方全生气地说："同志们，现在不是鱼死网破的时候，多活下来一个人，就多保存了一份革命力量。你们啥也别说了，赶紧撤退，否则就来不及了。"

郝方全说完便同弟弟郝方建一起，迅速向另一个方向跑去。敌人发现了他们，大声喊叫："游击队朝那边跑了，快追！"

敌人边开枪边追边大声喊叫："你们被包围了，缴械投降！"

郝方全、郝方建一边跑一边开枪还击，将一名追在最前面的敌人击毙后，躲在一块大石头后面射击敌人。双方一阵激战，郝方全打死了两个敌人，再扣扳机，发现手枪里的子弹打光了。郝方全、郝方建便用身边的石头打击敌人。接着石头也打光了。他们便砸烂手枪，背靠着岩石休息。敌人战战兢兢地包围上来，将精疲力竭、手无寸铁的郝方全、郝方建兄弟五花大绑，押向山下。郝方全和赫方建被严刑拷打，但无一人暴露游击队的内情。敌人将郝方全、郝方建押赴刑场枪决。郝方全、郝方建面无惧色，怒斥敌人罪行，高呼："你们别高兴得太早，杀了我们兄弟，自有后来人，老子再过二十年又是一条好汉，再向你们讨还血债！"

张盛荣高声宣布："将这两个赤匪的尸体示众三天，谁敢动一下，就抄没他的家产，杀死他全家！"

深夜。雷鸣电闪，大雨滂沱。邓牛儿带着几个兄弟悄悄地走到刑场里，将郝方全、郝方建的尸体背到大山上埋葬。

游击队指挥部。邓牛儿："总指挥，我们银鼓石游击小分队被敌人消灭殆尽了。"邓牛儿说完昏倒在地。大家急忙抢救，可是没能将他救过来。唐作俊："我们必须立即加强医疗队伍的建设，不能让战友因得不到及时救治而牺牲。"刘庆庄："立即开会，制定切实可行的办法。"

毛荣带着胡龙、金富等转至黄木乡农会，问道："谁是主席?"王大荣说："主席不在家，我是副主席，有什么事，尽管给我说好了。"毛荣："我们三天没吃东西了，赶快给我们弄点东西来吃！"王大荣一面派赤卫队员唐庆和："马上去把赖主席找回来。"一面对毛荣说："好，我马上就去安排。"不一会儿，王大荣拿来几个红苕："请吃吧。"毛荣："就这些?"王大荣："实在对不起，我们也早就断粮了。"

院外传来鸡鸭鸣叫声，毛荣："你们不知道到地主豪绅家去抢?"王大荣："大一点的土豪劣绅我们都打遍了。我们不能违背政策去抢中农……"毛荣："你们对土豪劣绅的界限可能没有搞清楚。很可能把土豪劣绅也当中农对待了。快说，哪几户中农家境较好?"王大荣："不能违背党的政策，把中农也当成土豪劣绅打啊。"毛荣："什么是党的政策？老子能活下来就是党的政策！快说，哪些家境较好?"

王大荣："把中农当土豪劣绅打，会被骂成土匪，我们不能干土匪干的事情啊。"毛荣上前一把卡住王大荣的脖子："你说老子是土匪，老子就是土匪！胡龙、金富还不快动手！"胡龙、金富把头上的帕子套在王大荣的脖子上，将王大荣活活勒死。

农协主席赖安全匆匆走到前院，胡龙迎着说："你是赖主席吗?"赖安全："是。"

金富上前就是一刀，将赖安全砍死。唐庆和带领赤卫队员一齐围了上来，大声吆喝："捉土匪!"

大家一齐上前将毛荣三人捆绑起来。唐庆和："将这三人立即押到大堡寨召开追悼会，用这三个人的脑袋为主席、副主席作祭品!"

唐庆和等押解毛荣走到唐家河边时，毛荣暗自想道："对面山上驻有团防兵，我此时不逃更待何时?"他向胡龙、金富发出信号，突然挣脱，跳下岩坎逃跑。唐庆和立即跳下岩坎追赶，不幸左脚扭伤。唐庆和立即掏枪射击，可惜没有击中毛荣；随行队员开枪将分头逃跑的胡龙、金富打死。驻在对面山头上的团防兵听到枪声，立即向唐庆和等开枪，毛荣在团防兵的策应下侥幸逃脱了追捕。此后毛荣拜团总唐庆伦为干爹，当了团防大队长，带着一百多人枪，专门对付游击队和党组织。

毛荣侦察到县农会副主席任蒲秀在黄羊寨开会，立即带领几十名团丁将任蒲秀抓捕。毛荣："任蒲秀，你我原来都是党内同志，给你实说，跟着党，除了吃苦受累，没有任何好处。只要你跟着我走，包你吃香喝辣，享不完的福!"

任蒲秀给毛荣一巴掌："想不到你是这么个厚颜无耻的叛徒!"毛荣歇斯底里地大吼："给老子动大刑!"几个刽子手将任蒲秀捆绑起来鞭打："赶快交代!"

任蒲秀几次昏迷过去又几次被冷水泼醒："毛荣，你这无耻的叛徒，一定逃不脱人民的处罚!"毛荣卡住任蒲秀的喉咙："老子现在就要你死!"任蒲秀："你这个畜生，老娘我绝对饶不了你!"毛荣凶残地向任蒲秀连开几枪，然后匆匆离去。夜，一个农民将任蒲秀救走。

第十九章

建工厂自造武器　运器材金安献身

游击队医院办公室。刘庆庄："前段时间，战斗激烈，伤员死亡不少。魏正铭同志到医院后，积极想办法：用缴获的鸦片提取吗啡代替镇静剂，用漂白粉和酒精混合处理成麻醉剂，用盐水代替消毒水，用浓碘酒和铁氯酒代替止血药等等，缓解了严重缺医少药的问题，治愈了不少伤员，使他们得以重返前线。魏正铭同志为游击队立了大功啊！"

魏正铭："为革命做贡献是我义不容辞的责任，不值得表扬。目前，医院缺医少药的问题，由于敌人的围剿、封锁，还未根本缓解。大巴山盛产中药，我建议组建采药队，就近采集中草药，同时，还可以在医院附近开荒种植川芎、金银花、桔梗等常用药材。这样也可以暂缓一下缺医少药的问题。"

刘庆庄："魏正铭同志是行家，总能想到点子上。最近天气越来越热，疟疾、痢疾、伤寒来势凶猛，不少伤员和群众得不到及时救治，让人眼睁睁地看着他们死去，真令人伤心。听说附近有一个老中医用土方能治这些病，是否马上去将他请来为大家治病？"

唐作俊："这个老中医名叫唐回春。他的同乡张老汉的二儿得了寒痰病，气出不来，肚子肿得很大，快咽气了。张老汉和大儿急忙将二儿抬到唐回春家，请求赶快治疗。唐回春不慌不忙地品着茶，同张老汉聊家常。张老汉急了：'唐先生，我今天真是七惊风遇到个慢郎中。你看我儿到底是能治不能治？'唐回春生气地将茶杯一摔：'你早先干什么去了？跟老子发气！抬起走！'张老汉急忙跪地求饶：'唐先生，大人不记小人过，你千万救我小儿一命！'张老汉的二儿在滑竿上高喊：'老子不治了！'顿时全身大汗淋漓。张老大将拳头握得鼓鼓的，本想挥拳打唐回春，见弟弟快落气了，也急忙跪地求情。唐回春走到滑竿前，挥拳猛击张二娃后背。张二娃发出凄厉的求饶声。张老汉愤怒地指责唐回春：'老子是来治病的，不是来找打的！'唐回春也不答话，继续挥拳猛打。张老大正要上前打唐回春时，只见张老二剧烈地呕吐起来。唐回春拿来自己的洗脸盆，将张老二所吐秽物接了大半盆。张老二不再呕吐后，唐回春递上自己的茶杯，命张老二漱口。张老二缓过气来，高兴地说：‘怪了，我这病一下子就去了大半了。’张老汉才知道唐回春刚才是在给自己的儿子治病：‘唐先生，你为什么用这种方法为我儿治病?’唐回春说：‘你的儿得的是寒痰锁心，不大怒不能排出痰液，必死无疑。我不用这个方法，他怎么能大怒呢?’张老汉父子三人一齐跪地：‘感谢救命大恩。’唐回春拿起笔，写下一个方子：‘只需吃三副必好!’张老汉父子三人千恩万谢地走了。”

刘庆庄：“唐回春的确医术高超，快去请他吧。”吴贵锋：“我也曾想过要请他，可是他当过团正，听了反动宣传，说游击队要杀土豪劣绅和团正，便躲进深山老林去了。”刘庆庄：“哪个知道他现在在什么地方?”

吴贵锋：“特务连的张二娃可能知道。”唐作俊：“就是唐先生救过的张二娃吗?”

吴贵锋：“就是那个张二娃。”刘庆庄：“走，带上张二娃，我们一同进山去请唐回春出山。”

高崖下。张二娃走近一石洞口：“唐先生，党代表和总指挥来看望您了。”

洞中走出一白发老人：“找老朽何事?”刘庆庄：“唐老先生，我们游击队为穷人打天下，是要打倒军阀和土豪劣绅，就是土豪劣绅也不是见一个杀一个。只要他们不再危害百姓，我们仍然不伤害他们的生命。我们听说你作团正是群众推选的。你既不巴结军阀，又不巴结豪绅，为人正直，深受群众欢迎。”唐作俊：“你医术高超，游击队更不会伤害你。”魏正铭：“游击队现在缺医少药，又遇到了许多流行病。请您发挥您的专长，为游击队排忧解难。”张二娃：“唐先生，我就是在临死之前被您救活的张二娃，我永世不忘您的救命大恩，绝不会说欺骗您的话。我参加了共产党领导的游击队。共产党说话算数，绝不伤害老百姓。请您出山为老百姓治病。”

唐回春：“老朽麻烦你们了。真对不起!”刘庆庄：“唐老先生医德高尚，医术超群，远近闻名，人们盼望您济世救人！我们共产党说话算数，我愿用自己的脑袋担保您的人身安全!”

唐回春：“这个……”

唐作俊：“您不要担心当了几天挂名团正，您没有压迫人，没有剥削人，完全凭本事吃饭。您只要为游击队伤员和老百姓治病，大家都会很敬仰您的!”魏正铭:“您住有专门房间;吃,专门给你煮大米饭;每月给您发津贴,补助家用……”

老人深受感动:“我知道你们用心良苦。救死扶伤是行医人的本分,我将尽我所能……”

魏正铭带着大家走进病房,指着一个个危重病人说:“这几个危重病人,由于没有西药,等于判了死刑。请唐老先生用中医的办法救救他们吧。”

唐回春走近一个病人仔细诊断后,默然而立。刘庆庄:“唐老先生,这个伤员还有救吗?他可是个铁骨铮铮的汉子啊。”唐回春:“脉太沉。我开个方子试试看。”

唐回春接着为几个危重病人诊断、处方。魏正铭跑进病房,高兴地对唐回春说:“唐老先生真是妙手回春啊,第一个危重病人灌下药汤以后,很快从昏迷中醒过来了!”

人们欢呼起来:“唐老先生真有起死回生之术啊!”

刘庆庄、唐作俊走进病房握住唐回春的手:“谢谢您呀!老人家,歇歇气,别累着。”唐回春:“能救回一个人的生命,是我最大的幸福!不累,不累。”

院坝里,大锅熬药。人们拿着碗,排队取药。魏正铭给每人一勺:“这是治痢疾的药,不烫了就趁热喝下!”

一人上来接勺:“院长,唐参谋长运回西药了,快去指挥用药。”魏正铭叮嘱:“这药不能多也不能少。”

魏正铭走进办公室,只见人们正在一箱一盒地摆放药品:“唐参谋长,你这下可立了大功了!”唐志学:“这可是城里的同志冒着生命搞来的,治病治伤还得靠院长大人把这变为现实啊!”

几个伤员走进来:“院长,感谢您给了我第二次生命!”魏正铭指着唐回春:“你们应该好好感谢唐老先生。”几个伤员转向唐志学:“感谢过唐老先生了。现在该向参谋长报到了!”唐志学在一人肩上拍了一下:“恢复健康了我才要!你小子还要等几天才能报到!”伤员挺起胸膛:“参谋长,收下我吧。我再住下去,又会住出新的毛病来了。”

病房。几个伤员对着唐回春挥泪告别:“唐老先生,感谢您给了我们第二次生命,我们会重返前线,用杀敌立功来报答您的大恩!”

唐回春揩去伤员的眼泪:“我等着你们胜利的消息!”唐回春挥手,看着伤员们依依不舍地离去,露出了满意的笑容。

唐达雷拼命将唐毛子背回福源坝,大步走进医院:“唐先生,赶快给唐毛子治伤。”唐回春给唐毛子摸脉后，立即开了一剂中药：“赶快熬给他吃。”唐达雷：“他大腿还在流血，吃药恐怕不能解决问题。”唐回春：“拿块干净的纱布将伤口缠住吧。”

刘庆庄见唐毛子吃了几天药，伤口未见好转，对唐回春说：“唐先生，毛子大腿上的子弹不取出，只吃中药恐怕是好不了。请您尽快把子弹取出来吧。”唐回春扶了扶老花眼镜：“我以前虽然做过给小脓疮开刀的小手术，可从来没有动过取子弹的大手术，还是等魏正铭院长回来给他做手术吧。”刘庆庄：“魏正铭院长到前线去了，一时回不来。唐毛子的腿溃烂得越来越凶了，再等下去，他这条腿恐怕就保不住了。”

唐达雷、钟大麟等急切地请求道：“唐先生，您就赶快给毛子取出子弹吧。”

唐回春看着唐毛子蜡黄色的脸，心中也十分着急。他知道，唐毛子的伤在右大腿。子弹嵌在骨头里，外部红肿，说明里面已溃脓了。唐毛子发着高烧，不停地说胡话，喊着：“冲啊，杀啊，把敌人消灭干净啊!”

时间就是生命，刻不容缓！唐回春立即一边进行手术准备，用点燃的白酒烧阉牛尖刀、剪刀，一边大声对刘庆庄说：“党代表，没有麻醉剂，动手术很痛，唐毛子一定会吃不消。得想办法不让他乱动。”刘庆庄：“唐达雷，钟大麟，唐志轩，你们几个大汉将唐毛子按住!”黄忠英自告奋勇：“我来当护士!”

几把松明火把点燃，将手术室照得亮堂堂的。唐回春洗干净双手，站在病床边，将唐毛子右腿裤卷至胯下，露出红肿的伤部。唐回春命令道：“我马上动刀子了，你们一定要将他紧紧按住，不准他动!”唐达雷等四个大汉两人按手，两人按脚：“是!”

唐回春拿起阉牛刀，额头上滴溜溜淌下豆大的汗珠。他虽然做了几十年的医生，做过不少疮疖手术，可从来没有做过取子弹这么大的手术，不知不觉紧张得要命。他竭力让自己镇静：“手不能抖，不能伤着动脉血管，否则，毛子就没命了!”刘庆庄按住毛子的大腿：“唐老先生，您不用怕，大胆做就是。”钟大麟粗着嗓门说：“怕什么？要是我的腿里有子弹，老子自己用刀把它挖出来!”

黄忠英为唐回春揩去额头上的汗水。唐回春长出一口气镇定了一下自己的情绪，毅然拿起阉牛尖刀，一刀下去。唐毛子像一头狂怒的老虎大吼一声，巨大的身躯几乎弹了起来。唐达雷喊道：“不要松手!”

唐毛子在四个大汉的控制下，动弹不得，痛苦地喊道：“快点给老子一枪!”

黄忠英凑近毛子的耳边，温柔地说道：“毛子哥，先生在给你取子弹，你忍着点吧，很快就会好的。”唐毛子不再转动身躯，一口大板牙咬住了下嘴唇，冷汗从全身的毛孔中涌出，剧痛使得他脸上的肌肉不住地颤抖。病房安静极了。人们紧张地注视着唐回春的双手。那一双满是鲜血的手，在唐毛子被割开的大腿上来回地移动着，不住地用剪刀往肌肉里探寻。摇曳的松明光线不停地在人们紧张的脸上晃动。黄忠英不忍心再看那鲜血的场面，把目光转到了刘庆庄的脸上。刘庆庄紧绷着脸，眼里闪动着泪花。她再看毛子，嘴唇咬出血了，便小心翼翼地为他揩着血渍，嘴里不停地说道：“再忍一会儿，马上就好了。”

女性的嘤嘤细语创造了魔力，粗犷剽悍的唐毛子竟然顺从地点了点头，嘴里发出“嗯嗯”的应答声，身子也不再乱动了。

唐回春手中的剪刀终于探到子弹了，却怎么也拔不出来。钟大麟一手按住唐毛子的脚，一手接过铁钳，用力一扯，将嵌进骨头的子弹头拔了出来。唐毛子大吼一声：“天啊!”黄忠英将子弹递给唐毛子看：“毛子哥，子弹取出来了!”唐毛子满头大汗，脸上露出了笑容：“我不会死了?”刘庆庄：“革命人命大，不会死!”大家不约而同如释重负地出了一口粗气。唐回春从容不迫地在伤口上抖撒止血散，给伤口缠上了纱布。洁白的纱布中间透出了红。唐达雷惊呼：“血未止住!”

唐回春胸有成竹地说：“这止血散是千年古方，见血就能止住，保证没事，血肯定是止住了。”说着，他给毛子喂了一颗镇痛片，毛子逐渐平静下来。唐回春对刘庆庄说：“党代表，药很快就用完了，还有几个重伤员正在发高烧，要赶快想办法啊。”黄忠英说：“我已派人到永定城买药去了，很快就会回来的。”唐回春说：“太好了。”

潜水河指挥部会议室。刘庆庄：“同志们，要战胜敌人，我们还需要增加武器弹药，特别是弹药消耗快，不能得到及时的补充，是会大大损伤我们的战斗力的。现在请大家出主意，想办法，如何解决武器缺乏和弹药补充这个问题。”

唐作俊：“我们有上千人的队伍，绝大多数人手中只有长矛和大刀，有的甚至只有木棒，这是无法战胜有枪有炮的敌人的。如何才能使我们人人手中有枪有子弹?请大家多出主意。”

唐志学：“可以用打土豪缴获的钱，到上海、重庆购买一部分枪支弹药。”罗翥鹏：“在战斗中夺取敌人的枪支子弹。”刘大疆：“搜缴反动团练的团枪。”吴贵锋：“我们可以造一些土火药、土炸药。”

刘庆庄越听越高兴，站起来从容地说道：“俗话说‘三个臭皮匠，顶个诸葛亮’，我看在座的个个都是诸葛亮！大家的建议都很好，切实可行。我把大家的意见归纳起来，主要是三条：一是从敌人手中夺枪，包括从敌人的军队、反动团练、反动地主豪绅私人手中夺取枪支弹药。二是筹钱买枪。钱从哪里来？一方面是我们革命同志力所能及的捐献，二方面是打土豪劣绅及官府获得的金钱。第三条是刚才有同志提到了，就是想办法自己造。”

唐作俊：“党代表概括得很好。从敌人手中夺，既危险，又不十分可靠，不能当作武器的主要来源。筹钱买枪，不是想办就能办到的，也不是十分可靠。我着重谈谈对第三点的看法：现在自己造枪支子弹还有许多困难，我看应当先办一个修理厂，把破损的枪支先修复好，使它们重新发挥作用。同时用废子弹壳造子弹，再积极创造条件造子弹、造枪支。还是依靠自己的力量比较可靠。”

刘庆庄：“总指挥分析正确，三种取得武器的方法都可以用，而且必须用。我同意将依靠自己的力量造武器，作为最重要的方法，这比较可靠。我们有许多铸造鸟枪的能工巧匠，可以先造鸟枪，以后再逐步造钢枪。”

唐作俊：“对，我们的思路越来越清晰了。请大家推荐会造鸟枪的能工巧匠，造大刀、长矛和鸟枪，再边修步枪，边造子弹和手榴弹。”

刘大疆：“我们乡里王六儿是个铸造鸟枪的能手，他带的徒弟不下十个，可以请他来办修理厂。”唐作俊：“好，你去把他请来。”

王家垭口。一座瓦房边另有一座只有天盖的茅草房。茅草房里，几个人正在忙碌。炉火熊熊，一人拉着风箱，一人左手掌铁钳，右手执铁锤，旁边一人执大锤，不断地敲打铁砧板上的物件，飞溅起闪亮的火花。刘大疆远远地招呼道：“王师傅，该歇歇气了。”

王六儿边敲打，边回应：“啊，大队长驾到，请坐请坐。”刘大疆：“你忙完了，我给你说件事。”

王六儿将铁砧板上的物件重新放进炉中：“啥子好事有劳大队长亲自来说？”刘大疆递上烟：“此事必须我亲自拜访你。我们游击队人数不少了，非常缺乏武器。我奉命前来跟你商量办军械修理厂的事，请你做厂长。”

王六儿：“大队长，厂长这个官我做不了，我的能力有限。”刘大疆：“王师傅，你的手艺在这十里八乡谁能和你相比？你有很高超的手艺，我们也知道，你受够了军阀、地主豪绅的狗气，现在游击队为老百姓打天下，我们受苦人不为受苦人办事，还去为欺压我们的军阀、地主豪绅办事？我们完全相信你的技术和当厂长的能力。请你不要推辞！”

王六儿：“大队长，我也是个受苦人。前年，区长刘大震要我给他造枪，我不给他造，他就把我关起来，还说要枪毙我。不是靠你大力相救，我这条老命早就不在了。好，为穷苦老百姓办事，我义不容辞！”刘大疆：“请把你的徒弟全部招来。”王六儿：“行。”

潜水河边。几座简易茅草房。几座红炉日夜炉火熊熊。十几个人敲打铁砧的敲击声在山谷中传响。一件件刀矛和一支支新铸成的鸟枪发到了战士们的手中，一支支破枪重新子弹上膛，远处传来手榴弹的爆炸声……不远处，人们欢呼：“我们的子弹、手榴弹造出来了！”

王六儿高兴得合不拢嘴。刘庆庄紧握王六儿的手：“谢谢你，王师傅，你为革命立了大功！”王六儿：“能为革命尽点微薄之力，我就心满意足了。”

黄志尚进攻潜水河的枪炮声越来越近。前方不断传来要武器的报告。王六儿带着大家没日没夜地干也满足不了需要。王六儿：“徒儿们，我这些天一直在捉摸：能不能造一尊大炮，让我们游击队更多地消灭白狗子呢？”大徒弟：“师傅，我看您这几天整天愁眉苦脸的，还寻思着您是太累了，还是病了？原来是在想大事啊。”王六儿：“我不累，也没病，我在思考如果能制一尊大炮，可至今还没想出个道道。”大徒弟：“让大伙儿一起想办法吧？”

王六儿：“嗯。大家停一下手中的活，一起给我出主意。”二徒弟：“师傅的想法很好。可是，我们没有钢材，也没有造大炮的机器，总不能用铁锤敲一尊大炮嘛。”三徒弟：“师傅，我们用木头做一尊大炮要不要得？”四徒弟：“用木头做大炮能打炮弹吗？怎么去消灭敌人？”五徒弟：“我看可以做木头大炮，木头大炮也可以消灭敌人。不过木头要选最硬的木头，把它挖空做成枪管。不用炮弹，就用最好的炸药、火药，配上铁砂子，用什么把口封住，不就成了一尊大炮了吗？”

王六儿：“有道理。就这么试试看。老大、老二上山找青杠木或黄棱木，老三、老四好好研制火药、炸药，铁砂子嘛，就用铁砧下面的铁屑，是现成的。大家马上分头去干！”

一根青杠树挖空了，底部侧边掏了个引爆孔，炮身用篾条箍得紧紧的，装上炸药、火药和铁砂子，用黄泥巴牢牢封住炮口，装上引信，一尊大炮制成了。刘庆庄和唐作俊看了十分高兴，连连称赞：“王师傅真行！这下可好了，游击队也有大炮了，我们要让白狗子知道游击队的厉害！”

青杠大炮被安放在敌人进攻游击队的必经之路罐儿垭口上。一长溜白狗子耀武扬威地向山上爬来。一个眼尖的白狗子突然惊叫起来："大家注意，游击队也有大炮了！"

敌营长："那是假的，不用害怕，跟老子冲上去捉活的！"敌人向山坡上冲来，见游击队没有什么动静，胆子大了起来，边向上冲边高喊："捉活的！"

敌人步步逼近青杠大炮。唐毛子急忙点燃引信，火花四溅。敌营长大喊："卧倒！"敌人顿时全部卧倒。引信的火光突然熄灭。唐毛子等人十分着急："总指挥，成了哑炮，这可怎么办？"刘庆庄、唐作俊也十分着急："大家拿好刀矛，准备肉搏！"

敌营长高喊："那是假炮，大家快冲！"敌军士兵立刻从地上爬起来向游击队冲来。突然，惊天动地一声巨响，青杠大炮火光一闪，喷出了一大团铁砂子，打死打伤敌人一大片。敌营长也受了伤，不得不下令撤退："泥腿子弄的是真炮，快撤！"

唐毛子等望着狼狈而逃的敌人高兴得跳起来："我们有大炮了，我们有自己造的大炮了！"刘庆庄大手一挥："同志们冲啊！"游击队战士个个如猛虎下山杀向敌人，缴获了不少枪支弹药。

唐作俊提着一壶酒和一篮菜，走进兵工厂，高声喊道："王师傅，你们造的大炮显威风了，我特地来犒劳你们！来，为我们旗开得胜干杯！"

王六儿等高兴地端起酒杯："土大炮也能消灭白狗子，我们的功夫没白费！对，为游击队旗开得胜干杯！"众："干杯！"

王六儿："总指挥，我想到了一个更能发挥土大炮威力的好方法了！"唐作俊高兴地说："好啊，快讲。"王六儿："在大炮里面再装几斤辣面，打出去准会呛住敌人！"刘庆庄："好，马上就办！"

梭草坪。游击队用大炮瞄准了敌人。刘庆庄："风对着我们吹，马上转移到敌人侧面去！"

游击队员们迅速转移到敌人侧后方，点燃了大炮。一声巨响之后，敌人猛烈地咳喘起来，睁不开眼睛。游击队高喊："缴枪不杀！"敌人纷纷举枪："我投降，我投降！"游击队冲上前去，缴获了一百多支枪。

炮声隆隆，枪声离兵工厂越来越近。游击队后勤机关也纷纷转移。刘庆庄匆匆走进兵工厂："王师傅，敌人快靠近兵工厂了，我们一起撤走吧？"

王六儿看着熊熊火炉："党代表，我不用撤。"刘庆庄："你必须撤。"王六儿："我舍不得这些家当。"刘庆庄："留得青山在，不怕没柴烧。只要你们人还在，兵工厂被敌人破坏了还可以重建。"王六儿："党代表，你们把打制好的兵器全搬走，我只打农具，敌人不会处罚我的……”刘庆庄：“王师傅，不要把敌人想象得太善良了。敌人是不会相信你只打农具的。快撤走!”

刘庆庄扶着王六儿离开兵工厂。王六儿依依不舍地提着工具随刘庆庄向前走进了密林中。王六儿突然想起了什么，边说边跑：“我的制枪图纸忘了带走，必须回去取来。”

刘庆庄边追边喊：“王师傅，不要去！要取喊年轻人去取!”

王六儿边说边往回跑：“那是我爷爷传下来的图纸，是我的传家宝，年轻人找不到我藏在什么地方。你们别管我!”

这时，王六儿跑回去的方向传来密集的枪声，刘庆庄：“大师兄，快去喊王师傅向后山转移!”大徒弟：“是!”

刘庆庄：“同志们跟我来!”敌人步步逼近，刘庆庄不得不指挥游击队边打边撤，消失在深山密林中……

潜水河边。王六儿跑进兵工厂，找到制枪图纸，揣入怀中，正要转身离开，一群敌兵嗥嗥叫着，围了过来：“捉活的!”王六儿不慌不忙地从怀中掏出旱烟袋：“你们要干啥子?”

黄志尚走了过来：“你是干什么的?”王六儿：“打农具的铁匠。”黄志尚围着炉子转了一圈：“你不是打农具的铁匠。老实说，为什么打兵器?”王六儿：“山中猛兽伤人，打火药枪防身。”黄志尚：“你的火药枪不是打野兽，是想杀人!”王六儿冷静地说：“即或杀人，也只是杀坏人!”

黄志尚：“老实交代，你给游击队打了多少火药枪?”王六儿：“我只给自己打火药枪!”

黄志尚：“这几座炉子都只给自己打火药枪？你自己用得了那么多的火药枪？不老实交代，老子崩了你!”大徒弟上气不接下气地跑来：“师傅!”王六儿：“我在这里。”

大徒弟走近风箱：“师傅，还有两把锄头必须赶快打。”

王六儿：“老总，我这几座炉子都是打农具的炉子。”

黄志尚拔出手枪对准王六儿的脑袋：“你以为你能蒙骗得了老子的眼睛？我知道你还有打农具的好手艺，只要你答应今后好好打农具，不再为游击队打火药枪，我可以不杀你!”王六儿：“你以为老子还希望你们这群杀人不眨眼的魔鬼发善心吗？只要你答应军阀不再压榨剥削老百姓，你提的什么条件我都可以答应!”

黄志尚：“游击队给了你什么好处？你这么死心塌踏地为游击队打制兵器?”王六儿：“游击队给我最大的好处是自由，不受军阀压迫，不受地主豪绅剥削!”

黄志尚:“想不到你这把年纪了还这么相信共产党的欺骗!”王六儿:“共产党没有欺骗我,不像军阀黄吉城,年年说要减赋税,却一年加收七八年的赋税!共产党就在这福源坝,不交租不交税,说话算话,一切都实实在在!”黄志尚:“你这老东西也走火入魔了!”黄志尚连开几枪击中王六儿的胸膛。王六儿手指黄志尚:“你别猖狂,你们的日子也长不了!”

大徒弟抱着王六儿:“师傅!”黄志尚连开数枪,将大徒弟也打死。

游击队指挥部。唐达雷向刘庆庄报告:“党代表,王师傅和他的大徒弟被敌人杀害了!”

刘庆庄摘帽致哀,十分懊悔地说:“我不该让王师傅回去拿图纸……”

唐作俊走到工人面前:“工人师傅们,王师傅为革命献出了宝贵的生命,我们要好好学习他的革命精神!兵工厂继续办,由二师兄继任厂长好不好?”众:“好!”

刘庆庄对唐达雷说:“你给金校长送信去。”唐达雷:“好。”

夜。唐达雷匆匆走进八高小,敲响了金安的房门。金安将唐达雷接入房中:“一路辛苦,我去给你准备晚饭。”唐达雷撕开衣襟,从夹层拿出一封信交给金安:“不用准备晚饭了。这是党代表给你的信。”

金安撕开信件,耳边响起刘庆庄的声音:“金校长,交给你一个艰巨而又光荣的任务:游击队急需枪支弹药,希望你尽快与上海、重庆、永定县等地的知心朋友联系,为游击队购买枪支弹药及钢材,你以学校购教学仪器名义用船运至银鼓石,我们派人来运。现送来三千大洋,以后再陆续提供资金。”金安:“我已被调任县教育局督学,行动很不方便,这如何是好?”唐达雷:“我去将钱接进来。”金安:“好。”

唐毛子将大洋背进房中:“请金校长清点一下。”金安:“这是你们用鲜血和生命换来的金钱,相信不会短缺。我也将以鲜血和生命来保证它的安全。”唐达雷:“我们也完全相信金校长。”

此后,金安从上海、重庆、永定县买好枪支弹药和钢材,交由陈大河运到银鼓石,再由唐达雷、唐毛子等运回潜水河根据地,解决了游击队缺乏武器弹药的很大一部分问题。但是,何金章被放回永定城后,向胡嫦杰透露了被捉肥猪的经过。胡嫦杰派人寻找陈大河的踪迹,很快侦查到了这条水上秘密运输线的线索。

银鼓石河边。胡嫦杰头戴博士帽,身穿长袍,手拄文明棍走到河边:

"船家，请给我运批山货到宜兰县城。"陈大河："客官，实在对不起，我这船有点漏水了，需要修一下，请找别的船运吧。"胡嫦杰："我给你上等价钱。"陈大河："客官，你给再多的价钱，我船漏了想得也得不到手。为了不耽误你的事情，还是另请高明吧。"胡嫦杰边说边跳上船："不，我只要你的船运货！漏洞在什么地方我来看看！"陈大河阻拦："客官不用看，我修好船后就来找你。"胡嫦杰的几个随从也跳上船往舱里走去："看看有什么妨害?"

金安从舱里走出："客官，世界上没有强迫成交的买卖，好好商量嘛。"胡嫦杰掏出手枪："老子今天就是要做成这个估打成交的买卖!"胡嫦杰的随从也一齐掏出手枪："不许动!"金安："光天化日之下，你们要干什么?"胡嫦杰："干什么？你金校长心里恐怕比我胡嫦杰心里还要清楚，捆起来!"胡嫦杰的几个随从立即将金安和陈大河五花大绑捆了起来。胡嫦杰："搜!"船上所运枪支弹药及钢材被搜了出来。胡嫦杰："开船!"

唐达雷等人走近码头，远远地看到船向下游开走，便大声喊道："陈大河，我们搭个船!"

陈大河高喊："我被土匪抢了！快向我开枪!"金安："快开枪!"

唐毛子："怎么办？开枪吧?"唐达雷急红了眼睛："开枪!"枪声惊动了团防。远远地看见一队团防兵向河边跑来。唐达雷流着泪下令："撤!"

潜水河，游击队指挥部。唐达雷哭述了金安和陈大河被抓走的经过。刘庆庄、唐作俊等都流下了眼泪。刘庆庄用拳头在桌子重重一击："我们的金校长和陈大河此去凶多吉少。无论如何要想办法救他们!"

唐作俊："金校长和陈大河为我们运回了几批枪支弹药，为保卫根据地起了很大的作用，可我们怎么去救呢?"

督办公署办公室。"嘀铃铃……"电话铃声响起，刘积良拿起听筒，里面传来符冠文高兴的声音："报告督座一个好消息：我部在银鼓石码头捉获金安和陈大河，在陈大河船上缴获枪支弹药及钢材甚多。请问将金安和陈大河如何处置?"刘积良捂住电话向黄吉城问道："符冠文问将金安和陈大河如何处置?"

黄吉城："符冠文这个老滑头，只问人怎么处理，不问那些物怎么处理，我知道，他也在办军工厂，想扣下那些物资壮大自己的实力。你回他话，将人押进永定城里来。"

永定城监狱。金安、陈大河被关进死牢。金安悄声地说："陈大河同志，你千万不要承认知道内情，一切责任由我承担。"陈大河："金校长，一切由我承担责任。你是党的骨干，有文化，以后还能为党做很多事情……”

金安：“你承担不了这个责任。敌人不会相信你能承担这个责任。你活着出去也能为党做很多事情……”陈大河：“不，你不要和我争！我这把老骨头能献身革命，我心满意足了！”

狱神堂。金安和陈大河拖着沉重的脚镣手铐，走进刑讯室。胡扬坤高叫：“跪下！”金安大笑几声：“请问法官大人，今天是哪年哪月？”胡扬坤：“你被吓昏了神了，你六神无主了？天地白日都不知道了？告诉你，今日是中华民国十九年十二月。你要弄明白点！”金安大笑：“嗨嗨，我还以为今天还是大清年月。我告诉你，封建王朝那一套在今天已经过时了！我金安岂有向你下跪之理！”

胡扬坤一拍惊堂木：“你私运军火，勾结赤匪，还敢如此嚣张！看来不用重刑你是不会认罪的！大刑伺候！”众狱卒发声喊：“诺！”

一阵大刑过后，金安昏了过去。一盆凉水将金安泼醒，法官高声问道：“金安，你招还是不招？”金安：“你们休想用野蛮的手段掩饰你们的虚弱！你们的刑具只能吓唬那些懦夫，其奈我何？还有多少刑具，尽管用来！”胡扬坤：“你疯了？”金安：“共产党人不会疯！共产党人要笑看你们这些军阀走狗能疯狂到何时！”

胡扬坤为掩饰自己的失败，转向陈大河狂叫：“陈大河老实交代，你为什么偷运军火？”陈大河：“支持山民打野兽。”胡扬坤：“你们谁是主谋？”陈大河：“此事是我一人所为，金校长是赶船的乘客，船上的事情他一概不知情！别冤枉好人！”

胡扬坤：“你为金安运军火已是多次，你休想用金蝉脱壳之计蒙混过关！”金安：“此事确实与陈大河无关，他只不过是个苦力，挣点饭钱，不要为难陈大河！”陈大河：“金校长不要帮我背死人过河！你搭我的船，就为我顶罪，太过仗义了！”胡扬坤：“你们都争相承担罪过，这样也好。来人，给他们都用大刑！”

金安和陈大河被大刑摧残得遍体鳞伤。但他们毫无屈服之意。黄吉城亲自到狱神堂对金安说：“金校长，本督待你不薄，你为何伙同赤匪反对本督？”

金安：“本人是凭本事吃饭，你凭什么说你对我不薄？你口口声声说革命的老百姓是‘赤匪’，难道你把老百姓逼到绝路上了，老百姓也不该反对你的残暴统治！你把老百姓所有的钱财粮食都搜刮尽了，老百姓不该收回他们钱财粮食？老百姓收回他们自己的钱财粮食反倒成了匪了？”

黄吉城："本督什么时候压迫过老百姓?"金安："你一年数征赋税，把老百姓逼得倾家荡产，妻离子散，甚至家破人亡，这是不是压迫?"黄吉城："本督为了保境安民，难道不该收取赋税?"金安："你安了民了吗?在你统治下的百姓得到安全了吗?在你统治下的老百姓挣扎在死亡线上，你心安吗?你们每日花天酒地，穷奢极欲，为所欲为，何曾关心过老百姓的死活?还恬不知耻地大谈保境安民!"黄吉城："完全是一派胡言，难道社会不需要治理吗?"金安："你的地方官吏对老百姓敲骨吸髓，你的军队白天为兵，晚上为匪，抢劫民财，为害百姓。这就是你的治理!"

黄吉城："俗话说，'人到中年万事休'，你都三十好几了，还跟着那些泥腿子闹什么革命，毁了自己的安逸舒适的生活，图的是什么?"金安："'人到中年万事休'这个说法不对!应当是'人到中年万事兴'!是的，我有教书的职业，有一份可以养家糊口的收入。在一般人看来，我不应当跟泥腿子一起闹革命!可是，对于一个以天下为己任，心系民众的革命者来说，我图的是天下穷苦百姓都能过上幸福安康的好生活!"

黄吉城："竟敢在狱神堂宣传赤化，将他的舌头割掉，看他还怎么宣传赤化!"金安："愚蠢至极!你以为割了我金安的舌头就能封住天下人的口吗?你以为杀了我金安一人就再没有人敢反对你的残暴统治了吗?告诉你，残暴一日不除，剥削压迫一日不除，反抗的人就会层出不穷!革命的人民是斩不尽杀不绝的!"

黄吉城挥手："将他两人一起推出去枪毙!"

金安仰天大笑："黔驴技穷!黄吉城，我正告你，杀了我们两个人，革命人民照样要革命，革命人民是杀不完的!血债要用血来还!革命人民一定是要向你讨还血债的!"

陈大河："黄吉城，老子到了阴间也要向你讨还血债!"

第二十章

控双河扼住咽喉　占夤河令敌胆寒

双河镇。游击队从上场口和下场口同时向敌人发起猛攻，敌人防线大乱。在任家湾受过游击队打击的团防兵首先向后溃退："快跑，快跑！碰到神兵就没命了！"团防兵纷纷丢枪逃跑。唐作俊带领游击队杀向敌人，大喊："缴枪不杀！"团防兵纷纷举枪投降。游击队一举占领双河镇场镇，并且立即召开千人庆功大会。刘庆庄高声讲道："乡亲们，不可一世的吴登杰被消灭了，附近的贫苦百姓分了他的财物和田地，过上了好日子。但是夤河县城里的豪绅恶霸还不少，他们想为吴登杰复仇，夺去我们贫苦农民分得的财物和田地。我们答应不答应？"众："不答应！"

刘庆庄："对，坚决不能答应！我们必须保卫已有的革命成果。我们只有坚决消灭豪绅恶霸，才能让天下更多的贫苦百姓都过上幸福的日子！大家愿不愿意同我们一起去解放夤河县城？"众："愿意！"一人高声说："要解放夤河县城必须先打明月镇，消灭范曲林！"

刘庆庄："范曲林是什么人？"一人答道："范曲林是夤河县团防局局长兼明月镇民团团长。他得知福源坝起义后，经常带兵攻打蜂桶、周溪等地，杀害农会干部多人。你们占领双河镇后，他加紧防守，设立盘查哨，不准百姓自由通行，卡住了通往夤河县城的道路。你们过不了明月镇便到不了夤河县城。"

唐作俊："刘大疆同志率队打明月镇！"刘大疆："好！一支队的同志们随我来！"

明月镇四面都是挺拔入云的高山，不利于防守。刘大疆率领游击队进入明月镇发动突然袭击，打死敌人五十余人，缴枪五十多支，子弹五万余发。范曲林的一连连长刘庆和二连连长周光带领两个连抵挡一阵，见无法抵抗，便立即逃向夤河县城。行至老鹰山半山腰一座破庙前，刘庆："一排排长听令！”一排排长：“到！”

刘庆：“命令你排依托古庙抗击赤匪！”一排排长：“是！”

刘庆留下一个排阻挡游击队的进攻，带着其余部队逃进了夤河县城。

刘大疆带领群众破仓分粮，安顿好百姓生活后，带领游击队战士在明月镇街上张贴标语，宣传打土豪分田地等共产党的政策，同时开展打富济贫，开仓分粮工作，将地主豪绅的粮食、腊肉等分给贫苦农民，受到老百姓的热烈欢迎。

刘大疆率一支游击队向夤河城方向追击敌人，远远看见老鹰山半山腰有一座破庙，挥手让部队停下：“先侦察一下古庙周围有没有敌人。”

刘大疆向山上开了一枪。团防队一排排长从睡梦中被枪声惊醒，立即命令团丁向山下射击：“给老子狠狠地打！”

敌人密集的枪声阻断了游击队前进的道路。刘大疆带领游击队利用地形地物向山上发起攻击。敌人退入破庙内登楼顽抗。刘大疆命一部分游击队员从正面佯攻，另带一部分游击队员从后墙攀登上房顶，揭开瓦片，居高临下，投下一颗手榴弹，炸死炸伤敌人多名。敌人躲在佛像后面负隅顽抗。刘大疆命令游击队放火焚烧庙宇，将敌人全部消灭。

游击队指挥部。刘庆庄：“游击队占领双河镇、明月镇以后，打通了永定城通往夤河县城的通道。我们已占据了进攻夤河县城的战略高地。请大家议议，现在是否马上进攻夤河县城？”

刘大疆：“我军虽占领了双河镇、明月镇，但是自己伤亡也大，应当休憩一下再行进攻。”

唐志学：“夤河县城城墙坚固，城内驻有川陕护卫军一个正规团——黄志尚团。这个团虽然是我手下败将，但装备不错，火力很强，加之城墙坚固，要想一鼓作气取胜不大容易。还有范曲林的团防兵上千人，虽然战斗力不强，但是，依托坚固城墙也足以对我们构成严重威胁。我赞成支队长的意见，休整一下再行进攻比较妥当。”

刘庆庄：“我军连续取得胜利，士气正盛，兵贵神速，不可挫伤士气！”

门外走进几个战士：“请总指挥马上下命令进攻夤河县城吧！”唐作俊：“好！总指挥部尊重大家的心愿，你们回去做好准备，随时听候攻城命令！”

刘庆庄指着地图：“现在研究一下攻城方法。”唐作俊：“我的想法是：兵分两路攻敌南门和北门。我带一路攻北门，党代表带一路攻南门。先不要暴露我们的攻城意图，秘密进入夤河县城脚下，准备好后，再以信号弹为号同时发动攻击。”众：“听从总指挥指令！”

游击队经过急行军，秘密进入夤河县城近郊，扎营休息。刘庆庄：“唐达雷，你和唐毛子带一队人先混入城中摸清敌人的兵力部署、弹药仓库等情况。我们大部队攻城时，你炸掉他们的弹药库，打开南门，接应大部队入城。”唐达雷：“是。”

唐达雷、唐毛子等背着柴火、粮食、水果等随本地百姓混入城中，摸清了黄志尚团部驻地、范曲林团防驻地及弹药库位置，绘制成草图，派人送回游击队。刘庆庄将草图递给唐作俊：“唐达雷他们工作很有成效，我们现在已经知己知彼，我看可以确定时间攻城了。”唐作俊：“好！”

两连溃军逃出明月镇后，直奔夤河县城，到了团部。此时，团部正在开会。刘庆走进团部：“报告团座，游击队攻占了明月镇，向夤河县城进攻来了。”黄志尚：“你们是怎么防守的？怎么一下子就被游击队给攻占了？”刘庆：“团座大人，明月镇无险可守。驻军和团防队战死了五十多个兄弟后，我不得不带领大家撤退。”黄志尚：“你们就全部跑进城里躲起来了？”刘庆：“我已在老鹰山留了一个排阻击游击队。”

黄志尚：“一个排能阻挡住游击队的进攻？”刘庆：“老鹰山半山腰既缺水，又缺粮，容不下多的人……我必须回来向您报告……”

团部大小官员听到这一消息，人人胆战心惊，大惊失色。黄志尚：“会议就不开了。现在，听我命令：一营守东门，二营守南门，三营守西门，四营守北门，五营做总预备队。各城门要严查过往行人，严防奸细入城做内应！传令兵，快去请范局长来研究守城办法！”传令兵：“是！”

张盛荣连长心想：“我几上几下，何不趁此时机，立点功劳，挽回我失败的脸面？”想罢，向黄志尚敬礼：“报告团座，像这样困守城中被动挨打，不如派一部分军队出城占据有利地势迎击敌人，争取主动！”黄志尚：“此话有理。张盛荣，命你带领全连到尖山子阻击敌人！”

张盛荣心中叫苦却不得不立刻回答：“遵命。”

黄志尚：“大家听好了：若张连在城外获胜，你们都出城追击敌人；若张连情况欠佳，各营连守城任务不变！”众人：“是。”

范曲林走进团部：“黄团长召我何事？”黄志尚：“游击队已攻占明月镇，正在向夤河县城进攻，你我如何联合守城？”范曲林：“团座高见？”黄志尚：“我团守两门，你们团防局也守两门。”范曲林：“团防兵难以单独担负守城任务。”

黄志尚："局长何出此言？"范曲林："团防兵装备甚差，训练更差，没有见过大的阵仗……丢失了阵地，谁负责任？"黄志尚："局长想推卸守城责任？"范曲林："卑职不敢。"黄志尚："那么，你怎样尽守城责任？"范曲林："带领民众登城，配合贵部守城；募集财物慰劳贵部……"黄志尚："尽要滑头！"

团练局。范曲林："游击队即将攻城，大家立刻将城中青壮年组织起来，搬运石头和泥沙，修复城墙；再到各户募集物资，准备慰劳有功将士！"几个人交头接耳："这又是一次捞钱的好机会！"范曲林："别打歪主意，募集的财物不准任何人贪占。老子要是查出来有人贪占，坚决严惩不贷！"众："局长放心，小的们绝不敢贪占！"

街道上，团防兵挨家挨户："赶快交缴赤捐！"老百姓："我们早交清了。"团防兵："缴赤捐交清了，再交缴赤慰问金！"老百姓："我们实在没钱交了。"团防兵闯进屋子，见值钱的东西就拿："游击队打进城，你们命都没有了，还留下钱财有什么用？"

老百姓上前去夺："你们不能抢我们的东西啊！"团防兵一脚踹倒老百姓，扬长而去。老百姓高喊："兵匪一家活抢人啊！"

夜。尖山子。张连向山顶爬去，妄图居高临下，向游击队扑来。哨兵发现情况后，立刻向刘庆庄报告："党代表，敌人出城抢占山头，向我们杀来了，怎么办？"

刘庆庄当机立断："分头占领制高点迎击敌人！"刘庆庄带领游击队奋力向尖山子爬去，刚占领山梁制高点，张连也已接近尖山子山梁，刘庆庄一挥手："打！"

张连前锋顿时被打得晕头转向，狼狈而逃。张盛荣挥舞手枪："跑啥子，怕死鬼，游击队有好多人？"士兵回答："不晓得。"

他看也不看张盛荣一眼就跑过去了。张盛荣见又有几个人跑过来，就拦住问道："站住！游击队究竟有好多人？"

溃退下来的士兵面色苍白，上气不接下气，结结巴巴地回答："不，不，不得了，遍山都是游击队，黑麻麻的，哪里数得清？快跑，快跑！"

这个尝过游击队苦头的张盛荣，被吓得惊慌失措，豆大的汗珠从额头上直冒，他还是壮着胆子吼道："给我倒回去往上冲，抢占山头！"

身边的二百余名战士害怕丢命，根本不听他的指挥，一下子跑得精光。他正在犹豫时，游击队的神兵已呐喊着冲了下来。张盛荣这下子更着了慌，连滚带爬地向城门口逃去。刘庆庄带着队伍紧紧随后追击。

唐作俊听到枪声，立刻命令部队紧急集合，大声讲道："同志们！党代表已打响攻城战斗，我们要全力以赴，积极配合！听我命令：神兵队在前爬梯攻城，技术队紧随其后，梭镖队紧紧跟上！立刻出发！"众："杀！"

游击队分南北两路浩浩荡荡直抵夤河城城下，神兵搭梯登城。守城士兵一面高喊："游击队攻城了！"一面向游击队开枪。顿时，枪炮声大作，弹如雨下。

神兵队搭好四架云梯，在申必胜的带领下，冒着敌人的枪林弹雨，前仆后继，奋力登城。刘庆庄、唐作俊分别下令："打！"顿时，枪炮齐鸣，愤怒的子弹一齐飞向城头。

唐达雷、唐毛子等立即向南门靠近，正面与团防队相遇。双方展开激烈巷战。范曲林："这是小股游击队，大家给我狠狠地打，守住城门！"唐达雷等沉着应战，步步逼近南门。

潜水河。游击队总指挥部。唐志学："同志们，攻打夤河县城的战斗马上要开始了。前方战事严酷，所需物资十万火急！总指挥部决定，从女兵连抽调一部分同志组成运输连，向前线运送物资，途中要翻山越岭、风餐露宿，还可能遇到敌人的袭击，任务十分艰巨。但是，我知道大家的勇敢和吃苦精神是举世无双的，你们每次担负的抢运伤员、运输物资任务都完成得很好。请愿意参加运输连的报名！"毛大嫂："我报名！"紧接着，大家纷纷举手："我报名！我报名！"黄忠英挤上前来："我报名！"唐志学："你这个'四眼人'就不要报名了吧？"黄忠英："不，我要报名！"

唐志学清点人数："好，刚好一百人。"毛大嫂："参谋长不识数，我数过了，只有九十九个人。"唐志学："你数掉了一个！"毛大嫂："谁？"唐志学："黄忠英肚子里还有一个！"

大家笑起来："参谋长算得真精确！"唐志学："同志们，运输队长由毛大嫂担任，大家要听从她的指挥。"众："是！"毛大嫂："保证完成任务！"

唐志学："这次运输任务虽然十分艰巨，总指挥部相信你们一定会完成得很好！"众："任务再艰巨我们也不怕，哪怕是刀山火海，我们也要按时完成任务！"吴贵锋："同志们到仓库领物资！"

仓库。有的抢着扛三支一捆的枪袋，有的准备背五把一捆的大刀。黄忠英走上前去，粮袋分完了，她便将外面的裤子脱下来。毛大嫂："你要干什么？"

黄忠英将裤筒扎起，装上大米，再扎紧腰部，骑放在脖子上，既顶用，又省力。唐志学笑着说："黄忠英真会想办法!"许多没有米袋的同志也学黄忠英的办法，扛起了粮袋。

夕阳西下。运输队在蒙蒙夜色中出发。天越来越黑，路越来越分辨不清，不能点火把，也不能吆喝联络，只好一个挨着一个屏声息气地摸黑赶路。突然，天下雨了，路滑，不少人跌倒了又爬起来，扛起物资继续前进。有的摔得皮破血流，却不叫一声苦。毛大嫂见黄忠英摔倒了，急忙将她扶起："小心，不要把孩子摔掉了。"黄忠英笑着说："他要是坚持革命就不会掉；他要是不革命掉了更好，免得成我的拖累。"毛大嫂："他肯定是个坚持革命的孩子，注意安全啊。"

深夜两点，运输队行至大洪河边，原来有一座桥被敌人拆毁了。毛大嫂决定从上游涉水过河。走到一个较为平缓的河段，毛大嫂叫大家放下肩上的物品，自己下到水中探路。有两个在河边长大的姑娘与毛大嫂手牵手向河心走去。河水越来越深，竟至淹过胸部了。两个姑娘脚踩不了底。毛大嫂将她们托起再向前淌去。两个姑娘又踩住河底了。越往前，水越浅。毛大嫂高兴地说："对了，大家可以过河了。"

毛大嫂叫个子高大的同伴脱下草鞋，把物资扛上肩，一手护物资，一手拉住同伴，一步步地走过河心。然后回来接体弱个矮的同伴过河。她们顺利、平安地过了河，越过了敌人的封锁线。过了河，山越来越高，路越来越陡，悬崖边，人们只能手扶崖壁一步一步向前挪动，稍不留神，就会掉下悬崖，摔得粉身碎骨。毛大嫂问："这山高吗?"众："山再高也没有我们的脚板高!"毛大嫂："这悬崖峭壁险吗?"众："为了劳苦大众翻身解放，粉身碎骨也无所畏惧!"

运输队爬上一座高山，前哨跑来向毛大嫂报告："队长，山下一股敌人向山上爬来，我们怎么办?"毛大嫂："大家不要惊慌。解开枪支和刀矛，会用枪的同志用枪；不会用枪的同志用刀矛，准备战斗!"战士们听说要打仗，个个精神振奋，拿起武器，抢占有利地形，隐蔽待命。

这股敌人是刚被游击队打败了的明月镇民团，奉命到僰河县城守城的。由于雨天路滑，走得十分吃力。他们肩挎钢枪，腰别烟枪，一个个呵欠连天，踉踉跄跄地爬到山腰一个草坪，不等长官发令，就噼里啪啦地将枪一扔，三三两两、横七竖八地挤在一起，吞云吐雾地当起"快活神仙"来。

运输队的女战士纷纷向毛大嫂请战："队长，冲下去消灭这伙敌人!"毛大嫂："好。听我命令：一排从左侧下去，二排从右侧下去，三排从正面下去，靠近敌人，听我的枪声才开枪！枪响以后，大家马上拿起刀矛冲锋！”众：“是！”

毛大嫂：“黄忠英跟我来！”毛大嫂和黄忠英摸到哨兵跟前，一人纵身将哨兵颈部死死卡住，一人持刀直插其胸膛。敌哨兵一声不哼地倒在了地上。运输队战士迅速靠近敌人。团练队长发觉有人向自己靠近：“快！有敌人，快拿枪！”

毛大嫂举起手枪，向团练队长射击。黄忠英立即补了一枪将团练队长击毙。枪声打破了山野的寂静。运输队战士们勇猛地杀向敌人。团丁们顿时吓得魂飞魄散，连忙翻身跪地求饶：“游击队饶命，我们投降！”

一个团丁小队长见是女兵，伸手去抓枪支。黄忠英眼疾手快，一枪将他毙命：“不准动，谁敢动就打死他！”毛大嫂：“同志们，快去收缴敌人的枪支！”

战士们收缴敌人的枪支以后，毛大嫂大声喝令：“站起来，扛上粮食，跟我们一起走！”

战士们押着俘虏迅速向龠河县城而去。行至尖山子，一片红霞从东方地平线上升腾起来。山头上硝烟弥漫，沙石横飞，树枝断落，衰草燃烧。毛大嫂：“同志们，大部队同敌人开火了，快，支援大部队！”黄忠英：“队长，这些俘虏怎么办？”毛大嫂：“将他们放了。”黄忠英：“赶快同大部队联络。”运输队燃起了联络火炬。

刘庆庄看见山下运输队的联络火炬，急忙命令：“唐毛子，快去接应运输队。”唐毛子：“是。”

唐毛子带着运输队追上了大部队：“党代表，运输队将我们急需的枪支弹药和粮食运到了。她们在路上还俘虏了七十多个敌人，缴获了七十多支枪，为我们解放龠河县城立了首功！”

刘庆庄：“好啊，给女子运输队记首功！”毛大嫂：“该给黄忠英同志记首功，她比我们更艰辛，还在危急之时，打死了两个敌人，镇住了企图反抗的敌人。”刘庆庄：“等拿下龠河县城后给你们开庆功大会！”众：“好！”

龠河县城团部。从睡梦中惊醒的黄志尚急忙命令士兵拿枪抵抗：“快！一律上城墙杀敌！”

黄志尚率特务连向城墙奔去。城墙上烟尘冲天，土石飞扬，一片火海。城墙上守军已与神兵短兵相接。黄志尚登上城墙后高喊：“弟兄们，消灭游击队，老子有重赏！”守城士兵受到鼓舞，猛烈地向游击队开火。

刘庆庄高喊：“同志们，打进夤河县城，消灭白狗子，解救百姓出苦难！”众：“消灭白狗子，解放夤河县城！”

游击队神兵队勇猛登城，一个滚下梯，第二个、第三个紧接着跟上来，毫不畏惧。神兵队挥舞大刀登上城墙，挥刀杀向敌人。守城士兵手中的刺刀敌不过神兵的大刀，被砍下的头颅纷纷滚落城下。特务连见状停住脚步：“团座，神兵已攻占城墙了！赶快退守团部吧？”

黄志尚疯狂大喊：“不！坚决夺回城墙，快开枪！快开枪！”排枪打过，神兵倒下不少，但勇猛的神兵前仆后继，毫不退缩，步步逼近黄志尚。黄志尚被特务连架着退向团部。

唐达雷等发动猛攻，在巷战中步步逼近南门。范曲林抵敌不住：“兄弟们，赶快向团部撤去！”

唐达雷走近城门，见铁锁打不开，急忙用大刀猛砍铁锁。

范曲林见黄志尚向团部撤退，急忙赶上来：“团座，南门失守了！”黄志尚：“你们是怎么守的？”范曲林：“游击队城里有内应。”黄志尚：“跟我一起保卫团部！”

唐达雷将城门打开：“同志们，快进城杀敌啊！”游击队员人人奋勇，个个争先，冲进城里，在唐达雷的带领下向黄志尚团部杀来。

团部。黄志尚一面指挥军士：“给我顶住！”一面命副官：“赶快给何司令打电话，请求支援！”

副官摇通电话，大声喊道：“报告何司令，游击队已攻进夤河县城！神兵势不可挡！我部已大部伤亡，请赶快派大军驰援！”电话筒里传来何忠辰的声音：“我马上调二团救援你们。你们一定要给我顶住！顶住！”

卫兵急速地跑进团部，向黄志尚报告：“团座，游击队已攻破团部大门，我们抵抗不住了，快跑！”黄志尚见军士蜂拥后撤已势不可挡，无法制止，急忙剥下身边一个士兵死尸的衣服，慌忙穿上，与卫兵一起混入溃军队伍向城外逃去。范曲林带着团防兵紧随其后逃走。

游击队与神兵汇合，高喊：“缴枪不杀！”

游击队逐巷追杀敌军，敌军见游击队势不可挡，无心抵抗，争先恐后弃枪而逃。游击队乘胜追击至县府大门，与县府守军对战。神兵在前面冲锋，县府守军疯狂抵抗。刘庆庄指挥游击队分数路进攻，守军不支，纷纷投降。刘庆庄率游击队冲进县府大院，见县知事一行人提着皮箱慌忙逃跑，手起枪落将县知事击毙。枪声停止，游击队打扫战场，城内秩序很快恢复正常。

清晨，一轮红日从东方冉冉升起，漫山遍野洒满了金色的朝霞。在晨曦的辉映下，龠河县城鳞次栉比的房屋、古老的城墙，以及周围层层叠叠的山峰，显得格外宁静安详；茂密的树林，团簇的花朵，显得十分清秀美丽。老百姓打扫着街道，欢畅地清除着军阀统治的污秽和战争留下的垃圾。刘庆庄、唐作俊等走在街上，与老百姓亲切地打着招呼："乡亲们早晨好！"

老百姓回报以热烈的掌声："游击队同志们好！"

城墙下，几个战士正在张贴告示，人们围了上来，一人高声念道："川东游击队布告：我川东游击队是中国共产党领导的工农子弟兵，坚决执行中国共产党的土地革命政策。现已赶走军阀黄吉城的军队和范曲林的团防兵，解放了龠河县城。从即日起，没收地主豪绅土地，烧毁契券，破仓分粮给贫苦兄弟！县城和各区乡村镇立即建立农民协会。一切权力归农民协会！各乡的土豪劣绅由各乡农民协会处理。任何人如违抗此令，以反革命论处！轻者坐牢，重者杀头！望全体知悉，遵守此令！"

围观群众议论纷纷："这下可好了，我们得解放了！""我们穷人坐天下了！""我们赶快建立农民协会！""我们参加农民协会去！"

龠河城街道。一人提锣，边敲打喊："鸣锣通知：全体百姓到西门大操场开大会！"

人们迅速在西门大操场聚集起来。

大会主席台上，站着刘庆庄、唐作俊、刘大疆、唐志学、吴贵锋等游击队领导人。唐作俊："父老乡亲们！我们龠河县城解放了！现在，请党代表给我们讲话！"

刘庆庄向前走一步，向大家深深地鞠了一躬，然后高声讲道："父老乡亲们，你们被军阀黄吉城整苦了！这些年来苛捐杂税年年增加不说，还每年大搞预征，一年要交五年甚至十年的税赋！还不断增加所谓'剿赤捐''临时军费'等等。范曲林的团防趁火打劫，搞得大家没饭吃没衣穿！不少人卖儿鬻女，甚至妻离子散，家破人亡！为了把你们从水深火热中解救出来，川东游击队牺牲了几百个战士，终于把黄吉城的军队打跑了，把范曲林的团防也打跑了！你们可以重新看到天日了！你们要赶快组织农民协会，大家团结起来，打土豪分田地，过快乐日子！"众高呼："建立农会，打土豪分田地！过快乐日子！"

唐作俊："父老乡亲们，大家一起出把气力，配合红军游击队，打到永定城，一气呵成把黄吉城打垮，让我们穷人坐天下！"众："打倒军阀黄吉城！穷人坐天下！"

游击队分散到各乡、村宣传"打土豪，分田地""建立农民协会"。乡、村农民纷纷要求参加农民协会，农民协会迅速建立，农民协会的吊牌高高挂起。

游击队总指挥部。刘庆庄："现在举行扩大会。同志们，我们打下了夤河县城，这是我们游击队攻占的第一座县城，也是我们游击队取得的第一个大胜利。在胜利面前我们应该怎么办?"刘大疆："立刻进攻巴山县城。"几个人附和："对，立刻进攻巴山县城。"

唐作俊："我们在进攻夤河县城时，虽然取得了很大胜利，但是，自己也受到了很大的损失。我的意见是休整一段时间再采取大的行动。"刘大疆："现在士气正旺，我们完全可以一鼓作气攻下巴山县城。"

刘庆庄："同志们，解放了夤河县城，大家受到鼓舞，这是很好的事情。但是，我们也要防止被胜利冲昏了头脑。巴山城中的敌人比夤河城中的敌人多三倍。巴山城防工事也比夤河县城坚固。我认为不做认真的准备，不进行周密的计划，很难攻进巴山县城。那么，当前应当做哪些工作呢?我认为，一是巩固革命的已有成果。我们要派游击队分赴各乡村，发动群众建立农会，开展打土豪分田地工作。二是扩大宣传，把党的土地革命政策深深地扎根于群众的脑海中。三是发动群众参加游击队，加强训练，增强游击队的战斗力。四是进一步摸清巴山县城的守卫情况，制订进攻计划，积极做好进攻巴山县城的准备。"

唐作俊："好，就按党代表的意见办。"

永定城。川陕边区绥靖督办公署办公室。刘积良将《新蜀报》递给黄吉城："督座，何忠辰还未报告夤河城失守情况，《新蜀报》就将夤河城失陷的消息刊登出来了，岂非咄咄怪事?"

黄吉城将报纸撕得粉碎："《新蜀报》就是爱造谣生事，扰乱军心，别理它!"刘积良："是不是打电话核实一下情况?"

黄吉城："赤匪有几许人枪?成得了多大气候?黄志尚一千余训练有素的人枪，有坚固城墙护卫，还有范曲林上千团防，谅不会像《新蜀报》所说，轻易就让赤匪攻占了去。"

电话铃声响起。刘积良拿起听筒刚"嗯"了一声，对面就传来急促的说话声："督座，大事不好了。"刘积良将电话筒递给黄吉城："何司令电话。"黄吉城摆摆手，示意仍由刘积良接听。刘积良："何司令，发生了什么情况?"

电话听筒传出何忠辰声音："黄志尚团长刚刚逃到司令部向我报告夤河

县城的失陷情况。”刘积良：“与《新蜀报》所说有什么不同?”何忠辰：“大体相同。”刘积良：“黄志尚带回多少人马?”何忠辰：“黄团长从夤河城城中带出五十人，沿途搜罗一百余人。他希望不要撤销他的建制，愿恢复人马，戴罪立功，继续为督座效力。”

刘积良：“这个黄志尚太混蛋，只知道保他的官位！令他写出深刻检讨，听候督座处分。你部要加强防范，防止赤匪趁机夺取巴山县城。”

何忠辰：“我部已加强警戒，一是加固城防工事；二是抓捕可疑人员；三是杀一批在押人员，震慑敌人；四是对过往人员进行严密搜查，防止游击队的奸细混入城内捣乱。”

刘积良：“何司令的安排比较周到。马上回去逐一落实。”何忠辰：“是!”

何忠辰放下电话后，刘积良：“督座打算对黄志尚如何处分?”黄吉城叹了口气：“黄志尚忠诚有加，能力缺乏。夤河县城失陷，非黄志尚防御失当，主要是赤匪既凶悍又刁诈。如对黄志尚处分过重，将使将士寒心；若不处罚，则不能驱使将士用命！真有点为难本督了。”刘积良：“卑职认为，处分黄志尚不是目的，杀黄志尚也于事无补，当务之急，是如何将赤匪剿灭。”黄吉城：“参谋长说得对！当务之急是剿灭赤匪！我已思考成熟，决定倾全力剿赤!”

刘积良：“督座，不留兵力对付陈宗光、王陵基、杨森、罗泽州这帮豺狼?他们早有吞督座之土地、人口之野心!”黄吉城：“这帮财狼与我之争只是土地、人口、金钱、财物之争，刘庆庄、唐作俊与我之争则是你死我亡之争。前者随时可以调和，后者永无妥协的余地。所以，我们必须全力对付这帮黄泥巴脚杆!”

刘积良：“督座打算作怎样部署?”黄吉城：“丢失夤河县城使我在四川同侪中颜面丢尽，我当竭尽全力，尽快收复夤河县城。”

刘积良：“调大军攻取夤河县城?”黄吉城：“命何忠辰三团人马，主攻福源坝；命符冠文调两个团攻夤河县城；命永定县、宜兰县、巴山县、夤河县四县民团分别协助何忠辰和符冠文行动，改变以往只注重军事清剿，忽视政治清剿的办法。”

刘积良：“督座的意思是——”黄吉城：“政治清剿为主!”刘积良：“妙！妙!”

黄吉城：“本督还要静观赤匪内部的发展变化。”刘积良：“督座得到了什么新情报?”

黄吉城：“赤匪内部已开始反‘右倾保守主义’‘封建地方观念’‘富农路线’‘调和主义’等运动，进行内部整顿和清理……”

刘积良：“督座对赤匪内部情况真是洞若观火……”

黄吉城：“能否为本督所料还很难说……”

潜水河游击队总指挥部。刘庆庄：“同志们，我们虽然在打击土豪劣绅的过程中获得了不少粮食，但是，已经分给贫苦农民不少，剩下的就不多了。游击队要保证不缺粮，还得想办法。请大家多出主意。”

唐作俊：“党代表高瞻远瞩，看得很远。古人说，一日无食则饥，二日无食夫妻反目，三日无食父子绝义。这说明了一个道理，就是民以食为天！怎样解决缺粮的问题？打土豪，破仓分粮只能解决燃眉之急，不能从根本上解决缺粮问题。我考虑，粮食是从土地里长出来的，从根本上解决缺粮问题，还是要向土地要粮食。我们提出了‘打豪分田，自种自收’的口号，就是为了解决老百姓的吃粮问题。老百姓有了粮食，我们也就不会饿肚子。老百姓的粮食从哪里来？从土地里长出来。现在老百姓有了土地，我们就要动员大家把土地管好种好。”

唐志学：“总指挥说得很有道理。但是，这兵荒马乱的情况下，老百姓怎能安心种粮食？”

刘庆庄：“我们游击队一方面要动员百姓，让他们尽可能多种粮食，同时还要保护老百姓种粮食、收粮食，让老百姓有种粮食的信心。”

刘大疆：“平原大坝容易受到白狗子攻击，既不容易种又不容易收。我建议多在山地种。”

众：“对，这个主意好！”

刘庆庄：“这个主意虽然好，但不全面。山地虽容易防守，但产量不高；平原大坝虽然防守困难，但产量高。我的想法是平原大坝仍然要尽量多种粮食。我们游击队的主力也要尽力保护平原大坝的耕种收获。”

唐作俊：“对。山地有一句民谚是种一笆篓收一鞋壳，就是说的产量太低。平原大坝是种一升打二三斗。我们要尽可能地在平原大坝上耕种，让老百姓有好收成。老百姓得到了实惠，对我们才更有信心。”众：“对！”

春耕季节。山头上，游击队瞭望哨在密切注视着周围的情况，一发现敌情，就及时敲锣敲梆示警。平原大坝。游击队员架起枪，使牛的使牛耕田，抡锄的抡锄，干得热火朝天。刘庆庄、唐作俊等带着枪，有说有笑地同农民一起劳动。远处山梁上，游击队哨兵警惕地注视着周围。突然，一大队白狗子向大坝走来，锣声、梆声骤然响起。刘庆庄、唐作俊带着游击队飞速奔向山冈，寻找容易打击敌人的地方。一队白狗子向游击队哨兵发起攻击。刘庆庄、唐作俊等奔上山头，顽强抗击敌人。附近的游击队员们赶来增援，打得敌人狼狈而逃。一场激战结束，平原大坝上，刚撤走的农民又迅速返回田间，翻耕土地，播下种子……

潜水河游击队总指挥部。唐毛子匆匆走进办公室："报告党代表，总指挥，吴贵锋今天下午不幸被敌人抓捕了。"刘庆庄："在什么地方？"唐毛子："在他家里。"唐作俊："是怎么被抓的？"唐毛子："吴贵锋昨天回家看望父母，被邻居告密，柿树乡乡长苟奇佳带人在夜晚将他捉住，关押在乡公所，准备明天早晨往巴山城里送。"

刘庆庄："我们立即到柿树乡公所去把吴贵锋同志救回来！"唐作俊："攻打乡公所，容易导致敌人狗急跳墙，杀害吴贵锋同志。"刘庆庄："这可怎么办？"

唐毛子："党代表，我和唐达雷带几个同志，到柿树乡去巴山城必经之路的王糍粑垭口埋伏起来，将吴贵锋同志救回来。"唐作俊："这倒是个好办法，你们要特别小心，一定要把吴贵锋同志救回来。"唐毛子："保证完成任务。"

清晨。刺骨的寒风呼呼地刮着，浓雾笼罩大地。柿树乡逢集。路上行人挑着担子、背着背篼，从四面八方，络绎不绝地向场上拥去，把个不宽的街道挤得水泄不通。唐毛子、唐达雷带着几个游击队战士，在鸡叫头遍时，就已经在王糍粑垭口埋伏起来。他们顶着霜风，冒着严寒，耐心地等待着苟奇佳的到来。清晨，鸡叫三遍的时候，别着手枪的苟奇佳在前后都有三人的护卫下，摇头摆尾地押着吴贵锋，在通向巴山县城的路上走着。苟奇佳边走边说："吴贵锋聚集人马要造反，想整老子，想不到老子昨天就把吴贵锋给抓起来了！今天送进城去领赏，少说也有个一万两万袁大头，够我们几个爷花上一阵子了！弟兄们，到王糍粑垭口了，大家要小心点！"众："乡长请放心，哪个晓得我们这么早就进县城？领了赏别忘了我们几个弟兄啊。"

唐毛子、唐达雷等突然冲到路上将苟奇佳等人围住，大喝一声："站住，把手举起来！"

苟奇佳看不清对方的面目，笑道："咦，是哪个？胆子还不小，敢跟老子开玩笑，把老子的魂都吓落了。"唐达雷："谁跟你开玩笑？老子是游击队！"

唐毛子、唐达雷等走上前去下他们的枪。苟奇佳急忙掏枪，只听"砰"

的一声，唐毛子已打中了他的右肩。苟奇佳假装中弹倒地。他的两个卫兵被缴枪后慌忙逃窜。苟奇佳急忙爬起来踉踉跄跄地往回跑，唐达雷看得真切，再次开枪，把他送上了西天。唐达雷等取出吴贵锋口中的毛巾，解开捆绑吴贵锋的绳索。吴贵锋十分感激地说："谢谢同志们！"唐达雷："这是我们应该做的。你安全无事就好了。"

唐达雷清点战利品，缴获手枪三支、子弹六十发。大家高兴地迎着朝霞，带着胜利的喜悦，迈着矫健的步伐回到了潜水河。

游击队总指挥部。唐达雷："党代表，神兵队在潜水河操练武功，使梨子园的大恶霸万虞深感不安。黄志尚团向潜水河进剿时，万虞几次向黄志尚报告游击队情况，使游击队受到不小损失。我们应当尽快消灭这个大恶霸！"刘庆庄："好，你带十几个游击队员和我一起去消灭万虞！"

唐达雷："万虞的院子围墙很高，碉堡很坚固，他只要将碉堡大门一关，就是千军万马也很难打进去。只能智取，不能强攻。"刘庆庄："好。"

刘庆庄带着十多个身穿川陕护卫军军服的游击队员，大摇大摆地走进了万虞大院。万虞的三个穿着妖艳的姨太太跑来拦住去路，阴阳怪气地问道："哎，你们这些老总，找谁呀？"

刘庆庄："我们是黄志尚团长派来找万大老爷的。"

刘庆庄边与三个姨太太答话，边暗示游击队员向屋里冲去。一个年约二十的姨太太扭着细腰上前伸手拦住，娇声娇气地说："长官们，真对不起，老爷外出未归。他的脾气很古怪，规矩很严，他不在家，是不准男人进屋的！请你们就在门外等他！"

大婆子、二婆子连忙跑进碉堡关门。唐达雷、唐毛子、李春林等火速冲了过去，跃进了碉堡；游击队员分别冲进大院，控制住护院人："不准动！举起手来，缴枪不杀！"

护院人员乖乖地交了枪。三个婆娘高喊："棒老二抢人啊！"

游击队员将万虞的三个婆娘关进一间小屋，警告她们："不准乱吼，再要乱吼就打死你们！"

三个臭婆娘个个吓得像筛糠一样："请长官饶命，不敢乱吼了。"唐达雷："万虞在哪里？"女人回答："到黄团长那里去了。"

游击队员搜遍碉堡和大院，收缴了十支手枪、五支步枪、五箱子弹。刘庆庄找来笔和纸，潇洒地写道："万虞，警告你：不准欺压百姓，不准与游击队作对！这次来，我们只取走枪支弹药；如再与共产党作对，下次来，就取你的人头！"落款是"共产党的一支游击队"。

黄志尚团部。一个家丁跌跌撞撞地跑了进来："老爷，大事不好，游击队袭击了您的家以后，还留下了这张纸条！"

万虞看过纸条，连忙向黄志尚团长请求："请团长派兵追击游击队。"黄志尚："你带路。"

万虞带着一连敌军拼命向刘庆庄等人的来路追去。刘庆庄让游击队员埋伏在树丛中。一个军官哼着小调走进草丛，脱下裤子解大便。唐毛子悄悄地走到他身后用手枪顶住了他的脑袋："不许动，举起手来！"唐达雷迅速搜缴了他的手枪。那军官慌忙解释说："我，我，我是团部副官，名字叫黄三，有话好说，有话好说。"

唐毛子将他押到刘庆庄面前。刘庆庄问："你们往哪里去？要干什么？"黄三："万虞家被抄了，我们去追击抄万虞家的游击队。"

唐达雷拍拍自己的胸膛："看清楚了吗？老子就是抄万虞家的游击队！你不是在追击我们吗？叫你们这一连人转来捉我们吧！"黄三："小人不敢！"

唐达雷："少跟他啰唆，把他丢进漩洞里去清剿游击队！"黄三跪地求饶："游击队老爷饶命！我当副官不久，从来没有打过游击队，请千万饶小人一命！"

突然，一个敌军兵士高喊："黄副官，你在哪里？"黄三低声问道："长官，我该怎么回答？"刘庆庄："你命他们向两侧去追，不准朝我们方向来！"黄三高声回答："我在解手。一排二排由万虞带路向左追，三排向右追。我解手后就到三排去！"

刘庆庄见两路敌军远去，下了那军官手枪里的子弹，将枪还给他："今天饶你一命，以后不准再为黄吉城清剿游击队卖命！否则，下次再碰到你，就别怪我们手下无情了！"

黄三接过手枪迅速跪在游击队面前连连磕头："感谢游击队，感谢你们不杀之恩！"

万虞带领川陕护卫军未能追击到游击队，回家与三个老婆商量，立即连夜赶晚将家迁进巴山城中躲起来。

第二十一章

巡视员严厉清队　受诬告庆庄解职

春暖花开，万紫千红，百花争奇斗艳。唐作俊、刘庆庄骑马快速向崩口石门走去。唐作俊边走边问：“党代表，省委派来的巡视员你认识吗?”刘庆庄：“不认识，只是听说他叫童洪波，也是黄埔军校的学生。”

耕田种地的农民远远地向唐作俊、刘庆庄打招呼：“总指挥、党代表好。”刘庆庄：“乡亲们好啊。”唐作俊：“刚开春，你们就开犁了，抓得真早。”农民：“搭盼你们的洪福，分到了土地，我们种自己的地，当然要抓早。”刘庆庄：“好，争取今年来个大丰收。”农民：“党代表这话说到我们心坎上了。”

唐毛子远远地喊道：“党代表、总指挥，我们的客人来了!”刘庆庄、唐作俊立刻驾马到客人身边，然后跳下马：“巡视员辛苦了!”童洪波迎上来，六只手紧紧相握。

卧牛山。唐作俊的妻弟袁兵和刘大荣带领游击小分队，走进一个中农家中没收财物。刘庆庄知道后，立即将财物退还中农。一些游击队员想不通：“这个人家里有余钱剩米，为什么不没收?”刘庆庄耐心地解释说：“我们必须严格执行党的政策，不严格执行党的政策将给党和革命事业造成严重的危害。”一些游击队员说：“那家中农吃得好，穿得好，就该把多余的钱财拿出来支持革命!”

刘庆庄：“无产阶级革命是要消灭阶级剥削和压迫，而不是消灭一切‘有钱人’。中农生活相对富裕，他们是靠自己劳动挣来的，所以不是革命的对象。我们革命就是要革自己‘穷’这个命。我们通过革命做到人人有饭吃，有衣穿，有余钱剩米。到了共产主义社会，社会物质极大丰富，大家都会比中农过得更好。”唐达雷：“好，我们绝不侵犯中农利益。”

突然枪声响起，刘庆庄带着游击队顽强抵抗。经过一场紧张的战斗，俘获了几十个敌人。唐达雷发觉俘虏身上都有一根绳子：“你们带着绳子干什么？”一个俘虏嗫嚅地说：“是长官发……发给我们……捆游击队的……”

刘庆庄听后哈哈大笑：“你们没捆住游击队，倒是游击队先捆住了你们！把你们的绳子全都交出来吧，游击队优待俘虏，不兴捆绑。”俘虏交出绳子：“我要参加游击队！”刘庆庄：“好，欢迎你们！”

袁兵和刘大荣来到土豪家中，打开粮仓，将粮食和布匹分给贫苦群众。群众走光以后，刘大荣发现还剩下几匹白布：“袁队长，这几匹白布怎么处理？”一个战士说：“队长，喊群众来分吗？”袁兵：“喊什么？给每个队员做张包头的帕子算了。”游击队员说：“袁队长，这样不好吧？游击队有规定不能私分土豪的财物啊。”袁兵：“怕什么？老子们这么辛苦，一张包头帕值几个钱？我们队每一个人都有一份，这不叫私分。”

刘大荣：“这游击队规定得太死了。老子原来随便抢到什么，当场分了就是。袁队长赶快拿主张！”袁兵：“刘副队长都同意分，好，给每人分一张包头帕！”

游击队员向刘庆庄反映了袁兵的情况：“党代表，袁兵仗恃他的姐夫是总指挥，便随便私分土豪的财物，破坏革命纪律，认为没有人敢批评他。”

刘庆庄想：“战士团结要靠铁的纪律维持，铁的纪律是我们战胜敌人的重要因素。若袁兵带头私分土豪财物不予处理，游击队的纪律便会成为空谈。唐作俊同志的亲戚不予处理，更会影响纪律的执行。”刘庆庄对游击队员说：“你及时反映情况值得表扬，回队去吧。”游击队员：“是。”

刘庆庄立刻命刘大疆召集分队开会：“据有人反映，袁兵小分队私分了打土豪的财物。是不是真的？你马上去处理一下。”刘大疆：“是。”

刘大疆将大家召集起来，问道：“哪些人违反纪律私分打土豪的财物了？”刘大疆见无人应答：“都哑巴了？革命军人敢作敢当，你们像个革命军人吗？”

袁兵不屑一顾地说：“不就是几匹白布吗？有什么了不起？”刘大疆：“一切缴获要归公。这是大家通过了的纪律！你带头私分，还是小事？”袁兵：“大家辛苦了，撕块包头帕算个啥？”

刘庆庄：“这游击队哪个不辛苦？就你们小分队最辛苦？”袁兵：“这么点小事，你想怎么办？”刘庆庄：“纪律面前不分大小，凡是违犯了纪律都要受到处罚。刘大疆同志，你说按纪律条例应当怎么处理？”

刘大疆：“退回私分财物，每人罚打二十大板！”刘庆庄：“同意退回私分财物。这每人罚打二十大板嘛，处罚面太宽。袁兵是小分队长，带头破坏纪律，罚打二十大板。小分队的同志每人罚打五个大板，算是给一个警告。下次再犯，从重处罚！”

袁兵：“老子一人做事一人当，与他们无关，处罚老子一个人就是！”众：“我们接受教训，甘愿接受处罚！”

刘庆庄：“同志们！我们军队的纪律，就像钉在墙上的钉子，不管是谁，胆敢用头去碰它，就一定会碰得头破血流！”袁兵：“好吧，我愿受处罚！”

几个战士上前打了袁兵二十大板。刘大荣看得出，袁兵表面虽然表示愿意接受处罚，心里却充满了怨气和仇恨。大家散去以后，刘大荣扶着袁兵向营房走去：“队长，太委屈你了。”

袁兵：“刘庆庄什么玩意儿，老子非出出这口恶气不可！”

政治保卫局。省委巡视员童洪波坐在藤椅上对刘大疆说：“魏正铭自己有问题，重用的医生也有问题。特别是唐回春，本人当过团正，又多次给吴佩孚、黄吉城看过病，应当立即给予惩办！”

刘大疆：“巡视员同志，魏正铭是我们起义筹备领导小组成员，没有什么问题。唐回春老先生虽然当过团正，多次给吴佩孚、黄吉城看过病，但并没有同军阀勾结干坏事。他救过不少人的命，处罚他恐怕会引起骚动。”

童洪波：“我批评你多次了，为什么总是政治嗅觉不敏感？魏正铭的问题先不忙说。唐回春如果是一个正派的人，他能给军阀看病？能当团正？你要马上将他关起来审查！”

唐回春被关起来的消息迅速传开，伤员立刻像炸开了锅：“为什么关唐老先生？”“为什么关我们的救命恩人？”“还要不要我们活了？”“还让不让我们重上战场！”

刘庆庄急速跑进医院：“同志们有话慢慢说。”伤员：“党代表，你要为我们伤员做主啊！”

刘庆庄：“好。立即将唐老先生放出来为大家治病。大家各回各的病房好好养伤！”唐回春走进病房：“感谢伤员同志搭救之恩！”伤员：“是党代表把你救出来的，应当感谢党代表！”唐回春：“想不到我老年遇知音，幸得参加革命！能为革命尽点力，我死而无怨！”

巡视员办公室。童洪波：“刘大疆同志，谁批准将唐回春放出来的？”刘大疆：“病员们强烈要求……”童洪波：“毫无政治头脑！你知道吗？刘庆庄是在拉帮结派，笼络人心！你要对他进行严密监视！”

刘庆庄卧室。在昏黄的桐油灯下，黄忠英拿出针线，正紧张地刺绣着。房门突然打开，妇女班长带着几个人，走上前去一把夺过黄忠英手中的刺绣："你在干什么?"黄忠英惊慌地说："我没有干什么。"班长："你老实交代，这布、针、线是不是在工作间偷的?"黄忠英："不是偷的。我怎么会偷公家的东西?"班长："最近工作间经常掉东西，不是你偷还有谁?"

黄忠英："这是我从家里带来的。"

班长抖开刺绣，只见"革命到底"几个字鲜艳夺目，字的上方绣着牡丹花上站着一对鸳鸯鸟，字的下面绣着一对比目鱼。班长像是抓住了稻草："真亏你这个军阀小姐想得出来：打着'革命到底'的幌子，实际宣传资产阶级的风花雪月，动摇大家的革命斗志！走！见省委巡视员去!"

巡视员办公室。童洪波拿着刺绣仔细端详："黄忠英小姐，你为什么要这样做?"黄忠英："巡视员同志……"童洪波急忙制止："不要叫我同志，你现在还没资格叫我同志！你老实交代，是谁支使你这么干的?"黄忠英："没有人支使我这么干。我是出于对革命的一片真心……"童洪波："对革命一片真心？心中成天想的是鸳鸯、比目鱼，还有心思革命？你要好好反省反省!"

班长："东西没收！你用革命的油，照着绣你军阀小姐的花，还说是革命，鬼才相信！走吧！巡视员没有时间陪你磨蹭!"

黄忠英只好走出巡视员房间，外面漆黑一片，她不觉打了个寒战。

巡视员办公室。童洪波："袁兵同志，你所检举的吴贵锋、唐达雷组织金兰团进行反革命活动是真的吗?"袁兵："千真万确。刘大荣等人可以作证。"巡视员："有人反映刘大荣原来是土匪头，是真的吗?"

袁兵："是真的。但是，党代表很喜欢他。"巡视员："喜欢他什么?"袁兵："喜欢他作战总是冲锋在前……"

刘大疆走进办公室："巡视员同志，你找我有事?"巡视员对袁兵说："你没事了，可以走了。"袁兵敬了个礼："是，我走了。"

巡视员看着袁兵远去以后，对刘大疆说："我到游击队来没几天就听到了不少反映，游击队内部成分非常复杂：有当过团总的，有出身地主豪绅的，有当过袍哥土匪的，还有原来是兵痞的……还有组织反革命金兰团的。这么不纯的队伍，怎能同敌人开展你死我活的斗争？怎能带领群众战胜敌人?"刘大疆："很多同志以前虽犯过某些错误，但都是经过考验才参加革命的……"

巡视员："刘大疆同志，你身为政治保卫局长，阶级斗争观念怎么这么成问题！"刘大疆："请巡视员多加批评指正。"

巡视员："立即将营以下的团总、地主豪绅、土匪、兵痞嫌疑分子抓起来杀掉！"刘大疆："那些人参加革命后并无大的过错，都杀的话是不是杀的人太多了？"

巡视员："同志，认不认真执行党的肃反政策，是对我们党性强不强，斗争坚决不坚决的一次严峻的检验！对这些人手软，我们就会吃大亏，革命就会受到无法弥补的损失！要知道，一有风吹草动，这些人对我们来说就是威胁，现在，我们绝不能手软！"刘大疆："是！"

政治保卫局。刘大疆："刘大荣，老实交代你当土匪的罪行！"刘大荣："那都是参加游击队以前的事，我早已向党代表交代过了。参加游击队以后，我执行党的土地革命政策，缴获归公，更未乱杀过人，我真诚愿意改过自新，重新做人，从未做过坏事……"刘大疆："从未做过坏事？你怂恿袁兵破坏革命纪律，私分打土豪财物，是不是坏事？"刘大荣："我已心甘情愿受过处罚了……"刘大疆："拉下去！"刘大荣："想不到共产党这样来骗老子参加革命！今天落得如此下场！心不甘啊！"

刘大荣被拉出去后，几个政治保卫局人员将龚大华押了进来。龚大华："刘局长，凭什么抓我？"刘大疆："凭什么？凭你是兵痞，凭你是反革命！"龚大华："你去问问张大洲同志，我是不是兵痞，是不是反革命？"刘大疆："我们已经调查过了，你就是兵痞！就是反革命！"龚大华："哼哼！老子龚大华是饿得快要死了才被迫当兵的。当兵后，从来没有抢劫过百姓财物，从来没有欺压过百姓，说话做事对得起自己的良心！入党以后，说话做事凭的是党性！你举出一件我违背了党性原则的事情，我甘愿受枪毙！"

刘大疆："不要把自己说得太好了！我们查清了，你蒙蔽了张大洲同志，你是黄吉城派来破坏革命的阶级敌人！拉下去！"龚大华："慢！我不能死在自己人手里，我要死在同敌人斗争的战场上！"刘大疆："少说废话，拉出去枪毙！"龚大华："刘大疆，我有最后一个请求：不要浪费子弹！用大刀劈死我也行，用一根绳子勒死我也行，把子弹用到杀敌的战场上去！"刘大疆："拉出去！"

刘庆庄办公室。唐毛子："党代表，巡视员来了以后，政治保卫局抓了不少的班、排、连、营干部，说他们是团总、地主豪绅，一个个都不见回来了。刘大荣、龚大华也不见了。昨天，政治保卫局把吴贵锋和唐达雷也抓起来了。”刘庆庄：“关在哪里？我看看去。”

政治保卫局。刘庆庄：“刘大疆同志，谁叫你把吴贵锋和唐达雷抓起来的？”刘大疆：“奉巡视员指示抓的。”刘庆庄：“什么理由？”刘大疆：“有人向巡视员举报，他们组织金兰团，要推翻共产党，搞垮游击队。”刘庆庄吃惊地问：“你抓起来的人都交代了吗？”刘大疆：“他们打死也不承认组织了金兰团，都没交代。”

刘庆庄：“马上提审他们！”吴贵锋和唐达雷被五花大绑押了进来。刘庆庄：“你们什么时候组织金兰团的？”吴贵锋、唐达雷：“我们不晓得什么叫金兰团，从来也没有组织过金兰团。”刘大疆：“你们为什么反对共产党？”吴贵锋、唐达雷：“我们从来不反对共产党。”

刘大疆：“你们不要强辩，也不用怕杀头，只要承认了罪行，我担保你们的生命安全。”吴贵锋、唐达雷：“我们确实没有组织过金兰团，承认什么罪？”刘庆庄：“为什么有人告你们组织金兰团、反对共产党？”吴贵锋：“我就不晓得是什么原因了。”刘大疆：“将吴贵锋押回去仔细想想。”

吴贵锋被押走了。唐达雷：“党代表，我是你引上革命之路的，在你的指挥下，无论平时工作也好，打仗也好，我哪一件没有做好？看我反不反对共产党，看我是不是反革命？”

刘庆庄想：“唐达雷是长工出身，是我引上革命之路的。讲工作，论打仗，唐达雷都是受人夸奖的，没有任何依据可以说他是反革命。可是，偏偏有人控告他组织金兰团，是反革命。唐达雷是反革命吗？不像。可是，他是不是受到了敌人的诱惑和收买，走上了反革命之路呢？唐达雷，你到底是好人还是坏人？放走了坏人是我的罪过，冤枉了好人也是我的过错啊。”

刘庆庄想了一会儿，说：“夜深了，你去休息吧。明天再说。”唐达雷：“无论说多久，我绝不是反革命！”

唐达雷被押走以后，刘庆庄对刘大疆说：“可不能冤枉好人啊。大刀一挥，就是一条生命啊！”刘大疆：“但是，放走了坏人，我也担当不起啊！省委巡视员命令明天上午枪毙他们！”

两人讨论了一整夜，也苦苦思索了一整夜。天快亮了，刘庆庄对着晨曦坚决地说：“这个风险我来承担，先留下他二人的性命。没有杀的头，罪证确凿了可以再杀！错杀了的头可就不能还原了。”刘大疆：“这可是个难办的事啊。我怎么向巡视员交代？”刘庆庄：“我去找巡视员。”

天亮以后，刘庆庄匆匆走进巡视员的住房：“巡视员同志，已经把吴贵锋、唐达雷抓起来审问几次了。他们都是游击队的骨干，打土豪分田地、行军打仗，都没有任何可挑剔的地方。有人检举吴贵锋、唐达雷组织金兰团，没有任何可靠证据，希望尽快放他们回去工作。”

巡视员：“刘庆庄同志，现在革命和反革命处在生死决战的紧急关头，反革命无孔不入，千方百计要搞垮革命。我知道，你与吴贵锋、唐达雷的友谊都很深，可不能用情感代替革命原则啊。对反革命，我们绝不能手软啊。”

刘庆庄：“对反革命，我绝不会手软。但是，吴贵锋、唐达雷是最早参加游击队的老同志，如果他们不是反革命，我们也不手软吗?”

巡视员：“同志，现在是革命和反革命生死大搏斗时期，我们可不能让反革命钻了我们麻痹大意的空子啊。谁能担保他们没有组织金兰团，谁能担保他们不是反革命?”

刘庆庄：“我敢用生命担保他们没有组织金兰团，他们不是反革命！请巡视员放他们回去工作。”

巡视员：“你敢写下担保书?”刘庆庄拿起笔，迅速写下担保书：“我担保吴贵锋、唐达雷没有组织金兰团，不是反革命！如果查清他们组织了金兰团，是反革命，我愿同他们共受惩处!”

巡视员将担保书掷在办公桌上：“党代表同志，这担保书是不能随便写的，这可不是儿戏啊!”刘庆庄：“我刘庆庄向来敢做敢当，说话算话!”巡视员拿出一张释放证交给刘庆庄：“好吧，你可以去把他们领走了。”

刘庆庄大步跑向政治保卫局，还在院外就大声喊叫：“吴贵锋、唐达雷出来!”吴贵锋、唐达雷刚走到门口，刘庆庄立即上前将他们抱住，关切地说：“你们受委屈了。”他拿出手巾，为吴贵锋、唐达雷掸去身上的灰尘：“你们回去好好工作吧。”吴贵锋、唐达雷：“我们真的可以回去工作了?”刘大疆：“党代表，他们可是在押人员啊。”

刘庆庄递给刘大疆释放证：“这可是我用生命担保换来的释放证啊，你要把它保管好!”吴贵锋、唐达雷：“感谢党代表的救命之恩!”

游击队指挥部办公室。刘庆庄：“大家欢迎省委巡视员讲话!”

童洪波摇摇手：“同志们，我奉省委派遣，到游击队来和大家一起战斗。游击队成立以来，打土豪分田地，成绩显著，省委也很满意。但是，与党的要求还有很大的差距。根据中央有关指示精神，革命队伍还需要不断地纯洁和加强，才能巩固革命的胜利，才能取得革命的不断胜利。现在首先要做的工作是成立‘政治保卫局’，专门从事肃清反革命的工作。我们的革命越向前发展，越接近胜利，一些军阀走狗、地主豪绅便越容易钻进我们革命队伍内部进行破坏和捣乱。钻进革命队伍内部的敌人，手段是十分隐蔽的，对我们革命队伍的破坏是十分残忍的，因而破坏力就特别大。‘政治保卫局’专门对付钻进革命队伍里的敌人，因此必须运用强硬的手段，具有很大的职权。所有部队、农会机关，都必须配合‘政治保卫局’的工作，听从‘政治保卫局’的指挥，服从‘政治保卫局’的决定，任何人对他们的工作不得进行干预，否则以破坏革命纪律和反革命论处。”

众人议论纷纷：“这样做不会把内部搞得十分紧张吗？”

巡视员：“在革命非常时期，革命的紧张是客观的，也是十分必要的。革命的紧张只能使革命的敌人感到紧张，真正的革命者一点也不会感到紧张。现在我宣布：刘大疆同志任‘政治保卫局’局长，大家鼓掌祝贺！”

一阵稀落的掌声之后，巡视员从怀中掏出一枚公章递给刘大疆：“现在正式授权给你执行任务！”刘大疆双手捧印举过头顶。

政治保卫局门前站有双岗，门的两边挂着两把大刀，门后架着一挺机枪。站岗的都是满脸杀气的彪形大汉，一副气势汹汹的模样。人们走到门前，不寒而栗的紧张心情便会油然而生。

吴贵锋虽然被释放了，但是更大的危险却随后而来。不久，吴贵锋带着游击队与驻守圣灯寺的敌军激战正酣，黄吉城派七里沟驻军李永权营长率领本营前来援助守军。吴贵锋给李永权营长写信，要求李永权停止进攻游击队。李永权接信后，假意与吴贵锋交战失利，送给吴贵锋一批枪支弹药后，退回七里沟驻地。黄吉城将李永权逮捕入狱。

巡视员办公室。吴贵锋：“报告巡视员同志，我们得到了李永权营的帮助，打败了圣灯寺守军，缴获了一大批军用物资，取得了此次战斗的胜利。”

童洪波：“李永权营为什么会佯败，给你送来一批枪支弹药？”吴贵锋：“李永权是我的结拜弟兄。”

童洪波暗想：“吴贵锋与黄吉城是不是在演双簧戏？”童洪波：“你们辛苦了，休息去吧。”

童洪波认定吴贵锋投奔游击队是假。童洪波想起吴贵锋收编两支土匪武装后，自己决定将收编的两支土匪武装与一部分游击队组合成第五支队的事。正筹建中，土匪哗变，杀死游击队将士多人，投敌去了。童洪波认定吴贵锋是黄吉城派进游击队的奸细。恰在此时，敌军派人秘密送信给游击队前沿部队。信中说，我是受四川省共产党秘密组织的指示，打入敌人内部的共产党员，今晚秘密获取了送给吴贵锋的密信，我感觉信内有重要情报，所以将信转送你们，请及时送你们的党代表和总指挥处。这封密信被连夜赶晚送到游击队总指挥部。童洪波从熟睡中被喊醒，接过密信一看，大吃一惊，信上写着："吴贵锋兄，你冒着生命危险，排除重重艰难险阻，打入共产党游击队内部，不断地为我们战胜赤匪提供重要情报，你为党国立了大功，功绩已报黄督办和南京蒋委员长，不久即将得到重赏。黄督办已决定重奖你并承诺给你官升三级，委少将军衔。今特通报信息，希继续努力，为党国剿共大业，特别是铲除川东游击队尽职尽责，再立新功。"

童洪波看完此信，吓得冒出了一身冷汗，立即叫来唐作俊，将信给他看。唐作俊看后："巡视员，我看这信是假的，不要上了敌人的反间计啊。"童洪波："当前敌我斗争这么激烈，你不能麻痹大意啊！快去喊刘庆庄。"

刘庆庄看过信："巡视员同志，这封信是从什么人手里得到的？"童洪波："你也怀疑此信是假的？"刘庆庄："是否真实，我不敢贸然下结论。我们千万不能上'蒋干传书'的当啊。"童洪波："你把我比作曹操？"刘庆庄："历史上敌对双方使用反间计的事情太多了。"

童洪波："你身为党代表，阶级斗争嗅觉也这么不灵敏，这会给游击队带来什么后果，你考虑过吗？"刘庆庄："巡视员同志，吴贵锋同志是在军阀军队中就入了党的。"

童洪波："正因为他是军阀军队的军官，他的入党动机才值得怀疑。我决定对他进行认真的审查，希望你们不要干预。"

刘庆庄："巡视员要审查谁，是巡视员的权利。只是希望您严格按照党的规定办，不要冤枉党的同志！不过，我要提醒一下，吴贵锋是游击队的重要骨干，每次打仗都冲锋在前，是立了不少功劳的人。"

童洪波："你所提供的情况我会慎重考虑。"

保卫局几个人敲响房门，吴贵锋从梦中被叫醒，随保卫局的人走进巡视员办公室。童洪波："吴贵锋同志，你同军阀军队还有没有联系？"吴贵锋："我带着队伍起义后再无联系。"

童洪波："你仔细想想。"吴贵锋："想起来了。我带队防守圣灯寺时，李永权奉命来攻打圣灯寺，我给他写了封信，他给我留下一些武器弹药后撤走了。"

童洪波："李永权为什么给你留下了武器弹药？"吴贵锋："李永权对黄吉城的残暴统治也很不满。"

童洪波："他为什么不起义投诚参加游击队？"吴贵锋："他有他自己的打算。"

童洪波："你起义投诚是不是隐藏着一个巨大的阴谋?"吴贵锋："巡视员同志尽可以调查。不过，我可以告诉你，我对党是一片赤胆忠心……"

童洪波将信推给吴贵锋："你看看你对党的赤胆忠心!"吴贵锋看过信："这封信是假的，想不到巡视员也相信敌人的捏造!"

童洪波："凭什么说这是敌人的捏造?"吴贵锋："我除了同李永权有过一次信件来往以外，没有同任何人有过信件来往。至于说为黄吉城提供重要情报，完全是无稽之谈!"

童洪波："你不用狡辩，再狡辩也逃不脱历史的惩罚!"童洪波不听吴贵锋辩解。几次审问，没有得到一点可以证明吴贵锋通敌的口供。尽管没有口供，童洪波仍然命令刘大疆绞死吴贵锋。

关帝庙东厢房。昏黄马灯。木栅栏里关着吴贵锋。他的军帽已摘去，头发又长又乱，像一蓬荒草。一件破旧的没有领章的深蓝色军装，空空荡荡地笼在他那瘦削的身子上。刘大疆和执行队长带着一队荷枪实弹的保卫局人员走进牢房。吴贵锋身子震了一下，赶紧站起来，向墙边的一张破桌子走去。执刑队长打开牢门，大声喝道："吴贵锋，巡视员叫你去一下。"

吴贵锋回过头来，满脸怒气地说："同志们，我不会给你们添麻烦的。看在我过去为革命出生入死的份上，请给我一点时间，我留下几个字再走。"执刑队长不耐烦了："不要啰唆，出来!"站在木栅门外的刘大疆开口了："等一下，他要写什么，让他写。"

吴贵锋得到许可后，在破桌前坐下来，铺开一张让他交代罪行的纸，拿起毛笔，想了想，挥笔写道："庆庄同志，我先走一步了。请你多加保重。如能活到胜利，请向省委报告，吴贵锋是热爱革命的，是含冤而死的……"

吴贵锋写到这里，把笔放在砚台里蘸了蘸墨，似乎还有许多话要写。执刑队长吼道："你打算磨蹭到什么时候?"吴贵锋愣了一下，不再写下去，毅然将笔一甩，起身说："走吧。"

几个执刑队员一挤而上，把吴贵锋的双手反捆上，推到关帝庙后面院子里。吴贵锋看着高大的树木："这是个好地方！同志们，不要用枪，不要浪费子弹，把子弹用到战场上打敌人!"

两个执刑队员上前，用绳子套住吴贵锋的脖子，将绳索抛过树丫，另一边的执刑队员抓住绳子使劲拉，将吴贵锋高高地吊在空中。吴贵锋的身子抽搐着，挣扎着，一只鞋子掉在了树下草丛中……

刘大疆将吴贵锋写的纸条揣入怀中，带着执行队长和保卫局人员匆匆离开了刑场。躲在树后的唐达雷、唐毛子等急忙放下吴贵锋，解开吊绳，背着吴贵锋消失在黑夜中……

巡视员办公室。童洪波拿起吴贵锋写下的纸条："吴贵锋与刘庆庄沆瀣一气，企图搞垮游击队，这就是最有力的证据！"

刘大疆："巡视员，刘庆庄是游击队的创建者，说他要搞垮游击队，恐怕难以服众……"

童洪波："刘大疆同志，我必须当面给你严肃指出，你的政治敏感太弱，谨防上了阶级敌人的当，犯大错误！不然掉了脑袋还不知道是怎么回事。"

刘大疆："诚恳接受巡视员的批评。"

吴贵锋被处死的消息传开后，引起了极大的震动，一些起义投诚人员人心惶惶。有的偷偷地逃离了游击队，有的私下找刘庆庄、唐作俊诉苦。刘庆庄对起义投诚人员说："要相信党，相信革命一定会胜利。功过是非终有一天会澄清！"

刘庆庄深知，一支没有文化的军队是愚蠢的军队，一个革命战士不能没有文化。他亲自给战士们上文化课，发动识字的同志当文化教员，还常常在战士的背包上贴上有各种图案并写有相应文字的纸条，帮助大家看图识字。有时，他会在战士背包上贴上画有"炸弹""手榴弹""刺刀""步枪"等的纸条，后面的战士便边行军边识字，效果很好。有时他又在道路显眼的地方放置门板、石头、草鞋，边上写上相应文字，战士们见物识字，很有兴趣，认得快，记得牢，进步很快。刘庆庄还教唱革命歌曲，活跃部队文化生活，鼓舞革命斗志。

潜水河边。刘庆庄、唐作俊、童洪波策马向前。童洪波带头跳下马，捧起河水喝了一口："这潜水河水真香。"刘庆庄："这潜水河是我们游击队的母亲河啊。"

童洪波："游击队不断发展壮大，根据地不断发展壮大，潜水河功不可没。"刘庆庄："游击队和根据地能不断发展壮大，首先应当感谢省委及时给予我们正确的指导。"唐作俊："省委还给我们运来了许多枪支弹药。"

童洪波点点头，像是突然想起了什么事情："刘庆庄同志，你带唐毛子先回指挥部去通知前委们立即到指挥部参加前委扩大会议，我和唐作俊同志马上就回来。"刘庆庄："好。"

刘庆庄带着唐毛子飞身上马而去。巡视员："唐作俊同志，我到根据地后了解了不少情况，发觉很多不正常的事情都与刘庆庄同志的错误有关。根据刘庆庄同志所犯的错误，省委决定立即撤销刘庆庄党代表和前委书记的职务。”

唐作俊急了：“巡视员同志，根据地是刘庆庄同志一手建立起来的。能发展到现在这个样子，完全离不开他的功劳。你说游击队和根据地有许多不正常的事情，我们都正在努力纠正。我没有发觉刘庆庄同志有任何问题。”

童洪波：“唐作俊同志，坦率地说，我发觉你政治嗅觉不灵敏。”唐作俊：“我真有政治嗅觉不灵敏的问题，请巡视员同志及时批评指出，我会毫不犹豫地改正!”

童洪波：“省委已发现你政治嗅觉不灵敏的问题，要求我及时给你指出：你太重于个人感情，不能从党的政治立场出发，观察和处理游击队和根据地不正常的事情。同志，这样发展下去很危险啊！小则你个人犯错误，大则葬送游击队和根据地的前途!”唐作俊：“巡视员的话我一点也听不明白。”童洪波：“这不奇怪，正是你政治嗅觉不灵敏的表现。”唐作俊：“这是为什么啊?”

巡视员：“中央最近下达了整顿党的领导机关的指示，要求及时、果断、彻底地清除富农等阶级异己分子出领导机关。中央要求各级领导机关、游击队、根据地从高度的政治敏感出发，及时挖出各种危险人物，夺回被他们窃取的权力，保证党的路线、方针、政策的贯彻实施。刘庆庄在吴贵锋被处死之后，同一些旧军队中起义投诚人员秘密交往，很值得警惕。省委决定立即撤销刘庆庄在党内、游击队内和根据地内的一切领导职务。”

唐作俊：“刘庆庄同志不是富农分子，也不是阶级异己分子，更不是危害游击队和根据地的危险人物。为什么要解除他的一切领导职务？福源坝起义，他是最重要的发起人和领导人。他又是我的入党引路人，在川东游击队和福源坝的工作中，他从未出现过大的过错，解除他的领导职务恐怕难以服众，对根据地发展也极为不利。请巡视员同志及时向省委汇报这个情况。”

巡视员：“唐作俊同志，你不要认为他是你的入党介绍人，他做的事便一切正确，不会有错。你对他更不能存有丝毫的报恩思想。你对他的一切所作所为，必须从党的原则立场出发，进行认真仔细的鉴别，凡不符合党的原则的，必须进行坚决的斗争。如果你做不到这一点，你就特别的危险！省委要求我及时告诉你，你要特别注意，谨防自己丢了脑袋还不知道是怎么掉了的。”

唐作俊：“刘庆庄到底犯了什么错误?”

巡视员：“他与军阀黄吉城本来就有说不清的关系，现在居然娶黄吉城的女儿当婆娘，这是严重违背党的阶级斗争原则的。你必须保持高度的警惕，黄吉城在战场上打不过我们游击队，说不定就派他女儿使的美人计，来瓦解我们革命队伍。”

唐作俊：“黄忠英是主动、真诚地参加游击队的。从她来到根据地这一年多的表现来看，她是个好同志，特别是在进攻糖坊坝的战场上，她主动打哑了敌人的机关枪，减少了我们的伤亡，为游击队取得很大的胜利立下了汗马功劳。进攻糖坊坝的胜利，为根据地夺得了二百多支枪、五万多发子弹，以及大量的大米、罐头，让根据地军民过了一个快乐年。”

巡视员：“你爱看《三国演义》，还记不记得周瑜打黄盖的故事？你看过《说岳全传》没有？知不知道王佐断臂的故事呢？为了取得信任，敌人是什么花招都可以使得出来的。你不要被这些表面现象迷住了眼睛。我们是彻底的唯物主义者，又是辩证论者，必须用辩证法的眼光看待世间的一切事物。要透过现象看清本质，更不能上了敌人的当，否则会给革命造成损失，成为糊涂的历史罪人！”

唐作俊：“游击队失去了党代表和前委书记，今后的工作怎么办？”

童洪波：“除去了身上的毒瘤，机体只会变得更健康！去掉了刘庆庄，革命将会得到更好的发展！要相信，没有刘庆庄，革命仍然会继续前进，游击队仍然会继续发展，根据地仍然会不断扩大。失去一个将会为革命带来危险的刘庆庄，只能是好事，不会是坏事。省委已研究决定这两个职务由我接任。只要你和我携起手来，革命事业一定能得到健康的发展！”

唐作俊惊愕地看着童洪波，久久地合不拢嘴。童洪波：“作俊同志，作为一名党员，省委的决定你执不执行？”唐作俊回过神来：“省委的决定，坚决执行！”

会议室。唐作俊：“大家欢迎省委巡视员童洪波同志讲话。”

童洪波：“同志们，我们游击队和根据地的工作省委是肯定的；我们根据地的发展，省委也是肯定的。在我到来之前，省委已经多次通报表扬过你们，文件已经传达了，我在这里就不再重复了。但是，游击队和根据地也出现了非常令省委担心的事情，所以特地派我前来处理。最近，中央作了一个非常重要的指示，就是一定要纯洁党的各级领导机关，不能让阶级敌人钻了我们的空子。在生死决战面前，军阀和地主豪绅们会使出各种花招，无孔不入地来破坏革命。一年前，我们游击队来了一位漂亮的小姐，她不是贫苦农民，而是军阀黄吉城的女儿。黄吉城在战场上损兵折将，捞不到任何好处。他将他的女儿送到根据地来，是想捞到在战场上得不到的东西。”

刘大疆：“巡视员同志，黄忠英同志是主动、真诚地前来参加革命的。请你说话要讲证据。”

童洪波生硬地斥责刘大疆："难道省委的认识错了？你刘大疆竟敢怀疑中央和省委对革命形势的判断？你要考虑公然怀疑省委决定的严重政治后果！"

刘大疆："巡视员同志，作为一名共产党员，我没有丝毫怀疑中央和省委对革命形势的判断。我只是说，黄忠英同志到根据地后的表现没有任何值得怀疑的地方。"

童洪波："你敢保证她不是黄吉城派来作策反工作的奸细？"

刘庆庄："巡视员同志，黄忠英是不是黄吉城派来破坏革命的，是不是黄吉城派来作策反工作的奸细，请用事实说话，不要主观臆断，不能因为她是军阀黄吉城的女儿就判定她一定是反革命。"

童洪波："你刘庆庄的根本问题是阶级斗争观念模糊，是非不分，执行党的土地革命政策不坚决！对地主豪绅打击不力！古人说龙生龙，凤生凤，老鼠生儿打地洞！难道军阀的女儿不做军阀的孝子贤孙，倒是一个推翻军阀统治的革命者？"

刘庆庄申辩道："巡视员同志形而上学的机械唯物论似乎很有道理，这符合党的辩证唯物主义吗？"

童洪波不耐烦地打断刘庆庄的发言："在这个大家都不懂唯物论、辩证法的场合，你不要卖弄这些深奥的理论，你麻不倒我！我不跟你辩论这些纯理论的问题。我只告诉你，党的决定必须坚决执行！现在，我宣布省委的决定：撤销刘庆庄川东游击队党代表和前敌委员会书记的职务，立即到蜂桶乡农会接受监督，作出深刻检查后，视其情况再行安排工作。刘庆庄有什么话说？"刘庆庄坦诚地说："作为共产党员，我无条件地服从上级组织的决定。但是，对我莫须有的指控，我保留申诉的权利！我相信党组织一定是实事求是的，不会冤枉一个好人！"

童洪波："大家听到没有？刘庆庄对省委决定表示服从，但他是言不由衷，其实是口服心不服！"刘庆庄："要我心服口服也很容易，只要符合事实，我甘愿接受组织的一切处罚！请上级组织查明真相后再作处理。"

童洪波："事情是明摆着的，还有什么需要查清的问题？省委同时郑重地告诉你，作为共产党员就不能讨军阀女儿做婆娘；要讨军阀女儿做婆娘，就不能做共产党员！二者只能选择其一。你现在就必须立即作出决定！"刘庆庄："我要郑重声明的是：婆娘和党籍二者各是一回事，两者之间并不矛盾。"童洪波："是的，对一般人来说，二者之间没有矛盾。但作为党的重要领导干部，这就有矛盾！而且是水火不容的矛盾！"刘庆庄："我重申一句：

二者之间不存在矛盾，更不是水火不容的矛盾！”

童洪波：“你必须作出选择：保留党籍，就必须与你婆娘离婚；保住婆娘，就不能保留党籍！”刘庆庄：“按党章规定，我有申诉的权利。要是我真的犯了错误，我愿意接受党的任何处罚！但我坚信我没有犯错！我坚信党一定会实事求是，按党的原则，公正地评价我所做的一切事情的！”

童洪波：“你想到哪里申诉到哪里申诉去！我也告诉你，这是省委一级组织作出的决定，组织的决定是不允许随便推翻的！好了，出去吧，别再打扰我们研究重要的事情了！”

刘庆庄默默地走出会场，向自己的住房走去。

唐达雷、唐毛子和几个游击队员闯入会场：“巡视员，凭什么罢免了我们的党代表？”

童洪波声色俱厉地：“你们是什么人？胆敢闯进党的会议室？滚出去！”唐达雷：“党代表出生入死，忠心耿耿干革命，却落得个如此下场，这不公平，我们不服！”童洪波：“你们敢推翻省委的决定？给我拿下！”

唐作俊：“巡视员，这几个同志都是游击队骨干，请不要随便关人。”童洪波：“关禁闭五天，让他们懂得革命纪律！”唐作俊：“巡视员，关唐达雷这几个人的禁闭，恐怕会引起更多的人不服。不如放他们回去，以免引起更大的麻烦。”童洪波：“他们要是与刘庆庄结伙对抗组织的决定怎么办？”唐作俊：“相信刘庆庄不会违背党的原则的。”

童洪波：“唐达雷你们听着：对刘庆庄的处理是省委的决定，你们如果和刘庆庄沆瀣一气，胡作非为，只能增加刘庆庄的罪过！我命令你们马上离开会场！”

唐达雷和唐毛子等愤然离开会场。

卧室。刘庆庄没精打采地整理行装。黄忠英：“大表哥，出了什么事？这么丧魂落魄的。”刘庆庄：“我被贬到蜂桶乡农会去隔离审查了。”黄忠英：“为什么？犯了什么错误？”

刘庆庄：“都是胡扯淡！他们把你当成阶级敌人，把我当成丧失阶级立场的动摇分子。”黄忠英：“我背叛军阀父亲还有错？我要求革命还有错？”刘庆庄：“他们不相信你的背叛、你的革命是真的！”黄忠英：“难道你也不相信？”刘庆庄：“我相信有什么用？他们不仅撤销了我的一切职务，还要开除我的党籍，把我送到蜂桶乡农会去接受监督改造。”

黄忠英：“大表哥，是我拖累了你。但是，我有一双健全的手，我跟你一起到蜂桶开荒种地去，我相信，我仍然能够自己养活自己！”

第二十二章

得儿子庆庄作诗　攻巴山洪波拼命

游击队根据地。刘庆庄："不！你不能到那深山里去！为了你肚子里的孩子，你要安全地把他生下来！他是无辜的！你只有在这里接受他们的监督，你才能平安地将他生下来！"

黄忠英："他们把你赶到大山里面去了还要继续监督我？"刘庆庄："赶我到大山里面去的目的就是为了更好地监督你！"

黄忠英："孩子快出生了，我怕你不在身边我不能平安地生下孩子。你能不能等我生了孩子再去蜂桶乡接受监督检查？"刘庆庄："那是不可能的。表妹，我不在身边，你只能自己照顾好自己。"黄忠英："你给我们的孩子起个名字吧。"刘庆庄："刘坚持！不管在什么情况下，革命的意志不能改变！只要坚持下去，革命一定能取得胜利！他的名字就叫坚持！"黄忠英："男孩女孩都叫刘坚持吗？"刘庆庄："不管男孩女孩同样都可以干革命，同样都叫刘坚持！"黄忠英："好，不管男孩女孩都叫刘坚持！我喜欢这个名字！"

门外传来催促声："刘庆庄，你在搞什么名堂？磨磨蹭蹭这么久了，马上走！"

刘庆庄："表妹，你要保重自己。"黄忠英将刘庆庄送到门口，目送着刘庆庄被三个背枪的人押走，两行眼泪夺眶而出。

女工班长在门外吼道："黄忠英为什么还不来上班？还在家里磨磨蹭蹭干什么！"黄忠英急忙拿起针线用具快步走到缝补房。班长吼道："到洗衣房干活去！"

洗衣房。黄忠英用力地洗着衣服，突然觉得肚子剧痛："报告班长，我怕是快生孩子了，想请个假。"班长吼道："看到你这个娇小姐老子就有气！还装起是来干革命的样子，骗得了谁？你问问看，贫苦农民家的婆娘，哪个不是在地里干着活就生孩子的！要享福回永定城里你军阀老子那里去！假革命!”

黄忠英坚持洗着衣服，不一会孩子呱呱坠地了，几名女同志急忙上前扶着黄忠英回到了自己的卧室。唐作俊闻讯赶来看望，并对班长说：“黄忠英同志生产了，安排个同志服侍她几天。”

班长：“服侍她几天？我们贫穷人家哪个不是生了孩子就干活的？革命工作这么忙，哪里抽得出人来？”唐作俊：“她是个产妇。”班长：“一个军阀女儿当了产妇有哪点值得特殊照顾？总指挥，你要站稳阶级立场，不能这样关心体贴这个假革命!”唐作俊叹了口气，摇摇头走了。

凉风垭。陡峭的山路一直通向山巅。刘庆庄背着背包，被三个游击队员押着，吃力地向山顶登去。突然，从山下跑来唐达雷、唐毛子和雷老三：“党代表，等等我!”

三人跑到跟前将三个游击队员缴了械。刘庆庄：“你们这是干什么？把武器还给他们!”

唐达雷气愤地说：“巡视员凭什么撤销你的职务？凭什么把你押到蜂桶乡去审查？我们不服!”唐毛子：“巡视员对你太不公平了，我们受不了这冤枉气!”雷老三：“党代表，我们一起回去向巡视员问个明白，讨个公道!”唐达雷：“再不然，我们另外拉起队伍打游击！同样干革命!”

刘庆庄严肃地说：“同志们，你们不能这样做！什么另外拉起队伍打游击？这是分裂党的说法，是一个极其错误的说法！这里，我首先要严肃批评唐达雷的错误！你这种说法，将会引来极其严重的恶果，给党造成无法弥补的损失！真要那样做了，我们就将成为历史的罪人!”

唐达雷：“党代表，我绝无分裂党之心。我们实在是忍受不了这窝囊气!”刘庆庄：“同志们，你们的心情我很理解。但是，你们要知道，巡视员代表省委，他的决定就代表省委的决定。我们共产党员服从上级组织的决定，这是铁的纪律，是党有战斗力的根本保证，也是共产党员是否有党性的体现！不论在任何情况下，都不能动摇对党的坚定信念和我们党铁的纪律！我相信上级组织一定会了解事实真相，给我一个公正的处理的。希望你们马上回去给大家做好解释工作，服从组织决定!”唐达雷：“我们陪你到蜂桶乡去。”

刘庆庄严肃地说：“同志们，你们都是游击队的干部，都是党的干部，不是我刘庆庄的私人干部。你们各自担负着党的工作，革命的任务，必须马上回去很好地完成你们必须完成的那些任务。你们要牢牢记着，我们的党不允许分裂，我们的游击队不允许分裂！不管我发生了什么情况，哪怕是被判了死刑，你们都不能违背党的纪律，都要坚决维护党的团结和统一。只有团结和统一，我们的党，我们的游击队才有力量！我们决不能做分裂党，分裂游击队的历史罪人！同志们，你们如果去做违背党的纪律的事情，不但帮不了我，反而会害了我，害了革命。”

唐达雷、唐毛子、雷老三在刘庆庄的耐心劝说下，流着眼泪，默默地将武器还给三个游击队员，然后向来路走去。刘庆庄大声呼喊：“同志们转来！”唐达雷等快步跑回刘庆庄身边：“党代表，你改变主意了？同意我们的主张了？”刘庆庄：“不！我看到你们流泪了，我知道，你们内心并没有完全接受我的主张，我还得给你们讲清道理……”唐达雷：“党代表，我们听懂了你讲的道理。”唐毛子：“我们一定按你说的去办。”雷老三：“请党代表放心，我们回去以后绝不会去干愚蠢的事情。”

刘庆庄：“你们擦干眼泪，给我笑一笑！”众人擦干眼泪，冲着刘庆庄傻笑起来。刘庆庄：“这就对了，回去吧。”唐达雷：“立正，敬礼！向后转，齐步走！”刘庆庄看着唐达雷三人愉快地离开自己，高兴地露出了笑脸。

游击队总指挥部。唐作俊指着地图：“据可靠情报，黄志尚已率领部队进攻回龙坝。我打算率队前去阻击敌人。”童洪波：“目前的工作很多，你不去为好。”唐作俊：“唐志学同志率一支游击队到回龙坝要隘青铜岭阻击敌人吧。”唐志学：“服从命令。”

唐志学率队来到青铜岭山下，只见山势险峻，只有一条路可通行，真有一夫当关，万夫莫开之势。隆冬季节，青铜岭上满山白雪，山头上风霜如刀似剑，割肤刺骨。唐志学带领一队游击队员，登上青铜岭，露天宿营，严寒难当。战士们捡来干柴，燃起篝火驱寒。每当夜幕降临，唐志学和战友们便在紧要关口的大树上，高高挂起一百多个大红灯笼，既为防守照明，又为威胁敌人。黄志尚先头部队的一个排，在深更半夜偷偷侦察，走到青铜岭下，望见那闪闪的红灯，便不敢再前进半步。唐志学等在冰天雪地里驻守了五天五夜，不见白狗子动静。侦察员报告，黄志尚在回龙坝扎下大营，已派一个营向青铜岭扑来。唐志学决定在敌人来路上伏击敌人。当晚，游击队继续点亮红灯，然后下山埋伏。敌军一营人来到青铜岭山下，远远望见红灯，不敢贸然上岭进攻游击队。天亮后，敌军先是胆战心惊地爬上山，直到山顶也不见游击队动静，于是放心大胆地四处搜索游击队的遗物。突然，枪声大作。有人高喊：“游击队截断我们的退路了。”

敌营长命令兵士后撤，正好进入游击队的伏击圈。游击队猛烈开火，打死打伤三十多个敌人。敌人拼命突围，跑掉了一百多人。唐志学下令不再追击，打扫战场，缴获了一大批枪支弹药。雷老三赶来：“报告参谋长，敌人在黄土垭驻了一个连，挡住了我们返回根据地的路，怎么办?”

唐志学：“你带着李老五、何兴林上去摸掉敌人的岗哨，得手后打信号弹，我带大部队来消灭那连敌人!”雷老三：“是!”雷老三带着李老五、何兴林两个战友悄悄地摸拢敌人的第一道岗哨，只见一个黑不溜秋的家伙，头上戴个大檐帽，背上背个梆梆枪，活像一条毛毛虫，偏偏倒倒地往前闯。他怪声怪气地哼着小调：“正月里来是新年……”

雷老三一个箭步冲上去，只听咔嚓一声，敌哨兵两腿一伸就丢了命。哨棚里的几个哨兵，鼾声如雷。雷老三等走上前去对准鼾声就砍，瞬间消灭了敌人。两个巡逻的哨兵听到声响，便分别从哨棚的前面和后面围来。雷老三正提脚出门，只见眼前一道寒光，耳边“嗖”的一声响，劈头盖脸砍来一刀。雷老三眼疾手快，立刻退入哨棚。敌人的刀“噹”的一声砍在哨棚柱子上。敌人抽刀又砍。雷老三来不及还手，只好再退，恰被两个战友顶住了。他只好一刀硬挺过去。只听“咔嚓”一声，刀断成了两截。雷老三以断刀砍去，将敌杀死。绕到哨棚后面的敌人冲上来，砍中了雷老三的肩膀。雷老三顿时倒下。敌人又一刀砍向李老五，李老五返身迎击。何兴林赶上前来，砍中了敌人。李老五补了一刀，杀死了敌人。李老五和何兴林去扶雷老三，雷老三从昏迷中醒来：“别，别管我，赶快去砍敌人的二道岗哨。”

李老五撕下衣衫为雷老三包扎：“我背着你一起去!”何兴林背着敌人的两支枪，手提大刀，和李老五护着雷老三一起向第二道岗哨摸去。第二道岗哨设在黄土垭梁上。几个哨兵正躲在哨棚里赌博。一些人大声喊：“幺幺幺!”另一些人大声喊“六六六!”甚是热闹。何兴林知道不到万不得已不能开枪，于是与李老五商量：“你在外面配合，我去缴敌人的枪!”

李老五：“你一个人进去很危险！我和你一起进去!”何兴林：“没事!你在外面配合更好!”何兴林左手拿着手榴弹，右手拿着手枪，一脚踹开门，厉声叫道：“不许动!”

李老五在外面吼道：“一排机枪准备!”雷老三应道：“遵令!”

敌人从赌局中醒来，看见黑洞洞的手枪和手榴弹，齐叫饶命。何兴林命令：“把枪交出来!”敌人交枪，何兴林将枪栓下掉，丢到棚外，然后命令：“不准走出哨棚，违令者枪毙!”

敌人：“是!”

何兴林将敌人锁在哨棚里，又急忙向第三道岗哨走去。第三道岗哨设在寡石坝子边。寡石坝子是青铜岭的山脊，长约五十丈，宽约五丈，两边是悬崖峭壁，深不见底。寡石坝子上有一座穿心店子，驻着敌人一个连。坝沿哨棚前放有游动哨。何兴林摸到哨棚不远处，踢到一块石头乒乒乓乓往下滚。敌哨兵听见响声喝问："什么人？"后面远处有人回答："自己人。"

"口令？""青花杯！"

何兴林向后看去，在朦胧夜色中，一个背枪的走在前面，后面跟着七个背背篓的人，走得气喘吁吁的。何兴林冲上前去，用冰冷的马刀架在背枪人的脖子上："听我指挥！"背枪人："是！"

何兴林下掉背枪人的枪栓，仍让他背着。与此同时，李老五和雷老三控制住了后面两个背枪的人。敌巡逻哨又问："干什么的？"背枪的人问何兴林："长官，怎么回答？"何兴林："就按派你们干什么回答！"背枪的人："给刘团长送酒去。"

敌排长闻到了酒气："有多的吗？"何兴林："有。"敌排长："打开老子尝尝！"何兴林打开一个篾篓子："请……"

敌排长埋头去喝，喝不上口。何兴林从怀中摸出青花杯，舀起酒："请！"敌排长一口吞下："好酒！"何兴林又舀一杯送上："再请！"敌排长一连喝了十大杯，躺在地上："老子没醉，还想喝。"哨兵们围拢来："老子们也尝尝。"哨兵们一个个都喝醉了，东倒西歪地倒在地上。何兴林打出一颗信号弹，唐志学看见以后，带领大部队登上黄土垭，乘夜缴了敌人一个连的枪，胜利返回了潜水河根据地。

游击队总指挥部。唐作俊："唐达雷队长守雷成寨好几天了，现在有什么新情况？"

唐志学："我已派人去了解情况了。"

雷成寨，寨门高筑，地势险峻，上山九道拐，两峰一线天。何忠辰一连攻打了好几天，损兵折将，寸步不前，气得像疯狗一样团团转。这天，他麻起胆子亲自到前沿阵地视察，给士兵们撑腰打气。他特地派人抬来一口棺材，假惺惺地挤出几滴泪水，声嘶力竭地说："弟兄们，我何忠辰横下一条心，今天非拿下雷成寨不可！不成功便成仁，抬棺决战，万望兄弟们奋力向前！"

何忠辰说完，手捧雄鸡血酒，向士兵们一一敬酒："兄弟们立了功，我何忠辰给你们重赏！包你们荣华富贵，儿孙永昌！"

士兵们受此激励，拿起枪像马蜂一样，呐喊着直往山上涌，刚刚爬上九道拐，忽听得轰隆隆似惊雷震耳，哗啦啦似暴雨倾盆，只见檑木滚石从天而降，碰着的非死即伤；没被打着的哭爹喊娘，滚下山岩。何忠辰被吓得目瞪口呆。

山上。游击队看得真切，拍手大笑："来呀！快上山来捉老子去领赏啊！"

何忠辰气得吹胡子瞪眼，只能望山兴叹。

唐达雷："同志们，总指挥部命令我们立即转移。大家赶快收拾好东西！"众："队长，不能让敌人轻轻松松就占了我们的阵地！"唐达雷笑着说："对，不能让敌人轻轻松松就占了我们的阵地。你们说，龟儿子何忠辰被我们打怕了，还敢不敢上山？"众："我们撤走了，他就敢上山了。"唐达雷："我们设个空城计，吓死他龟儿子好不好？"众："好！"

唐达雷趁着夜色，带着大家在山顶上堆砌了许多石头人，虎视眈眈地望着山下；又把睡觉用的篾席卷成筒，涂上锅烟墨，倚放在石头人旁边。一切就绪，唐达雷看时间还早："同志们，我们趁此机会摸何忠辰一回'夜螺丝'要不要得？"众："要得！"

唐达雷带着大家靠近何忠辰营地一阵冲杀，打得白狗子晕头转向，胡乱放枪，自相残杀起来。唐达雷也不恋战，带着游击队乘胜转移了。

天亮以后，何忠辰汇集残兵败将，组织敢死队，向山上发起攻击。敢死队攻至半山，向山上猛烈开火。乒乒乓乓打了一阵，山上毫无动静。参谋对何忠辰说："游击队不作还击，可能已撤退下山去了。可以命令士兵马上上山了。"

何忠辰："游击队狡诈无比，他是要等我军攻到山顶了才还击。为了减少人员伤亡，叫大家一定要小心上山！"

一直挨到中午，何忠辰才命敢死队上山。敢死队还未上到山顶，立刻连滚带爬地退下山来。何忠辰抓住一个敢死队员："为什么这么惊慌地退回来了？"

敢死队员上气不接下气地说："山上，山上有埋伏，大炮正对着我们……"

何忠辰用望远镜向山上望去，果然有不少游击队员虎视眈眈地看着山下，身边摆着几门大炮，也对着山下。何忠辰倒抽了口冷气："好险！"

参谋轻声说："司令，敢死队快攻到山顶了，游击队却一枪不发，恐怕是假人假炮吧？"

何忠辰命人抬出一大箩银圆："敢上山者，每人发银圆一元!"白狗子领了银圆，壮着胆子爬上山顶，一看，才知道真是假人假炮。何忠辰气得直骂参谋："都是你他妈的瞎参谋出的错!"

游击队总指挥部。唐作俊拿着一封信："唐毛子，这是黄忠英写给刘庆庄的一封信，你马上到蜂桶乡去当面交给刘庆庄同志!"唐毛子双手接过信："保证完成任务。"

傍晚。唐毛子将信送给刘庆庄后，迅速向潜水河总指挥部走去。途中，被白狗子逼上了金银山。山上树木葱茏，四面悬崖峭壁，只有一条独路可上下。敌军一排排长："苟连长，一个游击队员逃上了金银山这座孤山。我们是开枪打死他还是捉活的?"

苟连长："捉活的! 这山上有多少游击队?"一排长："刚才只看见上去了一个。上面有多少人不知道。"二排长："上面原来肯定还有游击队。"三排长："这座山势太险，不管有多少游击队都不好打。"

苟连长："把山团团围住再说。你们几个排长都说说捉拿游击队的办法。"四排长："我们把游击队团团围住，不说打枪打炮，饿也把他饿死!"苟连长："对，我们守住通道，围而不攻，免得伤亡兄弟。除了守山兄弟以外，其余的人全部到附近老百姓家抓着猪羊宰猪羊，抓住鸡鸭杀鸡鸭。把伙食搞好，犒劳犒劳大家。"除几个守山人外，众人一哄散去。

唐毛子在山上转了一圈，见有绛香藤可以下山，拍了一下脑袋："这里是有名的回声山，我应当用这个地方巧妙地打击敌人!"他主意已定，立刻用手剥柏树皮，捆成火把，连接成长长的串子，向几面排开。点燃后，从后山找到了绛香藤，顺藤滑下山去，消失在暗夜中……

突然，一个兵士上气不接下气地向苟连长跑来："报，报告，苟连长，山，山，南，南，南……"苟连长给了他一耳光："什么南南南?"丘八："南，山，山南，山上有火，火龙。"

苟连长向山南看去，山上出现了一条条火龙，摇头摆尾，张牙舞爪，似乎要扑下山来一样。连长急忙下令："一齐向火龙开火!"

枪声激烈地响了起来。顿时，山上山下，山前山后，大炮声，机枪声响成一片。一些胆怯的白狗子吓得乱窜，有的摔得鼻青脸肿，有的摔得手断脚瘸……苟连长大吼："不准乱跑!"

可是他也制止不了混乱局面。唐毛子爬到敌人不远处，向敌群开火。敌连长耳边"嗖"的一声，子弹从耳旁飞过，吓得他也不得不跑进一家农户躲藏。只听子弹打在瓦房上叮叮当当作响，便一头钻进猪圈。猪圈板承受不了他肥胖的躯体，猛然断裂，苟连长掉进了粪坑，上下不得。勤务兵高喊："苟连长，苟连长！你在哪里?"苟连长："我在这里。"勤务兵："你在哪里?"苟连长生气地骂道："你听不到吗？耳朵卖到烧腊摊子上去了！"

勤务兵将苟连长拉出粪坑："对不起。我不知道你掉下去了。"苟连长："怎么没有放枪了?"勤务兵："我们放枪，山上的火龙便越来越多；我们不放枪，火龙便迅速减少……"

苟连长："山上的火龙还在吗?"勤务兵："这一阵没有放枪，看不见了。"苟连长找拢几个排长："赶快往山上打炮，赶快攻山，谁后退就枪毙谁!"

几个排长重新组织队伍向山上进攻，山上反击的子弹更密集了。一排长受重伤，士兵们也伤亡不少。苟连长硬逼士兵："给老子往上冲!"山上不再有枪声。士兵们冲上山去，只见一根根柏皮火把捆在长竹竿上，风一吹，那些柏皮火把越烧越旺，劈劈啪啪作响……

苟连长指挥部队在山上搜寻不到游击队，便带着队伍走进泥隆乡场，找来保长："老子们剿赤辛苦了，你赶快给老子杀猪宰羊接风压惊!"保长为难地说："老总，兵荒马乱的年月，有口饭吃都不错了，哪来的猪羊啊!"苟连长："老子管不了那么多，到时候吃不上饭，老子崩了你!"

保长为难地走回村里找人。唐毛子："保长，不用发愁，我们去捞黄鼓头。"不一会儿捞了一大篮黄鼓头。唐毛子："保长，你去喊游击队来消灭白狗子。"

保长离开后，唐毛子包上帕子，贴上胡子……

苟连长几个正在打牌，门口来了一个老汉蓄着一大把山羊胡子，头上包一圈乌不乌、白不白的帕子；身上穿一件长不长、短不短的褂子；脚上蹬一双新不新、旧不旧的麻窝子草鞋；手里提一个大不大、小不小、有底有盖的竹篮子。他看上去年纪不小，却行动敏捷，口口声声说要见长官。勤务兵不让他进屋。他又是吵又是闹，又是摆手又是跳。苟连长听见了，大声说："放他进来，他要做啥子?"老汉走进屋："我要见长官，给他送这个……"老汉敲了敲竹篮："给他送特产——黄鼓头。"

苟连长揭开盖子，只见篮中一条条黄鼓头活蹦乱跳："老子好久没吃过黄鼓头了，好好好。你这黄鼓头是要硬洋还是要鸦片烟?"老汉："凭长官大方……"

苟连长："伙夫，你晓得唧个弄起好呢?"伙夫："连长，我没有弄过这个……"老汉："长官不嫌我手脏，我来帮忙。"伙夫："莫得来头，跟我走!”

不多一会儿，一份热气腾腾的黄鼓头鲜鱼汤端到桌子上，几个陪打牌的人悻悻离去。苟连长拿起筷子夹起鱼正往嘴里送，突然，勤务兵大喊一声：“传令兵到!”

传令兵跑步进屋：“连长，团长命令你连火速到蜂桶乡打游击队!”

苟连长签下回执，打发走传令兵后，独自吃了几条鱼，喝了几口酒，觉得枯燥无味，吼道：“传令兵，将四个排长喊来!”四个排长走进屋，盯着鱼汤：“连长找我们做啥子?”苟连长手一摆：“坐下陪老子吃鱼喝酒!”四个排长十分高兴地坐下：“连长真把我们当亲弟兄看待，谢谢连长。”

几个人狼吞虎咽地吃了起来，顿时响起了一片猜令拳拳声。一排长：“老子们在前方卖命，这么喝点寡酒真乏味……”二排长：“老兄还想干点逍遥之事么?”三排长：“要是能找个唱戏的来陪陪，助助酒兴，就好了。”四排长：“老兄别异想天开了，这山旮旯里哪儿去找唱戏的?”

苟连长打着饱嗝，摇晃着脑袋说：“俗话说，寡妇难当，寡酒难喝。三排长说得好，酒兴要助喝起才有味儿。没得唱戏的，我看找个唱山歌的也行……”勤务兵：“恐怕唱山歌的也不一定能找得到……”苟连长：“把那个卖鱼的老头儿找来!”

老汉：“连长找我有啥子事情?”苟连长：“给我们找个会唱山歌的来助助酒兴。”老汉：“我们湾里有一个小姑娘会唱山歌……”一排长：“快去把她喊来。”

勤务兵和老汉带来一个十五六岁的女娃子，头上梳一根长辫子，脸红得像一朵盛开的杜鹃花，上身穿一件毛蓝布短褂，虽然补了几个补丁，但是洗得干干净净；脚下穿一双旧红布鞋子，虽没有扎花绣朵，但做得周周正正。她是一个地地道道的山村姑娘，来到席前，连长在她身上扫视一片之后，问道：“叫啥子名字?”小女子回答：“别人都叫我毛丫头。”

连长说：“毛丫头，给我们唱个山歌助酒兴。”毛丫头也不推辞，扯开喉咙就唱：“太阳出来啰喂，上山冈啊啷啰，挑起扁担啷啷扯，咣扯，上山冈啊啰喂!”

苟连长听了几句，连忙阻止：“这个山歌不好听。另外唱个情歌!”姑娘将辫子一甩就走：“我不会唱情歌!”一排长急忙上前拦住：“不要走!”姑娘大喝一声：“你们要干什么?”

突然，门外跑进来几个头戴红星帽、身穿灰军装、手持短枪和刀矛的游击队战士：“不许动!”苟连长连忙喊道：“来人啊!”

老汉和姑娘同时掏出手枪顶住了苟连长的胸膛："老实点！缴械投降！"苟连长和几个排长，只好规规矩矩地举起手来："请饶命，请饶命！"

唐毛子掀开包头帕，扯下山羊胡子："我们在金银山已经见过面了！"

苟连长："原来你就是我们追赶不到，在金银山上大摆迷魂阵的游击队？"

唐毛子："赶快命令你的兵士投降！"苟连长："是，是，是。"

苟连长的一连人全部缴械投降。唐毛子和游击队员们唱着胜利之歌大步向福源坝走去。

蜂桶乡农会办公室。刘庆庄对着黄忠英的信发呆："表妹匆匆送来信件，准是遇到什么麻烦了。"他拿起又放下："表妹，我能帮你做些什么啊？"他终于鼓起勇气拆开信封，耳旁响起黄忠英亲切的声音："大表哥，你的刘坚持平安地生下来了，是个男孩！你该满意了吧？"

刘庆庄仰天大笑："刘坚持！是个男孩！我刘庆庄有儿子了！"

他从抽屉里拿出纸来，提笔在手，"蜂桶乡农民协会"几个大字映入眼帘。他急忙将它放回抽屉，跑到街上买回纸墨笔砚，飞快地写道："英妹，你受苦了。我正在接受隔离审查，你给我送来了喜讯，带来了欢乐！我真不知该怎么感谢你，报答你！欣喜之后我又冷静下来，细想我年将及壮，回首既往，诸事未成，只影蛰伏，忧伤奈何！处此小乾坤，社会既未得改革，而老是忧悲苦闷，复不能解脱；拔剑砍地，悲从中来。英妹，你能理解我此时的心情吗？我为儿子写了一首语体诗：'儿子！有了这个我，才有这个你；你作为我的儿子，不知是不是你的真实心意？你作为我的儿子，我不得不对你叮嘱几句：当父亲的都望子成龙，我对你不寄予那么高的期望！我不希望你成为谨小慎微之人，对父母孝顺不忤；我只希望你成为革命的健将，把社会重新砺砥！我生事愿违，壮心不从己；处此浊世界，谁能不奋起？你后长成时，世乱肯定还未得到平定，万般罪恶更未绝迹！你是社会的人，我不把革命的希望寄托在你的身上，而将革命的希望向谁委？我虽然受到委屈，但我坚信革命一定会胜利！所以，不管遇到了什么情况，我都要坚持革命到底！所以我给你起名叫坚持，即是希望你继承老子的心愿坚持革命到底。坚持，坚持！你长大后不要忘记！'"

刘庆庄起身在屋子里来回走动，心潮澎湃，又坐下来提笔写道："搁笔之后仍兴奋不已，又写了一首诗：'立志革命改天换地，而今抱儿转沉思：国家沉沦催促我奋起革命，家道中落急需努力整治。孩儿身心需滋养，望子成龙父辈心。着意安排教此子，是否成才我安知？无论是否成干才，都不能危害人民，都不要成为社会的累赘，受到人民的唾弃！’英妹，你是我最知心的人，希望你能按此意将儿子教育成人！”

潜水河。游击队营地。黄忠英看信后，立即回信：“大表哥，你是真正的英雄，你心中只有革命，唯独没有自己！我要像你一样，革命一辈子！我一定按照你的要求，教育好刘坚持，让他成为一名革命战士！”

黄忠英生了小孩以后，由于劳累和营养不足，乳汁不多，刘坚持吃不饱，总是不停地啼哭。黄忠英感到十分烦躁不安，她感到孩子成了她的拖累。半夜。她抱着坚持走到潜水河边，哭着对刘坚持说：“儿子，不是当娘的狠心，残忍地要把你抛进河里。你是我身上的肉，你饿得难受我心痛！我是怕你的哭声引来敌人，将你抓去了活受罪。”黄忠英面对哗哗流动的江水，想起了自己离家对革命的追求，想到刘庆庄对孩子未来的期待，她犹豫了。坚持突然一声啼哭，深深地刺痛了黄忠英的心。她哭了，紧紧地将坚持搂在怀里……她抱着坚持又默默地回到了房间。

川陕边区绥靖督办公署办公室。刘积良：“督座，唐作俊、刘庆庄在福源坝闹事以来，何忠辰‘剿抚兼施’之策并未收到好的效果，张盛荣轻敌冒进失利，致使游击队攻下夤河县城，声势越来越大。我们下一步该怎么办？”黄吉城：“调集大军向福源坝发动第三次围剿。”

刘积良：“兵从什么地方来？”黄吉城：“何忠辰的三个团，符冠文师抽两个团，加上永定县、宜兰县、夤河县、巴山县四县民团，总共有一万多人，对福源坝实行分进合击、步步为营、大军合围战术，看他唐作俊、刘庆庄能坚持多久！”

刘积良：“督座，军资、粮秣供应不济啊。”黄吉城：“下令再预征一年。”刘积良：“今年已预征八年了，百姓早已对预征不满。”黄吉城：“改个名字叫征剿赤捐嘛。”刘积良：“督座高明！”黄吉城：“大家赶快分头行事！”众：“是！”

黄吉城回到书房：“传令兵，把二姨太喊来！”传令兵：“是。”

刘学兰走进书房：“督座唤我何事？”黄吉城：“女儿黄忠英有消息了吗？”刘学兰：“据说是到福源坝找她大表哥刘庆庄去了。”黄吉城：“找刘庆庄？一个堂堂正正的督办千金，到大山沟里去找一个赤匪头子，她安的什么心？把老子的脸面丢尽了，马上派人去给我找回来！”

刘学兰："福源坝属赤区，我能派人说去找回来就找回来?"黄吉城："找不回来拿你是问！养一个忤逆女儿，太让老子伤心了。"刘学兰："还不是你经常向她夸耀自己是辛亥革命、反袁世凯称帝的英雄，使她也向往革命，羡慕英雄。"黄吉城："刘庆庄算什么英雄？他是山贼，是草寇，他能成得了什么气候?"刘学兰："你几次征剿都未占到便宜，怎么知道他今后成不了气候?"

黄吉城："现在共产党在全国各地都受到围剿，蒋介石亲率大军进剿，朱毛都不一定成得了气候，他唐作俊、刘庆庄这点人马能成气候？我已派大军进剿，他们的日子长不了。"

潜水河。川东游击队指挥部。童洪波："中央有指示，只有不停顿地进攻，革命才能取得胜利。现在，川东游击队已经有两千余人、一千多条枪，足够强大了。我们不能只在这山沟里转来转去打土豪分田地，小打小闹，这成不了什么大气候。我们的奋斗目标是推翻国民党反动统治，解放全中国。我认为我们现在完全有条件立即按照中央的指示精神向外发展，进攻大的城镇了。所以，我认为现在要向巴山县城进攻，然后向永定县、重庆、成都进攻，革命才能有成功的希望。像你们以前那样，长期只在山沟里小打小闹，只看簸箕那么大个儿天，怎能成得了气候!"

唐作俊："巡视员同志，中央的指示精神我们都理解。我们也想干大事，想早点解救更多的贫苦兄弟。可是，我们也清醒地认识到，我们目前的力量还很不够。我们现在这点儿革命本钱是由小到大、由弱到强一点一滴积攒起来的。现在人数虽然有两千多了，但是训练不够；枪支虽然上千支了，但是大多是旧枪坏枪，而且子弹不多。我们现在不仅装备不足而且质量很差，还不能同黄吉城的正规军队打硬战、拼消耗。"

童洪波："唐作俊同志，你这是小农意识，守财奴的思想。小农有了一个钱，就揣在怀里，舍不得拿出来用，不知道用这一个钱可以去赚十个钱、百个钱。你是总指挥，你这种思想应该好好反省反省！一个革命者应该胸怀全国，有大的革命目标，有长远的革命目标！我已请示省委同意，决定明日誓师进攻巴山县城!"

唐作俊："巡视员，省委不了解我们的实际情况。这个决定现在执行有困难。"

童洪波："有什么困难？同志，不是条件不具备，是你的认识跟不上革命形势发展的需要，这很危险！省委决定将我们这支游击队正式命名为四川红军游击队第一纵队，成为正规红军了。省委要求我们集中人员和武器，扩大红军队伍，批判山沟意识，树立向城市发展的思想。我们进攻巴山县城，就是坚决执行省委决定的实际行动。我们要以打下巴山县城这个胜利，向省委显示我们的革命实力，表示我们坚决执行省委决定的决心！通讯兵，立即传达我的命令：明晚，全队到紫微宫举行进攻巴山县城的誓师大会!”通讯兵：“是!”

夜。紫微宫。临时搭建的主席台上，高悬着镰刀、斧头旗帜。会场四周遍贴“打倒军阀！打倒土豪劣绅！打倒黄吉城！解放巴山城!”等革命标语。会场大坝，两千余游击队员整整齐齐地席地而坐，紧张而又兴奋地注视着主席台。童洪波、唐作俊、唐志学、刘大疆等陆续登上主席台。童洪波大声地说：“同志们，现在我宣布省委决定：川东游击队正式命名为四川红军游击队第一纵队!”

全场顿时欢声雷动，军号齐鸣，锣鼓喧天，旗帜舞动。童洪波让大家欢呼一阵过后，双手下按，全场顿时肃静下来。他接着宣布：“四川红军游击队第一纵队总指挥为唐作俊！党代表、党的前敌委员会书记就是我——童洪波!”

大家又是一阵欢呼。童洪波：“现在请总指挥唐作俊同志讲话!”

唐作俊：“同志们，经过大家的共同奋斗，我们川东游击队成了正式红军，而且是四川红军游击队第一纵队，值得骄傲和自豪！我们第一纵队肩负着十分重大的责任，那就是要为第二、第三以至更多的纵队开辟前进的道路，给他们作出表率！根据省委的指示，我们马上进攻巴山县城，为赤化全四川打下坚实的基础，大家有没有信心?”众：“有信心!”唐作俊：“出发!”

部队出发不久，童洪波：“前面是什么地方?”唐志学：“金沙镇。”童洪波：“马上攻打金沙镇。”唐作俊：“党代表，何忠辰在金沙镇派驻的是黄志尚这一个正规团，人员得到了很大补充，弹药充足，修建了坚固工事，守备很严，不容易攻取。我们如果不能迅速攻下金沙镇，要是打成胶着状态，何忠辰三个团围攻过来，我们岂不会处于进退两难的尴尬境地?”

童洪波：“你的意思是不打金沙镇?”唐作俊：“对，不打金沙镇，趁敌不备，直接攻打巴山县城。这样才有取胜的把握。”童洪波：“我们打下金沙镇，不仅政治影响大，而且可以获得军事物资的很大补充。黄志尚这个团又是我军手下败将，容易取胜。何忠辰三个团驻地分散，难以对我军形成包围。同志，现在绝不能前怕狼后怕虎，一个字，打!”唐作俊无可奈何地说：“执行命令!”

黄桷垭是金沙镇东边的要隘，山高坡陡，道路崎岖难行。部队进至黄桷垭山下，突然遭到数百民团的阻击。唐作俊：“这里原来没有民团，怎么一下子来了这么多民团？情况有变，是不是另走一条道直攻巴山县城，直捣何忠辰老巢！”

童洪波：“这支民团有多大力量？消灭了这支民团，可以缴获一批枪弹物资充实我们的力量。打！先消灭这支民团再说！”

唐作俊：“刘大疆带一支队攻正面，我带警卫队打侧面，唐志学打另一侧面，形成三路围攻之势。”

刘大疆、唐志学应声而去。冲锋号声响起，三支人马向民团发起猛烈攻势。未见过大阵仗的民团吓得胆战心惊，四处逃窜，很快结束战斗。游击队缴获了数十支枪械。民团的一些兵士逃向金沙镇。童洪波：“敌人是豆腐渣，哪里禁得起我红军游击队打！留一小部分人打扫战场，大部队立刻进攻金沙镇！”

金沙镇。民团兵士慌慌张张地跑进金沙镇黄志尚团部：“报告团长，赤匪攻占了黄桷垭要隘，现在进攻金沙镇来了。”黄志尚：“立即召开营连长会议，研究对策！”

会议室。黄志尚：“赤匪马上来攻金沙镇了，怎么办？”

一营营长向英说：“团长勿忧。我们金沙镇城墙坚固，且有龙溪河护卫，易守难攻。前几次我们进攻游击队吃了不少亏，正想寻机会报仇雪恨，不想他倒送上门来了！”

二营营长刘彤：“游击队的长处是在山间游动作战。我们前去清剿，走的是大道，在明处，游击队能利用地形地物袭击我们。现在，他们来进攻我们，情况完全相反了。他们在明处，我们在工事里，我们火力强的优势就能得到充分发挥了。”

三营营长刘强：“对，我们前几次清剿吃了亏，士兵都知道游击队厉害，不再分散行动。现在主力全部集中在金沙镇里，就形成了铁拳头。”

四营营长刘彪：“前段时间，我们组织老百姓不断加固城墙的功夫没有白费。现在可以派上大用场了。”

黄志尚：“大家谈了前段时间剿赤的教训和经验，总结得都很正确。集中到一点就是分散容易挨打，集中才有力量。我们最近偶尔到福源坝围剿游击队，也是以营为单位抱团行动，以人数多和枪械好形成威慑力量，这种办法很有效。现在游击队要攻打巴山县城，想顺手牵羊拿下金沙镇，简直是痴心妄想！传我的命令：不准一兵一卒出镇，对来往行人严加盘查，防止游击队奸细进入金沙镇做内应！”众：“是！”

游击队进至金沙镇河东岸。童洪波：“命令部队强渡龙溪河进攻金沙镇。”

河边，神兵呐喊着涉水过河在前面发起猛攻。敌人的机枪、步枪疯狂地吐着火舌，手榴弹爆炸，河水激起无数水柱。游击队战士在渡龙溪河时牺牲不少。强行渡河后，攀越城墙时又牺牲不少。唐作俊扶起受伤的战士，心痛地说：“巡视员，不能再攻金沙镇了，这些战士是四川红军游击队第一纵队最宝贵的本钱！再这样蛮干下去，我们革命的本钱就拼光了！”

童洪波：“不能中途而废！攻下金沙镇，我们的本钱就翻十倍百倍了！组织四面进攻，坚决拿下金沙镇！”

红军游击队进攻金沙镇，打成了胶着状态。童洪波像赌红了眼的赌徒，想捞回本钱，不惜孤注一掷，使游击队造成了重大伤亡。

巴山城。三路司令部。何忠辰拿起电话：“什么？你大点声！”

电话听筒里传出黄志尚急促的声音：“报告司令，唐作俊正在猛攻金沙镇，目前已打成了胶着状态。请司令调集大军到金沙镇围剿唐作俊！”

何忠辰：“唐作俊疯了，以他那么点人马就想来端老子巴山城这个老窝，现在在金沙镇被咬住了，这是他不懂军事必须要受到的处罚！刘庆庄若在军中，肯定不会出此下策！传我命令，全路一齐驰援金沙镇，围歼唐作俊！”

参谋：“司座，唐作俊人称是条龙，他的左臂刘大疆是头虎，右臂唐志学是只凤，都是人中豪杰，不可轻视啊。”

何忠辰：“休长他人志气，灭自己威风！什么龙、虎、凤！我看他们都只不过是一条蛇，一条虫，一只谷麻雀！金沙镇就是他们的葬身之地！”

何忠辰指挥两团人马浩浩荡荡向金沙镇杀奔而来。

雷鸣电闪，暴雨倾盆。金沙河河边。游击队临时指挥部。唐作俊用望远镜看着进攻金沙镇的队伍倒下了一批批队员，队伍一次次被迫撤退，又一次次发起进攻；看着伤兵不断地抬过指挥部临时医院，医生们一个个累得满头大汗。唐作俊痛心疾首，心急如焚！通讯兵不断地跑回来报告：“总指挥，我们第十次冲锋又退回来了！”“我们第十三次冲锋又退回来了！”

童洪波歇斯底里地大喊：“给我冲！谁也不准后退！坚决拿下金沙镇！”

唐作俊急红了眼：“巡视员，不能再打了，不能让同志们作毫无意义的牺牲，你要为游击队队员的生命负责！”

童洪波也急红了眼：“唐作俊同志，你搅乱军心，必须为功败垂成负责!”

唐作俊：“巡视员，你仔细看看，我们多么好的同志，一个个勇敢、无畏、鲜活的生命，瞬间就没了，你一点也不痛心吗？你为了维护你的错误指挥，不惜以同志们的生命为代价，这是对革命的犯罪!”

童洪波：“唐作俊同志，没有牺牲哪能取得革命的胜利？眼看即将攻下金沙镇，你临阵退却该担多大的责任!”

唐作俊：“巡视员同志，请你仔细看看，我们真的马上可以攻下金沙镇，取得成功了吗？敌人在坚固的工事里，凭着猛烈的火力，疯狂地残杀着我们毫无遮拦的战士，我们哪来胜利的希望!”

唐作俊声音不大，却使童洪波感到雷鸣般地震撼。童洪波仔细地观察着周围，枪声越来越近，越来越密集。一个个勇猛的战士在童洪波身边不断地倒下。枪炮火光之后是一片漆黑。老松树的枝丫在山风中舞动着，发出飒飒的声响。童洪波想坐下来歇歇气，但是山坡、石头、衰草全被暴雨淋湿，无一处干地可坐。

马灯掩在警卫员的雨衣下，只在脚下发出微弱的光。童洪波掏出钢笔，想写点什么。但一时又不知怎么下笔。他抬头望着天空，夜，像墨汁般淹没了整个世界，使人感到压抑与窒息。

暴雨越下越大，山洪发出刺耳的声响，盖住了伤员们的呻吟。警卫员将童洪波引到一棵大柏树下躲避风雨。童洪波知道，战场局势与自己的愿望越来越背道而驰了。他觉得，到福源坝后走出的每一步似乎都错了。他看到一双双仇视自己的眼睛，发射着仇恨的光芒。他感到从未有过的孤独和害怕。他是一个在战场上勇猛冲杀过的斗士，从未在枪林弹雨中感到过害怕。他知道，自己的身边有无数可以信赖和支持自己的战友。他受省委派遣到了福源坝，本以为一定可以作出一番大作为，可是却没有多少可以信任和值得依靠的人。刘庆庄不值得信任，唐作俊也难以依靠……难道自己的理想与抱负就这样被这群人湮灭了吗？自己怎样向党交代？怎样向巴山父老交代？他想到刚来福源坝时，游击队是多么的生气蓬勃，几乎是打一仗胜一仗。刘庆庄被撤职以后，内部不再那么团结，自己的每一项决定都受到了非议。难道真的是自己错了？他怎么也想不明白……

何忠辰率两路大军进至金沙镇近郊，向游击队发动猛攻。黄志尚趁机从镇内向游击队发动疯狂反扑。游击队腹背受敌，队员又倒下不少。唐作俊、刘大疆、唐志学都受了轻伤。唐作俊：“巡视员，敌人步步逼近，我们不能再这样同敌人硬打硬拼了！留下同志们的生命，下一次还可以向敌人再发动进攻；再这样硬拼下去，只会白白地牺牲同志们的性命。再不撤退就来不及了！”

童洪波眼看着敌人步步逼近，河水翻着浊浪迅猛上涨，伤员不断地被抬下来。他叹了口气：“听我命令，大家马上分路撤退。我掩护你们！”唐作俊：“党代表，你先撤，我在后面打掩护！”童洪波：“我们分几路撤退，这是命令！”

唐作俊、刘大疆、唐志学不得不分别率队撤退。童洪波带着警卫队退到一块高地阻击敌人。敌军从右侧包抄过来，警卫队长李克杰惊惶失措：“同志们，敌人要围住我们了，赶快后撤。”战士：“李队长，巡视员还在山上没撤下来，我们不能撤！”李克杰：“我们顶不住了，执行命令，快撤！”战士冲着童洪波高喊：“巡视员，快向我这边撤！”

几个敌人趁警卫队后撤，乘势迅速冲上高地，大喊：“捉活的！”

童洪波手拿驳壳枪，和身边的几个人一起顽强地抗击敌人：“同志们，坚决消灭敌人！”

敌人大队冲上高地，向童洪波压下来，大喊：“缴枪吧，你们没有退路了！”

童洪波见身边几个同志和警卫员都已倒地牺牲，拉开枪栓，一看只剩一颗子弹。童洪波预感生命的旅程，将湮灭在自己鲁莽愚蠢的行动之中。他感觉到愧对党，愧对无数鲜活的生命，也愧对刘庆庄……他设想自己如果有再生的一天，要好好地向刘庆庄赔礼道歉，哪怕跪下悔过也毫不犹豫。他面对巍巍大巴山，大声喊道：“福源坝的父老乡亲们，我童洪波对不住你们，让你们白白地牺牲了那么多优秀的子弟！我只有以死向你们表示我的忏悔！你们一定要好好活下去，坚持战斗下去！革命一定会胜利的！”他面对嗥嗥叫着扑近自己的敌人，大声喊道：“白狗子们，革命党人是斩不尽杀不绝的！”他坦然地对着自己胸膛开了一枪。一声枪响之后，他依然靠在一棵大树上，威武不屈地站立着。子弹不停地呼啸着，敌人向他步步逼近……

唐作俊高喊：“党代表，快向我们这边撤下来！”敌人激烈的枪炮声掩埋住了唐作俊的呼喊声……

~ 第二十三章 ~

陷疑案庆庄受审　托萤虫表明心志

唐作俊、唐志学、刘大疆分别率领游击队抬着或者扶着伤兵向潜水河游击队根据地走去。

一路上，拄着拐棍的伤兵们议论纷纷，一个个都心怀怨气："老子从参加游击队以来从没打过这样的窝囊仗!""这个仗是哪个指挥的?""指挥这个仗的人该枪毙!""老党代表带领我们打一仗胜一仗，耐心听从大家意见，从不武断指挥打仗!""老党代表要是在游击队，我们怎么会打这窝囊仗!""什么省委巡视员？说不定是军阀专门派来搞破坏的反革命!"

唐作俊上前劝慰地说："同志们，这场仗我们打输了，责任不在哪一个人身上。回去后我会开会好好总结经验教训。现在大家抓紧时间养好伤，以后再寻白狗子报仇雪恨!"伤员们一个个垂头丧气："总指挥，你也受伤了，我们的骨干大多数都牺牲了，游击队大伤元气，还能振作得起来吗?"唐作俊："同志们，我们绝不能丧失信心。错误和挫折教训了我们，只要我们不重犯同样的错误，我们就一定能振作起来。"伤兵："总指挥，这次孬仗是童洪波指挥的，听说童洪波也被打死了?"唐作俊："童党代表牺牲了。"伤兵："他也算牺牲？他是革命的罪人！我们牺牲了那么多好同志，他应该偿命!"

唐作俊："童党代表对敌人的斗争态度坚决，在敌人要抓捕他的时候，他举枪自尽，可见他不是军阀派来破坏革命的坏人，也不是革命的孬种。他没有向敌人投降，说明他还是我们的好同志。他只不过是太急于求成，犯了急性病，造成了指挥错误。我们不能因为他有错误就否定他是一个革命者，就否定他的领导。现在，童党代表牺牲了，军队中不能没有党代表，大家说怎么办?"伤兵："我们的老党代表呢？为什么不去把我们的老党代表请回来?"

刘大疆："对，我们还有一个很好的党代表，他受了冤枉却毫无怨言。

他现在还在蜂桶，我去把他接回来!”

唐志学：“我们的党代表被省委撤了，现在去接回来，是否恰当？我们不能擅作主张，我看还是先请示省委，获得省委的批准后再去将他接回来为好。”

唐作俊：“我觉得刘大疆同志和唐志学同志的意见各有正确的一面，我将你们的意见综合起来，我看可以这样办：一是派人马上向省委请示，二是派人马上去将刘庆庄同志接回来。”

唐志学：“刘庆庄同志不明不白地被免职，现在又派人不明不白地请他回来。他要是负气不回来怎么办？我看，只有总指挥亲自去接才可能把他接回来。”

刘大疆：“游击队刚刚打了败仗，据初步清理，我们损失了一千三百多人。现在回到根据地的只有八百多人，其中伤残的就有二百多人。有许多人有怨气，急需进行鼓舞士气的教育。队伍必须整顿，物资必须调集，伤病员必须及时救治，这许许多多的事情都急需处理，更重要的是，如果敌人乘机大举进攻，我们怎么办？总指挥怎么能离开指挥部?”

唐作俊：“刘庆庄同志是一个党性极强的老同志，胸怀宽广，绝不会像你们说的小家子气。我看刘大疆同志去，一定能将他接回来。”

唐志学：“接回来容易，要是省委不同意恢复刘庆庄同志的党代表职务怎么办?”

唐作俊：“把刘庆庄同志接回来，先做一般性的工作，等省委同意后再宣布恢复他的职务。我马上给省委打报告，请求恢复刘庆庄同志党代表、前敌委员会书记职务。”众：“对头。”

唐作俊：“刘大疆同志，你去蜂桶乡走一趟，快去快回!”

深夜，游击队营地房门被一顿猛敲，有人高喊：“快起来转移，白狗子杀过来了!”黄忠英急忙抱着刘坚持，同大家一起钻进了黑暗的风雪中。天很黑，辨不清方向，路很滑，时不时有人摔倒。她知道，不能停下来。她必须保证坚持不被白狗子抓住。远处传来激烈的枪声。她感到腿脚越来越沉重，越来越迈不动步子了。她发现身旁有一垛稻草，便一头钻进了草堆。白狗子追过来又退走了。天亮后，她才从草垛里爬出来。刘坚持饿了，拼命啼哭。黄忠英干瘪无汁的乳房解决不了他的饥饿。一个农妇走来，黄忠英急忙哀求：“老大娘，救救我娘儿母子吧。”

农妇便把黄忠英带回家，用火烤干她的衣服，还煮饭给黄忠英母子吃。

黄忠英掏出身上唯一的一块银圆："大娘，感谢你救了我们母子一命。这是我唯一的一块银圆，请你收下。"老大娘："姑娘，你家在什么地方?"黄忠英："潜水河。"老大娘："白狗子退走了，你可以回去了。"

黄忠英告别农妇，回到潜水河游击队根据地，带着刘坚持，做军鞋、军衣，站岗放哨，忙个不停。

一天，胡嫦杰带着一支别动队突然攻击到指挥部附近。黄忠英立即集中了一些土炮、快枪、大刀和红缨枪，组成了一支队伍："同志们，我们主力不在家，我们就自己组织起来对抗敌人。"

一人低声地说："我们没有打过仗，要是打不退敌人怎么办?"黄忠英："我们一定要树立打败敌人的信心！哪怕只剩下一个人，也要同敌人血战到底！大家跟我来，不到万不得已不能开枪!"她把队伍带到鱼嘴湾敌人必经的路旁，隐蔽在树丛中，巧妙地将会使用枪炮的同志集中埋伏在前面，把使用大刀、长矛的同志埋伏在后面。敌人耀武扬威地走了过来："游击队主力不在这里，大家放心大胆地进攻，抓住男的杀头请功，抓住女的做婆娘!"黄忠英低声地告诉大家："大家集中火力先打死前面那个指挥官，然后再冲上去消灭敌人!"

当别动队走到离埋伏地只有十来米时，黄忠英一声大喊"打"，然后一枪打死了别动队的指挥官。别动队群龙无首，惊慌乱窜。黄忠英高喊："冲啊!"大家一同杀向别动队。别动队以为遭到了游击队主力的伏击，仓皇溃逃。黄忠英带领大家追击一阵："回去打扫战场!"

大家清点，共消灭别动队十二人，缴枪十五支。大家齐声称赞："黄忠英同志指挥得好！我们后勤队也能消灭敌人!"黄忠英："这次胜利是同志们团结战斗的结果，不是我指挥得好。同志们，在白狗子面前，不能有丝毫的胆怯，只要大家团结起来，就一定能战胜敌人!"

唐作俊带着大部队回到指挥部："同志们，敌人偷袭我们后方，受到损失没有?"众："我们没有受损失，黄忠英同志带领我们打了胜仗，还缴获了十五支枪!"唐作俊："黄忠英同志，感谢你呀!"黄忠英："该感谢同志们，没有大家的团结战斗，我一个人是无能为力的!"

唐作俊："对，我们革命靠的是团结，只有团结起来才有力量!"

潜水河游击队总指挥部。唐作俊总指挥在办公室内踱来踱去，边听边思考着唐达雷汇报的情况，不时插话询问："太平寨团总'瘟神爷'办五十大寿今晚坐夜席?"

唐达雷："是啊。这几天团丁四处强迫百姓每家送公鸡一只，狗腿一条，羊膀一个，白米一升，如有违抗，轻者罚抽壮丁，重者杀头。早被搜刮得一贫如洗的乡亲们哪里还拿得出来这些东西？真是逼死人啊！"唐作俊："这倒是个除掉'瘟神爷'的好机会。通知同志们迅速准备，今天晚上给'瘟神爷'祝寿！"

夜。大雪铺天盖地，寒风刺骨。唐作俊带领一支游击队乘黑夜来到了太平寨下。寨上不时传出猜拳行令的喧闹声。借助雪光，依稀可见寨墙上一个哨兵斜挂着步枪，怀揣双手摇摇晃晃地走来走去。唐作俊低声命令："把哨兵拖下来！"

唐达雷和他的尖刀排立刻拿出带有铁钩的斑竹竿沿着寨墙慢慢地伸了上去，等那个哨兵走近竹竿时，唐达雷对准哨兵后背使劲一钩，朝寨墙下一拉，便将那个哨兵拉了下来。唐达雷用手枪对准他的胸膛："快说，寨上有多少白狗子?"哨兵："长官饶命，我是团防兵，也是穷人。寨上有一连白狗子。"

唐达雷："有多少团防兵?"哨兵："有一百人。"唐达雷："他们现在都在干什么?"哨兵："都去喝酒拜寿去了。"唐作俊下令："尖刀排进去打开寨门！"

唐达雷几个用叠罗汉的方式爬上寨墙，迅速打开寨门。唐作俊带着大部队悄悄地进入了大寨。大寨主楼大门门柱上贴着大红对联，横梁上挂着寿字跑马转角灯。屋内祝酒之声不断："恭贺团总天命大吉！""今日瑞雪普降，大吉大利之兆，团总真是福星高照啊！""团总保一方平安，乃我百姓之福啊！"

堂屋内灯火辉煌。正中一盏大红灯特别耀眼。堂屋神龛下是偌大的一个"寿"字。"寿"字下坐着圆头顶、大胡子、黑方脸、老鹰眼、大腹便便的"瘟神爷"。大红灯下，一伙土豪劣绅、地痞流氓、军官和官太太轮番向"瘟神爷"敬酒，气氛热烈。"瘟神爷"举杯站了起来，顿时掌声响起。"瘟神爷"摆了一下手，掌声戛然停止。他扫视了一下大家："尊敬的张连长，诸位父老，诸位女士，温某虚度五十个春秋，受诸位厚爱，荣任团总要职，多蒙各位尽心扶植，鄙人感谢大家厚谊。为了桑梓父老安宁，温某回敬大家一杯，请干……"

他话未说完，只听"砰砰"两声枪响，堂屋正中的大红灯被打掉，大门上的寿字跑马转角灯也被打掉了。紧接着，"砰砰砰砰"，顿时枪声大作。太平寨上乱成一团。"瘟神爷"拔枪大喊："谁在打枪?"唐达雷上前一步将他击毙。张连长正拔枪时，唐毛子眼尖，一枪将他击毙。喝酒祝寿的白狗子和团丁正准备寻枪抵抗，早已被游击队团团围住。唐作俊大声命令：“缴枪不杀！哪个敢反抗就打死他！”

土豪们和白狗子以及团丁只好乖乖地举起了双手。游击队迅速控制了太平寨。

枪声停止了。唐作俊向大家高声讲道：“乡亲们，我们游击队只打土豪劣绅，不打穷人。你们到温团总家里去拿回你们的粮食。他家的土地怎样分配，由农民协会说了算！从今天起，土地上的粮食都是谁种谁收。”众人高呼：“感谢游击队为我们除了瘟神！”

顿时，锣鼓声、鞭炮声、欢呼声响彻云霄。天明了，四面八方的群众潮水般地涌进太平寨。人们打开温团总家的粮仓，扛出了一袋袋粮食，喜笑颜开地离去。唐作俊带着游击队战士迈着整齐的步伐，在群众夹道欢送下雄赳赳气昂昂地离开了太平寨。

刘大疆骑着马风驰电掣般地奔向蜂桶乡农民协会。办公室空无一人。刘大疆四处寻找也不见一个人的踪影，不觉烦躁起来：“这蜂桶乡出了什么事?”刘大疆走到街上四下寻找，好不容易在场头碰到了一个老人，可是老人耳聋眼花，问了半天才问清楚：

原来，昨天蜂桶乡农会机关发生了中毒事件。乡农会副主席罗林是搬迁到这里不久的人。他自称是宜兰县的贫苦农民，他能说会道，讲的都是革命道理，因而得到了群众的信任。在打富济贫中，他十分勇敢，且毫无私心，每次分给的粮食和物资，他都只要一半，另一半则分给更贫困的人，这就更加得到了大家的信任。于是在农会改选时，他当上了农会副主席。有些人对他有些怀疑却又说不出个道道。后来，有人反映他放高利贷剥削人，又有人反映他利用职权奸污妇女，还暗地抢劫，因此，农会准备罢免他的职务。童洪波下令整顿领导机关的指示传达到乡农会后，乡农会正式开会，撤销了他的副主席职务。但是，怎么处理他却产生了分歧。有人主张将他赶出乡农会机关；有人主张留下，跑跑路打打杂，干点无关紧要的事情。最后，乡农会主席让他当了炊事员。他痛哭流涕地检讨错误，表示一定要痛改前非，重新做人。刚做炊事员时，他尽心尽力，对机关人员嘘寒问暖，十分关心体贴，得到了大家的好感。一天，罗林正在场上专心买菜，冷不防一人从背后将他一拍：“罗副主席，好久不见了，认不得我了?”

罗林扭头一看：“金副——”金副官：“老子都穷得叮当响了，还富？老兄，能不能借一步说话。”

罗林转向司务长：“司务长同志，我老表要给我说点家里的事。”司务长：“去吧。”

二人走到僻静处。罗林：“金副官你怎么到这里来了?”金副官：“我是奉何司令之命，专门来找你的。你刺杀刘庆庄的行动进行得怎么样了?”罗林：“还没有找到下手的机会。”

金副官：“你谈谈你在农会的情况。”罗林：“我在农会里快待不下去了。”

金副官：“待不下去，就把刘庆庄和乡农会一锅端了再走。”罗林：“杀一个刘庆庄都十分困难，一锅端更难办到!”

金副官从怀中拿出一个纸包递给罗林，附在他耳边如此这般说了一番：“好好揣好。”罗林急忙将纸包揣进怀里：“得手后我怎么找你?”金副官：“按约定的时间，你到场头孙疙瘩家找我。”

二人迅速分手。

傍晚。乡农会机关工作人员陆续回到食堂：“罗师傅，今天做了什么好吃的，这么香?”

罗林：“大家辛苦了，今天我买了一块麂子肉，给大家犒劳犒劳!”

乡农会干部陆续回到机关。罗林一边摆上蒸笼，一边拿碗倒酒，献媚地说：“同志们辛苦了。我罗林犯了大错误，同志们不嫌弃我，给了我一个改过自新、重新做人的机会，我罗林下辈子都不会忘记同志们的大恩大德。这段时间我一直寻思着如何报答同志们对我的关怀和照顾。今天上街恰好碰到一个人卖麂子肉，我就用我以前积攒的津贴将它买回来了。俗话说，好菜要有好酒，我又到王酒罐的店子里打了五斤上等白酒。今晚同志们一醉方休，明天才能更好地工作。请大家赏个脸，领个情。”众人称赞：“罗师傅太有心了，对我们关心得真周到!”罗林：“哪里哪里。我犯了错误就得好好改正嘛。”

他给每人舀了一碗麂子肉，大家有说有笑地推杯碰盏，有滋有味地吃了起来。罗林突然发现：“刘庆庄同志怎么没来吃晚饭?”一人大声喊起来：“刘庆庄！吃饭啰!”不见回音。罗林：“大家快吃，我去喊他。”

他刚走出门就见刘庆庄走了过来，他亲切地说：“我弄了点麂子肉犒劳大家，你这慢腾腾的很久不来吃，太让我心里过不去了。来来来，快坐下。”他转身递上一碗麂子肉：“来来来，趁热吃了。”刘庆庄接过碗：“谢谢你了!”

刘庆庄低头吃起来。刚吃一口，觉得胃里不舒服便停下了。乡农会主席开玩笑地说：“怎么？刘庆庄老弟又想婆娘了？要是和婆娘一起吃该多好啊！”刘庆庄：“不，我这几天胃不太舒服，吃不得大补品，你们吃吧。”

不一会儿，谈笑风生的乡农会主席口吐白沫：“我这胃怎么也不舒服了？”其他几个人都吐起白沫来了：“我也不太对劲！”

刘庆庄发觉罗林不在了，急忙呼唤起来：“不好，准是中毒了。罗林！罗林！”刘庆庄从屋里找到屋外，不见罗林人影。刘庆庄急忙从乡农会主席身上掏出手枪，张开机头。说时迟那时快，屋外响起两个人急促的脚步声，向屋子里走来。刘庆庄连忙躲在门后。

罗林推门进来：“一个、两个、三个……只有刘庆庄不见了，可能是回他屋里去了，快到那边去找！”罗林拿着手枪正欲出门，转身便看见了刘庆庄，刘庆庄立即扣动扳机，罗林顿时倒地。金副官赶到，立即向刘庆庄射击，打伤了刘庆庄左臂。刘庆庄立刻还击，金副官退出门外，二人互相追杀起来。枪声惊动了赤卫队，大队赤卫队员迅速向乡农会跑来。金副官见状，迅速转到房后逃走。刘庆庄：“快捉凶手，赶快找医生！”

一些赤卫队员向外追去，一些游击队员将中毒的人送到医疗所进行抢救。

医疗所。刘大疆指着昏迷不醒的农会干部：“刘庆庄，这个中毒事件发生得太蹊跷了。乡农会机关的同志都中毒了，你为什么没有中毒？罗金林是怎么死的？现在只有你才能说得清楚，而且必须说清楚！”

刘庆庄：“我晚了一步才去食堂吃饭。大家有说有笑，吃得正欢，我吃了几口觉得有些反胃便没吃了。主席正在拿我开玩笑，突然口吐白沫。我认定他是中毒了，便马上找罗金林。罗林不在。这时，大家都开始口吐白沫。我觉得不对劲，便拿了主席的手枪，应付这突发状况。我刚张开机头，罗林和另一个人急速跑了回来。我急忙躲进门后，罗林拿着手枪走了进来，数着倒下的人数。他见我不在，便叫他的同伙去我卧室找我。他走进门后发现了我，正要开枪，我情急之下便击毙了他。他的一个同伙追来向我开枪，打伤了我的左臂。我们互相开了好几枪，后来赤卫队来了，罗林的同伙才慌忙逃了。”

刘大疆：“听你说来似乎合情合理。但是，也有可疑的地方：大家中毒你不中毒，你认为是投毒嫌疑人的罗林，你却开枪把他打死了。谁能证明你不是投毒人呢？有人分析，你对乡农会监督你不满意，投毒将他们杀害，又将炊事员杀害以便嫁祸于他，用心何其狠毒！根据以上情况，指挥部决定对你进行更加严格的审查！将他绑起来！”

刘庆庄任凭自己被捆绑：“我心无冷病不怕吃西瓜！请组织更加严格地审查吧！”

游击队总指挥部办公室。刘大疆：“蜂桶乡农会发生了十分严重的中毒事件：十二个人中死了九个，没有死去的三人仍然昏迷不醒。事件原因一时无法查清，大家纷纷认为，刘庆庄同志有重大嫌疑。所以，我只好将他捆绑起来进行严密的审查。是否恰当，请总指挥部及时作出决定。”

唐作俊：“从理论上说，刘庆庄不会对农会干部产生非杀不可那么大的仇恨，但是，人死无对证，谁能说得清当时的情况？”

刘大疆：“蜂桶乡赤卫队的人认为刘庆庄就是投毒之人。他投毒的目的是报复监视他的农会干部。”

唐作俊：“刘庆庄在农会接受监督中，与农会干部有没有发生过激烈的矛盾？”

刘大疆：“赤卫队说，没有听说发生过什么矛盾。有人说，可能是刘庆庄对整个革命阵营都产生了仇恨心理，才做出了谋杀蜂桶乡农会干部的行为。”

唐志学：“刘庆庄在农会接受监督中，没有与农会干部发生任何激烈的矛盾，怎么会对农会干部产生杀害之心？按照你们的说法，他对整个革命阵营都产生了仇恨心理，那么，他只报复一个蜂桶农会能解恨吗？他要报复，必然是要报复总指挥部以上的领导人。”

唐作俊：“可能不可能，大家都说不清楚。现在只好把他仍然关在蜂桶乡，严密监视起来，一面让他写交代，一面再派些人对案件作仔细的调查。现在只能对他审查一段时间再说。”

夏夜。天空像一张巨大的黑幕朝大地罩了下来，黑暗吞噬了大山、河流、树林和村庄，让人感到窒息和绝望。只有萤火虫在空中飞舞，发出一道道微弱的亮光，撕裂着黑暗的大幕，让人们感到还有光明，还有希望。刘庆庄被关在屋子里严密地监控起来，只能在房间中写交代。夜晚，他透过窗户看见天空中星星和月亮黯淡无光。飞萤飞过，留下一丝亮光，划破了黑暗，也勾起刘庆庄心中的无限惆怅：“我一心为革命，现在却一次次成了革命的怀疑对象！我被卷入不可自拔的漩涡之中：岳父是军阀，妻子是奸细，自己是投毒犯！可笑！这一切的一切都是多么可笑！谁能为我洗去这不白之冤？”

刘庆庄在房间中来回走动，像一头愤怒的猛狮，却又不知道应当将这愤怒向谁发泄！他连连自言自语：“可悲啊，可悲！被敌人杀害还落个痛快，要是被自己人杀害，这叫什么呢?”

这时远处传来儿童的欢叫声：“捉亮花雀啊！捉亮花雀啊!”一个儿童说：“踩死它，踩死它！它还在发亮!”

刘庆庄从窗户向远处望去，朦胧中看见几个儿童正在捕捉和扑打萤火虫。他想：萤火虫在黑夜中划破黑暗，给人光明，给人希望，虽然微弱，却是多么难能可贵啊！古人曾囊萤读书，充分享受它带来的光明；而无知儿童却扑打着萤火虫，萤火虫有的被赶走，有的被扑打在地，踩于脚下，无辜地死去了。他感到万分悲痛，心中十分着急，想上前去制止那些儿童的愚蠢行为。无奈房门锁着，他出不去。他使劲拍打房门，却无人理会。

刘庆庄回忆着自己投身革命，寻求光明的经历：“社会太黑暗，我幻想做一只萤火虫，给人间带来哪怕是一丝亮光，却不断地遭受到误解和打击……我为百姓翻身解放作出种种努力，有什么错?我想做一只能驱走黑暗的萤火虫，可在追求光明的旅程中，风险难测，不知还要遇到多少狂风恶浪。这个理想能实现吗?”

刘庆庄反身自责：“刘庆庄你还算是一个真正的革命者吗?眼前的一点诬陷就让你丧失革命意志，消沉绝望了吗?”

他重重地打了自己一巴掌：“刘庆庄，你这个瞻前顾后的懦夫，为什么不能像萤火虫那样，无论遭遇何种横祸都能毫无保留地为世界放光?刘庆庄不是自私自利的可怜虫！刘庆庄要做死后还要流光的无私无畏的革命战士!”

刘庆庄看见，成群的萤火虫飞向天空，将黑暗驱散，迎来了皎洁的月光。萤火虫微弱的光芒融入月光中，驱散了黑暗，使大地显得更加光明。刘庆庄望着皎洁的月亮，心中的郁闷被驱散了，顿时觉得神清气爽。月光穿过窗户，把屋子照得透亮。刘庆庄在房中手舞足蹈起来：“我应当像萤火虫一样，把自己的一丝光芒融进明亮的月光，就心满意足了！我不应计较个人的得失，应当把自己的血肉之躯融进革命的洪流中，让它有热发热，有光发光!”他提笔写下了《萤火虫》一诗。

潜水河总指挥部会议室。唐作俊打破沉闷的气氛：“张大洲同志，刘庆庄的情况我们都汇报完毕了。省委至今没有回答我们要求刘庆庄重回游击队总指挥部的请示，刘庆庄也没法证明自己的清白，我们根据地缺乏领导的现状无法改变，真叫我心急如焚啊!”

张大洲：“刘庆庄是一个难得的文武双全的好同志，现在竟然深陷在这无法解脱的泥淖中，我能做些什么呢?”

刘大疆：“我也觉得刘庆庄这个案子很离奇，他没有杀害农会干部的主观动机，又没有作案的客观条件：毒药从什么地方来？他如果投放毒药会不会被罗林发现？但是，别人中毒死了，他为什么没有中毒又没法解释。我这个根据地的保卫干部当得太窝囊!”

张大洲：“这件事不能怪你没能耐，是事情太蹊跷。我决定亲自到蜂桶乡农会去看看现场，看能不能发现点蛛丝马迹。”

唐作俊：“太好了，走！我们都到现场看看去!”

蜂桶乡农会。张大洲里里外外看了个遍：“从现场看不出什么结果来。现在需要了解一下，这蜂桶场上有没有哪家药店卖过砒霜?”刘大疆：“我们问遍了所有的药店，没有一家卖过砒霜。”张大洲：“你们是怎么监管刘庆庄的?”刘大疆：“有专人看守，不能与农会干部之外的任何人接触。”

张大洲：“那么，如果说是他投放了砒霜，那么他的砒霜又是从哪里来的呢?”刘大疆：“有人怀疑他是受处分后带上砒霜准备自杀用的。”张大洲：“潜水河游击队驻地有卖砒霜的药店吗?”唐作俊：“潜水河游击队驻地也没有卖砒霜的药店。”张大洲：“这样说来，他是来潜水河之前就准备好砒霜了？他是早就想投毒杀人或服毒自杀了？真是荒唐至极!”唐作俊：“这的确是荒唐至极!”

张大洲：“有人看见罗林的同伙了吗?”刘大疆：“赤卫队到达现场时，看到一个人从房后跑了，当时去追没有追上。但不能确定是不是罗林的同伙。”张大洲：“这个无头案子我们怎么查啊?”

省委机关。会议在激烈的辩论中。李鸣珂：“红军游击队第一纵队最近发生的事情值得特别注意。省委巡视员童洪波同志盲目执行中央指示，率领全队进攻巴山县城，使红军游击队遭受了沉重损失。对于红军游击队的失败，有人说童洪波同志应当负主要责任；有人说，责任在中央，童洪波没有责任。书记同志，这件事怎么处理?”

程子健：“游击队遭受重大损失，责任由谁负，一时说不清，可以不忙下结论。现在迫切的问题是解决游击队领导人刘庆庄是否重返领导岗位的问题。童洪波去到福源坝打来报告，说刘庆庄犯了严重错误，把他党代表和前敌委员会书记的职务给撤了。童洪波牺牲后，唐作俊打来报告，要求恢复刘庆庄党代表职务，鼓舞游击队的士气。请大家对这个问题发表意见。”

一人说：“刘庆庄执行党的政策不坚决，又与军阀黄吉城的女儿结婚，这的确是个严重错误，不能恢复党代表和前敌委员会书记职务。”

一人说：“刘庆庄执行党的政策没有错误。黄忠英坚决投身革命，主动与刘庆庄结为夫妻，刘庆庄也没有错。不能因为黄忠英是军阀黄吉城的女儿就否认黄忠英的革命行动，更不能想当然地把黄忠英定为是打入革命阵营的奸细。”

李鸣珂：“不能搞形而上学，把黄忠英说成是打入革命阵营的间谍。我赞成恢复刘庆庄的党代表和前敌委员会书记职务。”

程子健：“时间紧迫，就不要反复议论了。现在举手表决：五票赞成，四票反对，通过恢复刘庆庄党代表和前敌委员会书记职务，立即发文，尽快送到根据地去！”

巴山县城。三路司令部。庆功宴正在进行。何忠辰举起酒杯：“各位兄弟，赤匪在福源坝闹事以来，我们屡战屡败，让人闻赤匪之名而色变！此金沙镇一战，我们消灭赤匪一千三百多人，击毙了赤匪党代表童洪波，获得了大胜！这是赤匪在福源坝闹事以来，我们取得的首次大胜，也可以说是改变敌我态势的一次大胜。黄督办大人听到捷报后，高兴得立即打电话来慰问我路全体将士，表示祝贺。我为此深感荣耀。我们这次大胜值得大庆！黄志尚团长率领全团顶住了赤匪的猖狂进攻，应记首功！我先敬黄团长一杯！”

黄志尚：“卑职不敢贪天之功为己有，首先感谢督办大人教导有方，同时感谢司令大人指挥英明和及时救援！卑职先敬督办大人，司令大人一杯！以表谢忱！”何忠辰：“大家同饮祝贺！”众：“干！”何忠辰：“赤匪虽遭重创，但元气未伤。我辈还需继续努力，不剿灭赤匪，誓不罢休！”众：“一切听从司令调遣！”

川陕边区绥靖督办公署办公室。刘积良：“此次金沙镇大捷，赤匪死伤过半，元气大伤，全赖督座指挥有方。”

黄吉城：“前方将士拼命才是取得金沙镇大捷的根本原因。传我命令，嘉奖何忠辰路将士，每人赏两个大洋；嘉奖黄志尚团将士，每人再加赏五个大洋！”刘积良：“这样是不是小气了点?”黄吉城：“何忠辰路每人两个大洋，黄志尚团每人七个大洋已经是个不小的数目了。赤匪尚未荡平，财力尚不充足，一次奖赏过多，以后哪来奖赏之钱?”刘积良：“督座深谋远虑，佩服佩服!”

黄吉城：“传我命令，金沙镇大捷鼓舞了我军士气。游击队现在已遭受重创，不给他们喘息时间，前方将士休整三天，补充好弹药物资后，将再次向潜水河游击队发动大清剿!”

刘积良:“对，一鼓作气，消灭残敌!”

游击队总指挥部。唐志学飞马跑来:“同志们，有消息了!”唐作俊:“什么消息?”唐志学拿出《永定县官报》:“大家请看，何忠辰为金副官发奖晋级，为罗林开了追悼会。这份官报详细介绍了罗林的投毒经过，胡说罗林以前做农会主席是误入歧途，现在投毒是幡然醒悟，甘心为黄督办剿赤立功! 简直是胡说八道!”

唐毛子飞马跑来:“喜讯，特大喜讯!”唐作俊:“什么喜讯?”唐毛子跳下马，从怀中拿出文件:“省委来文件了。”

唐作俊拆开文件，看了一遍，高兴得跳了起来:“太好了! 省委同意恢复刘庆庄党代表和前敌委员会书记职务了!”

张大洲:“走，我们一起去迎接刘庆庄同志!”大家跳上马，向蜂桶乡飞奔而去。

蜂桶乡农会。刘庆庄卧室。张大洲:“刘庆庄同志，委屈你了。你有什么怨气就大声地向我发吧。”刘庆庄:“张大洲同志，作为一名党员，理应服从组织的决定，我没有什么怨气。只是，在不准我申辩的时候，我感到十分遗憾，以为今生今世再也无法见到你了，再也无法让省委查清事实真相了。但是，我始终坚信一条:我们的党是实事求是的!”张大洲:“对，要相信党是实事求是的。”

唐作俊拿起刘庆庄的《咏萤火虫》诗笺，边看边大声朗读了一遍，然后大声说道:“刘庆庄同志高风亮节，处变不惊，临危不惧，蒙冤不怨，太难能可贵了! 刘庆庄同志所写的萤虫诗，把一个革命战士的博大胸怀和高风亮节全写出来了。这是他内心的真实表露，是任何伪装都装不出来的!”

张大洲接过诗笺，迅速地看完:“刘庆庄是我们党的一只萤火虫，我们大家都要像他一样做党的一只萤火虫! 我们个人的光是微弱的，集中起来就会大放光明!”

众:“对，我们都要做党的萤火虫! 让我们的生命放出光芒!”

游击队总指挥部会议室。刘庆庄:“金沙镇进攻战，教训是深刻的。刚才同志们对巡视员不倾听群众意见，独断专横搞瞎指挥，给我们游击队造成了惨重而无法弥补的损失，很有意见，说了一些过头的话都是可以理解的。我也曾受过巡视员简单粗暴的迫害，对他独断专横的工作作风深有体会。同志们对巡视员有意见，认为他不该领着大家同敌人‘拼消耗’‘打硬仗’。我们应该承认，巡视员本质是革命的，只是急于求成，犯了盲动主义和冒险主义的错误。巡视员想纯洁革命队伍，错误地关押、杀害了一些革命同志，这是受‘左’倾路线的影响。他想把革命迅速推向高潮，迅速解放劳苦大众，不顾客观的实际情况，犯了主观主义和盲动主义的错误。他的这些错误给革命造成了危害和损失。但是，他在生死关头没有向敌人投降，为革命献出了自己宝贵的生命，所以，我认为巡视员仍然是一位革命同志。”

刘大疆：“巡视员所犯的错误是严重的，我执行他的错误指示，关押和杀害了一些革命同志，也犯了极其严重的错误。我怀着十分沉痛的心情向被冤杀的同志认罪，向受到迫害的同志赔礼道歉！特别是要向党代表赔礼道歉，不该偏听偏信就对党代表进行第二次审查。对自己所犯错误，绝不诿过于人，我愿意承担一切责任，接受党的最严厉的处分！就是枪毙我，我也决无怨言！”

刘庆庄坦诚地说：“刘大疆同志在事实一时无法查清的情况下，对我进行第二次审查没有错。我不会怨恨你的。同志们，我们不要纠缠过去的历史，也不要过多地追究个人的责任！金沙镇一战后，一些同志情绪有些低落，我们应当及时进行教育，重新鼓舞革命的士气！要教育大家认识到，革命的道路不是平坦的，也绝不会一帆风顺！我们应当对革命充满必胜的信心！只要我们认真地总结成功的经验和失败的教训，就一定能够转危为安，转败为胜！现在，我们要更加紧密地团结起来，增强革命必胜信心，认真总结经验教训，更好地促进革命向前发展！”

唐作俊：“对，我们一定要扫除悲观情绪，增强革命的必胜信心！我们要加强团结，要重整被打散的队伍，要发动群众参加游击队来壮大我们的队伍，要积极应对敌人发动的新进攻，积极向外扩大根据地。”大家一扫愁云，个个摩拳擦掌：“加油，胜利一定属于我们!”

唐达雷：“党代表，总指挥，我们去把吴贵锋同志接回来吧?”唐作俊：“吴贵锋同志不是被巡视员下令绞死了吗?”唐达雷：“我们将他救活了。”唐达雷讲述了自己和唐毛子等几个同志救下吴贵锋的过程。唐作俊：“你们为我们党救活了一位好同志，谢谢你们!”唐达雷指着唐毛子等人：“该谢谢这几个同志。大家冒着杀头的风险才救下了吴贵锋同志。”

黄志尚团部。电话铃声突然响起。黄志尚拿起听筒，对面传出黄吉城的声音：“据可靠情报，游击队即将进攻巴山县城。你部要在黄沙垭一线阻止游击队西进，掩护何部撤退。”黄志尚：“是，督座。”黄志尚放下听筒，待了一阵才蹦出个话来："掩护个屁！何部打仗走后头，抢功走前头，还要我掩护?"参谋："团座，大敌当前不可意气用事贻误军机，这可是督座亲自下的命令啊!"黄志尚叹了口气："参谋提醒得好，不然，老子又要铸成大错了。传我命令，全团立即向巴山县黄沙垭进发，掩护何部撤退!"参谋："是!"

黄志尚远远地看到了黄沙垭。他仔细观察，四周山高林密，易守难攻，心中想道："我在此设下包围圈，游击队一来，我给他狠狠一揍，岂不是便可建立奇功了吗？这样，我既可以向督座报功请赏，又可以让大家看到我黄某的智慧和军事才干，对我刮目相看。"他想到平时别人冷漠鄙视的眼光和即将到来的嘉奖与赞扬，心里美滋滋的，于是下令："听我命令！前卫连加快步伐，后卫连紧紧跟上！一定要抢在游击队之前占领黄沙垭!"他带着部队大摇大摆地直奔黄沙垭而去。

第二十四章

追九丙贵锋被捕　除登杰翥鹏显能

吴贵锋快马跑来向刘庆庄报告："党代表，胡九丙派人送来联络信，希望与我们联合。你看怎么办?"刘庆庄："回去后好好研究再定。"

游击队正在行进中，侦察员跑来报告："党代表、总指挥，黄志尚团正在向黄沙垭而来，妄图阻止我们向巴山县城方向发展。"

刘庆庄、唐作俊摊开地图，仔细分析黄志尚的意图。刘庆庄："为了鼓舞士气，我们首先抢占黄沙垭，利用黄沙垭的险要地形打击黄志尚的嚣张气焰。"唐作俊："好！我们一定要抢在黄志尚之前占领黄沙垭，才能取得主动权!"

刘庆庄、唐作俊带领游击队抢在黄志尚团到巴山县之前，占领了黄沙垭要隘，然后侦察地形，部署战斗。黄沙垭山势险峻，树本葱茏，依山傍水，景色宜人。刘庆庄、唐作俊登上旁边的一座山峰，倍觉心旷神怡。他们见山下有一条蜿蜒曲折的小河，河边有一条弯弯曲曲的小径，像一条长长的灰色带子缠住山脚。刘庆庄风趣地说："这个地方像口袋，敌人沿江而上，我们放他进来，然后两头一卡，敌人就会成为坛子里的乌龟!"大家纷纷议论开了："对！党代表想得很周到，就这么办!"

侦察员报告："黄志尚团正沿河边小径而来。"战士们议论纷纷："果然不出党代表所料。"

刘庆庄："作俊同志，我们要充分利用这里的有利地形，布置一个大网。"唐作俊："好。我们将队伍分成三个部分：一部分队员做预备队，另一部分队员守住隘口，还有一部分队员担任主攻和包抄，待敌人钻进口袋后，死死卡住敌人脖子。"刘庆庄："对，我们要像打鱼撒网那样，紧紧握住网绳。敌人进网后立即收网。你下命令吧。"唐作俊："大家分头行动!"队伍迅速隐蔽在密林之中。

黄志尚坐着轿子，指挥部队从小河下游沿河边小道向黄沙垭山上走来。前卫连走在最前面。黄志尚坐在轿子里昏昏欲睡，抬轿人累得偏偏倒倒。黄志尚骂道："你们再不把轿子抬稳，老子崩了你们!"抬轿人："团座，这路实在不好走，你崩了我们，哪个还抬你啊!"

黄志尚："少说废话，给老子好好抬起走!"走在后面的一大群士兵，有的背着沉重的行囊，扛着步枪、机枪；有的用步枪挑着行李，踉踉跄跄地走着。骑在马上的军官挥动鞭子："快走，快走，要是游击队追上来就没命了!"

黄志尚："前卫连连长，仔细观察一下黄沙垭的情况，不要中了游击队的埋伏!"

走在前面的前卫连连长立即下令："停止前进!"部队停了下来。前卫连连长拿出望远镜向山上仔细观看，不放过任何一个疑点。

唐作俊奇怪地问："敌人停下来了，难道是我们埋伏得不好，露出马脚了?"刘庆庄："大家沉住气，不要暴露目标!"唐达雷："敌人是不是想溜?总指挥，下令开枪吧?"刘庆庄："不要慌，再观察一下再说。"

前卫连连长观察了一阵，放下望远镜，走到轿子前敬礼："报告团长，山上没有发现异常情况。"黄志尚："快速前进！抢占制高点!"敌人继续前进，走进了游击队的伏击圈。

唐作俊一声令下："打!"游击队猛烈开火，白狗子顿时倒下一大片。黄志尚："难道游击队会飞？跑到我们前面占领了黄沙垭?"游击队勇猛冲杀，大刀飞舞，枪弹横飞。

白狗子乱作一团，纷纷后退。黄志尚急忙走出轿子，喝令道："冲上去，不准后退，谁再退老子毙了他!"在黄志尚的强压下，白狗子的混乱局面逐步稳定下来。黄志尚指挥部队凭着优势火力阻止了游击队的冲杀，慢慢退出河谷。唐作俊："党代表，是否继续追击敌人?"

刘庆庄："敌人退出了河谷，他们的火力优势便越为明显。我们见好即收吧?"唐作俊："好。"

他们指挥游击队收集战利品，随即撤离黄沙垭，向潜水河走去。沿途，老百姓为游击队送来水果、鸡蛋等慰问品……

黄志尚脱离险境后，破口大骂前卫连连长："龟儿子饭桶，诚心抽老子底火，尽给老子丢脸！走路慢腾腾的，差点把老子的命也丢了！游击队回潜水河，必经三江口，我们赶快赶到三江口，选个地方截击游击队，把老子的面子挽回来!"前卫连连长忍气吞声地回答："是!"

黄志尚团浩浩荡荡地开进三江口，控制了河里仅有的一条船，将游击队堵在了西岸。

刘庆庄和唐作俊走到河边，望着猛涨的河水："我们必须尽快想办法渡过河去。否则，何忠辰率大军到来，后果不堪设想!"唐作俊："对!"

夜晚，游击队用篾条编制的竹喇叭向敌人喊道："喂，白军弟兄们，快过河来，红军游击队官兵平等，吃穿平等，欢迎你们参加游击队，我们穷人不打穷人!"

白军兵士回应道："红老乡，你们快过来，我们这里有鸦片烟烧，有白米干饭吃！想当官还有官当!"

游击队又喊："白军官兵们，黄吉城是吸血鬼，吃穷人整穷人，他把你们当炮灰，你们爹娘、婆娘、娃儿在家受活罪！快过来，想回家的发路费，让你一家人快快乐乐好团聚!"

白军兵士回应道："红老乡……"

一个瓮声瓮气的声音突然将回应声卡住："红你奶奶个毬！还不快给老子开枪!"

"嘟嘟嘟!""啪啪啪!"机枪、步枪顿时响起来，压住了喊话声。敌人枪声一停，游击队又继续喊话。惹得敌人一阵又一阵瞎轰。快到下半夜了，只见游击队这边河上河下有许多火把时隐时现，似乎向河这边而来，到处都在喊："过河啊，冲啊！杀啊!"

河面上波光粼粼，火光闪闪。敌人以为游击队真的要强行渡河，赶忙以猛烈的炮火封锁河面。敌人疯打一阵之后，黄志尚见游击队并无一人下河，方知游击队只是为了消耗自己的弹药，急忙下令："停止射击！这么大的洪水，赤匪除了长上翅膀，怎么能过河？照你们这样打下去，我们还有多少弹药供你们消耗？没有弹药，赤匪真进攻了，我们怎么办？从现在起，没听到我的命令，谁也不准乱开枪，哪个违犯命令老子就枪毙他!"

枪炮声停止后，游击队又喊话又放枪，白军却一枪不放，一弹不发。时近半夜，风停雨住，天黑得像锅底。两岸鸦雀无声，只有江水哗哗，打破夜晚的宁静。刘庆庄和唐作俊分作两路出击。他们由水性好的战士带着长绳先游过去，将绳子牢牢地固定在两岸树干上以后，搭成了几根索桥。战士们一个个拉着绳索渡过河去，迅速摸到敌人的前沿指挥所，将两处哨兵缴了械。

突然，一个游击队战士走了火。山上敌人吆喝道："哪个在乱放枪？当心你的脑袋!"

游击队一声不吭，屏息静气一个劲儿地向敌指挥部冲去。敌人发觉后狂叫："游击队过河了！游击队上来了！"

两路游击队在敌前沿指挥所周围形成了包围圈。敌人措手不及，乱作一团，各自只顾逃命。黄志尚闻报，慌忙带起一队人拼命向东山撤去，武器弹药及军用物资丢满山坡。游击队缴获不少。

总指挥部会议室。吴贵锋："报告党代表和总指挥同志，胡九丙叛离黄吉城后，来到了黄河县深井坝，派人找到我，表示想与我们游击队联合，我们是否同意与他联合？"

刘庆庄："胡九丙的具体情况你了解吗？"吴贵锋："胡九丙是黄吉城的一个连长，因为绑架吴佩孚的侄儿案子发了，在黄吉城军中待不下去了，拖军到深井坝抢劫维生，在群众中影响很坏。"

刘庆庄："他的政治倾向是什么？"吴贵锋："他绑架吴佩孚的侄儿是为了诈钱，说不上政治倾向。"

刘庆庄："与这种人不好联合。"唐作俊："没有政治倾向我们可以教育，教育他听从我们党的指挥。我认为对这支队伍可以争取。具体做法：一是招，二是吃。"

刘庆庄："主要是政治教育，提高他们的阶级觉悟，克服军阀军队习气。"

唐作俊："吴贵锋同志带四百人前去完成这个任务。注意：胡九丙如果同意我们党打土豪分田地的政治主张，我们就用招的办法，保持他的原编制不变；如果他不同意我们的政治主张，就消灭他，留下愿意参加游击队的人员，遣散不愿参加游击队的人！不能让他们长期危害当地百姓！"

吴贵锋："我按组织决定，尽量动员他们参加游击队，摸清他的态度后再见机行事！"

深井坝。吴贵锋带领四百人赶到黄河县深井坝。从老百姓口中得知胡九丙已到陕南投靠军阀陈宗光了。唐毛子："支队长，我建议立即回潜水河，不要去管胡九丙了。"

吴贵锋："我已与胡九丙联系好，他愿意与我们联合。由于我们耽误了约定的时间，他不得不前去投靠陈宗光。我知道，胡九丙闯荡江湖，是个讲义气的人。我想他应当信守承诺，不会失约。他如果再回来参加我们红军游击队，我们的队伍实力就会大大增强。我们继续到陕南寻找胡九丙是有利无害。"

游击队总指挥部。刘庆庄："唐作俊同志，吴贵锋前去深井坝已有好几天了，没有一点音信。何忠辰对我们发动的新围剿开始了，是否立即派人将他们喊回来参加反围剿？"

唐作俊："好，我立即派刘忠给吴贵锋送信，要他立即返回根据地。"

深井坝哨卡。团防兵对行人一一进行严密搜查。团防兵从送信人刘忠身上搜到了唐作俊给吴贵锋的信件，如获至宝般地交给了吴大贵团总。

吴大贵团总仔细阅读信件："好呀！报复胡九丙这小子的机会来了！胡九丙在我们这里劫掠民财，骚扰百姓，弄得老子坐卧不安。老子好不容易撵走了胡九丙，这小子又去投靠了陈宗光，还扬言要来收拾老子。这封密信暴露了胡九丙打算联合游击队对抗陈宗光的经过，真是天助我也，给我送来一个可以借陈宗光之手除掉胡九丙的有力证据。我何不将此信送给陈宗光，利用陈宗光之手除掉胡九丙？来人！立即将此信送给陈宗光！"

镇南县城。陈宗光旅部。陈宗光边观看密信边问："你是深井坝吴大贵团总派来的送信人？"送信人："是的。吴大贵团总要我亲手将信送到您手上。"陈宗光："好，你可以回去复命了。来人，传胡九丙！"

胡九丙："旅座召我有事？"陈宗光："你好大胆！勾结游击队图谋加害于我，该当何罪？"

胡九丙："旅座此话不知从何说起？"陈宗光将密信指给胡九丙："你自己看！"

胡九丙仔细看过："旅座，实不相瞒，我在特别困难的时候是曾与吴贵锋联系过。但是，吴贵锋失信于我，没有如约而至。我投奔旅座，的确是一片真心。今吴贵锋带四百人枪前来与我相会，旅座何不将他收入麾下？"陈宗光："好，你我联手，吃掉吴贵锋这四百人枪。"

吴贵锋率队赶到陕南与陈宗光接洽，陈宗光非常热情地为吴贵锋安排住地，送来猪肉、粮食和蔬菜。吴贵锋亲自到陈宗光大营致谢："旅座，吴某来到您的宝地，得到了您的热情款待和周到安排，特来致谢！"陈宗光："您是远客，在下略尽地主之谊是应该的。"

吴贵锋："请胡连长来见个面好吗？"陈宗光："胡连长另有要务出去了。别急，你先休息几天，等他回来后，我叫他马上来见你。"

陈宗光送给养的行为及甜言蜜语，使吴贵锋丧失了对他应有的警惕。

镇南县城。陈宗光旅部。胡九丙："旅座，吴贵锋四百人枪，是川东红军游击纵队的主力，要想吃掉他可不容易。要想让他归顺我们更不可能，让他长期住在我们卧榻之侧也十分危险，得想个解决他的良策。”陈宗光胸有成竹地说：“办法我倒是早已想好了。待我调集两千人将他重重包围后，你亲自请他到旅部来商量联合事宜。如此这般即可。”胡九丙连连点头：“好，好。”

天空飘着鹅毛大雪，漫山遍野银装素裹，别是一番景色。胡九丙冒雪来到吴贵锋营房，给吴贵锋送上一张大红请柬：“胡某因琐事缠身，不知支队长驾到，失敬失敬，让支队长久等了。今天天降大雪，你我兄弟相见，得了个好兆头！俗话说雪兆丰年，看来老天也赞成我们的联合大业。明天，陈旅长特备薄酒，请支队长赴颐贵园餐厅围炉品酒，为支队长接风洗尘，同时共商联合大计。”

颐贵园餐厅。吴贵锋入席，警卫员被叫到另一个房间被下了枪。酒过三巡，陈宗光：“支队长，和我们一起干吧。我有陕南之地，军饷由段祺瑞的北京政府供给，没有任何后顾之忧，跟着我干，兄弟们有吃有喝，你嘛，团长、参谋长任选，可说是前途无量。”

吴贵锋：“旅长，吴连长不是和我说好，你和我们联合行动，共同推翻四川和陕西军阀，造福百姓吗？为何说出你跟我干，我跟你干的话来？”

陈宗光：“联合推翻两省军阀谈何容易？北京政府允许我们那样干吗？”

吴贵锋：“我们游击队的目标就是打倒军阀，实行土地革命，如果不能联合行动，我们可以成为友军，互不干涉对方的行动好不好？”

陈宗光：“实话告诉支队长，跟着我干吧，我陈某绝不会亏待你！请你屈尊做我的参谋长吧。”

吴贵锋起身招呼警卫员：“警卫员！我们马上回营去！”

陈宗光摔碎酒杯：“给我拿下！”几个彪形大汉扑上去将吴贵锋捆绑起来。吴贵锋猛力挣扎：“你们不能这样对待友军！”

陈宗光笑了：“友军？从现在起，我们只能是一个军！”

吴贵锋还要挣扎，但右臂被扭伤：“好吧，我留下做你的参谋长，我的兄弟，请王旅长放他们回去吧！”

陈宗光假惺惺地说：“传军医为支队长疗伤。支队长愿意跟我干，兄弟们自然也愿意跟你干，你的兄弟，他们一个也不能走！给你的队伍下令，让他们缴械投降吧。”

吴贵锋：“他们是革命战士，不是我的私人财产，要他们缴械投降，我办不到！”

陈宗光：“实话告诉你，我调集了两千人马，控制了附近所有的山头，封锁了所有的道路，你的四百人已成瓮中之鳖。若真动起武来，你的人一个也休想活着回去!”

吴贵锋：“我的兄弟一个个都是坚定的革命战士，硬拼你也捞不到任何好处！他们绝不会向你屈膝投降!”

陈宗光：“不投降也可以，打散原来的编制编入我的队伍!”

吴贵锋暗想：此时此地，如果硬拼，兄弟们一定会被歼灭！改编后，我们还可以设法拖回四川区；如果就这样拼了，兄弟们死得毫无意义。他沉思良久：“让我回营给兄弟们做做工作吧。”

陈宗光冷笑几声：“喊几个代表来旅部你给他们讲明利害可以，想回营房去绝对不行!”

吴贵锋：“陈旅长，我有一个请求，在我给兄弟们做好工作之前，不忙打散我的部队可以吗？我的警卫班不离我身!”

陈宗光：“只要你诚心与我合作，这些要求在一个月内都可以依你。不过，你不能回你的营房，只能在我旅部指定的营房休息。”

吴贵锋：“谢旅长恩典。”吴贵锋被押入指定的营房中休息。

陈宗光旅部。陈宗光：“胡九丙兄弟，吴贵锋虽然同意作我的参谋长，但是，我看他是身在曹营心在汉，对他还得要防着点。”胡九丙：“古人说，吃了人家的嘴短，拿了人家的手软。要想吴贵锋真正服从旅长，不可操之过急，要用恩惠感化于他。对了，不如选个好酒家好好招待招待他，让他感旅长的恩。”陈宗光：“好，在颐黄餐厅设宴，你前去送请柬，观察他是否真的愿意臣服于我。”

吴贵锋接过请柬，暗自想道：“陈宗光将我控制，不准我与本部接触。现在又假惺惺地送来请柬。我何不借此机会邀他到我部相会，以便借机控制他?”吴贵锋主意想定，对胡九丙说：“陈旅长太客气了。我军受到他的接济，前日送来粮米，昨日送来酒肉，破费不少。我还没有寻到酬谢他的机会，陈旅长又来请我了。实不敢当！这样好不好？今天这个东由我来作，请陈旅长屈尊到蔽处品酒御寒吧。”胡九丙：“陈旅长特别叮咛，你们远来，粮米筹集不易，决不能让你破费。如有什么难处，请如实相告，陈旅长将竭尽其能把你们照顾好。”

吴贵锋：“如此说来，我是却之不恭了。”胡九丙：“请支队长一定准时赴宴。在下告辞。”

吴贵锋：“胡连长请便，我一定准时赴宴。”

胡九丙离开以后，吴贵锋拿起请柬：“这颐黄园餐厅是镇南县城最为豪华气派、远近闻名的大餐厅。这陈宗光在如此豪华的餐厅请我吃饭，是设的什么鸿门宴?”

唐毛子：“最近陈宗光调动部队频繁，且逐步向旅部靠拢，值得警惕！支队长最好借个故不去赴宴，以防不测。”吴贵锋：“我对他以诚相待，没有敌意，谅他不会马上对我下毒手！参加宴会的都是他的干将，我以后还要和这些人打交道，还是去的好。”

次日中午，吴贵锋带着唐毛子和三个警卫员，随胡九丙走出了营房。埋伏在游击队营房四周的陕军见吴贵锋向颐黄园餐厅走去，立即合围，封锁了一支队的驻地。

吴贵锋带唐毛子和三个警卫员走进颐黄园餐厅。陈宗光、胡九丙等人早已在座，表面热情万分，实则满肚杀气。入席不久，陈宗光离席到后面去了。唐毛子怀疑，便尾随其后，见陈宗光跨过后面矮墙骑马而去。唐毛子急忙返身入席，向吴贵锋告诉所见。吴贵锋急忙对胡九丙说：“兄弟，我内急，去去就回!”胡九丙挥手：“大哥请便。”

吴贵锋同唐毛子急忙跨过矮墙，沿陈宗光所走之路步行回城。因而未被陈宗光埋伏在餐厅前的伏兵发现。吴贵锋的部队在城边，要回部队还有一大段路程，他们匆匆向营地而行。

胡九丙见吴贵锋很久不回归席位，急忙到厕所去找，才发觉吴贵锋已逃走。他立即报告陈宗光派出大军满城搜捕。顿时，全城戒严。吴贵锋和唐毛子刚好翻出城墙，正向自己部队而去，忽然看见营房四周布满了陈宗光的部队。营房上空飘动着陈宗光的旗帜。唐毛子：“支队长，我们的部队被陈宗光缴械了，咋办？马上回根据地去吧。”

吴贵锋：“你回根据地去吧，向总指挥、党代表报告我们的情况。”唐毛子：“支队长，我们一起回去吧?”

吴贵锋：“我必须留下来想办法把我们的队伍拖回去。”唐毛子：“看来，陈宗光已完全控制我们的部队，拖不回去了。我们回根据地找总指挥、党代表另外想办法。”

吴贵锋：“我不把这支部队带回根据地，无颜见巴山父老。”唐毛子：“支队长，不能那么说。我们这支部队失利，责任不在你一个人身上，你不要太自责了。”

吴贵锋：“不是我要自责，事情本身就是这样，我必须负全责!”

敌人搜捕的脚步声越来越近。唐毛子的苦苦哀求无济于事，吴贵锋掏出手枪，逼着唐毛子：“我命令你赶快离开这里，回根据地去汇报情况，否则以违抗军令论处!”唐毛子:“支队长,你一个人留在这里很危险!我留在你身边保护你!”吴贵锋:“快走,我掩护你!”

一支敌军已开始到城外搜索。唐毛子在吴贵锋的逼迫下向山林跑去。突然,敌人发现了吴贵锋,大声嚷着:“吴贵锋在这里,大家快追!”

吴贵锋开枪打死了跑在离自己最近的敌人,然后向唐毛子跑走相反的方向跑去。敌人嗥嗥叫着,向吴贵锋扑来。吴贵锋边跑边开枪,没入了山林。敌人用机枪封住了去路,子弹在吴贵锋身前身后扑哧鸣响。吴贵锋见不远处有一个山洞,便迅速转移到山洞中,与敌人周施。敌人死死地围住山洞,但也不敢靠近一步。僵持中,胡九丙向洞口喊话:“支队长,陈旅长深惜你是个人才,你只要与他合作,他一定会重用你的,至少是个团长。我敢以生命担保!”

吴贵锋:“胡九丙,你这个无耻小人,为什么说话不算话,将我引入绝境?现在你还有脸来见我?”胡九丙:“支队长,过去的是非就不去说了。你赶快出来,与我一起去见陈旅长。陈旅长绝不会伤害你的性命!”吴贵锋:“胡九丙,我怎么不见你的人影?”胡九丙:“支队长,我在这里等你呢。”

吴贵锋看得真切,一枪击中了胡九丙的脑袋。敌军一齐向吴贵锋开火……

斜阳抹红了起伏的山峦,大地浸染在血水之中。唐毛子听到激烈的枪声,大喊:“支队长!”唐毛子流着眼泪飞速地向根据地跑去,远远地看到了敌人的岗哨,便张大机头:“老子跟他拼了。”突然,他耳边响起吴贵锋严厉的声音:“快回去给党代表和总指挥报告这里的情况!”他止住了脚步,仔细一想:“这不对呀!我拼他一个两个有什么好处?我应当听从支队长的命令,尽快回根据地报告这里的情况。”

唐毛子避开敌人的岗哨,行进在深山中,感到饥渴难忍,便走到小溪边,捧起清水咕咕地喝下。极度的饥饿、疲劳使唐毛子很快昏睡过去。晨鸟唤醒了唐毛子,晨曦照亮了大地。他揉揉眼睛,观看四方:“这是什么地方呀?我得往南方去,根据地在南方。”

他确定方位后,慢慢向前走去,渴了,喝口河沟里的水;饿了,扯一些蕨菜、树叶充饥。日落西山,他找个山洞躺下。他忘记了有几个日出日落,终于走到了一个三岔路口。他四下观看,确定下一步的行动方向。突然,他发现了半山岩的一棵大松树。他想起来了,有一次同党代表到这里来发动群众打豪分田,就住在那棵大松树下的刘大娘家。他向大松树走去。可是,刘大娘和周围邻居的房子都没有了，只有大火留下的灰烬在控诉着敌人的凶残。穿过峡谷，他看到一个山洞里冒出了白烟，便快速向山洞走去。洞中住着刘大娘。但她病得不轻。唐毛子好不容易叫醒了大娘，才知道这里最近发生的情况。大娘慢慢说道："一天清晨，一群白狗子突然包围了整个村庄，将大人小孩全集中到荒草坪，由土豪孙华智指认，凡是拿了他家东西，分了他田地的人，白狗子便一个个地拉去砍了脑壳。白狗子把所有的房子都烧了，把剩下的人全部集中在唐家垭口搭棚居住，由白狗子看守。实行五家连坐，一家犯罪，五家一同受罚；早晚点名，不准一人不到。这几天，白狗子撤出村子，围攻蜂桶乡去了。我才搬进了这个山洞。不过，团防兵还时不时地来搜寻可疑的人。"

正说着话，走进一个小姑娘："娘，白狗子来了。"

唐毛子掏出手枪："你们别怕，我去引开敌人！"唐毛子走出山洞，远远地看到了唐达雷，高兴地喊道："唐达雷！"

唐达雷惊奇地喊道："唐毛子，你怎么会在这里？"唐毛子："老大哥，我是九死一生的人了。"唐达雷："吴支队长呢？"唐毛子："吴支队长，中了陈宗光的圈套……"

潜水河。游击队指挥部。

唐毛子："吴贵锋支队长想把队伍带回来，遭到敌人的杀害！"

唐作俊流着眼泪说："这次失误，我应当承担领导责任！请党组织处分我吧！"

刘庆庄："要说责任，我也脱不了干系！现在把你和我都处分一千次也于事无补，也洗不去红军游击队的耻辱！童洪波使我们损失了三分之二的队伍，现在我们又失去了仅剩的一支骨干队伍！现在唯一的办法就只有面对现实，及时采取补救措施，把损失和影响降到最低程度！"

唐作俊："一支队活动的区域由二支队分出兵力管辖起来！"

刘庆庄："罗翥鹏同志，你立刻到陈宗光部，将你联络好的那个连尽快拖出来！唐志学同志，你去将谭春、白益、王安几股绿林武装二百余人枪改编过来，填补一支队受到的损失。集中游击队主力再次向夤河县城进攻，拓展根据地，扩大革命影响。我向省委写出检讨报告，请求省委给予我处分。"

唐作俊："党代表作出的补救措施太好了。我非常赞成！要马上行动起来！我命令部队立刻向夤河县城进军，挽回一支队损失后的政治影响！"

唐志学："党代表、总指挥，进攻夤河县城，双河镇是必经之路。途中雷家湾被夤河城县三区区长吴登杰严密控制，不拔掉这颗钉子，我们就很难夺取夤河县城。”

刘庆庄：“谈谈吴登杰的情况。”

唐志学：“吴登杰是任家湾的土豪，千方百计当上区长后，建立了团防武装一个连，有二百余人枪。他常说：‘夤河县办团局，我吴登杰数第一；唐作俊若要踏进夤河县一寸土地，定叫他有来无回！’他将团防局指挥部设在自家所住的任家湾。任家湾地势优越：四周有四座高山拱卫，只有一条独路可通任家湾。吴登杰在四座高山上都建有炮楼，炮楼四周枪眼密布，火力可相互支援，严密控制着任家湾。吴登杰的家宅就在四座高山守护下的任家湾。福源坝起义爆发后，吴登杰为防起义军进攻任家湾，又扩充了一些团防人员，日夜加强训练，对过往行人进行严密盘查，凡可疑之人立即枪杀。吴登杰自以为任家湾固若金汤，无懈可击。”

刘庆庄：“看来，进攻夤河县城，任家湾的确难于通过。”

唐作俊：“据可靠消息，吴登杰最近要接五姨太，将宴请八方宾客，我看是个拔掉吴登杰这颗钉子的极好机会！”罗翥鹏一拍大腿，高兴地站起来：“我们也去喝他的喜酒！”

大家用惊奇的目光看着他：“你疯了？想去喝吴区长的喜酒？”罗翥鹏：“吴区长的喜酒我喝定了！”他讲解了自己的方案，“怎么样？”

刘庆庄、唐作俊连连点头：“哪几个同志敢去喝喜酒？”唐志学、李杨、王华等：“我报名！”

刘庆庄一一清点人数：“好，连我在内一共八位，刚好坐他一桌！大家准备去吧！”

北风呼啸，雪花飞舞。刘庆庄身穿狐皮长袍，头戴礼帽，一副绅士打扮。唐作俊等抬着礼盒，挑着酒坛，迎着寒风直奔任家湾而来。走到任家湾第一道大门，哨兵上前拦住：“请问贵客姓甚名谁？从哪里来？”

罗翥鹏给哨兵递上名片，指了指刘庆庄：“这是我们的蒋老板，永定县泰和商行董事长，与吴区长是拜把兄弟，特地前来恭贺吴区长新婚之喜！我们一行是随从和搬运礼品之人！”

哨兵收下名片，有礼貌地做出请进的手势：“蒋老板一行请吧。”

刘庆庄等转过山湾，又一道岗哨将他们拦下：“请问贵客从哪里来？”罗翥鹏：“前面岗哨已经问过了，怎么还要问？”哨兵：“请贵客见谅，赤匪在这不远的潜水河闹事，我们不得不防！”

刘庆庄：“管账先生递上名片就是了，不要为难负责守卫的兄弟。”哨兵看过名片：“还是蒋老板体贴我们当下人的难处！请进！”

刘庆庄一行人转过山湾，又遇一道岗哨。罗翥鹏："前面两道岗哨都查过了，还要做啥？"

哨兵："请贵客签下名字。"

刘庆庄一行人再转过山弯，又遇一道岗哨。罗翥鹏："吃吴区长喜酒要过五关，真是比登天还难。"

一位登记礼品的管账先生："请贵客登记礼品。"罗翥鹏从抬盒中拿出一张红纸："这是我们蒋老板的礼单！"

管账先生看过礼单，挥手招来知客师："请将这位蒋董事长和管账先生接到后堂贵客厅，等候吴区长接见。送礼品的伙计们，请将礼品抬到后院交割。"刘庆庄："知客师，这几位抬送礼品之人初来乍到，不知方向，还是我们一起到后院去吧。"知客师："也好。大家一起走吧。"

刘庆庄等在知客师的带领下一齐向后院走来。刘庆庄："知客师，怎么不见吴区长？"知客师："客人太多，吴区长忙不过来。你们请稍等一下，我去后院喊吴区长来接见你们好吗？"刘庆庄："不用了，我与吴区长是拜把兄弟，我自己去找他算了，你忙去吧！"知客师："那可不好，怠慢了蒋老板，吴区长怪罪下来，我可吃罪不起。"

知客师带着刘庆庄等走出拥挤的人流去到后院，顿时觉得冷清得令人窒息。唐作俊等紧握手枪，警惕地观察着四周的情况。知客师："挑儿，将酒坛抬到右边，礼盒放到左边去。"

刘庆庄同罗翥鹏在知客师的指引下向右侧大院走去，唐作俊等六人向左侧大院走去。只见大院豪华气派，雕梁画栋，石砌雕栏，回廊曲折，飞阁流丹。满院张灯结彩，喜气洋洋。壁上画卷贺联琳琅满目。正中那间屋子的大门柱上贴着："喜洋洋洞房花烛再生夜，乐陶陶金榜题名添数时。"刘庆庄暗想："这定是新房了。"

刘庆庄和罗翥鹏朝着大门快速走去。他们仔细寻找，只见中间一房正墙上贴着一个耀眼的大红"囍"字，两旁挂了几支驳壳枪。刘庆庄便向罗翥鹏递了一个眼色，快速走到新房门口。屋内几个衣着华丽的人正在谈笑风生，忽见两个陌生面孔走来，立即停止笑谈。一个身穿喜袍的中年人大声吼道："什么人敢到新房偷看？滚出去！"

罗翥鹏估计说话人就是吴登杰，急忙对着吴登杰开了一枪。由于手枪尚在衣兜中，吴登杰躲闪一下，未能射中。吴登杰急忙掏枪，正要还击，刘庆庄已掏出手枪，连续射击，将吴登杰击毙。室内的人早已吓得趴在地上不敢动弹。

唐作俊听见枪声，急忙冲入院中，占据有利地势，击毙了几个向内院奔来的团丁，高声喊道："都不许动！放下武器！双手抱头，到院坝空地上集合！"

院外响起了机枪声和神兵队的喊杀声，一群头包红帕，身穿短袄，脚穿双耳草鞋，手握大刀的神兵队冲进院内搜缴了敌人的枪支弹药。

四座山上负责拱卫任家湾的团防听到枪声，向任家湾冲来。早已埋伏在路旁的游击队立即开枪，将敌人控制住。罗翥鹏高声喊道："我们是红军游击队！只杀贪官污吏和土豪劣绅！现在吴登杰已被我们除掉，谁胆敢顽抗，就与吴登杰同样下场！赶快缴械投降才是唯一出路！"

吴登杰卫队和保镖听说吴登杰已死，不敢再作抵抗，有的缴械投降，有的寻路逃跑。四座山头上的团防队，遭受到游击队和神兵的拦击，只得各自寻路向双河镇逃走。刘庆庄、唐作俊指挥战士们打扫战场，缴获枪支一百余支，子弹数万发，粮食等物资不少。刘庆庄："将粮食分一部分给附近的贫苦老百姓，大部分留作军队使用。这下子我们有攻打夤河县城的本钱了。"

唐作俊："好，立即进攻夤河县城。"

刘庆庄："双河镇之敌不除怎么进攻夤河县城?"

唐作俊："对！我想的是解放夤河县城，却忘了眼前的敌人！分两路进攻双河镇！"

第二十五章

建碉堡步步为营　连坐法摧残百姓

潜水河军事指挥部。刘庆庄："据可靠消息，符冠文的张盛荣团和黄志尚团正步步逼近游击队根据地的军事要地双河镇，若双河镇失守，我夤河县守军将会身陷绝境，进退失据。"

唐作俊："我去守双河镇。"刘庆庄："不，潜水河根据地面临着更大的压力，你应当留在指挥部指挥全根据地全力抗击敌人！我去守双河镇，兼顾夤河县城。"

唐作俊："党代表，双河镇和夤河县城都不能不管！万一你被封锁在夤河县大山里，我怎么办?"刘庆庄："若夤河城、双河镇不保，我将及时撤回根据地与你会合。"唐作俊："夤河城、双河镇能守则守，如不能守就尽快撤回来!"刘庆庄："好。"

双河镇。刘庆庄："唐毛子，赶快到夤河县城通知刘大疆同志撤到双河镇来，能扛住敌人进攻就坚守双河镇；若扛不住敌人进攻，就立即向潜水河撤退。"唐毛子："是。"

唐毛子骑着马翻几座大山，不料突然被张盛荣团抓捕。张盛荣："赤匪，你到夤河县城去有什么任务?"唐毛子："我不是赤匪，我是老百姓，不晓得什么任务不任务。"

张盛荣撕下唐毛子里衣上的红袖章："不是赤匪怎么会有这个? 推出去斩了!"唐毛子："斩就斩，老子红军游击队不怕死!"

几个人将唐毛子往外推，张盛荣："慢，留着这个小子给老子带路。"

黄吉城调大军步步逼近根据地，每日只前进一二十里。驻扎下来后，立即将老百姓集中起来居住，周围派军队将老百姓围住，不准自由出入。张盛荣："大家听着，督办大人有令，战争特别时期，实行'连坐法'。"

有人说："我们不懂什么叫连坐法。"张盛荣："老子告诉你们：每五家为一组，一人犯罪，五家一同受处罚，这就叫连坐法。如果犯小罪，只是打屁股、罚款，轻微地处罚一下；如果犯了通匪大罪，则全部杀头，一个不留！听到没有?”无人应答。张盛荣：“都他妈耳聋了？哑巴了？老子告诉你们，不管听到没有，依法处置，绝不手软!”

有人问：“把我们关到一起住，不种地了？吃的喝的哪里来呢?”张盛荣：“种地时由军队看押，不准自由行动！这是为了保护你们不受赤匪的杀害!”

一人说：“赤匪在这里一年多了，没有杀过一个老百姓!”张盛荣：“凭你说这句话就该杀!”他上前抓住说话人的衣领，将他摞到地上，拔出手枪，当场将他杀死：“大家看着，谁敢违抗命令就是同样的下场!”

一人说：“长官，我得回家拿点粮食和衣服嘛。”张盛荣：“拿什么粮食衣服？你们的房子都烧光了，还想拿粮食衣服！你们马上推选一人做村长，早晚点名，轮流守夜，谁敢不听命令，枪毙!”

黄志尚骑马奔来，跳下马背：“大家听着：黄督办下令对匪区实行‘普杀普剿’，你们谁敢违抗命令，杀无赦!”

双河镇阵地前，张盛荣挥舞手枪驱逼军队，军队驱逼老百姓走在前面，步步逼近游击队阵地。唐达雷：“党代表，下令开枪吧!”

刘庆庄急红了眼睛：“不能开枪，狗日的白匪把老百姓排在前面为他们挡枪子！我们决不能对着老百姓开枪!”

唐老汉走在老百姓的前面：“游击队的同志，你们不要为了我们犯难了，为了天下老百姓的解放，你们大胆开枪吧。我们愿意同白狗子一起死!”

张盛荣一把将唐老汉按在地上：“狗日的，不想活命了！老子崩了你!”唐老汉：“有了你们这帮白狗子，老子早就没命了！你崩了老子，看红军游击队怎样收拾你们!”

张盛荣扣动扳机，打中了唐老汉的胸膛。唐老汉手捂胸口，口吐鲜血：“你们这帮白狗子不得好死!”被押着的百姓一齐拥到唐老汉身边：“唐大伯!”唐老汉：“快叫红军游击队开枪!”

刘庆庄一枪打掉了张盛荣的帽子，一阵排子枪打来，白狗子只好趴下。张盛荣：“快开枪!”刘庆庄泪流满面：“快撤!”

张盛荣：“游击队撤进深山了，快追!”老弱病残走不动，张盛荣：“用枪托打!”农民仍然走不动。张盛荣只好下令：“甩掉他们，快追!”

刘庆庄等隐蔽在树丛中，待敌走近：“打!”

游击队指战员将愤怒的子弹射向敌人，张盛荣兵士又倒下一大片。刘庆庄等撤出战场后，张盛荣：“就地扎营！”

刘庆庄：“白狗子扎下大营，我们只有再向深山撤去！”

唐达雷：“我们老是这样撤也不是办法，党代表，我到山下去找大部队，从敌人的背后打击敌人！”

刘庆庄：“大部队的处境恐怕也不轻松，你试试看，如果能从敌人的封锁线出去，就去组织农民赤卫队袭击敌人后方，牵制敌人；如果出不去，就马上回来！”唐达雷：“好！”

唐达雷装扮成一个老樵夫，担着柴向山下走去。沿途所见，房屋都被烧毁，一片片破墙残壁，不时有死尸僵卧，惨不忍睹。行至山下，被哨兵拦住：“干什么的?”唐达雷：“上山打柴的。”一个哨兵拉开枪栓：“一定是赤匪的侦探，毙了他！”另一个哨兵拦住他：“留着他修工事，押过去！”

碉楼工地，抬石的抬石，安砌的安砌。哨兵来回走动：“快干活！磨磨蹭蹭的，偷奸耍滑，老子崩了你！”被驱使的农民默默地干着。唐达雷被指派参加抬石头。四人抬起石头，吃力地向碉堡走去。

唐作俊带着游击队向深山撤去。唐毛子跌跌撞撞地追了上来：“总指挥，等我一下。”唐作俊见唐毛子倒在地上，急忙转身，将唐毛子的头放在自己腿上：“快！救醒他！”战士们有的为唐毛子灌开水，有的为他擦血迹。过了一阵，唐毛子哼了一声醒转过来：“总指挥，我总算找到你了！我被张盛荣捉住以后，张盛荣没有杀我，要我给他带路。我把他们带到老龙弯悬崖边，纵身跳了下去。我想为革命捐躯算了。在向山下跌落时被树枝接连挡了几次，总算是活了下来。敌人不敢下山，向我开了几枪后撤走了。我沿着山沟走出老龙弯，继续找你们。昨天，我走到你的家乡，打算找群众了解一下情况。可是走遍全村也不见人影。当我走到村口时，只见一个堰塘里，横七竖八摆满了尸体，有的被砍头，脑壳与尸体各在一边；有的被枪击，胸口冒着血，真是令人毛骨悚然。我正想离开，突然，有一具被枪击的尸体的手动了一下，似乎是想抓住什么。我走近他，他将手按在地上，似乎是想站起来。我看他胡子已经花白，胸口右边挨了一枪，血还在往外流。我扶住他的头：‘老人家，你还活着?’老人睁开了眼睛：‘我还活着，但是快不行了。’我说：‘老人家，我给你包扎好伤口，你不会死。’老人：‘不用了，你看看，我们村还有几个人活着?’我说：‘我看过了，这里这么多具尸体，只有你还活着。’老人咬牙切齿地骂道：‘这帮丧尽天良的白狗子！一定不会有好下场！'我问：'老人家，这是怎么回事？'老人：'白狗子要杀尽唐总指挥家乡所有的人。'我问：'没有人反抗？'老人：'反抗了，我和农会主席组织了反抗。但是，我们赤手空拳在敌人枪炮面前没能产生多大作用。'接下来老人给我说了详细情况。"

凌晨。东方一片漆黑。团首提着一面锣鼓敲了几声，拉开嗓子吼道："各家各户听着，驻军张团长命令，天亮点团，各家各户，不分男女老幼，一律到堰塘湾听点，不准一人不到，若有人故意不到，驻军搜到，全家杀绝！听到没有？"众人答道："听到了！"

天亮以后，驻军挨家挨户催促："快去参加点团！"

每家走空后，便留了个士兵看守。人们被士兵押着陆续走进堰塘湾，只见堰塘湾低洼处挤满了乡亲们，没有一个人说话，偶尔小孩发出哭声，马上便被大人捂住了。土地委员李重见农会主席李胜背着孙子，搀扶着有病的妻子，四目相对，只是微微点了点头。周围站满荷枪实弹的士兵，高处架起了机枪。打土豪时侥幸逃脱的吴二拐子一颠一拐神气十足地走到队伍面前，大声说道："乡亲们，我吴二拐子命大，现在又回来了。今天把大家请来，是要大家交出祸乱我们村的共产党员、农会干部、游击队员，让大家过上平安日子。现在请川陕护卫军张团长给大家训话，大家鼓掌欢迎。"

吴二拐子说完，带头拍起了巴掌。村民们却无一人响应。面对村民的冷眼，张盛荣站在一块高地上，大声吼道："我知道你们这里叫魏家坪，以前大家遵章守纪，租田交租，一个个都是奉公守法的良民。你们村里出了一个赤匪头子唐作俊以后，到处宣传赤化理论，煽动老百姓不向地主交租，不向国家交粮，把地主豪绅的土地、粮食、财产、房屋抢了，人杀了。今天，本团长奉黄督办的命令，带来大军，要你们把分得的一切东西都还出来！把吃了的东西吐出来！你们如果听从黄督办的命令，如数交出你们分得的粮食和财物，一切都好说，老子认你们还是良民；如果有人仍然相信唐作俊的话，胆敢违抗黄督办的命令，休怪老子手下无情！"

农会主席李胜："张团长，请问抢别人的东西犯不犯法？"张盛荣："当然犯法！"李胜："请问，拿回自己的东西犯不犯法？"张盛荣："拿回自己的东西当然不犯法！"

李胜："这么说来，我们并没有犯法。不是我们抢地主豪绅的东西，我们只是从地主豪绅手里把被抢的东西收回来！地主豪绅不种田，不劳动，哪来的财产和粮食？地主豪绅的财产和粮食哪一样不是我们劳动人民创造的？"

人群中发出赞同的讥笑声。张盛荣："你是什么人?"吴二拐子："他是农会主席。"

张盛荣气急败坏地吼道："不准你在这里宣传赤化理论！把他给老子抓起来！"几个兵士将李胜捆绑起来。

土地委员李重："张团长，他说的并没错：土地是贫苦农民开的，粮食是贫苦农民种的！这是事实！为什么抓他?"张盛荣："你是什么人?"吴二拐子："他是土地委员。"

张盛荣："你吃了豹子胆，也敢跟老子宣传赤化理论？把他也抓起来!"众："这不是赤化理论！他们说的都是事实!"

张盛荣："你们还要强词夺理为他们狡辩！告诉你们，拿了的东西要还回来！吃了的东西要吐出来！你们不听从命令，一个个都休想跑脱!"

李胜："你这个狗团长与地主豪绅沆瀣一气，欺压穷苦百姓，绝没有好下场!"张盛荣掏出手枪："老子现在就给你一个好下场!"他"砰"的一枪击中了李胜的胸膛。李胜一手捂胸，一手指着张盛荣："你为虎作伥，一定不得好死!"

李胜妻没命地冲向张团长："你这个遭天杀的，竟敢肆意杀人，老娘跟你拼了!"张盛荣连开数枪将李胜妻击倒。众人涌向张盛荣："不准乱杀人!"

张盛荣穷凶极恶地下令："机枪手听令！放!"机枪声响起，涌向张盛荣的人一片一片地倒下。一些人捂住胸口涌出的鲜血，一手怒指张盛荣："你这个狗团长，一定要遭恶报!"

张盛荣大声下令："士兵和刀斧手一起，将那些还没有落气的脑袋砍下来拿回去领赏!"

顿时，众军士和刀斧手砍瓜切菜般地砍下了不少人的脑袋。场面惨不忍睹。一些士兵也痛苦地将头扭向一边。张盛荣："把农会主席和土地委员的脑袋都砍下来!"

农会主席的脑袋被砍下来了。远处传来马蹄声。传令兵飞速跑来："报告团长，师长命令停止杀人，立即向潜水河进攻!"张盛荣："紧急集合，立即向潜水河进攻!"刀斧手："报告团长，土地委员的尸体还未找到!"张盛荣："谅他也活不了多久了，走!"刀斧手："是!"

唐毛子听完老人叙述："老人家，你就是土地委员?"老人："我就是土地委员李重。"唐毛子："老人家，我背你去找总指挥。"李重："不用了。你要多杀白狗子，为乡亲们报仇!"唐毛子连喊了几声，老人再无反应。唐毛子泪水涟涟地高喊："老人家，我们一定为你报仇！"

福源山垂泪，潜水河呜咽，愤怒地抗议张盛荣的暴行！

唐作俊听完唐毛子的叙述，站起身来，泪流满面地说："不消灭这帮白狗子，誓不为人！"

众人举手高呼："消灭白狗子，为父老乡亲报仇！"

唐毛子："总指挥，打回潜水河，消灭张盛荣，为家乡的父老乡亲报仇！"

唐作俊摘下帽子，深深地向家乡方向鞠了一躬。众人也一齐摘下帽子，向魏家坪方向鞠躬。唐作俊流着泪说："乡亲们，这个仇一定要报！但是，现在敌人大军云集潜水河，我们的战友一天天锐减，党代表又不知道下落，凭我们现在这点力量，是打不过敌人的！"刘大疆："拼一个够本，打两个赚钱！"

唐作俊："同志们，革命不是为某些人报仇，革命者要始终保持清醒的头脑，为革命的终极目标奋斗！现在，军阀杀了我们那么多同志、那么多乡亲，我们一个一个地去为他们报仇吗？我们推翻了国民党的反动统治，消灭了军阀军队，不是将全部的仇都报了吗？现在，我们要留下革命的火种，不能蛮干！"刘大疆："我们现在怎么办？"唐作俊："撤进深山，寻找机会，打击敌人！"

刘庆庄带着游击队避开黄志尚的风头，进入深山密林。但他们粮食缺乏，处境非常困难。突然有人说："特务连长到双河镇向黄志尚投降去了。"

刘庆庄集合队伍，严肃地讲道："同志们，特务连长是俘虏过来的兵油子，经受不起考验，投敌去了。我们现在还有七十九个人。我们都是农民夜校的骨干，是党的骨干，是游击队的中坚。我相信，我们都是党的忠诚战士，都有坚强的革命意志，不管在任何情况下，我们都不会叛党，我们一定能坚持革命到底！"刘大疆："请党代表相信，我们绝不会叛党！"众："革命到底，决不回头！"

刘庆庄："同志们，我们面临着很多困难：敌人把我们封锁在深山老林，隔断了我们与老百姓的联系。得不到老百姓的支持，我们便像鱼儿离了水，婴儿断了奶。我们要千方百计寻找老百姓，保护老百姓，才能得到老百姓的支持。我决定派刘大疆带三个同志寻找老百姓，寻找游击队主力。"刘大疆："好。我们找到了老百姓就向山上送粮食。"

唐作俊："双河镇被敌军占领，党代表被封锁在흄河县大山，我们派出的三批人都未能与党代表取得联系，怎么办？"

唐志学："继续派人寻找党代表。尽可能地避免与敌人大部队作战。我们人员在减少，枪支弹药在减少，粮食在减少，伤病员在不断增加。这是我们目前最大的困难。我建议，部队适当分散，到山后疏散老百姓，尽可能地保护老百姓的安全，减少白狗子对老百姓的伤害。"

唐作俊："我们逐步向深山退却是个好办法。敌人步步为营的办法虽然狠毒，但是构筑碉堡需要时间，碉堡与碉堡之间还有一定的距离，这就给了我们一定的活动空间。在特别困难的时候，要特别加强党的奋斗目标、革命意志、革命气节教育：从入党之时起，我们把自己的一切都交给了党，无论在任何情况下，都不动摇革命意志，都不叛党！"

众人高举拳头："对！任何情况下都不叛党！"

老鸦山。高峰耸立，像一只昂首向天的老鸦。刘庆庄率领游击队沿着老鸦翅膀向前行进。突然，一个战士飞快跑来，向刘庆庄报告："党代表，你看，前面林子里那个人好像是唐达雷。"

山林中，唐达雷一人拄着一节树枝跌跌撞撞地向前行进。刘庆庄派一个战士前去拦住了他："唐队长！"

唐达雷转身迎接快步走近自己的刘庆庄，流出了眼泪："党代表，我可找到你们了。"

刘庆庄命令战士："注意观察周围情况。"然后走上前去："唐达雷，这几天你遇到了什么情况？"

唐达雷身体疲惫，眼里却放射着光芒："敌人抓我去修碉堡，干了几天，我在深夜偷偷地跑了出来。找了你们好几天，现在终于找到你们了。"

刘庆庄："没有向敌人屈膝投降？"唐达雷："党代表，就是天垮下来，我唐达雷也绝不会向敌人屈膝投降！"刘庆庄："好，还是回二队去吧。"

刘庆庄带着部队继续前进。突然前面飞起一群山鸟，惊恐地向四面飞走。刘庆庄挥手："前面有情况，注意隐蔽！"

战士们迅速隐蔽到树丛中，静静地观察着前面的情况。从树丛中望去，之字形盘旋的羊肠小道上，行进着一长串敌人。唐达雷："党代表，消灭这支白狗子！"刘庆庄："看不到敌军的尾巴，不知道敌人的虚实，我们要是被敌人反包围脱不了身咋办？"唐达雷："我们占据了优越的地势，敌人无法围住我们！党代表。打吧！"

刘庆庄指着身边的战士："你们到山头上，仔细地观察一下其他方向还有没有敌人。”

唐达雷带着几个战士登上山头，向四下看去，发现了另一支敌军：“嗬，东边还有一支敌军，我们贸然行动很可能会被包围。党代表考虑得真周到！”刘庆庄：“再看看其他方向还有没有敌人。”众：“我们仔细观察了，其他方向没有敌人。”

刘庆庄做了个包抄的手势：“我们兵分两路吸引敌人，然后迅速摆脱敌人，到这座山后汇合！懂我的意思了吗?”唐达雷：“懂了，二排的同志们随我来！”

刘庆庄见唐达雷靠近了敌人，突然一挥手：“打！”一阵排枪打去，西山的敌人顿时倒下一片。敌连长挥着手枪指挥士兵向山上冲来：“赤匪人数不多，快冲上去消灭这几个赤匪，老子给你们请赏！”

敌人狂呼乱叫着向山上扑来。刘庆庄见敌人逼近山头，打一阵排枪后，迅速转移。

唐达雷听见枪声响起，立即向东山的敌人开枪。东山的敌人立即向山头冲来。唐达雷一挥手，战士们迅速向刘庆庄指定集合的方向奔去。

东山坡的敌人疯狂地向山头爬行和扫射，西山坡的敌人也边向山头爬行边扫射。双方慢慢接近，由于树丛挡住了视线，都看不清对方的装束，都以为对方是游击队，冲杀更加凶猛。东山坡的敌人终于冲上山头，控制了有利地形，向西山坡的敌人猛烈开火。西山坡的敌人看清了山上的敌人并不是游击队，而是自己人，于是高喊：“别打了！都是自己人！误会了！”

枪声停歇下来，两个连长互相指责对方：“为什么打老子？瞎了你的狗眼！”“你才是瞎了狗眼！”士兵也怒目相视，相互抱怨：“不打赤匪，打自己人！”

刘庆庄趁敌人互相埋怨之机，带领游击队员向敌人发起猛烈攻击。敌人都不愿让对方捡到便宜，各自向来路撤去。刘庆庄追击一阵，回到战场，缴获枪支、弹药及干粮等不少。刘庆庄：“这要感谢敌人及时给我们送来了枪支弹药和粮食！”

唐达雷：“谁说军阀军队没用呢？当个运输大队长总还是可以的嘛。”众人大笑起来。唐达雷：“党代表，我们可以乘胜杀回潜水河了。”

刘庆庄：“我们虽然取得了一次小小的胜利，但是要打回潜水河，力量还远远不足。我们要继续寻找主力部队。只有同主力部队会师后，才有可能打回潜水河。”

夜。项家山。刘庆庄带着游击队员登上项家山，一座庄园赫然在目。庄园旁有一座碉楼。刘庆庄示意唐达雷："你带几个人去解决碉楼里面的敌人。"

唐达雷带人向碉楼摸去。刘庆庄带着几个人走近大院，只见正堂屋中灯火通明。游击队摸掉了大门外的岗哨，走进大院。刘庆庄贴近窗户，戳破窗户纸向屋内看去。只见太师椅上坐着一个大胖子，八仙桌上摆满了鸡鸭鱼肉。几个人向大胖子敬酒："恭贺老太爷衣锦还家。前阵子，黄泥腿子闹造反，把我们这帮地主老财整惨了。您老如果在家可能连命都保不住了。现在黄督办派大军一剿，刘庆庄、唐作俊那帮泥腿子吓得屁滚尿流，躲进深山里去了。这十里八里又是项老爷您的天下了。"大胖子举起酒杯："也多承诸位的帮助。我早就说过，泥腿子成不了大气候！以前我们对泥腿子心太软，总想着留着他们给自己干活，下不了手。黄督办的办法好，杀他个鸡犬不留，叫他泥腿子到阴间造反去！"

一人说："黄督办斩尽杀绝也不是个好办法，试问，把黄泥巴脚杆杀绝了，谁去为我们种田？谁为我们服役？"大胖子："别担心，黄泥巴脚杆并不都是亡命之徒，他们绝大多数都是怕死顾命的。所以黄督办敢用斩尽杀绝的办法震慑老百姓。"

一人向大胖子敬酒："项老大爷就是比我们看得透彻，佩服！佩服！"

突然，院侧碉楼上向院中打下一阵排枪。刘庆庄率队冲进大屋："不许动！"

大胖子伸手向腰间掏枪，刘庆庄甩手一枪将胖子击毙。其余人员立即举手投降。唐达雷走进来报告："党代表，我们已将碉楼里的敌人解决了。"刘庆庄："好。"这时院外响起了枪声。刘庆庄："怎么回事？"

唐达雷带着几个游击队员迅速冲向大门，挥舞着大刀将冲进大门的敌人砍死。唐达雷见挡不住敌军冲进大门，便退回屋中，吹灭了灯笼，屋内顿时一片漆黑。敌人冲进屋内，看不清方向。游击队员立即将进到屋子的敌人砍死。外面的敌人不敢进屋。游击队发起冲锋，将外面的敌人打得狼狈而逃。拂晓，游击队打扫战场，缴获枪支三十支、子弹三百余发、大洋五百余元，个个喜笑颜开。刘庆庄："同志们，就在这里休息一下好吗？"众："好。"

刘庆庄："山下有泉水，大家去洗个澡吧。"唐达雷："好，我身上也该清理清理了。"

大家下到河边，跳进清澈的河水戏起水来。唐达雷抓住了一条大鱼："党代表，今天中午大家可以改善生活了。"刘庆庄也抓住了一条大鱼："好哇，同志们抓紧时间捉鱼啊！”

两个战士在沙坝上捡了几个贝壳，下着“喊三棋”。唐达雷走上前去：“快去捉鱼呀！”

一人捂住棋子：“我赢了！”另一人去夺棋子：“我赢了！”唐达雷伸手抓棋：“我赢了！你们一有空就下棋，像什么话！”两个下棋的战士冲着唐达雷：“我们下棋有什么错？”

唐达雷：“你们下棋耽误革命工作，老子要处分你们！”

三个人争得不可开交。刘庆庄走上前去：“唐达雷，现在是休息时间，让他们想下棋的下棋，想打鸟的打鸟，想下河捉鱼的去捉鱼。大家尽情地玩吧。不过，打鸟谁也不准开枪！”

一人说：“打鸟不开枪，怎么打呀？”刘庆庄捡起一块石子摔向成群的飞鸟：“这河边有的是鹅卵石。大家既可以打鸟，又可以锻炼扔手榴弹的臂力，还可以节约子弹打敌人，真是一举多得啊！”众：“好，听党代表的，打鸟捉鱼去！”

大家欢乐地玩了起来。突然，哨兵发现一队白狗子向游击队扑来，便鸣枪示警。枪声打破了山野的欢乐气氛。刘庆庄立刻大声命令：“准备战斗！”

一大群白狗子疯狂地向游击队围来。战斗十分激烈。游击队伤亡严重。唐达雷也负了伤。刘庆庄当机立断：“大家分头突围，向老鹰寨转移！”

游击队边还击边撤退，终于突出重围。唐毛子背着唐达雷随队向老鹰寨退去。

夜。刘大疆走进一户农家敲门：“老乡，请开门。”

唐大爷开门：“刘局长，我可把你给盼来了。党代表和同志们现在在什么地方？”刘大疆：“他们现在十分缺粮。”

唐大爷：“我马上组织乡亲们给党代表送粮。你去寻找总指挥好不好？”刘大疆：“好。我去寻找总指挥。”

风雪交加，唐大爷带领一群乡亲向山上送粮。

刘大疆带着一支游击队行进在通向夤河县的河谷中。他们不时与敌人激战，人员、粮食、枪弹都在减少，追击的敌人却在不断增加。他们不断高喊：“游击队的残兵败将啊！你们快完蛋了，赶快缴枪投降吧！”

刘大疆指挥战士们用一阵排枪，将敌人打得抬不起头。刘大疆带着游击队转移到安全地点后：“邓军需，我们还有多少粮食？”邓军需拍拍背上的一小袋米：“我们现在只有这一小袋米，真是到山穷水尽的地步了。”刘大疆叮嘱道："兄弟，你一定要把这一小袋米保管好。不管在任何时候，我们都不能对革命失去信心；不管任何情况下，我们都不能有悲观情绪；不管有多大的困难，我们都要想办法克服。要坚信革命一定能取得最终胜利！"

邓军需："刘局长，不是我要产生悲观情绪，是客观现实使我们产生不了乐观情绪。"

刘大疆生气地说："你这种认识不正确！应当好好反省反省！"刘大疆的声音虽然不大，但在邓军需听来，却比惊雷还震耳！他的心颤抖着："保卫局长说得对，我，我的认识不正确，不应该产生悲观情绪。我反省，我要好好地反省！"刘大疆安慰地说："知道错了，改了就好！"

夜。刘大疆和战友们都入睡了，可是邓军需却翻来覆去地睡不着。他反复琢磨着刘大疆"应当好好反省反省"的话，刺耳的声音震得他脑袋嗡嗡作响。他想："粮食快没了，子弹快没了，黄吉城的大军却铺天盖地地围剿来了。革命还有什么前途？刘大疆要我好好地反省是什么意思？是明显地不信任我了。他是政治保卫局长，以前杀了不少的所谓革命的叛徒和动摇分子，现在他要我反省，把我当成了革命动摇分子，说不准什么时候就要对我动手了。我该怎么办？还待在这里等着被他处死吗？"他见所有的人都已呼呼入睡，便将唯一的一袋粮食背着，偷偷地走出了宿营地，投降敌人去了……

刘大疆醒来，发觉邓军需不见了，仅有的一小袋米也不见了，十分内疚地说："邓军需把我们唯一的一小袋米也带走了，我不该重用这个坏人！"胡老三说："这不能怪你，只能怪邓军需叛变革命太无耻了！现在粮食断绝，好在我认识'盖菜''花脚蜜''李花菜'，吃了它们不会中毒，我们就采这些野菜充饥，能坚持一天是一天！"刘大疆："同志们，任何情况下都不能当革命的叛徒！眼前的困难我们一定能克服过去，我们要相信革命一定会胜利！"众："对！我们相信革命一定会胜利！任何情况下都不当革命的叛徒！"刘大疆："同志们，我们要尽快找到党代表！"众："对，要赶快想办法找到党代表！"

刘庆庄带着几十个游击队员，在敌人严密封锁又不断大规模搜山的情况下，不停地转移。唐大爷等农会会员得知游击队还在山中的情况以后，爬过险峻的悬崖峭壁，穿过人迹罕至的原始深林，冒着漫天大雪，踏着遍地凌冰，给游击队送粮、送菜、送情报。在唐大爷的带动下，不少穷人，宁愿自己受冻受饿，也要给游击队送衣服送粮食。不少乡亲为了给游击队送粮食而冻死山头。有的在送粮途中未能躲过敌人的盘查，遭到了敌人的杀害。但是不管反动派如何凶残，始终割不断人民群众与游击队的血肉联系。游击队在山林荆棘丛中艰苦转战，原来的衣服被荆棘、树枝抓得失去了两袖，裤子膝盖以下的部分也全被挂掉了，棉被也早已丢失了。隆冬季节，冰雪封冻，战士们在雪山冰窟里行军打仗，一点也没有退缩。面对凶恶的敌人和极为恶劣的气候，刘庆庄始终保持着革命乐观主义的精神，带领大家度过了艰难的日日夜夜。

夜。大风卷着雪花发出刺耳的啸叫。刘庆庄和战士们一起在冰雪中露营，燃起一团篝火也难驱寒意。黄忠英解开背包，拿出一件狐皮大衣，披在刘庆庄身上："大表哥，这件狐皮大衣，你总是说放到最需要的时候才穿它，现在可以穿它了。"刘庆庄："这是打土豪时大家强行分给我的，我一直舍不得穿。现在你把它拿出来了，可以派上用场了。"

刘庆庄拿着狐皮大衣，披到站岗同志的身上："你穿上它，一个一个往后传吧。"站岗的同志将狐皮大衣披到刘庆庄身上："党代表，我不冷，你披上。"

刘庆庄再次将大衣披到哨兵身上："不冷是说的假话。你站岗放哨，没有火烤，怎会不冷？你担负着大家的安全，你穿上。"哨兵："党代表，这件狐皮大衣，怎么说，我也不能穿。你担负着领导全队的重任，只有你才配穿上。"刘庆庄："从你开始，谁放哨谁穿上。"

哨兵仍然将狐皮大衣披到刘庆庄身上。刘庆庄把这件狐皮大衣给放哨的同志轮流穿用。可是，站哨的同志们一个一个往下交，谁也舍不得穿。大家都十分感动："党代表，你太令我们感动了！"刘庆庄笑着说："同志们，我们虽然职务不同，身份却是完全平等的，我不能有任何的特殊！"

大家想到，在极为艰苦的日子里，刘庆庄关心战士比关心自己还多，这也让干部战士更加团结了。后来，他们将这件狐皮大衣拿到场镇上去换了粮食……

唐达雷从怀中摸出四个洋芋递给刘庆庄："党代表，你已经一天没有吃东西了。"刘庆庄这才想起肚子已经饿得咕咕叫。刘庆庄："你也没吃吧。"唐达雷假装说："我们都吃过了，你吃吧。"

刘庆庄拿着洋芋往嘴里送，突然一声炸雷，接着就是电光闪耀，瓢泼大雨倾注而下。刘庆庄将洋芋递给唐达雷："走，看看同志们去！"

几个战士正在擦枪修枪。大家忍受着饥饿的痛苦，拼命地干着。有个被蛇咬伤的战士小腿肿得像大腿一样，仍然坚持修枪。刘庆庄从唐达雷手中接过四个洋芋递给被蛇咬伤的战士。唐达雷上前阻止："党代表，你一天多没吃东西了。这是专门分给你的，你留着自己吃吧。"

刘庆庄固执地将洋芋送出："他更需要补充补充。"

突然响起了枪声。唐达雷背起被蛇咬伤的战士，同刘庆庄等边战边退，摆脱了敌人的追击。唐毛子跑上来，从怀中掏出两个洋芋递给刘庆庄："党代表，把它吃下吧。"

刘庆庄接过来，一口咬了大半边。他太饿了。他将另一块递给另一个受伤的战士。战士不接。刘庆庄强行按在他嘴里。战士激动地流出了热泪。

除夕夜。已经几天没有吃东西的游击队战士，在敌人的哨棚里弄到了两斤面、七八块豆腐干。唐达雷将一整块豆腐干和半碗面给刘庆庄送去："党代表，请你趁热将它吃了。"刘庆庄："同志们吃了没有？"唐达雷："都吃了。你赶快吃吧。"

刘庆庄知道他们都在说假话，便怎么也不肯吃。唐毛子哭了："党代表，你吃了吧，同志们看见你一天天消瘦下去，心都碎了。"

刘庆庄将面和豆腐干送到了炊事员手中："同志们天天行军打仗，比我还辛苦，这面和豆腐干应该留给伤病员和大家吃！"炊事员不肯接。他清点了一下人数："炊事员同志，你把豆腐干切细，平均分给大家。"炊事员："党代表，这么点怎么分？你把它吃了吧？"刘庆庄："再少也要平均分给大家。快切！"

炊事员含着泪将豆腐干平均分给了大家。战士们："党代表，我们体会到了革命大家庭的温暖，心里比吃什么都感到舒坦。"

刘庆庄："同志们，古人说'不患寡而患不均'。我们为什么反对地主豪绅的剥削压迫？是地主豪绅造成了社会的不均，不公平！公平是我们追求的革命目标，公平使我们革命者产生了凝聚力。不管在什么情况下，我们都不能自私自利，只顾自己，忘了我们的革命目标！"

唐达雷："党代表深入浅出地给我们上了一次革命理论课，同时也展示了一个革命者的博大胸怀！"众："向党代表学习！"

唐达雷："侦察员报告了一个新情况，张盛荣将团部设在山势险要的老鹰嘴，自己带着一个营到深山清剿游击队去了。"刘庆庄："好呀，抄张盛荣老巢去！"唐毛子："就我们这三十几号人去抄张盛荣的团部？"

刘庆庄："张盛荣团部虽然人数不少，但除警卫排外，大多数是军官，没有多大的实际战斗经验。张盛荣亲自带一个营到大山清剿去了，其他三个营距团部很远，这就给了我们袭击张盛荣团部的一个好机会。大家有没有抄张盛荣老巢这个胆量？"众："有！"

刘庆庄："光有胆量还不行，还得有周密的计划和安排，选择好进攻的时机。决不能蛮干!”众:“对!”

刘庆庄在地上画了一幅地形图:“敌人的团部是这样的。我们进攻的主要对象是警卫排。只要解除了警卫排的抵抗,就基本成功了。”众:“一切听从党代表安排!”

夜。刘庆庄带着游击队摸黑进至老鹰嘴,捂住敌人的哨兵,用刀子逼着敌人:“不许说话!带我们到警卫排去!”

敌哨兵带着游击队进入团部大院,走近警卫排。唐达雷和唐毛子等进入警卫排住房门口,控制了警卫排的枪支弹药。刘庆庄将游击队员分散到各军官住房门口,然后发出进攻枪声。敌人从睡梦中惊醒,警卫排的人急忙下床企图拿枪抵抗。唐达雷等冲进警卫排住房,一阵猛打,将大部分警卫排人员击毙。唐达雷高喊:“举手投降!”赤手空拳的警卫排剩余人员只好乖乖举手投降。

敌军官听到枪声,急忙拿着手枪,打开房门:“赶快抵抗!”

刘庆庄等分别在军官们住房外击毙了出门指挥抵抗的几个军官。刘庆庄高喊:“白军士兵们,你们被游击队包围了,赶快缴械投降!游击队不杀俘虏。你们如果负隅顽抗,我们就炸毁你们的团部,叫你们死无葬身之地!”

院中传来手榴弹的爆炸声。军官们见大势已去,陆续回应:“我们愿意投降!”

军官们纷纷打开房门举手投降。刘庆庄命令一部战士将敌军官关进一间屋子,将警卫排的战士关进另一间屋子;另一部分战士搜缴敌人的枪支弹药。唐达雷背了五支枪,拎了一坨子弹带和手榴弹,吃力地走到刘庆庄面前:“党代表,我们实在拿不动了的怎么办?”

刘庆庄:“实在拿不走的枪支下掉枪栓,砸弯枪筒,成排放在敌人团部门前。”唐达雷带着游击队员一一照办后,同刘庆庄迅速离开了敌人的团部。

张盛荣回到团部,见到成排的尸体,成排被砸烂的枪支,断腿缺手的伤兵,捶胸顿足地大骂团部人员:“你们是怎么守护团部的?一个个尽他妈的都是饭桶!”

游击队袭击敌人团部取得的胜利,并没有给经不起考验的人带来信心。一个叫袁和尚的游击队员,眼看形势一天比一天恶化,乘放哨之机,枪杀了班长,投敌去了。刘庆庄立即带队转移。袁和尚带着敌军紧紧追赶。当游击队转战到一个垭口时,被敌人截成了两路。

刘庆庄看见自己身边只有二十来个人了,便指着几个人对唐达雷说:

“你带领这几个同志下山去吧，去跟主力部队和农会联系，想办法找到党，发动和组织群众打击敌人!”

唐达雷和几个被指定下山的人齐声说：“党代表，我们不能离开你，我们是你带上革命之路的，你走到哪我们跟到哪！活，我们活在一起；死，我们死在一起!”

刘庆庄：“同志们，你们干革命不能只跟我一个人，千万不要忘记了党，不要忘记了我们的战士，不要忘记了我们的群众，胜利一定是属于我们的。你们赶快下山去，发动和组织人民群众打击敌人!”

唐达雷等流着眼泪离开了营地下山而去。正行进间，突然，几百个敌人从四面八方向他们围拢来：“游击队的龟儿子们，你们被包围了，赶快投降吧!”

唐达雷：“同志们，你们赶快撤到党代表那里去吧，我阻击敌人掩护你们!”众：“唐队长，我们谁也不离开你，同敌人血战到底!”

敌人远远地向他们喊话：“游击队快完蛋了，你们快投降吧!”

唐达雷：“各自选择阵地，沉住气，等敌人靠近了才开枪!”

敌人喊了一阵子，不见回应，便胆战心惊地向他们靠近。唐达雷数着：“一百米……五十米……二十米……开枪!”

游击队员们将仇恨的子弹射向敌人，敌人顿时倒下一大片。敌人在军官的逼迫下边放枪边冲向他们。两军激烈的冲杀，游击队的大部分战士在决死的战斗中，都倒在血泊里了。

天黑下来。敌人不再发起攻击。唐达雷带着孬狗和通讯员杨柳兴从敌人宿营地的缝隙中跑出了包围圈。转过几道山峰，大家又饥又渴又累。唐达雷说：“我们已经甩掉了敌人，实在走不动了，坐下来歇歇吧。”

大家停下来，找来了一些枯树枝叶，在岩穴边燃起了篝火。唐达雷征询二人：“下一步怎么办？怎样完成党代表交给我们的发动群众、继续坚持战斗这个任务？我考虑，朝我老家走，我们永定县农协会，党组织基础好，穷人的革命心很强，我们可以完成党代表分配的任务，再发展革命力量同敌人展开斗争!”

通讯员杨柳兴说：“我的老家在永兴县，离这里不远，那里不属于黄吉城管辖，是个三不管的地方，更容易发展革命力量!”

唐达雷还在沉思，孬狗说：“雷队长，我们先到杨柳兴家休息几天，了解一下情况再说吧。”唐达雷：“那样也好。现在休息一下，等天亮了就出发!”孬狗和杨柳兴说：“听队长的。”

大家在火堆边坐下来，不再说话。由于过度疲劳，唐达雷在温暖的火堆边慢慢地睡着了。杨柳兴却没有入睡，他后悔不该说要带唐达雷到自己家里躲几天的话。他回想起了被敌人追剿的可怕情景，更想起了福源坝许多家庭被斩尽杀绝的可怕情景。他想："唐达雷是祸星，带他去我家里会给我全家带去万劫不复的灾难！可是，话已说出去了，怎样才能不带他们到我家里去呢？"

杨柳兴越想越后悔，越想越害怕。他想收回自己说过的话，但是，他知道，唐达雷最恨说话不算数的人，最恨革命信念动摇的人。他一定会认为自己的革命信念发生了动摇，他一定会一枪崩了自己！想到这里，杨柳兴不觉打了个寒噤！杨柳兴想绝不能让唐达雷崩了自己！他想起了古人说过的先下手为强，后下手遭殃的道理，决定不如自己先杀了他！杨柳兴掏出手枪对准唐达雷。唐达雷在朦胧中突然惊醒："杨柳兴，你要干什么？"

杨柳兴一愣："唐队长，我们无望了，去投降吧，给自己留条生路。"

唐达雷怒眼圆睁："你想干什么？忘了党代表对我们的教导和嘱托吗？任何情况下，都不能当可耻的叛徒！"

杨柳兴："对不起雷队长，我实在想不出什么好的办法了。"杨柳兴扣动了扳机。唐达雷一手捂着鲜血流淌的胸口，一手指着杨柳兴："你这个可耻的叛徒！"

枪声惊醒了孬狗。孬狗伸手摸枪，杨柳兴一枪将孬狗脑袋打开了花。杨柳兴用刺刀割下唐达雷的首级，摘下了他的手抢，取去了他衣袋里仅有的一块银圆，快速地向张盛荣团部走去。

第二十六章

送密件崇新涉险　谋发展志学遇害

陡梯子。打黄指挥部。张大洲拿起一份《永定官报》，“黄督办发大军围剿福源坝，游击队覆灭在即”几个大字映入眼帘，下面接着写道：“昨日，黄督办召开剿赤会议，决定乘赤匪金沙镇大败，元气大伤之时，调集五个正规团、三个县民团，共一万余人加速进剿潜水河，务期在最短时间内一举荡平赤匪。”张大洲大吃一惊：“刘庆庄、唐作俊同志危险了。”

通讯员黎崇新跌跌撞撞地跑了进来：“张老革命，大势不好，黄吉城所发大兵采取步步为营的办法，对赤区严密封锁，大肆大戮，游击队坚持不下去了。快，快设法救助他们!”

黎崇新说完，昏倒过去。张大洲：“快给他灌姜汤。”

张大洲安顿好黎崇新后，立即召开紧急会议。张大洲：“钟大麟同志，立即向省委起草一份紧急请示。我说你写：关于目前刘庆庄、唐作俊的艰难处境，必须立即分散转移的请示。省委：继金沙镇损失一千余人后，吴贵锋所带四百余人枪被陕南军阀陈宗光吃掉，游击队主力损失惨重。目前，军阀黄吉城又调集万余大军进剿根据地。刘庆庄、唐作俊处境艰难，恐怕很难继续坚持下去。为了保存革命火种，建议省委立即调刘庆庄、唐作俊离开根据地，由省委另行安排工作。其余同志，分散隐蔽，待机再起。是否妥当？请省委及时作出指示。川东临时军委张大洲。”

钟大麟将草稿送张大洲：“请你再审查修改一下。”张大洲匆匆看过：“情况紧急，不要再精雕细刻，说清情况就可以了。黎崇新同志，你身体恢复没有？能不能将报告立即给省委送去?”

黎崇新狼吞虎咽地吃了一阵后，拍着胸脯说：“刚才是饿昏了。现在没事了。保证完成任务。”张大洲：“好。一路上多加小心。”

陡梯子。打黄指挥部。钟大麟递上省委的批复：“老革命，省委的批复下来了。”

张大洲接过省委的批复：“同志们，省委对我们的请示及时作出了答复，指示游击队可以化整为零，刘庆庄、唐作俊同志离开根据地，到重庆向省委报告情况后另行安排工作。哪位同志将省委文件送到游击队去？”几个人争着：“我去！”黎崇新：“你们都不要争了。老革命，还是我去！”张大洲：“你这样没日没夜地奔波，身体吃得消不？”黎崇新拍了拍胸膛：“吃得消。根据地的同志们处境那么危险，吃不消我也要坚持！老革命，根据地的路我比较熟悉，还是让我去吧。”张大洲：“我担心你身体吃不吃得消——”黎崇新：“天大的困难我也能克服！”

张大洲：“你立刻将省委指示送去根据地。一路上要多加小心，不能出半点差错。啊，还有一件事我忘了问你，你认识刘庆庄、唐作俊同志吗？”黎崇新：“刘庆庄是我的老同学，唐作俊我还没有见过他，不过，我可以问嘛。”

张大洲：“他们如果怀疑你，你可以告诉他们你是西匹。”黎崇新重复几次：“西匹。老革命，什么意思？”张大洲：“西匹就是俄语里的共产党。他们知道。”

黎崇新化装成小贩，将省委指示藏进棉袄的夹层中，背着上圆下方的巴山背二哥背篼：“老革命，我可以动身了吗？”张大洲整理了一下黎崇新的行装：“像个地道的小摊贩，可以出发了。”

黎崇新走出几步，张大洲追了上去：“黎崇新同志，等等。”黎崇新：“老革命，还有什么事？”张大洲：“你身上有钱吗？零钱多吗？”黎崇新：“有一块大洋。”张大洲从兜里掏出一大把零钱递给黎崇新：“这怎么行？世界上哪有只有一整块大洋的小摊贩啊？你要记住，你是小贩，得有许多零钱！大家把身上的零钱都掏出来！”

钟大麟、唐志轩等将零钱交给张大洲。张大洲用一个破旧的钱袋装好，递给黎崇新：“好好保管好！”黎崇新：“老革命想得真周到！”张大洲：“装个什么人就得像个什么人，不然一下子就被敌人看穿了。”

黎崇新走乡串户，售卖针线等小百货。遇到盘查时，就掏出川陕边区绥靖督办公署签发的特别身份证和通行证，顺利地通过了一道道关口。行至回龙坝，黎崇新被几个身穿川陕护卫军服装的士兵拦住：“干什么的？”黎崇新摸出特别身份证：“老总，请放我走，我是良民。”

一人高声说道：“你是奸细！老实交代你到这里来干什么？”一人说：“把这个奸细杀了算了。少跟他啰唆。”另一人说：“你到底是什么人？你只要老实交代，我们可以不杀你。”

黎崇新：“老总要我交代啥子?”一人说：“什么老总?老子是红军游击队！我问你，军阀黄吉城给了你什么好处，你敢冒死到这里来探听老子们的军情?”

黎崇新不解地问：“你们真是红军游击队?怎么穿的都是川陕护卫军的衣服?”一人说：“这衣服是老子在战场上敌人尸体上剥下来御寒的。你倒审问起老子来了！快交代军阀黄吉城派你到这里来有什么任务?不然老子一刀宰了你!”

黎崇新：“你们真是红军游击队?我要见你们党代表刘庆庄、总指挥唐作俊，我会告诉他们我的真实身份的!”一人说：“你莫跟老子们耍花招！老子们的党代表、总指挥是什么人都可以随便见的?快点老实交代你到这里来是干什么的！不然，老子一刀劈了你!”

黎崇新：“不见到刘党代表、唐总指挥，你们就是劈了我，我也什么都不会说!”一个人说：“这个家伙口口声声要见党代表、总指挥，现在不忙杀他，将他押到总指挥部去，等见了党代表、总指挥再杀不迟！把他捆起走!”

陈家大院坐落在半山腰。右侧紧临悬崖绝壁，左侧和院后是茂密的森林，正前方是一块开阔的坝子。临时指挥部设在陈家大院。黎崇新被押到唐作俊面前。唐作俊：“你口口声声说要见刘庆庄、唐作俊，你认识刘庆庄、唐作俊吗?”

黎崇新：“你们真是游击队吗?”唐作俊：“老子们就是共产党领导的游击队。你是黄吉城派来刺探游击队的特务吗?”

黎崇新：“你们如果真是游击队，就应当马上带我去见刘庆庄和唐作俊。我不是黄吉城派来的特务。我是受张老板之托前来见刘庆庄、唐作俊，给他们送重要礼物来的。”

唐作俊：“哪个张老板?”黎崇新：“住在涪流县陡梯子的张大洲老板。”唐作俊：“你和他是什么关系?”黎崇新：“育才学校的同事。”唐作俊：“只是同事?”黎崇新：“我们都是西匹同志。”唐作俊：“有什么为证?”黎崇新：“省委文件为证。”

唐作俊站起来，解开绑在黎崇新身上的绳索，紧握黎崇新双手：“难为你了，同志。”

黎崇新眼泪夺眶而出：“我可找着你了!”

院外突然响起了枪声，一群白狗子击倒了大院门前哨兵，从大院前大坝边放枪边向大院冲来高喊着：“活捉刘庆庄、唐作俊!”

唐作俊立即指挥游击队抵抗敌人的进攻。敌人距临时指挥部大院越来越近。刘大疆掏出手枪指向黎崇新："是你这个奸细将敌人引到这里来的吗？老子崩了你！"黎崇新："别误会！"

唐作俊："阻击敌人要紧，派人将他带到后院隐蔽去！"

一阵激烈的战斗之后，敌人不敢贸然进入大院，只将大院重重包围，两军陷入僵持状态。唐作俊思索着脱身之计。突然，敌阵中一人高声喊道："唐作俊会妖法，能呼风唤雨，飞沙走石，谨防他驾云逃跑。大家快用屎尿镇住唐作俊的妖法！"愚蠢的敌人便一齐对着张家大院撒起尿来。

唐作俊在院中四下寻找脱身之路，走进张家大院仓房，只见里面堆放着数十个晒粮用的竹编簸箕，高兴地说："有了，有了！"

他指挥几个战士将簸箕搬到楼上，将簸箕平抛，向悬崖下滑去。敌人见簸箕腾空而起，缓慢地向山崖下飘去，惊愕不已，齐声喊道："唐作俊驾云跑了！唐作俊驾云跑了！"

远山传来了警卫队的枪声。黄志尚高喊："唐作俊真的跑了，快跟老子追！捉住唐作俊老子给重赏！"大队敌军争先恐后地向山崖下追去。

唐作俊带着游击队从大院左侧迅速撤进山林。黎崇新撕开棉袄，拿出省委文件，递给唐作俊："作俊同志，这是省委给你们的最新指示。"

唐作俊看着省委指示，耳边响起浑厚的声音："刘庆庄、唐作俊同志，省委已知道你们目前所处的困难环境。为了保存革命的有生力量和革命群众，省委决定，游击队员分散转移，刘庆庄和唐作俊同志到重庆向省委汇报情况后，另行安排工作。"

唐作俊兴奋地说："同志们，省委知道了我们目前遇到敌人大军围剿的情况，给我们及时作出了指示，请同志们谈谈对贯彻省委指示的想法。"唐志学："首先，感谢省委对我们的关怀。我的想法是，我带一支队向陕南发展，每到一地，一边发动群众破仓分粮，一边宣传革命，发动群众参军参战。刘大疆同志带二支队向夤河城方向发展，迎接党代表。罗翥鹏同志带三支队向宣兰县方向发展，到敌人后方去骚扰敌人。这样，既符合省委分散转移的指示精神，也符合保存革命有生力量的精神。"众："唐志学同志的意见很好，我们赞成。"

唐作俊："好。我们现在人数虽然少了，但也更加精干了。现在的人员绝大部分是福源坝起义时的骨干人员，是革命的种子，无论走到哪里，都能发芽、生根、开花、结果。"唐志学："从黄吉城大军进剿以来，还没有一个夜校的人向敌人投降，说明我们的农民夜校办得很成功，把革命的道理深深地扎进了大家的心里。希望我们分头发展能取得很好的效果。”

刘大疆：“希望在不久的将来，我们在潜水河再相见！”唐作俊：“不！我们的目标是在巴山城、在永定城再相见！”唐志学：“总指挥的目标更远大！”唐作俊：“革命的远大目标永远不动摇！这次敌人疯狂到了极点！烧了我们的村庄，杀了我们无数的革命群众，以为可以扑灭革命！事实上呢，革命者是不怕流血牺牲的，我们活一天就要战斗一天！我就是死了，还有儿子，儿子死了还有孙子，子子孙孙战斗下去，总有一天革命会成功！”众：“革命一定会成功！”

崎岖山道上，行进着一支衣履不整但却精神焕发的队伍。唐志学拉着唐作俊的双手，十分诚恳地说：“总指挥，你送了我们一程又一程，请留步吧。”唐作俊依依不舍地紧握唐志学的双手，目送着向陕南而去的队伍：“多么好的同志和战友，我们这次分别了，何时再相见？”唐志学信心十足地说：“我们很快就会相见的。”二人挥手告别。唐作俊目送着唐志学走上山道，隐没在群山之中。

唐志学率队快速行进在山道上。李远章紧紧追来：“营长请停停！”唐志学：“李兄何事？”

李远章：“营长，你我两家世代之交，你我从小在一起长大，又相知相识至密，真可谓肝胆相照、荣辱与共的挚友加兄弟。现奉上你本家唐团总密匝一封，请你细看便知。”

唐志学撕开信封，耳边响起一个男人的声音：“本家兄弟见字如面，前者唐作俊闹共产，兄弟受其裹胁，倘能成其气候，前途无量！后者，黄督办派大军进剿，唐作俊日暮途穷，覆灭在即！在这风云变幻时刻，愚兄窃为贤弟筹谋，古人云，迷途知返，仁人智者之举！请贤弟及早弃暗投明，杀掉唐作俊，为党国建功立业，定当职位高升，荫蔽子孙万代！望贤弟三思，切勿放过这千载难逢的大好时机！为桑梓谋福，为唐家增光！”

唐志学看完信莞尔一笑：“老兄美言，小弟已领受，请在此等候佳音，小弟去去就来！大家在此陪李先生，不要让他感到寂寞。”李远章：“兄弟快去成其光宗耀祖、利国利民的大事！愚兄在此恭候！”

唐志学急速跑回临时指挥部。唐作俊惊讶地问：“参谋长为何去而复返？是不是又有新的打算了？”唐志学：“总指挥，你说对了。老兄此番回来是想到黄吉城那里去‘报功请赏’，发笔大财！”

唐志学说罢，从怀中掏出密匝递给唐作俊。唐作俊看信后接连发出震耳笑声："三哥请嘛！献上我唐作俊的人头，黄吉城至少给你个团长当当！给你的奖金至少可保三代人不缺吃穿！"唐志学也哈哈大笑："黄吉城就是把督办位子让给我，我也嫌他官位太小太臭！老子唐志学岂是那种追名逐利朝秦暮楚之人！李远章把老子看扁了！"唐作俊："三哥回来是何用意？快快请讲！"

唐志学诚恳地说："我回来的目的是请总指挥提高警惕。我放心不下总指挥的安全啊。你要知道，黄吉城和他的爪牙，时时刻刻都在想着你的人头。你可千万要时刻警惕那些企图用你的脑袋换取高官厚禄之人啊！"唐作俊十分自信地说："敌人想从内部攻垮我们，谈何容易！我相信我身边的每一位同志，不会被敌人收买过去！"

唐志学在院中找来一块球形石头，用布包好后："这么说来我就放心了。为兄告辞了！"

唐作俊："老兄包这石头何用？"唐志学："为兄大有妙用！"

唐志学凑近给唐作俊耳语数句，唐作俊连连点头："三哥此去一定要谨慎行事！"唐志学："兄弟放心，为兄绝不会误事！"唐作俊目送唐志学提着布包大步离去。

唐志学转过树林，李远章迎了上来："兄弟办事真是敏捷！佩服佩服！大事办成功了？"唐志学将包袱扔给他："你自己看吧！"李远章接连打开几层包装，只见是一块石头，急忙问："兄弟，这是什么意思？"

唐志学怒眼圆睁："瞎了你们的狗眼！我唐志学岂是那朝三暮四，反复无常之人！我唐志学生是共产党的人，死是共产党的鬼！你们这些军阀豪绅的龟孙子都见鬼去吧！"李远章慌忙跪下："兄弟，我可是真心为你好啊，别杀我！"

唐志学随手一枪，李远章应声倒下。唐志学转身，与唐作俊碰个正面。唐作俊："三哥立场坚定，爱憎分明，佩服，佩服！"唐志学："就此告辞，我马上去拜会本家团总！"唐作俊："三哥，一路走好！"

唐志学带着五人，提着包袱进了团总大院。团总唐凌志见唐志学来到，急忙走出房门迎接："贤弟大驾光临，失敬失敬！快快请坐！"

唐志学将包袱递给随从，然后向唐凌志还礼："贤兄在上，不用客气。"兄弟二人携手，带领众走进客房坐下。唐凌志见唐志学的随从不肯放下包袱，立即打招呼："排宴伺候！"唐志学见端茶递水的人个个腰别手枪，面带杀气，淡淡一笑："兄长客气了！"团总："这是应当的！"

两桌相邻的酒席迅速排上。唐凌志拉着唐志学的手入座后，将唐志学随行五人分别安排在两席。唐志学的随从入座后仍然将包袱放在自己脚边。唐凌志将他的三个亲兄弟及几个保镖将唐志学的六人隔开入座。他们表面上是作陪，实际上是将唐志学和随行人员严密控制起来。酒斟满后，唐凌志举起酒杯，急于想揭开底牌："各位！本家兄弟光临，愚兄特备薄酒一杯，为本家兄弟接风洗尘，有请在座诸君作陪！大家都是自家人，请大家不要客气！首先，我提议大家为本家兄弟建下不世之功，即将得到督办大人重赏表示热烈的祝贺！刚才，我看到本家兄弟提着一个包袱走了进来，愚兄就知道，这一定是本家兄弟带来了唐作俊的人头！在这开席之时，本家兄弟，是否打开包袱，让大家一睹唐作俊人头为快，以助酒兴？"

唐志学胸怀坦荡地说："承蒙本家贤兄抬爱，愚弟十分惭愧。不过，请本家贤兄相信，那些上不了等秤之人的人头岂能污我之手？现在，酒宴既已排上，大家都举起了酒杯，愚弟以为人头乃污秽之物，反正它没有长翅膀，是不会飞走的。请本家兄长不忙打开包袱，以免伤了大家的胃口。先痛快饮酒，然后再看人头不迟！"

唐凌志不得不表示同意："好好好，贤弟比我考虑周到，不忙打开也好。本家兄弟这次为党国建了不世之功！定能得到督办大人重用！到时别忘了照看照看愚兄啊！"唐志学："那是当然，那是当然！"

唐志学举起酒杯："各位，在下不才，借花献佛，借大哥的酒，先敬大家一杯！"大家一齐举杯："谢唐三老爷！"

大家随即推杯举盏，狂饮起来。酒过三巡，唐志学突然从腰里摸出一支盒子炮，"哃"的一声甩到桌子上，高声说道："我看大家都别着枪，怪别扭的。既然是本家兄弟聚会，要喝就喝个痛快！庆功就像个庆功的样子！酒喝好了，饭吃饱了，大家才好一齐到永定城向黄督办请功去！"众人同声响应："对，唐三老爷就是爽快！"

唐志学说罢，举起大杯向唐凌志和唐凌志的兄弟及保镖一一干杯。唐凌志见唐志学如此豪爽，一个个疑团顿消，豪饮起来。连喝数杯之后，唐志学突然将手插进腰包里，唐凌志及保镖见状，一个个立刻伸手摸枪，紧张起来。只见唐志学慢慢地摸出一条手巾在额头和脸上擦汗。唐凌志等人紧张的神经又放松下来。唐志学擦完汗，又随手插入腰包："你们不是要看人头吗？我现在就打开给你们看！"

唐志学将包裹提到桌上，慢慢打开。人们睁大眼睛盯着唐志学的双手。忽然"啪"的一声枪响，与唐志学并排而坐的唐凌志应声倒下去了。唐凌志的三个兄弟和保镖惊魂未定，正伸手摸枪，唐志学又一枪将唐凌志最为机警而又十分刁悍的二弟打死，并且高声喝道："不许动，哪个动，老子的枪子可没长眼睛！举起手来！"

唐凌志的两个兄弟慢慢地举起手来。镖客们见状，一个个也举起了双手。唐志学随行的人，两个守住房门，三个一齐动手，搜缴了唐凌志兄弟和保镖身上的武器。唐志学命唐凌志的三弟向门外喊话："大家听我命令：放下武器，到院坝集合！"

唐凌志的武装人员见大势已去，一个个放下枪支到院中集合。

院外的游击队员听到枪声，一齐向大院冲来，缴获了唐凌志所有的枪支弹药。唐志学大声宣布："唐凌志作恶多端，欺压百姓，搞得许多人妻离子散，家破人亡。百姓怨声载道，纷纷要求川东游击队为民申冤，除掉这个害人虫！我受川东游击队之命，现在已将其镇压。你们在此之前追随唐凌志也干了不少坏事，本该严厉处罚。念你们能幡然醒悟，及时缴械投降，便不再追究以前的罪过。现在放你们一条生路。以后谁要再为非作歹，加倍处罚，决不宽恕！听到没有？"众："听到了。"

唐志学："你们走吧。"众人散去后，唐志学："赶快去请总指挥将指挥部迁到这里来。"

一人报告："参谋长，张盛荣团已将我们与总指挥隔绝，并正向我们袭来，请参谋长及时决定下一步行动方针。"

远处传来密集的枪声。唐志学："前面不远就是胡九丙的地盘，他多次要求与我们联合，我们现在就去与他联合，以便以后继续向陕南方向前进。"

一人说道："参谋长，胡九丙是土匪，惯于见风使舵，很不可靠。以前我们游击队声势正盛时，他想与我们联合，目的是想保存和扩大自己的势力。现在我们正在走下坡路，谨防胡九丙出卖我们！"

唐志学："你所担心的虽不无道理，但是，胡九丙在被俘以后，我把他放了，曾救过他一命，他应当不忘我的救命恩情。他胡九丙，倘若有江湖义气的一面，如能与我们合作，也不失为权宜之计。大家在此等候，我亲自前去与他联系。"唐志学带着三个游击队员快速向黄泥寨而去。

胡九丙山寨。炉火熊熊。喽啰走进大厅向胡九丙通报："报告寨主，唐志学求见！"

胡九丙哈哈大笑："唐参谋长看得起我胡某人，请他进寨来。"

唐志学走进大厅："寨主纳福，小弟叨扰了。"

胡九丙将唐志学安排坐下后，大声问道：“哈哈，大恩人来此，是路过小憩还是打算长住?”唐志学答道：“客随主便，路过或长住均可，请寨主安排就是。”

胡九丙：“若是路过，老弟放心在此住几天就是，愚兄自当尽地主之谊，回报救命之恩；如果想长住，就请老弟屈就副寨主之位，不知你意下如何?”唐志学：“寨主不必说什么报恩的话，也不必过谦，小弟不在乎什么职位。寨主若是能执行共产党打豪绅分田地的政策，倒是深明大义，迷途知返；不为屈就，倒是对小弟重用。”

胡九丙：“哈哈，兄弟，我早就说过，打土豪分田地，你们共产党那一套行不通！现在黄督办大军一到，那班泥腿子不就如鸟兽散了吗？哪里像我在这山上这样快活？兄弟不必再去做那些打土豪分田地，没用的事了。你我兄弟在山上快活一辈子也不枉在人世间走一遭！哈哈哈!”唐志学正色道：“寨主此言差矣。人生一世不能只顾自己个人快活，当为天下百姓着想，行正道，做善事。请寨主不要只看到我们当前正在走下坡路，就对革命前途毫无信心。须知这革命是人间的光明正道。革命正如走路，有上坡下坡，有转弯有抹角，不可能是一溜的平阳大道。只要一直坚持下去，就一定能到达最终的胜利。”

胡九丙：“兄弟，听我的，不要听共产党那一套。就在这山上跟我干，包你吃香的喝辣的，想女人有女人，快快活活一辈子！何必去为泥腿子卖命!”唐志学见无法与胡九丙沟通，便起身告辞：“古人说道不同不相与谋。小弟不敢强行改变寨主的生活方式，就此告辞！你我后会有期!”

胡九丙：“对，你说的很对！人各有志，互不强迫。不过兄弟既然来到山上，就不能说走就走。”唐志学奇怪地问道：“你想干什么?”

胡九丙：“要走，老兄也不强留你！兄弟既然跨进了山寨门，要想跨出这山寨门就由不得你了！你要想跨出山寨门，有一件事必须依从我!”唐志学：“什么事?”胡九丙：“把枪留下。”唐志学义正辞严地反驳道：“我的枪是革命人民用鲜血和生命换来的命根子，岂可留给你!”

胡九丙：“哈哈，不愿交枪？小的们！将他的枪给老子下了！唐志学，你可知道‘虎落平阳被犬欺’这句俗话吗？愚兄今天就权当一回狗，你这只落到平阳的虎，今天必须得遵从我这条狗的命令!”唐志学厉声喝道：“胡九丙，你这个无耻小人！我把你当成知恩图报的江湖上一条好汉，想不到你竟是这样的势利小人，好歹我对你有救命之恩！你难道不怕江湖中人耻笑你是个忘恩负义之人吗?”

胡九丙："嗨嗨，江湖义气顶屁用，谁能把它当饭吃？当年你放了老子胡九丙，是为了你自己升官发财，哪里是看得起老子胡九丙这条狗命？老子胡九丙今天要不收了你的枪，你就会危及老子山寨的安全。为了山寨的安全，老子胡九丙今天就当个见利忘义之人！来人，把他们的枪下了！"

唐志学拔枪："谁敢动老子革命的命根子，老子就跟他拼！"胡九丙迅速拔出手枪，一枪击中了唐志学胸膛："死到临头还逞什么能！"唐志学一手捂胸，一手指着胡九丙："胡九丙，你这见利忘义的小人，一定不得好死！"胡九丙一阵狂笑："老子先叫你不得好死！"

唐志学倒在了血泊中。三个随行的游击队员奋起反抗，但寡不敌众，也被当场杀害。寨下的游击队员听到枪声，向寨上冲来。胡九丙带着土匪，疯狂地向游击队冲杀。进攻山寨的游击队员全被胡九丙带领的土匪打死。

刘大疆带着胡老三等游击队员在转移途中，被数百民团紧紧追赶。刘大疆见前面有一座大院，便带领大家进入大院抗击敌人。刘大疆见数百民团将自己带领的游击队围困在大院里，边顽强抗击敌人，边命胡老三等："你们快撤，我掩护你们！"

胡老三等："保卫局长，我们不能离开你，我们一起抗击敌人！"

他们连续打败了敌人的三次冲锋。刘大疆等人都身中数枪，再也没有力气冲出包围圈了。敌人向他们发起了第四次冲锋。胡老三等壮烈牺牲。刘大疆爬着搜集战友的武器和子弹，不停地回击敌人。只剩下最后一颗子弹了，敌人爬到楼门口狂叫"捉活的"时，刘大疆举枪指向自己的脑袋，愤怒地吼道："狗杂种们，快来割老子的头去领赏嘛，你们也一定不得好死！共产党万岁！人民革命万岁！"刘大疆说完从容自尽。

罗翥鹏带着三支队向夤河县、宜兰县边境发展，多数人精神抖擞，少部分人拖拖拉拉。罗翥鹏多次催促也无济于事。宿营后，罗翥鹏召开党小组会议，分析部队出现的情况。唐山说："这一批人是陈宗光的旧部。昨年陕军陈宗光部被黄吉城击败后，一个连被黄吉城部紧紧追赶，在即将被消灭之时，要求加入我们红军游击队。党代表和总指挥同意将他们收编，增强了革命力量。"

罗翥鹏："党代表和总指挥调拨一部分游击队与这个连合组成第四支队，共三百余人，由我任支队长。我发觉这个连的人旧军人习气重，虽加强了革命教育，但是收效甚微。三支队组建不久，党代表、总指挥命令我们第四支向夤河县、宜兰县境内发展。党代表说：‘夤河县城南部的一个商业中心是明月镇，那里人口密集，盛产茶叶，往来客商多，经济较为发达。明月镇的团总叫唐凌志，拥有三百余人枪，控制了险要地势陡梯子，易守难攻。你要解放明月镇就要先攻下陡梯子。’我们打下陡梯子，攻占明月镇后，这伙人欺压百姓的坏作风又暴露出来了。他们进馆子吃饱喝足后一文不拿。店主向他们要钱，他们反倒要店主给他们钱，说什么‘老子们不给你们赶跑军阀，你能做啥子生意？还敢问老子们要钱？’这个事情被群众纪律检查队发现后，党代表要处罚他们。我及时向店老板交清了酒菜饭钱，又反复向党代表求情，才命令他们交足了酒菜饭钱了事。这些人吊儿郎当惯了，一下子不容易改过来。对这些人必须加强革命理想前途和革命纪律教育。”唐山说：“这些人的思想作风不是那么容易改变的。”

罗翥鹏带着游击队三百余人，乘夜攻下了敌人的据点陡梯子。罗翥鹏立即派政工人员发动群众破仓分粮。唐凌志请来黄志尚团截断了罗翥鹏回潜水河的归路。有的人主张硬拼：“打回去!”

罗翥鹏沉着冷静地分析得失利弊：“同志们，打回去就得打攻坚战！同敌人拼消耗只是匹夫之勇，我们不能随意处置同志的生命！我们可以绕道从敌人的薄弱部突围后向陕南发展。”

罗翥鹏带着队伍行进在大山之中，人烟稀少，粮食越来越困难。山上积雪开始融化，蕨菜抽芽，长得鲜嫩茁壮。罗翥鹏带领战士们挖蕨菜，燃篝火，烧泉水，煮野菜充饥。一些老同志吃得津津有味。陈宗光部参加起义军的那个连的王连长带头发起了牢骚：“这个日子怎么过？吃这个连猪狗都不吃的东西也能活人?”

整个连的士兵于是议论纷纷：“既无米又无盐，光吃野菜，把老子饿得连路都走不动了!”“还要打仗，这当的什么兵?”“住没住处，过穴居野人的生活，老子实在受不了了!”

唐山实在听不下去，故意大声笑着问：“支队长，你吃了二十多年的山珍海味，吃这无盐的蕨根野菜咽得下去吗?”

罗翥鹏大吃一口，慢慢咽下后，大声地说：“吃蕨根野菜的确是第一次，说实在话，真有点难咽。同志们，我们今天为啥要吃这蕨根野菜?”有人答：“没有粮食呗。”

罗翥鹏：“同志们，不仅我们没有粮食，天下所有的贫苦百姓都没有粮食。为什么没有粮食？粮食被军阀和地主豪绅抢光了！所以我们必须革命。我们今天吃蕨根野菜，为的是天下老百姓都不吃蕨根野菜，将来都能吃上美酒佳肴！对不对？”唐山高声回答：“对！”

陈宗光旧部的一些人悄悄地说：“对个屁！”“这种日子我们是在过不下去了，不如还是回去找陈宗光。”“陈宗光虽然不把我们当人，但至少不吃蕨根野菜，不住山洞岩穴。”

埋怨的声音越来越大，罗翥鹏听了，高声地问道：“同志们，有人提出要去找陈宗光，要去找陈宗光的请举手。”

一人胆怯地问：“支队长，你不会枪毙要去找陈宗光的人吧？”罗翥鹏：“游击队只杀反革命！找陈宗光的人，只要不是去当反革命，我们为什么枪毙他？”

唐山狠狠地说：“陈宗光是军阀，陈宗光是反革命，投靠陈宗光不是反革命是什么？反革命就该枪毙！”

罗翥鹏：“同志们，天底下并不是只有革命和反革命这两种人！还有更多处于中间状态的人！我们必须同情和理解这中间状态的人！我的想法是礼送这些朋友回去找陈宗光。当然，以后革命形势好转后，仍然欢迎这些朋友回到革命队伍里来！”

王连长站起来大声说：“支队长一席话说到我们心坎上了。今天，我们实在过不了革命的艰苦生活，才产生了回去找陈宗光的想法。我们在这里受到了革命教育，回去找到陈宗光以后，绝不欺负老百姓，绝不屠杀革命的同志！”罗翥鹏：“好！我送你们回去找陈宗光。”

游击队总指挥部。罗翥鹏快速走进总指挥部办公室：“报告总指挥，陈宗光旧部过不了革命的艰苦生活，要求回去。我想将他们礼送回去，请你决定。”唐作俊：“目前革命十分艰苦，陈宗光旧部要走，让他们自己走算了。陈宗光是个反复无常的小人，你去送他们凶多吉少。你要三思而后行啊。”罗翥鹏：“总指挥，游击队成立之初，我就考虑了一个游击队在川、陕、甘三省边界地区建立根据地的发展计划，你还记得吗？”唐作俊：“记得。当时我就说过，好啊，这是一个多么远大，多么令人振奋的革命计划啊！我完全赞成，完全支持！”罗翥鹏：“总指挥，游击队虽然受到了很大挫折，但是，我认为现在仍然可以全力实施这个三边计划。第一步，我将以真诚去感动陈宗光。陈宗光的旧部在游击队受到革命熏陶，已懂得了一些革命道理。我将他们礼送回去，不能设想他们坚持革命，至少能保持中立，不疯狂反对革命！然后，通过他们去感化陈宗光，不顽固坚持反动立场反对革命。俗话说，不入虎穴焉得虎子！不亲眼见到陈宗光，不亲自与陈宗光交谈，怎么能知道陈宗光可不可能同情革命，转向革命，支持革命，还是继续顽固坚持反动立场反对革命？为了革命，就是龙潭虎穴我也要去闯一闯！”

唐作俊望着天上的明月沉思良久，提笔赋诗一首：“福源浴血战敌顽，蜀山秦水只等闲。土地革命风云起，三边大计豪情展。不因洞腹挫锐气，自有豪情意志坚。临别举杯明月夜，凯歌期许共尧天！”

唐作俊将诗笺递给罗翥鹏：“临别仅以几句小诗表表心情，请指正！”罗翥鹏双手接过诗笺，挥笔疾书：“披肝沥胆入虎穴，壮志凌云斗敌顽；此生但愿得重逢，凯歌应奏赤县天！”

唐作俊给罗翥鹏倒了一杯水：“兄弟，本当为你饯行，我只能以水代酒，敬你马到功成！”

罗翥鹏举杯过头，笑道：“谢总指挥深情厚谊！这水比酒醇，比酒浓！一切尽在不言中！”二人握手依依惜别：“期待尽快相会！”

罗翥鹏将陈宗光旧部送进陈宗光大营。陈宗光特设大宴款待罗翥鹏。陈宗光举起酒杯，十分高兴：“罗先生如此重情重义，令陈某佩服不已。仓促之间，特备薄酒，为罗先生洗尘。首先敬罗先生一杯！”罗翥鹏：“罗某受旅长大人如此礼遇，感激不尽！请善待你的旧部，善待你辖区的子民！”陈宗光：“罗先生教诲，我陈某当铭刻在心！为报答罗先生美意，请罗先生屈就本旅参谋长并兼一团团长一职如何？”罗翥鹏：“旅座高看罗某了。不才不敢尸位素餐，只想拜访拜访贵军团营连长、县知事等人，了解一下你们这里的风土人情。”陈宗光假意应允：“罗先生有此美意，陈某自当应允。王团长，你就陪罗先生走走看看。他需要什么，你不需报我知道，尽量满足就是。”罗翥鹏：“谢谢旅座。罗某不胜酒力，就此告辞！”

陈宗光：“罗先生，陈某改日设宴再为你洗尘。王团长，送罗先生回营休息。”王团长搀扶着罗翥鹏走出陈宗光大营。

龙头山麓。游击队指挥部。侦察员跑进办公室：“报告总指挥，据可靠情报报告，罗翥鹏支队长已被陈宗光残酷杀害！”

唐作俊默默站起身来，摘下帽子，向陕南方向深深地鞠躬：“悔不该让他去闯龙潭虎穴！我们又失去了一个好同志，好战友！”

唐作俊悲痛欲绝，伸手拿起笔，挥洒血泪疾速写下“一颗丹心革命志，草木含悲不了情”，横批为“碧血千秋”的挽联以示悼念。唐作俊痛哭不止，在众人劝说下擦干了泪水，随即又提笔赋诗一首：“豪情壮志冠群雄，龙潭虎穴留英名。出师未捷身先去，狂飙化诗悼念君！”

大雨倾盆，唐作俊的眼中再次流出了血泪。

深山密林中。刘坚持啼哭不已。黄忠英怎么哄都无济于事。唐毛子："党代表，现在敌人封山，给养断绝。我们大人吃草根树皮，还可勉强支持。刘坚持太小了，他怎么能扛得住？我想将坚持送到张大洲同志那里去，找一个善良人家将他抚育养大。"黄忠英："孩子不能离开我。我不能离开部队。要走我们一起走。"刘庆庄："一起走，目标太大。唐毛子同志的想法很好。你跟唐毛子同志一起下山去吧。"黄忠英："我不能离开你。刘坚持也不能离开他爹……刘坚持一生下来就处在战火之中，没有得到很好的母爱。我亏欠他太多了。现在又必须母子分离，叫我于心何忍？"唐毛子："刘坚持已有两顿没吃到东西，不能再拖延时间了。"

刘庆庄："你下山去找到张大洲同志后，请他向省委报告我们的情况，请求省委对游击队今后的工作作出具体指示。"

唐毛子点头，背着刘坚持下山。黄忠英站在山头流泪目送，直到唐毛子完全消失在崇山峻岭中才向营地走去。

唐毛子看见一户人家便走了进去，只见一个头发花白的中年妇女正在理菜，便央求道："大姐行行好，这孩子两天没吃东西了。给他点吃的好吗？"妇女抬起头，惊讶地说："你不是唐毛子吗？怎么到我家来了？"唐毛子："大姐，你怎么认识我？"

妇女端出一碗野菜玉米糊，边喂小孩边与唐毛子聊起来："昨年，你带着队伍到我们这里来打土豪的时候，我就认识了你。"唐毛子："大姐，白狗子正在清剿游击队，你们这里情况怎样？"妇女："惨啦。我六十多岁的公公婆婆，还有丈夫和两个儿子都被白狗子枪杀了，我是跳进一个山洞里才逃得了性命。我本来也不想活了，想到小女才六岁没人管，我才活了下来。"

唐毛子："村里还有多少人？"妇女："老弱病残还有一百多人。"唐毛子："白狗子还来清乡吗？"妇女："还经常来清乡。"

远处传来哭喊声。妇女："白狗子又来清乡了。你得快走，白狗子见到生人就杀。"唐毛子："这孩子托给你抚养一段时间行不行？"妇女："这是你的孩子？"

唐毛子："是党代表的儿子，叫刘坚持。"妇女："你带着不方便？"唐毛子："遇到敌人还得打仗。"

妇女："党代表的儿子，是革命的后代。我自己不吃不喝，也要把他带好。"唐毛子："拜托你了。你叫什么名字？"妇女："我没有名字，大家都叫我张三嫂。"唐毛子："我马上去引开白狗子。记住，党代表的儿子叫刘坚持！”妇女点头：“记住了，刘坚持！”

唐毛子匆忙走进树丛中，向白狗子开了一枪。白狗子发现了他：“快追，捉活的！”

白狗子疯狂向唐毛子追来。唐毛子边跑边射击，跑到悬崖边。白狗子的枪弹射中了他的大腿。他眼前一黑，昏倒后摔下悬崖……白狗子向悬崖下望去，伸了伸舌头，连开数枪：“算了，不管他了，下面深不见底，没打死他也摔死他了！”

清晨，东方露出一片曙光，凉风吹拂，山鸟的鸣叫声使唐毛子苏醒过来。伤口剧烈的疼痛使他全身像通电一样颤抖。唐毛子挣扎着站起来，想走到小溪边喝水，双腿却像两根木头一样不听使唤。他只好爬到小河边，咕噜噜地喝了几口清凉的河水。他感觉浑身剧烈地疼痛，又昏了过去。突然，有人翻动他的身体，使他醒了过来。那个翻动他身体的人惊叫起来：“你还活着。”唐毛子有气无力地说：“我还没有死。”翻动他身体的人：“你是什么人？”

唐毛子坦然地说：“老子是游击队战士。大家都知道我叫唐毛子。你如果仇恨游击队，可以将我的头割下来，拿去领赏！黄吉城会给你很多的奖金，可以让你快活一阵子。”翻动他身体的人：“你把我当成什么人了？我也是游击队战士。来，我背你去找大部队。”

唐毛子：“我周身的骨头都摔碎了。我拜托你办一件事。”翻动他身体的人：“什么事？”

唐毛子：“找到党代表的儿子刘坚持，将他抚养成人！”翻动他身体的人：“你把刘坚持放到什么地方去了？”

唐毛子：“我背着刘坚持遇到白狗子，我将刘坚持拜托给离这不远的大山上一位大嫂了，她叫张三嫂……我引开白狗子后，受了伤，摔下了悬崖……没有完成将刘坚持护送到张大洲那里去的任务……你找到刘坚持后，一定要设法将他送到张大洲同志那里去，让张大洲同志将他抚育成人……你叫什么名字？”翻动他身体的人：“我叫唐志轩。我一定不辜负你的嘱托，找到刘坚持，送到张大洲同志那里去。来，我背你走！同志，同志！”唐毛子：“不用了，好兄弟，好同志，记住我的嘱托……我记住了你的名字……”说完将头一偏，不再理唐志轩。

唐志轩流泪高喊：“好同志，我一定不辜负你的嘱托！同志，同志！”呼叫声在山谷中传响，唐毛子却再也不作一声回应。唐志轩流着眼泪，快速上山去寻找刘坚持。可是一连找了几天也不见刘坚持的身影，只好回到涪流县陡梯子。唐志轩走进张大洲卧室汇报：“张大洲同志，护送刘坚持的唐毛子同志可能牺牲了。”

张大洲急切地问：“刘坚持呢?”唐志轩：“我在大山上找了几天，都没有找到刘坚持的身影，只好先回来向你汇报情况。”张大洲：“你马上再次上山，一定要想办法找到刘坚持。”

唐志轩：“是。”

唐毛子带着刘坚持离开以后，刘庆庄身边只有五人了。在敌人重兵围剿下，他们一连九昼夜没有吃东西了。敌人在山下狂呼乱叫：“红军游击队完蛋了，赶快下山投降吧。”

游击队饥肠辘辘又受到敌人兵刃相逼，个别人唉声叹气，精神萎靡不振。刘庆庄强忍要命的饥饿折磨，振作精神对大家说：“同志们，我们的主力部队还在，我们的党还在，革命一定会胜利。我们要坚持斗争，要勇敢坚强地活下去。只要还有一口气，就要斗争到底！只要坚持斗争就一定能取得胜利!”

大家受到鼓舞重新振作精神：“党代表请放心！不管出现何种状况，我们都绝不当孬种!”

唐毛子拄着一根树枝，走到刘庆庄身边：“党代表，我回来了。”黄忠英抓住唐毛子急切地问：“我的刘坚持呢？你把他弄到哪里去了?”唐毛子讲了带走刘坚持后发生的事情，说道：“我请唐志轩同志帮我去找那位大嫂要刘坚持去了。”

第二十七章

临绝境庆庄被俘　拒诱惑忠英不屈

刘庆庄："我们不能都困死在这荒山野岭。得想办法同根据地群众取得联系。派谁下山去好呢？我反复思考了很久，这样吧，黄忠英同志，你和唐毛子一起下山去吧。"

黄忠英："不，我决不能离开你，我和你要么一起下山，要么都留在山上。我们生要生在一起，死要死在一起。"唐毛子："党代表，我决不离开你，我们革命在一起，生死在一起！"

刘庆庄走到黄忠英身边，用手轻抚着爱妻的头发说："我不能同你一起下山，我的目标大，在山上可以牵制住敌人。你下山去，去跟农会的人联系，想办法找到党，发动和组织群众打击敌人！唐毛子和你一起下山，有什么情况，你们相互间也好有个照应。你要想办法找到刘坚持，将他抚育成人，要教育他接着我们开创的革命事业，继续干革命！我们的革命一定要后继有人！"众："嫂子，赶快准备下山吧。"

黄忠英流着眼泪说："大表哥，我受不了这生离死别的痛苦！"刘庆庄为黄忠英擦干眼泪："表妹，我不是让你去逃生，是让你下山去执行党组织派给你的发动群众、坚持斗争这一光荣而艰巨的任务的！"黄忠英振作精神："我会努力完成党组织交给我的任务！"

唐毛子："党代表，我知道，越早下山便越增加一分生的希望。请您还是另派一个同志随同黄忠英同志下山去吧。我不离开你，我和你留在山上一起坚持斗争到底！"

刘庆庄语重心长地拍拍唐毛子的肩膀："山上山下同样面临着生与死的严峻考验，不存在哪里多一分危险少一分危险的问题。听话，你和黄忠英同志一同下山。"

黄忠英、唐毛子与刘庆庄等挥手告别。刘庆庄一再叮咛："你们都是党的好同志，不管遇到什么危险，都永远记住：一定要坚信党中央的领导，千万不要忘记了党；一定要坚信群众是迫切要求革命的，千万不要忘记依靠群众；一定不要忘记了我们的革命战士，一定要坚信胜利一定是属于我们的!”

黄忠英、唐毛子不住地点头：“我们一定牢记党代表的教导，下山发动群众支持你们在山上的斗争!”

黄宗英和唐毛子走进只剩断壁残垣的村庄，见到一个老人：“老乡，这村子里有白狗子吗?”

老人看着黄忠英：“你是游击队吧?赶快离开这里!”黄忠英：“老乡，你们的农会还有哪些人?”老人：“不要问这些，我叫你赶快离开这里，不然我就喊人了!”

老人转身离开了。唐毛子紧攥拳头，牙齿咬得格格响，要去追老人：“我真恨不得杀了这老头儿!”黄忠英急忙拉住唐毛子：“老百姓被白狗子坑苦了，我们不能埋怨这个老人。我们再去找别的人吧。”

黄忠英和唐毛子走进一破茅屋农家，只见一个十来岁的小孩正在院坝砍猪草，上前问道：“小弟弟，你家大人呢?”小孩叫道：“娘，有客人来了。”房中走出一四十多岁的妇女：“谁呀?”

黄忠英立即上前：“蒲大姐，我们可找到你了。”李蒲氏：“原来是小黄、小唐啊，快进屋里坐。”

李蒲氏将他们请进屋里坐下，迫不及待地问道：“党代表呢?游击队的同志们呢?”黄忠英：“乡亲们可好?”

李蒲氏流泪说：“乡亲们可受苦了。我在家里被追杀，逃到这里才暂住来。党代表和同志们现在情况怎样?”唐毛子：“党代表和几个同志被敌人围困在深山里，断粮好几天了……”黄忠英：“党代表派我们下乡找党组织、农会和同志们……”

李蒲氏：“你们一定很饿了。我马上给你们煮饭，吃了就到附近发动乡亲们给山上送粮食。”黄忠英：“不忙给我们煮饭，还是先发动乡亲们给山上送粮食吧。”唐毛子：“对，我们饿点没啥，先发动群众给山上送粮食要紧!”

李蒲氏带着黄忠英和唐毛子走村串户，得到了一百多斤粮食。唐毛子高兴得合不拢嘴：“我马上将粮食送到山上去。”

谢大爷说：“别看我是六十多岁的人了，这山路我还能走，七八十斤粮食也还扛得起。我给党代表和同志们送粮食去!”黄忠英：“我也一起送粮食去。”唐毛子：“忠英同志，你不用上山送粮食，和蒲大姐一起发动群众吧。”

李蒲氏："对，忠英同志就不用上山去了。"黄忠英对着唐毛子和谢大爷说："好。拜托你们了。"

唐毛子和谢大爷穿过敌人的封锁线，爬过险峻的悬崖峭壁，穿过人迹罕至的原始森林，冒着漫天大雪，踏着遍地冰凌，向党代表驻地走去。可是，原驻地除了一堆残留的灰烬，不见一个人影。唐毛子："党代表准是带着同志们转移了，我们分头去找。"

唐毛子和谢大爷一连转了几座山头和山沟，仍然不见党代表和游击队的身影，十分着急地说："这可怎么办啊?"谢大爷："我们分头继续找去!"唐毛子："现在也只好这么办了。我要是还找不到，就下山去向蒲大姐报告，请求再派几个人来找!"谢大爷："你就不用再找了！快去向蒲主席报告这里的情况!"唐毛子迅速向山下走去。

谢大爷转过山头，迎面碰上了一群搜山的白狗子。谢大爷转身想躲，几个白狗子将他捉住："站住！你上山来想做啥子?"谢大爷："我上山走亲戚。"白狗子连长："嗨嗨，这大雪天上山走亲戚？身上背的是什么东西？准是给游击队送东西来了。"一白狗子："报告连长，他身上背的是粮食!"

连长："快说，你是不是给游击队送粮食?"谢大爷冷冷地说："游击队不是被你们杀光了吗?"连长："你可以把粮食送给游击队！走!"白狗子用枪托撞击谢大爷后背："快走!"

谢大爷走了几步便蹲下身子，任凭白狗子打骂，不再向前挪动一步。

刘庆庄等透过树林，看到谢大爷被白狗子逼着向自己走来，低声下令："同志们，准备战斗!"

连长掏出手枪："老东西，再不往前走，老子就打死你!"谢大爷向密林深处大声喊道："游击队的同志们，白狗子搜山了，你们不用管我，赶快转移!"连长连开数枪将谢大爷打死。

李蒲氏和黄忠英分头发动农协会员给游击队送粮食。吴二拐子发现了李蒲氏的行踪，急忙一簸一拐地走进张盛荣团部："报告团座，我发现县农会副主席李蒲氏正在发动群众向山上送粮食。"张盛荣："马上逮捕这个共产婆子!"

一群白狗子直扑李蒲氏家，抓捕了李蒲氏。张盛荣："李蒲氏，你只要老实交代刘庆庄和游击队现在在什么地方，我就不追究你过去的罪过，还奖赏你万块大洋!"李蒲氏笑了笑："团长真大方！这么说来，我就可以一下子发大财了?"

吴二拐子："这当然了。买田买地，修房造屋，足够你这一辈子花销了。这可是许多人打起灯笼火把都找不到的大好事啊，赶快说吧！"

李蒲氏冷笑着说："你们给的钱太多了，可惜我拿不动！"张盛荣恼羞成怒："给你敬酒不吃，那就给你吃罚酒。来人！把这个共产婆子吊起来，看她嘴有多硬！"

李蒲氏被反手吊在了房梁上。小孩怒指张盛荣："把我娘放下来！不准你们吊打我娘！"

张盛荣抓住孩子对李蒲氏说："你不要死心塌地跟着共产党了。为了你的孩子，我劝你及早回头！赶快说，游击队现在在什么地方！我马上放了你和你的孩子！"

李蒲氏怒目以对："孩子是无辜的，你休想用孩子来要挟我！"张盛荣奸笑道："共产婆子真是不通人性，连自己的孩子都可以见死不救！"

李蒲氏："你们这群杀人不眨眼的刽子手懂得什么叫人性？把孩子放开！"

小孩挣扎不开，使劲地将张盛荣的手咬了一口。张盛荣大叫一声："哎哟，老子宰了你这个孽种！"说完，拔出手枪，将小孩打死。同时狂叫道："李蒲氏，你说不说？"李蒲氏愤怒地骂道："你这个杀不眨眼的畜生，一定要遭到恶报！"

张盛荣掏出手枪接连向李蒲氏开了几枪。

正在老乡家筹粮的黄忠英听到枪声，急忙向李蒲氏家跑去，路上正好与唐毛子相遇："毛子，将粮食送给同志们了吗？"唐毛子："没有。在山上始终找不到党代表和同志们。我回来请求再派几个人上山去找！"黄忠英："走！快回去向蒲大姐报告！"

刘庆庄见白狗子杀害了谢大爷，带领游击队向敌人射出了愤怒的子弹。双方发生激烈枪战。搜山队步步逼近。刘庆庄扣动手枪，没有打响。敌连长见状，高喊："他没子弹了，捉活的，冲啊！"

一大群白狗子疯狂地向刘庆庄扑来。刘庆庄见身边的战友已全部壮烈牺牲，便镇静地在兜里摸索出了最后的两颗子弹，按进弹匣。他知道，最后的时刻来到了，决不能落到敌人的手中。他见敌人离自己只有几米远了，便打出一枪，击毙了跑在最前面的一个敌人。敌人顿时趴下："他还有子弹！"

刘庆庄轻蔑地看着胆怯如鼠的敌人，笑了笑："小兔崽子们，拿老子的脑袋去请功吧！你们这下子可以发大财了！”然后，从容不迫地拿着枪对准了自己的脑袋，高喊：“共产党万岁！革命万岁！”他毅然扣动扳机，可是子弹瞎火，连扳数下也不起作用。刘庆庄甩下手枪，向悬崖边跑去。可是，道路已被敌人挡住。敌人猛扑上来捉住了刘庆庄。

张盛荣哈哈大笑：“党代表，刘庆庄！你终于成了我的阶下囚！我终于笑到了最后！”

刘庆庄坦然以对：“张盛荣！你不要高兴得太早，谁能笑到最后，只有人民才能做出公正的评判！”张盛荣歇斯底里地大叫：“把他给我捆起来，押送永定县监狱！向督办大人请赏！”

刘庆庄被五花大绑押送到永定县监狱投进死牢。张盛荣走进川陕边区绥靖督办公署办公室向黄吉城报告：“报告督座，我团在云雾山中已将刘庆庄捕获，现已将他押送永定县监狱关进死牢，请您定夺！”

黄吉城：“好呀，张盛荣团长建此殊勋，本督将重重嘉奖！”张盛荣：“谢督座。”

黄吉城：“刘庆庄虽然被捉，游击队残部还多，你要继续追剿残敌！”张盛荣：“是！”

刘积良喜形于色地凑近黄吉城：“捉住刘庆庄，大喜事呀！督座，你打算怎样处置刘庆庄？”

黄吉城强压心中的喜悦之情，矜持地反问：“依你之见？”刘积良转动眼珠，圆滑地说：“实难决断。你们在政治上是生死仇敌，在生活上又是亲上加亲……”

黄吉城也来个深藏不露：“政治仇敌有时也能化敌为友，这亲戚之间也可反目成仇……”刘积良试探地献计道：“如能让刘庆庄投降，倒可收到多种效果：政治上打击敌人，亲情上更加亲密……”

黄吉城见绕不过刘积良的圆滑，便开门见山地说：“刘庆庄的性格和为人，我很清楚。要刘庆庄投降十分困难。不过可以用变通的办法，让他在面子上过得去，不至于太难堪——”

刘积良：“督座的意思是？”

黄吉城：“他可以不写悔过书，可以不公开登报脱离共产党，只要他交代出游击队的情况，动员游击队放下武器，然后口头认个错就可以不惩办他了。你立即到狱中向他传达我的这个意思。”

刘积良走进死牢：“刘庆庄先生，督办一向认为你是个人才。你虽然误信了共党妖言，误入迷途，但是迷途知返，善莫大焉。督办大人只要你口头认个错，悔个过，写不写悔过书都无所谓，就可以马上给你自由。你出去以后，想做官给官做，想要钱说个数！督办大人都会不打折扣地满足你！”

刘庆庄冷笑几声：“督办大人也太大方了吧？我一个堂堂正正的共产党员，为贫苦百姓闹翻身，为国家强盛闹革命，有什么错该认？有什么过该悔？督办大人想用高官厚禄、金钱名利换取我的革命理想和为民之心，告诉你，那是痴心妄想，白日做梦！我为信仰而战的意志永远不会改变！”

刘积良：“刘先生不必年少气盛，固执己见。一个年轻人有理想抱负，我很佩服！但是，实现理想抱负总得留着性命嘛，这点我相信你这么聪明的人不会不知道。你要清醒地知道，你再顽固下去将会有什么后果，此事你要仔细想想……”

刘庆庄：“你们这群只知贪图名利、升官发财的人也配同我讲理想抱负？我知道我入狱后必将得到的结果！大不了就是一个死！不过我可以坦诚地告诉你：死，对于一个立志改造社会的革命者来说，没有什么可怕的！”

刘积良：“先生虽然入狱，但可选择的路子还多得很，何必说死呢？”

刘庆庄：“死的威胁，是你们征服意志薄弱者的撒手锏，对于一个坚强的革命者来说却是苍白无力的。他们清醒地知道，死亡的道路不是自己选择的，而是敌人强行给的。一个坚强的革命者是不怕死的！”

刘积良向刘庆庄凑近，还想再劝说几句。可是，刘庆庄说完后将头转向另一边不再理他，刘积良十分无奈，只好悻悻而去。

黄忠英、唐毛子飞快地向李蒲氏家走去，却遭到敌人的突然袭击，便掏枪与敌人激战。唐毛子：“黄忠英同志，你向右跑，我向左跑将敌人引开！”黄忠英：“不，我们一起战斗！”

唐毛子：“敌人太多，我们不可能打垮敌人！你赶快向右跑！我们不论谁摆脱了敌人，都要想办法尽快把这里的情况报告党代表！”

唐毛子向左边跑去，边向敌人开枪，边喊：“王老三，等等我！”一群敌人疯狂地向唐毛子追来，高喊：“捉活的！”唐毛子将敌人引入密林后钻进了一个山洞，甩掉了敌人。

另一群敌人发现了黄忠英，疯狂地扑向黄忠英：“捉活的！”黄忠英沉着地抗击敌人，连续打倒了几个敌人。突然，她感到左腕一阵剧痛，她知道自己负伤了。她咬紧牙关，向敌群扔出最后一颗手榴弹，便纵身跳下山崖。她从山沟里醒来，挣扎着向前爬。敌人高喊着“捉活的”下山搜寻。黄忠英向敌人射击，子弹打光后被俘。几个士兵狂叫：“张团长，我们捉到了一个女赤匪!”

黄忠英流血过多，脸色惨白，生命垂危。张盛荣怕她死了，高声问道：“叫什么名字?”黄忠英坚毅地抬起头来轻蔑地看了张盛荣一眼，又低下了头。张盛荣野蛮地用刺刀戳黄忠英的伤口，她疼痛难忍，但毫不作声，只是向张盛荣投去愤怒的目光。张盛荣：“你到底是什么人?”黄忠英：“我是巴山人!”张盛荣：“是不是赤匪?”黄忠英骄傲地昂起头：“这还用问?”

张盛荣：“叫什么名字？是不是黄忠英?”黄忠英：“我没有别的名字!”

黄志尚向张盛荣走来：“恭贺张团长，立下大功了!”

张盛荣：“黄团长，我们捉住了一个女赤匪，她不说自己的名字，你来看看是不是督办大人的二小姐黄忠英!”黄志尚快速走到黄忠英身边：“二小姐，想不到我们在战场上相见了，赶快回家去吧，督办大人十分想念您啊!”

黄忠英：“我是战俘，要杀要剐任便!”黄志尚：“我们就算是吃了豹子胆也不敢把二小姐怎么样嘛。来人！用滑竿将二小姐抬回家。”

黄志尚将黄忠英押进黄吉城书房：“督办大人，我们将二小姐送回来了。”

黄吉城怒不可遏地骂道：“不知我前世作了什么恶，生了你这个大逆不道、不谙人事的畜生，还不赶快给老子跪下!”

黄忠英昂首回答：“你不是前世作了恶！是今生今世作了恶！你是我的父亲，作为女儿该给父亲跪下。但是现在我是战俘，跪下标志着投降！我绝不会向你这个军阀下跪乞降！要杀就杀，要剐就剐，要我跪下，休想!”

黄吉城强压愤怒，假装表示亲切：“女儿，老子在气头上，言重了。女儿，你是我唯一的希望。你的大姐早早地死去了，你的一个弟弟也夭折了。此后我再没有生育。你是我唯一的女儿，我所做的一切都是为了你！为了让你一生过得快快乐乐！来人！把二小姐最喜欢的乐器拿来，老子很久没有听女儿为我演奏过了。”

乐器摆了一大堆。黄吉城指着说：“琵琶、月琴、三弦、扬琴、二胡、京胡，还有钢琴，这些都是你最喜欢的乐器，你很久没有使用过这些乐器了吧？奏一曲，为父亲消消气，你自己也散散心!”

黄忠英拿起琵琶弹奏了一曲《霸王别姬》，哀痛欲绝的旋律感动了在场的每一个人。琴声戛然而止，黄吉城突然醒悟过来：“女儿，父女重逢，应当演奏欢乐的乐曲。”

黄忠英敲击扬琴，演奏一曲《月儿弯弯照九州》，边奏边唱：“月儿弯弯照九州，几家欢乐几家愁？富人幸福享不尽，千人愁苦泪长流!”

黄吉城："女儿，不要去说什么富人穷人，父女相见应当感到欢乐！"

黄忠英轻蔑地说："我是战俘，哪是父女重逢？哪有什么欢乐可言？要杀要剐任便！"

黄吉城："哪个当父母的想杀自己的子女？你不想跪就算了。只要你和刘庆庄给老子赔个不是，老子立马放了你们，你们要官有官做，要钱有钱花！要出国远走高飞老子也让你们出国去！"

刘学兰闻声跑进屋子，抱着黄忠英："女儿回来了？老娘想死你了！女儿，你现在终于回来了，快给老汉赔个不是就算了！"

黄忠英拂去刘学兰的双手："娘，女儿没有做错任何事情，没有给老汉赔不是的道理！"

黄吉城再次发怒："我黄门不幸，养出你这个忤逆之女，老子早想把你崩了！"

刘学兰对黄吉城说道："虎毒不食子，女儿是你生的，是你教养大的，你是她的父亲你舍得崩了她你就崩了她！你天天夸你是个革命元老，把女儿真引上革命道上去了，你又要杀干革命的女儿了！你是个什么革命元老？"

黄吉城："革命革命，老子的革命是孙中山先生领导的国民革命，哪里是他们这种乱七八糟的泥腿子革命！"

黄忠英："谁说泥腿子不该革命？这天底下，泥腿子最受穷，他们又是创造一切财富的人，没有他们种粮，天下人吃什么？没有他们种棉，天下人穿什么？没有他们建房，天下人住什么！孙中山先生推翻帝制，目的只有一个，就是要强国富民，振兴中华。孙中山先生从革命实践中得出了一个正确的结论：要振兴中华，就必须联俄联共扶助农工！你拥护孙中山先生革命，就该按照孙中山先生的指示扶助农工。你扶助农工了吗？农工们被你剥削压迫得没吃没穿，妻离子散，家破人亡！他们不得不奋起反抗，你却对农工挥刀舞枪！你的革命与孙中山先生的革命有哪点相同？你完全背叛了孙中山先生的革命宗旨！"

黄吉城恼羞成怒，一挥手："不准你在这里宣传赤化理论！将她押入大牢！"刘学兰伸手阻拦："不准将女儿关进死牢！"黄吉城一把将刘学兰掀开："赶快押走！"

刘学兰望着被押走的女儿高喊："女儿！女儿！"

黄吉城对刘积良说："赶快派医生给黄忠英疗伤！"刘积良："是！"

死牢。三个看守警轮流一刻不停地看守着黄忠英。黄忠英对一个刚换上来的看守问道："老总，你叫什么名字？是哪里人呀？"看守警："二小姐，我叫贾二娃，是宕水县人。"

黄忠英："为什么当兵？"贾二娃："家里穷，为了糊口才来当兵的。二小姐，我不明白，你是督办大人的女儿，金枝玉叶，有吃有穿，衣食无忧，为什么有福不享还去当赤匪？"

黄忠英："我不是为自己找吃找穿，而是为了让天下像你们这样的穷苦人都能过上衣食无忧的好日子。"贾二娃："这能办到吗？"

黄忠英坚定地说："只要天下穷苦老百姓团结起来，推翻军阀统治，打倒地主豪绅，就一定能办到！"贾二娃："天下穷苦老百姓能团结起来吗？"

黄忠英信心十足地说："有共产党领导，天下穷苦老百姓一定能团结起来！"贾二娃："听说你的丈夫就是大共产党？"

黄忠英自豪地说："是的，我的丈夫就是大共产党。你知道他现在在什么地方吗？"贾二娃："他在男监死牢里关着。"

黄忠英："你能带我去见他吗？"贾二娃："你可以向胡扬坤请求。"

黄忠英："你去把胡扬坤喊来。"

胡扬坤："二小姐找我何事？"黄忠英："我要去见刘庆庄。"胡扬坤："待我去报告督办大人后再说。"

督办办公室。胡扬坤向黄吉城请示："二小姐要求见刘庆庄。"黄吉城生硬地回绝："不准！"刘积良上前劝说道："督座，这可是个动摇刘庆庄意志的极好机会。俗话说，人非草木，孰能无情？他刘庆庄再是个铁石心肠，岂能没有一点儿女情长？我听说他们感情至深，让他们相见，可能会收到意想不到的效果。"

黄吉城叹了口气说道："胡扬坤，这么说来，倒可以让他们见一见。你告诉黄忠英，如果她说动了刘庆庄，可以马上让她夫妻俩远走上海、北京，就是到日本、英国、德国、法国都可以，需要多少费用向我开个口，我都给。"

刘积良："督座，我看还是先让二小姐母女相见为好。"黄吉城："这个办法好。先让她们母女相见！"胡扬坤："是。"

胡扬坤带着刘学兰走进死牢。胡扬坤："你们母女好好谈谈。二小姐，你不要执迷不悟，这是督办大人给你的一次极好的机会。你应当珍惜！"

刘学兰："女儿，你也是有儿子的人了。你当了娘也应当体会到了养儿的艰辛了。我把你拉扯到这么大，有多么的不容易！女儿，你的父亲是军阀，你不该走上反对军阀之路。不过，现在回头也不晚。你父亲答应，只要你回头，还是爱你，不为难你！”

黄忠英：“我是军阀的女儿，就只能做军阀的孝子贤孙吗？就只能看着饥寒交迫的穷苦百姓不管吗？母亲，你也曾经是热血青年，当年的革命热情到哪儿去了？”

胡扬坤：“二小姐，你母亲劝你没有错。人生最大的快乐是生存！如果不能生存，有理想追求，又有什么意义？”

黄忠英鄙夷地看着胡扬坤：“这么说来，在胡法官的脑子里生存就是一切？”

胡扬坤：“我并不否认理想追求的伟大意义和作用。但是，当理想和追求不能实现，成了一句空话，又有什么意义？只有活着才能为实现理想追求而奋斗！”

黄忠英：“胡扬坤法官，一个人放弃了理想追求，虽然活了下来，但是还有什么资格谈理想追求？一个人没有理想追求，虽然活着，与猪狗有什么区别？”胡扬坤：“二小姐，我还是第一次看到你这么执迷不悟的人！你要仔细想想这样坚持下去的结果！”黄忠英坦然地说：“无非就是一个死嘛！”

刘学兰：“女儿，你不为老娘着想，也该为你的儿子着想！你不能让他从小就没了父母，成了孤儿！”

黄忠英：“我虽然十分爱我的儿子，希望他健康快乐地一天天长大，成为社会有用之人。但是，如果有一天他真的成了孤儿，我也无怨无悔。我相信他在艰难的成长中，一定会懂得，做人，一定要做一个对社会对老百姓有用之人。他长大成人之后，一定会因为有革命的爸爸妈妈而倍感骄傲和自豪！”

胡扬坤：“二小姐，给你选择的时间是有限的，你要仔细考虑清楚！”黄忠英：“我早已考虑好了，就是马上枪毙，我也会昂首挺胸赴刑场！”

刘学兰啜泣：“女儿！”胡扬坤：“二小姐，去见你的老公吧。”

黄忠英在贾二娃的带领下，拖着脚镣走进男监死牢，透过栅栏看见了刘庆庄：“大表哥，想不到我们在牢房中又相见了。”刘庆庄：“表妹，不是见面，是狱中团聚，是革命夫妻在狱中的团聚。你现在知道革命是啥滋味了吗？”黄忠英：“大表哥，我知道，你是一个有远大志向的人，是一个全身心投入改造社会伟大事业的人！我敬佩你的为人，敬佩你所从事的伟大事业！我从决定到福源坝来找你的那一天起，我就知道可能会有这么一天，也就下定决心，从容面对这一天!”

刘庆庄：“表妹，你真是我最知心的人，太难为你了。”黄忠英：“我不稀罕军阀小姐养尊处优、安逸舒适的所谓幸福生活。”

刘庆庄：“表妹，你本可以找一个如意郎君，过着夫唱妇随的安逸生活。你却放弃了一切，跟着我一起受苦受难，你后悔了吗?”黄忠英将脚镣手铐举起：“大表哥，你知道这是什么吗？对，这是革命的标志！这是真正的革命者才配享有的革命标志！能戴上它，我感到光荣！说实在话，我要去掉身上的脚镣手铐非常容易！只要向军阀父亲说一句认罪的话，马上就可以恢复军阀小姐的豪华生活。但是，你认为我会向军阀父亲认错吗?”刘庆庄：“表妹，我信任你!”

黄忠英：“军阀父亲对我说，只要我认个错，他可以立马放我出狱，要当官给官做，要远走高飞，他给钱。”刘庆庄：“表妹，我信任你!”

黄忠英：“军阀父亲对我说，只要你认个错，他可以立马放你出狱，要当官给官做，要远走高飞，他给钱，让我们夫妻团聚。”刘庆庄：“你也希望我出卖灵魂？享受所谓的人生快乐?”

黄忠英：“我们是患难夫妻，没有享受到家庭的温暖。你和我相聚才短短的五百零六天，其中还分多聚少。你和我还是这么的年轻，还有很多的人生幸福可以享受！现在很快就要结束生命，说实在话，我真有不甘之心！可是，现实是多么的残酷，军阀父亲不是女儿的保护神，恰恰是女儿的催命鬼!”

刘庆庄：“表妹，我不反对你对生命的渴望，我们不是冷血动物，我们没有失去理智和知觉，我们都是有血有肉的人！我们同样有痛苦与欢乐的感觉！但是，我们更是有理想有抱负的共产党人！我们宁愿为自己追求的理想目标奋斗而死，也绝不为了苟全性命而跪倒在暴虐统治者膝下，蒙受奇耻大辱，苟且偷生!”

黄忠英：“大表哥，你是我人生的楷模！我过去决定和你永远在一起，现在决定和你永远在一起，将来仍然决定和你永远在一起！不管今后的结局怎样，我永不变心，无怨无悔！大表哥，我读了你写的有关萤火虫的那首诗，十分感动！我们的世世代代子子孙孙都应该做萤火虫！不为自己苟且偷生而活着，要为人间寻求光明而斗争!”

刘庆庄：“表妹，你是一个真正的革命者！听了你的表白，这下我完全放心了，有了你的理解与支持，我死而无憾!”

张大洲得知刘庆庄被捕的消息后，立即召集唐志轩、蒋中麟等举行紧急会议，研究劫狱，营救刘庆庄的方案。张大洲："刘庆庄同志是我党不可多得的好干部，营救刘庆庄同志是我们应尽的责任。但是，永定城是军阀黄吉城的老巢，一面是水深面宽的潜水河，一面是陡峭峻拔的潜龙山，敌人控制严密，进行劫狱是十分困难的。但是，不管有多么困难，我们都不能放弃劫狱行动！"

唐志轩："对！据我了解，敌人在城中驻有一个团，城外驻有两个团，防守十分严密。"

蒋中麟："监狱设在城中的院棚街。大门有两个武装门警，监狱大院内有一支三十六人的警备队，除队长随身佩带手枪外，其余都是单响毛瑟步枪，平时人枪分开，枪支挂在警卫队部的墙上。警卫队是监狱的直接守护力量。监狱有监狱长胡扬坤一人，狱卒六人，另有传达、伙夫、杂役等共十八人。"

唐志轩："监狱大门至牢房有三道门。第一道是大铁门，由武装门警守卫。有人探监时才开，进去后就锁上。第二道门是木门，关押普通犯人。第三道门是关押'政治犯'的牢房门，经常上锁，不容易开启。"

蒋中麟："监狱管理比较松懈，看守人员腐败，只知敲诈，贪小便宜。允许探监人送东西，而且只要给看守人员送点东西，就可到狱神堂同被探人谈话。"

张大洲："劫狱虽然很困难，但也有成功的希望。只要有一丝希望，我们都绝不放弃。"

蒋中麟："对，我们要竭尽全力去争取胜利！为了让刘庆庄同志配合我们的行动，我建议先派刘庆庄同志的亲弟弟刘庆熙探监，向刘庆庄同志传达我们的劫狱计划。"

张大洲："好，马上把刘庆熙找来。"

刘庆熙风尘仆仆地走进张大洲房间："洲先生好。"

张大洲："刘庆熙兄弟，你是刘庆庄同志的亲兄弟，谈谈你对劫狱救刘庆庄同志的想法。"刘庆熙："永定城中，黄吉城驻有一个旅，我们劫狱没有成功的把握，还会令不少同志牺牲，大哥恐怕不会同意劫狱。"

张大洲十分坚定地说："刘庆庄是我党不可多得的好同志，不能就这样牺牲在敌人的屠刀下。我的意见是，无论付出多大的代价，都要去把他救出来。"唐志轩、蒋中麟："同意张大洲同志的意见，立即分头进行准备，寻找有利时机立刻行动！"张大洲："就这么定了，刘庆熙兄弟，你以刘庆庄亲弟弟的名义前去探望，告诉他我们的劫狱计划。”

刘庆熙给门警一块银圆后被引进狱神堂。刘庆庄带着沉重的脚镣手铐走了进来。刘庆熙扶着刘庆庄坐上了凉椅。突然，刘庆庄坐的凉椅整齐地断了一条方子。刘庆熙说：“大哥，你刚坐上去，它就断了，这是不祥之兆，你要多加小心啊。”

刘庆庄严肃地说：“我是共产党人，从来不相信迷信，更不相信这些所谓的不祥之兆。敌人要杀我，不是因为我运气不好，也不是我撞到了什么邪神，而是因为我们是势不两立的两个阶级，我们是不共戴天的仇人。你是一个有理想抱负的青年，不要相信迷信，而应当为天下老百姓的翻身解放而斗争。”

刘庆熙：“大哥，张大洲同志已做好劫狱的准备。他要我来通知你，做好内应准备。”

刘庆庄严肃地说：“弟弟，你回去马上告诉张大洲同志，立即停止劫狱计划和行动。黄吉城在四川军阀中虽然力量不强，但在我们革命力量现在还十分弱小的情况下，他同我们相比还是很强大的。永定城是黄吉城的老巢，城中有数千兵力，且工事坚固，东南有潜水河之险，西北有潜龙山之阻，很难劫狱。即或劫狱成功，也无退路，也很难逃出永定城。我们怎么逃得脱敌人的追捕？况且劫狱的成功把握极小。不能为了我一个人，让更多的同志牺牲在敌人的屠刀下。我们每一个革命者都必须清醒地认识到，革命必须付出惨痛的代价，推翻一个政权的革命，不可能没有牺牲。革命同志是我们党的宝贵财富，宝贵财富要用在党最需要的地方。为了捍卫革命真理，我从被捕的那一时刻已作出决定，自己应当临危不惧，大义凛然地赴刑场。你回去告诉张大洲同志，尽快将被打散的同志聚集起来，仍然用川东红军游击纵队的旗号开展斗争。他们的斗争越猛烈，我越有出狱的希望！”

刘庆熙：“大哥，不仅你的革命同志需要你出去干革命，父母也都希望你回去……你要体谅父母思念儿女的心情！”

刘庆庄：“父亲母亲都好吗？父母养育我二十多年，我还没有好好地孝敬过他们。原来打算革命成功后，好好地向他两个老人家尽尽孝道，让他们过个幸福的晚年。现在，这些想法，一切都化为泡影了！我只能做个有心尽孝而不能施孝的儿子，敬祝他们晚年平安。请转告父亲母亲，儿子的孝道，只有在来世再向他们尽……请他们原谅……”

陡梯子。张大洲："劫狱准备工作还需要唐作俊同志密切配合。谁去通知唐作俊同志？"蒋中麟："我去。"

潜水河。游击队指挥部。蒋中麟："总指挥，刘庆庄同志被捕后，张大洲同志立即部署营救工作，希望你带领一部分同志到三江口接应。"唐作俊："你来得正好。我正打算带领一些同志进城去武装劫狱。"蒋中麟："张大洲同志考虑到敌人守卫森严，武装劫狱牺牲太大，取胜的把握甚微，决定尽量利用隐蔽手段救出刘庆庄同志。你的任务是在城外接应。"唐作俊："能用隐蔽手段救出刘庆庄同志当然好。但是，时间长了，敌人很可能提前行动，杀害了刘庆庄同志怎么办？"蒋中麟："张大洲同志会尽快采取行动的。"

陡梯子。刘庆熙："张老革命，我哥希望你不要武装劫狱，因为会牺牲太多的同志……他希望你聚集被打散的同志，继续用川东红军游击纵队的名义开展斗争。你们斗争的声势越大，他越有出狱的希望。"张大洲："聚集被打散同志的行动，我们一刻也没有停止过。现在，我们已决定武装劫狱。你马上带五个同志到永定城里去了解救出刘庆庄同志后，什么地方利于隐蔽，哪条路上潜龙山最近，怎样避开警卫队的拦截。总之，在救出刘庆庄同志后，不能再次让敌人抓回去。你一定要让参加劫狱的同志都熟悉那里的地形情况，以便遇到敌人追击及时采取对策，尽量避免不必要的牺牲。"刘庆熙："好。"

张大洲一一检查完参加劫狱行动的游击队员的准备情况，递给刘庆熙一支短枪和老虎钳："同志们，这次劫狱意义十分重大，我不再重复了。现在劫狱准备工作已经就绪，大家跟着刘庆熙兄弟进入大牢后，分头行动。大家有信心没有？"五个人一齐回答："有！"张大洲："刘庆熙兄弟，你带着兄弟们出发吧。"刘庆熙："是。"

刘庆熙头戴草帽，脚穿草鞋，腰里别着手枪和老虎钳，外披香云纱长袿，手提糖果盒向永定城走去。夜。天下着滂沱大雨。刘庆熙在贾二娃的带领下走进监狱，将刘庆庄背了出来。几个人迅速向监狱大门走去，副看守所长卢二狗见刘庆熙等人形迹可疑，吼道："干什么的？站住！"

游击队员见情况紧急，一飞镖将卢二狗杀死。一个看守大喊："有人劫狱了！"

门警立刻关上监狱大门，狱警向刘庆熙等人开枪。刘庆熙等人开枪打倒了两个门警，用老虎钳将铁门打开。在监狱大门外负责策应的三名游击队员，冲进大门，蹲伏在台阶边，以台阶为屏障，首先击倒了刚从边门伸出头来查看情况的狱警。同时，用密集的火力压制住企图拿枪抵抗的狱警。刘庆熙背着刘庆庄跑出大门，将刘庆庄送上一乘滑竿，在街巷中向前飞跑。

第一声枪响惊动了警备司令部。毛仲秋立刻下令："关闭城门，全城戒严抓人!"

刘庆熙等跑到西门前，城门刚刚关上。刘庆熙拿出老虎钳撬锁。城门上的守军向刘庆熙等人开枪。刘庆庄从昏迷中醒来："这是怎么回事?"刘庆熙："大哥，张大洲同志派我们救你来了。"刘庆庄："你们快走吧，不要作这种冒险行动!"刘庆熙："我们砸开西门，上了潜龙山就安全了。"

铁门一时打不开，城门上的敌人不停地开枪射击。游击队员在开枪还击时，不断有人倒下。铁门终于打开了，刘庆熙等快速走出城门。突然，前面一道亮光照射住他们："举起手来!"

刘庆熙向身后看去，毛仲秋率大队人马来到："刘庆庄，算你有能耐，你还想往哪里逃?"

刘庆庄镇静地说："毛司令，不要胡来！这些人是我用钱请来救我出狱的，与他们无关！放了他们!"毛仲秋大声命令："统统给我抓起来!"刘庆熙想逃走，被毛仲秋一枪击中。刘庆熙在暴风雨中缓缓倒下。

~ 第二十八章 ~

救庆庄诚厚定计　贪美色吉城遇刺

毛仲秋将刘庆庄重新押回监狱。胡扬坤望着刘庆庄笑道："怎么样？没跑掉吧？你以为你跑得出督办大人的手掌心？"刘庆庄冷笑道："别看你们这些军阀、地主豪绅的走狗猖獗一时，人民革命是谁也阻挡不住的历史潮流，你们绝对逃不脱人民的处罚的！"

胡嫦杰走近刘庆庄身边："老朋友，我们又见面了。还记得我们回川时在轮船上的情景吗？"刘庆庄："记得记得。晃眼之间，你升官发财了，我却成了阶下囚！"

胡嫦杰："真是一念之差，天壤之别！"刘庆庄："是啊，你仗恃杀人的本领，踩着无数革命者的尸体，升官了，发财了，吃香喝辣，门庭显耀，我身陷死牢，命在旦夕。"

胡嫦杰："庆庄先生，古人有言，一将功成万骨枯！你为了你的理想，杀的人比我还多得多！何必攻击我杀人！"刘庆庄："我们共产党人从来不乱杀人！我们闹革命，虽然也杀了一些人，那都是不杀不足以平民愤的人！你和我虽然同在杀人，但有本质的区别：一个是为剥削阶级和一己私利杀人，一个却是为解放天下被压迫剥削的百姓而杀人！"

胡嫦杰："算了，我不和你争论了。你的智力远在我之上，看在我们同为黄埔校友的份上，我劝你及早回头！为校长为党国尽忠效力，光宗耀祖！"刘庆庄："看在我们同为黄埔校友的份上，我也劝你及早回头！为天下穷苦人民的解放而斗争，作新时代的开路先锋！"

胡嫦杰："老校友，不瞒你说，我也曾信仰过共产主义。后来发觉，它不太适合中国国情，只好放弃了。"刘庆庄："共产主义适合一切阶级斗争激烈的社会。中国难道不是阶级斗争激烈的社会？"

胡嫦杰："阶级斗争理论太抽象了。"刘庆庄："阶级斗争理论太抽象？

你看看城里纸醉金迷、肥得流油的富豪们的生活；再到乡间去看看衣不蔽体、食糠咽菜的穷人的生活，这两者之间的差别，难道还是抽象的阶级斗争理论？这样的社会难道应该让它永远存在下去？”

胡嫦杰：“穷人之所以穷是因为智力贫穷，智力贫穷怎能摆脱贫穷的命运？”刘庆庄：“不对！穷人贫穷不是因为智力贫穷！穷人与富人的智力没有高低之分！穷人穷是因为受到富人的奴役、剥削和压迫！这种状况一定要改变！这世上，有的人为正义、真理而活，所以活得光明正大！有的人只为自己而活，寻找出各种理由而屈辱地活着，所以活得十分畏缩卑微！你没有资格同我谈耻辱！”胡嫦杰狼狈至极，狂叫：“你死到临头还如此猖狂！”

陡梯子。张大洲大拳在桌上重重一击：“可惜我们劫狱功败垂成！刘庆庄同志更加危险了！黄吉城欠下的血债太多了，这一笔笔血债一定要用血来还！赶快通知唐作俊同志，停止劫狱行动！”蒋中麟：“是！”

女监死牢。贾二娃：“二小姐——”黄忠英：“不要叫我二小姐，就叫我二姐。”贾二娃：“二姐，我知道你是好人，想放你出去。”黄忠英：“弟弟，你是好心，谢谢你。你如果想得到办法，请把刘庆庄救出去。”贾二娃：“我去想办法，把你们两个都救出去。”

黄忠英：“弟弟，你不用冒险救我，把我给儿子写的信保存好我就感激不尽了。我死了以后，要是你能找到党组织，请帮我交给党组织——”贾二娃接过信，一个女中音在耳边响起：“亲爱的我的可怜的坚持儿子！对于你母亲没有能够尽到抚养教育的责任，你要原谅母亲选择了一条革命的道路！母亲因为革命，被捕了。母亲不能背叛革命，从被捕之时起，也就知道是到了牺牲的前夕了。母亲没有再和你相见的机会了。我的儿子，你的父亲是川东红军游击纵队的党代表，你的父亲是个大英雄，你应当为有这样一个英雄的父亲感到骄傲和自豪！你的母亲也是共产党人！你的父亲、母亲都是为了让天下劳苦大众翻身解放的事业而英勇献身的。我们在敌人的屠刀面前，没有丝毫的胆怯和退缩！不是怕死鬼，不是软骨头！你要快快长大，继承父亲母亲的遗志继续革命！用革命的行动来安慰九泉之下的父亲母亲！你长大后，千万不要忘记你的父亲母亲是为革命而牺牲的！你一定要做革命的人！”贾二娃流着泪说：“二姐，我一定将信交给刘坚持，告诉他他有值得骄傲的革命的父亲和母亲！”黄忠英：“谢谢弟弟！”

督办办公室。刘积良："督座，捉住刘庆庄后，川东红军游击纵队销声匿迹，不知是真的伤了元气还是为了减轻你对刘庆庄的处罚而停止了行动?"

黄吉城："不，川东红军游击纵队并未减少行动。据黄志尚报告，唐作俊正率队在向永定县城而来，目的很明显，是想劫狱救回刘庆庄，我们丝毫不能放松警惕啊!"刘积良："难道唐作俊不知道我永定城的防御力量，真敢飞蛾扑火，劫狱救刘庆庄?"黄吉城："唐作俊当然不会不知道我永定城的防御力量。刘庆庄是唐作俊的入党介绍人，于情于理，他都必须来救。"刘积良："来救最好，我们正好将他们一网打尽。"黄吉城："加强城防，立即告诉黄志尚，率大军密切监视和跟踪唐作俊的行动。随时做好歼灭唐作俊的准备！不得有任何闪失!"

刘积良："是。"

唐作俊带队飞速向永定城前进。黄志尚率队紧紧追赶。天降暴雨，道路泥泞难行。唐作俊行至鹅顶寨，将游击队员分成两组，一组倒穿草鞋前进，另一组转过山头鸣枪吸引敌人。黄志尚听到枪声，转头向宜兰县方向进行追赶。黄志尚率队寻着脚印连追三个山头后，不见游击队身影："刘副官，这才怪了，跟着脚印追，怎么一下子就不见了？难道他们插上翅膀飞走了？赶快寻找!"

刘副官："我们追着唐作俊倒穿草鞋的一队人了。我们上当了!"

黄志尚："唐作俊真狡猾，弄得老子多走几十里冤枉路。传我命令，调头向永定城方向跑步追赶！哪个敢掉队，老子毙了他!"

刘副官："团长有令，后队变前队，向永定城方向追赶！哪个掉队，就地枪毙!"

一长溜白狗子，没命地向唐作俊追去。

刘庆庄被俘以后，钟诚厚向张大洲请求："张大洲同志，请将营救党代表的事交给我去办。"张大洲："钟诚厚同志，希望你继续留在黄吉城身边做好隐蔽工作，以便更好地掌握黄吉城的情况。"钟诚厚："我觉得及时营救刘庆庄同志出狱比我长期潜伏意义更大。"

张大洲："你打算怎么营救?"钟诚厚："我打算到川陕护卫军中找几个对黄吉城不满的人武装劫狱，救出党代表。"张大洲："那几个人可靠吗?"钟诚厚："可靠。"

张大洲："你告诉我你的行动计划，我随时派游击队配合你的行动。"钟诚厚讲述了自己的计划。

张大洲连连点头：“好，好。一定要小心谨慎。”钟诚厚：“我回去后及时行动。”张大洲：“祝你成功！”

钟诚厚到永定城西山寺军官教导团找到荣福川：“荣福川同志，你的入党申请，组织上已同意了。现在你要接受组织的第一次考验。川东红军游击纵队党代表刘庆庄被俘了。我已面见张大洲，说动他，同意我们劫狱，救出刘庆庄后，一起参加川东红军游击纵队。张大洲说，等我们准备好以后，可以派游击队配合我们行动。你要积极参加这次营救行动，表明你的入党决心！”

荣福川十分高兴地对钟诚厚说：“太好了，我坚决接受组织对我的考验！我有几个好朋友，他们都对黄吉城不满，说跟着黄吉城再干几年，也难当上一个实缺营长。只有华阳人才被黄吉城信任，才能升官。我们不是华阳人，再有本事，再为黄吉城卖力，也是升不了官的。他们都在寻找机会反对黄吉城。我去动员他们，现在有了外援，何不借此机会，干一番事业。他们一定会积极参与。”

钟诚厚说：“我们劫狱救刘庆庄，不需要很大的声势。我们只需在军官教育团争取联络对黄吉城不满的人；派人到川陕护卫军团、营、连去做做工作；集聚一定力量以后，就干掉黄吉城。只要把黄吉城干掉了，群龙无首，川陕护卫军就必然四分五裂，我们就好劫狱救刘庆庄了。”

荣福川说：“我有一个结拜兄弟叫何太荣，对黄吉城恨之入骨，可以派他刺杀黄吉城。”

钟诚厚：“对，此人行侠仗义，可以信任。”

钟诚厚、荣福川同时想起了何太荣：何太荣在军官教导团任过教官，擅长少林拳术，十几个人也近不得他的身，各个连队都争先恐后地请他去教拳术。川陕护卫军的许多中下级军官都拜在他的门下。他因拼斗十分凶狠，在打斗中失去了一只眼睛。何太荣还有一套刀砍不进之法，名声吹进了刘积良的耳朵里，刘积良便将何太荣请到川陕边区绥靖督办公署内一个坝子里表演武术，黄吉城也亲自到场观看。当时坝子周围站了一两百个军官围着观看。只见何太荣将上身脱光，警卫营兰营长派了两个班长各持一把马刀，向何太荣奋力砍去。何太荣左右手臂一挡，刀被弹回，而何太荣身上却没有任何伤痕。黄吉城看得真切，确信了何太荣有真功夫。黄吉城命各连选派几名战士，编成冲锋队，由何太荣当队长，练习武术。何太荣每日凌晨四点即行列队，先一一报到，然后再行操练。过了两个多月，江陵溪发现土匪，黄吉城就派何太荣带着冲锋队前去剿匪。冲锋队临阵慌乱，被土匪打得大败。冲锋队死伤二三十人。后来有人告发何太荣命令队员每日必呼何队长，不准呼督办大人，搞得队员心中只有何队长。他将冲锋队变为私家军，而且准备暗杀黄吉城。黄吉城听后勃然大怒："来人，把何太荣抓来，老子要亲自处死他!"

弁兵跑进军官教导团，将正在同钟诚厚谈话的何太荣捆了起来。钟诚厚急忙掏出银圆给每个弁兵一块，说："兄弟，请你们慢点回督署，我回督办公署向督办大人去求情。"弁兵说："好，我们就按钟副官说的办。"

钟诚厚带着荣福川火速走进督办公署办公室，对黄吉城说："督办大人派弁兵抓捕何太荣，据说罪名是何太荣要暗杀您，可有什么真凭实据?"黄吉城："现在还没有拿到什么真凭实据。"钟诚厚："督办大人，既然没有抓到真凭实据，就不应当轻易杀了他。"黄吉城："为什么?"

钟诚厚："何太荣虽然平时不无过错，但丝毫没有显露出要暗杀督办大人的野心！督办大人应当念在他为你鞍前马后服务十多年的份上，不要轻易杀了他。"荣福川："督办大人，目前正是用人之际，不宜轻易处罚人。何太荣虽然是个微不足道的小人物，但毕竟是跟随您多年的人物。您若轻易杀了他，恐怕会引起将士寒心。"刘积良："督座请息怒。钟副官、荣教官两人说得对，请不要听了一两句控告的话就轻易杀掉何太荣，不然以后还有谁敢来投奔川陕护卫军?"

黄吉城："你们说得都有道理。但是再让他待在军官训练团做教官也不妥。将他留在军官教导团，他真的拉帮结派搞阴谋又怎么办?"刘积良："俗话说，得饶人处且饶人，饶人自有后报。春秋时期，楚庄王庆功点烛夜宴，唐狡酒醉后对楚庄王的宠妃非礼。宠妃向楚庄王控告后，楚庄王不仅不处罚唐狡，而且宽宏大量地放过唐狡。后来在一次战争中，楚庄王遇险，唐狡拼死相救，楚庄王得到了一个很好的回报。现在督座既未拿到何太荣谋反证据，如将他杀掉，天下人将认为督座暴虐；不如放他一条生路，以显示督座的宽宏大量。他离开永定城，就不可能加害督座了。说不定将来他对督座还有很大的回报呢。"

黄吉城沉吟一阵："参谋长说的也有道理，钟副官、荣教官，你们放心去吧，本督决定不杀他了。"钟诚厚、荣福川："谢过督办大人。"

黄吉城见钟诚厚、荣福川离开后说："这不太便宜了何太荣?"刘积良："现在放了他，以后再派人暗中将他杀了也不迟。"黄吉城："此计不错!"

弁兵押着何太荣走进办公室："督座大人，我们已将何太荣捉来，请您处置!”

黄吉城：“何太荣，你好大胆，竟敢将我的军队练成你的私家军!”何太荣：“督办大人请查，定是有人诬告小人，下官绝不敢有此野心!”黄吉城摆摆手：“你的过错自己应当好好反省反省!”何太荣：“小人一定听从督办大人教诲好好反省!”

黄吉城：“放了他!”弁兵解开捆绑何太荣的绳索。何太荣：“感谢督办大人不杀之恩!”

刘积良：“督办大人宽宏大量，没有追究你的罪过，但是，你必须马上离开永定城。”何太荣：“听从参谋长教导。”

何太荣走出督办公署：“我到哪里去好呢?”何太荣正一筹莫展之时，猛然想起徒弟张小菊：“我到徒弟张小菊家暂住几天再说。”

何太荣快步走到张家酒楼前，正碰到张老板往外走：“张老板，你女儿小菊在家吗?”张老板：“啊，何教官驾到，欢迎欢迎!”何太荣坐下：“我这个教官落魄了。”张老板：“你是我女儿的恩师，不管是飞黄腾达还是虎落平阳，恩师还是恩师！在我这里住下，包你吃住不愁。”

何太荣：“感谢老板仗义疏财了。小菊呢?”张老板：“这丫头刚才都在，到哪里去了?”

河坝。张小菊正在练武，突然窜来五个流氓：“小妹妹，陪哥们玩玩!”小菊：“怎么玩?”

流氓：“找个僻静之处睡觉呗。”张小菊：“就在这里玩!”流氓上前拉手：“还是找个别人看不到的地方才雅观嘛。”

小菊一拳打在流氓脸上：“敢欺侮本姑娘，看错了人!”流氓捂脸：“敢欺侮老子，兄弟们，把她弄到那边树林里去玩!”五个流氓一齐上前抓小菊。小菊不慌不忙，使出拳脚本领，把五个人打得屁滚尿流、跪地求饶：“姑娘饶命，姑娘饶命!”小菊厉声喝道：“还敢作恶欺侮人吗?”流氓：“再不敢了。”

小菊：“本姑娘下次再见到你们作恶，定要打得你们筋断骨裂，让你们永世作不了恶！还不快滚!”五个流氓从地上爬起来，没命地跑了。张小菊拿起练武的用具，高兴地走进家门，给何太荣行礼：“老师好!”

何太荣：“又去练武了?”张小菊：“嗯，老师，我刚才还打败了五个流氓!”

何太荣夸奖道：“你才十多岁就有了这么大的能耐，等你长大了，一定比老师强!”

钟诚厚、荣福川走进大门:“师高弟子强啊!”何太荣、张小菊连忙让座:“什么风把钟副官、荣教官给吹来了?”荣福川:“我们正是来寻何教官的。”何太荣:“寻我何事?”荣福川:“到里面僻静处说话。”

张小菊将三人引到里间坐下。何太荣迫不及待地问道:“二位找我何事?”荣福川:“黄吉城表面放了你,暗中又下令暗杀你。还是钟副官和我以及刘积良反复劝说,他才答应在五天内不派人暗杀你。你赶快离开永定城吧。”何太荣:“他为什么这么仇恨我?”钟诚厚:“黄吉城仇恨一切反对过他的人!不过螳螂捕蝉,岂知黄雀在后?”何太荣:“黄雀是谁?在哪里?”

荣福川:“共产党领导的川东红军游击纵队,在福源坝声势越来越大了。”何太荣:“我们是否可以去投奔川东红军游击纵队?”钟诚厚:“我也很想去投奔川东红军游击纵队,只是一时还没有找到见面礼。”何太荣:“川东红军游击纵队还兴收见面礼?”

荣福川:“你我都是在军阀军队中混饭吃的人,你我空手去加入游击队,游击队凭什么相信我们?说不定还要把我们当作黄吉城派去的奸细来办。我们没有压秤的见面礼物,他们是信不过我们的。他们即或不收见面礼,我们也不好空着手去。”

何太荣:“用什么东西作为见面礼好呢?”钟诚厚:“最好的见面礼莫过于黄吉城的人头。”何太荣赞同地说:“这倒是个可以让游击队信任的大礼。”

荣福川:“不过,要拿到黄吉城的人头可不容易。”何太荣说:“我原本没有暗杀黄吉城的念头,但黄吉城竟相信别人对我的诬告,把我逼上了绝路。我现在真正想去拿黄吉城的人头了。我这条小命是你们给的,我愿意牺牲性命来报答你们的救命之恩。”荣福川说:“黄吉城警卫森严,要刺杀黄吉城可不是件轻易的事情,不能轻举妄动。”何太荣说:“办法我来想。我对督办公署路径比较熟悉,可以在晚上摸进去刺杀他。”

钟诚厚摇头:“你以为督办公署还是你当教官时那么容易进入的?黄吉城在门上加了双岗,院内加强了巡逻,你只要进了大院,立刻就被发现了。”何太荣又说出几种方案,钟诚厚、荣福川都不表示赞成。何太荣急了,泣不成声地对钟诚厚、荣福川说:“我何某不杀死黄吉城,不报答恩人的大恩,誓不为人!”

荣福川:“兄弟,我相信你是情真意切,但是,弄得不好会赔了夫人又折兵的。”何太荣非常高兴地一拍桌子说道:“有了!”钟诚厚:“什么有了?”

何太荣:“你不说赔了夫人又折兵,我倒还把我前不久发现的黄吉城的一桩秘事给忘了。我们完全可以利用这桩秘事，实现我们要黄吉城人头的大计。”

荣福川：“黄吉城有什么秘事?”何太荣：“你听我慢慢给你说。”

川陕边区绥靖督办公署大门。司号队排列两排，边走边吹，后边紧跟着的全副武装的卫队走到门口，排列整齐。三番敬礼号吹过，卫兵行持枪礼。黄吉城的六人大轿慢慢出门，向华南荣公馆而去。华南荣在公馆大门前毕恭毕敬地迎接：“欢迎督座大驾光临!”

黄吉城走下大轿向公馆大院内走去。只见台阶上站着一位妙龄女子娇声喊道：“欢迎督座光临!”黄吉城笑着说：“感谢王妹妹，又来给你添麻烦了!”

王明珠：“盼都盼不来的贵客，哪能说麻烦呀。”王明珠上前搀扶黄吉城走进客房大屋，只见客房一角已摆好麻将。黄吉城问：“怎么四缺二呢?”

屋内走出几个中青年妇女，其中一个脆声说道：“督办大人，我们等你很久了。”黄吉城见几个中青年妇女都是督办府官员的太太和小姐：“嗬，吴太太、张太太、黄太太、李千金，还有你这个孙千金，你们还先到?入座入座。”吴太太：“督办大人，你可要多给我们发点彩礼啊。”黄吉城哈哈大笑：“只要你们手气好，我给你们献菜就是!”

黄吉城同华南荣对吴太太和孙千金，雀战起来。黄太太和李千金在一旁观战。黄吉城：“黄太太、李千金，把你们给冷落了，再找人凑一桌。”黄太太：“督座大人，你玩得开心就好，不用管我们。”

黄吉城：“要是你们不怕掉身份，就跟弁兵们玩去吧。”黄太太：“我就在这里看你们打。”黄吉城摸起一张，高兴万分：“清一色，胡了!”大家一边拿钱一边说：“督办大人手气真好!”

打了几圈，黄吉城：“黄太太、李千金，你们来接着玩。我同南荣兄弟在院子里面走走。”

黄太太和李千金高兴不已：“督座大人，你可要快点来啊。”

黄吉城同华南荣走进院子，在花丛、水池、楼阁边穿行。黄吉城边走边说：“这楼台亭阁不错，老弟在这里过得很开心吧?”华南荣：“托大哥的洪福，小弟有个安身之处了。”

黄吉城：“想当年，你在自流井经营食盐生意是何等的红火，我军费不够时你慷慨解囊，帮助我渡过难关，才有今日。老兄我也忘不了你。”华南荣叹了口气：“那都是过去的事了，不值一提。你离开自流井后，我的生意便一天不如一天，以至于饭都吃不起了。小弟落魄，投奔大哥，大哥授我川陕边区绥靖督办公署高等参议官之职，月俸甚高，才租下这个豪华大公馆，以便代表你与川军高级将领的代表接洽。小弟对大哥感激涕零，真不知对大哥的大恩如何报答才好。”

黄吉城：“你我兄弟互相关照是应该的，不必客套。你暴雨之后又遇艳阳天，艳福不浅啊。”华南荣：“这个王明珠是我一生见过的女人中最漂亮的一个，是我一个武林朋友何太荣的徒弟。数年前，何太荣在自流井收了十二三岁的王明珠做徒弟，传授功夫。王明珠很聪颖，认真且悟性强，很快学得了一套好拳法。何太荣得知我作了川陕边区绥靖督办公署的高等参议后，就带着小徒弟王明珠到永定县来投奔我。开初他们住在督办交际处。我见王明珠长得清秀苗条，十五六岁正是青春年华，犹如出水芙蓉，十分可爱，就对何太荣说：‘你们二人都住在督办署交际处不方便，你是男的，可以在那里住。王明珠是女的，不如住到我公馆里来。我可以当作侄女来关照。’何太荣不久进了军官教导团当了教官。王明珠就这样住进了我的公馆。”

黄吉城：“你就将她纳妾了?”华南荣：“不久，我就把王明珠收做了小姨太。”黄吉城笑着说：“你始终都走桃花运啊。”华南荣：“我的桃花运还不是大哥给的。”黄吉城：“你记得大哥就好。回去打牌吧?”华南荣：“好。”

黄吉城和华南荣重新坐上牌桌。黄吉城色迷迷地看着王明珠，魂不守舍，几次忘了出牌。华南荣见此情况，心中已有几分会意。华南荣也巴不得更进一步地巴结黄吉城，于是对黄吉城说道：“督座有些疲倦了，到我房中歇息一下再来玩牌吧。”黄吉城：“这可把你们几个冷落了。”黄太太高兴地说：“冷落不了，我来接着督办大人陪他们打。”华南荣：“没事，督办大人请便，我们继续玩牌就是。”

黄吉城打了个呵欠：“那好，你们玩着，我歇一下就来继续和你们玩。”华南荣：“明珠，你服侍督办大人到后房歇息一下，让督办大人歇息好。”

王明珠走上前来扶着黄吉城：“督办大人请!”王明珠将黄吉城扶进卧室：“督办大人请歇息，有什么事喊我就是。”黄吉城拉住王明珠的手：“你不要走，给我揉揉肩，捶捶背。”王明珠：“督办大人，我先生进来看到了多不好。”黄吉城：“他是我的结拜兄弟，我做任何事他都不会反对，别怕他，他不会进来的。”王明珠：“要是其他人进来了呢?”黄吉城：“其他人哪个敢进来?”

黄吉城躺在床上，王明珠为他捶背捏腿。黄吉城趁势将王明珠搂入怀中，王明珠半推半就地和黄吉城厮混在一起。过了一阵，黄吉城走进麻将室："哎呀，一阵好睡，现在有精神了。"华南荣急忙起立："督座来玩，这把牌很好。"

黄吉城拉一张牌："又是清一色，胡了!"众人欢呼雀跃："督座手气真好!"

自此，黄吉城便天天下午到华南荣家打麻将，同王明珠厮混。虽说华南荣着力掩护，但黄吉城总觉得华南荣在身边有些不方便。黄吉城对华南荣说："我的表弟何金章在虎跳河被川东红军游击纵队捉走以后，宜兰县芙蓉场禁烟查缉局局长成了空缺，你去接替这个位置好不好?"

华南荣略微皱了一下眉头，立即喜笑颜开地说："这可是个极好的肥缺。感谢大哥给我这么好一个挣钱机会。"黄吉城笑着说："我给你的薪饷虽然是全公署最高的，一年也不过五千大洋。你到那里去，虽说有些辛苦，但一年至少可聚敛到五六万块大洋，这可是许多人垂涎而不可得的啊。"华南荣："小弟知道大哥对小弟的关照。"黄吉城："不过，宜兰县芙蓉场是川东红军游击纵队经常出没的地方。你最好不要带家眷去，以免遇到何金章那样的麻烦事。"华南荣心知肚明地说："我也是这么考虑的。我走之后，王明珠还请大哥多加关照。"黄吉城："你我兄弟还分彼此?关照弟妹是为兄义不容辞的职责!"二人心领神会地大笑起来。

内室。黄吉城抱着王明珠说："宝贝，华南荣到宜兰县芙蓉场上任以后，为了避嫌，我改为每周星期天下午来与你相会。"王明珠娇声娇气地说："不嘛，我要你还是天天来。"黄吉城："华南荣不在家，我天天来，要不了几天就会闹得满城风雨。那样对你对我对华南荣都不好。再说，现在川东红军游击纵队很猖狂，有许多紧急军务需及时处理，我没有那么多时间来陪宝贝。"王明珠："那就三天来一次!"黄吉城："宝贝听话，我一定每周星期天下午来陪你!"

督办公署办公室。黄吉城对刘积良说："通知川陕护卫军各部，除非有特急军情需报告可及时报告外，我星期日下午只到华南荣家接见川陕护卫军各部派来的代表，其他概不接待!"

刘积良："是!"

星期日下午，黄吉城照例带着一个侍从副官和八九个弁兵，坐着六人抬的大轿，到华南荣家接见川陕护卫军各部派来的代表。其实，川陕护卫军各部根本没有派代表到华南荣公馆求见黄吉城。黄吉城实际上是以此作借口找王明珠厮混。正值年少青春的王明珠平时独处空房，感到非常寂寞，便叫人将他的老师何太荣找去陪她玩耍。何太荣因此知道了黄吉城与王明珠的事，并且掌握了黄吉城到华南荣家的活动规律。

张家酒楼内屋。荣福川："何太荣兄弟，你既然掌握了黄吉城到华南荣公馆的规律，那么，打算怎样下手呢?"何太荣："可以在华南荣家王明珠的床上杀死黄吉城。"

钟诚厚思考了一下："黄吉城的警卫情况你清楚吗?"何太荣："不很清楚，只知道警卫很严。"

钟诚厚："不清楚黄吉城的警卫情况，这个办法就很难行得通，弄得不好，不但不能杀死黄吉城，还有可能牺牲许多自己的人。因为黄吉城到华南荣家以后，在周围都布置了许多警戒，一般人是不容易近得黄吉城的身的。即或刺杀成功，杀手也很难脱身。杀手一旦被抓住，就有暴露许多自己人的危险。"何太荣："我去当杀手，即或被抓住，我也绝不会暴露自己人。"荣福川摇摇头："你不出卖自己人，难道黄吉城的人不能从你的朋友圈子中去寻找你的同伙人？俗话说，拔出萝卜带出泥。这不就会牵扯到一大批与此案相关或者无关的人?"

何太荣："那么，怎么办才好呢?"钟诚厚："必须确定这样一个原则：杀手不能作无谓的牺牲，必须安全撤走；即或案情暴露，不能牵扯到太多的人；筹备期间要十分保密。"

何太荣："采用枪击还是用炸弹炸死黄吉城呢?"荣福川："采用枪击或者炸弹，首先要确定在什么地方。"

何太荣："我看准了一个地方就是马蹄街，那是个既好隐蔽又好进攻的地方。黄吉城每次到华南荣家，都要经过马蹄街，这条街既不宽大，路又不平，铺面又多。杀手容易撤走。"

钟诚厚："那的确是个容易得手的好地方。用枪击还是用炸弹好呢？荣教官和何老弟，你们看看去，合适就租三间楼房!"

荣福川和何太荣走进一家烟馆。老板迎上来："客官是吸烟还是喝茶?"荣福川："你楼上有空房出租吗?"老板："有有有。"荣福川："看一下好吗?"

老板带着荣福川、何太荣经过一条很深的巷子，登梯上楼挑选房间。荣福川选了从窗口完全可以看见街上行人的三间小房，决定就租用这三个房间。荣福川边观察周围环境边问："老板，你的生意一直都很好吗?"老板回答："不瞒先生，我家烟馆生意很好，平时有几十个人睡在排列整齐的吸烟床上抽大烟，有时没铺位了还得等轮次，非常热闹。"荣福川心想："这里时常有陌生人进出，不易引起别人的怀疑。”荣福川：“老板，还有哪里可以上楼吗?”

老板：“没有了，只有我刚才引你们上楼的一条路。”

荣福川：“下楼也只能走这一条路吗?”老板：“下楼就可以不用走那条路了。”

老板领着荣福川、何太荣走侧面楼梯下楼，马上就走进后院，出了后院门就是一座古庙三圣宫，出三圣宫就是西大街。老板：“先生，住我这里上街可就方便了。”

荣福川点头：“是很方便。好，我租你三间楼房，租金按月交纳好不好?”老板：“好。”

荣福川和何太荣走回张家酒店内室。何太荣说：“这真是老天赐给我们的一个刺杀黄吉城的好地方。世界上哪里去找那么合适的一条撤退之路?”

钟诚厚：“地点找到了，就好考虑刺杀的方法了。”何太荣：“这个地方可以用枪击。”

荣福川：“我也考虑在黄吉城大轿经过楼下时用快慢机手枪射击。”何太荣：“你们去准备两支快慢机手枪。”

钟诚厚：“准备快慢机手枪这倒不难。不过，我反复考虑，觉得这个方法不够妥当，因为从楼上向下看，视线不够准确，射击命中的可能性很差，把握不大。而且容易暴露和误伤行人，造成不好影响。”

何太荣：“采用炸弹?”钟诚厚：“对，从窗口抛掷杀伤力二十米半径的炸弹，既可致黄吉城于死命，又可使黄吉城的副官、弁兵、轿夫非死即伤，不容易暴露，刺客也可以从容不迫地撤走。”何太荣：“好，就采用这个方法。”

钟诚厚：“不过，一人行刺还是不太有把握。”何太荣：“我可叫小菊做助手。”

钟诚厚：“好，老何负责培训助手，老荣负责租用房间，我负责制作炸弹。大家赶快分头准备，三天后还是在这里碰头好不好?”众：“好。”

三天后。张家饭店后屋。钟诚厚对荣福川说：“现在一切准备就绪了，荣教官马上去喊郑元湘、方大璧、卢定戎、艾云坞、白友等几个带兵的团、营、连长来研究一下下一步要做的事情。”

荣福川带进郑元湘、方大璧、卢定戎、艾云坞、白友等几人。钟诚厚给每人斟满一碗酒，滴入鸡血：“今天请来的都是我和荣教官的挚友和结拜兄弟，大家都对黄吉城独裁统治不满，都愿意为推翻黄吉城的独裁统治贡献自己的一份力量。告诉你们一个特大的消息：我们已组织暗杀队准备炸死黄吉城。不要求你们参加暗杀行动，只要求你们在黄吉城被炸死以后，各自带兵到永定城维持治安。能办不能办?”大家都很兴奋：“能办。”

钟诚厚：“大家回去注意保密，切不可走漏了风声。”众：“听从大哥号令，保证不走漏风声!”

钟诚厚：“今天在此再次歃血为盟，誓灭黄吉城!”

众人举碗过头：“誓灭黄吉城!”

众人离开后，钟诚厚拿出两枚强力炸弹交给何太荣：“刺杀黄吉城的一切准备工作都做好了，现在就看你和你徒弟小菊的运气了。”

何太荣：“保证没问题，这个星期天听我的捷报!”

星期天。何太荣带着女徒弟张小菊走进租用的房屋。何太荣反复教小菊使用强力炸弹的方法。小菊紧张而又兴奋地听着何太荣讲授，不时提出一些问题，何太荣都一一耐心地进行讲解。然后，各持一枚强力炸弹，从窗户眼观察着街上过往行人，急切地等着黄吉城的大轿到来。时间一分一秒地过去。张小菊：“老师，黄吉城该出大门了，怎么还没听见吹号放炮呢?”

何太荣：“别急，时间未到。”张小菊：“未时都快过了，黄吉城可能不会出门了。”

天快黑了，黄吉城仍然没有走出督办公署大门。何太荣急忙走进华南荣公馆问王明珠：“督办大人今天怎么没有来打牌呢?”王明珠说：“黄督办生病了。”

何太荣将此情况告诉钟诚厚、荣福川。钟诚厚、荣福川找来参与谋划的何太荣、方大璧、郑元湘等人一起研究对策。钟诚厚：“现在一切准备就绪，风声已传出去了，难免不传到黄吉城的耳朵里去，事情久了就会发生意想不到的变化，大家就危险了。现在把大家请来，一是请你们做好思想准备，二是请大家出主意下一步怎么办。”

方大璧说：“出现这个情况令人十分难解。黄吉城十分迷信，他的身边经常有一些星相占卜之人，会不会是这些人嗅到了什么，叫他不要出门？刘积良曾经对我说过，黄吉城回川之初，曾经专门请过一个叫陈神仙的人给他算命和看相。陈神仙说，黄吉城将来还有大红运，还能再当四川督军。因此，黄吉城把陈神仙敬奉得比他的先人还好。现在事情确实有些令人奇怪。我们刺杀他的准备刚做好，他就突然病了。看来是有神灵在保佑他。这种事是不是可以停下来，不干了，以免惹火烧身呢？”

钟诚厚叹了口气说：“天不如人愿，只有暂时停止行动，等过段时间再说吧。大家各回住处，干各自的事情吧。”众人默然离去。

当天晚上。张家酒楼后屋。钟诚厚：“今天会上，你们发觉什么异常没有？”荣福川：“我看大家情绪还是比较正常的。”何太荣说：“我看方大璧有些不正常，很值得怀疑，是不是他不想干了？如果他真的动摇了，我们就十分危险了，不如我们先下手为强，先干掉他以绝后患。”

钟诚厚说：“不能把方大璧的疑虑太过于向坏的方面去想，不相信自己的人，那样会越搞越心虚，就会百事无成，还谈干什么惊天动地的大事呢？”

何太荣不无忧虑地说：“不管怎么样，害人之心不可有，防人之心不可无啊。我们一定要提防！提防！否则会后悔莫及啊！方大璧这个人我是了解的。”荣福川：“他是怎样的一个人呢？”

何太荣：“你们听我慢慢给你们说。方大璧原本是一个无赖之徒，在万县靠诈骗一个大商人弄了一大笔钱，买枪招兵，拉起队伍，投靠黄吉城，当了一名团长。他要求黄吉城给他一个旅长当，黄吉城没有答应他。因此，他在我面前经常说一些对黄吉城不满的话。我认为他是反对黄吉城的人，便吸收他参与了刺杀黄吉城的预谋。他问我事成之后将得到什么好处，我答应事成之后，给他一个旅长当。方大璧便认为自己很快就能当旅长了，希望刺杀行动马上成功。可是，现在情况发生变化，他怕事情干不成，自己被牵连进去，不但旅长当不成，自己的身家性命也将难保。我看他现在是有些动摇了。”

钟诚厚：“你不该给他许下当旅长的诺言。”何太荣：“我也后悔啊。”荣福川：“方大璧是否动摇了，现在还下不了结论。我们一起对天盟过誓，对他应当有些制约作用，他应该不会马上出卖自己的兄弟，观察一下再说。”何太荣：“方大璧这种人一心只想升官发财，什么事情都干得出来，我们动手晚了就后悔莫及了。”钟诚厚：“还是观察一下再说吧。”

方大璧回到家里越想越害怕：“真奇怪！黄吉城早不病，迟不病，我们一切准备好了他就生病，不是神灵在暗中保佑他是什么？他既然有神灵保佑，我们的阴谋一定会暴露。到时候，我的一切都完了。我得想办法跳出这个是非圈子。”

妻子见他精神恍惚，关心地问道：“团长，又遇到什么不称心的事情了？”方大璧说：“没，没什么。”

妻子入睡以后，方大璧突然狂叫起来：“别杀我，别杀我！”妻子被惊醒以后，问他："团长，你为什么又做噩梦了，是不是有什么心事？"方大璧："太太，我陷入泥潭不能自拔了。我本不想告诉你，怕你担心。但是，此事关系我们全家的性命，我一时还未找到解脱的办法……"妻子问："到底是怎么回事？快告诉我！"

方大璧："有人要刺杀黄吉城，要我做策应。正当一切都准备好了的时候，黄吉城却病得出不了门了。这肯定是神灵在暗中保佑他。你说我该怎么办？你我夫妻同甘苦共患难，这事要你和我一起拿主意。"

妻子对他说："你是从二十一军拖队伍过来的，你要再回二十一军去，刘湘肯定容不下你。你投靠的黄吉城一死，川陕护卫军垮了，这两边你都没靠了，到哪里去立足？到时候，头都保不住，还想当什么旅长啊！现在看来，黄吉城有神灵保佑，刺杀他的阴谋一定不会成功。不如在阴谋败露前，向他告密，来个戴罪立功！既可解脱自己的罪过，还可进一步得到黄吉城的信任和奖赏，这是一举多得的好事！"

方大璧一惊："向他告密？那不是要给自己留下个出卖兄弟的骂名吗？黄吉城本身并不信任我，我去告密，不是到黄吉城那里去自投罗网吗？"

妻子："你不要把刺杀他的阴谋详细地告诉他，只需提醒他做好提防就行了。以后阴谋败露牵扯到你了，你就有申辩的理由了。这样你不仅可以保住你的团长之位，还可以得到黄吉城的信任和一大笔奖金。"

方大璧："夫人，谁说妇人是头发长见识短，你的智力远在我之上！"妻子笑了："谁跟你饶舌？明天快去见督办大人！"

方大璧秘密地跑进督办公署，要求面见黄吉城。黄吉城的侍从副官说："这几天督办大人病重，医生不让见客。"方大璧着急地说："我有要事急需报告督办大人。"

侍从副官说："如果你有要事需要急报，可写成书面报告交胡太太，胡太太自会安排办理的。"

方大璧回到家中，研墨提笔，良久下不了笔。妻子笑了："这么个报告难倒了你这个秀才？"

方大璧："这若暗若明的话不好说。"妻子说："督办大人既然病重，不能到督办公署办事，看来得一段时间才看得到你的报告。报告不要写得太死，也不能表达得太清楚，只请督办大人多加防范就是了。"方大璧："就是这几句话我还没有想好。"妻子说："我说你写：督办大人，近闻您身体微恙，属下深感牵挂。昨夜观天象，有邪星干正，希您注意防范邪气侵害！祝愿早日康复！卑职方大璧。"方大璧大笑："夫人真我贤内助也。"

第二十九章

袭吉城诚厚献身　上刑场作俊不屈

方大璧将告密信写成后，交侍从副官转胡嫦娥。侍从副官对胡嫦娥说：“万团长说他这封信十分紧急，要尽快请督办大人过目。”

胡嫦娥说：“紧急？有没有天塌下来那么紧急？难道比督办大人治病还紧急？”胡嫦娥拿着信走到床边，见黄吉城昏迷不醒，便把这封信放在枕头底下压着，以免日后忘了。方大璧精心策划的这个秘密报告就这样被搁下了。但是，还有一个同方大璧一样着急的人，他就是郑元湘。

郑元湘见预定的时间内没有行动，怕机密已泄漏，于己不利，于是写了一封告密信给黄吉城的督办署高参黄友文。黄友文是他的老师。黄友文看过告密信，心中十分高兴，大笑一声：“真是天助我也！”郑元湘：“老师，学生的信有什么用处？”黄友文笑着说：“实话告诉你吧，督座近段时间正在挑选川陕护卫军副参谋长。钟荣升和我都是主要的人选。我正在设法搞掉自己的竞争对手钟荣升，但一时还没有找到可靠的办法。没想到，从天上掉下来这么好的机会。现在，有了你这封信，我可以彻底击败钟荣升了。”

郑元湘：“学生仍然没有听明白。”黄友文：“有些内情你不知道：钟诚厚是钟荣升的亲侄儿，荣福川是钟荣升的得意门生。钟诚厚、荣福川组织暗杀督办大人，这件事不管钟荣升知道不知道，都会直接牵连到钟荣升。钟荣升周身是口都脱不了干系了。他不要说竞争副参谋长，就在永定城也立不住脚了。钟荣升是我的竞争对手，我搞掉了钟荣升这颗眼中钉，自己就可以顺顺当当地当上川陕护卫军副参谋长，行使川陕护卫军副参谋长大权了。”

黄友文越想越高兴：“我马上去见督座。”黄友文走近黄吉城病榻。黄吉城背靠垫絮半卧半躺，病情已减轻了许多。黄友文递上郑元湘的告密信：“督座，真想不到你对钟荣升那么信任，他却指使他的侄儿钟诚厚和学生荣福川预谋暗杀您，真是知人知面不知心！”

黄吉城仔细看了郑元湘的告密信，又惊又怒：“想不到钟荣升竟是这样的无耻小人！”胡嫦娥急忙从枕头下拿出方大璧送来的那封告密信。黄吉城看了，更加怒不可遏：“立即逮捕钟诚厚、荣福川，严惩这些叛逆之人！”

黄友文说：“督办公署的人，不少是钟荣升的旧部下和学生。逮捕凶手一定不能让这些人参与，否则容易走漏风声。”黄吉城：“这我知道，由你组织专人全权办理此案。”黄友文：“谢督座信任。”

黄友文走进办公室：“刘副官，你带八名手枪兵立刻去西山寺军官训练团逮捕钟诚厚和荣福川！”刘副官应声而去。黄友文：“李副官、张副官，你们分别去抓捕何太荣和几个参与预杀黄吉城的人。”李、张副官应声而去。

刘副官带着八个手枪兵在军官教导团将钟诚厚逮捕后，又去逮捕荣福川。只见荣福川房门锁着，只好先将钟诚厚押向督办公署。途经西街时，恰遇荣福川。钟诚厚招呼荣福川：“督办认为我图谋不轨，叫这个副官带我到督办公署去问话。你到我叔父家去说一声，让他知道我的这个事情。”

刘副官不认识荣福川，没有对荣福川采取行动。荣福川见钟诚厚被押着，已经知道了事情的严重性。他镇静地对钟诚厚说：“我要回学校去一下，再去告诉钟监督，你安心去嘛。”

荣福川立即走进张家酒楼，叫何太荣以及有关人员赶快离开永定县。荣福川说毕，立即赶到钟荣升家，将钟诚厚被捕的事说了一遍，并叮嘱钟家作好应对准备。

刘副官押着钟诚厚走进黄友文办公室：“处座，卑职将钟诚厚押到。”黄友文：“荣福川呢?”刘副官：“荣福川不在军官教导团学校内。”黄友文：“快去将荣福川抓来。”刘副官：“我不认识荣福川。”黄友文：“左脸有明显刀伤疤痕的那个人就是荣福川。”

刘副官回想起在西街遇见的那个人左脸有明显刀伤疤痕，十分懊恼地说：“在西街我见到了此人，可惜不认识，已当面放过了荣福川。现在荣福川很可能在钟荣升家。”

黄友文：“既然这两个地方都有可能，这么办：刘副官仍带手枪兵到军官教导团去逮捕荣福川；侄儿黄宗泽过来，你带两个手枪兵到钟荣升家去抓荣福川。你们分头行动，务必抓到荣福川！”刘副官和黄宗泽：“是！”黄友文：“荣福川若反抗，可当场击毙！”刘副官和黄宗泽：“是！”

钟荣升家内房。荣福川：“老伯，钟诚厚被捕了。”钟荣升：“犯了什么事?”荣福川：“详细情况一时也说不清楚。他的被捕，将牵扯到很大一批人。请老伯及时想办法营救。”

钟荣升："你们是生死至交，一定也会牵连到你，你有什么好的办法？"

荣福川正想回答，钟荣升的一个保镖突然闯进来对荣福川说："荣教官，大门有个人说他是你的同学黄宗泽，他要会你，是不是请他进来？"荣福川问："他是一个人来的吗？"保镖说："他还带着两个手枪兵。"荣福川暗自想道："黄宗泽是黄吉城的侄儿，带着手枪兵来找我，肯定是来逮捕我的。"荣福川便故作镇静地说："你出去对黄宗泽说，我正在同钟监督谈话，谈完了就马上出去迎接他。"

保镖走出去向黄宗泽说道："荣福川正在同钟监督谈话，谈完了就马上出来迎接你。请到会客室坐坐。"

黄宗泽想："荣福川并不知道我是来抓他的，我若闯进去抓他，在钟监督面前就失礼了。反正他必须出大门，我在此等他一会也不妨。"保镖将黄宗泽引进会客室后迅速离去。黄宗泽便在会客室门口坐着等荣福川出来自投罗网。荣福川自知不能在钟家久留，便对钟荣升说："老伯，我得马上就走。"

钟荣升给荣福川五十元大洋后，叫人将荣福川送出后门，然后将门用旧锁锁上。突然，前大门传来吵闹声。原来，黄宗泽等不及了，高声骂道："荣福川再不出来，老子就要进屋搜查！"

钟家人对黄宗泽说："荣福川今天没有到过钟家。"

黄宗泽："刚才保镖还说荣福川正在与钟监督谈话，怎么没来？叫那个保镖出来对质！"新保镖："刘长官，我什么时候给你说过这个话？"黄宗泽："你不是刚才那个保镖，叫刚才那个保镖出来对质！荣福川犯了大罪，你们想隐藏荣福川罪加一等！"他指着两个弁兵："你们在大门口守着，只准进，不准任何人走出大门！"

黄宗泽说完，飞速跑回督署走到黄吉城病榻前："大伯，不，督办大人，荣福川躲进钟监督家里不出来怎么办？"黄吉城立即给他写了手谕："到钟荣升家里抓荣福川，谁阻拦就当场枪毙！"黄吉城将手谕递给黄宗泽："你马上带警卫营一个排前去抓人！"

黄宗泽带领四十个如狼似虎的士兵在钟荣升家屋里屋外、房上房下，翻箱倒柜地搜索了大半天，就是不见荣福川的人影。黄宗泽说："肯定是从后门逃走了。"

他亲自到后门去看，只见铁锁锈迹斑斑，叫拿钥匙来开，一时怎么也打不开。

黄宗泽抓不到人，气急败坏地回到黄吉城病榻前如实报告。黄吉城大怒："我不相信他荣福川插翅飞走了！传我命令，全城戒严，挨家挨户搜查。"

顿时，全城军警林立，挨家挨户搜查，折腾了两天，抓捕了二三百个与钟诚厚、荣福川等相好的人。督办公署发出布告：悬赏五千大洋捉拿荣福川。

荣福川急急忙忙走出钟公馆后门，在城墙上向东走，下城墙就是南门渡口。这时天近黄昏，商店正纷纷挂檐灯。他不敢贸然出城，就在一家小店门口站着观察，看南门口有没有盘查哨。他没有发现盘查哨，便抢步走出城门，向渡口走去。只听有人说："奇怪，怎么天才刚黑，城门就关了呢？"

临近渡口时，荣福川看见岸边一座茶馆门口坐着七八个手枪兵，还有两个手枪兵在街口巡逻。到渡口那是必经之地，荣福川知道，不能到渡口渡河了。在情急之中，他猛地想起不远处有一个小店，店主是个寡妇，他很熟悉，于是急忙赶到小店躲藏。几经风险，终于躲过了黄吉城的大搜查。

黄吉城派兵两连将军官教导团围住，把与钟诚厚、荣福川相好的人抓捕了五六十人进行严刑逼供，要他们交代谋杀黄吉城的秘密。何太荣和小菊因得知信息早，顺利地离开了永定城。黄吉城抓获钟诚厚之后，对举报有功的郑元湘、方大璧大加奖赏。

钟荣升走到黄吉城病榻前："卑职追随恩公二十多年，深得恩公照看，没齿不忘！谁知侄儿诚厚、学生福川不思报恩，反欲加害恩公。卑职深感罪孽深重，特地前来请罪！请恩公赐卑职死罪！"

黄吉城："荣升兄弟，我得你帮助二十多年，事事逢凶化吉。我每每思之，无不感激。想不到你的侄儿和学生，竟生害我之心！荣升兄弟，我不会忘记你追随我二十多年的功绩，你回家安歇去吧。"钟荣升："督座大人饶我不死已是万幸了。老朽就此告辞。"黄吉城："你不必离开我。"钟荣升："老朽无颜再见川陕护卫军同僚……"黄吉城："你回去吧。"

黄吉城摇动身躯："真奇怪，我的病怎么一下子就好了？真有神灵护我？刘副官快去准备，我要给城中九宫十八庙都烧香拜谢！"刘副官："是！"

黄吉城忙于到庙中烧香拜佛，永定城内清查谋杀黄吉城的风潮便逐渐平息下来。

何太荣对荣福川说："黄吉城病好后，必定还要去华南荣家中与王明珠厮混。我们原来的行刺方案还可以实施。我生不足惜，只要能为永定、宜兰、巴山、夤河四县人民除掉黄吉城这个大害虫，留下一个好名声，我就满足了。”

荣福川：“原来租用的房屋已不能用了，炸弹也已经销毁了。”何太荣：“我带着徒弟到华南荣家中采用枪击的办法……”

荣福川同意何太荣的请求：“你们此去一定要多加小心。”何太荣：“我和小菊此去保证完成刺杀黄吉城的任务。”

夜。何太荣走进王明珠家：“督办大人还来打牌吗?”王明珠：“刘副官今天已来打招呼，叫准备饭菜，说黄督办在本周星期六会来吃晚饭。”

星期六下午，夕阳西下时分，三阵号声过后，黄吉城的六人大轿在刘副官和八个弁兵的护卫下来到了华南荣家。只见大厅里早已摆好酒菜，王明珠恭候在大厅门前。黄吉城入席坐定，一阵杯碰筷响之后，打着饱嗝说：“大家搓麻将去吧。”

弁兵们听了，高高兴兴地跑到前院搓麻将去了。几个妇女陪黄吉城搓了几圈。黄吉城说：“你们搓吧，我歇歇再来!”

王明珠便走上前去搀扶着他向卧室走去。黄吉城醉醺醺地走进华南荣公馆的后院，到了王明珠的卧室。王明珠卧室外边是一个小花园，花园外面是一堵高墙，墙脚有两株高大的核桃树，爬上核桃树就可以爬上高墙。高墙之外是一条小巷。

王明珠和黄吉城走进后院不久，突然，几声枪声骤然响起。弁兵们听到枪声，立即冲进后院王明珠卧室。只见王明珠倒在地上，身旁流了一大摊血，却不见黄吉城的身影。

有两个弁兵冲到后院小花园时，只见一个黑影已爬上墙头，一个黑影正由核桃树向墙头爬去。这两个弁兵便举枪射击，击中了两个黑影。两个黑影一个跌落在墙外，一个跌落在墙内。人们举灯照亮后花园，只见一个小女子，倒在地上已气绝身亡。一个弁兵说：“这是何太荣的女徒弟张小菊嘛!”

刘副官正准备指挥弁兵开后门向外追击，只听墙外传来一声枪响。几个弁兵走进小巷，只见一个中年男子倒在地上，也已气绝身亡。这个男子大腿上中了一弹，头部也中了一弹，手枪还在身旁。一个弁兵说：“这个人就是何太荣。看来，是何太荣翻墙时，大腿被子弹击中，自知无法逃身而开枪自杀的。”刘副官急切地呼喊：“督座大人，督座大人!”

黄吉城躲到什么地方去了呢?原来，黄吉城在王明珠的搀扶下走进卧室坐下。王明珠将盖碗茶端着送到黄吉城手里，然后就势一倒坐到黄吉城的腿上。突然三声枪响，三颗子弹全打在了王明珠的身上。黄吉城受过军事训练，又见过多次阵仗，他即以王明珠为挡箭牌就势倒在地上。接着，他抛下王明珠尸体，迅速爬入床后，进入了华南荣专门布置的夹墙密室。何太荣见黄吉城和王明珠一起倒在地上，便又向地板上开了两枪，以为黄吉城必死无疑，就和小菊分别爬树越墙逃走。小菊在核桃树上被弁兵击毙。何太荣在墙上被弁兵击中大腿，滚落小巷中。他试着站起来逃走，可是腿已不听使唤。他将手枪对着自己的头，扣动了扳机……

刘副官连喊数声："督座大人你在哪里?"黄吉城这才从夹墙中狼狈不堪地走了出来。黄吉城指着王明珠："赶快送医院抢救!"刘副官："没气了。"

黄吉城回到督办公署，在惊魂稍定之后，叫来黄友文："钟诚厚、荣福川谋杀案审理得怎么样了?"黄友文："钟诚厚诸刑用遍死不开口，荣福川仍未抓到。"黄吉城："钟诚厚承不承认是共产党?"黄友文："我问他是不是共产党，他点了点头；问他还有哪些是同党，他又闭口不言了。"黄吉城："继续抓捕荣福川，立即处死钟诚厚!"

黄友文："看来钟诚厚与何太荣是一伙的，人数可能不少，是不是再审讯一段时间，再抓捕他们一些同党?"

黄吉城暗想："我侥幸逃脱这场生死劫难，丢失了王明珠，又将受到夫人胡嫦娥的诘难，颜面丢尽，不尽快处死钟诚厚，我心何安? 要想从钟诚厚口中挖出共产党是万万不可能的，不如将他杀了算了!"

他咬牙切齿地对黄友文说："不用再审了。钟诚厚一日不死，我一日不安! 要大张声势地处死钟诚厚! 要通过杀钟诚厚让世人知道，谁敢对我有二心，就只有死路一条!"

黄友文："要防止劫法场啊!"黄吉城："我已考虑好了，为防枪毙钟诚厚时有人劫法场，我准备派一个连到潜水河对岸布置两里多长的警戒线，在潜龙山上派一个连加强警戒，派一个连押送钟诚厚到南门外沙坝执行枪决任务。这样部署怎么样?"黄友文："督座考虑周到，定可万无一失!"

黄吉城："要通过枪毙钟诚厚起到震慑共产党，震慑川东红军游击纵队的作用!"

执刑号吹响。永定县监狱死牢里抬出两人抬的一乘轿子，在十几个大兵的押解下向南门河坝死刑场走去。轿子无顶，轿子里锁着戴着脚镣手铐的钟诚厚，背上插着"死刑犯钟诚厚"的牌子。街道上挤满了围观群众。刚走到西街口，钟诚厚绷断脚镣中间的链条，翻出轿子跳到街上，随即窜入围观的人丛中，向西街飞跑而去。十几个押解士兵举枪向钟诚厚射击。在如雨的飞弹中，钟诚厚跑至钟荣升大门口时，不幸被子弹击中大腿。他打了个趔趄，仍想向院内跑去。几个士兵已跑近，向他连开几枪，结果了钟诚厚的生命。押送钟诚厚这个连的士兵立即冲入钟荣升公馆，到处搜查接应人员，搞了半天，没有一点可疑的形迹才撤了出去。钟荣升气得昏死。黄吉城虽未命令直接抓捕钟荣升，审问他是不是谋杀案的幕后支使人，但钟荣升自知无法再在黄吉城处待下去了，只好写了辞职申请，到成都过寓公生活去了。

督办公署办公室。黄吉城："刘参军，拟一道命令，在军中和各机关大抓钟诚厚、荣福川的同伙！检举和抓捕人员分等级发奖！"

刘积良说："督座，我劝您不要过分追究钟诚厚的同党，以免穷极生变。永定县、宜兰县、夤河县、巴山县四县地瘠民贫，周围环境恶劣，为四川与陕西、湖北交界处；又处大巴山南麓，大巴山大小土匪盘踞，时常骚扰地方，甚至勾结军队作乱；防区内更为可怕的是，共产党领导的川东红军游击纵队虽多次派大军清剿，活动之频率却未见降低；防区南面，军阀刘湘、杨森虎视眈眈；北面，陕西军阀随时想侵占我们防区的地盘。我们内部不能分裂，分裂会给人以可乘之机。"

黄吉城："你有什么好主意？"刘积良："说点意见供您参考：蒋介石原来围剿井冈山，一味地大砍大杀，为什么屡屡失败？现在为啥改为'三分军事，七分政治'？"

黄吉城："你的意思是？"刘积良："在加强对川东红军游击纵队军事围剿的同时，学蒋介石'三分军事，七分政治'的办法，多诱导，少杀戮。下层军官只知杀人得赏钱，不知安定民心的重要。要提高下层军官的思想素质，我建议办军事政治学校，对各级军官加强军事、政治教育，使他们懂得对游击队不能一味地野蛮虐杀，应当以宽怀政治，大量争取人心。"

黄吉城："言之有理。把西山寺军官教导团改名为军事政治学校，既可提高军队的军事技术，又可用政治笼络人心，从而改造川陕护卫军，增强川陕护卫军的实力。"

黄吉城喝了一口茶："这个学校就由我做校长，你做教务长，依照蒋介石进攻中央红军的办法，提出'三分军事，七分政治'的口号，作为新的军事训练学校的训练内容。"

刘积良："遵令。"

唐作俊行至黑龙滩，正巧与蒋中麟相遇。唐作俊："蒋中麟同志，你到这里来干什么？"

蒋中麟："我奉张大洲同志之命，前来找你。张大洲同志知道你必然从这条路经过去永定城救刘庆庄同志，特地叫我到这条路上来等你。"唐作俊："等我干什么？我们一起去救？"

蒋中麟："不救了。"唐作俊："为什么？"蒋中麟："营救刘庆庄同志的人牺牲了，刘庆庄同志又被敌人捉回去了。永定城戒备更加森严了。"唐作俊："不管怎么样，我还是要进城去救！"

蒋中麟："以前，刘庆庄同志就不同意为救自己牺牲更多的同志。"唐作俊："无论如何，我得去救他。"众："对！我们一定要去救党代表！"

蒋中麟："张大洲同志起初也是一定要救刘庆庄同志，刘庆庄同志再三传出不让武装劫狱的话后，张大洲同志一连三天不吃不喝不睡觉，紧张地思考着拯救刘庆庄同志的事情。最终决定派五个队员进入监狱进行营救，另派二十多人在潜龙山上接应。不幸营救失败，牺牲了前去营救的同志。紧接着，通讯员传回永定城增加了岗哨，严查过路人及物资的消息后，张大洲同志才决定不再进行武装劫狱。张大洲流着泪对我说：'我与刘庆庄私交甚厚，又是感情极深的革命战友，无论如何应当救刘庆庄同志出狱！但是，我们前次行动已打草惊蛇，黄吉城加强了防范。我们若再次武装劫狱，困难重重，无疑是让更多的同志白白牺牲性命，没有一丝获胜的希望。我们同志的生命，应当牺牲在革命最关键的事业上！刘庆庄同志深明大义，一再告诫我们不要为救他而牺牲更多的同志，是站在党和全局的高度来考虑自身的安危的。这种高风亮节的精神，值得我们认真思考和学习，希望你也要从全局的高度来思考和处理这个问题。'"唐作俊："好，我回大巴山，重新集结力量，等候时机再来劫狱。"

唐作俊和蒋中麟正说着话，黄志尚带着军队追了上来。唐作俊、蒋中麟等顽强抗击一阵。唐作俊："蒋中麟同志，请回去告诉张大洲同志，我尊重刘庆庄同志的指示，不贸然劫狱，仍回大巴山积聚革命力量，坚持斗争。现在我们分头转移吧。"蒋中麟："好。"

三路司令司令部办公室。侦察兵跌跌撞撞地跑进办公室向何忠辰报告："报告司令，我们已侦察到罗翥鹏撤走的方向。"何忠辰高兴地："什么方向？"侦察兵报告："已向陕南方向撤走了。可以马上去追剿。"

何忠辰："陕南是陈宗光的地盘，让陈宗光歼灭罗翥鹏算了。"黄志尚："司令，到手的菜怎么能拱手送与陈宗光？"何忠辰："此话怎讲？"

黄志尚："督座把剿灭罗翥鹏与抢占陕南地盘看得同等重要。司令以追剿罗翥鹏名义进入陕南，即可两全其美：既消灭罗翥鹏带领的游击队，又满足督座抢占陈宗光地盘的愿望。大功告成之后，何愁不禄位高升?”

何忠辰：“你倒把我给提醒了。不过，这禄是容易得到的。这位嘛，哪里还有?”

黄志尚：“司令忘了？督座兼任一师师长多年，引起多方不满。现在只好让他只知嫖娼狎妓的弟弟黄吉俊当了师长。黄吉俊吃喝玩乐惯了，不管具体的事。督座却不给他任命副师长，副师长之位一直是个空缺。你若歼灭了罗翥鹏，占了陈宗光地盘，功劳显赫，他再不将一师副师长之位给你就说不过去了。你升上副师长大位之后，实际上就直接掌握了一师全权。到时候可别忘了属下啊。”

何忠辰：“我若真的上去了，首先感谢的肯定是你。好，马上向督座发电报请战!”黄志尚：“好!”

督办办公室。刘积良：“督座，何忠辰打来电报。”黄吉城：“念。”

刘积良：“督座，川东红军游击纵队自党代表刘庆庄被俘后，日渐衰败，已不堪重击。日前，罗翥鹏部已向陕南方向撤走了。这可是个千载难逢消灭罗翥鹏的极好时机，请督座千万不要轻易放过。是否追击？请及时指示。”

黄吉城大喜：“追！怎么不追？传我命令，立即给何忠辰部增拨军费三千元，给每个士兵预发奖金两元，既追击川东红军游击纵队，又出兵陕南抢占陈宗光的地盘。”刘积良：“督座此举一箭双雕，不，真是一箭多雕。佩服佩服!”

何忠辰得令后，即率部浩浩荡荡杀向陕南。

罗翥鹏率部到达陕南后，陈宗光表面对罗翥鹏既送米粮，又送棉衣，表示欢迎，暗地里却与王团长积极谋划如何吃掉罗翥鹏部。正当陈宗光冥思苦想吃掉罗翥鹏的计策时，侦察兵传来紧急军情：“何忠辰打着清剿罗翥鹏部的口号，带着川陕护卫军三个团攻进我们防区来了。”

陈宗光急派王团长质问何忠辰：“何司令，我们同为北京政府管辖的两个防区，为何不宣而战进犯我防区?”何忠辰：“王团长不要误会，我们进入你们防区，不是要抢占你们的地盘，而是为了追剿川东红军游击纵队罗翥鹏部。我们川、陕两军应当合力追剿共产党的这支队伍。”王团长：“何司令，等我报告我们旅长后再行进兵好不好？以免发生误会。”何忠辰：“好。”

陈宗光旅部。王团长：“报告旅座，据我观察，何忠辰此次来陕，既有追击罗翥鹏之意，也有乘机抢占我们防区地盘之意。如何应对?”陈宗光：

“我正愁难于吃掉罗嚞鹏，不想却正好来了个罗嚞鹏的克星！你去告诉何忠辰，他们可以去追击罗嚞鹏，我们不予阻拦。”王团长：“让何忠辰侵占我们的地盘?”陈宗光：“让他们两虎相斗去。然后——”王团长：“然后我们渔翁得利!”二人相视大笑。

陈宗光：“罗支队长，何忠辰追剿你来了，你打算怎样应对?”罗嚞鹏：“王团长，我们共同消灭这支军阀军队好不好?”陈宗光：“你打主力，我军配合。”罗嚞鹏：“好。”

唐家坝。罗嚞鹏带领游击队与何忠辰带领的川陕护卫军展开激战。何忠辰凭着人多势众，火力强大，大肆进攻。罗嚞鹏带领游击队顽强抗击。两军都伤亡惨重。罗嚞鹏不得不边打边向山上撤去。何忠辰乘势追击。陈宗光见何忠辰部来势凶猛，不直接与何忠辰部交战，让出平坝，由罗嚞鹏与何忠辰交战。自己撤上高山，想待两虎俱伤后，再去收拾残局。罗嚞鹏部对何忠辰部进行顽强抗击，遭受到重大伤亡。

何忠辰带着队伍进入村庄，以追击罗嚞鹏为名，挨家挨户进行搜查，大肆抓捕老百姓，严刑拷打，逼迫他们承认为罗嚞鹏带过路，送过粮，办过事，参加过川东红军游击纵队，随即将其杀害；仍然采用石灰腌耳朵交数的办法，确认兵士们的杀人个数，以便发奖。他们还大肆抓捕拥有鸦片烟、银两、白（黑）木耳等比较富裕的人，敲诈他们的钱财，严刑苛索十分残忍。何忠辰乘势占领紫阳、镇巴两座县城后，纵兵自由行动三天，准其任意奸掳烧杀。老百姓哭声震天，怨声载道。何忠辰还乘胜将陈宗光驻守镇巴、紫阳的两个连缴械后予以解散。

陈宗光被解散的两连士兵回到陈宗光旅部，纷纷向陈宗光哭诉：“何忠辰以追剿罗嚞鹏为名，在我们防区内迫害老百姓，罪行累累。还乘机缴了我们的枪，抢占了我们的地盘。是可忍孰不可忍！请旅长立即驱逐何忠辰，我们愿打先锋!”

陈宗光：“罗嚞鹏部现在情况怎么样?”兵士：“罗嚞鹏节节败退。”陈宗光：“传我命令：刘团长率领一个精锐团，再配骑兵和炮兵各一个连，火速向紫阳、镇巴两县何忠辰部进攻！将何忠辰部驱逐出陕南!”刘团长：“遵令!”众士兵欢呼雀跃，雄赳赳气昂昂地向紫阳县、镇巴县杀去。

镇巴县城。枪炮声骤然响起，喊杀声震天动地。何忠辰命令部队抵抗，但经受不了陈宗光部的凌厉攻势，交锋不久，便节节败退，不得不放弃镇巴县城，逃到紫阳县城。陈宗光部乘势追击，夺回紫阳县城。何忠辰率部向巴山城撤退。陈宗光部乘势追击到巴山县城近郊。

何忠辰连忙向黄吉城求救："督座大人：我军进入陕南追击罗翥鹏，起初取得很大胜利，并顺利占领了镇巴、紫阳两座县城。正当我即将消灭罗翥鹏之时，不料陈宗光部从斜刺里杀出，致我功败垂成。我军在罗翥鹏、陈宗光两军夹击中不得不向巴山县城撤退。在撤退途中，陈宗光的土匪部队不时袭击我部，致使我部损失了一个营另加两个连以及大量枪支弹药和军事物资。现在，陈宗光部兵临巴山城下，百姓惊恐万分。请督座大人立即增兵巴山县城，以解燃眉之急！"

黄吉城得电大惊："传我命令：令驻守罗文坝的黄志尚团火速增援巴山县城，决不能让陈宗光占我地盘，更不能让罗翥鹏重返巴山县城！"黄志尚团与何忠辰部向王团长部发起进攻，王团长受到两方夹击，伤亡重大，不得不退回陕南。

陈宗光旅部。王团长："我已攻至巴山城下，巴山城唾手可得之时，黄志尚团从背后袭击我团，因此无功而返，还损失了众多兄弟。部下深感愧疚，请旅长处罚我吧！"

陈宗光："你为我收复两座县城，又将何忠辰赶回四川，劳苦功高，应当奖赏，说什么处罚！不过，我军此次受到重创，死了那么多兄弟，的确令我心痛。"

王团长："旅座，此次战火完全是罗翥鹏引起的。对罗翥鹏你打算怎么处置？"陈宗光："你说对了。我正在为如何处置罗翥鹏费心呢。你快说说你的想法。"王团长："罗翥鹏不入陕，何忠辰攻我防区就师出无名，所以是罗翥鹏将何忠辰引进了我们陕南。罗翥鹏是实实在在的祸星！"陈宗光："罗翥鹏聪明能干，我本想要作他我的参谋长——"王团长："他心里只有共产党。"陈宗光："是啊。他要是在我的防区搞共产革命，我这不叫引狼入室吗？"王团长靠近陈宗光的耳朵低声说道："旅长看得很透。对于罗翥鹏的处置，卑职建议这么办。"

陈宗光连连点头："好好好。"

川陕边区绥靖督办署办公室。刘积良："此次何忠辰入陕追剿罗翥鹏，真是得不偿失。"

黄吉城："何忠辰入陕追剿罗翥鹏，开初取得重大胜利，我还感到十分高兴。可是，战事变幻难测。没过多久，噩耗传来，不仅罗翥鹏没剿除，陈宗光的土地没占成，自己反倒吃了大亏。这是什么原因？我认为，这一切都是共产党惹的祸。在镇压福源坝起义时，我就逐步知道了防区内共产党组织的脉络。共产党在各地主要依靠学校教师和学生广泛开展工人运动和农民运动，建立农会、工会、妇女、游击队等组织，开展抗捐、抗税、袭击团防等活动。我本想将有共党嫌疑的教师全部清除，可是那样一来，学校便会缺一大半教书的人，会引起社会舆论的普遍反对，只好暂未采取大规模的行动。我派胡嫦杰的别动队员到学校了解情况，但他们却一个个被学校师生赶了出来。共产党越闹越凶，特别是官渡场、普光、清溪、丰城、桃花等地的团总不时遭到袭击和杀害，弄得许多团总都不敢继续当了。杀害团总的肯定是共产党的游击队。这些游击队来无影去无踪，每次派去大兵，都找不到他们的影子。我当军人这么多年，学过不少军事学，也指挥打过不少仗，从没见过游击队这种飘忽游击战术，实在不好对付。”

刘积良：“蒋介石又打电报催问您到底当不当二十三军军长，怎么回答?”黄吉城：“我的主子是北洋军阀政府，我打的是五色国旗，我的官位是北京政府给的，军饷俸禄也是北京政府发的。你说我离得开北京政府吗?”刘积良：“督座说的都是事实。但是，现在的情况是北京政府的地盘日渐减少，越来越不得人心。南京政府蒋介石势力日渐增强，大有取北京政府而代之的趋势。蒋介石给您发二十三军军长的委任状已经很久了，迟迟不表态也不是个办法。”黄吉城：“现在南北两政府谁胜谁负还不分明，我无缘无故地与北京政府翻脸，于情于理也说不过去。”

刘积良：“督座，您现在不接受南京政府这个委任状也可以，但是，最好也不要放弃与南京方面的联系。”

黄吉城：“这个办法我已采用了。前不久我已命令傅增吾到南京面见蒋介石，要求在南京设立办事处。不知现在情况如何?”

刘积良：“傅增吾来电报了，他已见到了蒋介石，转达了您的意思。蒋介石说，设立办事处是可以的，但要挂国民革命军第二十三军驻南京办事处的牌子。傅增吾便说您目前还没有宣布就职。蒋介石回应说，就职只是早晚的事，你们先打出二十三军办事处的招牌，就可以以二十三军合法名义与各方面联系了。于是傅增吾就在南京挂出了二十三军办事处的牌子，并以主任名义对外联系。请您批准。”

黄吉城非常高兴：“办得好，通知他，就任命他当办事处主任，并且授予他少将军衔，以便他与各方联系。马上给他汇去一百万元款子，以便购买造币厂、子弹厂的大型机器，老子也要自己造币和造子弹!”刘积良：“对，我们有了钱和武器，实力便会一天天大起来。”

何忠辰追剿罗翥鹏未能凯歌高奏，反倒损兵折将，深感无颜面见黄吉城，长吁短叹不止。黄志尚说："司令，振作起来！要想挽回面子不难。唐作俊原本人马不多，现在又损失大将罗翥鹏，我们正好乘此时机，加紧围剿唐作俊。如果剿灭了唐作俊，你就是防区内最大的功臣了，不但可以挽回面子，而且定能得到督座重赏和提拔。到那时，真可说是名利双收了。"

何忠辰："好。集合队伍，老子训话。"

队伍集合起来了，士兵们一个个没精打采。何忠辰走到队伍前面高声讲道："弟兄们！我们这次追击罗翥鹏无功，还死了不少兄弟。督座要把预发的奖金收回去，大家心里难受，我比你们更难受！我们不能就这样难受下去！我们的敌人唐作俊还在。我们要振作起来，消灭了唐作俊就可以挣回面子，不但能拿回奖金，还可以挣更多的奖金，升官发财！大家愿意不愿意？"众人兴奋起来："愿意！"何忠辰："向福源坝大山进军，围剿唐作俊，出发！"

督办办公室。刘积良："督座，何忠辰知耻而后勇，现在主动率部进剿唐作俊，不断取得胜利，是否发电嘉奖？"黄吉城："好，通电嘉奖！"刘积良："仅通电嘉奖，恐怕激励不了士气。"黄吉城："还需给点奖金？"刘积良："现在给点奖金可以，将来剿唐作俊成功，恐怕只给奖金就不行了。"黄吉城："还需奖什么？"

刘积良："何忠辰想的是什么？他手下的众人想的是什么？想的是禄位高升。升了官才能更好地发财。"

黄吉城："不是已经正式升何忠辰为路司令了吗？"刘积良："据我所知，他想的是升师长之位。"

黄吉城暗自想道："何忠辰早想升任一师副师长之职。剿灭唐作俊之后，功勋卓著，我不能不给他这个副师长之位了。刘积良说禄位高升，按功劳大小，何忠辰剿灭唐作俊之功无人可比，完全可以升为一师副师长。我能让出这个大位给何忠辰吗？嗯，我必须叫黄吉俊帮我牢牢掌握好一师大权，绝不能将一师大权拱手让给何忠辰这个贪得无厌之人！对，黄吉俊好歹是自己的亲弟弟，比外人可靠得多！"

黄吉城："刘副官，去把黄师长喊来。"刘副官："是。"黄吉俊走进督办办公室："哥，你喊我？"黄吉城："你在干什么？"黄吉俊："搓搓麻将呗。"黄吉城："你就整天搓麻将。坐下！我给你说点正经事。"黄吉俊："哥，快说，他们还等着我呢。"

黄吉城生气地说："让他们等着好了。你真不知道哥为什么要保荐你到保定军官学校学军事？"黄吉俊："哥是为了我好呗。"

黄吉城："这年月，有枪就是草头王！我保荐你去学军事，为的就是让你以后牢牢掌握枪杆子。你毕业后，本该到基层当排、连长，一步一步往上升。可是，你吃不了这个苦，就在我北京城的公馆里过着纨绔子弟的生活。"黄吉俊："哥，你不是也不忍心我去吃那个苦吗？"

黄吉城："为了把你接回四川帮助我掌军权，我千方百计组建川陕护卫军第一师，我作代师长多年，已经引起很多老部下不满。好不容易把你劝说动了，你才带着金宝、银宝来到我身边，就任第一师师长职务。"黄吉俊："当弟弟的感谢哥哥的美意。"

黄吉城："可你这个师长是怎么当的？对军中的事一点不管，成天就只知道搓麻将，嫖女人，吃空饷！你呀你，能不能给哥争点气？"黄吉俊："军中确实没有什么事做。"

黄吉城："没有事做？你只要管事，就有你做不完的事！你应当知道，这第一师的部队主要是靠第二路司令黄志尚团发展起来的。黄志尚团是我着意发展、着意装备的一支基本队伍。这是我川陕护卫军的核心力量，所以我不管走哪里，都将这支队伍带在自己的身边。黄志尚服从你是冲着我来的。你要谨防他驾空你，夺了你的大权！"黄吉俊："他敢么？"

黄吉城："不是我将他压着，你看他敢不敢？人无远虑必有近忧。比黄志尚心计多得多的人还有的是——"

黄吉俊："还有哪些？"黄吉城："何忠辰就是一个野心勃勃的人。他一心想当一师副师长。他真当上了一师副师长，在一师就不会有人再听你的话了。"黄吉俊："你不要让他当一师副师长嘛。"黄吉城："何忠辰要是真的剿灭了唐作俊，我也挡不住他当一师副师长了。"

黄吉俊："不让何忠辰剿灭唐作俊不行吗？"黄吉城："唐作俊是我们的生死之敌，而何忠辰是一员悍将，怎能不派他去剿灭！"黄吉俊："那我该怎么办？"黄吉城："你要牢牢掌握住军队，不能让他插手军务大事。"黄吉俊："是。"

黄吉俊一改过去懒散作风，军中一切事务由他自己直接控制。黄吉城认为安排妥当，可以高枕无忧了。

黄志尚团部。易为先："团长大人，唐作俊几人逃到猪槽沟后疲惫不堪，歇了下来。团长此次去，一定可以将他活捉！"黄志尚："每次有人举报，我都是扑空，你今天要是再耍我，老子毙了你!”易为先：“非是有人要弄团长，是唐作俊太狡猾，随时变动宿营地，所以处处扑空。此次情报十分准确，小人不敢耍弄团长，此去如果捉不到唐作俊，小人甘愿脑壳具结!”

黄志尚立即带人前往猪槽沟，将唐作俊包围起来。敌人悄悄靠近，唐作俊惊醒，拔枪自卫。黄志尚连发数枪，打中了唐作俊的手臂，手枪掉落地上。唐作俊被捆绑着押到团部。黄志尚冷笑几声：“唐总指挥，你我在战场上多次交手从未谋面，今日得见尊颜，果然英俊潇洒。我敬你是个豪杰，也不为难你，你只要口头上认个错，我向督座求情，保证不杀你。今后，凭着你的聪明才智，少不了你的官做钱花！好好想想吧。”

唐作俊冷笑几声：“我跟着共产党为国为民干革命，有什么错？在你们这些杀人如麻的刽子手面前，我何惜项上这颗头颅！你想杀就杀！想剐就剐!”黄志尚一招手：“给我上刑，上大刑!”唐作俊冷笑几声：“你这些刑具只能吓唬那些得了软骨病的可怜虫，于我何用?”

一阵酷刑过后，刽子手大汗淋漓地跑到黄志尚面前：“报告团长大人，所有的刑具都用遍了，唐作俊昏死过去好几回，用冷水喷醒后都是一字不吐，咋办?”

黄志尚气急败坏地说：“继续用刑！打烂他的皮肉，砸碎他的骨头！摧毁他的精神!”

唐作俊：“黄志尚！老子告诉你！共产党的皮肉可以打烂，骨头可以砸碎，生命可以夺走，但是，革命意志你休想动摇分毫!”黄志尚：“唐作俊，我告诉你，你的共产主义理想追求只不过是白日做梦！趁早丢掉你的梦想!”

唐作俊：“你说对了，我是一个追求共产主义梦想的‘梦想家’，共产主义是我的理想追求，共产党员是我的光荣称号。我可以骄傲地告诉你，我不是在做梦，更不是你所说的‘白日梦’！我的战斗是真实的，老百姓的苦难的真实的！他们的苦难一日不解除，我这个解放梦就一直要做下去！你们想永远骑在人民头上拉屎拉尿，那才真正是白日做梦!”

黄志尚回到团部办公室命令电话兵：“接督办大人!”电话接通以后，黄志尚急促地讲道：“督办大人，我已将唐作俊捕获，是送到永定县来交您审判，还是就地正法?”电话听筒传出黄吉城问话声：“他都交代了些什么?”黄志尚：“所有的刑具用遍，他皮已烂，骨已断，昏迷了好多次；用冷水将他泼醒后，他除了宣传他的共产主义理想信仰以外，就是对我们的控诉和谩骂，别的事情，他一字不吐。”电话听筒：“既然如此，押到永定城有什么用？况且山路甚多，途中被他的党羽劫走反而不妙！马上执行我的命令，就地枪决!”黄志尚:“是!”

黄志尚走到唐作俊刑讯处命兵士排上酒菜:“唐作俊,吃好最后一餐,送你上路!”

唐作俊举起酒杯,谈笑自若:“兄弟们,我们的先圣早就提出了‘大同’梦想,人类社会应当是一个平等的社会!造成中国民众目前的悲惨现状的,帝国主义、封建军阀和地主豪绅是罪魁祸首,一定要被打倒!共产主义是人类的最高理想,人剥削人、人压迫人的制度一定要推翻!来,你们都干上一杯!为了共产主义早日实现,为了你们这帮旧制度的卫道者早日进棺材,干杯!”

一个军官上前捂住唐作俊嘴巴:“不准宣传共产主义!”他突然狂叫一声“哎哟!”迅速将血淋淋的手收了回去。唐作俊吐出手指:“瞎了你们的狗眼!想堵住老子宣讲革命真理的嘴,休想!”

黄志尚高声下令:“老子堵住你的嘴!看你还怎样宣传共产主义!”

几个军士拿来一节木棍,横着强行嵌进唐作俊的嘴里,两端用绕过后颈窝的绳子死死捆住,使唐作俊再也说不出话来。但他昂着头,两眼闪射着坚毅的目光,两颊不停地蠕动,像是要咬断木棍,嘴角不断地渗出殷红的鲜血。唐作俊被押出军营。在一块平地上,唐作俊昂首挺胸,藐视敌人。黄志尚命人拿来纸笔:“唐作俊,你可以留下遗言!”

唐作俊潇洒地挥笔疾书:“气如虹,志如钢,何惧砍头赴刑场!解民难,立新邦,笑看群魔逞疯狂!廿年转得人生后,再做救星共产党!”

唐作俊抛笔后,黄志尚连开数枪,唐作俊周身淌血,却依然端坐,屹立不倒!

黄志尚用电话向黄吉城报告:“督座,我已将唐作俊处决!”黄吉城:“好,立刻登报,震慑共产党人!”

几个兵痞拿着《永定官报》高叫:“大家快看,共党首犯唐作俊昨晚已被处决!尸体巍然不倒!”路人交相称赞:“真有骨气!”兵痞连忙将《永定官报》丢进垃圾桶。

第三十章

绝命词庆庄明志　重组军大洲举旗

永定县监狱。黄吉城走进阴森恐怖的狱神堂："将刘庆庄押进来！"

刘庆庄拖着沉重的脚镣手铐走进狱神堂。黄吉城："来人，摆上座椅让刘庆庄坐下。"

刘庆庄："不必猫哭老鼠，假仁假义假慈悲！"

黄吉城："刘庆庄，就算你不领我的情，也该为你的妻子、儿子想想，他们没有任何过错，你要真是个男子汉，就不该让他们为你受牵累。"

刘庆庄："我为了天下百姓得解放，干的是正义的革命事业，我没有任何过错，怎么是牵累他们？"

黄吉城："刘庆庄，你与黄忠英都很年轻，夫妻恩爱，又有了儿子，本应当是对幸福的夫妻。你不必年少气盛，一意孤行。为了不让黄忠英年轻守寡，不让外孙小小年纪便没了父亲，我决定认下你这个女婿。不过，有个条件，那就是你得认个错。你们只要认个错，我就放了你们，让你们全家团聚，享受天伦之乐。你和忠英都有学识，不愁找不到一个满意的事做，你们完全可以平平安安地度过这一辈子。"刘庆庄："感谢你为我们夫妻勾画了一幅美好的人生蓝图，这幅蓝图听起来十分美妙动人。你所说的，也是一般人求之不得的。只可惜你不知道，我们早已选定了自己的人生梦想和人生道路。"

黄吉城："这可是我设身处地真心为你们谋划的人生蓝图啊。"刘庆庄："按照你规划的人生蓝图，我们可以得到一些好处。但是，这些好处的前提是保证你的统治不受到丝毫伤害。"

黄吉城："大家都能得到好处，天下不是都相安无事了吗？"刘庆庄："你安了，我安了，就能让那些没吃没穿没房住没田种，挣扎在死亡线上的贫苦农民都相安无事吗？"

黄吉城："天下之人何其多也，任何圣人也休想使天下所有的人都相安无事。一些人富有，一些人贫穷，古往今来，这是任何人都无法改变的事实……"刘庆庄："军阀和土豪劣绅一日不打倒，那些贫苦农民就一日解除不了饿死冻死的威胁，就得不到安宁！你休想用儿女情长来动摇我对革命理想的信念!"

黄吉城："你休谈什么想顾及天下穷苦百姓，你能顾及自己的父母、兄弟、妻室儿女就不错了。难道你真的是那样绝情，那样不怕死?"刘庆庄："死么，有什么可怕？我从立志改造社会，救天下贫苦百姓的第一天起就已将自己的生死置之度外！人生自古谁无死？留取丹心照汗青！文天祥就是我的榜样！天下人谁不敬仰文天祥！难道文天祥的行为是绝情?"

黄吉城："我劝你写个检讨，认个错，留下性命，再做些为国为民之大事！这样不是更好吗?"

刘庆庄："拿纸笔墨砚来!"

黄吉城："好。笔墨伺候。你要仔细想想，慢慢写。胡扬坤，他写好后就马上给我送过来!"胡扬坤："是。"

刘庆庄提起笔，眼前立刻浮现出许多画面：当年在黄埔军校，周恩来介绍自己入党的宣誓仪式，参加平叛夏斗寅战斗，周恩来派自己回家乡发动武装斗争；与张大洲一起介绍唐作俊入党；与唐作俊一起攻打福源坝关帝庙；与战友一起战斗的日日夜夜；与龙成娟的生离死别；与黄忠英结成伉俪；自己被隔离审查；自己化作萤火虫驱逐黑暗……往事历历在目，仿佛只是刚刚发生。他仰望天空，一轮明月将光华洒向大地，而自己也融入了光明……他凝神屏气，慷慨激昂地奋笔疾书。片刻，气壮山河的《绝命词》已经完成："昔年立志除军阀，对月曾誓尸裹革！革命潮涌黄浦江，幸遇恩来见党旗！阔步走上光明道，随校西征除叛逆！中秋棹月洞庭洞，辜负南昌好时节。桨划鄱阳击月波，乘风破浪舟如叶……沪城恩师指航向，改天换地靠工农！黄泥脚杆齐奋起，月照巴山分外明！巴山群雄共举戟，力救苍生出苦难！成娟生离与死别，不改初衷求改革！忠英赤胆融冰心，结为伉俪共永恒。大洲作俊齐努力，戮力同心奋杀贼！聚集貔貅十万兵，巴蜀指日除军阀！豪情壮志撼巴山，斧头镰刀耀日月！路途坎坷寻常事，何惧命运多舛劫！勇往直前誓牺牲，踏破血路追先烈。拼将热血沃巴山，威震敌胆气如虹！壮志未酬陷囹圄，此身遗恨终难灭！……前仆后兴大有人，后人定能成伟业！可笑魑魅施诡计，怎能动我志如铁！肌肤可烂头可断，正义岂为强权折!"

刘庆庄抛笔后，胡扬坤马上将《绝命词》送到黄吉城办公室。黄吉城和刘积良仔细研读。刘积良："字字珠玑，刘庆庄真是个难得的人才。如果为党国效忠，前程不可限量！自古美女爱英雄，难怪黄忠英不惜以身相许！"黄吉城叹道："论才华，刘庆庄的确是个人才，可惜他中了共产党的毒，走上了邪门歪道！真是太可惜！"

胡扬坤："督办大人，对刘庆庄怎么处置？"黄吉城对胡扬坤摆摆手："再作一次劝导，他如果仍然执迷不悟，就处以绞刑！"刘积良："督座，是不是再宽些时日？"黄吉城："共产党随时会救他出狱。现在，红四方面军已进入川北，万一打进永定城，就会把他解救出去。我们多留他生存一日，就是给共产党多一日的机会，也就给自己增加了一分危险！"刘积良："这么说来，还是尽快处死的好！胡扬坤，赶快去执行督座的命令！"胡扬坤："是！"

狱神堂。胡扬坤走到刘庆庄身边，凶狠地问道："刘庆庄，再给你最后一次机会，你若愿意投降，什么程序都不需要，你只需点点头就可以了！"

刘庆庄哈哈大笑："共产党人的头岂可向你们这些军阀走狗轻点！"胡扬坤歇斯底里地狂叫："给你一条生路你不要，你要怎么死？"刘庆庄冷笑几声："从狗洞里爬出的生路为人所不齿！你们要我怎样死，我就怎样死！"

胡扬坤："再给你几分钟时间考虑。你可要认真考虑好啊！古人说：'蝼蚁尚且贪生，何况人乎？'你刘庆庄不是想干一番大事业吗？凭你的聪明才智，不会少你的高官厚禄。何苦年纪轻轻就这么草草地断送了自己的性命？对你有什么好处？"

刘庆庄再次冷笑几声，厉声答道："生有如猪狗者，想叫我像猪狗一样地活着，办不到！你们虽然可以毁灭我的肉体，却绝对毁不掉我对革命理想的追求，绝对毁不掉我的革命精神！你们虽然可以杀死我，但是革命的人民是杀不完的，革命的烈火是绝对扑不灭的！我虽然不能亲手宰了你们这些万恶的豺狼走狗，革命的人民终究会有一天要向你们讨还血债的！共产党万岁，人民革命胜利万岁！"

刘庆庄洪亮的声音，震动屋宇。刘庆庄的眼前浮现出周恩来的笑脸，巴山父老欢乐的笑脸，镰刀斧头旗帜迎风飘扬……

胡扬坤急忙命刽子手将一根粗大的麻绳打成活扣，套在刘庆庄的脖子上，然后由四个人强行向两边拉。刘庆庄仍然大骂不止："你们这些绝灭人性的军阀走狗，终有一天是要被人民清算的！再过二十年，老子仍然是一条革命的好汉！到那时再向你们讨还血债！"

胡扬坤急忙拿一个石灰袋给刽子手："堵住刘庆庄的鼻子和嘴巴！不要让他再宣传共产主义！"几个刽子手慌忙堵住刘庆庄的鼻子和嘴巴。刘庆庄被惨无人道的敌人活活地勒死了。

中共四川省委机关。张大洲："福源坝起义失败的经过我已汇报完毕。刘庆庄、唐作俊等一大批同志按照党的土地革命方针、政策，进行了艰苦卓绝和可歌可泣的英勇斗争，为广大贫苦百姓带来了希望。现在，刘庆庄、唐作俊和参加福源坝起义的绝大多数同志都英勇地牺牲了……"

省委书记程子健首先起立，摘帽："大家起立摘帽为牺牲的同志默哀三分钟！"人们起立摘帽，低头默哀，一些人流出了眼泪，一些人抽泣着。程子健："默哀毕。张大洲同志继续汇报。"张大洲："刘庆庄、唐作俊等同志牺牲得十分英勇悲壮，敌人的血腥屠杀，吓不倒革命的勇士。刘庆庄、唐作俊等同志的血没有白流。他们教育培养的革命志士仍然在继续坚持战斗。刘庆庄、唐作俊唤醒的民众迫切要求继续战斗，大家坚信革命最终一定会取得胜利。请程书记对我们今后的斗争作指示。"

程子健："川东红军游击纵队艰苦卓绝和可歌可泣的斗争，为四川人民树立了光辉的榜样。川东红军游击纵队创造了许多宝贵的斗争经验，同时也留下了许多沉痛而深刻的教训，需要认真总结。川东红军游击纵队的斗争历史雄辩地证明：党的土地革命的方针是正确的，大部分政策也是正确的，符合民心民意，得到了广大贫苦农民的拥护与支持。川东红军游击纵队的主要领导牺牲了，但是许多积极分子还在，他们还在继续坚持斗争，这些斗争表现得分散与无序，不适应进一步的斗争需要。为此，省委决定重组川东红军游击纵队，由张大洲同志任总指挥，同时建立巴山中心县委和川东军委，以便就近加强对川东游击战争的领导。省委决定由曾杨明同志任巴山中心县委书记，川东军委书记由张大洲同志兼任。"

张大洲："感谢省委对川东红军游击纵队的肯定与高度评价。刘庆庄、唐作俊等烈士的在天之灵一定会感到十分欣慰。我代表革命英烈和川东人民，感谢省委对川东红军游击纵队的关心与支持，同时感谢省委对我个人的信任。"

曾杨明紧握张大洲双手："张大洲同志斗争经验丰富，我钦佩已久。现在省委给了我一个直接向你学习和同你一起战斗的机会，我感到十分荣幸。"

程子健："你们要互相学习，发展壮大川东红军游击纵队，争取早日与江西、湖北等地的红军会师！争取早日实现全国革命胜利！"

瑞金。中华苏维埃共和国政府机关办公室。周恩来："刘庆庄同志牺牲了，他和同志们点燃的革命烈火正在熊熊燃烧。红四方面军正在向那里前进，将会把大巴山的革命烈火燃烧得更旺!”

川陕边区绥靖督办公署办公室。刘积良：“督座，刘庆庄死了，你可以放出黄忠英，让她好好地活下去了。”黄吉城：“你们不要让她知道刘庆庄死了。黄忠英是个犟脾气，不能放她出狱。”刘积良：“黄忠英是你的亲骨肉，总不能这样永远地关下去嘛。督座亲自给她谈谈，她稍有悔过之意就把她放了算了。”

黄忠英被押进黄吉城办公室，除去脚镣手铐后，坐在茶几旁。黄吉城慢步走入：“女儿来了？为父想你想得好苦啊!”黄忠英怒目而视：“想我干什么？想我给你跪下磕头乞降?”黄吉城：“女儿，现在是我们父女俩说家常，不要去说乞降的话。”黄忠英：“那么我问你，你把你的女婿刘庆庄是怎么处罚的?”

黄吉城：“刘庆庄性子太烈，冥顽不化。非是为父不仁……”黄忠英：“刘庆庄在真理面前绝不动摇，这我知道。现在我要问你的是，你把他杀了没有？我要见他!”

黄吉城：“你现在不能见他！不是我要杀他，是他要自杀……”黄忠英泪流满面：“女婿是半子，虎毒不食子，你比野兽还不如!”黄吉城：“我不杀他，他要杀我!”

黄忠英：“刘庆庄说过要杀你吗？他拿着枪来杀过你吗？他只是要推翻这个万恶的人吃人的社会制度，他的许多部下向他请求进城来暗杀你，但他坚决不同意。他说，共产党闹革命，是要改变整个不合理的社会制度，而不是暗杀哪一个人。杀一个人，不能改变整个社会制度就毫无意义。所以，他坚决反对谋杀某一个人。你们完全相反，一心想的是杀人！你们以为杀了一个革命者，就可以把整个革命火焰扑灭下去了。真是惨无人道，绝灭人性!”

黄吉城：“女儿，为父也是为社会上的大多数人着想，才不得不杀一些桀骜不驯之人。”

黄忠英：“你杀了刘庆庄，现在可以杀我了。”黄吉城：“你不是说虎毒不食子吗？我怎么会杀我的亲生女儿?”黄忠英：“你杀了刘庆庄就是杀了我！你杀的人还嫌少吗？我不相信你能发什么善心，能让革命者好好地活着。你们这些满脑子只有权力、地位和金钱的人，什么绝灭人性的事干不出来?”

黄忠英扑上前去抓黄吉城的手枪，黄吉城扳动枪舌，一声巨响，黄忠英倒在了血泊中。黄忠英一手捂胸，一手怒指黄吉城：“这下好了，你除掉了一个革命的女儿，可以安安心心地稳坐督办宝座了!”黄吉城丢掉手枪，上前搀扶黄忠英：“女儿，我的好女儿……为父舍不得你……为父不想杀你!”

唐志轩在山间寻找刘坚持。爬上高山，蹚过小河，饿了吃野菜，渴了喝河水，走进一座茅草房，看见一个两岁左右的孩子在院坝中玩耍，便走近孩子喊了一声：“刘坚持。”孩子“哦”了一声。唐志轩将他抱起：“你真是刘坚持?”孩子又“哦”了一声。茅草房中走出一个老太婆：“谁呀？你抱着孩子想干什么?”

唐志轩：“老人家，这孩子是你的孙子吗?”老太婆：“嗯。你是什么人?问这个干什么?”

唐志轩：“我正找寻一个孩子，跟你这孩子一般大小。老人家，你知道这附近谁家捡到了孩子?”老太婆：“你到底是什么人？你好像是游击队?”唐志轩：“老人家，你怎么知道我是游击队?”

老人家：“去年夏天，游击队到我们这里来打土豪分田地，好像就有你。”唐志轩看了看四周无人，便诚恳地说：“老人家，不瞒你说，我确实是游击队。我正在找一个孩子。”

老太婆：“你找哪个人的孩子?”唐志轩：“我找我们党代表的孩子。”老太婆：“党代表的孩子怎么会不见了?”唐志轩：“我们的一个游击队员将党代表的儿子送下山，遇到白狗子追击。他将党代表的儿子托给一位大嫂，自己引开敌人后牺牲了。”

老太婆：“党代表为什么不自己找儿子?”唐志轩落泪：“党代表也牺牲了。”老太婆也流泪了：“你骗人，党代表那么好的人怎么会牺牲?”唐志轩：“党代表是被军阀黄吉城抓去杀害的。”老太婆：“军阀真可恨！这个孩子是张三嫂托我照看的，你可问问这孩子是谁的?”

张三嫂走进院坝，抱起刘坚持。她想起唐毛子拜托自己抚育刘坚持的情景，问道：“你真是张大洲同志派来找刘坚持的?”唐志轩从怀中拿出游击队的五角星帽子：“我绝不会骗你们!”

老太婆：“我认识他，他领着我们打土豪分田地……”

张三嫂将刘坚持递给唐志轩：“好吧，我把刘坚持交还给游击队！你们一定要抚育好这个革命的后代!”唐志轩：“谢谢张三嫂！谢谢老大娘！我们一定不辜负你们的重托!”

唐志轩背着刘坚持向张大洲住处走去。刘坚持问：“叔叔，你要带我到哪里去？我要去找我的爸爸妈妈。”唐志轩：“我不能带你去找你的爸爸妈妈。”刘坚持问：“为什么？”唐志轩：“他们都牺牲了。”刘坚持问：“什么叫牺牲？”唐志轩流泪说：“他们被你外公杀害了。”

刘坚持：“外公为什么杀我的爸爸妈妈？”唐志轩：“你长大后就知道了。你要为你的爸爸妈妈报仇！”刘坚持：“杀死我的外公吗？”唐志轩：“杀死所有军阀和地主豪绅！”刘坚持：“我要快快长大，杀死所有军阀和地主豪绅！为爸爸妈妈报仇！”唐毛子高喊：“刘坚持！”刘坚持惊喜地：“唐叔叔！”唐声轩：“走，见总指挥去！”

唐志轩走进张大洲办公室：“老革命，我找到党代表的儿子刘坚持了。”刘坚持说：“我要快快长大，杀死所有军阀和地主豪绅！为爸爸妈妈报仇！”

张大洲抱着刘坚持说：“对，你长大后要为你爸爸妈妈，不，不只是为你爸爸妈妈报仇，要为千千万万革命烈士报仇！”刘坚持点头：“我长大后要为烈士们报仇！”

唐志轩：“总指挥，同志们等你前来讲话！”张大洲抱着刘坚持，走到游击队伍前面，高声讲道：“同志们，我怀中抱着的是党代表刘庆庄同志的儿子，他叫刘坚持！党代表对他寄予了极大的希望，希望他继承革命先辈的革命事业，坚持革命到底！现在党代表牺牲了，刘坚持还很小，他扛不了枪，拿不了刀，打不了敌人！现在打击敌人的重担落在了大家的肩上，大家愿不愿意沿着党代表指引的方向，继续坚持革命？”众：“愿意！”张大洲：“坚持革命就意味着流血牺牲，你们害不害怕流血牺牲？”众：“不害怕！”

张大洲：“同志们，为了解放千百万劳苦大众，为了革命的后代，我们应当不怕流血牺牲！直至革命最后胜利！”众：“我们一定坚持革命到最后胜利！”张大洲：“坚持革命必须有革命的本领。大家要不怕吃苦，才能练好杀敌的本领！对不对？”众：“对！”

训练场。蒋中麟：“好，射击、投弹、拼刺，分组训练开始！”

游击队员们迅速分组训练，喊杀声响彻云霄。

川陕边区绥靖督办公署办公室。刘积良：“督座，据反共别动队侦察得知，张大洲已在宜兰县梭草坪聚集川东红军游击纵队残余，开展打土豪活动。我们应当及时采取强有力的措施，将张大洲这支游击队扼杀在襁褓之中。如果不趁早将其铲除，等形成刘庆庄、唐作俊带领时那样的大气候，就没法收拾了。”黄吉城：“张大洲现在在什么地方？”刘积良：“据可靠情报证实，张大洲正在梭草坪一带活动。”

黄吉城：“马上命令张盛荣率领该团到梭草坪一带围剿。”刘积良：“仍然是普杀普剿?”

黄吉城:“不!前次在巴山县城普杀普剿,造成不少万人坑,受到社会各界的普遍谴责,使我在四川袍泽中抬不起头。这次清剿,要多用政治安抚的手段。当然,还是要派军队大抓可疑分子,对可疑分子要抓住一个杀一个!决不能手软!立即电令张盛荣就近清剿,必要时再增派军队前去清剿!”刘积良:“督座决策英明!”

张盛荣:“弟兄们!前次在福源坝大家吃了不少苦头,现在张大洲又召集刘庆庄、唐作俊散兵游勇,妄图重起炉灶,东山再起。这真是旧仇未报,新仇又结。督座命令我团前往梭草坪围剿张大洲,现在报仇雪恨、建功立业的时候到了!走,进军梭草坪,活捉张大洲去!抓住张大洲和赤匪,大大有赏!”众:“进军梭草坪,活捉张大洲!”

梭草坪。川东红军游击纵队总指挥部。张大洲:“同志们,省委决定重组川东红军游击纵队,现在在座的都是川东红军游击纵队的骨干。大家出生入死战斗了这么多年,以党代表、总指挥为代表的革命烈士鲜血没有白流,省委对他们的光辉业绩给予了充分肯定,贫苦百姓也希望游击队重新带领他们开展斗争。省委作出重建决定是十分正确的。省委任命我作川东军委书记和游击队总指挥,我深感责任重大。我们要从失败中汲取教训,增强必胜的信心和力量。川东红军游击纵队重建以后,分为三个支队,蔡奎、蒋中麟、唐志轩分任支队长,分别在虎南赤区、涪流县广福、宜兰县芭峡、永定县黄大万等地恢复党群组织,带领群众抗租、抗捐、抗税、反对苛捐杂税,打倒军阀豪绅地主,条件成熟时,建立工农民主政府。我们的口号是:重建川东红军游击纵队,将革命进行到底!”众:“服从组织决定。重建川东红军游击纵队,将革命进行到底!”

张盛荣在进军梭草坪清剿张大洲的同时,在城乡贴出悬赏布告:“活捉张大洲,奖大洋五万元;献张大洲人头者,奖大洋一万元;活捉川东红军游击纵队干部战士者,皆分别给予奖赏!”

许多老百姓看了后都嗤之以鼻,大家不屑一顾地散去。家住梭草坪,一贯游手好闲的冉甲看了,却偷偷地在深夜将布告小心撕下揣入怀中:“马无夜草不肥,人无横财不富。这下我冉某可有了发横财的机会了。张大洲我不认识,发不了大横财。邻居唐志轩是张大洲的心腹,捉住了他,我也可以发一笔不大不小的横财了。我得时刻留心邻居唐志轩的动向,千万不能丢失了这个发财的机会。”

冉甲一双贼眼死死地盯着唐志轩家的一举一动。

深夜。唐志轩带着游击队员破仓分粮后回到了家中。冉甲发现后，兴奋不已，立即跑进张盛荣团部密报："团长大人，刚才，唐志轩带着几个人回家了，请团长马上派人去抓！"张盛荣："张大洲跟他在一起吗？"冉甲："他是张大洲的心腹，他跟张大洲可以说是形影不离，很可能在一起。"

张盛荣："你说的情况真不真实？"冉甲："绝对真实。如果有假，我敢以脑壳具结！事成之后，请团长不要忘了给我发奖。"张盛荣："你如果报了假情况，老子可饶不了你！你前面带路！"冉甲："是！"

张盛荣："传令兵，令一连紧急集合！"一连连长："报告团长，一连集合完毕，请你训话。"

张盛荣走到队列前面："兄弟们，你们记得督办大人的悬赏令吗？"一连连长："记得，活捉张大洲，奖大洋五万元；献张大洲人头者，奖大洋一万元；活捉川东红军游击纵队干部战士者，根据职务大小，分别给予奖赏！"张盛荣："你们人人都要记清楚！现在，建功立业的机会来了。现在马上去捉张大洲、唐志轩！不要随便开枪，尽可能地将他们活捉，才有大奖可领！听清楚没有？"众："听清楚了！"张盛荣："出发！"

深夜，张盛荣亲自带着一连人跌跌撞撞地向梭草坪行进。至凌晨，将唐志轩家包围，慢慢向唐志轩住房靠近。

拂晓，天空中下起了蒙蒙细雨。唐志轩的妻子李祥珍起床后，从窗缝里发现敌军正在向自己家院扑来，惊叫："唐志轩，不好了，敌人围住我们家了。"唐志轩从梦中惊醒，立即叫醒战友提着手枪从前门冲出去。守在前门的士兵大喊："捉活的！"

其余的士兵不敢开枪，立刻上前抓人。唐志轩一枪打中敌军一人的大腿，敌军慌忙后退。唐志轩等人趁敌慌乱之际，勇猛地冲出了敌人的包围圈。

住在邻院的张大洲听到枪声，立即同农民一道戴上斗笠，披上蓑衣，冒雨下田劳动。敌兵连长走到田边询问："哪个是张大洲？"农民："我们都是本地人，没有一个人叫张大洲。"

敌兵连长逐个观察，见一个个都是种田熟手，心想张大洲肯定不会种田，便迅速离开田边："张大洲不在这里，快找！"

敌连长带着队伍重回唐志轩院坝及附近农家搜寻，张大洲立即从小道跑走，脱离了险境。

张盛荣带着大队人马赶到梭草坪。连长上前敬礼："报告团长，唐志轩逃跑了！”张盛荣：“抓住张大洲没有？”连长：“没有抓到张大洲！”张盛荣：“简直是一群蠢猪，没有抓住张大洲和唐志轩，还伤了一个士兵兄弟，你们是干什么吃的？传我命令：把全村的男女老少都集合起来，逐个查问，我就不相信他唐志轩、张大洲能插翅飞了。”

全村的人被集合起来，张盛荣：“乡亲们，你们相互都认识吗?”众：“我们祖祖辈辈都在这里居住，当然都互相认识。”

张盛荣：“保长，你认识全村的人吗?”保长：“我认识全村的人。”张盛荣：“你认识唐志轩吗?”保长：“认识唐志轩。”张盛荣：“认识张大洲吗?”保长：“不认识张大洲。”

张盛荣：“好，你去指认唐志轩。其余的人听着：你们互相指认。有两人以上指认为本村人，保长取保的当场释放；无人取保的，肯定就是张大洲，就是共产党，当场给我拿下！”

村民开始指认。一个一个地由保长取保，放了过去。蒋中麟化装后站在保长对面，相互对视了一下。人群中走出一个老乞丐：“老总行行好。我两天没吃喝了，饿得实在难受，请放我过去，让我到前面住家讨口饭吃。”

连长：“你是赤匪的探子！”老乞丐：“我不知道什么是赤匪。我乞讨了十几年，还从未遇到过什么赤匪白匪。”连长：“你们有谁认识这个老东西?”众：“不认识。”连长：“拉到坎下崩了！”老乞丐：“老总，我冤枉啊！”

连长：“大家看清楚了吗？来历不明的人，一律枪毙！下面接着指认！”贺老六指认蒋中麟：“杨麟出来！”蒋中麟走出人群。连长挡住蒋中麟：“看样子你不是本村人！”蒋中麟：“谁说我不是本村人?”连长：“你们还有谁认识他?”众：“我们大家都认识他。”

连长：“冉甲，你认识他吗?”冉甲：“不认识。”连长一挥手：“拿下！”蒋中麟：“你们凭什么抓我?”

连长：“我问你，你叫什么名字，是哪里人？到这里来干什么?”蒋中麟：“我叫杨麟，甘家垭口人，是你们叫到这里来集合我才来的。”连长：“保长，你敢为他担保吗?”保长：“我敢为他担保。”连长：“你担保的人当中要是查出了共产党，你一家也就没命了。”保长：“好汉做事好汉当！”连长拍拍保长的肩膀：“好，相信你一次，将杨麟放开！”

冉甲将连长喊到一边：“连长，这个人面生，不能放啊！”连长：“你能不能认定他是张大洲?”冉甲：“这小伙子不过二十大点。听说张大洲已是四十开外的人了。”连长：“是不是唐志轩?”冉甲：“也肯定不是唐志轩。”

连长低声对冉甲说：“现在放他，你暗中做好监视，这叫作放长线钓大鱼!”冉甲:“是。”连长:“好了,大家都是老实巴交的本村人,你们各自回去干活吧。”大家逐一取保散去。

老龙湾山洞。唐志轩:“白狗子太猖狂了,必须打他们一个下马威!”

蒋中麟:“老唐,请冷静一下。从我们目前的实力来看,不宜对白狗子采取正面作战。即或要给予白狗子一个打击,也还是要请示总指挥后再定。”

唐志轩:“老蒋,战机稍纵即逝。现在,我们正好利用冉甲这枚棋子把白狗子引出来,给他一个突然袭击,让白狗子知道,老子川东红军游击纵队的人还在,实力还在!出了什么差错,我负责!”

当晚,贺老六走进冉甲家门:“冉甲兄弟,保长请你说话。”冉甲:“他在哪里?”贺老六:“就在老柏树下。”

冉甲走到老柏树下,喊了几声保长无人应答,正向四下张望,几个人突然冲上前来将他堵嘴蒙眼,把他押进了一个山洞。唐志轩:“冉甲,是你把白狗子引来清乡的吗?”冉甲:“不是。”蒋中麟:“是你叫连长抓我的吗?”冉甲:“我没有那个意思,只是说了不认识你的真话。”

唐志轩:“看来你是一个愿意说真话的人!你老实交代,在白狗子那里领了多少奖金?”

冉甲:“没有啊,我一分钱奖金也没有领到啊!”唐志轩:“你现在就去向张盛荣报告,我唐志轩就在这洞中等他来捉我!”冉甲:“我哪里敢去报告啊!”唐志轩:“你若真能引来白狗子,我们给你发奖金。”冉甲:“你不会是骗我的吧?”唐志轩:“老子从来都是说话算数!”

冉甲跑到张盛荣团部:“张团长,唐志轩等人藏进了老龙湾山洞,请派大军前去捉拿。这次准能成功。”张盛荣:“你这次说的是不是假话?”冉甲:“小人怎敢在团长大人面前说假话?前次捉唐志轩,你们要是开枪,唐志轩怎么跑得脱?”张盛荣:“一连连长听令:命令你连速到老龙湾捉拿唐志轩。”连长:“只要活的?”张盛荣:“不!不能再做前次那样的蠢事!见到唐志轩,当场击毙!”连长:“遵令!”

老龙湾峡谷口。唐志轩、蒋中麟带着大耳朵等埋伏在丛林中。大耳朵远远地看到一长串白狗子向自己走来,便迫不及待地要求出战:“支队长,我们马上冲出去杀敌人!”唐志轩:“别着急,等白狗子靠近了再打!”大耳朵:“敌人人多,靠拢了,我们被包围起来跑不脱怎么办?”蒋中麟:“我们有丛林掩护,又居高临下,别怕!”

唐志轩看着白狗子步步逼近:“一百米,五十米,二十米,打!”

一阵排枪打过去，白狗子倒下了十多个兵士。敌连长大声命令：“一排从左，二排从右，三排正面进攻！抓住唐志轩，消灭赤匪，立功有赏，冲啊！”

白狗子嗥叫着向游击队扑来。唐志轩、蒋中麟带着游击队员顽强抗击，又打死打伤白狗子多人。突然，蒋中麟不幸左臂中弹，大耳朵大腿中弹。形势危急。唐志轩急忙命战士们：“背着受伤的战友，转入洞中抵抗白狗子！”

大耳朵：“我跑不动了，留下来跟白狗子拼了算了。”

蒋中麟背起大耳朵：“保存实力要紧！”

游击队员们迅速撤入洞中。白狗子封住洞口，找来柴草和风车，燃起浓烟，向洞里灌烟。

唐志轩、蒋中麟等穿过深洞，甩掉了白狗子。

游击队总指挥部。张大洲听完唐志轩、蒋中麟的汇报，在屋子中来回走动：“同志们，你们这次战斗完全是意气用事，为什么不请示汇报就盲目行动?”唐志轩：“我们想给清剿的敌人一个突然袭击，给他一个下马威。”

张大洲：“同志们，福源坝的教训应当很好地被记住。如果不同敌人拼消耗，福源坝一战可能不会败得那么惨，至少不会一下子牺牲那么多骨干。省委要我们重组川东红军游击纵队，主要任务是发动和组织群众开展三抗斗争，积聚我们的力量，不到万不得已不与敌人正面交火。即或要交火，也要寻找敌人的软肋，而不是过早地暴露我们的实力，去同白狗子拼消耗。”唐志轩：“我诚恳接受指挥的批评。我们以后遇到了可以打击敌人的机会也不用打了。”

张大洲：“唐志轩同志，你的思想认识和情绪都有问题。一会想干个痛快，一会想放弃斗争。带着这种忽左忽右的思想情绪，怎样去带领战士们开展斗争？我们不是不打击敌人，也不是害怕牺牲！干革命不可能没有牺牲，怕牺牲就不能干革命！但是，必须以最小的牺牲，换取最大的成功，有了机会，肯定要抓住机会打击敌人！有句俗话叫作吃柿子要捡耙的吃。”唐志轩：“诚恳接受总指挥批评。”

靖河场。赶场天。赶场的人群把不宽的街道塞得满满的。“泥人道士”沿街向施主祈求施舍，小杂货摊贩挎篮叫卖，他们不时互递眼色。团防局门口，岗哨警惕地观察着过往路人。晌午，“泥人道士”夺走了岗哨手中的枪，十几个游击队员冲进团防局大门，控制了正在吃喝的敌人。一些人到枪架上取走了枪支。游击队撤离时在大门上贴了一张布告：“我们川东红军游击纵队第十八分队，今天特来拜访贵团局，收到贵团局敬献的步枪二十支、子弹一千发、手枪一支、手榴弹二十枚，不胜感激！据群众举报，贵团局大队长孙大麻子坑害百姓，敲诈勒索，作恶多端，民众愤极。我分队应民众之请，已将其处决。贵团局其他人胆敢再欺压百姓，与红军作对，我们还会登门拜访，详细算账！后会有期！”

川陕边区绥靖督办公署办公室桌上，摆放着几张川东红军游击纵队的布告。黄吉城挥手将布告掀在地上：“川东红军游击纵队太嚣张了！传别动队长胡嫦杰！”胡嫦杰匆匆跑进办公室敬礼：“报告督座，胡嫦杰到！”

黄吉城：“你别动队是干什么吃的？游击队的情况一点未侦察到，张大洲到底在什么地方都搞不清楚！再加派人员到梭草坪侦察！”胡嫦杰：“督座，非是我们不卖力气，是张大洲太狡猾了。老百姓都成了他的耳目，我们走到哪里，他马上就知道了。他走到哪里，我们却很难打听到。”

黄吉城：“老百姓不可能是铁板一块。你就不知道用金钱收买几个耳目？”胡嫦杰：“这个方法也早采用过了。可是，被收买的人过不了几天，或者不干了，或者被‘黑传’了。”黄吉城：“黑传？”胡嫦杰：“这是老百姓的俗话，就是被暗杀的意思。”黄吉城：“张大洲真有那么大的能耐？”胡嫦杰：“不是张大洲能耐大，是泥腿子都想翻身摆脱贫困的命运。听了赤匪‘打土豪分田地’的蛊惑，都十分齐心。”

黄吉城：“你在德国学的那些招数都用完了？”胡嫦杰：“德国的招数在这里都用不灵。”

黄吉城：“混蛋。赶快想办法！”胡嫦杰：“是。”

刘积良：“督座，别动队招数虽然多，用不灵，也不好办。看来，还是对付巴山县城福源坝的办法管用。”黄吉城：“你是说还是大砍大杀？”刘积良：“巴山县城福源坝那堆堆白骨现在还在反对您吗？”

黄吉城：“传我命令，调川陕护卫军和地团练联合‘清剿’！正规军负责大规模搜捕和作战；地方团防负责本地把守路口，盘查过往行人。对可疑之人，抓住一个马上杀掉！决不宽恕！”

黄吉城派出的正规军在各地大肆搜捕。团防兵把守各路路口，严查过往行人。一时间，风声鹤唳，草木皆兵，搞得人心惶惶。张大洲开展工作，积极争取不是十分反动的地方势力，取得了分化瓦解敌人营垒的积极效果，保护了革命力量。

夜。游击队员大耳朵和任小全背着步枪乘黑夜摸进兴隆寨了解情况，不幸被团防兵李登龙等捉住后送交团总魏庆云："团总大人，现捉住游击队员两人、步枪两支，是送县城还是送军方处理？"

魏庆云："晚上押送不方便，我先写份报告送去，等天亮了再将人枪送去。"李登龙："遵令。"

唐志轩得到报告后，立即向张大洲报告："请总指挥批准我们马上去救回大耳朵和任小全！"张大洲："魏庆云平时与游击队相处得还比较可以。现在捉住了我们的人，对他也是个检验。他若坚持送县府或军方，表示他坚决与游击队为敌，我们在押送路上救人也不迟。我给他写封信，晓之以利害。他若同意放人，说明他不是死心塌地与游击队为敌，我们以后就可以将他作为统战朋友。"唐志轩："好，就按总指挥说的办。"

张大洲立即提笔给团总魏庆云写信："魏团总：我部人员被你团丁抓住，若将我部人员安全放回，我们可相安无事；如定要处死或交军方处理，靖河场团防大队长孙大麻子就是你的先例！有言在先，恕不赘言！"

信送走后，张大洲对唐志轩说："走！带上队伍到魏庆云家附近去观察动静。随时准备营救战友！"

唐志轩集合起队伍，飞速去到魏庆云家附近埋伏起来。

魏庆云见到张大洲的信后，在屋子里兜着圈子，左右为难地说："我本无心将游击队员送县府或军方处理。但是，报告已送给县府和军方了，咋办？"李登龙："团总，你报告是怎么写的？"魏庆云："我只写抓到了两个人，缴到了两支枪。"李登龙："写了抓住的人的身份或枪的类别没有？"魏庆云："没有。"李登龙："团总，这就好办了。你再写一份报告，说捉住两人两枪属实。但是，人是本地人，枪是打猎的火药枪。县府或军方如果派人下来追究，一切由我来对付。"魏庆云："好，就这么办。"

清晨。团总家走出团防兵数人。唐志轩："准备战斗！"

团防兵越来越近，只见大耳朵和任小全并没有被捆绑，而是与李登龙等人有说有笑地向前走着。游击队员："支队长，我们马上冲上去救人？"唐志轩："别忙，等再走近点看看。"

李登龙从肩上取下枪交给大耳朵与任小全："兄弟，对不起啊！"大耳朵："多谢大哥鼎力相救，咱们后会有期！"李登龙："后会有期！"

大耳朵、任小全与唐志轩会合后，游击队员安全地回到了游击队。

第三十一章

游击队越战越强　剿赤战枉费心机

川陕边区绥靖督办公署办公室。刘积良递给黄吉城一份电报："督座，田崇尧发来电报。"

黄吉城："念。"刘积良收回电报纸，低声念道："督座台鉴：据可靠情报，鄂豫皖的红四方面军主力已过漫川关，有向陕南、川北进军的趋势，希派大兵加强大巴山防御。"

黄吉城："这真是屋漏偏遇连夜雨，行船偏遭打头风。我们正被围剿川东红军游击纵队之事搞得焦头烂额之时，鄂豫皖的正规红军又要窜来大巴山，这叫我如何是好?"

刘积良："督座无需忧愁。古人说蜀道难难于上青天。大巴山为蜀道天险，从古到今还没有大军在大雪封山的时候翻越过。我认为，现在正值寒冬季节，大雪封山，红四方面军就是插上翅膀也难飞越大巴山。川陕护卫军只需派两个团向北防守就行了。"不一会儿，田崇尧又发来一份电报："督座，我军在成都巷战中陷得极深，抽不出兵力防堵红四方面军入川。川北防守任务只有拜托老前辈了。"

黄吉城："这个田冬瓜自己去争成都，把防堵红四方面军的任务推给我，太滑头了!"刘积良："督座别生气，田冬瓜是您一手栽培起来的，您多次遇难，他都是倾全力为督座排忧解难。他对您是忠孝有加，现在遇到了难处，您也应当鼎力相助。再说，红军是我们共同的敌人。让红军得势，对大家都没有任何好处。"

黄吉城："你说的也是。传我命令：立即召开军事会议，分析红四方面军是否会入川和怎么进行防御等问题。"刘积良："是。"

会议厅。黄吉城："刚才参谋长向大家念了田崇尧发来的两份急电，告知我们红四方面军即将入川的消息。但是，现在是严冬季节，大巴山积雪甚厚，红四方面军会不会进川？我们该怎么办？大家议议，以便急时采取对策。”

刘积良：“督座，在下认为，现在大雪封山，大军翻越大巴山的困难极大。但是，红四方面军别无其他路可走，因此冒险入川的可能性也极大。在下认为不管红四方面军是否马上入川，川陕护卫军都一定要做好防御准备。”众：“参谋长分析正确，我们赞成！”

黄吉城：“那么我们的防御重点应当放在什么地方？”

张盛荣：“大巴山西起广元、旺苍，东至贪河县、巫溪，绵亘数千里，只有东西两条官马大道与外面相通。我认为，红四方面军只能沿着这两条官马大道翻越大巴山，也就是说，可从西线和东线两条路线进入四川。西线是田崇尧的防区。此时，田崇尧的二十九军主力都调到川西参与到与刘文辉、邓锡侯的军阀混战中去了，防御空虚。而通江洪口一带是二十九军与川陕护卫军的结合部，两军因无战事发生，都只派了极少数部队防守，因此更为空虚。而这里又是从陕南到四川的官马大路，红军从这条官马大道入川的可能性最大。”

黄志尚：“我认为，刘湘的二十一军留在川东的力量也不大，他也把主力调到川西参加刘（文辉）、邓（锡侯）、田（崇尧）的混战去了。因而二十一军在万县以东，特别是巫山、巫溪一带驻军很少。二十一军与川陕护卫军的结合部贪河城一带双方驻军亦少，如果红军从安康、紫阳进军，极有可能从贪河县入川。红四方面军东下湖北竹溪、房县，就可与洪湖赤区连城一气。贪河县若失，巴山县城即不可保。如川东红军游击纵队乘机攻击宜兰县、永定县，整个川防边防军将陷于极端危险的境地。”

黄吉俊：“红四方面军从鄂豫皖远道而来，不可能对四川的防务、军情有详细的了解。大家的分析只是一种主观揣测，不一定可靠。”

何忠辰：“四川地方的共产党与全国的共产党是互通情报的，我们不能轻视红四方面军，认为他们不知道四川的情况。”

双方争论不休。黄吉城：“大家不要争了。我认为红四方面军如果要入川，极有可能是从东线即贪河县入川，因此，必须调集四五个团的兵力在贪河县以东的大巴山布防。总预备队设在宜兰县及芙蓉场镇、樊哙店一带。另调三个团担任西线防务，即在马渡关、洪口、竹峪关各驻一个团。这样，我们对红四方面军入川就有备无患了。我们防御的重点仍然是张大洲重建的川东红军游击纵队，要防止川东红军游击纵队借红四方面军入川之势袭击永定城。”大家纷纷点头称赞：“督座远见卓识，我们钦佩不已！”

黄吉城："各位静一静。我们现在的总方针是南北并重，南方的重点是加大对川东红军游击纵队的清剿力度，由黄吉俊负总指挥之责。"黄吉俊回答："是!"

黄吉城："北方的重点是加强夤河县、巴山县城一线防守的兵力，由何忠辰负前线总指挥之责。"

何忠辰心想："福源坝剿赤，我立首功，只落得个取消'代理'二字，现在仍然是个路司令。看来，副师长之位还遥遥无期，有什么奔头?"何忠辰情绪消沉地回答："是!"

黄吉城心知肚明地瞥了何忠辰一眼："南方北方都要齐心协力保境安民!"黄吉俊、何忠辰："是!"

何忠辰想："红四方面军从西线入川的可能性不大，川陕护卫军在西线也只有竹峪关需自己防守。而竹峪关的防御任务完全可以交给田崇尧二十九军去做。"因此，他将调往驻守竹峪关的一个团停驻于长坝，以做他的总预备队。他认为，红四方面军从东部入川的可能性极大，他想借机显示自己的高明。

何忠辰："督座，竹峪关只需驻一个团即可。原计划调往竹峪关的这个团驻在长坝做战略预备队最好。如竹峪关吃紧可迅速前去支援；如红军从夤河县方向来，也可迅速前去支援。这样首尾相顾，方可立于不败之地。"

黄吉城听了，沉吟长久，心想："自己的军队在四川军阀军队中装备是最弱的，训练也是最差的，实战经验也是最少的。这种军队平时欺压老百姓，敲诈勒索可真是如狼似虎，所向披靡。军队中的营、连、排长都是靠各种关系或花钱而上的，没有多少实战经验，而且多靠吃空缺，搞敲诈聚敛了大量财产。这支军队一到战场，从军官到士兵个个贪生怕死，随时想逃离战场。何忠辰作这样的安排无可挑剔，是最佳方案。"

黄吉城想罢，对何忠辰说："北方防务我已交你全权负责，具体部署你自己去安排吧。"

何忠辰："谢督座信任。"

川东红军游击队指挥部。唐志轩："报告总指挥，省委传来指示，红四方面军已由陕南进入川北，省委提出了依靠红四方面军的力量，在全川建立苏维埃的奋斗目标，要求我们川东红军游击纵队尽快与红四方面军取得联系，直接配合红四方面军作战。"

张大洲："太好了。我们要立即调整战略部署，派人与红四方面军联系。

要在川东红军游击纵队活动区域内壮大农协、妇女、儿童等组织；发动青壮年参加游击队；将川东军委和游击队总指挥部的工作中心及主要力量转移到靠近通江方向，直接配合红四方面军作战。”

唐志轩、蒋中麟等：“赞成总指挥的部署。”

张大洲：“蒋中麟同志前往通江县，向红四方面军报告我们的情况，请求红四方面军总部对我们的工作作出具体指示，以便配合他们的行动。”唐志轩：“保证完成任务。”

永定城张灯结彩，爆竹声声。督办公署宴会大厅灯火辉煌。黄吉城举起酒杯，高声说道：“今天，是民国二十二年元旦佳节，本督特地宴请永定城少尉以上的军官，以示犒劳。请各位开怀畅饮，迎接新年的到来！干杯!”人们举起酒杯：“感谢督座关怀，干杯!”

正当大家杯觥交错，互祝新年快乐，吃得心满意足的时候，警卫连长风急火燎地跑到黄吉城身边耳语几句，黄吉城顿时焦急万分地对刘积良说：“立即召开紧急军事会议。”

刘积良大声宣布：“督座命令立即召开紧急军事会议。团以上军官立刻前去参加会议，营以下军官留在这里继续举行宴会。”

众军官惊讶不已，一片茫然。他们知道，一定发生了惊天大事。

会议厅。黄吉城：“刚才，何忠辰从巴山县城派来的一个副官长日夜兼程地赶到宴席场上，向我报告红四方面军已占领通江县城的消息。何忠辰要求派几个团增强巴山县城防务。大家说怎么办?”黄吉俊：“南方防务不能松懈，哪有兵力北调?”张盛荣：“是啊，我们几次围剿张大洲率领的川东红军游击纵队，都未能将其剿灭。红四方面军进川，他们将气焰更盛。抽调兵力后，南方不保，将会全线崩溃。请督座通盘考虑应对方略。”

营、连、排众军官见黄吉城惊慌离席，畅饮之意顿消，一个个惊惶不已地离席散去。

会议厅。黄吉城点头：“安定南方极为重要，我们应当采取些什么措施?”刘积良：“当前最重要的是加强对地方的控制，严密保甲制度是最有效的方法。同时要稳定民心，稳定民心的最好方法是封锁红四方面军占领通江城的消息。要防止张大洲利用红四方面军入川的消息蛊惑人心。”黄吉城：“城防司令毛仲秋听令，你立即以城防司令部名义出一张布告，指出共产党在防区内无端造谣，以扰乱军民之心。如拿获造谣者，将处以极刑，决不宽贷!”

毛仲秋："遵令。"

第二天清晨。毛仲秋命令士兵带着布告到城墙、街面张贴。刚出营房，只见永定城街头巷尾到处贴满了欢迎红军解放永定城和打倒军阀黄吉城的标语传单。毛仲秋气急败坏地命士兵："回去通知所有人员上街，把这些标语传单通通给老子撕了！"

毛仲秋带着几张标语传单跑进督办公署向黄吉城报告："督办大人，赤匪比老子还来得快，昨晚把整个永定城的街头巷尾都贴满了！"黄吉城气急败坏地骂道："用城防司令部的布告将赤匪的标语传单全部覆盖！派便衣到街头巡视，对造谣之人一律逮捕，选其影响较大的公开枪毙！"毛仲秋还想说什么，黄吉城挥挥手："马上去办！"毛仲秋立即敬礼："是！"

黄吉城："来人，传胡嫦杰。"胡嫦杰匆匆赶来："报告督办大人，胡嫦杰到！"黄吉城："你们别动队干什么去了？一夜之间，赤匪的标语传单贴遍全城大街小巷，你们一点也不知道！"胡嫦杰："我清晨就发现了，正准备前来报告，传令兵就到了。请督座明示处置办法。"

黄吉城："我已命令城防司令部用布告覆盖全城标语口号。你们要多派便衣侦察到城镇乡村去，重点是掌握永定县共产党目前的动向，防止他们乘红军入川之机搞武装暴动。发现苗头及时报告！"胡嫦杰："遵令！"

胡嫦杰离去后，黄吉城："来人，传胡扬坤。"胡扬坤跑进办公室："督座召见卑职？"黄吉城："现在狱中有多少共党嫌疑犯？"胡扬坤："人数虽然不少，但都无可靠证据。"黄吉城："乱世之时，哪能搜集到那么多可靠证据？治乱世需用重刑。你赶快从监狱里提出五六个共党嫌疑犯进行公开审判，宣布死刑，立即执行！"胡扬坤："公开审判，无确凿证据，人家要是高呼冤枉，不服判决咋办？"

黄吉城："你不知道封住他的嘴巴，不让他说话吗？真是个笨蛋！所谓公开审判实际就是公开宣判，哪能让他申辩？哪管他服不服？只要能起到杀一儆百的作用就行！"

永定城。警笛长鸣，军警在全城戒严，抓捕共产党人。过往行人提心吊胆，来去匆忙。

永定城墙上架设一挺重机枪、数挺轻机枪。街头巷尾岗哨林立，如临大敌。永定城监狱大门打开，两排荷枪实弹的军士之后，走出肩扛鬼头大刀的刽子手，之后，狱警押出六个披头散发、被五花大绑、背后插着死刑标志的人，再后是一长串荷枪实弹的兵士。这一行人缓慢地走向南门河坝刑场。监斩官和法官胡扬坤骑着高头大马，威风凛凛地走上法台。胡扬坤高声宣读判决书："罪犯在乡间大肆传播共产共妻理论，煽动农民抗粮抗捐，今又传播红军入川取得节节胜利之谣言，扰乱社会治安，实属罪恶滔天，不杀不足以申明法纪！今日将他们处以大辟，以警示众人：必须遵纪守法，否则必受严刑惩罚!"被宣判人的嘴被布条勒住，只能发出"唔唔"的声音以示反抗。法官胡扬坤宣读完毕，刽子手将六人大辟。围观群众议论纷纷："大辟是封建王朝杀人的方法，辛亥革命以后，不是早就用枪决方式杀人了吗？怎么现在又用起大辟来了?""真野蛮啊!""用布条勒住罪犯的嘴，叫啥子公判?""这是什么世道？比封建专制还残酷，还独裁!"

胡扬坤对围观群众大声说："议论什么？大家听着，治乱世需用重典！不用重典不足以震慑刁民！你们不要妄加议论，否则以蛊惑人心之罪处斩!"

众人默默散去。

红军入川取得节节胜利的消息却迅速传扬开去。清早，绥定联合中学校。墙壁上张贴着许多标语："共产党万岁!""打土豪分田地!""红四方面军解放了通江、南江、巴中县！很快就要解放永定城了!"

毛仲秋立即跑进督办公署向黄吉城报告："督座，绥定联合中学的那些标语和传单肯定是该校校长姚安和教务主任李鲤支使一些人干的。"

黄吉城听后大怒："警卫连听令，立即包围绥定联合中学，将校长、教务主任及可疑人员抓起来严加拷问!"

警卫连立即出动，包围绥定联中，不由分说地抓捕了姚安和李鲤等十余人。学校师生立即封闭校门举行罢课。

川陕边区绥靖督办公署办公室。刘积良："田崇尧被蒋介石委为川陕边区剿匪督办以后，马上组织对红四方面军进行三路围攻，恐怕很快就会凯歌高奏了。他要求我们积极配合他的三路围攻。督座考虑清楚了吗？我们是否采取配合行动?"

黄吉城："我昨晚整夜未眠，反复思考利弊，尚未得出结论。"刘积良："我建议开个会，叫大家出谋献策。"黄吉城："好，立即召开紧急军事会议，研究对策。"

会议厅。刘积良："田崇尧要求我们配合他的三路围攻行动。督座要大家议议，是配合田崇尧行动好，还是不配合为好?"

黄志尚："下官认为，红军占领通江后，可能会一面进攻南江、巴中，一面进攻巴山县城、夤河县。因此，我们应当配合田县尧的行动。"

张盛荣："卑职认为，红军不会两面开弓，不会在进攻田县尧二十九军的同时，进攻川陕护卫军。我们不宜马上开罪红四方面军。”

两种见解正相持不下之时，电报员送来一份电报。刘积良递给黄吉城。黄吉城看后又递给刘积良：“念！”

刘积良高声念道：“二十九军军部急电：现将南京军事委员会密令计划的紧急密电转告黄督办，请认真研究，采取应对措施。密令计划第九条令川陕护卫军立即抽调两个主力团从巴山县城出发，奔袭陕南鱼渡坝，再进攻长岭三元坝，以截断红四方面军的腰部。胜利实现此计划，则通江之红四方面军后路被截，而孤困通江之红四方面军由二十九军和川陕护卫军合力夹攻，则全川之威胁可解。密电还说，如川陕护卫军接受这个计划，将有大批武器弹药运川补给，军费亦将供给。胜利之后，军事委员会还将给予重赏！”

黄吉城喜形于色：“这当然是个好消息。一个方面说明军事委员会已认可我们，另一方面，军事委员会相信我们有参与剿灭赤匪之战的实力，对我们寄予了厚望。大家议议，我们怎么办为好？”

参加会议的军官们个个兴奋起来。何忠辰：“在下认为，执行这个计划，既可受南京方面的重视，又可得到大量的军事物资补给，真正是机会难得。我们应当执行军事委员会的计划，派两个团奔袭陕南。”

黄吉俊：“执行奔袭陕南计划虽然好，可是，哪有这两个团呢？”何忠辰：“当然是从你们一师里抽调啊？”

黄吉俊：“从你旅抽调既可避免长途跋涉之苦，又可不动声色地达到突然袭击的目的。何司令，这可是你建功立业的一次绝好机会啊。”

何忠辰：“我旅奔袭陕南，后方空虚，红四方面军要是乘机抄我后路，怎么办？”

黄吉俊：“你怕红四方面军抄你后路，难道我就不怕川东红军游击纵队抄我的后路，进攻永定城吗？”

刘积良：“刘师长和何司令说的都很有道理。奔袭陕南是建功立业的好机会。但是，哪有这样两个团呢？”

黄吉城倾听着几人发言，内心也在运筹谋划：他数遍自己的十五个战斗团，但是，哪两个团能够担此奔袭陕南的重任呢？他自己心知肚明，川陕护卫军是一支腐败而战斗力弱的军队，在川东立足尚有困难，哪有力量远征陕南，翻越巴山截击红四方面军呢？黄吉城认为，川陕护卫军能够保守住现有的四县地盘就不错了，还是巩固后方为好。筹划已定，黄吉城清了清嗓子讲道：“各位将军，本督谈谈自己的看法。”

刘积良立即拍手：“大家静一下，听督办大人讲话。”

黄吉城："目前对我们构成威胁的共产党的力量有三种：一是红四方面军，二是川东红军游击纵队，三是防区内共产党的地下组织。这三种力量哪种对我们的威胁最直接呢？公开的红四方面军在通江，要攻入我防区还有一段较长的时间；而防区内的川东红军游击纵队和共产党地下组织，则是随时可以对防区构成直接威胁的力量。因此，我考虑再三，权衡利弊，觉得南京的悬赏虽然十分诱人，但是，我们不可能轻而易举地获得。弄得不好，会让境内的川东红军游击纵队和共产党的地下组织渔翁得利。所以，我们还是应当以防御防区内川东红军游击纵队和地下党组织为主，暂时不去考虑南京军事委员会的密令计划。"

刘积良："督座思考缜密，一席话，拨冗去繁，我等顿觉心明眼亮，佩服佩服！"

顿时响起一阵热烈的掌声和欢呼声："督座为我们指明了方向，我们防区定可安全无虞。"

黄吉城面带得意之色，却假意谦逊地说："诸位过奖了。虽然安内是重中之重，但红四方面军之锋不可不加强防范。我决定派八个团的兵力向洪口、竹峪关一线布防，以阻止红四方面军从通江进攻巴山县城。张盛荣团长，你要尽快占领洪口场，方能实现我的战略意图。"张盛荣："卑职明白，马上去办！"

黄吉城："今晚喝好酒，明天再去不迟。诸位，若巴山县城不保，我南部便无要隘可守。所以，将红四方面军堵在巴山县境外是为上策。这个重担就在你们肩上！"众："我们明白，绝不辜负督座厚望。"刘积良："督座依靠巴山县城大山堵击红四方面军之棋又比我等高出一着。"

黄吉城："最近，我已与刘湘联系好，马上在涪流县召开五县联团会议，部署清剿川东红军游击纵队。"

刘积良："督座这着棋看得更远：与刘湘联合清剿川东红军游击纵队，看似是一着闲棋，与驱逐红四方面军大棋无关，实际上对红四方面军极具杀伤力。试想红四方面军与川东红军游击纵队联手，对川东以至整个四川有多大的杀伤力？我们牵制了川东红军游击纵队，就是制住了红四方面军的左膀右臂。督座与刘湘联合清剿川东红军游击纵队，形成高压之势，张大洲和地下党还敢在后方捣乱吗？这真是一着好棋！"黄吉城得意地说："知我者刘积良也。"众人似乎恍然大悟，齐声欢呼："督座英明！"

此时，黄吉城的兵力，名义上是十五个战斗团，还有炮团、骑兵团，其实既无山炮野炮，更无骑兵。仅有的一点步兵，也是每连不过八十二支步枪，人数不过一百零几人。全川陕护卫军人数二万七千左右，枪二万余支。黄吉城分出主力的一半押在对抗红四方面军上面了。

川陕边区绥靖督办公署办公室。刘积良送给黄吉城一份电报：“督座，南京方面来电，催您派人去领二十三军军长委任状。”黄吉城：“这蒋介石做事真是太荒唐！本督不接受他任命的国民革命军第二十三军军长的委任状，他就反复催促去领委任状！他老蒋也不想想他是什么出身！老子任四川都督时他还在为别人背梆梆枪！他现在当了个国民革命军总司令就充起老大来了！接了他那个委任状就得听他的指挥，他又能给我什么好处？再说，他蒋介石又有多大能耐？他蒋介石拥有上百万的军队，却消灭不了区区几万人的红军，真是天大的笑话。莫理他！”陈宗光跌跌撞撞走进屋来：“督座，请支援我人枪打回陕南去！”黄吉城：“还是像当年抢我地盘时那么威风嘛，为何如此狼狈？”陈宗光：“红军太厉害了。你我是一条绳上的蚂蚱，应当捐弃前嫌，救救我！”黄吉城：“给你一营人，到竹峪关打红军去！”陈宗光离开后，刘积良：“督座，以前可以不理蒋介石。但现在红四方面军打到家门口了，您应当考虑自己的退路了。”黄吉城：“别人说这话，我可对他不客气了。你是我老同学，是我最信任的人，说这话是对我的真诚提醒，我领情。俗话说，身处矮屋檐下，不得不低头，叫傅增吾去领委任状吧。”刘积良又递上一份电报：“这是刘湘委你为剿赤第六路总司令的电令。”黄吉城：“他刘湘也配委我？”刘吉良：“刘湘说，你答应就职，给你十万大洋。”黄吉城：“叫他马上给钱！”

黄吉城想：“是该给自己留条后路清点一下自己的财产了。”黄吉城将财务处长何金章找来：“表弟，你马上清点我在上海、天津外国银行的存款有多少，清点永定县的财产有多少。”

何金章：“表哥，这些地方的财产我早已清点好，可以马上把账册拿来给你看。这些财产，有的是以你的名字，有的是以表嫂的名字，还有的是以川陕护卫军的名字存入银行的。现在时局这么乱，万一川陕护卫军的名义不存在了，南京政府宣布将这些财产没收，那就算白存了。到那时，后悔也来不及了。表哥，是不是将川陕护卫军名下的存款一律挪到你和表嫂名下？”黄吉城：“你是我的血亲老表，是跟随我多年的财务处长，我自然是信得过你的。那好，你马上去办。”何金章：“好，我马上去办。”

何金章走进办公室，拿出转账银票对黄吉城说：“表哥，我已将你在永定城的钱财转移到了成都、重庆等地。”黄吉城：“办得好。你要告诉在成都经营大宾馆和商场的人，叫他们搞好经营。”何金章：“我已办了。”黄吉城：

“你同华南荣一道，陪夫人先转移到重庆，然后再到成都，管好成都的商场和华阳的田产。”何金章：“是。”

督办公署餐厅。黄吉城：“此次军事会议结束后，你们马上就要奔赴各地执行任务去了。以后难得有这样相聚的机会。为此，我专门请何司令、黄志尚团长、张团长一起，刘参谋长作陪，为你们举行送别宴会。今日务必开怀畅饮！”何忠辰、张盛荣等举杯：“感谢督座关怀。”

黄吉城：“红军数千里行军到四川，人困马乏，强弩之末，地形不熟，给养困难，可说是举步维艰。我们川陕护卫军在川陕边区驻防多年，占有天时、地利、人和之利。红军的不利条件，就是我们的有利条件。我们要振作精神，有必胜信念，为川陕立功，为全川立功。”黄吉城顿了一下又说：“近两年来，我一直在研究红军战术，一种是用强大兵力实行中央突破，纵深直追。一种是正面佯攻，两翼或一翼包抄迂回出击。我研究出了一种防御战术，可叫作四边形攻势防御。分三线兵力，第一线是加强团一个团，第二线是左右侧各配备三个团，第三线是布置一个团，做中央预备队。第一线稍战即退到中央预备队前作反击攻势。第二线待敌进入伏击圈后，将其围困。然后一、二、三线兵力合力攻敌，引诱红军入围，即可旗开得胜。如果第一个战役得胜，即可鼓舞士气，就不愁取得第二、第三个战役的胜利了。现在将这个四边形攻势御法战术教给你们，你们在巴山县城反击红四方面军的战斗中使用。成功之后，就作为你们的创造公布于世！”

何、黄、张：“这是督座的创造，我们照此行之就是，怎敢沽名钓誉？”

张盛荣带领本团人马从宜兰县芙蓉场出发，经巴山县城向竹峪关前进。侦察兵前来报告：“团座，驻扎洪口的红军攻打巴中县城去了，我们偷袭洪口正是时候。一旦攻占了洪口，就截断了红四方面军的退路。”

张盛荣：“督座英明，早有占领洪口的战略谋划，把这个任务交给我张某，真有先见之明！老天爷赐老子一个这样好的立功机会，绝不可错过！传我命令：偷袭洪口！”众：“遵令！”

两边大山中间一条小河，河边横七竖八十多座房屋，人称洪口场。洪口场是四川与陕西相通的一个咽喉之地，地理位置十分重要。洪口场在峡谷之中，易攻难守，所以红军没有驻在场上。张盛荣率部进入洪口场，红军从山上杀出，张盛荣团一触即溃，抛下武器弹药等装备，人员四散逃走。张盛荣换上士兵服装成了俘虏。红军给想回乡的俘虏发给路费时，张盛荣随士兵被放回。

张盛荣逃回永定城，跪求黄吉城处分。黄吉城："你这个加强团，逃回毛坝的不到四百人。叫我怎么处分你好？"

张盛荣拿起刺刀就要往自己身上戳。黄吉城急命卫士夺过刺刀："张盛荣，本督念你追随多年，忠孝不贰，对你信任有加。此次进攻洪口失算，非你一人之错。现在正是用人之际，你何必自裁？留着性命去与红军拼杀！"张盛荣连连磕头："谢督座大人不杀之恩！"

黄吉城："你速去招人，上了三百就恢复你团的建制。"张盛荣跪下叩头："督座大恩，卑职虽肝脑涂地难报万一！"黄吉城将张盛荣扶起："振作起来，再建功劳。本督仍将重奖于你！"张盛荣："谢督座大恩！"张盛荣迅速退出督办办公室，飞身上马而去。

督办公署办公室。刘积良拿着电报，十分高兴地对黄吉城说："督座，田崇尧传来好消息，他已占领通江县城，将红四方面军压迫到空山坝等方圆不到一百里的狭小地区。现在红四方面军已是'溃不成军，不堪重兵压迫，撤离川境已属必然之势'，'不待旬日之间，即可奏凯回师'。田崇尧要求我们在红四方面军退出川北之时，出兵竹峪关，以牵制红四方面军。"

黄吉城开口笑了："果然不出我之所料，我放在巴山县城的八个团可排上大用场了。"刘积良："督座料事如神，佩服佩服！"黄吉城："立即给何忠辰发报，令他立即率领所辖的八个团全力进攻竹峪关。"刘积良："是。"

巴山城。三路司令部。何忠辰看过电报，自言自语道："这怎么可能呢？一个竹峪关，容得下八团之众吗？凭我多年围剿川东红军游击纵队的经验，决不能贸然出击。只有稳扎稳打才能立于不败之地。"何忠辰："传令兵，传我命令：一、二、四、六团从巴山县城、长石、官坝出发，向竹峪关前进！三、五两个团为左翼，从巴山县城经黄钟，绕山路从西南方向夹击驻守竹峪关的红四方面军。七、八团做总预备队！"传令兵："是！"何忠辰："命令各团每到一处即多筑工事，巩固阵地，再搜索前进。"传令兵："是！"

何忠辰派四个团进入竹峪关，自己则亲率两个团在关坝做总预备队。

竹峪关位于通江县东北面和巴山县西北，是两县交通的咽喉之地。竹峪关背靠陡峭的太平山，面临湍急的竹峪河。竹峪河左岸有高耸的包台山，右岸有直插云霄的佛爷山。竹峪关依山傍河而建，地势显要，易守难攻，历为兵家必争之地。黄吉城命何忠辰抢占竹峪关，拟对红四方面军构成重要威胁。

川陕边区绥靖督办公署办公室。黄吉城来回踱步："给何忠辰发报，询问进占竹峪关情况。"刘积良："是。"不一会儿，刘积良从电报房拿回一张电报："督座，何忠辰回电。"黄吉城一摆手："念。"

刘积良念道："督座：现将前方军情报告如下：5 月 15 日凌晨，红四方面军第十师大部从洪口、龙凤场出发；第十一师主力从涪阳坝、新场坝出发；第十二师三十五团、三十六团从鸡子顶、鹰龙山等地出发疾速向竹峪关进发。我包台山、太平山守军顽强抗击，毙敌多人，无奈红四方面军攻势太猛，我守军不敌，两山很快失守。红四方面军另一部乘势向佛爷山进攻。我本在山上派有重兵把守，但红四方面军沿着降香藤爬上数十米的陡峭山坡，向我驻军猛烈开火。我部将士英勇还击，血战两小时，终于失守。红四方面军得手后，与包台山、太平山上的红四方面军同时居高临下一齐向竹峪关发起攻击。我部将士从梦中惊醒，官兵互不相顾，四散逃走，失去抵抗能力，迅即被歼一个多团。由于连日大雨，山洪暴发，川陕护卫军落入竹峪河中淹死者不少。红四方面军乘胜追击六十余里，致我竹峪关四个团完全溃散，死伤八百余人，丢失长短枪近一千支。卑职指挥不力，铸成大错，请督办大人给予卑职以严厉惩罚，以儆效尤！"

黄吉城怒不可遏："算了，别念了！老子的血本都亏在竹峪关了！"黄吉城越想越生气，越说越激动，捶胸顿足，昏倒于地。刘积良大喊："督座大人醒醒！"

医生迅速奔来，为他扎银针，输盐水，做人工呼吸，忙了半天，终于把黄吉城救了转来。黄吉城被救醒后，大叫："天灭我也，天灭我也！"

刘积良："督座请息怒。胜败乃兵家常事。我们再好好谋划如何挽回败局，还有机会！"

黄吉城："发电安慰何忠辰，令何忠辰加强戒备。南方清剿战况怎样？"

刘积良："督座与刘湘在涪流县召开巴山、夤河、涪流、宜兰、永定五县联团会议，决定联合清剿川东红军游击纵队后，我部清乡司令、团长张云苏驻宜兰县芙蓉场；张盛荣团长率所部驻永定县麻柳场。刘湘派兵一团驻涪流县普安场。刘湘特授开县县长罗志玺以'治匪全权'，带领民团参加围剿。围剿川东红军游击纵队的三个正规团加上各县民团共六千余人枪，对川东红军游击纵队形成了一个严密的包围圈。四川省国民党指导委员会向各县加派了委员，督促清剿事宜。在南方形成了一个强大的高压势头。"

黄吉城面带喜色："果然不出我所料，刘湘会鼎力相助。我所派胡嫦杰的别动队分布到重要场镇抓捕可疑人员，效果怎样？"刘积良："效果欠佳，他的别动队员还损失不少。”

黄吉城生气地说：“胡嫦杰这小子只会纸上谈兵，不见他有什么大的作为。大军清剿进行得如何?”刘积良摇摇头：“也不太好。”

黄吉城、刘湘指挥清剿军采取拉网的方式逐村逐户进行清剿，见可疑人就抓，对稍有证据者就杀。一时间，闹得人心惶惶。

川东红军游击纵队总指挥部。张大洲：“黄吉城、刘湘联合大清剿不仅是针对我们游击队，更重要的针对红四方面军。我们粉碎黄吉城、刘湘的联合大清剿，就是对红四方面军的有力支援。因此，我们要全力以赴，粉碎这次大清剿。”蒋中麟：“总指挥，我建议集中骨干力量，选取敌人的薄弱环节，打他一两个歼灭战。”唐志轩等：“赞成蒋支队长的意见。”

张大洲：“同志们，你们的想法很好。但是，敌人的这次清剿，采用的是拉网式清剿。我们如果集中骨干力量与敌人来个硬碰硬，很可能造成鱼死网破的后果。这正是黄吉城、刘湘希望看到的。”蒋中麟：“总指挥的意思是?”

张大洲：“只要我们川东红军游击纵队这条鱼还在，黄吉城、刘湘就不会轻易收网。他不轻易收网，我们牵制敌人、扰乱敌人后方的目的就达到了。”唐志轩：“我们只想到干得痛快，没有从战略全局来思考问题。”

张大洲：“怎样才能破敌人清剿之网呢?再密的网都有漏洞，我们何不利用敌人的网眼跟他们来个捉迷藏的游戏，打破敌人的清剿呢?”蒋中麟一拍大腿：“总指挥高明!我们把骨干分成若干小组，用麻雀战术与清剿军周旋!”众：“赞成!”

张大洲：“我们三五人或七八人一个组，相互间要保持联系，要根据情况，有分有合。主要任务是骚扰敌人而不是打击敌人。具体方法是，避开敌军主力，在永定县开展声势浩大的破仓分粮活动；当敌军疯狂扑向永定县时，你们这一组即刻隐蔽下来，另一组则在涪流县大肆活动。”众：“好!”

张大洲：“大家赶快分散行动吧。”

麻柳场。张盛荣面对全团高声讲道：“遵照督办命令，我部到永定县南岳进行清剿，立刻出发!”前队刚刚开步，一传令兵飞马来报：“报告团长，督办命令你团马上开往宜兰县清剿赤匪!”

张盛荣接过命令：“向宜兰县进发!”

宜兰县六厂坪。唐志轩：“敌军来了，我们赶快隐蔽。”

张盛荣带着军队到永定县六厂坪逐户搜查，但却不见川东红军游击纵队一个身影。

涪流县庆和场。蒋中麟："敌军大队到宜兰县清剿去了，我们马上带领群众破仓分粮!"

张云苏、罗志玺带领军队和民团扑向庆和场。蒋中麟："敌人大队人马来清剿了，赶快隐蔽!"

张云苏、罗志玺带领人马逐户清查，所见都是本地百姓。清剿军几次扑空后，不再对游击队进行奔袭，而采取拉网式逐村逐乡清剿，使游击队的麻雀战术失灵了。

游击队总指挥部。张大洲："敌人疲于奔命后变得十分狡猾，驻下不动了。大家想想办法，如何调动敌人?"蒋中麟："看来，不动大手术，敌人是不会轻易上当了。"

唐志轩："怎样动大手术?"蒋中麟："我带领一百来人袭击张盛荣团，将他引到黑天峰。"

唐志轩："那样可危险了，要是被敌人包围住了怎么办?"蒋中麟："我挑选的战士个个都是登山能手，甩脱敌人不成问题。"

张大洲："这个办法虽然有风险，但是管用。蒋中麟同志调动敌人以后，唐志轩同志暂时不动，等敌人进入黑天峰大山以后再大肆骚扰敌人后方，进行声援。"众："好，就这么办。"

夜。张盛荣团突然遭到猛烈袭击，死伤军兵不少。张盛荣立即组织抵抗，同时用电话向黄吉城报告："督座，我部遭到敌人大军袭击，伤亡重大，请求派大军支援。"

黄吉城在电话中大声说："游击队出现了就好，你们要紧紧咬住他不放。我马上命张云苏团支援你。"张盛荣："请督座放心，我一定咬住他不放!"

张盛荣放下电话，大声发布命令："传令各营连，追击敌人一定要紧紧咬住不放！督办大人马上派大军支援我们。"

蒋中麟边打边撤，张盛荣带领本团人马紧紧追赶。蒋中麟带领川东红军游击纵队在大山密林深处分散地抗击张盛荣团。张盛荣团的兵士不敢追赶。张盛荣挥舞着手枪："谁不给老子冲就枪毙谁!"兵士仍胆怯地不敢向密林深处追击。后面传来欢呼声："这下可好了，张团长带着他的团赶到了。"

张盛荣迎着张云苏："张团长真是神速呀!"张云苏："你们不是已经捷足先登了吗?"二人握手："为督座效劳敢不用命吗?"张盛荣："张团长，你我分数路围山如何?”张云苏:“好，分路追击敌人!”

蒋中麟见围剿军停于山下，便鸣枪吸引敌人。围剿军便一齐向枪声响起处围去。但几支部队齐集后，却不见川东红军游击纵队一个人影，只听见不远处又响起了枪声，围剿军便又分头向枪声响起处追去。蒋中麟等迅速转移到深山密林中。围剿军狼奔豕突，疲乏不堪，却没有什么收获。黄吉城、刘湘部署的这次军团联合清剿，历时半月余，耗资上百万，行程两千余里，沿途骚扰老百姓，引起老百姓强烈不满，却不见川东红军游击纵队踪影。告状信却如雪片般向督办公署飞来，黄吉城只好下令草草收兵。

第三十二章

黄吉城仓皇逃窜　放飞萤缅怀英烈

督办公署办公室。黄吉城看着地图："这次我军与刘湘部联合清剿川东红军游击纵队，效果怎样？"

刘积良用棍子在地图上指指点点："宜兰县芭茅场、龙峡场、涪流县天师场等地都发现了川东红军游击纵队，但总体上我们两军联合清剿，效果不佳。"黄吉城："为什么不派大军四处布防，严密封锁交通，将游击队分割包围？"刘积良："这种办法行不通。"黄吉城："为什么？"刘积良："我们没有那么多军队四处布防。只能选取重点进行清剿。"

黄吉城："这个办法也成。发现游击队踪迹便紧追一处不放手，看他们往哪里逃！"

刘积良："不行呀！游击队脸上没刻字，藏在老百姓中间，很难分辨呀。大军得到游击队在芭蕉场活动的情报，迅速追至芭蕉场，所见都是当地老百姓，难以找到游击队的踪影。天师观又发出密集枪声，似有千军万马即将占领场镇之势。大军追至天师观，游击队又不见了踪影。这时，峡口场又响起了密集枪声。大军像无头苍蝇四处乱窜，疲于奔命，以至队不成队，军不成军，自行混乱。这次，我军与刘湘部联合大清剿，历时一月余，耗资二百余万，行程两千余里，沿途骚扰，引起百姓强烈不满，却不见游击队蛛丝马迹，得不偿失啊。张盛荣最为卖力，率部追至黑桃坪荒山穷谷，眼之所见，除了古庙里几个和尚照例焚香诵经外，只有苍苍茫茫的一片林海。官兵一个个垂头丧气，相互埋怨。无奈之下，只好收军回营。刘湘部也撤了回去。"黄吉城："刘湘部撤走了算了，我部每周照例大举清剿一次！别动队继续派密查员到游击队活动区域加紧侦查，到邮局检查信件，我不信消灭不了这支川东红军游击纵队。"刘积良："是。"

刘积良拿出一张《新蜀报》递给黄吉城。《绥定军团联合击匪，千余匪徒缴械三百余支，残部现居夤河县和开县境》几个大字进入黄吉城眼帘，使黄吉城大吃一惊。他不得不硬着头皮看下去：

“[永定通讯] 川陕护卫军宜兰县、永定县清乡司令张云苏、张盛荣，目前因永、涪交界之葫芦潭突有大股匪徒在永定县境内骚扰，匪徒共计约有快枪千余支，且有连枪不少。张盛荣即应该地人民请求派队前往清剿。匪势不支，迭受巨创，立即向涪流县、宜兰县边境溃窜。匪徒窜至宜兰县之芭茅场与涪流县之天师场附近，又复啸聚不去，且变本加厉，时来宜兰县劫掠。黄吉城特与重庆刘湘电商，由双方派队协剿。目前，刘湘军长已令涪流县驻军与川陕护卫军联合进攻。此间亦令张云苏、张盛荣两司令派两团联合宜、永、涪三县团防，一致协助清剿。前日，各部到齐，立即向匪攻击。匪徒初时抵抗，激战约六七小时，势即不支，纷纷溃退。此间军团随后跟追，匪徒向芙蓉场逃窜。该部被黄吉城军截断，已失联络。一队入涪、宜，即被涪流县驻军包围，缴得步枪、连枪三百余支；其余残部则向涪县与夤河县边境逃窜。当局已命夤河县驻军严密防堵，想区区残匪不日即将扑灭云（祥琨 12 日寄）。”

黄吉城将报纸撕得粉碎：“尽他妈的胡吹。缴的步枪、连枪在哪里？拿一支来给老子看看！”刘积良：“督座，祥琨也可说是费尽心机，颂扬您的剿赤大业了。如果照实写，就贬低了您的功劳。只有这样写才能鼓舞人心嘛。”

黄吉城：“越这样鼓舞人心老子越倒霉！传我命令，叫张云苏、张盛荣写出剿赤不力的检讨书，并罚扣三个月薪饷，以示惩戒！清点一下我们现在还有多少军队。”

刘积良：“督座，我军在竹峪关遭受重大损失后，火速从华阳、资阳、仁寿招来十一个连的新兵，分拨各团以作补充。现在的问题是：新兵缺乏训练；老兵缺乏斗志。要抗击红军，镇住防区内的游击队和地下党，难啦。”黄吉城：“我还是第一次听到你说这么垂头丧气的话。以前，我志气消沉时，你总是给我打气。现在，你怎么变得这么没志气了。”刘积良：“说句更不该说的话：我们斗不赢共产党，斗不赢共产党领导的红军，可能是天数。天数不是人力所能改变的。不是你我斗不赢共产党，蒋介石拥有那么大的力量，占据了全国绝大部分地盘，都斗不赢共产党。”黄吉城：“别说没志气的话。就是天数，我们也要斗一天算一天！”刘积良：“督座有志气，佩服！佩服！”

黄吉城虽然表面对剿赤充满必胜信心，但内心深处知道，共产党是难于应对的，永定城很可能守不住。因此，黄吉城在向官兵大喊“与永定城共存亡”的口号之后，回到家里，立即派何金章秘密地将家中亲眷送上船，从永定城出发，经宕水县银鼓石，远离了战火之地。

蒋中麟风尘仆仆地回到川东红军游击纵队指挥部。张大洲倒了杯开水："辛苦了。"蒋中麟咕咕咕地连喝几大口，回过气来："这几天忙着赶路，又饥又渴，也顾不上喝口泉水。好在终于赶回来了。总指挥，红四方面军已发起宜兰县、永定县战役，希望我们积极配合。"

张大洲指着地图："我们分三条战线截击敌人。西线，主要任务是摸清黄吉城对抗红四方面军的兵力部署情况，同时，摸清永定城的防御情况，积极为解放永定城做准备。中线和东线，主要任务是截击溃军，配合红军作战。"蒋中麟："这下可好了，永定县、宜兰县的老百姓，可以重见天日了。"

张大洲："唐志轩同志，你马上到黄吉城兵工厂与张明汉同志商量，尽快给洪口场红军送一些子弹去。"唐志轩："好！我马上去办。"

永定城。兵工厂。唐志轩："张明汉同志，红四方面军入川以后，弹药消耗很大，急需补充。你是黄吉城兵工厂的弹药发送员，张大洲同志请你在向土门运送子弹时，寻找机会为红军运送一批子弹。能不能办到？"张明汉："请张大洲同志放心，我早已安排好了。"

洪口场。十多匹骡马驮着子弹向前行进。岗哨拦住："干什么？往哪里去？"张明汉上前递上香烟："兄弟，这是给黄志尚团送去的子弹。"哨兵："黄团不是转到南山垭去了吗？前面是红军阵地了。"张明汉："没有转移完，他急需子弹。"

对面突然跑来三匹马，马背上跳下身穿军官服装的人："你们是军需处的吗？"张明汉："我们是军需处的。你们是？"

唐志轩："我是黄团长的副官，黄团长发火了，问这批子弹为什么这么久还运不到。误了前线战机，你们可吃罪不起啊。"张明汉："我们正在赶路，这位兄弟给拦住了。"唐志轩上前打了哨兵一巴掌："你好大的胆子，竟敢阻拦向前方运送的子弹！督办大人知道了，你们还想活不想活？"哨兵正要答话，一群士兵围了上来，一个排长模样的人高声喝道："什么人，胆敢打我们的哨兵？"

张明汉急忙上前递上香烟："老总别误会，我们向黄志尚团运送子弹延误了点时间。这位是黄团长的副官，前来催促我们，恰遇哨兵拦住了我们的去路，所以发生了误会。这完全是误会。"排长："把子弹给老子留两驮！"张明汉："这不好办吧？黄志尚团长不认账，督办大人怪罪下来我吃罪不起！"排长："老子管不了那么多！"

不远处突然响起了枪声。哨兵惊叫："不好了，红军杀来了!"排长："准备战斗。"唐志轩用手枪对着排长的脑袋："放下武器!"十几个骡马押送员也一齐上前夺下士兵枪支："不准动!"蒋中麟带着红军大队冲了上来，排长像蔫了气的皮球，询问唐志轩："你也甘愿被俘?"

唐志轩甩掉川陕护卫军的大盖帽，从怀里摸出红军帽端端正正地戴上。排长一下子瘫坐在地："原来你也是红军。"

10月中旬，红四方面军发动宜兰县、永定县战役，对川陕护卫军实行中央突破，直插后方，并在两翼实行辅助进攻，出其不意地发动了全线攻击。黄吉城的中段防线迅速土崩瓦解，残部纷纷向南逃窜。

三路司令部。何忠辰拿起听筒，听到黄志尚哭泣的声音："司令，我们在洪口前线的三个团受到红四方面军的猛烈攻击，支持不住了，请赶快派兵支援!"何忠辰："你们要给我顶住!"

电话听筒中传来刺耳的爆炸声后，再无声音。何忠辰连"喂"数声，毫无反应。他气愤地摔下听筒，大喊："紧急集合，向洪口进发!"队伍刚出巴山县城，只见溃军如潮水般涌来。何忠辰问："你们从哪里来?"溃兵："我们从洪口来。红军攻势太猛，抵抗不了。"何忠辰："赶快回头抵抗!"溃兵刚止住脚步，不远处传来红军的喊杀声："冲啊!""缴枪不杀!""白军士兵们，别再为军阀卖命了!"溃兵潮水般地奔逃而去，何忠辰连开数枪也制止不了士兵逃跑的势头。他摇了摇头，带着身后的士兵们，迅速朝溃兵逃走的方向往巴山城跑去。

黄志尚在竹峪关的两个营被歼灭，大部被俘。黄志尚仅带了十几个手枪兵从山间小路逃回巴山县城。何忠辰远远地与黄志尚打招呼："黄团长，竹峪关战况如何?"黄志尚边跑边说："何司令，赶快走吧。红军攻势太猛，这巴山城肯定守不住了!"何忠辰："我们一起走吧?"

黄志尚："一起走目标太大，我们分头走!"说罢，带着随从，头也不回地向南方而去。

何忠辰带着三个残缺不全的团向南方撤去。行至龙凤与魏家交界处的白泥沟被红四方面军截住。何忠辰组织抵抗。三个团又很快溃退。何忠辰腹背受敌，只好带着两个连突围，行至喜神坝，遇到从马渡关逃出的两个营，立即收罗残部，拼凑为两个团，在马渡关构筑工事，准备坚守待援。黄志尚晃晃悠悠地来到何忠辰的临时指挥部，与何忠辰刚坐下，准备吃了午饭再逃。侦察兵突然上气不接下气地跑进司令部："报告司令，红四方面军前锋已到永定县罗家场了。”

何忠辰：“传我命令：立即进行抵抗！”

黄志尚听说红军追过来了，急忙对何忠辰说：“何司令，你组织抵抗，我到前边侦察地形去！”

说完带着几个弁兵，骑着马，走出指挥部，抄小路一夜狂奔到了永定县三江口，才停下来喘息。

督办公署办公室。刘积良：“督座，北方防线全线崩溃。何忠辰还在马渡关收容残部组织抵抗。黄志尚只带了几个人，一口气逃到了三江口才停了下来。”黄吉城气得破口大骂：“他娘的，黄志尚不是东西，赶快把黄志尚押到永定县来，老子要枪毙他！”

刘积良：“督座，早在10月初，川东红军游击纵队已在宜兰县芙蓉场南部正式打出川东红军旗号，分东、中、西三线进攻我川陕护卫军。川东红军打败我川陕护卫军一个营后，声势大震。他们对我们构成了直接威胁。”黄吉城：“命何忠辰歼灭这股游击队。”

马渡关。何忠辰正在督促军士构筑防御工事，川东红军左路在蒋中麟的率领下，向工事冲来，大喊：“杀呀！”何忠辰命令：“给我顶住！”

两军猛烈冲杀，战场倒卧不少尸体。副官着急地跑到何忠辰身边说：“司令，赶快撤吧？不然红军冲上来就没命了！”何忠辰甩掉帽子：“妈的，这点土共都消灭不了，有何脸面见督座！给老子拼！”

蒋中麟：“同志们，敌人快顶不住了，冲啊！”游击队员勇猛地杀向敌人。

川东红军游击纵队总指挥部。张大洲：“好啊！蒋中麟已堵截住从歇马关、罗河、李家、黄金渡溃退下来的川陕护卫军；川东红军右路在巴山中心县委书记曾杨明和游击大队胡和中的率领下，在老君山、梨树场、罗家、三江口、石牌坊一带袭击川陕护卫军。我们总指挥部还在后方干什么？立刻迁到唐家岩大房子，就近指挥川东红军堵击由宜兰县城向芙蓉场溃逃的川陕护卫军，并在永兴、黄金渡、靖河场等重镇要隘截击由巴山县城、宜兰县城向南溃逃的川陕护卫军！”

唐家岩大房子。川东红军游击纵队军事会议正在进行。蒋中麟正报告敌我态势，儿童团员余中超气喘吁吁地跑进屋，上气不接下气地报告：“报告总指挥，敌军一个连已走到龙爪渡半山坡幺店子，正在杀猪宰羊办午饭。”

张大洲："同志们，会议到此为止。现在立即出发，前往龙爪渡，歼灭这股敌人！"大家兴奋不已："走，歼灭溃军去！"

龙爪渡。一条小河从山脚流过，一只渡船斜靠岸边。一条弯曲小道通向半山腰，一长溜白狗子在一家小店的店前店后架枪歇息。

张大洲命一千余人沿山布阵，严密包围敌军。唐志轩亲带手枪队从右，唐毛子从左，逼近敌人身后，大喊："缴枪不杀！"

四周山上，顿时响起激烈的枪炮声。洋油桶内鞭炮声炸响，土炮的鸣声犹如手雷炸响。众人高喊："缴枪不杀！"

敌人慌作一团，有的想拿枪抵抗，立刻被击倒了。蒋中麟："不许动！谁动打死谁！"

敌人交头接耳，议论纷纷："他们有机枪，我们遇上正规红军了！""我们困在这里无法抵抗了！"敌连长掏枪："大家赶快拿枪还击！"

唐志轩眼疾手快，一枪击毙了敌连长。敌人失去了指挥，纷纷缴械投降。

张大洲赶到："红军是为穷人打天下的，红军不杀穷人。你们许多人都出生于贫穷家庭，为黄吉城当兵是万不得已。红军不杀俘虏，愿意参加红军的，我们热烈欢迎！愿意回家的，我们发给路费！"

众："我要当红军！""我要当红军！"

张大洲："好，欢迎你们参加红军！"

宜兰县城。红四方面军前线指挥部。唐毛子："徐总指挥，我受川东红军游击纵队总指挥部之命，前来汇报我们在芙蓉场围住敌人八个团的情况，请速派大军前去歼敌。"

徐向前："你说的情况和我们侦查连侦查的情况相符。我们两军密切配合歼灭敌人。许军长同志，你带领红二十五师前往芙蓉场歼灭这股敌人！"许军长："遵令。"

芙蓉场。四面环山，中间一块平地上，住着数百户人家。傍山一座圣墩寺，被敌人设为临时指挥部。八团敌军分别住在半坡及场镇。

灵官庙。许军长随唐达雷走进川东红军游击纵队临时指挥部，紧握张大洲双手："张大洲同志，你们牵制了敌人，为革命作出了大贡献呀！"

张大洲："感谢老大哥部队及时赶来增援。俗话说，擒贼先擒王，敌人的指挥部在圣墩寺，因此，我们的主攻方向是圣墩寺。"

许军长："对，打蛇打七寸。我率红二十五师主攻圣墩寺。张总指挥率川东红军游击纵队分别解决半山坡和场镇上的敌军。”

两人正说着话，几个妇女提着两个大包袱走了进来：“首长，这三千张帕子、五百双布鞋是我们老百姓慰劳红军的一点心意!”

许军长连忙接过包袱，打开一看，里面包的是一张张崭新的手帕，每张手帕上都用红线绣着字，分别是“红军万岁”“努力奋斗”“活捉黄吉城”等等；布鞋上也绣有“打倒白狗子”等字样。

许军长激动万分地说：“乡亲们，感谢你们送来这么多礼物，我们红军保证多打胜仗，消灭刘湘、黄吉城，让大家都过上好日子!”众人报以热烈的掌声。

夜。信号弹划过夜空。许军长率领红四方面军向圣墩寺发起攻击。何忠辰指挥拼命抵抗。敌人的数挺机枪吐着火舌飞向四面八方。许军长命六〇炮手发炮，击中了庙顶。顿时，庙房起火，机枪被打哑。红军呐喊着冲向敌人。敌人四散奔逃，不少人缴枪投降。何忠辰带着弁兵向杨柳垭方向仓皇逃走。

张大洲率领川东红军游击纵队分别冲向山坡和场镇。敌人指挥失灵，纷纷向山后逃去。游击队缴获了许多枪支弹药。

许军长率领的红军和张大洲率领的川东红军游击纵队胜利会师后，追击敌人至大神山、杀虎关等地。

宜兰县城彩旗飘扬，标语林立，大街小巷张灯结彩，一派喜气洋洋。天气虽然已冷，浓雾盖地，东方还未发白，欢庆的声浪已冲破了寒夜的寂静。城区人民成群结队，高举红旗，敲锣打鼓，潮水般地涌向街头，涌向西门大操场。各区、乡的游击队员和群众也扛着红旗，抬着为大会献礼、被刮洗得白白净净的大肥猪，鸣放鞭炮，高唱革命战歌，高呼“打倒军阀，打倒土豪劣绅!”“打土豪分田地!”“扩大红军，巩固苏维埃!”“活捉黄吉城!”等革命口号，从四面八方走进县城，涌进会场。大会主席台上站着红四方面军总指挥徐向前，川东红军游击纵队总指挥张大洲等领导同志。大会开始后，在热烈、庄严的气氛中，一人端着红三十八军军部、政治部和军长、政委的任命书走上主席台。徐向前庄严宣布：“中国工农红军第四方面军总部决定将川东红军游击纵队改编为第三十八军。军长张大洲，政委曾杨明。现在授旗、授印、授任命书!”

张大洲走到徐向前面前敬礼，接过军旗、大印和任命书。徐向前讲道：“川东红军游击纵队经过数年艰苦卓绝的奋斗，由小到大，由弱到强，发展成了一支能独立作战的坚强队伍，为川东人民的解放立下了不朽功勋。红四方面军总部决定将它改编为红三十八军，既是对它以前的光辉业绩的肯定，更是对它的未来充满希望：希望红三十八军继承和发扬革命的光荣传统，在中国人民革命的伟大事业中，作出更加伟大更加杰出的贡献!”

张大洲：“川东红军游击纵队改编为红三十八军，正式列入红军序列，是中国共产党对我们川东红军游击纵队的信任，是川东人民的光荣，也是川东人民子弟兵的光荣！在这里，我要深切怀念我们的党代表刘庆庄烈士、总指挥唐作俊烈士以及一大批可歌可泣的革命烈士。是他们在黑暗的岁月中，经过长期不屈不挠、英勇悲壮的斗争，用鲜血和生命换来了今天的胜利！他们的在天之灵一定会感到欣慰！他们的鲜血没有白流！今天，我们穷苦大众站起来了，再不受军阀蹂躏，土豪劣绅压迫、剥削和欺侮了。”

众：“共产党万岁!”“人民革命胜利万岁!”

张大洲的讲话，勾起人们对川东红军游击纵队斗争历史的无限回忆。张大洲：“我宣布：红三十八军下辖一一一师，师长蒋中麟；一二二师，师长唐志轩。我们红军是一支为穷人闹翻身的队伍，大家都要踊跃参军，消灭敌人，保卫赤区，保卫革命政权，这样才能保住我们子子孙孙的幸福!”

青壮年纷纷高喊：“我报名参加红军，我报名参加红军!”

川陕边区绥靖督办办公室。刘积良：“督座，据可靠情报得知，目前红四方面军有向南进攻的态势。我们防区可能是红四方面军攻击的主要目标。”黄吉城：“我们原先的部署还有用没用?”刘积良指着地图：“我们防区所辖永定县、宜兰县、賨河县、巴山县城四县，东西窄，南北长。现在直接受到红四方面军威胁的长达三百余里。我们兵力有限，不可处处设防，又不可不防，真有捉襟见肘之感。”黄吉城：“当然要处处设防。”刘积良：“处处设防，没有战略后备支撑，很危险啊。”

黄吉城胸有成竹地说：“刘湘就是我的战略支撑嘛。”刘积良：“刘湘早就对我们防区虎视眈眈，请客容易送客难啊。”

黄吉城：“这你就不用担心了。刘湘占了我的防区，好歹还会给我碗饭吃。红四方面军占了我的防区，你我的性命都难保了。”刘积良：“无论怎样，以防赤匪为先?”黄吉城：“当然是防赤匪为先！防御力量重新作如下调整：以第十五团驻防賨河县，以第二师的一、七、八、十团和何忠辰师的三、九团部署于草坝场、魏家坪、关坝一线，以第十三团、第二团一部留守宜兰县城及芙蓉场、靖河场、天生场等地。黄吉俊第一师的第四团驻守石梯、桥湾、石桥、江陵溪、白衣庵至通江河下游荔枝、白云一线；第五团、第六团和黄志尚独立旅第三团及第八团一部驻马渡关、岩口场、土地堡、邱家堡、老鹰寨到澌滩河、曲滨口、喜神滩、新庙场、镇龙关一线；独立旅驻守永定县，拱卫督办公署及川陕护卫军总部。主力从东北起夤河城起至西南永定县桥湾止，长达三百余里作一长蛇阵布置。”

刘积良：“这样做一线部署容易被敌人各个击破。”黄吉城：“并非是一线部署，实际上是两线部署：第一线从竹峪关到洪口，到邱家山，部署七个团，以两个团做总预备队，以防红军进攻江口；第二线，以宜兰县为重点，部署两个步兵团，一个骑兵团，重点防御川东红军游击纵队的攻击和保卫永定城。在后方大力扩充民团以壮声威，可保无虞。”

红三十八军军部。张大洲：“黄吉城的整个防线约三百里，兵力极为分散，老百姓称之为‘到处放瘟牛’。这是犯了兵家大忌。不过，黄吉城也只有这点看家本钱了。蒋中麟同志，你将黄吉城这个布防情况，立即给红四方面军总指挥部送去，以便他们及时作出战略安排。你了解红四方面军的战略部署以后及时回来，以便我们有的放矢地配合他们作战。”

蒋中麟：“好！保证尽快送到，尽快回来！”

张大洲：“各地游击队袭击敌人后方，随时准备收缴溃军枪支弹药。”众：“是。”

督办公署办公室。刘积良喜形于色地说：“督座，红四方面军攻打仪陇、南部县去了，很可能下一步是攻成都，对我们防区威胁不大了。”

黄吉城：“不，红军善于声东击西，不可丝毫松懈防备。嗯，你的想法很有代表性，马上召开连以上军官大会，及时纠正这种错误认识。”

会议厅。黄吉城：“最近红军攻打仪陇、南部两县去了，不少人认为红军马上要攻打成都，不会攻打我们的防区了。我要及时提醒大家，这种认识是错误的，会影响我们对红军的防备。据我的观察，红军善于声东击西，我们丝毫不能松懈对红军的防备!”众：“督座对红军了若指掌，我们敬佩不已!”

黄吉城色厉内荏地大声说：“红军若胆敢进攻我们防区，我们就一定要与永定县、宜兰县、巴山县、夤河县共存亡。我下定决心死守永定县。我宁死也不离开永定县，我要以生命来保护四县的老百姓!”刘积良：“大家有没有同督座一起保卫防区的决心?”众：“有!”刘积良：“把精神拿出来，大声说！”众：“有！”

黄吉城：“为了加强对红军的防御，本督决定派兵入于各乡村，每户派兵一名，坐收剿赤款。对于那些抗拒不交者，以通匪论处，杀无赦！”

乡村。川陕护卫军兵士走进茅草房，对着骨瘦如柴、白发苍苍的老人吼道：“督办大人有令，不交剿赤款者以通匪论处，杀无赦！”老人：“老总行行好，今年已交十次剿赤款了，家里什么都没有了！”大兵走进屋子，搜出一小袋苞谷，提着要走。老人上前拉住：“老总，这是我家唯一的一点保命粮啊，别拿走！”大兵一脚将老人踢倒，扬长而去。远处不断传来老百姓的哭叫声。老人高喊：“老天啊，这是什么世道啊，还让不让我们穷人活命啊！”

督办公署办公室。刘积良：“督座，红四方面军发起宜兰、永定战役以后，我川陕护卫军一触即溃，防区各地纷纷告急，永定城处境万分危急。请赶快制定对策。”

黄吉城像热锅上的蚂蚁在办公室转来转去，走了一阵，突然停下来：“蒋介石任命刘湘军长为四川剿匪总司令，拨二百万元军费，一万余支枪，五百万发子弹，十八架飞机给他剿赤，量他不会对我见死不救！马上给重庆刘湘军长发电报，告急求援！令兵工厂、造币厂、被服厂及各仓库物资立刻做好搬迁准备，令城防司令加强城防！”

刘积良用电话传达完黄吉城指示后，立刻奔向电报房，很快从电报房拿来刘湘发来的回电，念道：“川陕边区绥靖督办黄公台鉴：我们的援军已从重庆和万县出发，不久将到永定县你区。希望川陕护卫军固守永定县、宜兰县北岸防线，以便援军到永定县时，即可大举反攻。”

黄吉城紧绷的神经松弛下来：“我原本打算将永定城所有的机器、物资撤迁到潜水河南岸的景市、任市等地。刘湘军长大军既已出发，估计永定城不会有什么问题。刘积良，赶快令各工厂、仓库，停止搬迁准备，生产不停！以免影响军民抗战决心！”刘积良：“对！这样才能显示督座在永定城死守待援的决心！”

黄吉城：“传我命令，本督决定死守永定城、宜兰县城，对防务部署重新进行调整：毛仲秋团在永定城北潜龙山构筑工事，防御由北南下的红四方面军；令川陕护卫军第一混成旅三个连在鹅石坝设防防御由宕水县、银鼓石东进的红军；令两个营在宜兰县清溪、双河场布防，以拱卫永定城。”刘积良一一做好记录："请督座审阅签字。"

黄吉城："再加上：令将永定县潜水河的大小木船全部拘锁在北岸；集中部分木船，征集部分木板，在永定城南门渡口搭建一座浮桥，以利通行；城内外老百姓捐出棉、麻布匹，做成沙包袋，堆放在各城门口，以备随时封锁城门。"刘积良："督座这样部署，永定城可谓固若金汤了。"

黄吉城："还不能高兴得太早。古人说，智者千虑必有一失，愚者千虑必有一得。我总觉得还有考虑不周到的地方。你也要仔细想想。"刘积良："督座思维缜密，方方面面都很周到，在下无从谈起。"

红四方面军步步逼近永定城的消息不断传来，黄吉城犹如热锅上的蚂蚁，在他的小洋楼里走来走去，不时长吁短叹。他既要考虑如何抵御红四方面军的进攻，又要考虑自己的财产和一家人的安顿，还要考虑他兵工厂的全部机器和制造银圆、铜圆的设备，以及已制成的枪支弹药、银库里储存的上百万大洋怎么搬运等问题。黄吉城将何金章叫进密室："表弟，最有价值的是银圆。银圆是什么地方都可以使用的宝贝。你马上带警卫排，将银圆装袋打包，同时集中永定城所有的骡马，准备一朝莫测，就用这些骡马抢先搬运银圆。"何金章："警卫排长只同意抽一半的人做这件事。"黄吉城："命令他，全体出动，否刚军法从事！"何金章："是。"

刘积良拿着电报跑进办公室，喜形于色："刘湘军长打来电报，说他派出的三个加强团和炮兵营，已经进至涪流县普安场，希望川陕护卫军坚守三天，援军即可到永定城。"

黄吉城十分高兴地拿着电报看了又看："好啊，刘军长真不愧是及时雨呀。刘军长大军一到，定能将赤匪全歼！"黄吉城挥舞着电报对刘积良说："将这个喜讯打电话告诉全体官兵：坚持三天就好了。我们川陕护卫军要拿出英雄气概来，一定把这三天坚持下去！不要让刘湘把我们川陕护卫军看扁了！"

电话铃声响起，刘积良拿起听筒："什么？你说什么？大声点！"电话听筒中传出毛仲秋焦急的声音："我是城防司令毛仲秋。请报告督座，川东红军游击纵队已进至距永定城潜水河南岸草街子仅十多里地了。城外居民纷纷向永定城涌入，城内十分混乱。我们请示是否关闭城门？"黄吉城："立即关闭城门。"

城门守卫赶紧关闭城门，但城门很快被城外潮水般涌来的居民撞开。城防司令毛仲秋便令士兵用沙包将城门堵死。顿时，城内城外哭声震天。城内士兵用刺刀和枪托强行将百姓赶走。

黄吉城此时更为惊慌："传我命令：警卫连马上出城到草街子阻击川东红军游击纵队，确保永定城安全。"

警卫连跑到河边急促催渡，船工却慢悠悠地摇着桨柄急不起来。毛仲秋立刻下令："赶快搭浮桥！"

船只排成一列，用绳索固定，上铺木板，人们行走如履平地。城防司令毛仲秋跑进督办公署办公室，十分庆幸地向黄吉城报告说："幸好川东红军游击纵队没有来，虚惊一场！现在浮桥搭好了，以后南岸有事就方便了。"

黄吉城："好。毛司令办事有方，值得表扬。永定城南面潜水河水深难渡，易于防守。有了毛司令搭的浮桥，又畅通无阻，真是两全其美了。北面潜龙山，是永定城的战略高地，此山若失，永定城即不可守，此山若不失，永定城则不失。如何防守，还需仔细斟酌。"

刘积良："督座深知此山重要，卑职建议让您的老二师的老二团去防守，也就是让您精心培养的精锐团防守潜龙山。"

黄吉城："我也正有此意。潜龙山是永定城的战略高地，也可以说是生命高地。毛仲伙，我把防守潜龙山的重任就交给你了。"毛仲秋："卑职全靠督座一手提携，现在正是报答之时。感谢督座对我如此信任，卑职赴汤蹈火在所不辞！决不辜负督座重托！"黄吉城："好，赶快上山构筑工事。我要亲自来视察！"毛仲秋："好，卑职马上去办。"

黄吉城在刘积良、毛仲秋等人的陪同下登上潜龙山，只见山上战壕纵横，工事密布，碉堡林立，防守坚固，全城尽收眼底。他十分高兴地说："平时，你带着川陕护卫军官兵在此训练，对此地地形非常熟悉。现在又新修了不少工事，我非常满意。"毛仲秋："还请督座多加训导。"

黄吉城拍拍毛仲秋滚圆的肚子："你是个老团长，又兼永定城城防司令，平时不断接受各方面的宴请，大酒大肉把身体养得胖胖的，出门不是骑马就是坐轿，加之患高血压病，更是很少动弹。看你行动不太方便，能适应在山上行军作战吗?"

毛仲秋拍着胸膛对黄吉城说："请督座放心，我肥胖惯了，行动很方便，卑职将以生命来报效督办大人对我的知遇之恩。"

黄吉城忽然想起"重赏之下必有勇夫"的格言，十分大方地对刘积良说："命令金库取出五千大洋送上山来，奖赏二团全体官兵，鼓励士气！战胜红四方面军后，每人官升二级！"

白花花的银圆迅速抬上山来，发到兵士手中，兵士们一个个都喜笑颜开。毛仲秋："报告督座，我已将两个营置于山前第一线，将团部和一个营布置于后山佛善场，形成犄角之势。红四方面军不管从前山后山来，我们都有备无患。”

黄吉城对毛仲秋的部署十分满意：“红四方面军进攻永定城，必定首先要拿下潜龙山，不然无法站住脚。你将重兵摆在前山，有战略眼光。”毛仲秋：“卑职不懂什么战略，只知道打打杀杀。今天作此部署，完全是向督座学的。”

刘积良：“督座是日本士官学校的高材生，有的是学问，够你一辈子学的。”毛仲秋：“对，我会认认真真地学一辈子。”刘积良：“属下认为，督座摆出如此阵势，红四方面军无论从前山还是后山进攻永定城，都必须仰攻潜龙山，在山势陡峻的潜龙山前必然遭受重大打击。”黄吉城笑了笑：“本座认为，凭着潜龙山山高路险，武器弹药充实，川陕护卫军第二团即或不能将红四方面军的进攻击退，也可坚守数日，完全可以大大超出刘湘要求坚守三日的期限。”

黄吉城视察完山前山后，对毛仲秋在山上的布置十分满意，指着工事对刘积良、毛仲秋冷笑道：“这下本座可以宽心了。前几天，我还害怕红军来，现在，我倒害怕红军不来了。红军快快来吧，我早已准备好了迎接你们的枪支子弹！说到这里，我仍然觉得毛仲秋兵力有些不足。为了加强潜龙山的防御力量，刘积良下山以后立即将兵工厂的护厂队、仓库的护库队、警卫营中的一部分，凑成六个连，全部布置于潜龙山上，怎么样？”刘积良：“完全赞成督座的部署！在潜龙山捍卫下的永定城真正是固若金汤了。”

黄昏。红四方面军一小股部队随蒋中麟带领的游击队，佯攻潜龙山正面工事，受到猛烈阻击。蒋中麟对徐向前说：“我们从正面进攻，伤亡太大，也很难奏效。我们以小股部队在此牵制敌人的注意力，另从敌人薄弱部位进军永定城好不好？”徐向前：“怎么走？”

蒋中麟指着临河的一条官马大道：“这是宜兰县城到永定县县城的官马大道，敌人以为红军一定要攻占了潜龙山后才会进攻永定城，所以在官马大道上只布置了一个连的兵力防守。我们从官马大道上迅速向永定城挺进，潜龙山敌军工事对我们就没有多大威胁了。”

唐毛子：“我做先头部队的向导，前去活捉黄吉城！”

徐向前：“这看似是一着险棋，实际是一着出奇制胜的妙棋。同志们，跟我来！”

唐毛子领着红军先头部队迅速向永定城杀奔而来。进至城东王家沟时，川陕护卫军警卫部队一个连一触即溃，仓皇向城内逃窜。城墙守军见溃兵蜂拥入城，立即下令关闭城门。红军跟踪追击抢入城门内，开枪将关门兵士打死。红军主力在徐向前的指挥下，迅速冲入城进行巷战，很快将城内的一团守军大部歼灭。

唐毛子引着红军先头部队入城后，直奔督办公署而来，与赤膊奔跑的毛仲秋撞个正着。原来，毛仲秋的正面工事受到红军的炮击，正难于招架红军的进攻时，忽然接到黄吉城的命令，命他立刻率兵赶回永定城，抵御已进入永定城的红军。毛仲秋命令各阵地继续坚守后，即率一个连向永定城飞奔。红军随后追赶。毛仲秋身体太胖，一走路就发热出汗，他干脆把衣服脱了，赤膊奔跑。毛仲秋所带的一连人赶到北校场时，与唐毛子所带红军先头部队展开激战。毛仲秋当场被击毙。他所带的一连人纷纷缴械投降。

督署办公室。刘积良拿起电话听筒："什么？红四方面军已向潜龙山发起进攻？伤亡惨重？我军现在工事坚固，无一伤亡！好！"刘积良将电话筒递给黄吉城："请督座指示。"

黄吉城对着话筒："毛团长，你布置得好，打得好，本督要给你重赏！"刘积良："果然不出督座神算，红军来钻督座设下的圈套了。"黄吉城得意地说："我军无一伤亡，这真是奇迹！今晚我可以睡个安稳觉了。"黄吉城、刘积良正得意之时，忽听北门传来枪声。黄吉城急令刘积良："问问是怎么回事？"刘积良拿起电话："喂！"

北校场传来激烈枪声。黄吉城："怎么一回事？"刘积良："北门电话无人接，看来红军已入城了。"

黄吉城大声下令："刘积良带警卫营赶赴北门抵御红军！传胡嫦杰！"胡嫦杰匆匆赶到："报告督座，胡嫦杰到！"黄吉城："你赶快查清，是游击队骚扰，还是红四方面军入城了？"

胡嫦杰："报告督座，是红四方面军入城了！"

黄吉城："命你立刻带领别动队上街抵抗！"胡嫦杰哭丧着脸："督座，别动队现在只剩我一个人了。"黄吉城："人呢？"胡嫦杰："都跑光了。"

黄吉城："你们别动队平时怀疑这个通共那个通共，比哪个都反共。现在赤匪真来了，你们一个个都跑了。原来你们反共是假，骗老子的钱才是真的！"胡嫦杰："督座，人都跑光了，说这些也没用了。红军入城了，还是赶快决定是逃跑还是投降吧！"黄吉城："投降？你也是赤化分子？"胡嫦杰："我绝对不是赤化分子。现在只有逃跑和投降两条路可走了。你不走，我可要走了！”说罢转身就走。黄吉城掏出手枪，连开数枪，将胡嫦杰击毙。

激烈的枪声、呐喊声越来越近，一些弁兵也偷偷溜走了。黄吉城长叹一声：“罢了！护兵们，带着搬运银圆的骡马队到南门渡口渡河！”

刘积良带着警卫营与红军在永定城北门激战，经受不住红军的猛烈攻击，向督署溃退。走至大门，正与黄吉城带着的八个弁兵和一个警卫排相遇。刘积良向黄吉城请示道：“督座，请赶快增兵北门，不然顶不住了。”

黄吉城：“现在哪里去找人？你带身边的人去顶住吧。”

刘积良：“督座，你不是说要与永定城共存亡吗？你这一走，军心动摇，永定城可真就不保了！你要走就带上兄弟们一起走！不能把我们丢下不管！”

黄吉城、刘积良一路南行，只见满街都是携儿带女的难民，行走十分困难。黄吉城命如狼似虎的弁兵挥舞刺刀强行要难民让路，难民不得不让出一条小道。黄吉城好不容易到永定城南门口。城门早已被沙包堵住，不能通行。黄吉城命人去搬，但进行得十分缓慢。黄吉城又命弁兵用马刀砍烂沙包，尽快打通城门通道。黄吉城焦急万分，不停地喊着：“快！快！快！”

花了不少时间，终于有了一个人可以通行的通道。一个弁兵在前面带路，一个弁兵扶着黄吉城这个大胖子，吃力地挤出了城门。他命令再扩大通道，好让他运送银圆的骡马队通行。黄吉城在城门口看着慢吞吞的随后而来的骡马队。每匹马驮着两口沉重的木箱，木箱里是他多年搜刮来的民脂民膏——银圆。他要看着这些骡马队出城门。可是，第一匹马就被狭窄的通道给卡住了。随后的骡马队根本过不了城门。后面跟着涌来的文官、军官及家属以及成千上万的市民，拼命往城门口挤，很快就挤破了木箱，银圆洒了一地，可谁也顾不得去捡它了。

城内枪声越来越近。黄吉城吓得像惊弓之鸟，也顾不得那些银圆了，便带着弁兵赶到南门渡口浮桥边。只见背包挑担的人群正如潮水般涌向浮桥。黄吉城下令警卫浮桥的部队驱赶争先恐后涌向浮桥的老百姓，不让他们过浮桥。一些人被挤落水中，不少人被淹死。

黄吉城带着一伙人匆匆忙忙走过浮桥，一气跑到草街子，在一个店中住下，等待他的轿夫、马夫、伙夫、佣人及贵重物品。忽然，警卫连长前来报告，红军已向全城攻击前进，正向南门口追来。黄吉城立即下令将浮桥炸断，以防红军渡河追击。

浮桥上人挤人，大家都争先恐后地向南岸涌去。突然，一颗迫击炮弹落在浮桥中部炸开，将浮桥拦腰斩断。不少人被水柱抛向空中又回落水中。接着，又是几枚迫击炮弹炸响，浮桥被炸成了几段。河中顿时像下了一锅人肉饺子，只见水面上人头攒动，哭喊声震天动地。

黄吉城急忙带着他残缺不全的警卫连以及其他随从人员继续逃命。刚赶到亭子铺，遇到了从宜兰县溃退下来的川陕护卫军的一个营长带着一些士兵。这个营长向黄吉城报告，宜兰县芙蓉场已被川东红军游击纵队占领。他这个营无钱无粮，要求黄吉城救济。黄吉城拒绝了营长的请求。当天晚上，这个营哗变，将黄吉城等人的行李、马匹抢去。黄吉城在万分惊恐中只带了八个弁兵和一个副官，乘夜跑出亭子铺。黄吉城一行行至麻柳，被刘湘的部队缴了械。后经辨认，刘湘的部队才将黄吉城交给了川陕护卫军驻麻柳留守处。黄吉城生怕被枪毙的心才落了下来。

川陕护卫军驻麻柳留守处的人告诉黄吉城，永定城被红四方面军占领后，何忠辰带着几十名军官收集残部。何忠辰虽然号称还有几个连，但大部分是伤残之员，大部队已溃散。黄吉城听后，长叹了一声："我几十年之功，毁于一旦啊！"不觉老泪纵横，痛哭不已。留守处送来一份电报："黄吉城抗击红军不力，着即革去二十三军军长职务，交军法处处置。蒋中正。"黄吉城看后肝胆俱裂，歇斯底里地狂叫："完了，我一切都完了！"突然，一个士兵狂叫："红军杀来了！"

黄吉城急忙带着几个残兵败将向前狂奔。

唐毛子领着红军攻入督办公署以后，四下寻找黄吉城不见人影，便向南门口追去。刚到南门口，正要踏上浮桥，忽听震天动地一声爆炸，浮桥断裂，桥上的人都掉进了河里。唐毛子大喊："救人！"

红军指挥部办公室。唐毛子："徐总指挥，可惜我们未能捉住黄吉城！"徐向前拍了拍唐毛子的肩膀："你是好样的，救起了那么多的老百姓，真正成了老百姓的救星！至于黄吉城嘛，他跑得了初一，跑不了十五，绝对逃不脱人民的处罚！"

一声"报告"，张明汉走进红军指挥部办公室向徐向前汇报："徐总指挥，黄吉城逃跑后，红军进入永定城和游击队一起缴获黄吉城的枪支弹药。现已查清，红军共缴获长短枪八千余支，炮三门，枪弹一千万发，电台两架，银圆一百万余个，棉布二十万匹，棉衣二万余套，其他军用物资正在清理。黄吉城多年经营的兵工厂、被服厂、造币厂等全套设备也全被缴获。现在的问题是，将这些胜利品放在哪里为好？我建议全部搬出永定城。"

徐向前："张明汉同志，你辛苦了。你冒着生命危险，为我们送去了枪支弹药；为了查清胜利品，你几天几夜没合过眼，眼睛都熬红了。谢谢你。你的意见很好。刘湘发动的六路围攻开始了，永定城是最前线，胜利品必须马上运出永定城！当前，我们必须做的另一件事是同苏维埃政府一道，修建好烈士陵园，让烈士们得到安息。”

永定县革命烈士陵园落成典礼。成群结队的人们或抬着花篮，或手捧鲜花，怀着沉痛的心情，逐一悼念烈士。张大洲一一祭拜唐作俊同志、唐志学同志、刘大疆同志陵墓。最后他走到刘庆庄、黄忠英墓前，点燃蜡烛，脱帽鞠躬：“刘庆庄同志、黄忠英同志，你们梦寐以求的人民翻身解放的时刻终于来到了，你们的血没有白流。人民永远不会忘记你们!”

唐毛子抱着刘坚持，快步来到张大洲身边：“总指挥，我把刘坚持接来了。”

张大洲接过刘坚持，将他放在刘庆庄、黄忠英墓前跪下：“刘坚持，你的爸爸妈妈为革命献出了宝贵的生命，你应当为有这样一个好爸爸、好妈妈感到骄傲！你要记住你爸爸对你的嘱咐：坚持革命到底，誓为人民翻身解放奋斗终生!”

刘坚持：“继承爸爸的遗志，誓为人民翻身解放奋斗终生!”

天色渐渐暗下来。唐毛子提着一个闪闪发光的布袋来到张大洲身边，向刘庆庄、黄忠英墓深深鞠躬。张大洲：“你刚才到什么地方去了?”唐毛子：“我去完成党代表的一个伟大遗愿去了。”张大洲：“什么遗愿?”唐毛子：“表明党代表心迹的遗愿。”

唐毛子将布袋放在刘庆庄墓前：“党代表托萤火虫表明自己心志——愿为人民翻身解放而斗争的决心——生前不肯韬光，死后也要流光！他的伟大梦想，今天终于实现了！党代表的在天之灵一定会感到欣慰!”

唐毛子将布袋打开，萤火虫飞向天空，与繁星万点交相辉映。远处燃放礼花，五颜六色，把萤火虫映衬得更加绚丽多彩。一个高亢的声音说道：“生前不肯韬光，死后也要流光!”

张大洲：“刘庆庄同志把自己的一生献给了人民解放事业，他将与日月同辉，永远活在人民的心中!”

蒋中麟飞马赶来：“红四方面军总指挥部传来紧急命令，命我们红三十八军沿潜水河布防，抗击刘湘发动的六路围攻!”

张大洲和蒋中麟跨上战马，唐毛子带着刘坚持，率领红军迎着朝阳，勇猛地杀向敌人。

川东红军游击纵队有力地推动了四川东部的革命斗争，为红四方面军入川建立川陕革命根据地，打下了坚实的基础。川东红军游击纵队从改编为红四方面军第三十八军的时刻起，就直接投入了反击蒋介石任命的四川剿匪总司令刘湘发动的“六路围攻”的斗争。在敌人进攻的千余里弧形线上，担负了两百余里的防御任务。同时，积极开展击溃地主武装和消灭神兵之战，再次攻占了賨河县城，为粉碎“六路围攻”，扩大苏区作出了巨大的贡献。此后，跟随红四方面军进行长征，胜利地到达了陕北延安，为赢得抗日战争和解放战争胜利也作出了巨大贡献。川东红军游击纵队艰苦卓绝的斗争事迹，载入了伟大的中国共产党党史、中国人民解放军军史和中国人民革命斗争的历史史册。

一轮红日冉冉升起，五星红旗迎风招展。收音机里传出毛泽东洪亮的声音：“中华人民共和国成立了！”白发苍苍的张大洲、精神矍铄的唐毛子和气宇轩昂的青年刘坚持走进巴山烈士陵园，向刘庆庄、唐作俊等烈士敬献花圈。张大洲说：“烈士们，你们为人民当家做主不懈奋斗的愿望实现了！”唐毛子说：“中华人民共和国成立了！”刘坚持说：“我们不忘革命先烈的教导，将永远沿着烈士们指引的方向革命到底！”

远处传来歌声：

每当夜幕降临
我就想起了你
每当国旗升起
我就想起了你
巴山铸就你的刚强
渠水孕育你的深情
你为了正义公平
立志为民除苦难
你为了光明
愿化飞萤驱黑暗
你甘洒热血
将一切奉献

你像雄鹰翱翔巴山
你像蛟龙驰骋大海
为冲破军阀统治
解救百姓出苦难
你无私无畏昂首挺胸
冒着敌人的炮火
勇猛向前
枪林弹雨无所惧
脚镣手铐只等闲
甘洒热血写春秋
愿化飞萤驱黑暗

后 记

地处四川东部的大巴山是一块有着优良革命斗争传统的革命宝地。

众所周知，土地革命时期，中国共产党及其领导的红四方面军，以大巴山为中心建立了川陕革命根据地，辖地42000余平方公里，使500余万人民获得了解放。毛泽东指出，川陕苏区是中华苏维埃共和国的第二个大区域。川陕苏区有地理上、资源上、战略上和社会条件上的许多优势。川陕苏区是扬子江南北两岸和中国南北两部间苏维埃革命发展的桥梁。川陕苏区在争取苏维埃新中国成立的伟大战斗中具有非常巨大的作用和意义。

在创建川陕苏区中起着十分重要作用的红四方面军总指挥徐向前曾感慨地说，川东地区人民的革命斗争为川陕革命根据地的建立打下了坚实的基础，没有这个基础，红四方面军不可能迅速取得那么大的胜利。

伟人们对中国共产党领导巴山儿女在土地革命战争时期的革命斗争作出的高度肯定和评价，是恰如其分的。

早在红四方面军进入大巴山前，中国共产党即在大巴山领导人民群众开展了可歌可泣的土地革命斗争。1929年4月27日，中国共产党领导革命群众在万源县固军坝打响了川东武装起义第一枪。共产党员王维舟和党代表唐伯壮、总指挥李家俊领导广大革命群众进行了艰苦卓绝的斗争，建立了2000多人的游击队和方圆百里的革命根据地，使人民群众第一次掌握了自己的政权。在军阀刘存厚的疯狂镇压下，武装起义坚持斗争一年余，唐伯壮、李家俊等先后牺牲。1930年8月，王维舟带领革命党人和游击队参加东征，失败后，仍然回大巴山继续积聚革命力量。1931年5月，中共四川省委决定任王维舟为川东军委书记兼川东游击军总指挥，重组川东红军游击纵队，壮大了革命力量，产生了良好的影响。1933年10月，川东游击军与红四方面军胜利会师，改编为红四方面军第三十三军，正式列入了红军序列。

唐伯壮、李家俊等无数共产党员和革命群众用鲜血浇灌了壮丽的巴山。历史将永远牢记他们的不朽功绩！本书讴歌的正是这一大批有理想，有抱负，勇于为人民献身的巴山儿女！

我从1980年起，在大巴山从事地方党史资料征集及编写工作，深深地被革命前辈想民众之所想，急民众之所急，一切为了民众的解放而进行英勇不屈斗争的英雄事迹所感动。不少朋友建议我将这个英雄群体的精神风貌展示给人们，以缅怀先烈，教育后人，让人们知道，新中国来之不易！我不将人民对革命先烈的怀念之情作一种记述，深感愧对革命先烈，愧对大巴山人民。我退休之后，不揣冒昧地提起拙笔，夙兴夜寐，集十余年之功，终于草撥成《血沃巴山》（原曾拟名《川东红军游击队》）一书，共50余万言。本想在新中国成立六十周年之际成篇，却力不从心，如今在中华人民共和国成立六十六周年之际，终于成书，不胜感慨！

诚然，文史虽然不分家，却是两种不同的表现形式。习惯于史学文体的写作，改为小说的写作，多有难于驾驭的感觉，使我产生了犹如驾惯了马车的人，改驾拖拉机一样的晦涩之感。由于本人才疏学浅，加之文学素养不够，在编写中难免出现错误，敬请专家、学者和读者批评指正。

在本书的编写过程中，达州市委党史研究室蒋吉平、李彩云、刘宗菱、鞠波、郑丽天、吴俊江、朱宏扬，市档案局唐渠东，市司法局唐渠北，四川大学锦城学院唐玉婷、颖龙商贸总经理田龙强等同志参与了搜集资料及编写工作。本书在出版时得到了颖龙商贸总经理田龙强及四川大学出版社社长熊瑜、编辑梁平等同志的大力帮助，同时得到了中华唐氏总会四川文化研究会唐华斌、唐善强、唐仲、唐本亮及遂宁分会、广安分会等亲友的大力支持，在此一并致谢！

唐敦教

2015年4月18日于达州市